U0675366

相声演义

XIANGSHENG YANYI

郭德纲 著

作家出版社

图书在版编目（CIP）数据

相声演义 / 郭德纲著 . -- 北京：作家出版社，
2025. 8.（2025 . 8 重印）-- ISBN 978-7-5212-3660-6

Ⅰ. I247.5

中国国家版本馆 CIP 数据核字第 2025T3B304 号

相声演义

作　　者：郭德纲
出版统筹：水　格
策划编辑：钱风强
责任编辑：单文怡　刘潇潇
装帧设计：胡小西
护封插画、题字：郭德纲
内封、内文插画：木小雨 ASAPHZ
出版发行：作家出版社有限公司
社　　址：北京农展馆南里 10 号　　　邮　　编：100125
电话传真：86-10-65067186（发行中心）
　　　　　86-10-65004079（总编室）
E-mail:zuojia @ zuojia.net.cn
http://www.zuojiachubanshe.com
印　　刷：三河市北燕印装有限公司
成品尺寸：142×210
字　　数：450 千
印　　张：18.75
版　　次：2025 年 8 月第 1 版
印　　次：2025 年 8 月第 2 次印刷
ISBN 978-7-5212-3660-6
定　　价：79.00 元

作家版图书，版权所有，侵权必究。
作家版图书，印装错误可随时退换。

第十七章　相声　303

第十八章　立足　323

第十九章　情网　341

第二十章　冤家　359

第廿一章　有疾　385

第廿二章　斗恶　409

第廿三章　拜师　431

第廿四章　宝局　449

第廿五章　重逢　465

第廿六章　开张　483

第廿七章　风波　499

第廿八章　仁义　521

第廿九章　冷暖　541

第三十章　曲终　559

尾声　591

一本窥天宝　半生郭德纲（后记）　592

目　录

第一章　命薄　001

第二章　凋零　019

第三章　散尽　041

第四章　逃婚　059

第五章　落脚　075

第六章　下海　089

第七章　转机　105

第八章　公会　125

第九章　梆子　143

第十章　搭桌　161

第十一章　打击　179

第十二章　堂会　197

第十三章　流落　215

第十四章　玉殒　235

第十五章　好戏　257

第十六章　说书　273

第一章

命薄

自古富贵无三辈，

谁见花开百日红。

一叶浮萍归大海，

人生何处不相逢。

宣统三年的雪压塌了窦府的戏台。

廊外鹅毛雪片簌簌地落，像给这深宅大院糊了层惨白的纸。窦府里却是灯火通明，仿佛要与窗外的风雪分庭抗礼。接生婆的喝叫声、七太太的呻吟声，混杂着窦老爷在门外踱步的沉重脚步，织成一张紧张的网。

产房内，七太太紧紧攥着绣了一半的虎头鞋，指节泛白，口中呢喃："命薄……命薄……"她头发凌乱，脸色惨白，额头已满是汗珠，但仍咬紧牙关坚持着不甘地反复说着这两个字。

七太太难产，几个接生婆都没接下来。眼瞅着人就要不行了，这时"哇"的一声清亮哭声划破了窦府的天。

"老爷……生……生了，是……是儿子！"

最后两个字让窦老爷心头一颤，手中茶盏哗啦落地碎裂。那分明是慈禧太后御用的粉彩牡丹盏，可此时窦老爷顾不上什么茶盏了，甚至可能都忘了慈禧是谁。

"命薄？哈哈哈，我窦金鹏儿子的命，我说了才算。"窦老爷大笑着，一个箭步冲进产房，他上一次这样飞奔，怕还是在打仗逃命的时候。窦老爷不顾接生婆的阻拦，跑到七太太床前。七太太整个人很虚弱，说不出半句话，只是看着窦老爷笑，窦老爷紧紧抓住七太太的手，半晌说了句："你受累了。"

接生婆抱着孩子过来，窦老爷伸出的双手颤抖着，小心翼翼地接过孩子。怀里的小家伙安静地睡着，时不时抿抿嘴，小手握得紧紧的，眼睛是两道弯弯的缝，他不知道有多少人为他的到来而悲喜交加，也不知道自己在出生前就被莫名其妙贴了个"命薄"的标签，更不会知道自己将来会被卷进哪条命运的河流里，他只是那么安静地睡着。

窦老爷也就这么安静地抱着，他觉得人生圆满了，院子里还落着雪，院墙外风声呼啸，不知道外面正在变着怎样的天，但窦老爷在那一刻觉得这一切都与自己无关了。

那日是阴历九月三十，立冬，即11月8日，那年是宣统三年，次年是中华民国元年（1912年）。历史在这一年为中国谱写了巨大转折洪流。1月1日，孙中山在南京宣誓就任中华民国临时大总统；2月12日，清帝下诏退位，大清朝退出历史舞台；3月10日，袁世凯在北京就任临时大总统，中国进入北洋政府军阀混战时期。

这一年发生的无论哪件事都比窦老爷此刻抱着的孩子要重要，因为窦老爷就是一个军阀。窦老爷大名窦金鹏，原本应该被人称作窦司令，或者窦大帅，但这个老家伙骨子里向往文人，而且重视家这个概念，所以在家要求所有人称他为老爷。窦老爷确实有理由把此刻怀里的孩子看得比一切都重要，因为窦老爷娶了七房太太，此前竟无一人生育，差点落得个后继无人。

大太太整日里吃斋念佛，手捻佛珠，南无阿弥陀佛，年轻时据说也是个狠角色，脾气暴躁，常常和窦老爷一言不合就怒吼庭院，随着年岁增大，窦老爷一个接一个往家领女人，大太太心烦，便见天去寺庙讨心静，时日长了，竟也改了习性，成了虔诚的佛教徒，将自己卧房改成了佛堂，供奉菩萨，烧香拜佛成了最重要的事。窦老爷对大太太早就没了什么爱意，但念在糟糠情分，也都随了她的心愿，只是这卧房改佛堂让窦老爷实在没法进那个门，他一个双手沾满鲜血的屠夫，每次进大太太卧房看见供奉的菩萨时，竟也不由得冷战三个，干脆远远避开。

二太太是个大事儿妈，家里什么事她都要过问，没了大太太的打压，她成了山中老虎，一副耀武扬威的嘴脸，对下人非打即骂，对几个太太更是作威作福，唯有见到老爷，整个人一下变成了甜蜜罐，巴不得跪着走路，来显示她对老爷的爱恋。窦老爷不傻，知道这个二太太不是什么好东西，口蜜腹剑，如果哪天有人出钱让取了窦老爷的命，他坚信第一个出卖他的就是二太太，而且这个女人和大管家之间的破事，也不是什么秘密。窦老爷还有用得着大管家的地方，便干脆放了他们一马，随他们折腾去，二太太的房子，他也多少年没进去过了。

三太太打嫁进来就身体不好，活脱脱一个药罐子，每天饭吃三顿，药却喝六回，今天头痛风发作，明天咳疾复发，后天又胃痛难耐，窦老爷说三太太可以开药方当郎中了，这世间的小病估计三太太都能治，久病成医让三太太终日和药房打交道，连使唤丫鬟都快成半个医生了。三太太的房子里自然全是药味，窦老爷觉得不吉利，也很少出入。

四太太是大家闺秀，也是七个太太中学识最高的一个，平日里不与众人来往，常年在房中写写画画。窦老爷对四太太有敬重之心，他虽然是一介武夫，大字不识几个，却特别羡慕那些懂得琴棋书画的人，总觉得那是老天爷专门赐予的宝物，不是谁都能有的。四太太这门亲事，是窦老爷专门上门求的，按道理四太太大家闺秀，容貌才识都不差，不能给人做妾，但无奈窦老爷权势两贵，信誓旦旦一定对四太太好上加好，四太太为了不让家里人受牵连，只能含泪当妾。窦老爷迎娶了四太太后，确实对她敬重，专门斥资给她修了书房，还请来最好的书画先生陪她研习，花重金买来历代名画挂在她房间。只是四太太生性冰冷，多年来一直与窦老爷相敬如宾，说话都透着股子客气，窦老爷和她在一起总觉得自己像见了先生，不敢造次，时日一久就少去了。

五太太是家里的忌讳，平日里是不能随便提起的。窦老爷其实最爱的就是这个五太太，但她也是他内心最大的痛。五太太出身贫寒，但生得闭月羞花。窦老爷第一次见五太太是在南方的乡下，当时五太太年方二八，背着竹筐路过河边，窦老爷骑马飞驰而过，这个女人的脸就这样生生印在他的脑海里，也烙在了他心里。事情办完后，窦老爷忘不了这张脸，便骑马带部下返回原地，四处问询，终于让他找到了这张天仙般的脸。窦老爷开门见山，当下就要下聘礼，迎娶这个姑娘，谁知姑娘早有心上人，宁死不从，姑娘就是一句话："要我嫁，可以，一枪崩了我，抬尸体走。"窦老爷一气之下，找到姑娘的心上人，一枪就崩了。姑娘抱着心上人的尸体，连眼泪都没流，徒手挖了墓穴，埋了小伙子，转身问窦老爷："你身上有多少大洋？"窦老爷一时无语，不知道这个女人要干吗，掏出所有钱让姑娘看，姑娘说："把这些钱全留给我父母，我跟你走。"窦老爷喜出望外，送了钱去姑娘家，当天就带着姑娘回了北京。洞房花烛，五太太趁窦老爷熟睡，拿起窦老爷的佩刀一刀捅进了窦老爷的身体，警卫官听见声音及时冲了进来，才算救了窦老爷一命。窦老爷没有追究，脑子里一直挥之不去她徒手挖墓穴的情景，吩咐下人好吃好喝伺候着，嘱咐千万不能让五太太寻了短见，下人收拾走了五太太房里所有可能自残的东西，五太太就这样在房子里终日不出门不说话，没几年就疯了，天天在房子里抱着花盆挖土。窦老爷心疼不已，找了多少位大夫给看，却都没见起色。

六太太是最像嫁给军阀的阔太太了，每天穿金戴银，挥金如土，走到哪儿都跟着一大群用人伺候着，北京的戏院、洋行，她都是常客，出趟门，买回来的东西要拉好几车，去戏园子听戏也是打赏起来不手软，披着貂皮，夹着烟卷，嘴唇永远都是鲜红的颜色。窦老爷有任何外交活动，都爱带着她，天生一棵好交际花的苗子，到哪儿都是左右逢源，如鱼得水，窦老爷因她脸上添了不少光，但也因为她作风大胆，出言不逊，惹了不少麻烦。窦老爷对她是爱恨交加，打不得骂不得，却还要受她的气。

七太太祖籍河北保定，是个唱大鼓的出身，刚刚成名，就被窦老爷相中，没唱多久就嫁到了军阀家，做了七姨太太，从此锦衣玉食。但七太太嫁进来得最晚，再加上又是个唱戏的，几个太太都不待见她，当年她嫁进来的时候，二太太说："呦，这唱大鼓的都进来做姨太太了，下一个是不是要迎娶个青楼的角儿了啊。"可窦老爷就喜欢听大鼓，娶了她后，窦老爷在家里搭起了戏台，三五天就找人来凑一台戏，七太太每次都要唱几段，窦老爷乐得连嘴都合不上了，几个太太看得来气，牙根儿都咬碎了也没用。

六太太是个聪明人，知道争抢也没用，还不如趁此机会拉帮结派，两个人总比一个人强，所以六太太成了七太太唯一的朋友，两个人心知肚明，都知道对方不是什么姐妹情深，但势单力薄的当下，抱团才能取暖。

这个假惺惺的情分一直维持到七太太怀孕。

七太太怀孕了！

大夫前脚刚走，院子里就炸开锅了。因为窦老爷娶了六房太太都没怀过一个孩子，大家早就明白了这是老爷的问题。那时社会已经进步起来了，大家开始知道生孩子这种事不止和女人有关，六个女人伺候一个男人，竟伺候不出一个孩子，那总不能好死不死这六个女人全都有问题吧。

这是窦老爷最大的心结，他曾悄悄找过大夫，还去洋人开办的医院看过，洋人跟他说他的毛病叫早泄，虽然不是每次都发生这种情况，但他的精子成活率非常低，很难生育。这个消息对窦老爷来说简直就是晴天霹雳，他一直以为自己只是在那个方面差了一点，谁又能想到，一个驰骋沙场、手握屠刀的大军阀，竟然早泄，而且很难生育。几个太太心里有数，但这毕竟是件大事，再没谱，也万万不能说出去。这件事对窦老爷来说是个人生悲事，但对几个太太来讲，也不是什么坏事，她们都知道，老爷生不了，所以娶谁都一样，母凭子贵这种戏码在窦家的院子里唱不了，尽管有不能做母亲的遗憾，但嫁都嫁了，而且日子过得不错，也就相抵了吧。

其实二太太怀过一次孩子，但她不能确定是不是老爷的，因为和大管家的不正当关系，她不敢声张自己怀孕的事，偷偷塞给大夫钱，让他闭嘴，她找到大管家，问他敢不敢带自己走，大管家是个见钱眼开、怯懦的主儿，一听二太太这话，吓得茶壶都摔了，忙说要是他俩私奔，窦老爷得派军队乱枪打死他们，他们有几个脑袋敢做这样的事。二太太听得窝火，觉得这个男人靠不住，硬是压住自己怀孕的事没说。她也想过告诉老爷，管孩子是谁的，生下来也得姓窦，但转念怕孩子万一长得不像老爷，像管家，那她和孩子就都没活路了，一想再想，心一横，干脆偷偷做掉了孩子。后来得知老爷不行，她庆幸自己当初真是太明智了，这要是孩子生下来，日后再说老爷生不了孩子，那她就不是死于乱枪这么简单了。

明明不能生的老爷，现在竟然传出七太太怀孕，这个消息让几个太太不能平静，窦府里逐渐有了七太太怀的孩子不是老爷的说法。七太太倒是很稳，她心里知道，她没做过什么苟且的事，这孩子只能是老爷的，窦老爷虽说开心，但心里也难免嘀咕，莫非这个孩子，真不是自己的？窦老爷再次去了洋人的医院，洋人说他的精子只是存活率低，并不代表完全不能生育，这番话让窦老爷稍微踏实了一点，但他还是多了个心眼，找手下偷偷调查七太太，看这个女人到底有没有在外面和别的男人来往，会不会给自己戴绿帽子。手下四处调查取证，一切迹象都表明，七太太从未在外面和什么人有过来往，这个孩子肯定是老爷的没错。

这下窦老爷开心了，坚信是自己多年来求子的真心感动了上天，老天爷终于开恩赐给了他一个孩子。窦老爷大手一挥，说是要摆席三天，大肆庆祝，所有权势之人都到齐了，庆贺窦老爷老来得子，窦老爷足足醉了三天，第四天醒来后，衣服都没来得及穿好，就冲进七太太房间里，抱着肚子使劲儿听，还一个劲儿跟七太太肚子里的小胚胎说话，开心得像个孩子。

窦老爷一门心思都在这个没出世的孩子身上，早早就开始张罗起名字的事，费了大劲请来了在军阀圈子里颇有名声的刘半仙来家中掐算。

刘半仙抿了一口茶，手里掐算着，又看了一眼七太太，甩出一句："命薄。"

窦老爷不知道刘半仙这句"命薄"是给七太太的还是给孩子的，再想多问，刘半仙却只是半闭着眼睛，端着盖碗，嘴只留了一个能进茶的缝，却再不吐一个字。窦老爷隐隐有怒意，右手不住拨弄着左手食指的翡翠大扳指。刘半仙是各个大帅府上的常客，知道这些魔头不好惹，一个不高兴可能就得掉脑袋，就匆匆起身告辞，临走时跟窦老爷嘱咐了一句："此子与你缘浅。"

窦老爷大字不识几个，"命薄"这两个字揣摩多日不得解，便召集了手底下的军官一同琢磨，但这些人带兵打仗还能说出个道道，卜卦算命的事他们也不敢多嘴，况且"命薄"这两个字怎么解也说不出好话来，一时间谁也不敢出声。眼瞅着窦大帅又开始焦躁地拨弄起他的翡翠大扳指，一个校官才小声说："老话说红颜薄命，许是肚子里是个姑娘。"他这一说，众人就开始附和，都觉得有道理，毕竟说肚子里是个姑娘，总比说孩子一出来就短命的好。

"红颜薄命，红颜薄命……"窦老爷反复念叨着，也觉得是这个道理，想起他的几房姨太太和半生戎马，长叹了一口气，便相信了这个说法。只是这一相信，窦老爷就又陷入了难过，原来一心期盼的孩子，竟是个姑娘，上天终究还是不能饶恕他，不肯给他子嗣继承家业。

窦老爷没了之前的兴奋劲儿，终日闷闷不乐。太太们又松了一口气，私下里风言风语起来。"有什么啊？不就是个姑娘嘛，长大了就是别人家的人了，赔钱货而已。"

七太太心里也难过得不像样，好不容易怀了一个孩子，怎么就成姑娘了，明明是个大喜事，转眼就成了堵心的事了。

七太太来到大太太的佛堂，向大太太讲了心里的苦闷，大太太闭着眼问："先生说什么了？"

七太太答："命薄。"

大太太笑了一下说："命薄指的是命，未必是人。"

七太太眼前一亮，觉得此话有理，先生并没有说到底她怀的是男是女，不过"命薄"二字，怎么就那么肯定指的是女儿呢。她又问大太太，如果求佛祖拜菩萨，能不能求来儿子。大太太笑言："佛祖在上，度的是人世间的善，你若诚心，求佛不如求己。"

七太太听不明白大太太的话，但她坚信大太太的意思是让她自己别瞎想，她觉得大太太还是给了她力量，谢过后准备出门，大太太临别说了句话："孩子命薄，怕是享不得这一院子的繁华，日后苦累由命，念善，方能成大器。"

七太太反复琢磨大太太这句话，第一，她坚信自己怀的就是个儿子；第二，她坚信大太太看得明白，不是凡人，这孩子日后是要受苦的。所以，她决定了两件事：一件是开始给孩子做衣服，全都是男孩式样的，求人不如求己，内心坚定比什么都重要；一件是要为孩子留一个后路，日后一旦这个家出了什么事，这孩子还有一个保命的东西。

自打知道是个女儿后，窦老爷就不像之前那么殷勤了，但毕竟女儿也是他的骨肉，他还是尽其所能地让七太太吃得好穿得好，不受半点委屈，他知道自己的情况，有一个孩子已经是万幸，恐怕日后就再也没这个福分了。每当七太太满心欢喜地拿出自己又做好的新衣服给窦老爷看，窦老爷都加剧一次伤心，终于有一次忍不住爆发了，说七太太就是给他添堵，明明怀的是个丫头，非要成天做些小子的衣服，这些衣服日后要给谁穿，难不成生个丫头要当小子养，长大了当祝英台花木兰吗？

打那以后，窦老爷就不太来七太太的房子了，七太太也不生气，还是坚持每天做男孩衣服，让木匠打了婴儿床，肚子一天天大起来。她摸着肚子说："儿子啊，你快点出来吧，让那些人看看，你是小子，还是丫头。"一边说着一边绣着手上的虎头鞋。

七太太争气地生了个儿子，这让窦老爷乐开了花，早把算命先生说的"命薄"二字抛到脑后了。窦老爷开始召集人马为儿子取名字，大家献计献策，光名字就列了好几百个，窦老爷都不满意，不是嫌不好听，就是嫌不大气，后来干脆不用那些个有文化的人了，上有天下有地，儿子就是这天地中的宝，取天取宝，就叫窦天宝。

这个名字霸气十足，极符合窦老爷一生的威武，一时间众人纷纷来祝贺，这次窦老爷足足醉了一个月，大管家说，老爷这次醉一年都开心。窦老爷说："不能，真要是醉一年，那我就少看见儿子一年，不行，我可受不了。"

窦天宝的到来让窦府充满了欢乐，几个太太虽说是晴天霹雳，但窦天宝十分招人爱，很快太太们也因为家里这唯一的孩子放下芥蒂，从原先抢老爷，现在变成了抢天宝，天宝要是晚上愿意去哪个太太房里睡觉，哪个太太就乐开了花。窦老爷更是不知道怎么爱天宝才好，巴不得把这天地都给他，让天宝做了皇上他才觉得圆满呢。

天宝毕竟是男孩子，生性调皮，在窦府里他比老爷官大，全院子几十口人就每天为了他忙活，他也很争气，一点儿不省心，让大家还真是没有一点儿空闲。

不是把院子里长了百年的老树砍了，就是把假山凿个洞，不是把哪个奇珍异宝摔了，就是把新做好刚摆上桌的饭菜一跟头全撞翻了。在大太太的佛堂打着小呼噜睡在蒲团上；把二太太养的值钱八哥淹死了；三太太的名贵中草药让他全都拿到院子里栽成树，太阳一暴晒全不能用了；四太太的书桌上自从他能够得着后就没法再写字画画了，不仅墨汁洒一桌子，还拿着小毛笔在墙上的古董字画上画小乌龟，六太太那儿他也没少祸祸，动不动就拿着六太太的名贵首饰打赏下人，害得六太太天天追着下人要回她的值钱首饰；倒是五太太那里，天宝一直没有放肆过，他经常去找五太太说话，和五太太一起挖花盆，还带了好吃的给五太太吃，渐渐地，五太太竟然愿意和他说话了，还和他一起吃饭，窦老爷看得欢喜，觉得天宝在帮他还五太太的债。

七太太一直记着当年大太太的话，心里始终有根弦绷着，尽管一直以来，窦家依旧家大业大，没有什么不好的地方，天宝也天资聪颖，即便很调皮，但也活泼可爱，身体也一直很好，没病没灾，可七太太心里就是不能放松。

七太太精心挑选了一个下人给天宝，叫窝囊。

窝囊十七岁那年父母双亡，他跪在街边乞讨，希望能要点钱葬了爹娘。好几天没吃饭的窝囊基本快要饿死了，窦老爷经过，派人给他喂了口饭，还给了他钱葬父母。窝囊埋葬了父母后，来到窦府，说要给窦老爷做牛做马以报恩情。窦老爷觉得这孩子孝顺，还知恩图报，就留下他做了下人。问他叫什么，他有口音，也没说清楚自己的名字，窦老爷听岔了，说："你叫什么，窝囊？"从此，窝囊就成了他的名字。

窝囊其实一点儿都不窝囊，他特别勤快，手脚也利索，有什么脏活苦活他都抢着干，是真心实意来报恩的。七太太看在眼里，心里就有了主意，跟窦老爷说窝囊是个忠仆，想让窝囊伺候天宝，窦老爷自然愿意，他本来就喜欢窝囊，现在让窝囊照顾天宝他也放心，他知道自己看不错人，窝囊会尽心照顾天宝。

窦老爷和七太太都没看错，窝囊确实尽了所有力量照顾着天宝，否则天宝日后怕是要死上几十回了。

窝囊开始了跟随小少爷的日子，天宝虽然生性顽劣，但心眼很好，从不欺负下人，对窝囊更是很好，有什么好东西都不忘分给窝囊。窝囊觉得自己哪配得上少爷给的好东西，每次都不敢要，天宝不在乎地说："我的就是你的，我现在对你好，因为我能对你好啊，哪天我不好了，你再还回来就是了。"

这句话应了多年后的光景，窝囊用自己的一切还了天宝，虽说两个人差不少岁数，但还是成了超过主仆的忘年交。

窦天宝在这个院子里一天天长大，过着别人想都不敢想的生活，而此时院墙外，国家正处在内忧外患的混乱之中。

1916 年，袁世凯死后，他统治的北洋军阀随即瓦解，整个中国再次陷入混乱，当人们以为北洋军阀要退出历史舞台时，中国却上演了一场为期十余年的"军阀混战时期"。大人物在这个时代中招兵买马、夺取政权，小人物在这个时代中苟延残喘、步步为营。如果说古代的战争是改朝换代的演变，那军阀的战争就像黑社会的斗争，大仗小仗摩擦不断，一百四十余次的大混战，还有上千次不记其名的小争斗。总之谁有钱谁的人马养得好，就随时可以向某一方开战，输了就此退出舞台，赢了便是扩充地盘，养精蓄锐，等待下一次的进攻或防守。那时的百姓当真是生活在水深火热之中，每一次混战下的牺牲品都只能是手无寸铁的底层人民。那个时代，没有法律，没有制度，没有人情，也没有道理。社会动荡不安，百姓无以为靠。

但这些都和窦天宝无关，这个无忧无虑的军阀二代，正在学堂里开启他的新的玩乐生活。

北京皇城根下，漂亮的街道，气派的民宅，一处大院坐落在城中闹中取静的地方。

这是北京顶好的学堂，装修富贵，每一处细节都耐心雕琢，连随意坐落的柱子都刻画得细致入微，院子里栽着参天大树，盛开的花朵鲜艳，却不媚俗。学堂里随处可见悬挂的字画，每一幅都是上好的作品，气势恢宏的字，小河山脉的水墨，瓷器也是讲究的样子，只是这院子里不知多少个讲究瓷器都葬送在了顽皮少年的手中，学堂却没有停止摆放的意思。

窦老爷特别注重天宝的教育，他深知，日后的中国不再是那个蛮横专制的年代，知识终究有一天会成为比枪炮更厉害的武器。所以窦天宝五岁就被送入了学堂，在装潢奢侈的顶级学堂里摇头晃脑边打瞌睡边读书，也收获了他唯一的朋友，梁大元。

梁大元的父亲也是个军阀，和窦天宝的父亲一样，但两个人是冤家死对头，各自手握兵权，谁也不相让，多少次都差点拔枪崩了对方。梁大元也是家里唯一的儿子，他爹也是没少娶老婆，不过还是没窦天宝他爹厉害，梁老爷只娶了五个太太，梁大元之前家里有个大儿子，但生病死了，梁大元之后，还有个弟弟，也是意外丧生了，梁大元就成了家里的独子，过的日子受的待遇都和窦天宝一样，也是蜜罐子里泡大的主儿。

两个最有权势家里的少爷在学堂上课像是对学堂的恩赐一般，别的孩子受他俩欺负，连教书先生也得看他俩脸色，因为少爷上课时，身后一人四个合起来八个侍卫站成两排，腰间都别着枪，谅谁看到这个场景，都不敢造次。

窦天宝这样形容自己和梁大元的关系："我爸是个大军阀，他爸也是个大军阀。我爸很厉害，他爸也很厉害，我妈很漂亮，他妈更漂亮。我爸很生气，于是从数量上找齐，我有了七个妈，那也比不了他，他有十二个爸爸。他妈原来是个妓女，他爸和我爸不和，他妈和我妈也不和，我们从小玩到大，三天两头地打架，不过和好得也快……"

每堂课上，先生手捧书本不住吟诵："子曰：学而时习之……"窦天宝和梁大元并排而坐根本不听讲，一心忙着小动作，互相往对方脸上抹墨。窦天宝觉得自己和梁大元有两个共同的爱好，一个是不爱上学，另一个就是爱玩。

教书先生每每看到他俩在课堂上捣乱，也只能气歪了鼻子说一声："岂有此理！"

每天放学后，窦天宝和梁大元出门由护卫护送回家，两个人往不同方向回家，场面壮观。六岁的窦天宝和七岁的梁大元，虽然家中显贵，但在北京，他们的游戏天堂不是家里，而是天桥，所以他们总是不约而同地来到天桥。

"酒旗戏鼓天桥市，多少游人不忆家"，这是清末民初的著名诗人易顺鼎在《天桥曲》中写下的诗句。北京的天桥，在民国初年，是个真正繁荣的平民市场。

天桥原有汉白玉石桥一座，三梁四栏。桥下为由西向东的小河龙须沟，因乃明清两代皇帝祭天坛时必经此路而命名天桥。其范围包括正阳门大街，经东西珠市口而南，迄天坛坛门之西北，永定门之北地区。后来逐渐形成另有"京味"特色的天桥市场。

新中国成立前，许多江湖艺人在天桥"撂地"。所谓撂地，就是在地上画个白圈儿，作为演出场子，行话"画锅"。锅是做饭用的，画了锅，有了个场子，艺人就有碗饭吃了。天桥市场的杂耍表演是一大特色，不但项目繁多，而且技艺高超。

比如，拉硬弓，这个节目比的是力气，一般人憋足劲儿也最多将硬弓拉开一半，当年张玉山的儿子张宝忠能同时拉开四张弓。举刀也是显示臂力的节目。所用大刀和关羽的青龙偃月刀差不多。张宝忠能用双手、单手将刀平托起，也能用单手将刀竖着举起，还能把一二百斤重的刀舞动起来，连"背花"都能耍。

抖空竹也是北京的民间玩具之一。德子是光绪年间人，因生活困难，就到天桥市场撂地，表演空竹。为了满足广大观众需要，他研究出很多新的招数，因此称他"空竹德子"。据说单头空竹就是他的创造。后来有个叫常立全的，不仅抖空竹，还抖嘟噜（黑陶的长脖、大肚的盛酒容器）、壶盖等。

还有舞叉、爬竿、耍中幡、车技、硬气功……足够让两个小少爷眼花缭乱。

天桥对窦天宝和梁大元充满了诱惑，那可比家里好玩多了，能看杂耍，能听戏听相声，还能吃各种小吃。两个小少爷大摇大摆走着，身后紧跟着两班护卫，一是保护他俩的安全，二是负责打赏，但凡两个人看完了的节目，一定嚷嚷着给钱，给少了还不干，两个六七岁的小少爷成了天桥上的阔家伙，不少民间艺人都受惠于他俩，这个优秀的习惯一直保持到两人长大后，叫好打赏成了他俩日常生活中的常态。

随着年龄的增长，两个人越发对天桥喜爱起来，逐渐地，他们听得懂天桥那些戏文了，也知道那些杂耍的要领，偶尔还会看上唱大鼓唱小曲的女孩，抱住人家不放，非要护卫给人弄家里当媳妇，当然，这个事情还是梁大元做得多，窦天宝始终玩心重，不太上心强抢民间小少女的事。

但窦天宝也不让人省心，他经常带着浩浩荡荡的队伍来家里取赏钱，七太太没办法，只能拿着钱让窝囊给众人散发下去，有时候就给些吃的，大家拿着赏钱赏饭都连声夸窦天宝少爷是小善人，七太太叫苦连天，窦老爷却满不在乎，说："他愿意去天桥看戏看杂耍就让他去，愿意打赏就打赏，咱家又不缺这点钱，只一条，一定保护好少爷的安全，天宝要是有个闪失，老子把你们全都崩了。"

有了爹的撑腰，窦天宝更肆无忌惮了，巴不得每天就住在天桥，住在戏园子里。二太太说："哎呀，我们少爷还真是随根儿上，妈是个唱大鼓的，爸是个爱听大鼓的，孩子可不就是天桥命嘛。"六太太也撇嘴说："你忘了他生下来那个哭啊，多大的嗓门啊，半个北京城都听见了，没准以后就吃了这碗饭呢。"

天宝爱听戏，七太太也开心，觉得不愧是自己的儿子，对戏曲有天分，时不时还给天宝唱一段。天宝对母亲的第一次崇拜就来自七太太的一段大鼓，七太太把细细的鼓棒交给天宝，鼓励他敲敲看，天宝轻轻敲了一下，小圆鼓发出砰的声音，小天宝觉得很神奇，连敲了两下，小圆鼓发出砰砰的声音。这个声音让小天宝很兴奋，他开始使劲儿敲起来，砰砰砰的鼓声响彻了窦家大宅院。

七太太让小天宝端坐一边，自己认真唱起来，正如当年在台上演出时。小天宝不哭不闹，认真看着自己妈唱大鼓，一板一眼很惹人，小天宝觉得妈妈是这个世界上最了不起的人，嚷嚷着要学，七太太手把手教起来。

窦天宝嗓子天生就亮，而且对戏曲颇有天分，加上又确实喜欢，倒是真学会了不少，有时候逢年过节，家里请戏班子演出，他也扮上相登台助个兴，窦老爷连声叫好，七太太却心生不安。

七太太开始有意让天宝远离戏班子，她冥冥中害怕天宝吃了这碗饭，她深知其中的辛苦，可不是一般人能受的，她的天宝是权贵之后，军阀之子，将来是要手握兵权，如父亲般驰骋沙场的，怎么能拿着鼓棒又唱大鼓又唱小曲呢，这可万万不能。七太太开始不高兴天宝总去天桥了，让窝囊看着点天宝，尽量领回家。但窝囊哪管得住天宝，天宝还是天天往天桥跑，风雨不改，更何况还有梁大元这个臭味相投的主儿。

窦天宝的命运好像很多人都提前预见了一样，大太太、二太太、六太太都言中了他的人生，天桥这个地方，打小，就没和他脱了关系。

很多年后，窦天宝站在天桥的喧嚣中，望着眼前熙熙攘攘的人群，心中会涌起一股莫名的怅然。那时候他能感受到命运吹起的风，而他像一张薄薄的纸片，飘荡在天桥的上空，那时候他会再想起算命先生那两个字的批语——命薄。

第二章
凋零

繁华落尽见凋零，

野草闲花满故庭。

昔日将军归碧血，

今朝公子叹飘萍。

窦大帅出事时，窦天宝正在看戏。

这天是新年的正月十五元宵节，窦少爷第一次出远门，在十里洋场过海派年。

更新舞台正在上演一出全堂大变景的海派大戏《天下第一桥》。《天下第一桥》原名叫《洛阳桥》，是一出应节戏。所谓"应节戏"，指的是应时当令，为某个节日所演的戏，比如七月七演《天仙配》，八月十五演《嫦娥奔月》，等等。《天下第一桥》因为有一场耍花灯，所以戏班大都在正月十五演。

《天下第一桥》这出戏讲的是蔡状元为母还愿修建洛阳桥，建桥之日柱梁难下，欲派人下海，向龙宫投文。适有公役名夏德海，与"下得海"谐音，误相承应，强被差遣，德海望海水大惧，至一店中痛饮后醉卧海滩，为夜叉带去，面见龙王。几经波折，大桥落成，皆大欢喜。

这是一出热闹大戏，恰如窦天宝此时坐的包厢，各种小吃水果摆得琳琅满目，周围聚满了伺候他的用人。窦少爷看戏看得热血沸腾，一边胡乱往嘴里塞些吃的，一边忙不迭拍手叫好。

恶只恶一只癞头鼋，

它伸出了头，露出了爪，

张开了嘴，露出了牙，

把我身一口吞，妻子哪里认夫君，儿子哪里哭爹尊。

我爹哪里把我见，我娘泪珠洒前身。

我这国难报，家难奔，小命难存，这雨泪纷纷。

扮演夏德海的是沪上著名丑角小三元，最后的甩腔又俏皮又好听，引得全场观众齐声喝彩。窦天宝更是站起身来，手扶包厢栏杆，声嘶力竭地叫着好，身边人忙不迭扶着他，生怕少爷从二楼掉下去。

夏德海一段唱毕，站起身来大喊一声："也罢，待我下海！"

忽地，舞台一黑，紧接着一阵电粉，光芒一闪，烟雾中整个舞台全堂大换景，刚才的海滩场景瞬间变成了龙王水晶宫，金碧辉煌，云雾缭绕，四根龙柱旋转，便见舞台顶端有钢丝绳把龙女翩然送下，又一阵金光，龙王出现在书案后，一个转身，又一阵烟雾腾起。

观众们愣了一下，确切地说是傻了一下，才疯了一样叫好，霎时间叫好声简直要把更新舞台的顶子掀了。窦少爷呆住了，两眼直勾勾地看着台上，一直到观众的呼声下去了，他才突然吼道："真他妈好，真他妈好——"下人们不住配合着少爷："是是是，真好！"

窦天宝感觉到自己手心都出汗了，他有点出神地看着舞台，恍惚间觉得自己就站在那舞台上，所有的灯光都打在自己满是油彩的脸上，他觉得这可真是件了不起的事。

这时一个下人神色紧张，贴到窦少爷耳边说："少爷，大帅遇难了！"

窦天宝愣在原地，半晌后才转过身来，看看来人，又问了一遍：

"什么？"来人胆怯地看着窦少爷的脸，那是一张混杂了兴奋、憧憬、迷惘、惊愕各种表情的脸，唯独看不出多少悲伤来，就像戏台上那个在海边准备赶赴龙宫的夏德海，并不知道自己将要面对什么。

窦老爷是在一次军阀头目会议中当场遇难的，这个一生动不动就扬言要掏枪一枪崩了谁的爷们儿，终于被别人抢先了一步，其实不是意外。这样的年代，遇到意外的只有老百姓，军阀统治阶级间的争斗，都是预谋已久的。

窦老爷这么多年的军阀生涯，得罪的岂止百人，多少人憋着劲儿想要他的命。这次的临时会议根本就是个圈套，窦老爷身边的副官和心腹都被买通了，当他一踏入那个会场，背后的大门就被死死扣住，外面等候的护卫在五分钟之内就全部被解决，连个啊的声音都没来得及发出。

坐在里面准备继续嚣张的窦老爷，不，这个时候还是叫他一声窦金鹏司令吧，否则人都该退场了，还没正式称谓一句。

窦司令知道身边无数双眼睛都盯着他，盼着他一命呜呼，但他驰骋多年，在北京城也是响当当的人物，尽管小心谨慎，但也没把谁放在眼里。坐稳江山太久了，人就容易失去警戒心，当会议室的帘子突然都放下来时，窦司令才意识到这场鸿门宴意味着什么。

他掏枪的速度并不慢，只是枪里的子弹早就换成了哑弹。第一枪没有毙命，窦司令跪在地上，不肯躺下，眼睛望着窗外，嘴里唤出了"天宝"两个字。

他终于等到儿子长大了，只是还未曾看到儿子一表人才，娶妻生子，还没有看到儿子叱咤风云，延续他当年的风采，还没有看到儿子娶好几房太太左右为难的笑话，还没有来得及跟儿子吹牛，没来得及告诉儿子，这个世界多危险。他就这样一个人落寞地满身鲜血地躺在冰冷的大厅中间，他不能闭上眼睛，他在人生最后一刻，怀念的不是活着的可贵，不是左拥右抱的七个女人，不是大手一挥的千军万马，而是他那个只有十七岁，笑容依旧稚嫩的孩子。

他在咽下最后一口气时，抓住对方的脚说："放过我儿子。"

窦天宝不知道他能活着，是他父亲用最后的乞求换来的。当然，窦天宝能活下来还有一个原因就是在那个军阀混战的年代，谁都有可能成为下一个，所以祸不及家人成了军阀之间的默契，不然你对人家赶尽杀绝，轮到你的时候也是一样命运。不过挽救他生命最最重要的原因是他真的不学无术，如果他真的年少有为，早早就有将门虎子的才能，一副准备接替窦司令继续当军阀的样子的话，恐怕他都活不到回去北京。

当窦天宝站在原先那个繁华热闹、人头攒动、车水马龙的窦家大园子里时，这里已经人去楼空了，他不仅没能见到父亲最后一面，甚至他都看不见个人影，只有窝囊还守着这个园子等着他的少爷回来。

这个昔日的纨绔少爷从来没有体验过这般的冷清，他恍惚觉得自己像是在一个早已散场的戏台上，喧嚣尚未走远，清冷骤然来袭，一时间五味杂陈。

"家里的人呢？"他转身问窝囊。

窝囊说："全走了，东西也都搬走了。"

窦天宝又问："我妈呢？"

窝囊说："七太太等不住你，这边局势太乱，她无奈之下只能先走一步了，待在这里随时都有丧命的一天。"

窦天宝笑了一下，又问："剩下六个妈呢？"

窝囊说："除了五太太，其余都走了。"

窦天宝愣了一下，问："五妈呢？"

窝囊眼泪下来了，说："听到老爷遇难的消息后，五太太她，她，自尽了。"

窦天宝往后退了好几步，他不能相信，原来这个大园子里曾经对父亲最恶劣最冷漠的五妈，竟然是那个最爱父亲的女人。当所有太太们都拿着钱财一逃了之时，五妈成了唯一陪父亲的人。看来父亲这么多年来对五妈的爱没有枉费，他曾无数次看到父亲深夜里站在五妈的房门外，就那么静静站着，一动也不动，他还看见过，父亲亲自将五妈挖空的花盆填满土，然后摆放回五妈的房前。

父亲是寂寞的，身为一个翻手为云覆手为雨的人，他是孤独的，没有人真正理解他，没有人真正心疼他。好在，五妈去陪他了，结束了自己的苦难，也圆满了父亲的往生，窦天宝这样想着，突然有点想唱戏，一段唱词就这么自然地出来了：

> 我只道铁富贵一生铸定，又谁知人生数顷刻分明。
>
> 想当年我也曾撒娇使性，到今朝哪怕我不信前尘。
>
> 这也是老天爷一番教训，他教我，收余恨、免娇嗔、且自新、改性情，休恋逝水，苦海回身，早悟兰因。

这是京剧《锁麟囊》里的一段唱词，是薛湘灵遭遇水灾从一个富贵小姐沦为奴仆后唱的。窝囊常跟着少爷看戏，多少能听懂一些，便擦擦眼泪，对天宝说："少爷，这个家就剩咱俩了，七太太走之前留了些钱，要是好好过日子，咱还够用，要是再像以前一样糟蹋，那就真要喝西北风了。"

窦天宝唱过那一段之后，刚积攒的那点感伤就消失殆尽了，他自打出生以来锦衣玉食，有求必应，纨绔着成长了十七年，此刻他那点伤感要是有也是平日里看戏品到的那一点点，家破人亡对他来说还没有切身的感受，就只像一件戏服，披上是感伤一会儿，脱了就忘在脑后了。

窦天宝很快就恢复了往日的纨绔样，拍了拍窝囊的肩膀说："已然都这样了，那就这样吧，咱不是还有这个大园子嘛，不是还有你和我嘛，不是还有我妈留下的钱嘛，没什么大不了的，饿死的事，跟咱没关系。"

窦天宝一恢复纨绔样，窝囊就开始上了心思。

七太太临走时把钱交给了窝囊，她知道如果交到自己那纨绔儿子手上，不出半个月就被他败完了，便叮嘱窝囊一定不要把钱交到少爷手上。"窝囊啊，少爷往后的日子就靠你了！"七太太走的时候泪汪汪地跟窝囊说。

窝囊想了个办法，把少爷锁在屋子里，只要坚决不把钱交出来，也不让窦天宝出去，这点家底子就能守住。

窦天宝急得在屋里大喊大叫："窝囊，你给我把门打开，赶紧放我出去，趁我还没翻脸之前。"

窝囊平静地说："少爷，您翻吧，再翻我也不会放您出去糟践钱的。现在咱不同以往，老爷没了，太太们也走了，我是瞧着您长大的，我得好好疼您，不能让您受委屈，您别怪我无礼，算我求您了。"

窦天宝知道威胁没用，换了脾气，好言相劝："窝囊，你把门打开，我有正事儿要做，你先开门，然后我跟你好好说说。"

这招在窝囊那里不管用，窝囊跟了窦天宝这么多年，和他父母一样了解他，说："少爷，您别瞒我，您那正事离不开吃喝嫖赌，咱们的家当吃饭还行，折腾可不够用的，少爷，您就收收心吧！"

窦天宝一看说什么都没用，急眼了："窝囊，我警告你啊，你别误我事，我准备做大生意，我得……"

窝囊打断他："您甭说这个了，您就说什么大生意吧。"

窦天宝说："我有几个朋友！"

窝囊笑了："少爷啊，自从老爷一死，咱家哪有朋友？狗到门口都绕着走，您就踏踏实实地在家歇着吧，我去买点儿菜，晚上给您弄点儿顺口的。"

窝囊检查了一遍门锁，把钥匙放在门口的花盆里，转身离开了。

窦天宝在里面使劲儿踹门，无奈家里的门都是用上等好木材做的，靠踹是不灵的。

窦天宝只能继续大喊："窝囊！你给我开开门，我真有正事，我要谈大生意，我有重要的生意要谈，我有大生意！"

正在窦天宝绝望的时候，一个声音出现在门外："那就我跟您谈谈这大生意吧。"

窦天宝听出来是小笔的声音："小笔？"

小笔隔着窗户鞠了一躬："窦少爷！"

窦天宝纳闷："你怎么来了？"

小笔问好："少爷，您好哇！我家少爷差我专门请您来了。"

窦天宝眼前一亮："真有大生意？"

小笔神秘地说："请您看看货。"

窦天宝问："什么货？"

小笔小声说："当然是，小美人哪。"

小笔是梁大元的随从。同是军阀二代，梁大元的命运比窦天宝强多了，军阀混战下，他爸爸不仅保住了命，而且财力地位都没有下降，升成了督办。所以，梁大元继续过着少爷的生活，继续有大把的时间和闲钱在北京城的各个角落里挥霍。

小笔比梁大元小一岁，和窦天宝同岁，十岁时就被家里人卖到梁府做了梁大元的小跟班，本来也是一穷人家命苦的孩子，却跟着梁大元逐渐成了个财大气粗的伪老虎，学会了坏人应该有的奸诈刻薄，心肠也越发狠毒起来，好色贪杯，早已经忘了当年穷得偷了一个包子被满街追着打的落魄。"小人得志"这四个字就是送给像小笔这种人的，他将自己儿时受的苦一点儿没留地报复给了这些穷人。梁大元不在的时候，他使唤手下一股子少爷做派，梁大元在时，他就是这个世间最听话的一条狗。

这一日，梁大元正在书茶馆听老先生说书。台上说书先生正在使活，台下的随从小笔比先生还要忙，殷勤地给梁大元递烟递水，天生做狗腿奴才的命，眉眼中全是哈巴样。

梁大元看着台上的说书先生，满脸不解，先生说的段子他没听过，整个人显得很烦躁。小笔看出了梁大元的郁闷，赶紧凑到跟前说："少爷，不高兴啊？"

梁大元吐着瓜子皮说："这说的什么玩意儿？"

小笔赶紧回话："爷，这先生不赖，叫盖三省，说的书人称一绝。"

梁大元一听是个台面上出彩的人物，管他说的什么，听不懂也要叫好，不能让人看出来他的怯，马上来了精神，说："哦，好好好！我说呢，说得还真不赖啊。"

书茶馆里众人鼓掌叫好，场面一下热烈起来，说书先生也更加卖起力来。

先生眼瞪手指，大喊一声："大英雄一跺脚，用手点指，你们这帮王八蛋！"

好死不死地，先生这根手指竟然指到了梁大元跟前，这句原本就是书里的一句词，但台下的梁大元却不乐意起来，抓住小笔问："哎？他怎么骂我啊？"

小笔连忙解释："爷啊，给他几个胆子他敢骂您啊。"

梁大元恼火了，骂起来："他刚才说这帮王八蛋，那不是骂我吗？"

小笔赶紧拿起扇子扇风，说道："那怎么是骂您呢？"

梁大元一把打掉扇子说："从小我爸就骂我是王八蛋，窦天宝跟我打架也骂我是王八蛋，他说的不是我是谁？"

小笔捡起扇子，继续扇风，说："不是骂您，您多想了！"

梁大元不依不饶，大喊一声："不！就是我！我就是王八蛋！妈的，打他！"

梁大元一把掀翻了桌子，身后一群跟班看见少爷翻脸了，顿时拥上台开始暴打说书先生，一时间书茶馆人仰马翻，所有的桌椅板凳都移了家，喝茶听书的人纷纷抱头往外面跑。

梁大元还不解气，亲自冲上去殴打说书先生，边打边说："敢泄露老子的机密，给我往死了打！"

没几分钟，书茶馆里就一片狼藉了。

这样的戏码在梁大元的生活里不算什么，基本每天都要上演个两三次，多的时候能有七八次，人要是有钱有闲了，就特别容易烦躁，就得变着法儿地找碴，而作为他的随从，必须随时察言观色，在主子烦躁的时候给主子想新鲜的花样。

梁大元砸完场，心满意足地从书茶馆出来，阳光刺眼，梁大元眯着眼睛说："妈的，太阳这么大，真是不给面子啊。"

小笔跟在身后，听了赶紧上前："爷，您什么吩咐？"

梁大元瞬间从刚才的耀武扬威又变得百无聊赖起来，说："心里闷得慌，有什么可消遣的？"

小笔一听这个，放心了，赶紧回话："嘿，爷啊，美凤楼听说又来了个小美人……"

梁大元眼前一亮，说："啊？哈——！小笔，大爷挑美人的要求你可知道？"

小笔头一晃，回话："那还能不知道吗？身量不高不矮，模样不胖不瘦，也别太白，也别太黑，一乐有酒窝，既高雅又随和，高雅起来能在总统府唱昆曲，瞪起眼来，流氓也得觉得她低俗、庸俗、媚俗。"

梁大元大笑，拨拉了一下小笔的头，说："哈——！你这小子，真是太他妈聪明了！好，今天咱们就到美凤楼好好耍一回。"

小笔回了一句："就咱自己去？"

梁大元停顿了一下，说："别啊，请上窦少爷，有日子没见了。"

小笔凑到梁大元跟前说："爷，听说窦少爷家落魄了，窦司令被枪崩了，家破人亡啊。"

梁大元眉头一紧，嘴角一丝坏笑："真的？那更得请了！"

小笔也跟着坏笑起来："爷啊，您真是雪中送炭的真君子！"

梁大元出了一口气："那必须的！"

美凤楼是这个城市中最惹眼的地方，富丽堂皇的三层小楼，宛若散发着金光，阵阵香气从小楼里散出，离着一条街都能闻到。

雕花镂空的红色大门，上面悬挂着十二盏大红的灯笼，门口站着几位穿着丝质旗袍的女子，手里轻拿绢帕，头上插着五颜六色的花，妆面浓郁，眼神轻佻，挥舞着绢帕，嘴里招呼着："爷，进来喝一杯嘛，都到跟前儿了，顺路坐坐啊。"

搔首弄姿的女人身旁还一边站着两个壮汉，穿着黑色布褂，腰里别着棍子，表情严肃，这是每个妓院里配备的打手，四个门外的打手只是个门面，如果真有人敢在里面招惹是非的话，瞬间出来的就不只是四个那么简单了。

美凤楼的大厅全是金色的柱子，盘龙雕凤的架势颇有几分皇家气。连楼梯都有雕花，上面铺着柔软的红色毯子，走上去软绵绵的，让人一下就陶醉起来。墙上挂着各个美人儿的画像，每个角落里也摆满了瓷器瓶罐，插满了花。一扇足有五米宽的屏风遮住了楼梯口，这也是姑娘们亮相的地方。大厅中间是个小舞台，花朵造型，四周垂下粉白色的纱幔。二楼是水仙台，小房，就是价位一般、姿色中等姑娘的房间，三楼是牡丹亭，大房，自然就是相会价高人美姑娘的地方。三楼正中间一扇半圆雕花木门上挂着三个十分清雅的字：冰清居。

这是美凤楼头牌冰清姑娘的房间，她价位最高，姿色也最出众，之所以放在三楼正中间，就是要告诉所有来的人，是谁，能进了这间房，是谁，心满意足地出了这间房。

梁大元和窦天宝坐在大厅的正中间，小笔立于梁大元身后，身边众人围绕，伙计们添茶倒水，不住地上菜。

小台上几名妓女正在轻歌曼舞，身边的纱幔随风摆动，阵阵小曲萦绕。

梁大元示意小笔给窦天宝倒酒，小笔赶紧给满上，梁大元搂住窦天宝的肩膀说："自从你家老爷子过世后，我也不敢打扰你，我劝你两句，该吃吃，该玩玩，别太难过，没有过不去的河。"

窦天宝拿起酒杯，一饮而尽，说："啊，对，你有什么需要帮忙的地方，尽量说，咱得顾死的也得顾活的。"

梁大元刚准备点头，发现这话说得怎么不对啊，看着窦天宝说："嗯？这怎么听着跟我爸死了似的，我是怕你磨不开。"

窦天宝不在乎地说："今天这账我结啊，别磨不开！"

梁大元一把抓住窦天宝的手说："别别别，我结我结。"

窦天宝打掉梁大元的手："我结！"

小笔在一边插嘴："二位爷，什么都没看见结什么账啊？"

窦天宝笑起来："对啊，光顾义气了，老鸨呢？"

小笔大喊："老鸨——！"

老鸨扭着屁股赶紧跑过来，到跟前就挥着手帕作揖，一股刺鼻的香气扑面而来："哎哟，二位爷，我这儿给二位请安了！"

梁大元烦躁："用不上，还不快招呼姑娘们见客。"

老鸨笑着说："这不就等您吩咐呢吗？"

梁大元拍着桌子说："这还用吩咐吗？快快快！"

老鸨挥舞着手里的手帕，头一仰，另一只手做兰花状放到嘴边，喊着："姑娘们，见客了！"

一时间，十几个姑娘从屏风后走出来，一字排开。

梁大元和窦天宝同时摇头，明显都不满意。

小笔一看主子神色，立马会意，指着老鸨说："这些残花败柳、庸脂俗粉，二位爷能看上眼吗？把你那压箱底的请上来吧！"

老鸨笑得仓促，眼睛一瞥，说："二位爷圣明，您二位是我们这儿的人中领袖，鸟中鸾凤，我哪敢哄您！二位爷上眼——！"

老鸨拍了两下手，唤了声："冰清——"

整个大厅霎时安静了。

所有的目光都聚集到三楼正中间的半圆雕花木门上，门徐徐打开，出来了四个小丫鬟，单是这丫鬟的素质就不差。一阵香气扑鼻，好像所有的花同时绽放起来，一位身穿白色刺绣莲花旗袍，头上绾着素髻，插着一支雪白透亮簪子的姑娘缓步而出，真是艳若桃李，超凡脱俗。

　　窦天宝和梁大元同时惊呆了，张大的嘴半天没合上。

　　冰清的房间里装饰典雅，四周都悬挂着字画，桌上的酒壶茶壶也都是纯白色，上面有着清淡的莲花，一阵幽幽的香气直往人脑门钻。

　　半晌，窦天宝才回过神，问道："敢问姑娘芳名？"

　　冰清头微微垂下，带着羞涩说："冰清。"

　　窦天宝又问："芳龄几许？"

　　冰清淡淡地笑了一下，说道："十八。"

　　窦天宝点点头："姑娘仙乡何处？"

　　冰清答："苏杭小镇。"

　　窦天宝不禁感叹："妙哉妙哉！上有天堂下有苏杭，自古苏杭美女如云，今见佳人，方知此言不谬也。"

　　冰清掩嘴笑语："少爷夸奖了。"

　　窦老爷在世时由着窦天宝四处鬼混胡来，但有一样却看得紧，就是上妓院。倒不是窦老爷在乎钱，纨绔少爷败点钱那是正事，但窦老爷知道妓院里的女子那都是人精，骗钱事小，失身事大，所以叮嘱随从看紧少爷不让上妓院。窦天宝这些个撩拨冰清姑娘的话都是平时看戏听本子无师自通学来的，这几下问答配着冰清酥麻的嗓音就让他飘飘然，如处仙境了。

　　窦天宝刚准备继续说话，小笔轻轻敲响房门，推门而进，说："窦少爷，您时间到了。"

窦天宝很恼火，但也不好发怒，只能起身，恋恋不舍地走开，刚到门口，梁大元就一把推开大门走进来，一脸憨笑，都没跟窦天宝打招呼，径直走到冰清的圆桌前，咣当就坐下了。

窦天宝满心不爽，回头看了一眼，愤愤出来了。

梁大元坐下就一阵傻笑，冰清也笑了，问道："先生贵姓？"

梁大元又笑，说："梁大元，梁大元山强盗的梁大元。"

冰清说："哦，台甫……"

梁大元听不懂，呃了一声后，窦天宝竟然进来了，跟梁大元说："你时间到了，该我了。"

梁大元想了想，站起来说："是吗？哦。"

梁大元刚站起来，窦天宝就一把拉过椅子坐下，冰清捂着嘴巴笑了起来。

窦天宝看见冰清笑得如此动人，不禁说道："关关雎鸠，在河之洲，窈窕淑女……"

冰清伸食指挡住窦天宝的嘴，轻声说："君子好逑。"

梁大元一脸不高兴地走出来，小笔迎上去，问："少爷，您怎么出来了？"

梁大元郁闷地说："不是一倒一替吗？"

小笔哎呀了一声说："可您这时间没到呢！说好一人半个钟头的。"

梁大元一拍脑门："妈的，让这小子捡了便宜！"

外面梁大元恼火，里面的窦天宝却与冰清相谈甚欢。

恰在你侬我侬之时，冰清轻声叹了一口气，极动情地说："孤单女子，流落风尘，家乡住处，亲友何人？谁是我的如意郎君？谁又是我风雨中那断壁残垣？能遮住我这受伤的心……"

窦天宝一下抓住冰清的手说："好好！说得好！美人倾情，任你铁汉也难能自禁，姑娘，我愿做您西天路上的取经人。"

冰清惊讶地看着窦天宝，眼含热泪地说："鸨娘说，赎我从良，只需千元。"

窦天宝眉头都没皱一下，马上点头答应了。

交易进展得很快，当晚老鸨做中间人，窦天宝就把前院作价一千给卖了，白纸黑字签了字按了手印，第二天买家就来收院子了。

窝囊呆呆地站在一边，看着十几个人在院子里搬进搬出，窦天宝倒是满不在乎地站在院子中间数钱，他拍了拍一沓钞票，跟对面一个穿长褂的男人说："好了，正好一千，这前院归你了。"

长褂男人说："好，明天我就把这二进的院门砌死，少爷您另开门吧！"

窦天宝转身，用手指了下东边，说："我走东边。"

长褂男人转脸对搬家的人喊道："伙计们！快点儿搬！"

窝囊跟上窦天宝，在身后叹着气，说："少爷，您真行！这么大的事，您就……"

窦天宝嬉皮笑脸："千金散尽还复来嘛！别担心！"

窝囊哭丧着脸说："还复来？还能复来吗？"

窦天宝停下，转身搂住窝囊说："好啦！我也老大不小了，娶个媳妇，正经过日子，有什么不好的？"

窝囊一下拨开窦天宝的手说："正经过日子？我还没听说娶妓女过日子的呢！"转身看了眼前院，眼泪夺眶而出，又对着天空说："老爷，太太，你们图省心，全走了，我怎么办呢，我真怕少爷有个闪失。"

窦天宝一把搂住窝囊："哎，哭什么，添人进口是好事，别想不开。"

窝囊无奈地摇摇头，又哭起来："哎，少爷啊少爷，您可真不让人省心啊。"

窦天宝却满不在乎地笑起来："你不知道，那冰清人可好啦！"

梁大元听小笔说起窦天宝卖院子要为冰清赎身这事的时候，正坐在家中的大厅听相声。他早忘了什么冰清清冰的事，他没窦天宝那么傻，知道这些个青楼女子戏子都不是什么讲情义的人，无非都是骗你身上的钱而已，他去妓院也不过是拿钱买个开心，玩完就完了，谁还当真啊。

梁大元被台上的相声逗得哈哈大笑，不住地喊："啊哈，太好玩了！再说一段再说一段！"忽又想起什么，叫过来小笔，说："笑话要看全套，你可得再给我去打听窦少爷的事！"

小笔心领神会，忙不迭点头，嘴角一丝坏笑都快藏不住了。

隔天一过午后，估摸着美凤楼已经开门了，窦天宝就匆匆赶去给冰清赎身。到了美凤楼，茶都没顾得上喝一口，他就把一千元扔到桌子上，自己一屁股也坐在桌子上，对着老鸨说："数数吧，人呢？"

老鸨却是一脸愁容，用手绢擦了擦眼睛说："病了。"

窦天宝一下从桌子上跳下来："什么？病了？"

老鸨点点头，说："可不嘛！你一走，她就哭，这两天天天这样，大夫说，这叫相思病。"

窦天宝急了："那快给她治啊！"

老鸨再次哽咽起来："大夫说了，冰清姑娘身子本就娇弱，这一病需要慢慢补养，得千年雪莲配药，十二颗特大号珍珠为药引，可我本小利薄，哪能买得起这些啊！"

窦天宝一把拿起桌上的一千元，扔到老鸨身上，喊起来："快给她治病，多少钱我都花！"

老鸨放声大哭："哎呀，谢谢窦少爷，您真是活菩萨啊！"边哭边说边把一千元揣进上衣里。

窦天宝抓住老鸨说："行了行了，别哭了，快带我去见她！"

冰清躺在床上，面容惨淡，看着着实楚楚可怜，一下子就让窦天宝心头一痛。天宝还是第一次产生这样的感觉，他想这可能就叫"爱"吧。

窦天宝坐在床头看着冰清心疼得不得了，问："怎么样？见好吗？"

冰清有气无力地说："少爷，想不到啊，这真是病来如山倒，我还以为见不着你了！"

窦天宝赶紧给冰清盖了盖被子，说："别别，别说这个，你会好起来的。"

冰清咳了几下，更添几分凄美："听说您父亲是个了不起的人物。"

窦天宝应声："嗯……我父亲是个管着几十万人的大帅。"

冰清眼神里流露出羡慕："哦，您是将门虎子啊。"

窦天宝说："咳，原来……"

冰清捂着胸口，像是一阵心口疼，问："怎么？"

窦天宝抽了抽鼻子，说："瓦罐难离井口破，将军难躲阵前亡，可惜他死了。"

冰清一下坐了起来："死了？"

窦天宝点了点头："死了！"

冰清意识到自己反应有点过激了，赶紧慢慢躺下，说："俗话说瘦死的骆驼比马大，那您这将军之子也足可以显耀平生。"

窦天宝闻言苦笑起来："那是痴心妄想喽！"

冰清心头一紧，又问了一句："怎么？"

窦天宝看着天花板说："我有七个妈，有道是树倒猢狲散，爹一死，她们带着家中的钱全跑了，就一个对我爹上心的，陪葬了。"

冰清有点急了，语气里有点埋怨："你自己也应该留一手啊！"

窦天宝叹了口气："哎，实不相瞒，今天带来这钱还是我卖了前院得来的……"

冰清一听，明显有点泄气，但还是努力做出一副感动的样子："少爷，您太好了，您真是君子，我这一生能托付给您，我死亦无憾了。"

窦天宝一把抓住冰清的手说："真的，冰清，我，好感动，你不嫌我穷？"

冰清点点头，说："哪怕你分文无有，我也不嫌弃。"

窦天宝是真感动了，看着冰清，满脸真诚地说："冰清，你太好了！"

冰清像是因为说多了话，一下子又剧烈咳嗽了起来，窦天宝慌乱起来，不知道是该拿药，还是该拿水。这时老鸨突然冲进来，走到床前说："少爷，冰清得吃药了，大夫说她不能太累，得多休息。"

窦天宝拍了拍老鸨，认真地说："拜托您好好照看她，我会再来的。"

老鸨点头，招呼道："少爷，您慢走。"

窦天宝回头心疼地看着冰清，说："冰清……好好养病，我等着你。"

老鸨赶紧喊："来人，送窦少爷。"

四个小丫鬟进来，围住窦天宝，送其走出门。冰清又一阵剧烈咳嗽，边咳嗽边看门口，直到窦天宝消失在门外。

老鸨对着镜子，整理头上的花，看了眼门外说："行了，走远了，张少爷来电话，让你快去！"

冰清一把揭开被子，起身下床，喝了杯水，说："哎呀，咳得我还真累了。"

冰清轻浮地笑起来，开始坐在梳妆台前打扮。

窦天宝回来后就像魂被勾走了，一门心思都在冰清身上，是吃也吃不香，玩也没心情玩，隔三岔五着窝囊去美凤楼问冰清情况，窝囊总是无功而返。窦天宝再也等不了了，拎着好些个糕点和水果，直奔美凤楼。

刚准备进门，小二茶壶过来伸手挡住了窦天宝："大爷，您找谁？"

窦天宝一脸疑惑，看着茶壶，喊道："茶壶，你不认识我？"

茶壶笑了："认识，不过这大白天您就来了，够早的啊。"

窦天宝拨开茶壶的手说："我来看看冰清姑娘。"

茶壶一把抓住窦天宝，说："爷，您还不知道呢？"

窦天宝停住："知道什么？"

茶壶努力做出惋惜的神色，小声说："冰清姑娘死了！"

窦天宝手中东西咣当落地，整个人大惊，喊道："死了?!"

茶壶点头："嗯，昨天夜里死的，死前还念叨您哪！"

窦天宝退后几步，靠在门框上，开始放声大哭，喊着："冰清——！"他听说窦大帅死的时候都不曾哭得这么伤心。

茶壶上前劝："得了，大爷，您这是何苦哇，死了死了，一死百了！"

窦天宝抹着眼泪问:"她埋在哪儿呢?"

茶壶皱着眉头说:"嗐,这个,妓院里死个姑娘是常有的事,乱葬岗子一扔就完了,大部分都让野狗吃了,谁知道尸首落哪儿了!"

窦天宝一下捂住脑门:"哎呀,我可怜的冰清啊!"

茶壶说:"得了,别难过了!"

这时,小笔正好经过美凤楼,看见窦天宝正靠着门大哭,快步走过来问:"窦少爷,干吗呢?"

窦天宝抽泣着说:"小笔,我可活不了啦!"

小笔扶住窦天宝问:"别,别难过,怎么了?"

茶壶叹了一口气,冲小笔说:"冰清姑娘,昨夜里没了,窦少爷这是伤心呢,冰清姑娘没福气啊,窦少爷真是个痴情的人哪!"

窦天宝没心思听茶壶的絮叨,来时他还想着等冰清病好了接过来,也就成个家了,这个晴天霹雳般的消息像是一下子把他抽空了。他踉跄着走出美凤楼,枯叶在他脚边盘旋不去,远处的天灰蒙蒙的。

昨日还是温香软玉,今朝已成寒灰冷烬,窦天宝走着走着忽然又唱了起来:"这也是老天爷一番教训,他教我,收余恨、免娇嗔、且自新、改性情,休恋逝水,苦海回身……"

茶壶捡起水果和糕点,把梨子往身上擦了擦,咔嚓咬了一口,笑着看窦天宝的背影,摇摇头说:"我得他济了!"

小笔却一把从茶壶手上抢了糕点过来,作势要去追窦少爷,心里想的却是这回可算给梁少爷带去全套的笑话了。

第三章
散尽

荣华终是三更梦，

万里江山一局棋。

古来多少英雄汉，

黄土坡前卧土泥。

梁府的厅里，传出一阵太平歌词的唱声。

相声四门功课，说学逗唱，其中这"唱"便是太平歌词。太平歌词旋律简单，上下句来回倒，没有乐队伴奏，只凭艺人手中的玉子击节而歌。

此刻在梁府演唱的是一个二十岁上下的女艺人，高高的个子，瘦削的身材，模样长得一般，但化了妆后也别有一番风韵，尤其眼角上挑，有股子喜庆劲儿。这艺人本家姓贾，后来卖给一家姓万的艺人为养女，养父是弹三弦的，给闺女起个艺名叫"小白蛇"，北京南城一带，好听曲的倒是无人不晓。

只见小白蛇手掐玉子，眼波流转，一字一韵地唱着《太公卖面》。

石崇豪富范丹穷

甘罗运早晚太公

彭祖爷寿高颜回命短

六个人俱在这五行中

"好！"梁大元拍掌叫好，扭头看了一眼坐在一边表情呆滞的窦天宝，大声地说："天宝，这角儿叫小白蛇，唱的这太平歌词，算得京城中头一份儿了，长得也真水灵啊。"

见窦天宝没反应，梁大元随手捡起桌边的花生砸他："哎哎哎，跟你说话呢，听见没啊？"

窦天宝一脸苦色，兀自摇着头说："唉，这冰清她怎么会死了呢?!"

梁大元往嘴里扔了颗花生米，笑着说："得了，别想了，不就是一个妓女嘛，这北京城还不多的是啊。"

说罢，梁大元挥手招呼台上的小白蛇，说："来，小白蛇，过来过来，坐窦爷怀里，让窦爷开心开心。"

小白蛇快步从台上下来，一下搂住窦天宝，撒娇说："窦爷，我唱得好吗？"

窦天宝正琢磨冰清好端端的怎么就死了，死后埋哪儿了，完全没有头绪也不知道从何想起，只觉得心烦意乱。小白蛇一屁股坐过来，窦天宝哪有这个心情，一把推开小白蛇，说："去去去，一边去，别烦我！"

小白蛇眼睛一瞪："呦，爷那么大脾气呀！"

窦天宝也不客气，回瞪一眼，说："别理我，烦着呢！"

梁大元见状冲小白蛇摆手："行，躲开吧，那帮说相声的呢？"

小笔赶紧招呼何人乐、陈世忠两个上台，两人都是满脸谄笑着上来鞠躬。

这二人是天桥一带比较有名的相声艺人，何人乐逗哏，陈世忠捧哏。这何人乐家里三辈做艺，算是相声世家，陈世忠则是半路出家，原是个做烧饼的，因为喜欢相声下了海。陈世忠终归是生意人出身，还算宽厚，何人乐则是把钱不当钱，当命看，每个铜板都拴在肋条上，动一动就肝疼，一说有便宜占就马上冲，一看要吃亏扭头就走。

对待梁大元这样的少爷，何人乐自是把他当祖宗供着的，只见他上前来弯腰说："二位爷，我伺候您一段。"

窦天宝看着何人乐，不耐烦地说："说一什么？"

何人乐继续谄媚："爷，您想听什么？"

窦天宝瞪眼，看了眼梁大元说："够狂啊！就你们这破相声，我都听腻了。"

何人乐可不会跟钱过不去，连忙说："那是，当初老爷子在世时，我可没少花您家的钱。"

窦天宝得意起来："我可听了不少相声了，改天我和你们一块儿热闹热闹吧！"

何人乐赶紧捧着说："我的爷，您圣明，您太聪明了，您要是干了我们这行，我们全没饭了啊！"

窦天宝拍了下桌子："好哇，哪天我没饭辙，我就找你们说相声去！"

何人乐赶紧赔笑脸："嘿……爷您会开玩笑，我可有日子没花您钱了，您看，呵……"

窦天宝大手一挥："一人给两块。"

何人乐目的达到，赶紧作揖："谢谢，谢谢爷！"

窦天宝扭头对梁大元说："一会儿你给啊。"

梁大元放下茶杯："嘿，拿我随份子，天宝，我说你怎么一点儿精神也没有啊？就那么个事至于吗。"

窦天宝往后一靠，瘫坐在椅子上，像一条搁浅在海滩上的鱼，他没精打采地说："没劲，待着真没事干。"

梁大元没接这句话，他眼珠子转着。同是少爷，梁大元也是得不停找点新鲜玩意儿打发时间，但他现在毕竟跟窦天宝又不同了，如果说都是鱼，那梁大元是在海里东游西逛无所事事的鱼，而窦天宝则是搁浅在海滩的鱼，蹦跶不了几天了，于是那条无所事事的鱼倒觉得看海滩上的鱼蹦跶是一件难得的乐子了，如果有什么办法，让这条鱼蹦跶得更快一些，他是乐于看见的。

梁大元想了想，一脸坏笑，对着小笔说："对了，小笔。"

小笔赶紧凑过来："爷。"

梁大元挠挠头，问："前些日子，你说那新来唱戏的角儿叫什么？"

小笔想了想，说："哦，那个啊，雪梦华。"

"对对，雪梦华，天宝，有日子没听戏了，走着，咱去看角儿去！"

昌茂戏院外车水马龙，人声鼎沸，这个著名的戏院，你在门外听传出来的锣鼓点，都能听出其中夹杂着人情和利益。

昌茂戏院是一家新式戏院，建筑结构与旧式的舞台不一样。剧场设有大门，有整个用铁皮做的罩棚，可以容纳观众进场和休息。改掉了原先舞台是坐南朝北或者坐北朝南，观众席却是坐东朝西或坐西朝东的规矩，而是做成面对面，纯粹是演出与欣赏的关系。戏院里不但有了聚光电灯的照明设备，还将旧式的品字形舞台改为有台唇的镜框式舞台，观众座椅也相对比较舒服，虽然有扔手巾把儿的，但相对旧式戏院来说还是要安静和净化得多。

戏院门外大水牌上书：威震平津，旦角祭酒雪梦华。

窦天宝和梁大元坐在包厢里，抽着烟卷，桌上摆满各式样的小吃，两个人跷着腿，边听戏边打着锣鼓点。

舞台上名角儿雪梦华正唱《贵妃醉酒》，一招一式妩媚中透着力道：

海岛冰轮初转腾，见玉兔，见玉兔又早东升。

那冰轮离海岛，乾坤分外明。

皓月当空，恰便似嫦娥离月宫，奴似嫦娥离月宫。

雪梦华眼波流转，目光所到之处，让人觉得这眼神就是递给你一个人的，引得台下频频叫好，窦天宝也被感染了。这一番折腾从梁府到戏院，又听了一阵戏，窦天宝心里的烦闷被这锣鼓点冲刷得差不多没影了，听到好处，窦天宝不住点头，连声大喊："好好！好角儿！"

梁大元瞅着窦天宝喜欢，坏笑着说："怎么样，一起吃个饭？"

窦天宝想都没想，手一挥说："好——！"

此时的窦天宝已经彻底忘了美凤楼的冰清到底是怎么死的，死了埋哪儿的事了，现在雪梦华又成了窦天宝的新心思。梁大元招呼小笔，小笔马上心领神会，扭头出了包房奔后台去了。

雪梦华唱完谢幕，来到后台准备卸妆，不大的后台穿梭来往着演员和一帮伺候角儿的伙计，大小不一的花篮堆满了后台的空地，都是送给雪梦华的。雪梦华一路穿过后台，有不少人都向她打招呼，她一派名角儿的范儿，见了大多数人都懒得回应，不耐烦地坐在座位上，一伸手，随从赶紧递上了茶杯。

雪梦华喝了一口茶，一把扔了茶杯，随从吓得赶紧蹲下捡茶杯。雪梦华把一块真丝手帕扔到随从头上，没好气地说："茶沏成这样，是说你不打算伺候了是不是？"

随从连忙赔不是，雪梦华一脸怒意："还不赶紧重沏。"

这时戏院老板余二笑着过来说："角儿又发脾气了，今儿满堂彩怎么还和个倒茶的置气呢？"

雪梦华满脸不开心："这年头就没有一个称心的人、顺心的事儿，满堂彩也是您赚的钱，我们不过就是个卖力气的，哪有您的福分多啊。"

余二可不接这样嗔怪的话茬，他亲自给雪梦华斟茶："这话说的，难道这一屋子花篮都是送给我的啊，还不是都冲雪老板的面子，要是没您，我这么大的园子也得关门。冯老板昨个儿今儿个全都包了票，想让您这两天抽空赏脸吃顿饭，您看是不是……"

话没说完，雪梦华就厌恶地摆手说："不去，身子骨不舒服，过几天再说吧。我是唱戏的，又不是个卖笑的，想找人吃饭去美凤楼啊，那儿全是好酒好菜，吃个够。"

余二赶紧堆笑说："哎呀，我说姑奶奶，您不能这样啊，都是衣食父母，咱可得罪不起。"

"那我也伺候不起。"雪梦华轻飘飘说一句，径自开始卸妆了，又吩咐下面人，"川子，把这些个花篮都搬走，花花绿绿的，瞅着就眼花。"

余二正准备再说话，雪梦华直接把头扭向一边："余老板，今儿个累了，有话咱明天说吧。"

余二也不敢真惹恼了角儿，只好摇摇头先离开，想着待会儿怎么给冯老板找个借口打发了。余二前脚走，后脚就来了个拎着鸟笼子的男人，油头粉面大肥脸，龇着一嘴金牙喊起来："雪老板今儿一出《贵妃醉酒》真是醉人啊。"

雪梦华眉头一皱，心生厌烦，但转身过来时就已经是笑颜了："承蒙杜老板赏识，梦华谢了。"这是一个好角儿的基本功，台上台下都认真演戏。

杜老板一扬手，手下搬上来一个锦盒，杜老板亲自打开，一套珍珠首饰在灯光的照耀下更是夺目。雪梦华眼睛一亮，马上谄媚起来，笑着跟杜老板说："这个，怎么好意思啊？"

这回的笑倒是已有七八分是真的了。

杜老板拿出珍珠项链戴在雪梦华的脖子上，说："好东西就得配美人儿啊，我安排一下，雪老板赏光一叙啊。"

雪梦华笑得更妩媚了："那梦华就恭敬不如从命了。"只不过这笑又不那么真了。

但杜老板显然很受用，开心不已，一边逗弄着鸟笼里的鸟儿一边说："好嘞，那我到时候就派人来接雪老板了。"

雪梦华笑回："劳烦杜老板了，川子，送老板出去。"

杜老板临走时掐了一把雪梦华的屁股，甩着一身肥肉出了后台。雪梦华厌恶地拍了拍屁股，把项链对着灯照了照，心满意足地放回盒子里，一回头，就看见小笔站在身后。

小笔笑嘻嘻地说："雪老板好人缘啊。"

雪梦华可不需要对着小笔这样的下人演戏，做出一副无奈的表情："吃的不就是这碗饭嘛。"

小笔也不敢多造次打趣，赶忙接过话茬："我家少爷今儿想请雪老板吃个便饭。"

雪梦华犹豫起来，小笔接着说："给雪老板介绍个少爷，雪老板务必要赏光啊。"小笔一副要有好事照顾雪梦华的样子。

雪梦华听后，说："那成吧，我收拾收拾就来。"

皇城根有个饭庄叫隆丰堂，专做王公府第的买卖，各府的少爷和大小官员聚会开心多选择此处。梁大元和窦天宝当然也是这里的常客。梁大元为了招待雪梦华，订下了最大的包间，桌上珍馐美味，杯盘罗列，雪梦华赶到时，两个少爷早已喝得红光满面了。

雪梦华此时已经换了便装，搭配貂绒披风，尽显雍容华贵，她看了一眼窦天宝，知道这就是适才小笔说的要介绍认识的少爷了，端起酒杯冲着窦天宝说："窦先生，我敬您一杯。"

　　窦天宝连忙端起酒杯："请，您请。"

　　雪梦华一饮而尽，笑着落座。

　　梁大元在一边说："哎呀，角儿，唱得太好了。"

　　窦天宝跟着点头，说："我们刚听了，您有梅先生的雍容、尚先生的刚劲、程先生的华美、荀先生的妩媚，集四大名旦于一体，真不愧是威震华北的好角儿啊！"

　　雪梦华听着倒是有些意外，她没想到这个一眼就能看出纨绔的少爷倒像是真懂点戏的，于是笑着自谦起来："窦先生过奖了，梦华经师不到，学艺不高，难入高人之目，如此夸奖，愧不敢当。"

　　梁大元一听窦天宝夸得有鼻子有眼，不服气，立马又说："啊，哈——！唱得……"他实在不知道该怎么夸，干脆说："唱得声大！"

　　雪梦华装作很受用梁少爷的夸奖，又要表现得自己其实跟梁少爷的关系更亲昵一些，便推搡了梁大元一下，说："梁先生，您也要多关照啊。"声音里透着一股撒娇的味道。

　　梁大元一拍桌子说："好！明天，明天我包二百张票。"

　　窦天宝举杯喝尽："我包三百张。"他可从不在这种场合输给梁少爷，当然他也没算过三百张票需要多少钱，又得卖掉他家哪间房才够。

　　梁大元一口酒呛到："啊，包那么多？"

　　窦天宝没理梁大元，盯着雪梦华问："您在这儿演多少场？"

　　雪梦华看着窦天宝的眼睛，一下子又是名角儿的样子了，眼神里有种都是为了戏的神圣感，淡淡地说："到月底。"

窦天宝端起酒杯，又一大口，说："好，咱就到月底，每天我包三百张票。"

雪梦华连忙举起酒杯，说："如此，我可多谢了。"

窦天宝举杯："干！"

叮的一声，两人这一碰杯倒像是在为戏曲事业做贡献了，只不过在梁大元听来却是梦碎的声音，又被窦天宝抢了风头，他在旁边不乐意起来，刚准备驳一句，眼瞅着就要喊出比窦少爷更多的票了，小笔上前在后面扶了把梁大元，故意大声说："还得是窦少爷！不过窦少爷您现在这样，还怎么捧角啊？"

梁大元看了一眼小笔，一下子心领神会，故意激窦天宝："窦少爷有的是招。"

相比出风头，梁少爷还是更喜欢看笑话。

窦天宝确实有招，不过他现在的招也只剩下卖房子了。他并不是不知道自己的处境，但毕竟富裕日子过了十七年，他没有遭受过什么不如意的事，从小到大都是想要什么有什么，想怎么样就怎么样，尤其不能让谁顶着，但凡有人跟他对着来，他那倔脾气一下子就起来，半点儿亏都不能吃。他也不知道去算着需要多少钱，又要卖多少房，反正还有能卖的，对他来说就还能过。至于卖完了以后又怎么样，这事儿可能窝囊会想，但绝不是窦少爷会认真想的事。

于是隔天就又有十几个人来窦府搬家了，窦天宝没有意外地将厢房也卖了出去。

窦天宝持一沓钞票，站在院子里数钱，然后大手一挥，对来搬家的人说："行，钱正好，收拾吧，这东厢房是你们的了！"

卖完了房，窦天宝又可以继续他的少爷梦了，虽然这梦已经开始了梦醒时分的倒计时。

昌茂戏院里，雪梦华正在台上演《玉堂春》，包厢内，窦天宝大声地叫好。什么父母，什么家变，什么冰清，什么卖房，这些都过去了，也不重要了。没人知道窦天宝心里在想什么，也许，他只是想靠这些放纵来继续麻痹自己，他始终不想面对这些日子以来发生的事情，这些失去对他来说太沉重，他没有办法应对，索性选择遗忘。

这边窦天宝在包厢里连声叫好，那边窦府的大院中间，窝囊呆呆地伫立，看着被卖出去的房子，一脸的愁苦，却又无可奈何。窝囊就这么在少爷房前等着，他似是下了很大的决心，一定要好好劝劝少爷。前院、厢房都没了，外面新搬进来的正热闹着，显得窝囊站的里院和仅剩的几间正房更冷清了，还有正房，还没到最坏的情况，省着点，日子还是能过下去的，窝囊心里盘算着，想着一会儿少爷回来该怎么劝。

冬日虽已过，但最近突然又变冷了，白天胡同里大伙儿见了面都说这倒春寒，估计得下场大雪，夜里的凉意让窝囊打战，但他的心是热着的。

窦天宝听完戏并没有回家，而是又跟着雪梦华去饭店打麻将了，作陪的有梁大元和另一个没什么名气的女演员水灵儿。

几圈下来，窦天宝手气不错，连连和牌。梁大元无所谓，反正他也不是为了赢钱来玩的，无非是消磨时间。水灵儿没怎么赢，但能陪着当个牌搭子就已经是看得起她了，她也只能强颜欢笑。

唯有雪梦华输得多，一脸不高兴，索性摔起牌来，嘴里不住嘟囔："真是打了哪张来哪张，成心和我过不去啊。"

窦天宝刚摸到了一张五万，高兴地说："嘿，又有听了！我……"

正说着，窦天宝看见小笔朝他使眼色，窦天宝怔了一下，醒悟到，赶紧打出去。

窦天宝假装不经意地说："五万！"

雪梦华眼睛一亮："呀！和了！给钱吧，几位！"

大家笑起来，纷纷给钱，雪梦华脸上这才露出了笑容，窦天宝看了眼小笔，小笔点头，窦天宝冲着小笔挤了下眼睛。有了小笔这个探子站在雪梦华身后，窦天宝频频放和，没几圈下来，雪梦华不仅翻本，还赢了不少，胸前满满对折钱，整个人笑得跟花儿一样。

梁大元知道窦天宝故意放水，他不在乎，还一个劲儿夸雪梦华戏唱得好，牌也打得好，水灵儿在一边酸酸地说，那是啊，这人美啊，什么都跟着好。

窦天宝也跟着笑着，不停地往外掏钱。

输光了所有钱，窦天宝才回到家里，一头栽倒在床上，还是一副浑身不得劲儿的样子。

窝囊端了碗粥进来，窦天宝摆手不想喝。窝囊把粥放到桌子上，过来坐在窦天宝床边，欲言又止，像是被一肚子话憋住了。

窦天宝说："有话就说吧，别憋着自己。"

窝囊语重心长地说："少爷，不能再卖了，前后院、东西厢房全卖了，就剩这几间正房了，您都卖了，住哪儿去？"

窦天宝望着天花板，满不在乎地说："哪儿不能住？大丈夫不挣有数的钱。"

窝囊摇摇头，像是鼓足了勇气，大声说："少爷，我说句难听的话，您有什么手艺？"

窦天宝看了窝囊一眼，像是被他的突然大声震了一下，但没一秒的工夫又恢复了纨绔样，懒懒地说："我会花钱。"

窝囊看着油盐不进的少爷顿时苦笑起来："那可不行，等到这几间房也归了别人，咱们俩怎么办呢！"

窦天宝坐起来："该怎么办就怎么办。活人还能让尿憋死，我告诉你，当初我父亲也是赤手空拳打下这一份家业的，我怎么就不行呢！"

窝囊点头："是，您比老爷子强，他一辈子打下的江山，您一个月就给糟践了！"窝囊说完就后悔了，觉得自己说重了，少爷回来前在院子里想的那一番劝的话眼下全乱了。

窦天宝倒也不生气，只是觉得烦了，乏了，累了，困了，他拍着窝囊肩膀说："哎呀，烦人不？快去睡觉吧，我累了。"说着就推窝囊出门。

窝囊不住地说："少爷，我可是掏心窝子说话啊！"

窦天宝不耐烦地说："知道了，知道了，好了，睡觉吧！"

窝囊还想说些什么，但只说了半句："少爷，我……"窦天宝就一把关了门，把他关在了门外，窝囊只能叹着气摇着头，却也不敢再烦着少爷。

第二天一早，大雪纷飞，遍地银白。

窦天宝推开门，放眼望去，天地间皆为白色。雪落无声，却似有千钧之力，将往昔的喧嚣与纷扰尽数掩埋。檐下冰凌垂如银针，随风轻晃，叮咚作响，老槐枝头堆雪如冠，虬枝横斜处，偶有残叶未尽，缀于枝头如点点墨痕。

窦天宝呼了一口白汽，有感而发，站在房门前用唱戏的念白腔念了一段他听说书人讲《红楼梦》听来的一段：

为官的，家业凋零；富贵的，金银散尽。

有恩的，死里逃生；无情的，分明报应。

欠命的，命已还；欠泪的，泪已尽。

冤冤相报实非轻，分离聚合皆前定。

欲知命短问前生，老来富贵也真侥幸。

看破的，遁入空门；痴迷的，枉送了性命。

好一似食尽鸟投林，落了片白茫茫大地真干净！

一段念完，窦天宝觉得自己似有所悟，把目光从远处收回落到眼前，突然怔住，他看到窝囊跪在雪中，已成白人。窦天宝大惊："窝囊！你干吗呢？"说罢赶紧跑到跟前，抱住窝囊，但窝囊死死跪着不起来，身子都已经冻僵了。

窦天宝大喊："你疯了！大雪天你跪在这儿干吗？"

窝囊眼泪出来："我……"却被冻得根本说不出话了。

窦天宝抓住窝囊的肩膀："你这是何苦啊！有话好说！"

窝囊大喊："少爷，我求您了！"

窦天宝急了："什么事？说吧！"

窝囊昨夜里憋的一肚子话，像是被一夜风雪冻成了冰，他终于鼓起勇气把这大块冰敲碎了，一边打着哆嗦一边一股脑儿把这些冰碴碴全都倒了出来："我十七岁跟着老爷，老爷对我天高地厚之恩，我这一辈子报答不完，我想的是孝顺他老人家，可谁知出了意外，这个家眨眼之间就散了，剩下咱两人，这就叫相依为命啊！打小老爷太太宠着您，衣来伸手饭来张口，我也愿意让您享福，可现在不是那会儿了，咱到哪步说哪步，就剩这几间房了，可不能再卖了，不管怎么说，您得有个落脚的地儿啊！少爷，我求您，别卖房了，您的事我清楚着呢，您无非是捧那些唱戏的角儿，您记住了，人家不是为了您活着的。铁打的营盘流水的兵，走了穿红的来了挂绿的，尤其那些唱戏的，在台上把忠孝节义演完了，台下可没有'仁义'两个字，您不能陷得太深啊！少爷，我求您，别卖房了！"

窦天宝哪里是不懂窝囊，只是他一直以来懒得去想这些事，冰冻三尺非一日之寒，何况窦少爷纨绔了整整十七年。他有过守着父母留下的这点财产好好过日子的想法，但仅仅是有过，这个念头就像院子里的落叶，一阵风就给吹跑了，想要再拾起这个念头却是做不到了，有心无力，便索性连心也不起了，整日里麻醉着，过一天算一天吧。

听了窝囊这一番话，窦天宝也是被感动到了，点着头说："窝囊，我谢谢你！你是真疼我，当初我爸爸也没白疼你，可是，你说晚了，你看……"

窦天宝指了指窝囊的身后，最后一拨买房的人已经来了。

那几个人站在窝囊身后，假装抹着泪，说："太感动了！少爷，房还卖吗？"

窦天宝一咬牙："卖！"

说完这个字，窦天宝从买房人手中接过钱来，就往昌茂戏院去了，把这一大摊事全都丢给了还跪在雪地里发愣的窝囊和幸灾乐祸的一帮买房人。

窦天宝走进昌茂戏院账房，那些伙计一看窦少爷手上的钱袋子就两眼放光，赶紧簇拥上前，搬椅子的，倒茶的，忙得不亦乐乎。

这个招呼："爷，您喝水！"那个招呼："爷，您坐。"

窦天宝喝了口热茶，说："今天票卖得怎么样？"

伙计皱了皱眉："下大雪，够呛，没准得回戏！"

窦天宝放下茶杯，起身说："别，那么大的角儿雪梦华还能回戏？"

伙计装作一脸委屈地说："那可没辙，雪天路滑，人都不爱出来。"

窦天宝想了下，从钱袋里掏出一沓钱，说："我全包了。"

伙计赶紧拿起钱，说："嗬，我的爷，您是活菩萨啊！雪老板遇到您可真是福气啊！"

窦天宝不在乎："这算什么！角儿呢？"

伙计说："还在饭店睡觉呢！"

窦天宝哦了一声，坐回椅子，端起茶杯，眯瞪了起来。

雪梦华确实是在金花大饭店睡觉，只不过身边还躺着个梁大元。

梁大元正酣睡，大声地打着呼噜，雪梦华醒来，起身拿着一个镯子在看，撇了撇嘴，回头趴在梁大元身上说："爷，差不多该起了，光买一镯子可不成，你不说今儿要带我去买钻石吗？"

梁大元半梦半醒，翻了个身说："买买！"

在戏院里半天没等着雪梦华，窦天宝又觉得无聊，一路逛到了落子馆门前。

落子馆是表演北方曲艺的馆子，众伙计正在门口揽客，看见窦天宝过来，连忙招呼。窦天宝走进来，抖了抖身上的雪。

伙计喊："呦，爷，您来了，里边请吧。今儿没去捧雪老板啊？"

窦天宝说："我刚去饭店了，雪老板有应酬，我上你们这儿散散心来！"

伙计弹了下白毛巾，说："快来吧，窦少爷到！"

落子馆内台上坐着弦师和一溜女演员，窦天宝在台下坐着，伙计赶忙倒水递烟，戳活的伙计持扇走过，凑上前问："爷，您看哪位姑娘伺候您一段？"

窦天宝看了看扇子说："凤仙吧，唱一《层层见喜》。"

戳活的吆喝："有题目了，窦天宝少爷烦凤仙姑娘唱《层层见喜》。"

台上凤仙起身，打鼓唱，不住向窦天宝抛媚眼：

一步两步莲花瓣，

三步四步缠枝莲，

五步六步红芍药，

七步八步踏牡丹，

九步十步来得好快。

这一串热闹的唱词把窦天宝心中的无聊烦闷冲淡了些，他随手掏出几个钱扔桌上，喊："赏！"

戳活的大声重复："窦少爷赏十块！"

落子馆台上台下众人齐呼："谢！"

正热闹着，窝囊走了进来，抓住一个伙计问："窦少爷呢？"

伙计用手一指，窝囊又看到窦天宝正在赏钱，摇着头快步向窦天宝走去，窦天宝一看窝囊进来了，准备拉着窝囊一起看。窝囊哪还有这心思，他对着天宝一番耳语，窦天宝起身随窝囊走出落子馆。

窦天宝边走边问窝囊："到底出什么事了，你倒是说清楚啊。"

窝囊指着落子馆门外的一辆马车，马车上装的家具等物，一头小驴在马车边。

窦天宝一惊："干吗啊这是？"

窝囊指着小驴子，说："您上去。"

窦天宝不乐意："我上驴干吗？"

窝囊说："您先上去，我有话跟您说。"

窦天宝没办法，只能先上驴。

窦天宝骑在驴子上，说："到底干吗？我骑驴上哪儿去？"

窝囊说："大兴。"

窦天宝惊呼："大兴？我上大兴干吗去？"

窝囊倒是一脸平静："房子您全卖完了，咱实在没地儿待了，七太太早就料到有这一手，您还没出生时就在大兴给您买了一套房子，有四十亩地，我拼着累死累活的能养活您，咱走吧！"

窦天宝说着就要下驴，喊着："我不去！我上乡下干吗去！"

窝囊一下掏出刀来对准自己，泪流满面地说："您可以不去，您要不去，我就死在这儿，完了眼不见心不烦，您爱干吗我也不管了！"

窦天宝赶紧重新上了驴，说："别别，你怎么这样啊？"

窝囊目光坚定："您去不去？"

窦天宝说："去！去！去还不行吗？"

窝囊收起刀，坐上马车说："好！咱们走！"

窦天宝一脸无奈地说："窝囊，真有你的！"

窝囊叹了一口气，但神情坚定："我是为了您好！"

窦天宝本就没什么计划，日子过一天算一天，眼下房卖完了钱花完了，倒也踏实了，他突然觉得连日里的无聊烦闷也随着这些消散了，此刻胸中倒是涌起一股清爽。

窦天宝把头一仰，一声唱腔喊了句："众将官！"

窝囊想起以前陪着少爷天桥、戏院满京城寻开心的日子，也被少爷点起了热情，高呼："有！"

窦天宝用手一指："兵发大兴去者——！"

窝囊一甩鞭："得令啊——！"

窦天宝双腿一夹，小驴跑起来，窝囊赶着马车紧追，主仆二人向大兴而去，雪地里只留下一路深深浅浅的蹄印和车辙印，一直延伸到城外，城墙根下，一些青草已经冒了出来。

第四章

逃婚

风卷残云月隐轮，

红尘一骑绝芳尘。

谁家玉笛穿林暗，

吹散鸳盟梦里人。

大兴，在北京南边，据说打秦朝起就有这个地方，是中国最早的建制县之一。在元明清三代，大兴曾是"天下首邑"，清代这里属顺天府，1928 年 6 月，大兴划归河北。这地儿不错，民风淳朴，瓜香果美。

　　但对窦天宝来说，这里可是出了北京了。刚出城时的新鲜劲早已消散殆尽，不到半天的工夫，窦天宝已经开始怀念起北京城灯红酒绿的日子了，他开始后悔骑上这头小驴了。小驴被一根绳子拴在马车后，跟着窝囊的马车走，和骑在它身上的窦天宝一样无精打采。

　　窝囊知道窦天宝心里不痛快，也不搭理他，只顾赶着马车，死死攥住拴着小驴的绳子。

　　窦天宝唉声叹气起来，说："窝囊，你说咱出个门，你好歹也给我弄匹大白马，我骑着也有个模样，现在倒好，我堂堂窦家少爷骑头驴，就差拿个账本了。"

　　窝囊听着抱怨笑起来："少爷啊，真要是有账本就好了，咱家现在这个情况，能有驴骑就不错了，要依着您的性子在城里再败些日子，咱连驴都没了。"

窦天宝不服气地说："就是因为咱现在境况不好，你才应该让我留在城里想法子赚钱啊，我那么多朋友，怎么也能凑点买卖翻个身啊。"

窝囊撇了撇嘴说："少爷啊，别说我看不起您，我主要是不能相信您了。咱家就最后一点家当了，我再不拦着您，咱俩就得去路边讨饭吃了。您就安心跟我走吧，至少能有口饱饭。"

窦天宝不乐意起来："大丈夫怎么能只图口饱饭呢？"

窝囊没好气地说："能有口饱饭就烧高香吧。"

窦天宝一看说不动窝囊，开始想招跑，左右看了看地形，突然大喊了一声："哎哟！"

窝囊赶紧回头问道："少爷，怎么了？"

窦天宝捂着肚子说："不知是不是吃坏了东西，这会儿突然肚子疼得厉害。"顺势就趴在驴上不能动弹了，眼睛悄悄瞄着窝囊。

窝囊没办法，前后看了一下，刚好有片小树林，只能叫停了马车，自己也从马车上下来。

"少爷，旁边有片小树林，要不您下来方便方便？"

窦天宝瞄了眼旁边的小树林，应声道："只能这样了。"

窝囊扶着窦天宝往小树林走，找了个能挡住身的树，看着窦天宝说："赶紧着啊，一会儿天黑不好赶路了。"

窦天宝开始解裤子，看窝囊没有要走的意思，嗔道："你不会在这儿看着我吧？"

"我怕您有个不舒服什么的啊。"

"我就闹个肚子，咱家当都在那边呢，你不看着家当，看我干吗啊？"

窝囊头都不回地说："家当没了我不怕，您没了，我怕。"

窦天宝一看没办法，只能说："行行行，那你总要转过去吧，你这么盯着我，我哪方便得了啊？"

窝囊想了想，转过身去。就在窝囊转身的同时，窦天宝捡起一块石子使劲儿朝马车的方向砸过去。马和驴同时被惊着，窦天宝大喊起来："窝囊，快，马惊着了！"

窝囊赶紧朝马车跑，窦天宝起身提裤子朝另一个方向跑去，边跑边乐和，哼，想关我，爷是谁？窦天宝一路穿过小树林，远远看见前面有条小土路，走过去一拐弯应该就是大道。窦天宝乐和地唱起来，到拐弯处还专门亮了个相，头一抬，看见窝囊坐在马车上正看着他，小驴子正对着他喘着粗气，窦天宝一个趔趄，坐在地上。

窝囊二话没说，抽出绳子就把窦天宝给绑了，扔在驴背上。

窦天宝大喊："窝囊，你这是干吗啊？我就是跟你开个玩笑，其实我知道你在这儿等我呢。你看我不是也没想着走别的道嘛，这么绑着就不合适了吧，再让人瞧见像什么啊。我好歹也是个少爷，在京城也是个人物。窝囊，你先放开，咱有话好说，窝囊……"

窝囊一语不发，只管拉紧拴着驴子和窦天宝的绳子，吆喝着马车往前走。

窦天宝喊起来："窝囊，我刚才还没来得及方便呢！这样，你先把我放下来，我这次是真方便，你在旁边看着我还不行吗？"

窝囊一副懒得搭理的模样："您就在驴上方便吧，我洗。"

窦天宝嚷嚷："行，你说的啊？我尿了啊，我还拉！"

"您随意。"

窦天宝一看这招不好使，又换了副嘴脸，说："窝囊，我饿了。"

窝囊拉住马车，下来。

窦天宝一看有机会，赶忙说："我就知道你心疼我，咱找个地方先吃一顿，喝两杯，酒足饭饱再赶路也不迟……"

只见窝囊从怀里掏出一块饼塞到窦天宝嘴里："酒足饭饱是满足不了了，您先凑合吃块饼吧。"说完，重新驾着马车开始赶路了。

窦天宝嘴里塞着饼，身上绑着绳子，骑在驴身上，倒成了路上一景了。

天色擦黑，马车停在大兴的一个农家院子前，窝囊下车打开院子门，赶着马车进院子，窦天宝骑在驴身上一起进了院子。

窝囊过来给窦天宝松绑，窦天宝一个骨碌从驴背上摔下来，趴在地上抬头打量这处院子。

院子不算大，中间有口井，两边栽了两棵不知道是什么的树，其中一棵已经枯死了，正面三间瓦房，中间屋子的大门上还有镂空雕花，左右两个红色柱子，已经掉漆起皮了，左边有间小房，应该是厨房，右边靠后有个茅房。

窝囊把马和驴拴在院子里的墩子上，开始卸车上的东西。窦天宝起身拍了拍土，活动了下胳膊腿，一脸哭丧地问窝囊："我就住这儿？"

窝囊说："房子是不能跟咱城里的宅子比，但咱现在这情况也只能是这样了。我先收拾收拾，您就踏踏实实住下吧！"

窝囊忙里忙外搬东西，窦天宝则傻傻坐在台阶上，看着眼前的这一切，不由得心里五味杂陈，竟唱了起来：

> 我好比笼中鸟有翅难展，
>
> 我好比虎离山受了孤单。
>
> 我好比南来雁失群飞散，

我好比浅水龙困在沙滩。

第二天小院就被窝囊收拾得有模有样了，等到中午窦天宝囔着肚子饿时，窝囊变戏法似的整出了几个小菜还有一小壶酒，说是少爷正式住进小院，怎么也得有点仪式感。

窦天宝端起酒杯一饮而尽，忽然脸色大变，呸的一声吐在地上："这什么啊？一股子涩味！"

"村子里就这一家卖酒的，人家自己酿的。"窝囊说着喝了一口，觉得还行，又喝了一口，说，"这绝对是自己家酿的啊，挺好的啊。"

窦天宝满脸不乐意："窝囊啊，你真是没喝过好酒，就这种猫尿还敢叫酒？行了行了，穷乡僻壤的，能这样也不错了。"

窦天宝有一口没一口地吃菜，窝囊忙着给窦天宝夹菜，边夹边问："少爷，您看到外面的景没，跟画一样，这空气也新鲜，赶明个儿我再把这院子收拾收拾，弄出个菜园子，以后咱就自己种菜自己吃，您要想喝好酒也成，我给您酿，您要……"

窦天宝打断他："行了，窝囊，我这来也来了，饭也吃了，酒也喝了，咱什么时候回城啊？"

窝囊吃惊："什么？回城？爷啊，您怎么还惦记着回城呢？城里房子您全卖光了啊，咱回城里就真得住大街了！"

窦天宝满不在乎地说："没那事！我窦天宝再不济也不可能沦落到睡大街啊，要不这样，你在这儿收拾着，我先回城想辙，真没办法了，我再回来。"

说完，他立马站起来，窝囊赶紧扑上来按住他，说："爷啊，您就别再胡闹了。太太当年就说算命先生批您'命薄'，料想您命里有大劫，早早买好了这房子让您有个落脚处好平稳地过日子，走前也嘱咐我一定得让您在这儿落脚。老爷是被害死的，虽说那边答应了不动您，可这些事都没准啊，说不好哪天就又牵连到您，这可是挨枪子掉脑袋的事！"

窦天宝一听这个，气一下冲起来了："我爹到底死在谁手上了？为什么到现在也没人跟我说清楚？我娘到底去哪儿了？她怎么会不等我回来就走人呢？"

窝囊叹起气来："少爷啊，老爷他们是闹政权的事，太太说了，万万不能让您牵扯到里面，你还小，这动刀动枪的事不能让您知道。"

窦天宝愤怒地喊着："那难道我爹就这么不明不白地死了？我做儿子的连仇都不报吗？我这算什么孝道！"

"太太说了，您好好活着，就是最大的孝道了。这年头没有王法，也没有规矩。咱家以前家大业大没人敢欺负，那是因为老爷手里有枪手下有兵。如今咱们落魄了，一没枪二没兵，还没钱，怎么和那些个军阀斗。眼下是乱世，是这个国家的命，也是老爷的命，好在您命大去了上海，不然还不知道会发生什么呢。老爷临死前留话，绝不允许你当兵参政。"窝囊苦口婆心道。

窦天宝难过起来："那我娘就那么走了？"

窝囊其实也挺理解少爷，自打出生以来就锦衣玉食的少爷，从上海一回来整个家空荡荡的，搁谁也没法接受，但他还是得劝着少爷理解："不走没办法啊，那边下了话，三天内不撤出京城，一个都不留。太太实在等不住你了，就先去了河北落脚，但前两天我差人去找了，还没找到，不过您放心，我继续差人找，一定会有下落的。"

窦天宝端起酒杯，冲着外面的天大喊一声："爹、娘，儿子不孝，不能为你们报仇，儿子在这儿给你们磕头了。"

见少爷扑通一声跪在地上，磕了三个响头，窝囊也跪下，端起一杯酒说:"老爷、太太,窝囊一定照顾好少爷,我在,少爷就在,我不在,也要保少爷在!"

窦天宝扶起窝囊,叹道:"我最好的命是有你。"

窝囊的眼泪夺眶而出:"少爷,可不敢这么说,窝囊受不起啊。您只要好好的,窝囊有天去那边了,也好跟老爷交代了。"

窦天宝紧紧抱着窝囊,说:"之前是我不好,没听你的话,不过你放心,我窦天宝堂堂男儿不可能就这么没出路,我有办法让咱俩过好。"

"什么办法?"窝囊问。

"嗯,那个,这不想着呢嘛,别急。"

窝囊示意窦天宝坐下,自己也坐在对面,窦天宝说:"干吗啊?这是又有什么正经话要说?"

"您还真说对了,眼下就有件打紧的要事和您说,我先声明啊,这不是我的意思,是太太的意思。"

"我算是看出来了,你现在但凡有事就拿我娘来压我,一会儿让我这样,一会儿让我那样,说吧,现在又想怎么样?"

窝囊鼓足勇气说:"结婚!"

窦天宝一口酒喷了出来:"什么?结婚?"

窝囊态度坚决地点点头:"对,您也不小了,娶房媳妇好伺候您,一两年生个孩子,也就像一户人家了。我这身子骨估计能再活二十年,二十年后,您的少爷也大了,也就有人管您了,我死也就甘心了!"

窦天宝急了:"这都哪的事儿啊?这不才刚说我们不能向命运低头,得想辙重振旗鼓嘛,这怎么话就赶到这儿了呢?"

窝囊说:"您有什么办法啊?眼下这就是唯一也是最好的办法。"

"那也不能说娶媳妇就娶媳妇啊？"

窝囊笑起来："太太之前嘱咐，您到了这边就让我给您安排好。我早就派人四下扫听了，定妥，就是大兴本地的，家里算个财主，姑娘可好了！"

窦天宝撇嘴，不以为然地说："可好了？你见过啊，还是认识啊？叫什么？"

"大俊！"窝囊说。

晚上，窦天宝静静地躺在床上，想着这些日子里发生的事，翻来覆去睡不着。

他毕竟才十七岁，还是个孩子，原本过着锦衣玉食的好日子，转眼就成了今天的境地。说实话，事情刚发生时，窦天宝根本没意识到多严重。他没看见窦老爷被杀害，连尸首都没有，他也没看见几个娘离家走，连个再见都没说，他甚至不知道家里到底发生了什么事，只是窝囊告诉他，少爷，您爹死了，您娘跑了，您家里没钱了。这些话不能让做少爷的窦天宝意识到事情到底有多严重，所以他前些日子的吃喝玩乐实际上是一个少年对残酷现实的逃避。他甚至觉得这有可能只是个阴谋，爹会不会是得罪人了，暂且和娘躲起来，他一番挥霍、走投无路时，他们自然会回来的，总不能看着他流落街头。他的叛逆心作祟，依旧还是个等着爹娘回来照顾的孩子。

可到了大兴后，他开始意识到这一切是真实发生的了，他原先的所有都瞬间消亡。如今住在偏远的乡下，吃着难咽的饭菜，喝着发涩的酸酒，窝囊老泪纵横地告诉他，现在唯一的出路是娶一个叫大俊的乡下姑娘，窦天宝终于陷入了悲哀中。

但这会儿的窦天宝就像一个钟摆，一会儿摆到这头，一会儿摆到那头。一摆到这头他就觉得自己得懂事了，撑起这个家，得好好过日子，不能再像以前那样稀里糊涂了。但就像钟摆在最高点停不了多久一样，很快窦少爷又觉得完全不知道何去何从，于是惯性又很快把他牵回了那头，纨绔少爷，灯红酒绿那头。

这一夜，窦天宝辗转反侧，他十七年来，终于第一次失眠了。

天刚亮，窦天宝就听见院子里来了动静，好像有不少人在院子里进进出出的。他朝着窗外望了一眼，发现窝囊正在布置院子，几个厨子正在架锅，吹吹打打的乐队也摆好了阵势。他一个翻身起来，大喊一声："窝囊！"

窝囊应声跑进来，窦天宝问："你大早上干吗呢？"

"忙活您成亲啊，昨晚不是跟您说好了吗？"

窦天宝惊了："什么说好了？你昨晚就是跟我说了一嘴，我也没答应啊，这怎么还操办上了？是你成亲还是我成亲啊？"

窝囊说："肯定是您啊，这事早晚都得办，赶早不赶晚。您赶紧起来洗漱，这人陆续都到了。我可是全村人都请了，咱不能太小家子气，不然以后在村子里不好立脚啊。"

窦天宝想说什么又停住了，摆了摆手说："行，反正我不应着也不成，你忙活去吧。"

"少爷啊，这就对了，您赶紧着出来，衣服我给您放床头了。咱阵势摆起来，但还是简单为主，您就别操心了，等着当新郎官吧。"窝囊开心得直乐，比自己结婚还要高兴。

窦天宝看了一眼床头，果然放了一件新郎的衣服，他仰头叹道："能不操心嘛，这莫名其妙就成亲了。"

小院里越来越热闹，窝囊忙前忙后，又是招呼来的客，又是招呼干活的人，头上渗出密密的汗珠，也顾不上擦，匆忙喝了一口水后，又朝着厨子那边跑去，嘴里喊着，肉菜开始上了啊。

大批乡亲前来贺喜，院内桌凳摆得严实，乡亲们已经三五成群喝了起来，时不时议论几句。

"你们知不知道啊？这个新郎他爹以前是个军阀，家里可有钱了，在城里都是大宅院。"

"那怎么跑咱乡下成亲了？"

"军阀混战呗，说是老爷子被弄死了，全家人都没活着的，就剩他一个。"

"明摆着来躲难了，那些人拿枪子崩人，可不留情面。"

"那不能殃及咱们村吧？"

"不能吧，那都是有枪人闹的事，人家才不跟咱们费枪子呢。"

"要我说还是咱乡下好，城里太乱了，哪还有王法啊。"

"还不如早前有皇上呢，现在这都是什么事啊？"

"哪朝哪代都一样，可怜的都是老百姓，咱们啊，还是今天有酒今天醉吧，来来来，喝着。"

……

大家七嘴八舌地议论着，乐队的吹鼓手们卖力地演奏着，小院里一派张灯结彩的气氛。

窦天宝只在屋子里躲着，任由外面折腾，听着外面敲锣打鼓的，他就当是一出戏了，自己就是那唱戏的，演一出结婚的戏，演一出过日子的戏，演着演着这一辈子不就过去了。窦天宝这么劝自己，打算就依了窝囊的意，就在大兴这地方踏踏实实过日子吧。

转眼就到了晚间，窦天宝的房子里挂着红帘子，床上铺着新被褥，墙上一对红喜字显得格外扎眼，两支红色大蜡烛吱吱冒着火光，屋子里安静得让人窒息。

新娘一身大红，头顶红盖头坐在床边，窦天宝穿着新郎衣坐在桌旁，仰头喝杯酒，苦笑了一下："这就是我的命，既然如此，就这样吧。"他默念道，起身向新娘走去。

一看窦天宝坐过来，新娘马上紧张起来，朝旁边挪了挪。

窦天宝一眼看见了新娘的一双大脚，顿时心都碎了，心里想："就这么双大脚丫子，估计人也好不到哪里去？不过也不一定，不是说财主的女儿嘛，那估计也差不了，缘分一场，认了！"

窦天宝伸出手，深呼吸，慢慢掀开了新娘的盖头。

"我的天哪！"

窦天宝大叫一声，一屁股坐在了地上。

这个新娘子大俊，说起来也是村里的一个名人了，她全名柳俏俊，是大兴柳财主的闺女。

柳财主名叫柳才柱，原先就是个做小买卖的人，先倒卖粮食，后来还倒卖起猪肉，为人很是精明，做了多年生意，没得罪过什么人，口碑还不错。随着生意越做越大，他娶了当时大兴最有钱人家的小女儿胡小姐，那个女儿是出了名地漂亮，多少王公贵族想要结亲都没有成愿，年过二十四了还没出嫁，最后竟然嫁给了柳才柱。柳才柱婚后顺势接了丈人家的生意，成了真正的柳财主。

柳财主和胡小姐感情分外好，柳财主就这一房太太，一心想要孩子延续香火，胡小姐多年来体弱多病，好不容易怀上个孩子后，身子骨就更差了。孩子七个月时就临盆，足足生了三天，终于血崩而死，柳财主抱着刚出生的女儿守在胡小姐床前整整七天，水米未进。

柳财主模样虽然不是多么俊朗，但也生得浓眉大眼，胡小姐更是个美人坯子，可这生出来的女儿却是奇丑无比。老人家说当年胡小姐怀孕，反应太厉害，来了个郎中瞧完后开了个药方子，但药引子得是柳家后院的一棵百年歪脖树的根。柳财主二话没说就砍了那棵歪脖树，谁劝都不好使，如今女儿生成这个模样，老人家都说得罪了树精，歪脖树投胎到孩子身上了。

家里人劝柳财主，说小孩子儿时难看是好事，攒福气，长大自然就好看了。为了博个好彩头，柳财主特意给女儿取名柳俏俊。

柳俏俊是胡小姐留在这个世界上最后的念想，柳财主思妻心重，多年来坚持没有再娶，即便柳俏俊模样难看，但柳财主依旧视她为掌上宝，请了多位老师从小教授，希望她能琴棋书画样样精通，养成大家闺秀，也好弥补模样上的缺陷。

可这个丫头从小就不是个姑娘命。三岁时，柳俏俊就敢追着院子里的大黑狗，硬生生把大黑狗逼到沟里不敢上来；她七岁就骑着大马在坝上飞奔，摔下来滚几个圈爬起来继续嚷嚷着要上马，谁都拦不住；九岁，家里开了镖局的买卖，她就爱上了长刀长枪，成天和镖师们混在一起练功，十二岁就能三步上树上房，习得一身好武艺，人称柳家大俊。

大俊的本事是越来越大，可模样却一年不如一年，活脱脱就是个假小子，虽然身材娇小，但身手了得，脾气也暴躁。柳财主疼女儿，也舍不得打骂一句，常常气得不行了，也就一句："随她吧"。

柳家有钱，按道理结亲是个好事，但大俊的名声全大兴都知道，哪有男方敢提亲，这一晃就耽搁了，眼看着到了成婚的年龄，却迟迟没有人上门。柳财主愁眉不展，放话出去，谁要是娶了他家女儿，柳家家业就归谁。

窝囊早早就听说了此事，在少爷还在茂昌戏院成天给雪梦华包票时，他就开始动了心思了。俗话说"丑妻家中宝"，在窝囊看来这是最适合少爷的，既能有柳家家业让少爷过回好日子，又有个能管束少爷的强壮妻子，在窝囊朴素的乡下思维想来这是最理想的了，于是他就自作主张主动上门提亲了。柳财主听闻窦天宝的情况，当下就同意了，还表示无须彩礼，所有费用都由柳家出。

窦天宝刚到小院那晚，大俊就悄悄地来看过窦天宝的模样，很是喜欢，二话不说就同意了婚事。两人的姻缘就此结下。

窦天宝只想着大俊模样普通点，过日子也就算了，但没想到大俊不是普通，而是惊人，一时间没回过神来，坐在地上半晌没起来。

大俊一把掀了盖头，冲过来扶窦天宝，还连忙问："怎么了？喝多了？"

窦天宝摇手："没没没，就是有点惊着了。"

大俊非但没生气，还哈哈大笑起来。她扶起窦天宝坐好，自己坐在小圆桌前倒了杯酒，开始大口吃菜，边吃边说："我一落生，就把接生婆吓跑了，小时候，我长得像个男孩子，可谁知女大十八变，越变越好看，出息得倍水灵，要不是你爹原来也有一号，我才不跟你呢！说句文明词儿，我这也算下嫁了，哎，你说句话啊！要不要一起吃啊？喝两杯？"

窦天宝头都不敢抬，说："不吃，你招呼自己吧。"

大俊不乐意了："那你倒是抬头瞅瞅我啊！"

窦天宝依旧不抬："刚才看过了！"

大俊过来对着他的脸："再细端详端详。"

窦天宝咽了口唾沫："你容我消化消化。"

大俊爽朗笑道："你还真贫，你这嘴要说相声去也够材料了。"

窦天宝苦笑："哎，姑奶奶您夸奖！"

"行了，天不早了，赶紧睡吧。"大俊一抹嘴说。

窦天宝头赶紧扭向一边，说："那个，我……"

大俊一下不好意思起来，头一低说："你说，要干吗？嘻……讨厌……"

窦天宝扶了一下桌子，头也不回地冲出去："我去撒泡尿！"

月黑风高，窦天宝把衣服别在腰间，回头望了望房子里的灯，小声说了句："窝囊，爷对不住你了。"

说完，窦天宝爬上院墙，纵身跃下，隐没在夜色中了。

公鸡第一遍打鸣时，大俊已经双手叉腰，脸色发青地站在院子里了。窝囊立于一侧呆若木鸡，时不时偷偷抬头瞄一眼大俊铁青的脸，实在不知道说什么。

道歉的话窝囊已经说了一百次了，可这人确实是不见了，看了看院墙下面的脚印，窝囊能断定，窦天宝就是连夜翻墙头跑的。

几个村民气喘吁吁跑过来，大俊抓住一个问："找着了吗？"

村民喘着气说："没有，全村都找遍了，没有！"

大俊一脚踹翻了院子里的石凳，说："好。你个窦天宝啊，无情无义，放着我这么如花似玉的美人你不要，你还敢跑！"

村民和家丁赶紧拉住大俊说："大俊，别上火，慢慢找吧！"

大俊咬着牙对天大喊："哼！反正入了洞房了，我就是你明媒正娶的夫人，找遍天涯海角，我也要找到你……"

窝囊叹气无语，一屁股坐在地上。

第五章
落脚

天上下雨地下滑，

自己跌倒自己爬。

若要朋友拉一把，

酒换酒来茶换茶。

天桥的晨曦像是被赶集的人潮踩碎的金箔，熹微的光线穿透薄雾，在每个人的脸上镀上一层水润的光泽。卖豆浆的铜锅冒着青白色的蒸汽，油条入锅的嗞嗞声夹杂着扫帚清扫落叶的沙沙声，让清晨的天桥像一场大戏悄然拉开大幕。

北京城内的人烟嘈杂和街上的车水马龙让窦天宝感到心情舒畅，一夜赶路的疲惫驱散了不少。他翻墙逃出大兴小院后就一路朝着北京的方向赶，没走多远就累得在路边歇息，他就让自己想着北京城的好处，给自己提提劲儿，结果满脑子想的都是天桥，于是窦天宝就一路回忆自己第一次到天桥，和梁大元天天一放学就往天桥跑，天桥的吃的，耍的，天桥的那些撂地艺人……

他还记得十三岁那年不小心去大太太佛堂弄翻了供桌，爹第一次和他发了脾气，拿起藤条就朝他抽过来，倒是大太太挡住了，说不过是个孩子，不打紧。爹问他为什么要跑到佛堂里来撒野，窦天宝一句话都不说，任凭藤条抽到了身上，七太太闻讯赶来和窦老爷大吵，抱着窦天宝要离家出走。窦天宝挣脱母亲的怀抱一个人跑出来，一口气跑到天桥。他没有告诉爹是因为爹病了，他想去佛堂拜拜菩萨，保佑爹身子骨快点好起来，从厨房偷了些吃的摆在供桌上，却不小心弄翻了。他就这样一个人在天桥待了一天，躲在艺人化装的地方逃过了家丁的寻找，一直到晚上天桥所有人散去了，他还依旧坐在这里，捡起了一个白天不知谁扔的小鼓，敲着学着唱鼓艺人站在街角唱了起来。

回忆就像天桥撂地变魔术的艺人的箱子，里面什么都有，而每一件拿出来都能让窦天宝安心一些。想着想着脚下就又有了力气，他起来继续赶路，一边唱着戏一边赶着路，一边想着天桥，直到天色微亮碰到了一个赶大车的才搭上车到了天桥。

窦天宝这会儿是又累又饿，但他觉得自己像是好久没来了，一路走过来，竟然东瞧西看觉得什么都新鲜都高兴。看见卖糖葫芦的，窦天宝正要来一串，才意识到自己翻墙连夜逃出没带钱，只能假装没事哼着小曲离开，转头看见相声艺人何人乐从对面走过来。

何人乐马上作揖："窦爷，您好啊！"

窦天宝的少爷派头顿时恢复，笑笑说："老何啊，干吗去？"

何人乐笑着应："上地啊！上天桥说相声去！"

窦天宝一听说相声，顿时来了精神，说道："好啊，我也瞧瞧去。"

何人乐弯腰做了个请，说："来，我伺候您一段。"

天桥的摊子好像又多了，林林总总仿佛一夜间多了很多艺人，艺人们大声说着唱着，卖力表演，围观的人时不时发出叫好声，还有铜板扔在铁盘里的声音。窦天宝跟在何人乐后面一路经过洋片、戏法、大刀刹腹、摔跤、唱大鼓的摊，他那打赏的好习惯就来了，但一摸口袋空空如也，就把伸进口袋的手又抽出来了。

一路来到何人乐撂地说相声的摊，这里三面板凳，众人环绕，窦天宝坐在场面桌旁，何人乐给他倒了杯茶，他摸了摸，茶杯都是凉的，却还是喝了起来。台上二娘们和陈世忠正在说相声。

窦天宝问何人乐："哎，老何！这主儿怎么跟女的似的？"

何人乐笑起来说："呵呵，这是新来的，艺名二娘们，买卖不错，就是坤了点儿，您瞧吧，逗着呢！"

正说着，二娘们抖了一个包袱，虽然不大，但还是让窦天宝乐起来，此时的笑对他很重要。他下意识地又去口袋里掏赏钱，显然什么也掏不出来，正尴尬着。

何人乐看在眼里，挨过去问："有日子没瞧见您了，忙大生意呢！"

窦天宝笑笑，把手从口袋里抽了出来："去了趟大兴。"

何人乐点头："哦，最近您没去捧雪老板？"

窦天宝放下茶杯，说："雪梦华？"

说实话，窦天宝这几日确实都忘了还有个雪梦华的事，这一经何人乐提醒，倒是勾起他看戏的瘾来，也觉着捧了这么久的角儿总该是能方便落个脚的，便起身跟何人乐告辞往戏院去了。

这时陈世忠正好演完一段下来，看着窦天宝的背影说："老何，那不是窦少爷吗？怎么让他走了？"平日里何人乐见着窦天宝就跟狗见着骨头似的，怎么也得反复呲摸唔出二两肉来，今天倒是太阳打西边出来了。

"少爷？兜里有钱才是我们的少爷，没钱，那就去他大爷。"说着，何人乐哼了一声，一边把窦天宝那杯喝剩的茶泼了出去。

窦天宝来到昌茂戏院时，时间尚早，戏还没开场，那些伙计们正懒散地打量着戏院门前的人来人往。一看窦少爷过来，伙计们一下子来了精神，跟往常一样，这个招呼："爷，您喝水！"那个招呼：

"爷，您坐。"

窦天宝喝了口热茶问："角儿呢？"

伙计们见窦天宝半天没掏出打赏的钱袋子，又一脸倦容，心下早就明白了七八分了，换了一副懒得搭理的语气："后台扮戏呢！"便像赶瘟神一样把这个落魄的少爷支给雪梦华去打发去。

雪梦华这时正在扮戏，周围数人来回忙碌着，就算没有跟班的过来悄悄打报告，雪梦华这么一打量坐在对面的窦天宝也早就看出窦少爷窘迫来了，此刻少爷的窘迫就像秃子头上的虱子，明摆着了。雪梦华笑着说："窦少爷也有落魄的时候？"

窦天宝靠在后面的桌子上，仰着头说："唉，天有不测风云，人有旦夕祸福，我也没想到啊！角儿，让您笑话了！"

"唉，可别这么说，您可没少捧我，我是真心拿您当朋友。"雪梦华一边没停下手中的打扮，一边虚应着。

窦天宝却听不出其中的意来，还高兴了起来："得嘞，我没看错人。"

雪梦华假装殷勤地笑笑，扭脸对身边的跟包说："把茶给我。"

窦天宝连忙起身，拿过茶杯递到雪梦华跟前："我来我来，角儿吃饭了吗？"

雪梦华有点失落，叹气说："没呢，有戏不能多吃，不过你这一说，我还真有点饿了。"

"等着，我去给角儿买点心，一会儿好好聊会儿。"窦天宝起身便往出走，但刚走出后台，他就想起自己的囊中羞涩来了，无奈又折了回来，一时呆立在侧是走也不是，回也不是，最后终于鼓起勇气说："角儿，我这出来得匆忙……"

雪梦华向下人使了个眼色，下人立马跟着窦天宝出去了。

买了点心出来，雪梦华的跟班说得赶紧让角儿在开戏前垫上一口，窦少爷的点心自己慢慢挑，就拿上点心匆匆往戏园子去了。窦天宝哪有钱买点心，但也只好虚应着在铺子里四下打量，等那个跟班走远了，才从铺子里空着手出来。这时一个毛头小子突然凑上撞倒窦天宝，窦天宝一屁股坐在地上，喊起来："哎，不看人呢？"

毛头小子立马开始装瞎子，伸手向前乱摸，嘴里骂起来："王八蛋，我瞎你还瞎！"

窦天宝一看，只好悻悻地站起来："得，算我倒霉，讨厌！"他拍拍身上的土，往戏园子里走。

"妈的，我才倒霉，摸了个穷鬼，还装大爷买点心。"身后的毛头小子也骂骂咧咧的。

一番折腾后，窦天宝来到戏园子门口，戏已经开场了，隐约传来锣鼓声。窦天宝刚准备进去，就被几个伙计拦住了："找谁？"

窦天宝头一仰说："找谁？我刚从这儿出来，你不认识我？"

"从这儿出来进去人多了，我问你找谁！"

窦天宝不耐烦起来："找雪梦华！"

伙计对视一笑："口气不小，等会儿，给你问问，看雪老板认识你吗？"

窦天宝指着里面："小子，你去问吧！"

伙计掀帘子进了后台，窦天宝对着门口的镜子整理了下衣服和头发。不一会儿，伙计掀帘子出来，冲着他喊："雪老板说不认识你。"

窦天宝瞪大了眼睛："什么？不认识我？雪老板不认识我？"

伙计摆手轰他："行了，赶紧走吧！"

窦天宝这时才真恼了："你骗我！她怎么能不认识我？"

伙计拦住窦天宝说："我劝您一句，天下没有不可能的事儿！"

窦天宝气得挣脱开伙计，要往里面冲，雪梦华的几名跟包出现在门口。

窦天宝一看，忙指着跟包说："这几位不是雪老板的跟包吗？你们哥几个总认识我吧？"

几名跟包面无表情地摇摇头。

伙计摊开双手说："我说什么来着！"

刚才给窦天宝倒茶的一个跟包笑笑说："雪老板说了，闲杂人等一律免参免见！"

窦天宝怔住，仰天冷笑道："好啊！我那钱全打了水漂了，你们可真是绝情绝义啊！想当初……"

伙计拽住窦天宝说："少爷，我拦您一句，别想当初了，人活着实在点儿吧，就说今天。"

窦天宝甩开伙计的手："说什么今天？"

伙计冷笑道："少爷，您今天晚上还没地儿住呢吧？"

窦天宝一下被噎住："我……"

天色渐晚，窦天宝一个人在大街上东游西荡了半天，肚子咕噜噜响，实在是走不动了，靠在街边一个柱子前，扭头看见旁边有个缘聚客栈，想了想，硬着头皮进了客栈。

伙计看见有人来，热情地出来迎接，窦天宝一脸疲惫，朝伙计先笑了一下。

"客爷您住店？有上等客房，一人一间，每人一顿饭四个菜。"

窦天宝面露尴尬："伙计啊，我……问一下，这房钱能该着吗？"

伙计一听这话，脸色马上不好看起来："该着？您没带钱啊？"

"没带……没有……"

伙计问："是没带还是没有？"

窦天宝清了清嗓子说："没有！"

伙计甩了一下手里的毛巾说："出去！该干吗干吗去！"

窦天宝一把拽住毛巾，说："商量商量……"

伙计拽回毛巾，瞪着眼睛说："没商量！"

窦天宝怒视伙计，指着说："孙子，你等着！"

伙计笑了："我等着给你收尸，滚蛋！"

窦天宝转身而去，伙计在后面骂声不绝："穿得人模狗样的，什么玩意儿，还想来住霸王店，也不扫听扫听这是哪儿……"

无奈，窦天宝只能一个人在街上继续毫无目的地逛着，不知不觉再次来到天桥。

这是他第一次在晚上待在天桥，此时的天桥已经没了白天的热闹，路上是随处可见的垃圾，还有些残缺的桌椅板凳，偶尔有些人经过，路口还有个馄饨摊正在收摊，窦天宝闻着馄饨的香气，越发饿起来。他想过去找梁大元，但是心里清楚，虽说是一起长大的发小，但这有钱人之间的关系可跟穷人不一样，享乐在一起也是拼个谁更阔绰，如今他落得这般田地，实在不想让熟人看了笑话，更何况一直是被自己压在下面的梁大元。

窦天宝想着这些，就这么在街上过一夜，实在是挨不过去。他看到身边几个长条凳，起身朝街口走去，穿过几个路口，来到一条背巷子里。

何人乐的家就住在这条背巷子最里面，此时的他刚刚吃完饭，老婆收拾桌子，三个小孩在屋子里玩耍，何人乐来到院子里倚着柴垛抽烟，隐约觉得一个人影站到门外，还有细碎的脚步声。

窦天宝在门外站了半天，终于喊了一嗓子："老何！"

何人乐夹起烟袋，朝门口走去："谁呀？"

一开门，看见窦天宝站在门外。

"嘿呦，我说什么呢？我这左眼一个劲儿地跳，真有贵人啊，哪阵香风把您吹来啦！快进来。"

窦天宝面露难色，进了院子，笑笑说："哪有香风？我这不，是求您来了吗？"

何人乐拉着窦天宝进屋："快坐快坐，倒水！"

何人乐的老婆赶紧倒了杯茶水放在桌子上。

窦天宝拿起茶杯一饮而尽："我呀，唉，怎么说呢！"

何人乐赶紧又给续上水："您别客气，您有事儿但讲无妨，只要我能办到，万死不辞！"

窦天宝拍了一下他的肩膀，叹道："唉，老何，我谢谢你！我现在混得不好，你也知道，我不多说了。最主要的是我现在没地儿住，你看……"

何人乐大气地一挥手，朗声道："好办！还能让您住街上去？我这地儿小，尤其是明天我丈母娘上来，八十多了，我能不管吗？等她走了，我接您去。我给您出一主意，跟我说相声的陈世忠他家有地儿，您要是不嫌弃，那儿凑合几天，我这一折腾开，您就上这儿来。"

"陈世忠……"窦天宝喃喃地说。

何人乐指着前面说："明德里 7 号。"

窦天宝吃不准："这，行吗？"

何人乐拍胸脯："没的说，说相声的最讲义气！"

窦天宝点头："好吧！我去麻烦老陈！"起身就要离开。

何人乐突然盯着窦天宝的大褂，说了句："哎！窦爷，您这大褂可不赖，这料子也少见！"

窦天宝看了眼自己的大褂，说："啊……"

何人乐一脸惆怅起来："唉，我一瞧见您这衣服，我这心里就不是滋味啊。"

窦天宝关切地问："怎么了？"

何人乐叹了口气："明天我老丈母娘来，她老人家一直希望我能混出点儿人样来，可我除了说相声，别的也不会呀，到现在连件好衣服都没混上，一天到晚穷凑合，这我要是有您这么件大褂，该多体面，我那丈母娘看着也高兴啊！"

窦天宝二话没说，脱下大褂递给老何说："你试试！"

何人乐推辞："别价，我不是这意思。"

窦天宝一把把大褂塞到何人乐怀里："你拿着吧！我跟你什么交情，行了，我去找老陈。"

窦天宝推门而去，何人乐笑着往自己身上比画着大褂。老婆在一边不解地问："老陈不是上通县了吗？"

"对呀！下午去的！"何人乐答。

"那你还让他去找老陈？"

何人乐笑着说："我不是让他找老陈，我是让他从这儿走！"

何人乐老婆用手戳他，坏笑道："真缺德！"

何人乐把大褂交到老婆手上，说："把这大褂搁好，哪天没辙了当了它。"

老婆边叠大褂边说："你们说相声的人怎么这样？"

何人乐笑笑："都那样！"

窦天宝抱着胳膊找到明德里 7 号陈世忠家门外，敲了几下门没反应，里面也没有个亮，窦天宝正准备再敲，发现门上挂一大锁，窦天宝摸着锁，叹口气，转身而去。

深夜的大街上一个人也没有，窦天宝穿着短衣裤，抱着肩一路小跳，边跳边唱起了一段《怯五更》：

一更儿里

月影儿照花台

想起郎君一去不回来

我叫丫鬟打上了四两酒哇

四个菜碟儿端也就端上来

一碟子白菜丝儿

一碟子炒肉丝儿

干炸丸子糖醋鱼儿

四个呀菜碟儿忙摆好哇

这不唱还好，只是冷，这一唱窦天宝是又冷又饿了，忽见对面一辆洋车跑过来，窦天宝远远瞧见，车内坐的竟是冰清。窦天宝一愣，猛地跑上前，拦住洋车，车夫一个趔趄，差点连人带车翻到路边。

洋车夫大喊："你疯了？"

窦天宝一把拨开洋车夫，拽住冰清喊："冰清?！冰清！"

冰清整理了下衣服和头发，神情自若地说："您认错人了，我叫玉洁。"

窦天宝愣住了，手松开："玉洁？不对！你就是冰清！你不是死了吗？"

冰清笑了笑，说："不错，冰清是死了，我叫玉洁。我们走。"

洋车就地而去，风中传来冰清的笑声。

窦天宝呆住，整个人蒙了，身子慢慢往后退，突然大声怒吼："婊子无情，戏子无义！"

怒吼了几声，饥饿和寒冷让他的愤怒失去了支撑，窦天宝只好失魂落魄地坐在灯下，往日的生活在脑海中一幕幕浮现。

人声鼎沸的戏园子里，雪梦华在台上唱戏，全场叫好，窦天宝在戏园子的包间里和雪梦华频频碰杯；

妓院里，窦天宝关切着冰清病情，而冰清含情脉脉地抓着窦天宝的手；

酒楼里，众人众星捧月般簇拥着窦天宝，窦天宝一杯接一杯喝酒，笑声爽朗；

包厢里，窦天宝一挥手，下人抬着大批花篮摆上舞台；

落子馆里，十几个唱曲姑娘围着窦天宝，窦天宝拍拍这个，捏捏那个；

窦天宝走在街上，西装笔挺，油头粉面，身后跟着七八个下人，街上逢人见着就跟他打招呼；

窦府里，窦天宝生日，窦老爷和几个太太纷纷拿出礼物，抢着亲窦天宝；

……

呆想了半晌，窦天宝叹了一口气，又自言自语道："婊子无情，戏子无义啊。"

这时一个身影突然靠过来，说了句："婊子的情在床上，戏子的义在台上，您懂吗？"

窦天宝抬头，望了望站在面前的人，猛地站起来，一把抱住眼前的人放声大哭。

这人叫没溜，他的舅舅原来在窦府当过厨子，没溜就跟着舅舅在窦府待过一段时日，和窦天宝也算是从小一起玩过的伙伴。说起来窦天宝已经不太记得没溜了，好大一会儿才想起没溜的名字来，但这会儿没溜就是他的救命稻草，经历了一整天的饥饿寒冷，此时出现在他眼前的没溜看上去比他的任何亲人都亲。

窦天宝哭了一阵子便跟着没溜回了他的家。这个"家"只能勉强叫作"家"，是一个简陋到不能再简陋的房子了，总共就一间屋子，一张土炕，一个桌子，还有一口大缸。

窦天宝坐在床边看了看这屋子，屋顶好像还是漏的，隐约能看见露出来的瓦片。

没溜坐在对面，就这么怔怔地望着窦天宝。

"没溜，我还以为你死了呢！"

没溜笑了："我才舍不得死呢！好死不如赖活着，你怎么也有这一天呢？"

窦天宝摇头："废话，风水轮流转，天下的事难说得很哪！我算是悟出来了！人哪，分三种，上等的雪中送炭，中等的锦上添花，下等的落井下石。"

没溜眯着眼问："我算哪种？"

窦天宝笑起来："没羞没臊！"

没溜也跟着笑起来："你瞧，打小到大，一见面就骂我，我也老大不小了！"

"打小到大，你也一直没有过正形，要不怎么叫没溜呢！"

没溜摆摆手，说："那会儿小，一天到晚胡来，爹妈死了之后我去了趟两广，分文没挣，就落一个活着回来，咱哥俩还是有缘分哪！

这不又遇见了！"

窦天宝想说什么，但想了想，停住了，他看了眼床说："哎，困了，睡会儿吧！天亮再说！"

没溜起身铺床，说："嗯，睡吧！"

一觉睡到大天亮，窦天宝睡眼惺忪地从房子里出来，看见没溜正在院里洗脸，便问："你怎么起那么早？"

"习惯了，睡不着！"

窦天宝四下看了看，又问："一会儿你干吗去？"

没溜拿毛巾擦了下脸，说："您也别管我干吗去，咱哥俩各奔各的营生，自己养活自己，晚上回来这儿睡觉就是了！"

窦天宝无奈，只能说："那好吧！"

没溜倒了盆里的水，掸了掸身上的灰，说："得，我得走了！"转身出门而去。

窦天宝看着没溜的背影，呆望着天空，不知道接下来怎么办才好，他拿过刚才没溜洗脸的盆，打了些水，双手伸进盆里，顿时觉得刺骨凉，他看着自己的脸映在水盆里，歪歪扭扭的，真是好笑。

没溜家里真是穷到叮咣响，翻遍了也没找到一口吃的，窦天宝勒紧了裤腰带，找了件没溜的旧衣服穿上，关上大门，他不能在家里待着，总要想办法找些营生过日子。

第六章

下海

云散月犹在，

梦醒境已空。

浮名虚利尽，

独剩影随风。

出了没溜的家门，窦天宝在街上漫无目的地闲逛着，只见不远处一群人围成圈，窦天宝凑过去，看见有人摆摊猜碗，就是把石子放在三个碗的某一个中，来回倒，然后大家猜落在哪个碗里。这种骗人的把戏窦天宝十岁就能弄了，他不屑地看了一眼身边那些押钱的人，刚准备走，一个约莫三十岁的男人正手捧十个大碗，持一封信追上了窦天宝旁边的一个路人。

　　男人急切地拽住路人说："先生，您慢走，我有事求您！"

　　路人停下，扭脸问："干吗啊？"

　　男人一脸诚恳，说："我从山东来，给人送礼来的，可那家人不在了。我也没地儿去，求您看看这封信写的什么。"

　　路人接过信看了眼，念起来："今送上传世名瓷'十老会'，哦，这十个碗是好东西，叫'十老会'。"

　　男人显得特别着急："我不管它什么会，我现在是困在这里了，得了，我也不懂这个，您多少给俩钱，我卖给您吧！来，您看看这货。"

　　男人蹲下把碗一字排开，给路人看。几人正看着，打对面过来一个年轻男人，猛地跑过来，一把揪住摆碗的人喊："孙子，我可找着你了，上次弄十个破碗骗我，今儿又来了！"

男人被一脚踹到地上，爬起来连碗都来不及收，麻利儿跑了。

窦天宝蹲下看地上这十个大碗，又捡起信看了看，嘴里嘀咕了一句："十老会？"心下有了主意，捡起碗包好往街口的古玩铺去了。

古玩铺里两个伙计正在打扫卫生，一个五十来岁的男人拿着手里的几张毛票，哭丧着脸朝外走。窦天宝坐在椅子上，心里正盘算着怎么说，一位老先生从里面慢慢走出来。

"对不住，让您久等了，里面有点货让我瞧两眼。"老先生客气地说。

"没事，您开买卖自然忙，我这儿也有点货请您瞧瞧。"

说着，窦天宝拿出十个大碗摆在桌面上，老先生推了推眼镜，又拿出放大镜，拾起一个碗仔细瞧起来，伸手让伙计取来了瓷器谱。

窦天宝跷着腿说："你好好查查这谱，这是张氏的东西，叫'十老会'！"

"十老会？怎么谱上没有啊？"老先生摇摇头。

窦天宝一愣："你再查查！"

老先生放下瓷器谱说："甭查了，都查三遍了，历代瓷器名品谱上没有十老会这个名字。"

"我这可是好瓷器，"窦天宝急了，忙说，"得，便宜点儿，你给五百块！"

老先生笑了："呵呵，这位先生，如果谱上有的话漫说五百，三个五百也可以，如果谱上没有，那对不起，三十也不值。"

"你不识货，我这叫十老会，这瓷器的特点是薄如纸，声如磬，还……硬如铁！"

老先生一愣:"哦? 还硬如铁?"

窦天宝拿起一个碗说:"不信你看。"

说罢,狠狠摔在地上,大碗顿时在地上炸开了花,一地粉碎。

老先生看看地,又看看窦天宝:"不是说硬如铁吗?"

窦天宝嘿嘿一笑:"嗯,废铁!"

不过这一砸倒是让他脑子里灵光一现,想起一个老朋友来。

此时梁大元的宅子里也发出叮咣声,但不是什么瓷器,而是核桃。梁大元双脚跷在桌子上,看着桌上摆一溜核桃,他随便拿起一个看了看说:"这什么玩意啊? 这种货色也敢往我这儿送。"说着就拿起核桃扔在地上,地上已经扔了一地核桃了。小笔连忙又从桌上挑了两个递过来说:"爷,这对不错。"

梁大元看了看说:"嗯,这对狮子头不错,还是这款式!"

小笔松了口气,赶紧又拿起一对核桃说:"那是,这对虎头您瞧瞧!"

梁大元拿在手里看了看,高兴起来,问小笔:"哪儿来的?"

小笔殷勤地说:"这不专门给您淘换的嘛!"

梁大元拍了下小笔的头,说:"好小子,懂事! 哎,窦天宝可有日子没见着了啊,你别说,有日子没见,还挺想他。"

小笔一脸坏笑:"我前儿个听人说他把城中的房子都卖了,和窝囊搬到大兴去了!"

梁大元大吃一惊:"啊! 搬大兴去了!"

小笔撇嘴:"这回可是真落魄了啊!"

梁大元笑起来:"从小他就争强好胜,这回他可输给我了吧,我看他还有什么脸见我,哈哈!"

小笔一指门外："那不是在门口等着呢！"

梁大元一下坐起来，嚷嚷着："啊？来了！"

小笔点头："刚就来了，抱来九个大碗说是要卖给您！"

梁大元放下核桃："干吗不早说啊？"

小笔一脸坏笑地说："爷，这叫压压性，现在他求您了，这可不同以往，我这是让您从气势上压他一头！"

梁大元笑起来，伸出大拇指："小子真灵，让他进来吧！"

"得令啊！"

小笔转身出门，梁大元整了整头发，继续躺倒在太师椅上，嘱咐下人添了茶，不一会儿，窦天宝的骂声传过来。

"是人吗你们！还不让进，添规矩了，妈的！"

梁大元起身招呼："呦，兄弟，来来来，快坐！"

"坐什么坐！你们狗眼可真看人低！"窦天宝气得直摇头。

小笔赶紧给倒茶，说："窦爷！您还跟我们一般见识！来来来，坐下喝茶！"

梁大元搂住窦天宝："跟下人置什么气啊，一帮子贱骨头。怎么，兄弟，听说有几个好碗？"

窦天宝得意起来："那得看你识货不识货。"打开包袱，拿出九只大碗摆在桌子上，悄悄瞄了一眼梁大元。

梁大元只看了一眼，就大呼一声："好东西！小笔，拿谱去！"

窦天宝扭头："啊？你还有谱呢？"

梁大元得意地说："瓷器谱啊，看看上谱不？"

窦天宝坐立不安起来，不一会儿，小笔捧着谱小跑过来，梁大元捧起瓷器谱装模作样看了起来。窦天宝暗暗叫苦，赶紧收拾包袱，将碗包好，拿起包袱就准备走。

突然，梁大元一摔瓷器谱，大喊一声："好，在谱！"

窦天宝愣住，回头看梁大元："嗯？在谱？"

梁大元指着谱说："九龙图！"

窦天宝吃惊，但又不敢太表现出来，他吃不准梁大元这是个什么路数，正想办法怎么办，梁大元一把搂住他说："兄弟，转给我吧，给你一千元！"

窦天宝大喜，心里琢磨："他妈碎一个倒对了！"

和梁大元凑一块就少不了吃吃喝喝，一来窦天宝刚卖了碗给梁少爷于理得请客吃饭，二来窦天宝这一趟从大兴回来，虽然其实也才过两三天，但对窦天宝而言就像是隔了半辈子了，他是真有些怀念曾经的那些纨绔的日子了。所以虽是窦天宝请梁大元吃饭，窦天宝自己却是玩得格外尽兴。

酒楼二楼包间里传来阵阵小曲，窦天宝和梁大元正喝得高兴，旁边几个小美女作陪，一杯杯倒酒。

窦天宝对着小美女说："来，唱段二黄，让爷乐和乐和。"

一位身着纱衣的美女起身作揖，清唱起了二黄。

> 忆往事眼前又现我那买臣的身影，
>
> 思量他也难忘枕上恩深。
>
> 求上苍助我夫妻重圆破镜，
>
> 怕只怕落花有意流水无情。

窦天宝听得高兴，一招手，喊："好，赏！"说着就掏出几张钱给纱衣美女，也没看是多少，小美女接了钱笑吟吟答谢。

梁大元也笑了起来，说："嗬，你还真是有钱就敢花呀！"

窦天宝一脸不在乎，起身说："玩呗，来，我也唱一段。来一段《斩彭越》。"

弦师赶紧弹起来，窦天宝随着弦唱起来，一板一眼很有模样：

金牌宣来银牌调，九梁王彭越把驾朝。

这几载未曾长安到，龙楼凤阁似画描。

驾坐梁地身安好，汉天子三宣所为的哪一条？

头上整整三山帽，身上抖抖滚龙袍，

腰围玉带坠八宝，粉底朝靴踏金鳌，

撩袍端带上御道，品级台前叩当朝。

梁大元在旁边一边喝酒一边拍手叫好。

窦天宝一曲唱毕，喝了口茶，坐下说："有日子没唱了，今儿高兴！来，都有赏。"又掏出些钱来赏给了弦师和几位美女，众人接过钱答谢，窦天宝一脸得意，摆手让大家都先出去。

梁大元端起酒杯说："天宝啊，你这魄力我真佩服，论起花钱来，这北平城里您算头一份，今儿您卖碗这一千还有多少？"

窦天宝伸手摸了一下衣兜，掏出余钱来扫了一眼，说："连吃饭带赏钱花了六百多吧。"

梁大元点头："哎呀，真好！"

窦天宝满不在乎地说："主要是赏的多。"

梁大元又问："这日后您有什么打算啊？"

窦天宝喝了口酒，说："没想好呢。"

小笔假装关切地说："爷，您能干点什么？"

窦天宝咬了咬嘴唇："对了！我能唱戏，大元，你给说句话，找家戏班我干脆下海唱戏吧！"

梁大元一拍桌子："行啊。"

下海唱戏的想法，并不是窦天宝一时冲动作的决定。

做军阀少爷锦衣玉食多年的他，从来没想过未来的自己应该做什么，家庭背景的特殊让他一来不用未雨绸缪，二来他也没有什么空间能决定自己的事情——在哪儿上学，在哪儿居住，和谁做朋友，见什么人，说什么话，吃什么东西，这看起来平常不过的生活，其实是早就安排好的。富人和穷人的区别，从古至今都是这样，富人拥有金钱、权力和地位，失去的是自由，穷人则是空有自由，看似可以随意进行选择，但每一种选择却也都是无路可走，从这一点来说，富人和穷人并无区别。

如果窦老爷没有意外身亡，如果窦家依旧财大气粗，窦天宝作为窦家唯一的后代，他必须接替父亲，成为一名政治棋子，在无比残酷的政治斗争中或壮大，或牺牲。他从小就明白这些，所以他尽情纨绔，尽情享乐，对他来说，既然路途早就定好了，不如让路上有趣些。

但突来的变故改变了这一切，家族败落，让窦天宝的命运发生彻底变化，他失去了原本属于富人的一切，却迎来了不可想象的自由。他可以决定自己要做的事情，要成为的人。窦天宝不是没有想过做生意，或者做点体面的事，可他终究力不从心。他虽然嘴上扬言自己肯定饿不死，扬言自己有朋友，但这些日子也让他彻底明白了现实是什么。

他被一个妓女骗光了钱财，被一个唱戏的玩弄得尽失尊严，被一个说相声的扒下大褂赶出家门，独自一人站在街角时，他就明白了，如今的窦天宝只剩下自己了。他唯一能做的事情就是去唱戏，成为以前供自己玩乐的戏子，从台下到台上的距离，是年轻的人生重新抉择的距离，这几步路的漫长，窦天宝用了一分钟决定。

梁大元很快给窦天宝找好了戏班，他倒不是真心为帮窦天宝的忙，更多的只是为了看笑话，以前一起跷着腿在台下的阔气，如今就要变成窦天宝在台上卖力，自己在台下叫好了。梁大元想到这个画面就有动力了，他还等着窦天宝终于连这件事都做不好，也许某天，窦天宝就成了站在戏园子里的跑堂，给他梁少爷端茶倒水了。

这天的戏园子格外热闹，台下坐满了听戏的人。

梁大元来到后台，对着几位正在调试乐器的弦师说："各位，多捧，窦爷下海，这可是个乐子。"

弦师抬头问："窦爷您来哪段？"

窦天宝没有想，直接说："来段《珠帘寨》吧，昔日有个三大贤！"

乐队起导板，窦天宝倒是也不怯场，亮相就开唱了：

> 刘关张结义在桃园，
>
> 弟兄们徐州曾失散，
>
> 古城相逢又团圆，
>
> 关二爷马上呼三弟，
>
> 张翼德在城楼怒发冲冠，
>
> 耳边厢又听人呐喊，
>
> 老蔡阳的人马来到了古城边。
>
> 城楼上助你三通鼓，
>
> 十面旌旗壮壮威严。

哗啦啦打罢了头通鼓，

关二爷提刀跨雕鞍。

哗啦啦打罢了二通鼓，

人有精神马又欢。

哗啦啦打罢了三通鼓，

蔡阳的人头落在马前。

一连三个"哗啦啦"都被窦天宝改唱成了"咕咚咚"，这个改动让后台的众人捧腹大笑。

弦师也笑着说："窦爷，您这掉井里了，怎么还咕咚咚啊？"

窦天宝认真地说："我这有道理啊，打鼓哪有哗啦啦？倒土才哗啦啦呢，就唱咕咚咚！"

弦师摊开双手说："我的亲爹，这张口音好听，没有咕咚咚的份。"

梁大元却摆手说："好！有意思，窦爷来这儿搭班，没意见吧？"

弦师们纷纷表示，梁爷开口，窦爷捧场，哪敢有意见。

梁大元跟小笔说："跟管事的说，明儿就派戏吧！"小笔应声退了出去。

窦天宝拍着梁大元说："不吹牛，用不了多久，我窦天宝将红遍天下。"

不过窦天宝的豪情壮志很快就被戏班班主泼了一盆凉水。

"窦爷，按说您下海，我得加倍关照，可是您知道，这正式下海跟玩票不一样，您要指着玩意卖钱，可得让人过得去，按您这能耐来说，我真没法给您派戏啊。"班主苦笑着说。

窦天宝皱起眉头："怎么呢？"

班主面露为难之情，说："您一出整的都没有。"

"我能学啊。"

班主摇头:"那是以后的事。"

窦天宝一愣,也明白了班主的意思:"那现在怎么办?"

班主叹了口气说:"只能先来零碎的了!"

从戏园子回到没溜的家,已是深夜,窦天宝晚上躺在床上翻来覆去睡不着,索性起来走到院子里。夜晚有些清冷,一轮明月挂在夜空,照得院子里的地面像是铺了一层白霜,窦天宝走到月光下,踱着步子来回走着,就像走在他自己命运的戏台上,他知道他命运的大戏早已开始了,而他只能在这场戏中不断跌宕起伏,龙套、零碎、角儿……不管是什么,都来吧。

窦天宝长出一口气,伸展拳脚,气沉丹田,喊了声:"角儿来了!"

从这一刻开始,窦天宝真正从心里开始了唱戏的生涯。

第二天,窦天宝洗漱完毕,专门弄了身干净的衣服早早来到后台,扮上相端坐后台一角。管事的过来,忙着嘱咐接下来的演员,窦天宝信心满满地等着分配角色。

管事忙完后准备走,窦天宝一愣,赶紧凑过去拉住管事的说:"还没给我派戏呢。"

管事看了眼窦天宝,想了想:"这样,您今儿仨活,头里《捉放曹》您来个猪,后头《牧羊圈》您来羊,压轴《黑驴告状》您来那驴。"

"啊?"窦天宝吃了一惊,"我来仨牲口啊。"

管事烦躁地说:"您要不来有人来。"

窦天宝看着自己的扮相说:"来来,早知道这样我就不扮戏了。"

管事指着水盆说:"赶紧洗了呗。"

锣鼓敲响，窦天宝下海的第一场戏《捉放曹》开演了。台下满当当全是人，黑压压一片，衬得舞台上无比亮堂。演员吕伯奢上场杀猪，窦天宝蒙着黑道袍上台，掐着嗓子学猪叫，台下倒好连天，观众笑得前仰后合。吕伯奢大怒，喊："这哪来的棒槌！"

眼看着一场戏让窦天宝搞砸，吕伯奢大发脾气，在后台摔了茶壶，脱下戏服愤然离开后台。管事的揪住正在洗脸的窦天宝，大喊："您这是疯了！哪有这么折腾的？"

窦天宝脸上花了一片，说："我那是做戏，你想，猪能愿意叫杀吗？"

管事的差点没被气死："没听说过，您这不是开扰吗！"

窦天宝满脸不在乎，抹了一把脸上的水说："赶紧让一下，我没工夫理你，我后边还有《牧羊圈》呢！"

管事气得话都说不明白了："你……你不就来个羊吗？"

让管事没想到的是，这只羊又搅和了全场。

老旦和旦角赶羊，窦天宝蒙着白道袍上场，一上场就开始大声学羊叫，把台上两个角儿搅得都不知道该唱什么了。台下再次响起倒好，还有观众大喊："赏！"

"后边那驴您甭来了！我服了，大爷，您该干吗干吗去！"管事的拉住窦天宝，边摇头边说。

窦天宝不服气："我怎么了？我这么卖力气你还说我不对！"

"我说句难听的话，您吃屎都赶不上热的！"管事的气急了，骂道。

窦天宝大怒："对，你净吃热的！"说罢，窦天宝一巴掌就扇了上去，二人撕打着冲上舞台。台上演员正唱着，就看见两个大老爷们互相抱着滚上台了，演员吓一跳，不知道该怎么办。

这边管事的和窦天宝谁都不饶谁，全然不顾自己已经打上了舞台。台下观众火大了，好好看戏呢，突然被这两个家伙搅了，大家伙可都是花钱进来的，顿时开始大骂，前排的观众索性也冲上台想教训教训打架的二位，短短几分钟，整个戏园子里乱成一锅粥了。

这时小笔正好被梁少爷差着过来看看窦天宝头一天出戏的笑话，一进来正好看见戏园子里鸡飞狗跳，窦天宝正在地上滚着，小笔赶紧冲进人群把窦天宝拉出来，窦天宝还一个劲儿喊："别拉我！我今天非得教训教训那个孙子！"

小笔赶紧拉着窦天宝出来，坐到戏园子外的一个馄饨摊前。

老板端着馄饨放在窦天宝面前，窦天宝也顾不上说什么，又扮猪又扮羊，还台上台下打，早累饿了，大口吃起馄饨。

小笔坐在一边看着窦天宝直乐。

窦天宝抬头说："再笑，再笑就弄死你。"

小笔笑得更厉害了："您真是高人，没听说因为来一个龙套把人园子砸了的。"

窦天宝一拍桌子："就这我还没放火呢！"

"得，您消消气吧！"小笔劝道。

窦天宝又吃起来，说："你来干吗啊，找我有事？"

小笔神秘地说："有挣钱的事你干吗？"

窦天宝顿时来了精神："废话！干吗不干？什么事？"

"街北平安戏院开业，大破台，找您演个吊死鬼！"

窦天宝咬咬牙，问："多少钱？"

小笔伸了两个手指头："二百！"

窦天宝喝光了碗里的汤，放下碗说："行！你先把这馄饨钱给了！"

说完，窦天宝撇下小笔就走了，一边走着一边抬头望了望天，闷声说了句："这月亮啊，圆不圆都他妈挂在天上啊。"

"破台"是戏班的习俗，据说打宋朝那会儿就有了。

初建成的戏园子为求个万事顺遂，要在开张前搞个仪式，这仪式就叫"破台"。

这破台仪式一般都放在深夜，避免外人观看，由前台老板和后台管事一起恭请祖师爷神像，大家一起参拜后，便开始破台，由武行演员们扮上关二爷、神将、灵官等各路神仙，再由人扮演鬼怪。众神将要一路追打鬼，直到赶出园子，方告功成。

这破台可不是什么好活，不是穷极的人都不愿意扮鬼，因为不吉利。戏班传说中，赶鬼赶走真鬼的事也屡有传出。

第二天一早，没溜起来坐在床边穿鞋，见窦天宝还躺在床上，回头看了他一眼，问："今晚上破台？"

窦天宝嗯了一声。

没溜摇着头说："我看不是我没溜，您才没溜呢！"

"怎么？"

没溜转过来看着窦天宝说："那戏园子开台，正是半夜，人家扮上各路神仙，您扮成鬼，让人一顿打，我可听人说过，这扮鬼可倒霉一辈子，为二百块钱，您就豁出去啦？"

窦天宝假装不在乎地说："唉，玩儿呗，人跟鬼有什么区别，无非是名字不一样！"

没溜叹气："您再想想吧！"

"我想什么？"窦天宝翻过身去。

"好好，好话不说二遍，我还有正事儿呢！"

说完，没溜推门而去，窦天宝叹了口气，又一头躺到床上了。

夜晚的平安戏院门外灯光昏暗，四外无人，这新建成的戏院还没有人气滋养过，显得格外冷清，戏院门口的一株老槐树在夜色里显得张牙舞爪的。

窦天宝一路走来，在后台门口犹豫了一下，刚刚抬起的脚停在半空，终于还是咬咬牙进去了。

坐在后台，他尽量不让自己多想，表现出一副真无所谓的样子。有人给他勾脸儿，一笔一笔描在脸上，窦天宝斜眼从镜子里看到自己，马上又收回了眼神，那黑白两色画的吊死鬼多看一眼都瘆得慌。

后台来来往往的人都扮上戏了，大多都是各路神仙的模样，没人说话，整个后台异常安静，显得很诡异。

勾脸人描完脸，跟窦天宝说："一会儿堂鼓响，你要把园子各个角落全跑到了，有灵官神将在后边追赶，一直把你赶出园子就成了。"

窦天宝站起来，仰着头说："来吧！"

舞台只亮着一盏灯，整个氛围显得阴森恐怖。

堂鼓响起，在夜色中听起来有股肃穆的味道。众神将依次上场舞蹈，窦天宝扮的吊死鬼也随着上场，还没站稳，众神将就朝窦天宝扑过去了。窦天宝赶紧从台上跑下去，沿着包厢池座后排二楼依次跑起来，大批神将在后面穷追不舍，窦天宝也看不清路，没几步就被桌椅绊倒，赶紧爬起来继续跑。

终于把规定的线路跑完了，窦天宝跑到后台门，管事的递过二百元钱，将他一把推出门外。

随着咣当一声门关上的声音，窦天宝一个趔趄趴在地上。

而这时破台仪式结束，园子里灯光大亮，恭喜之声不绝于耳，热闹声传出门来，不过这些与窦天宝无关了，他挣扎着坐起来，满头大汗，看了看手里的钱，吸了下鼻子将钱装进口袋。一阵凉风吹过来，窦天宝裹紧衣服爬起来，步履踉跄地向前走去。

这是他靠自己下苦力赚的第一笔钱，可是却怎么也高兴不起来。他把钱掏出来看了看，苦笑了一下，低头看见自己浑身是土，强打着精神继续走着。

这时一伙流氓正从对面走过来，看见窦天宝低着头站在路边，全都吓了一跳，走近一看原来是个唱戏的。带头的流氓吐了口口水，喊一声："妈的，吓我一跳，半夜装鬼吓人，打他！"

几个流氓蜂拥而上痛打窦天宝，一个流氓看见了窦天宝手中的二百元钱，上来一把将钱抢去。流氓们一哄而散，剩下趴在地上的窦天宝。

月光如霜，铺满青石板路。窦天宝的衣襟沾满尘土与血迹，手中空空如也。远处戏园子的喧闹声已经听不太清了，只余更夫的梆子声在巷尾幽幽回荡，似在叩问这世道的凉薄。窦天宝抹了把脸，指缝间残留的油彩混着泪水，在月光下泛出诡异的青白，仿佛一张破碎的戏面具。

他看看自己，又抬头看看月亮，放声大哭起来。

第七章

转机

天桥踏歌觅转机，

落魄登台月正低。

戏梦半生终醒处，

氍毹翻覆是尘扉。

天桥东边的唐锡佰后街，靠近鬼市。路北有个小戏园子，门口挂了一块三尺长的黑牌子，上写金字"小桃园戏班"。这是个唱评戏的小班儿，从早上九点开戏到晚上九点戏散。

　　这个钟点，戏早就散了。艺人们洗了脸，收拾好东西，陆陆续续往家去。

　　两个女人，一老一少，一路走来。少的是评戏班小主演十二红，老的是十二红的母亲李妈。娘俩正边走边聊着闲天，就看见路边满脸泪水的窦天宝。

　　十二红停下来说："这人怎么了？"

　　李妈拽着十二红说："走吧，少管闲事！"

　　十二红挣脱李妈的手，说："妈，救救他吧！"

　　李妈定睛一看，说："呦，这还扮着戏呢！"

　　两人慢慢走近，窦天宝依然坐在地上哭。

　　"妈，都是唱戏的同行！更得救了！"十二红央求着。

　　李妈没办法，只能俯身问道："哎，你是干吗的？"

　　窦天宝痛哭不止，抬头望望两人，一言不发。

"跟我们先回去拾掇一下吧。"李妈说完拽着十二红往前走，窦天宝愣了一小会儿，起身跟着这一老一少走了。

顺着路口往东，走一百多米是一个舒家胡同，拐进去左首边的一个杂院，住着五六户人家，靠尽里头的就是十二红的家。

窦天宝已经洗干净了脸，端着一碗姜汤猛喝。

聊了几句后，李妈说："小子，我知道你妈，咱不算外人。"

窦天宝一愣，抬头说："您知道我妈？"

李妈点头："知道这个的可不算多，你妈原来是唱大鼓的，叫鲜牡丹，那可是好角儿啊，后来让你爹给霸占了，这是多少年了！"

窦天宝吃惊："鲜牡丹？"

"哎，作艺的低人一等，后来你妈也就不再提这段了。"

窦天宝点点头："我倒是听说过，不过我妈不太说，家里也没人问，小时候家里来唱戏的我妈从不看。"

李妈说："她是怕勾心思！我老头子是打鼓的，这闺女是我跟前的，在评戏班里，大小有一号，叫十二红！"

窦天宝这才仔细看看十二红，眼前的这个姑娘与自己一般大小，生得俊俏可人，有一双水灵灵的大眼睛。

"十二红，谢谢您娘俩对我的关照。"窦天宝郑重行了个礼。

十二红笑了："别客气，江湖人互相帮助是应该的！"

李妈瞪了一眼十二红说："他算什么江湖人呢！呵呵！不过是个落魄的少爷秧子罢了！"

窦天宝也不介意，说："我可是倒霉到家了！天下倒霉的事都让我赶上了。"

李妈笑着说："少爷，人哪，有享不了的福，没有受不了的罪，怎么不是活着，就着年轻，干点儿什么也吃饭！"

十二红睁大了眼睛说："要不行的话，让天宝哥跟咱们唱戏吧！"

"我？"天宝一愣。

李妈摇头："他可受不了这苦！"

窦天宝站起来说："您还别说，我还真会几句。"

说着，天宝清清嗓子，唱起了《王少安赶船》，十二红和李妈吃惊地看着他。

　　六月三伏天气热，河边的渔船不算多。

　　见一只小小的渔船河边卧，上坐二八女娇娥。

　　只见她头上的青丝如墨染，银环扣在两耳朵。

　　低头不语把活做，左右开弓如穿梭。

《王少安赶船》可算是评剧的看家戏了，也叫《玉镯记》，说的是富家子弟王少安出游，遇见了渔家女张翠娥，二人几经周折的爱情故事。王少安和张翠娥结婚后生一子叫王俊卿，后来爱上了表姐李月娥，这段就是后来家喻户晓的《花为媒》。

窦天宝的嗓子本就不错，又高又有堂音。这段是王少安在河边见到了张翠娥，惊艳时所唱。他越唱越起劲，索性对着十二红唱了起来：

　　她两道弯眉似嫩柳，一对杏眼似秋波。

　　悬胆鼻子樱桃口，双排银牙如玉白。

　　叫她打动了我的心意呀，我何不试一试她贞节是如何。

十二红听着这段熟悉的唱词，但窦天宝的唱腔里有股特别的东西，让她心中有了一丝异样的感觉，也说不上是什么，反正是对这个陌生的可怜人有了股莫名的好感。

李妈听了这段也不再觉得窦天宝只是个落魄的少爷秧子了，虽然嘴上没明说，但心下也就默认窦天宝日后可以在戏园子跟着学戏了。

第二天，窦天宝一早就在院子里练嗓子。没溜坐在院子里打家具，冷不防问一声："真要唱评戏了？"

"大戏不好来，评戏还不成吗？"窦天宝说。

没溜坏笑起来："我看你是看上唱评戏的那个小妞了！"没溜听说过"小桃园戏班"，也知道十二红。

窦天宝上去就是一脚："滚一边儿去！"

没溜连忙躲开，笑着说："我滚，我可有正事，没工夫听你瞎叫唤！"

没溜前脚刚走，小笔后脚就进了院子。

"呦？小笔来了？"窦天宝招呼起来。

"这不专门请您来了嘛！"

窦天宝喝了口水说："干吗啊？"

"我们大爷生日。"小笔说。

梁大元并不知道窦天宝被打的事，他也不关心窦天宝到底怎么样，窦天宝对他来说就像养的一只小猫，突然想起来了，就着急要寻来玩一下。这不，到了生日当口，他忽然又想起了窦天宝下海唱戏的事，便火急火燎地差小笔去请来乐和乐和。

窦天宝倒也不在意，简单收拾了一下就跟着小笔去了。

梁宅院内宾客满门，梁大元站在门口抱拳，大批贵客拎着礼物拜寿而来，梁大元身穿暗红色长袍，头发梳得油亮，脸上笑开了花，看见窦天宝大摇大摆走进来，梁大元乐呵呵地迎上去。

窦天宝作揖："拜寿！年年有今日，岁岁有今朝！"

梁大元抓住窦天宝的手说："兄弟，有劳有劳，里面请。"

窦天宝摊开双手说："我可什么都没带！"

梁大元摆手："来了就成！"

"吃你一顿。"

梁大元哈哈大笑起来，两人有说有笑地往里走。

酒宴摆开，大批宾客频频举杯，梁大元挨个碰杯喝酒，别说脸了，脖子都红粗了一圈。正仰脖子干了一杯，窦天宝端着酒杯走过来，整个人摇摇晃晃，明显有点喝多了。

他咣当一屁股坐在酒桌上，对着众人说："嗬，都来了，我都认识，当初你们也这么吃我来着，怎么都不去了，你们这帮王八蛋！"

大家都很尴尬，连忙躲闪。窦天宝干了一杯后，又拿起酒壶对着嘴喝，没喝两口就开始骂骂咧咧，将酒泼向众人。

梁大元也很尴尬，拽着窦天宝下来："兄弟，你喝多了。"

窦天宝甩开梁大元的手："哪有喝多，我的酒量你还不知道？这点小破酒根本就对付不了我。来，兄弟，我敬你一杯，那些王八蛋敬你酒都不是真心的，我不一样，我是真心祝你好！"

梁大元搂住窦天宝说："行了行了，这么多人呢，差不多得了啊。"

"管他们呢，这些个忘恩负义的货们，哪有酒喝往哪凑，你要是真他妈出点什么事，求他们他们都不来，老子算是看透了……"

窦天宝说着，差点一脚把桌子踢翻，梁大元一看拦不住，赶紧招手让两个下人把窦天宝抬出去了。

门外传来天宝的叫喊声："我还没喝完呢！你们放我下来！"

窦天宝被扔在梁宅门口，大门咣当一声关上。窦天宝坐在地上回头看着被关上的大门，骂着街起身。

不远处，停着一辆小汽车，他晃晃悠悠走过去，一把拉开车门上去，大叫一声："开车！"司机回头望了一眼，二话没说，发动汽车，一路绝尘而去。

汽车一路开着，窦天宝坐在后头昏昏睡着也不知到了哪里，只见车子缓缓从大道转进巷子口，停在一栋大宅子的小门旁边。一个穿深色大褂的司机神色匆匆地下车，未走两步，窦天宝也一把推开了车门，翻身滚了下来，躺在地上呼哧喘气。那司机见状赶忙上前，扶起他，压低声音说："兄弟，到地方了。"

窦天宝摇头晃脑地爬起身来，抓着司机的袖子，嘿嘿笑了两声："到地方了？好嘞，谢谢您了。"

门内传来吱呀一声细响，闪出一个丫鬟打扮的女子，给司机使了个眼色，两人便搀住窦天宝往宅子里去。过了门廊，三人走进一幽深的小院。宅子里的人似乎都已睡下，院子里只有微弱的月光，静得全无声音。

女子看看酩酊大醉的窦天宝，小声对司机说："约好了今晚会面，这人怎么喝成这样了。"

司机一摊手说："我哪知道啊，你们就让我接人，要不是他自己找上车来，我都不知道要接谁呢。"

女子叹了口气，掏出两块大洋递到司机手上，正色说道："好了，你先走吧，今天这事可就烂肚子里了，把太太惹了可没你好果子吃。"

"放心，我就是出了名的嘴牢。"司机转身便小跑着出了院子。

这边的窦天宝还在酒醉中浑然不觉，被女子搀着到了院子角落的一间厢房门口。那女子轻轻敲了三下窗纸，门从里面打开，一个衣着华贵的少妇出现在房内，她伸手接过窦天宝的胳膊，向门外的丫鬟点点头，那丫鬟便退下了。

此刻，窦天宝酒已醒了几分，略微感觉到有点不对劲，但屋内黑漆漆的什么都看不见，也不敢发出声音。那少妇挽着窦天宝径直走到床前，扶进幔帐。只听少妇叹了口气，说道："往日也没见喝过这么多酒，今天不知是哪根筋错了。"便宽解了上衣，又来脱窦天宝的衣服。天宝躺在床上，蒙眬中看见一女子正在解自己衣裳，心中一惊，酒又多醒了两分，正欲问时，忽然听到屋外传来一声大喝："拿下！"

只见窗外亮起一片火光，同时一个人影闪过，一片嘈杂的叫喊中，只听见一个老者的声音喊叫道："给我狠狠地打。"接着就传来棍棒的声音和一个男人的闷哼声。

房间内，那女子紧紧拉住幔帐，大气不敢出一声，窦天宝一时间更是丈二和尚摸不着头脑，便也不敢发出任何声音。

原来这屋外的老者，正是这家大宅的主人，山西富商陆顶天，今年已八十有余。他早先娶了几房姨太太，全都在外面养情夫，这老爷子气不过，便多方查证，今天又让他逮住了现行。而这屋外，被一众家丁在院子里追打的人，则是那屋内少妇真正的姘头。窦天宝从梁宅出来，稀里糊涂上了别人等情夫的汽车，司机不认得人，便以为是约好的拉着就走，殊不知和真正要接的人就差了前后脚。等这人心急火燎地跳墙赶来，正走到厢房门口，便撞上了捉奸的陆顶天，这顿打挨得是真倒霉。

眼见一顿拳打脚踢还是不痛快，这陆老头拿起拐杖在地上一顿，气急败坏地喊道："敢勾引我的小妾，给我狠狠地打！"旁边一个管家模样的人凑上前来，对陆老头说："老爷，这事你看要怎么处置啊，用不着报官吧？"陆顶天皱了皱眉，说道："终归不是露脸的事，不必声张了，给我将这奸夫头发眉毛全剃了，扔到郊外去，下次再来，就要了他的狗命！"

众人应诺，将地上哼哼唧唧的人抬出。陆顶天又冲着屋内喊："美娜！你听着！我已经原谅你三十余回了！你不可以再这样！我很痛心！我对你哪点不好？你背着我偷人养汉子，我都不好意思说！上次你说你爱我，我兴奋得都不行了！可谁知你竟然……"

旁边一声咳嗽传来，一位老妇在几个丫鬟的簇拥下，从院子里另一旁的通道走出，正是陆顶天的大太太。"哎，行了，别在这儿胡闹了！"大太太不耐烦地喝道，"八十几岁的人了，注意身体！快歇着吧！丢不丢人！"

陆顶天把拐杖重重地在地上一顿，又冲着屋内喊道："我很痛心！美娜，我这几天不想见到你了，你自己好好反省反省吧！"

大太太一挥手，招呼身边的一干下人们，簇拥着陆老头向大宅深处走去。陆顶天喋喋不休的声音仍在院子里回荡。

而屋子里，窦天宝和那少妇一句话都不敢说，直听到外边一点声音都没了，这才各自长吁了口气。窦天宝还没从酒劲里反应过来，那女子猛地一惊，仔细看了看窦天宝，惊觉道："不对啊，那你到底……哎？少爷？你是少爷吗？"

女子一把抓住窦天宝的手，激动得声音都变了调："少爷，你不认得我了吗？我是美娜啊。"

方才老者在呼喊的时候，窦天宝就觉得美娜这名字略为耳熟，此刻借着月光仔细看了看眼前的女子，忽然想起点什么："美娜？你是小美娜？"

美娜欣喜地说："是啊，我原来是您家的丫鬟啊，老爷把我让给了山西富商陆顶天，就是刚才那个大呼小叫的老头子。您想起来了吧？"

窦天宝点点头："想起来了，就是今天喝太多了，头有点大。"

美娜一把解开了窦天宝的上衣扣子，媚笑道："太有意思了，咱们能这样遇见，还真是难得啊，好久没见着您了，今天就让我好好伺候伺候您！"说罢便扑到了窦天宝的身上。

伴随着窦天宝慌乱的声音"别闹别闹……"幔帐内一阵摇晃，月光投影在帐帘上，舞出了两道人影。

第二天清晨，天还蒙蒙亮时，美娜便拉着窦天宝蹑手蹑脚地走到了后门口，美娜掏出一把大洋，直往窦天宝口袋里塞，边塞边对窦天宝说："少爷，别跟我客气，我知道您现在也不如意，有用我的地儿一句话，那老东西根本管不了我。想当初，太太对我那么好，我也算是找到一个报答的机会了！"

窦天宝揣着兜里的钱，叹了口气："唉，我……我也没什么可说的了，你多照顾自己吧！"

美娜一挥手："我好着呢，走吧，不留您了！"

窦天宝便点了点头，转身出门而去。美娜跟出大门外，见窦天宝走远了，也便回身轻轻扣住大门，回房去了。

窦天宝往住处走的时候，脚步有点虚浮，他一边回味着昨夜的荒唐，一边又感叹着世事的奇妙。天下的事真是很难说什么叫对什么叫错，上一秒他还是个被扔在大门口的醉鬼，下一秒却能陷入温柔乡，人间的故事真是像戏台上的戏一样，被设计得让人意想不到。

正这么胡乱想着，窦天宝就走到了没溜家门口了，看到十二红坐在门口的板凳上，神色焦急地望着外面的人群，似乎在等着谁。

"天宝，你可回来了！"十二红看到窦天宝急忙迎上前去。

"十二红，你咋来了？"窦天宝手里拿着个烧饼，正嚼得开心。

"早上喊嗓子的时候遇上一个叫没溜的人，让人打得一身伤，他说和你是朋友，叫我上这儿来找你，你快跟我去看看吧。"十二红赶紧说。

"没溜受伤了？"窦天宝扔下吃了一半的饼便往外走，"人在哪呢？"

"走吧，在我们后台呢。"

戏班后台里，没溜躺在几个箱子搭成的平板上，正哎哟哎哟地喊叫。李妈等人围成一圈，正商量着要不要请大夫。窦天宝和十二红火急火燎地从外面小跑进来，眼见没溜躺着，天宝叫道："没溜，没溜，没事吧？"

没溜支起半个身子，哭丧着脸说："天宝……你可来了……"

窦天宝刚走到旁边，却看到没溜的脑袋光溜溜一片，头发、眉毛全被人剃了，心里一惊，张口便问："你这头发和眉毛哪去了？"

没溜翻身躺倒，带着哭腔说："哎呀，我也不知道，别问了。"

窦天宝正要问个究竟，忽然想起昨晚的情景。没错，昨晚陆顶天不是在屋外打那个情夫来着，还清楚地听见那陆老头大喊了一声，把他的头发眉毛都剃光了。这下心里明白了，嘴上没忍住扑哧笑了。

没溜大怒道："你乐什么呀乐！"

窦天宝拍着大腿哈哈大笑，扶着没溜的肩膀说："哎哟我说兄弟，太可乐了，哈哈哈！"

"我这疼着呢，你还拿我寻开心。"一看窦天宝在笑话他，没溜叫嚷得更厉害了。众人看着窦天宝逗没溜的滑稽样，也都纷纷捂嘴乐了。

窦天宝回过身来，给十二红和戏班众人作了个揖，说道："谢谢几位了，这小子我就搀回去啦，不叨扰各位了。"

十二红看了看大呼小叫的没溜，担心地问："他这样子，还能动得了吗？"

天宝拍了一把没溜的大腿："没事，人家也没下狠手，我弄他回家养着去。没溜，起来了，我扶着你回家去。"

旁边戏班众人七手八脚过来帮忙，帮着窦天宝架起没溜。李妈拍拍没溜身上的土，说："回去吧，真巧，你们哥俩还住一块。"窦天宝点点头，两人慢悠悠地走了出去。

止走到门口，十二红也紧跟着追了出来，对窦天宝说："有时间了常来玩吧，我妈心下是同意你来戏班的，你得空多来学戏！"

窦天宝心下一喜，回头笑了笑，答道："好嘞，我来学戏，谢谢你！"

十二红略带羞涩地点点头，转身跑回后台去了。

窦天宝拽起没溜就走，没溜疼得直喊："哥们，咱走慢点吧，真疼。"

北京南城的小胡同都离着不远，拐弯抹角，俩人就回来了。

一回来，没溜躺在自家床上，嘴里就滔滔不绝嚷嚷着他的"奇遇"。

"一转身来了四个流氓，非要跟我比试比试，我一看来吧，五个人就打一块了。"

窦天宝热了毛巾，给没溜脸上抹了一把，一听他这么说，便来了兴致。

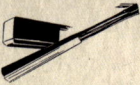

"那你这头发和眉毛哪儿去了？"

"那……四个流氓里有一个剃头的。"

窦天宝把毛巾往盆里一摔，笑着说："对！还有个女流氓呢，还有一个老头呢！"

没溜一惊："哎？你你……"

"我抽你！"窦天宝张手要打，吓得没溜直躲，"还一嘴瞎话呢！你跑人家勾引人家女眷，差点让人打死吧？"

没溜挠挠头，问道："我说你咋知道的？"

窦天宝摇头晃脑地说："我学过算卦！袖内吞金，一算就知道！"

"是吗？"

"我骗你干吗？"

"你太了不起了，还能算点别的吗？"

窦天宝慢悠悠地站起来，倒了杯热水，不紧不慢地说："能啊！这种事还少不了，我给你说，你命里还有这事！"

没溜一下支起身来："哥们，服你了！"

"躺着吧，我出去一趟，回来给你捎点吃的。"话说着时，窦天宝已出了大门。

"你干吗去？"没溜在身后喊叫。

"我去学戏去！"

评剧班的后台此刻正忙碌着，化妆间里阵阵粉香扑鼻。

浓妆艳抹的花玉婷正对着镜子打扮。花玉婷，二十五岁，天津人，高门大嗓，典型的大口落子，在评戏观众里颇有名气，是十二红的师姐，也是小桃园戏班的角儿。

梁大元端详着花玉婷的妆容，乐滋滋地说："真好看，要我说能

117

比上四大美人啦。"这花玉婷正是梁大元新捧的角儿。

"哦？梁大爷可真过奖了，但不知是哪四大美人啊？"

梁大元摇头晃脑地想了想，脱口而出："有貂蝉，嗯……玉堂春……杜十娘……"

"呵呵，满盘说了仨，有俩是妓女。"花玉婷说着白了梁大元一眼，这一眼可把梁大元魂都勾走了几分。

"嗯？不是，那是梁红玉？"

花玉婷回过头来，没好气地说："梁红玉也是妓女从良啊。"

梁大元一拍手："哎呀，管她谁是妓女，反正你比她们都好看！"

"少捧我！"花玉婷又继续摆弄她的红粉玉膏，故意吊着梁大元。

梁大元还欲调情，十二红掀开门帘走了进来，他便收敛了神色。

十二红见花玉婷在化妆，便在一旁问："师姐，我想问句词儿。"

"哪句？"

"（珍珠衫）船头，那第一句什么来的？"

"满斟酒。"

"对对，谢师姐，嘴边挂着就是想不起来。"

旁边的梁大元仔细打量了一番十二红，开腔了："呦，这小角儿叫什么来着？"

花玉婷答："十二红，我师妹。"

"嘿嘿，小角儿真水灵啊。"梁大元一副急色样。

花玉婷瞪了他一眼，对十二红说："妹子，这是梁大爷，以后啊，让梁爷多关照。"

十二红点了点头，淡淡地说一句："梁爷您坐。"

正说着，门外窦天宝探了个脑袋进来，冲十二红说："我还找你呢，人在这呢。"

"天宝！"十二红转身看见他，刚唤了一声，旁边的梁大元先迎上去了："嘿！兄弟！"

"呦！您在呢？"窦天宝也迎了上来，两人簇拥到一块。

"你上这儿干吗呢？"梁大元上下打量了他一番。

"我找十二红来着。"

花玉婷起身走了过来，向梁大元问道："这位爷谁啊？"

"这你不认识？京城花钱大王窦天宝。"梁大元拍拍窦天宝的肩膀，"兄弟，你不认识吧？这是头路名角儿花玉婷。"

窦天宝点点头："哦！听说过，花老板。"

花玉婷露出了招牌式的微笑："您找我小师妹啊？窦大爷好眼力。"

十二红拽了窦天宝一把，说："天宝，走吧，别耽误师姐扮戏！"

"哦，好嘞，咱来这边聊。"两人分别和花、梁二人打了招呼，便一前一后地出去了。

梁大元摇摇头，没好气地说："嘿！他怎么又跑这儿来了。"

花玉婷对着镜子涂了一层胭脂，幽幽地说："你的朋友，跟你一样，好的都是这一口。"

走出后台，窦天宝边走边摇头："没想到，花老板还认识梁大元。"

十二红听着窦天宝话里似还有话，便问："怎么？"

"没什么。"窦天宝想了想还是觉得啥也不说的好，便转了话题，"你今儿什么戏啊？"

"《桃花庵》的前半截，《贫女泪》的芸娘。"十二红回答道，忽然想起那天晚上窦天宝的唱曲，随口问了一句，"你会唱吗？"

窦天宝想了想，老老实实地回答："京班大戏还会几段，你们这个听得多，唱不好！"

十二红来了兴致："那来两句听听！"

"不行不行，别让你笑话！"窦天宝赶忙摆手拒绝。

迎面正撞上戏班里的郝小文，他看到十二红，赶忙上来问："小红，扮上了吗？"

"扮完了，一穿就得！"

郝小文焦急地抱怨了一句："这人人乐怎么还不来？"

"乐叔没来？"十二红也挺纳闷。

"可不，《贫女泪》他的李喜，这不急死人嘛！"郝小文语气里满是焦虑。

"哎呀，这怎么办呢！"两人正没主意，十二红看见一旁的窦天宝，灵机一动，"哎，天宝，你来一个吧！"

窦天宝一怔，头摇得跟拨浪鼓似的："我？我哪会呀！"

十二红拽着他的胳膊："帮帮忙吧！"

窦天宝一时慌了神，赶紧再推辞："京班大戏我还能凑合，这蹦蹦我真不灵。"

郝小文在一旁接话："哎，这李喜还就唱小弦，小红你给他说说，救场如救火啊！"当年评戏里也带京剧，后台称为"小弦"。

十二红拉住窦天宝，对郝小文说："好！你去跟花姐说说，我这边就给天宝念戏！"

郝小文点点头，转身就走。这边窦天宝还在推辞，便已被十二红拽到一旁说戏去了。

"我说，这不行啊……"

"来，先唱导板……"

郝小文一看有人顶坑，心下踏实了一些，转身就急匆匆跑化妆间去告诉花玉婷，怕她误了戏。他这一着急，到了化妆间也忘了敲门，一把就推开了化妆间的门，眼前的一幕让他惊住了。

梁大元和花玉婷正搂抱在一起缠绵悱恻，回头一眼看见门口呆住的郝小文。梁大元阔少爷当惯了，恼羞成怒，抄起一张凳子就砸过去，正砸在郝小文头上，直砸得是鲜血直涌。花玉婷赶忙拉住梁大元，冲着郝小文喊："快走快走。"

郝小文顾不得身后梁家少爷的叫骂，赶紧捂着头慌张地跑了出来。郝小文是个实在人，老实本分，这挨了打受了委屈也不敢声张，赶紧又去盯戏了。

这时窦天宝已经穿了一身破褂子，扮成了一个老乞丐，正对着镜子挤眉弄眼。

窦天宝要唱的戏叫《贫女泪》，是一出洋装旗袍戏，在当时是时装戏。《贫女泪》也叫《可怜的芸娘》，讲的是商人富有余经商去上海，路上被劫，幸得渔夫赵大高搭救，富无以为报，就跟赵大高定了姻亲，赵大高的女儿赵芸娘许给富有余的儿子为妻，芸娘过门后，却因家境贫寒，受尽婆婆、嫂嫂和老妈的虐待和欺辱，最终不堪忍受自尽的故事。

窦天宝扮演的是戏中老妈的弟弟李喜，这是个吃喝嫖赌不学好的人，沦落乞丐之中。窦天宝扮戏时灵机一动将鞋脱掉，换了条破裤子，又往腿上搓了些烂泥，脸上抹了些黑红干彩，又用白笔点在眼角鼻洼，活脱一个乞丐模样。

"台词记住了吗？"身后传来十二红的声音。

窦天宝拍拍胸脯："放心吧，既然应了咱就没问题，记不住就编嘛。"

前面一声招呼，准备上场了，窦天宝深吸一口气，径直走到帘前，外面阵阵的叫好声迎面而来，台上就等他这段了。

"叹花儿在中途伤心落泪——！"一开嗓，台下就响起一片掌声。

窦天宝撩起帘子，甩起大步走了出去。

台下观众先是一愣，然后是一个满堂好。

台上的李喜与往常的扮相不一样，活脱脱街上的真乞丐。手里握一破碗，嘴角还叼一烟屁，边喷烟边打哈欠，连拉弦的也忍不住笑了起来。

头一句要下来了，引得观众一个满堂好，窦天宝心里就踏实了，紧跟着乐队开回龙。

忍不住伤心泪滴滴点点点点滴滴落前心——

这一句拉腔，窦天宝借用了京剧高派的技巧，嗓音高亮，又引得一片掌声叫好。

这一出戏，窦天宝圆满地唱下来了。事实上，这场意料之外的演出对窦天宝非常重要，让他对唱戏重新拾起了信心。

接下来，就是花玉婷的戏了，这时花玉婷却挽着梁大元从戏园子后门拐了出来。美事让人扫了兴，梁大元依然是一副气鼓鼓的样子，扬言还要找郝小文的麻烦。花玉婷好言劝了几句，见梁少爷还在气头上，就回头吩咐戏园子伙计让十二红接替她唱后面的戏。二人便上了洋车，风流快活去了。

这时窦天宝兴奋地下了台，戏班里的众人纷纷迎上来道辛苦。窦天宝正在兴头上，得意间，忽然瞥见了十二红正给受伤的郝小文包扎，就关心地问道："哎，怎么了？破了？"

郝小文无奈地答："唉，怪我糊涂，扮戏那屋关着门，我干吗要推。"

窦天宝犯了迷糊："推个门怕什么？"

郝小文支支吾吾地说："屋里，花老板和那梁大爷正……"

"正干吗？"窦天宝还欲问个仔细，旁边的十二红拉了他一把。

"哎，你别问了，你那什么梁大爷把郝大哥给开了。"

窦天宝一怔："梁大元？"

十二红叹了口气说："郝大哥家里孩子多，全仗他挣钱养家，这下开了，没法勒头怎么上场啊！"戏班里众人围了过来，一听情况，也是连连摇头叹气。

郝小文摸摸头，带着哭腔说："唉！有钱的老爷真不拿艺人当人啊！"

一听这话，窦天宝的气性上来了，一拍巴掌："我能帮你什么忙吗？要不我去抽梁大元一顿！"

看窦天宝脾气来了，十二红赶紧拉住他："行了，这会儿就别添乱了！"

窦天宝挠挠头，忽然灵光一闪："这样吧！我来替你唱戏，挣钱你拿去！"

戏班众人互相看了一眼，都没反应过来。

郝小文愣了一下，赶忙站起来，抓着窦天宝的手说："窦爷，我谢谢您，您真仗义，我领您这情，可这事使不得！"

"怎么了？不会我能学啊！"窦天宝嚷嚷起来，刚才那一出戏的成功让他信心满满，一副胸有成竹的样子。

郝小文忙摆手："不是，您要想唱戏，得上评剧公会那儿挂上号，拿个证才能唱啊！"

旁边十二红也搭腔："对，你刚才应急临时顶个戏行，但真要唱戏就得上公会去登记，不能随便上台唱的！"

"公会在哪儿呢？"窦天宝可不认这个尿，拉起十二红的胳膊就往外走，"今天咱就走一趟！"

十二红还未分说，就被窦天宝拉着跑了出去，留下戏班一干人等面面相觑。

第八章

公会

俗世樊笼羁绊身，

心向自由不系舟。

笑睨权贵轻名利，

且将意气付歌喉。

八大胡同附近有一家小四合院，院子不大，但幽静雅致，侧边挂一小牌匾，上书：戏曲业同业公会。

这里就是戏班里大家口中的"公会"所在了。这个公会会员由戏院、电影院等构成，其实成立的初衷是为会员谋利益，但最终公会却成了有钱有势者的代言工具，通过打压、克扣民间贫苦艺人和中小戏班来赚取好处。而在当时，搭台唱戏需要登记注册，这也成了此类公会压榨小艺人们的一大法宝。

窦天宝跟着十二红一路来到公会，一进大门，窦天宝迎面就望见了评剧公会的会长，约莫五十岁光景，一袭深色大褂，头发梳得干干净净，看上去像个文人。见二人来到，会长斜眼瞥了一下，便继续摆弄他树上的鸟笼子。

十二红迎了上去，叫了一声："会长您好。"

会长看都不看，鼻腔里挤出一声算是答应了。十二红继续赔着笑脸，恭敬地说："会长，我们来求您点事。"

会长仍然是一声嗯，便不再搭话。

看着那会长爱搭不理的样子，窦天宝可受不得这个脸。他拉开十二红，上前没好气地说："我想唱戏，听说得上您这儿来挂个号，我就来问问。"

"嗯。"

"都要什么手续啊？"

会长斜了他一眼，阴阳怪气地说："找办过的问问去。"

窦天宝的脾气又上头了，撸起袖子就要上去揪他，十二红赶紧拉住他，冲着会长说："知道啦，谢谢您！"便拽着窦天宝向外走。

会长依然盯着鸟笼，喉咙里哼了一声："什么东西，没规矩。"

走出院子，窦天宝仍气不打一处来，抄起半块砖就隔墙扔了进去，只听里面会长哎哟了一声，窦天宝一乐，赶紧拉着十二红溜之大吉了。

接下来的几天，窦天宝一直跟着十二红在郊外的荒地里学戏，两人经常从早晨唱到晌午时分，配合也越来越有默契。

"歇会儿吧！"眼看连唱了几曲，窦天宝拉着十二红坐到了一边。

十二红问他是不是累了，窦天宝忙不迭地说："我不累，我怕你累了。"

十二红笑着摇摇头："我们天天都这样啊，早习惯了。天宝，你要想唱戏，可就得像我们一样，下真功夫才行。"

窦天宝伸个懒腰，躺在草地上，说："我知道，老话说得好，拳不离手，曲不离口嘛。"

十二红擦擦汗，想起了什么，转头问他："哎，那个公会找你要履历，你送去了吗？"

窦天宝气鼓鼓地答道："送了好几天了，我真讨厌那个会长，嘴撇得跟八万似的，斜着眼看人！"

"唉，没办法，谁让人家是会长呢！"

窦天宝一下坐了起来："他就是烩饼又怎么着？我不过是挂个号，弄个证，他至于那么大架子吗？"

十二红扑哧笑了："得了，大少爷，您压压火吧！今儿再去问问吧！"

窦天宝点点头，拍拍屁股站了起来："再来练两段吧。"

当天下午，窦天宝又来到了会长办公室里。

"跟谁学的戏啊？"会长坐在太师椅上，漫不经心地询问着窦天宝。

窦天宝耐着性子答："后台大伙教的！"

会长直起身子，把桌子拍得啪啪响："哼！这太儿戏了！连个先生都没有，也敢唱戏？应哪工啊？"

窦天宝还是一副不低头的样子："老生、小生、小花脸什么的都敢唱！"

会长轻蔑地笑了几声，重新躺回了太师椅上："口气太大了，既无师承，又无幼功，还口出大言，真是不知天高地厚，我看你这证一时半会儿还批不下来！"

窦天宝好不容易压住的火一下子上来了，站起身来，冲到会长面前："你也别那么废话，一个破证，你还能降人？通融一下批了就得了，我谢谢你了，行不？"

会长一见这阵势，恼羞成怒，指着窦天宝说："什么叫通融？我这叫公事公办！"

窦天宝再压不住火气了，张嘴就骂："我大嘴巴抽你！给你脸了是吧？"

会长没料到窦天宝会如此放肆，一时愣住了，大怒却说不出像样的话来，只气哼哼地说："你……这叫什么话！"

"年画（话）！我给你贴墙上！"趁会长还没反应过来，窦天宝飞起一脚就踹了上来，跟着就是一顿往身上招呼的拳头，一边打一边骂着，"癞蛤蟆插毛，你算飞禽还算走兽？面汤里煮寿桃，你混蛋都出尖儿了。高粱地里种荞麦，你个杂种，蛤蟆秧子眼看着甲鱼转，装王八孙子……"

窦天宝这一顿又打又骂的，总算把连日来的窝囊气给撒了，但打了会长他也不敢多逗留，一溜烟跑回评剧班了。

评剧班的后台里，花玉婷收拾好东西，正对着镜子抹口红。

站在一旁的小笔等不住了，连连催道："花老板，走吧，够瞧的了，梁大爷等急了！"

花玉婷冷冷地说："等会儿，没看我抹口红呢！"

"行了，再抹成妖精了！"

花玉婷瞪了小笔一眼："撕你那嘴！"又自顾自地把弄着手里的脂粉。

小笔等得不耐烦，四处张望，正好看到十二红从一旁经过。

"十二红！"小笔赶忙打声招呼。

"干吗？"十二红站住了，正欲说话，小笔讪笑着走过来："小妞，给大爷乐一个！"

"一边儿去！"十二红一看他那德行，转身就要走。

小笔一下拦到她前面："小妞不乐，大爷给你乐一个！"

十二红又羞又恼："讨厌！"

这时花玉婷已经收拾好了，背后猛地拍了小笔一下："干吗呢，收拾好了，赶紧走吧！"

小笔见状，只好悻悻地往出走，又不死心地回过头来喊："十二红，啥时候大爷请你吃饭啊。"

花玉婷一把揪住小笔的耳朵："跟你那主子一样，快走！"两人急匆匆走出了后台。

十二红撇了撇嘴，只觉得像吃了苍蝇一样恶心，正不知道怎么排遣，忽听得戏园子角落里传来一阵唱：

怒冲冲骂了声叶阁老，

奸贼站定细听根苗。

全仗着你的女儿容貌好，

上欺天子下压群僚，

胭脂粉换来了乌纱帽，

小舌尖添来了你这蟒龙袍，

丝鸾带换来了横庭玉，

小金莲钩来你这末泥朝。

裙边官儿不害臊，

铜安宝殿命难逃，

我劝你把此事招认的好，

死到临头定斩不饶。

这一段唱词正好把十二红心里的憋屈给唱出来，引得她忍不住叫了一声："好！"回头一看原来是窦天宝在戏园子的角落里和弦师在吊唱。窦天宝唱的是评剧老戏《铡阁老》里的刘墉唱段，讲的是清朝的刘墉智斗奸臣，用铡刀把阁老处死的故事。窦天宝嗓子冲，用腔的地方翻上去唱，加上他刚出了一口恶气，心中畅快，听着就格外带劲。

一段唱完，窦天宝一摆手："来，咱把那散的再来两段。"身后戏班子几人各拿乐器，开散板，窦天宝大声唱着，举手投足间颇有些架势。

一旁的十二红呆呆地看着，脸上泛起了甜蜜的笑容。这十二红虽然年纪小，但是吃过的苦头却不少。穷人家长大的孩子，打小便跟着大人唱戏，受尽了欺负，所以窦天宝这样的直脾气很讨她的喜欢。如今十二红长得一副俊俏的脸蛋，人也成熟了起来，相处这段时间，心里对天宝也多了份更深的情意，两人也颇有些情投意合的感觉，就算戏班众人也都能看出个一二来了。

但窦天宝的这个脾气可不只是讨姑娘喜欢，更多时候也会惹上麻烦，他不知道自己对着会长一顿拳打脚踢是出了气，却结下了梁子。平时在艺人面前作威作福的会长，这一次可不准备让窦天宝好过。

傍晚时分，台下的观众已经坐满了，戏园子的众人也期盼着窦天宝第一次登台唱主角。后台里，信心满满的天宝扮上戏，正在勒头，这时就看见会长带着三个警察闯了进来。

"窦天宝！"会长一声喝。

窦天宝回头望了一眼："呦，送上门来了？"

戏班里众人都围了上来，会长脸上红一阵白一阵，指着窦天宝吼道："国有国法，家有家规，评剧公会有章程，不在公会挂号的艺人不许演戏，你知道吗？"

窦天宝噌地站起来："你还有完吗？"

会长怕又挨打，吓得往后退了一步，身后的警察昂头迎上来，上下打量了窦天宝一番，喝道："你没听见吗？这可是你们这行的规矩，你可以不守这规矩，那就别唱戏了！"

窦天宝斜眼看了警察一眼，没好气地说："你算干吗的！敢教训我？"

几个警察互相看看，冷笑了声："嘀，脾气不小啊！"

"当初我爸爸活着的时候，你们局长都不敢大声放屁，你算个什么东西！"窦天宝指着为首的警察骂道。

那警察一摊手，皮笑肉不笑地说："我认识你，窦少爷，不错，有你那么句话！不过你记住了，那皇历掀了篇了，今儿个你就不能唱了！"

窦天宝急了："我唱了能怎么着？"

警察一拍桌子："除非你爸爸活了！"

只听哐当一声，窦天宝踹开凳子就要冲上去打警察，众人赶忙上前拦阻。

会长冷笑了两声，恢复了往日神态，指着戏班众人说："你们要敢不听，就全都别唱了！哼，我们走！"大手一挥，便带着警察扬扬得意地走了出去。

窦天宝要追出去，众人拼命按着他，天宝大声骂道："孙子！你等着我的！"

十二红拉着他的胳膊，急得眼泪快掉下来了，众艺人七嘴八舌地劝他："天宝，快别说话了！这评剧公会可惹不得啊！"

一肚子火没地方发，窦天宝只好扔下了戏服回了后场。

第二天中午，十二红陪着闷闷不乐的窦天宝在街面上吃馄饨。

十二红劝他："别看这会长啥都不会，可艺人们真怕他，他能决定我们生死，你不在乎，可全班这些人呢！你就消消火吧！"

窦天宝放下筷子，气恼地说："我就不服，他凭什么那么横！"

十二红叹道："你原来一直高高在上，你哪知道对于穷人来说，这都是家常便饭，我们能做的只有一个'忍'字，为了活命，为了一口饭，不忍又怎么行啊？"

窦天宝一时无语，摇摇头，唱了一句："薄命人落江湖珠泪难忍……"

正说着，旁边一辆洋车疾驰而过，评剧公会的会长跷着二郎腿坐在上面。十二红一看是他，生怕窦天宝又冲上去，心情一下紧张起来，不过天宝倒是一反常态地镇定，他盯着会长远去，端着碗若有所思。

当惯了纨绔子弟的窦天宝，不能玩正的，脑子里歪招也不少，会长能找警察来，他也能找人来，不过他没法找警察。

吃完馄饨，窦天宝支走了十二红，来到了旁边一个不起眼的小胡同口，一个大汉正推着一车酱豆腐在叫卖。

天宝拍了他一下："兄弟，还记得我吗？"

大汉一看是天宝，赶忙说："窦少爷，咋能不记得呢，老爷子当初还在的时候，天天吃咱的酱豆腐，忘不了。"

"那你说，我窦家待你如何？"

"没的说啊，您找我有事吗？一句话，我肯定帮忙。"

窦天宝嘿嘿笑了两声，手里掏出一把钱，拍到大汉手里："兄弟，我还真有个事找你帮忙。"

下午晚些时候，天气已转凉，街上阵阵冷风吹过，一辆洋车正急匆匆赶来，会长坐在车上闭目养神。

忽然哐啷一声，旁边蹿出一辆酱豆腐车，正撞在会长坐的洋车上，撞得是人仰马翻。会长一个狗吃屎摔在地上，两缸酱豆腐泼得满地都是，也泼了会长一身黏糊糊的酱汤，连眼睛都睁不开了。

酱豆腐车后转出一个大汉，会长还没回过神来，大汉便一个箭步蹿过来，那车夫见状赶忙躲在一旁，会长正欲问话，被那大汉一把揪住衣领。

"赔我的酱豆腐！"大汉怒喝一声。

会长大怒："王八蛋，干我什么事?! 我还要你赔我的大褂呢！"

大汉又喊一声："你先赔我的酱豆腐！"

会长破口大骂："赔你奶奶的孙子！臭卖豆腐的！"

大汉摁住会长就是一拳，两人在满是酱豆腐的地上翻滚着厮打了起来。

远处，窦天宝笑嘻嘻地望着，正看着，余光望到离打架地方不远的巷子旁，十几个伙计正在端酱菜坛子，往酱菜铺里送货，他灵机一动，便跑了过去。

窦天宝从一旁小跑着过来，神色焦急地拉住一个伙计直嚷嚷："哥几个，千万别出去啊，那边有人专打卖酱豆腐的，那一车都让人给掀了！"

一群伙计大眼瞪小眼，满脸疑惑地说："啊? 卖酱豆腐也犯法?"

窦天宝直摇头跺脚："反正别出去！那人凶得很，你们去了再让人给打了！"

众伙计本就是青壮小伙，一听这架势，便吆喝着要去看看。

窦天宝赶忙拉住几人："别去啊！那人不讲理，横得很！弄不好连你们卖酱菜的也打。"

一听这话，伙计们更不干了，气冲冲地就往外走。

窦天宝在后面装模作样喊着："别去，别去，哎，别去啊……"

这边的街头上，满身脏污的两人还打着呢，会长刚从酱豆腐堆里挣脱出来，被大汉追得边躲边骂："你个臭卖酱豆腐的，臭王八蛋！"就听背后传来几声喊叫，卖酱菜的众伙计赶到，正好听到会长在骂，便炸开了锅："嗬，真骂街？""我们都是下苦的，卖酱豆腐怎么了？""打他！"一群伙计迎了上来，众人围住会长，一时间酱豆腐扔得满天飞。

这时几声短促的哨响，七八个巡警拿着警棍冲了过来，众人正围着会长一顿好打，人人身上一团红豆腐，见警察来了，大家哄散开来，就剩会长颓唐地抱着头蜷缩在地上。

领头一个警长看了看场面，摇头骂道："可不得了，流这么多血啊，给我都带走！"

卖酱豆腐的大汉赶紧上来解释："老爷，我们这不是血，是酱豆腐！"

众伙计也七嘴八舌地说，是这家伙欺负他们卖酱豆腐的下苦人，才被他们教训了。

警长仔细观察了一下，点点头："嗯，是酱豆腐！好吧，那算了，你们也别打了，地上那人也起来吧，都回去！"

眼见警察要走，满身满脸一片红的会长从地上蹿起来，直嚷嚷："我说，他们那是酱豆腐，我这是血！"

警长一摆手："行了行了，让你走就走吧！"

会长大怒道："什么！你们是干什么吃的，我这就被白打了啊？"

警长打量他一眼，没好气地说："呦，还挺横，活该被人打，兄弟们收工。"说罢，警察们三三两两地散了，大汉推起小车一溜烟走了，众伙计也纷纷散去。

会长一屁股跌坐在酱豆腐中，大哭了起来。

　　收拾完会长，窦天宝心情大好，一路哼着曲就回了戏班，径直奔向后台开始扮戏。

　　窦天宝打开彩匣，用毛笔沾湿了勾脸的大白，在脸上画了几下，然后趁着湿润搓起来，又抹了干红，认真地勾画着，没注意身后啥时候站着十二红，正认真端详着镜中的天宝。

　　十二红问："你干吗啊？"

　　窦天宝边画边说："孙富，给你搭戏啊！"

　　十二红吃了一惊，赶紧上来拉他："你不怕会长再来查啊？"

　　窦天宝嘿嘿一笑："他得歇些日子呢！"

　　"怎么了？你又使什么坏主意啦？"

　　"甭管了，好好唱戏！今天我傍你一出！"

　　"德行！"

　　十二红转身系上水衣子扣，背后窦天宝乐得直笑。

　　"笑什么啊？"十二红问。

　　窦天宝伸出大拇指："真白，好看！"

　　十二红应了一声讨厌，假装生气不理他，窦天宝看看四周无人，便又没皮没脸地凑上去："来，亲一下。"

　　十二红推他一把："走开！"

　　冷不防，窦天宝一下跳过来，在十二红脸上亲了一下，嘿嘿一乐。

　　十二红哎呀叫了一声，小脸瞬间变得和熟透了的苹果一样，娇嗔一声："杀了你啊！"

　　窦天宝这时收拾了会长出了气，又赢得十二红芳心，心情大好，连蹦带跳地跑到一边，耍起了活宝："来呀来呀！"十二红其实心里也并不生气，反倒有些美滋滋的，两人一路嬉闹着跑了出去。

台下两人嬉闹暧昧，台上倒是搭档得更默契了。今天的戏码是《杜十娘》，十二红的杜十娘，窦天宝的孙富。

杜十娘芳名海内传，
今日前来会婵娟。
带来珍珠与玛瑙，
折合白银整一千。
为何十娘不相见，
孙富我等候多时心内烦。

练习多日，窦天宝已经把着些评剧的脉了，他独特的唱腔加上灵活的表演，孙富一登场就博得了满堂彩，而十二红的杜十娘扮相甜美，和窦天宝对戏时眼波流转，两人的搭戏让台下又是一阵掌声雷动。

月光从窗户洒进没溜家的床头，窦天宝还在回味着白天的戏，心里念着十二红，脸上也显出花痴的神色来。

没溜端起粥喝了一口，看看窦天宝，直摇头叹气："越唱越上瘾啊！"

窦天宝收敛神色，回头看了他一眼："你可真是浑身狗肉，让人一顿好打，说好就好了！"

"不叫事儿，"没溜几口喝光了粥，把碗扣在桌上，伸出七个指头，"我曾经有一回，一天挨了七回打！"

"你以为我夸你呢？"窦天宝自顾自开始收拾东西。

没溜站起身来，走到窦天宝跟前，拨弄一下他的衣服："今儿唱的什么戏啊?"

"《杜十娘》,我唱的孙富!"

没溜乐了:"你们这评戏班有点儿意思,这一个人什么活都来什么戏都唱啊!"

"对喽!"窦天宝把行头都压在床下,回头说道,"这小班的戏比不得京班大戏那么行当齐全,一人顶一工,咱这蹦蹦戏,老生跨老旦,老生跨花脸,赶什么来什么。"

没溜点点头:"是啊!哎!那十二红怎么样了?"

"好着呢!"窦天宝知道没溜想打听什么,他可不想接茬,就翻身上了床要睡觉。

没溜赶紧靠过去,嬉皮笑脸地说:"什么好着呢? 给咱详细说说。"

窦天宝一脚把他踹开:"滚一边去!"

"你不说我也知道!"没溜嬉笑着又凑了过来。

窦天宝在床上翻了个身:"闭嘴!少打听啊!"嘴上说着,心里却是不自觉又想起了十二红,窦天宝还是第一回体会牵肠挂肚的滋味,原来喜欢一个人就是每时每刻都会想起她,一想起她脸上就不自觉挂上笑了。

窦天宝想着明儿约了十二红去看郝小文,又能看到十二红了,心里就美滋滋的。

转天中午,窦天宝起床的时候,没溜已经不见了,也不知道又到哪里混去了,天宝也不在意,他俩是老西拉弦——自顾自,天宝收拾好自己就去点心铺买了豆糕、芸豆卷、玫瑰饼等点心上十二红家里寻她一起去看郝小文。

十二红一个人在家中,正扎着辫子,听得门外砰砰有人敲门,就迫不及待打开了门，果然是窦天宝提着点心乐呵呵地走进来。

"点心买完了，咱走啊！"

"等会儿，扎好辫子。"十二红坐回床头，忙着侍弄自己的辫子。

窦天宝在家里左右转了一圈，问十二红："你娘呢？"

"上园子了！她得给人梳头去！"

窦天宝心里一喜，说："哦，哎？家没人啊？"

"没有啊！"

"哦，哈哈哈！"窦天宝一阵坏笑，凑到十二红跟前，"太好了！"

十二红瞪了他一眼："干吗啊，什么就好了？"

窦天宝一把抱住十二红，他可是想了一整夜的十二红了。

十二红羞红了脸，眼睛没处放了，推了他一下："讨厌！"

天宝扯着嗓子唱了一句："众将官！"

十二红害羞地喊道："没有！"

"杀呀——！"窦天宝大喝一声，把十二红扑倒在床上。

这一夜的牵肠挂肚啊，化作了一夜秋风遍地黄，秋山儿明朗，秋水儿茫茫。

一番荒唐后，窦天宝提着行李走在前面，十二红在背后默默跟着，出了门。

"御马到手精神爽……"天宝摇头晃脑地唱着，回头看着十二红直乐。

十二红面带羞涩地整着衣服，骂他一句："没羞没臊的。"

窦天宝拉起她的手："媳妇！"

"呃！"

"哎呀，娘子啊——！"

"讨厌！"十二红反手抓着窦天宝的手，突然站住了，"天宝，我跟你说句话！"

窦天宝回身看着她："说吧！"

十二红正色道："我可什么都给你了！你可不能不要我！"

窦天宝深情地看着十二红，低声唱道："关关雎鸠见了面，在河之洲配鸳鸯，窈窕淑女人人爱，君子好逑结成双……"直听得十二红脸红到了耳根，窦天宝才正色说："十二红，你太好了，我一定好好对你。"

"你们太客气了。"郝小文的妻子看着窦天宝手里的点心，不好意思地说。

郝小文的家十分凌乱，家中也没有什么值钱的物件，郝小文躺在床上，看见天宝和十二红进来，赶忙坐了起来："呀！小红来了！快坐！"

十二红忙过去扶着郝小文躺下："大哥，你快躺下吧！"

郝小文躺回床上，几人凑在床边坐下。

"郝大哥，好点儿了吗？"十二红关切地问。

"见好，别折腾了！过两天就能唱戏了！"

窦天宝从口袋里掏出一把钱，放在床上："这些日子替您唱了几天戏，这钱您留着花吧！"

郝小文赶忙坐起来，把钱往天宝手里塞："不成不成！哪能这样！"

郝妻也在一旁跟着推辞，天宝见状，便站起身来，把钱郑重地放在桌子上："我就怕人客气！我这么大个男子汉，答应您的事就必须做到，您千万别推让了！"

十二红也在一边帮腔："大哥您就收下吧，这也是天宝的心意！"

郝小文夫妇俩还是不从，正要把钱再塞回去，窦天宝赶忙摆摆手："行了，我们得赶紧走，下午还有戏呢！您好好休息吧。"拉上十二红一溜烟就小跑着出门了。

回到戏园子后台，窦天宝就认真扮上戏了，上一场戏的成功让他又摸着点感觉，正琢磨着怎么把晚上的戏唱好，就听后台门吱呀一声打开，公会会长走了进来，脸上还青一块紫一块。

众人看见会长，都不敢说话。窦天宝懒得搭理，自顾自地扮自己的行头。

会长咳嗽一声："窦天宝，我又来了！"

天宝装作刚看见他，阴阳怪气地来了句："呦，哪阵香风把您吹来了？"

会长哼了一声，气哼哼地说道："少废话！还是老话，没挂号，你就不能唱戏！"

窦天宝堆起笑脸，挽着会长的胳膊坐下："来来，会长先坐，万事好商量！"

这出戏倒是奇了，会长完全没想到窦天宝今天会服软，心中有几分得意，便一甩袖子坐在一旁。天宝端了一杯茶过来，放在会长面前，谦恭地说道："您放心！我之前不懂事！今天我自有一份心意孝敬您。"

会长歪了他一眼，冷冷地说："哼，就看你的良心了！"

这时十二红从前台走下来，冲着天宝喊："天宝，上场了！快！"

窦天宝给会长作个揖，"您稍等，我马上回来。"便起身掀了台帘上场了。

会长见状，也未拦他，得意扬扬地自言自语道："哼，小兔崽子，我不信你还不顺把！"其实会长也不是什么大恶之人，无非是有点小权力便要灿烂，但遇上窦天宝这样的天不怕地不怕的直性子，也是想捏软柿子却碰了钉子了，这下眼见天宝服了软，倒也不急着收拾他。

> 恨婶母与宋成奸诈阴险，要害我全家人甚是凶残。
> 曾记得西域国黄龙造反，郭千岁下兵牌来到我的门前。
> 我叔父身无恙假装病染，朱春登不怕死一马当先。
> 两军阵多亏了百步穿杨箭，射死了黄龙贼凯旋归还。
> 官封到平西侯回家祭奠，婶母道她婆媳命染黄泉哪！

一段大戏唱完，一阵喝彩声如雷，窦天宝感觉一种人戏合一的味道，他觉得此刻别的事都不重要了，说不出地轻松畅快，下了台，擦擦汗，坐到镜前准备卸妆。

会长咳嗽一声，冲着窦天宝敲敲桌子："我说，我还等着呢。"

窦天宝厌恶地看他一眼，心里想着还有摊子恶心事还像揭不去的狗皮膏药粘在身上，于是站起身来，不慌不忙地说："您先等会儿，等会儿我孝敬您！"

会长不耐烦了："快点儿啊！我忙着呢。"

窦天宝见状，便脱了戏服，伸伸胳膊，径直走到会长跟前。

会长抬头看看，又把弄起手上的扇子来："说吧，你准备孝敬我点儿什么？"

"大嘴巴！"

啪的一声，一个大嘴巴就扇了上去。

没等会长反应过来，窦天宝拉上在一旁卸妆的十二红就跑了，他只觉得此刻他拉着的那个人才是最重要的，别的一切都无所谓了，什么公会，什么会长，都去他的。

第九章
梆子

善似青松恶似花，

花笑青松不如它。

有朝一日寒霜下，

只见青松不见花。

窦天宝拉着十二红一路走到一片荒地上，十二红不住往回看，生怕有人追上来，窦天宝倒是不着急的样子，一路上还晃晃悠悠。十二红回头确定没人追上来，一把撒开窦天宝的手，窦天宝差点栽倒。

窦天宝扭头说："怎么了这是？"

十二红没好气，上去给了窦天宝一脚，喊起来："我还想问你是怎么了呢。你这叫什么脾气啊？属狗的，说翻就翻！"

窦天宝拍了拍屁股上的灰说："估计改不了，从小爹妈惯的，我觉得最近还收了一些。"

十二红气得不行，指着窦天宝："你这个少爷秧子，没个人脾气，有话不会好好说吗？"

窦天宝笑起来："好说好道他不听啊！下回再找寻我，我开了他！"

十二红又是一脚踹上去："大爷，您能别找事儿了吗？您拍拍屁股扭头去了，我们这几十口子怎么办？你一人吃饱连狗都喂了，我们这可都是拉家带口的！"

窦天宝按住十二红的腿说："行了行了，这没被别人打着，让你先踹了两脚，我尽量控制！尽量啊！"

十二红露出愁容，说道："最近上座不好，大伙分不着钱，都急得跟什么似的！"

见十二红真是一脸焦急，都快哭了的样子，窦天宝也不敢再拿她逗趣，顺势往地上一坐，帮十二红分析了起来："不上座主要是因为戏不行，就那点老戏翻过来掉过去来回折腾，看戏的不腻，唱戏的还不腻吗！"

十二红也挨着他坐下来："那你说怎么办？"

窦天宝看着她说："排新戏啊！"

十二红哼了一下："排新戏？什么戏？"

窦天宝起身蹲到十二红面前说："我这两天也正琢磨这事，咱们排点连台本戏，又能看个新鲜，又能勾住看戏的，准行！"

十二红问："那排什么戏呢？"

窦天宝起身一个亮相，说："《狸猫换太子》！"

窦天宝和十二红这些打小唱戏的人不一样，十二红他们没上过什么学，自小在戏班子里长大，听到见到的都是唱戏的事和唱戏的人。班主组建戏班子也就是为了赚口饭钱，每个班子都有几个拿手戏，长年累月也就是这几出戏，他们没见过什么世面，眼界自然窄，没有创新意识，也没有经营的意识。而窦天宝从小生在大户人家，锦衣玉食，好吃的都吃过，好穿的都穿过，好玩的地方也没落下过，虽然老大不小的没什么真枪实弹的本领，但毕竟见过世面，思维也更灵活。再加上窦天宝打小又喜欢戏曲，他深知什么是好戏，怎样才能让观众高兴，其实人最大的好奇心就是新鲜，这也就是为什么新角更能让人眼前一亮。窦天宝脑子好使，这些日子没白在这里混，他知道现在不上座的原因，这排新戏的想法不是今天才有的，他早就想好了，只是要寻个机会说出来，更要做出来。

十二红愿意相信窦天宝，她能看出来窦天宝不是个一般人，尽管平日里嘻嘻哈哈没个正形，脾气还臭，嘴巴也不饶人，但她知道窦天宝是个好人，是个爷们儿。

十二红回去和李妈一商量，都觉得这么下去确实也不是办法，索性放手让窦天宝去干。

《狸猫换太子》是典型的海派剧目，几乎所有剧种都演。故事说的是北宋真宗皇帝赵恒时，东宫李妃和西宫刘妃先后怀有身孕。刘妃与宫中总管郭槐定计将一狸猫剥去皮毛换走了刚出世的太子，并命宫女寇珠勒死太子。寇珠暗中将太子交付宦官陈琳抚养。真宗以李妃产下妖物为名将其贬入冷宫，刘妃所生子被立为太子，刘妃也被册立为皇后。六年后太子夭折，刘皇后得知李妃生的儿子在世后将其抚养并继立为太子。太监余忠替李妃殉难，李妃逃出迫害后落难民间。包拯陈州放粮时得知真相，将李妃带回开封。此时李妃的儿子已继位皇帝，即宋仁宗。包拯将李妃带入宫中，母子相见真相大白。

窦天宝思考了几天后，就开始认真操办起来，集合人马，窦天宝亲自说戏，花玉婷和郝小文坐在一边。

窦天宝喝了口茶，说起来："这《狸猫换太子》是海派戏，多少名角都唱过，在上海那是常年地满座啊！"

花玉婷一副懒洋洋不乐意的样子，说："我来什么呀？"

窦天宝说："您听我的，您反串来陈琳！"

花玉婷吃惊："我唱小生？"

窦天宝点头："对，评戏班以角儿为主，您唱陈琳，准火！"

花玉婷笑了一下，说："那你给我念念吧！"

窦天宝手一挥，开始分配起角色来："十二红来寇珠，郝爷来八王。"

郝小文问："你来什么？"

窦天宝拍拍胸脯说："我来郭槐，后头赶包公。"

花玉婷起身，说了句："行啊，那就排吧！"

这边窦天宝带领着大家排新戏，那边梁大元也没闲着，自打窦天宝开始唱戏以来，梁大元也跟自家的戏台较上劲了。

梁宅院中的戏台又翻新了，铺上了加厚的红毯子，左右两个立柱上的描金字也是新写的，之前的乐队梁大元一直不满意，这次又是高价请来的乐队班子，这个配备可比外面普通的戏园子强多了。不仅演出配备好，观众的层次也不一样，非富即贵的客人都是梁大元硬叫来的，这些人不来不合适，怕得罪了梁大元，来了后坐这儿听梁大元唱戏实在是受折磨，没一句唱在调上不说，一会儿高音一会儿低音的，一惊一乍让人也受不了啊。你还不能不叫好，每唱一句都得拍巴掌，唱完后还得咬着牙露出一副听了好戏占了便宜的样子猛夸一番，光想夸的词就让人头疼了。

小笔从一边跑过来，向观众们作揖，说："感谢各位贵宾百忙之中抽空来梁府捧场，今天我们爷特意奉上《空城计》，大家多多鼓掌啊！唱完我们爷专门准备了宴席，请各位小酌几杯。"

客人们明显露出了尴尬之情，互相看了看，估计大家伙的心里都想，行吧，权当来吃顿饭吧。

小笔说完赶紧又跑回房子里，一群人正给梁大元扮相，梁大元看见小笔还没化装，不乐意起来，大喊："小笔，你还唱不唱了啊？"

小笔赶紧脱衣服，说："唱啊，爷，我这不是出去看看情况嘛，这就扮上了。"小笔说着赶紧指挥人给他化装。

没一会儿工夫，梁大元的司马懿、小笔的诸葛亮就有模有样起来。梁大元对着镜子看了半天，明显很满意，转头看了看小笔的诸葛亮，贴着胡子拿着羽毛扇，看起来很不错。梁大元拿过小笔的羽毛扇扇起来，问小笔："会唱了吗？"

小笔点头回答："差不多吧！"

梁大元拍拍小笔的肩膀："好好唱，这可是个乐子。"

小笔哈腰："主要是听您，我这诸葛亮是配戏的！"

梁大元高兴起来，马上开始比画，说："你听我这司马懿……大队人马……"

小笔立马拦住："爷，您省点劲，上台唱去！"

梁大元一想，有道理，招呼旁边人："对，来，穿衣服！"

鼓点开始，小笔扮演的诸葛亮先出场，一个亮相后，开唱："兵扎祁山地，要擒司马懿……"

小笔还没唱完，梁大元就迫不及待地冲出来，搞得小笔一下愣住了，不知道是该接着唱，还是停住，梁大元开始在台上来回亮相，完全不顾小笔的情况，小笔一看这个架势，只能硬着头皮接下去唱，刚准备张口，梁大元那边唱起来："大队人马往西行……"

小笔赶紧配合起来，梁大元唱完这句，突然停顿了下来，明显是忘词了，只能又唱了一遍，唱完盯着小笔看，小笔支吾半天，说了句："这可一直往西去了！"

客人在台下笑得前仰后合，小笔又跌跌撞撞爬到城楼上唱二六，一开嗓简直是荒腔走板，要多难听有多难听，客人们更可乐了，都捂着嘴笑。梁大元眉头一皱，说了句："这什么玩意？众将官！"

众将官喊："有！"

梁大元指着小笔说："杀进西城，活捉诸葛亮！"

众将官全傻了，不知道该怎么办，梁大元索性亲自上前，拉着众兵将冲入西城，将诸葛亮结结实实绑上，小笔小声说："爷，没这段啊……"

台下的客人实在是绷不住了，全场笑翻。

窦天宝这儿可就没有梁大元这么轻松了，新戏排起来远比想象中难，窦天宝又是第一次挑大梁排戏，自己也不是特别有把握。几个时辰过去了，新戏排得很慢，窦天宝倒也不着急，一遍遍排着，亲自给每个演员示范。十二红一直在边上帮衬着，给窦天宝倒水擦汗，准备吃的，窦天宝唱的时候，她就在一侧脉脉含情地注视着，这个叫窦天宝的男人不仅走进了她的生活，还走进了她的心。

排完戏，累了半天，窦天宝和十二红在街上转，走到一水果摊停下。

窦天宝指着苹果问小贩："这苹果脆吗？"

小贩底气十足："特别脆，您尝尝！"

窦天宝又问："甜吗？"

小贩拿起一个说："倍儿甜！"

窦天宝点头，说："行，那来二斤梨吧！"

小贩差点没把手里的苹果扔了，十二红笑起来，用手指戳了一下窦天宝的脑袋说："真不是人，问完苹果来二斤梨。"

窦天宝顺手拿起两个梨，在身上擦了擦，递给十二红一个，也笑起来。

两人这一笑，这大半天排练的疲累就散去了一大半，都顿觉轻松起来。两人边吃梨边在街上走，窦天宝左右看着各路小贩，十二红突然站住叫了声天宝。窦天宝扭头，十二红看着窦天宝问："你会娶我吗？"

窦天宝吃了口梨说："会！"

十二红走上前，严肃地说："你好好说！"

窦天宝故意重重点头说："会！"说完又咬了口梨。

十二红笑起来，骂了声讨厌。

窦天宝搂着十二红故意打趣："讨厌我，你还让我娶你啊？"

十二红问："为什么娶我啊？"

窦天宝说："你瞧，你长得多好看，像嫦娥似的，咱俩结婚准能生个小兔。"

十二红瞪了眼窦天宝，骂道："真缺德，你净糊弄我！"

窦天宝摇头："我可没糊弄你，我说的是真的！"

十二红站住，说："好吧！再相信你一回！"她说着掏出一块怀表来，塞到窦天宝手里。

窦天宝有点吃惊，问："给我的？"

十二红点头，问他喜欢吗，窦天宝拿到眼前仔细看了看，说："哎呀，真不错。"

十二红还想说什么，这时只见李妈跑过来，气喘吁吁地说："我就知道你俩逛天桥呢。"

十二红看李妈着急的样子，连忙问怎么了，李妈脸哭丧下来说："不好了，会长又来了。"

十二红紧张起来，看看窦天宝，窦天宝不慌不忙问："说什么了？"

李妈支吾起来，窦天宝说："没事，你说！"

见李妈还不说话，十二红也着急起来，李妈叹了口气说："这回天宝是把会长得罪狠了，前后台老板都在，人家会长说了，不把天宝轰走，这戏班就谁也别干了！"

十二红急了，喊起来："啊！怎么会这样！"刚说完一转身，看见窦天宝一言不发地走了，十二红和李妈怕窦天宝又惹祸，赶紧追了上去。

窦天宝一路来到戏园子，刚好赶上前后台老板送评剧公会会长出门。

会长一脸神气，斜着眼睛看两位老板，问："办得到吗？"

两个老板哪敢得罪会长，只能硬着头皮打包票，说："会长您放心，我们这就让窦天宝走人！"会长嗯了一声，仰着头说："反正他要是还在，你们就谁也别干了！"老板们又是一阵点头哈腰。

会长刚准备上洋车，窦天宝走过来，大喊一声："会长来了！"

会长瞪了眼窦天宝，不想搭理他，窦天宝却凑过来一副要拥抱的样子，其实是趁机把怀表偷偷放在会长的口袋中。会长哼了一声说："少来这套，晚了！"会长话还没说完，窦天宝就大喊大叫起来，冲着会长说："你敢偷我怀表！"说着一拳就打了上去，会长应声倒地，窦天宝边踹边继续骂："小偷！穿得倒挺干净，偷人东西！我让你偷！"

老板们上来拉窦天宝，窦天宝正在气头上，谁也拉不住。老板无奈抱住窦天宝，恳求道："天宝啊，你可别胡闹了！"窦天宝一把甩开老板，怒喝："闭嘴！老子不干了！大家一起打小偷啊！"眼瞅着就有一些路人不知道前因后果，也冲上来跟着一起打了，窦天宝一看打的人越来越多，乐起来，顺势挤出人群，手插口袋扬长而去，听着身后传来的会长的惨叫声，嘴里不禁哼起了戏。

太阳落山了，天桥的人逐渐稀少了，白日里的摊子陆续收起来了，艺人们拿着自己吃饭的家伙向家或者酒铺走去。一阵驼铃响起来，一队一队骆驼，驮着煤向永定门走去。

窦天宝正在巷口的电线杆下吃馄饨，看见十二红过来，招呼老板再来一碗，十二红看见窦天宝手边已经摆了两个空碗了，想着寻了他半天，他倒没心没肺坐在这里吃馄饨，坐下就开始哭，吓了窦天宝一跳，问："好好的，哭什么啊？"

十二红一抹眼泪："就哭！"

窦天宝说："好好好，哭吧，反正人也打了。"

十二红一把夺下窦天宝的勺子，骂起来："你混蛋！这下你唱不了戏了，怎么办啊！"

窦天宝重新拿回勺子，吃了口说："唱不了戏就干点别的呗。"

十二红哭得更凶了，说："那我就看不见你了，不干！"

窦天宝笑起来："我来看戏，不就看见你了吗？"

十二红号啕起来："我不！"

窦天宝皱起眉头："怎么那么拧呢？"

十二红委屈起来："我，我……"没说上一句整话又哭了起来。

窦天宝赶紧拦着："得了，小姑奶奶，我错了，别哭了！"

十二红拍桌子喊："你去问问，哪有唱戏的打会长的道理！"

窦天宝突然笑了起来："我想起来了，不能唱评戏，我可以去搭梆子班。"

十二红抹了下眼泪说："梆子？你也不会啊！"

窦天宝继续又吃起了馄饨，一边吃一边说："咳！评戏原来我也不会呀！"

十二红破涕为笑："你可真灵！"

窦天宝放下碗，说："灵管什么用，混饭吃呗！"看见十二红脸上还挂着泪珠，窦天宝一把搂住十二红，轻唱起来：

你本是宦门后上等人品，

食珍馐穿绫罗百般称心，

十二红应声接唱：

想不到，你落得这般光景，

看起来我苏三命薄人，

人人说黄连苦，苦到极点，

咱二人比黄连还苦十分……

这段是评剧《玉堂春》的选段，讲的是富家子弟王景龙落魄后在关王庙与苏三重逢，二人相拥许久。这一段倒是与此时此地窦天宝和十二红的处境应景，唱了一会儿，两人就觉得心情舒畅了些。

窦天宝的心思又活络了起来，给十二红擦眼泪，问："你妈干吗去了？"

十二红说："花老板新买了几件行头，我妈去给绷水袖了！"

窦天宝眼睛一亮："家没人？"

十二红点头。窦天宝坏笑起来，十二红没明白，窦天宝又一阵坏笑，十二红一下反应过来，不好意思起来，站起来刚想跑，窦天宝一把拉住："娘子，来呦——！"

窦天宝知道自己得罪了会长，评剧以后是没法唱了，他不害怕和会长这种小人对着干，但心里还是担心会连累十二红。窦天宝虽然外在风流，但内心还是很重感情。他明白十二红对他的心思，他也喜欢十二红的简单直接，虽然这丫头没读过什么书，但热心侠胆，这种乱世，心思单纯的人越发少了。以前因为他是窦天宝，是窦大帅的独苗，多少达官贵人想和他结亲家，多少女人想嫁到窦府来，可有几个是真心的。如今他落魄了，那些往日里套近乎的全都没了踪影，街上碰见了都当没看见，窦天宝也不是个愿意抱狗腿的人，他相信这世道轮流转，他今天落了，改天有升起来的时候。

他愿意娶十二红，愿意和这样一个唱戏的丫头过日子，虽然他从小都没有想到，有天会和这样一个丫头谈情说爱，也许是宿命吧，七太太唱戏的缘分终究是没在他这儿断。

十二红小窦天宝一岁，打小就开始学戏唱戏，一天好日子都没过上，人水灵，但脾气可不小，这些年来也有不少人想亲近她，当然，有想占便宜的，也有是真喜欢她的。还有一户财主心心念念想要她为妾，带着半箱子银圆来提亲，身边人劝她嫁了，但她脾气硬，说什么都不肯，别说是没感情，就是做小这种事她也容不得。李妈劝她，说："咱们是谁啊，就是个破唱戏的，谁把咱们当人看，能做妾就是福命了，总好过风里雨里搭台唱戏吧。"十二红可不这么想，跟李妈说："咱们得把自己当人看啊，遇见喜欢的，什么样我都认了，但这种嫁到有钱人家做小的事我不干，我们风里雨里搭台唱戏怎么了？那赚的都是真本事钱，咱骨头不软，饭吃起来就香。"

李妈了解自己的丫头，但也心疼。她担心窦天宝这个人靠不住，毕竟人家也是少爷出身，一时落魄看上了十二红，以后再发达起来，终究是要嫌弃的，更何况即便是发达不了，凭着窦天宝这种少爷脾性，什么都不会，以后这日子可怎么过啊。李妈想劝闺女，几次话到嘴边，又咽回去了。

窦天宝说搭班梆子，倒也不是随口一说。窦天宝这些年的戏没白听，赏钱也没白给，即便是现在落魄了，但人脉还是在。

他来到一个梆子园前，水牌上写着"梆子大王铁达子"。当年这个梆子园干不下去，一度要停买卖，窦天宝知道了二话没说从家里偷了七太太的首饰，前脚找人卖了，后脚就拿着钱过来给了园子班主。倒也不能说园子是靠这些钱活过来的，但窦天宝的义举还是解了园子的急，更何况平日里窦天宝真没少给园子赏钱。

班主是个念旧情感恩的人，知道窦天宝现在的难处，没什么说辞就答应了窦天宝来唱梆子的请求。窦天宝感谢，班主叹了口气说，谁还没个有难处的时候，挺过去，多大的事都不是事儿。

其实窦天宝不是个丧气的人，尽管现在落到这个处境了，但他打心眼里没觉得过不去，否则也不会和评剧公会会长对着干，他自小不怕事，但也不欺负人。这次落难对他来说是好事，至少看清了好些人，也交了些知心人。他心里琢磨两件事，一是找到妈，二是想办法翻身。他也不指望过上以往那种大富大贵的日子，但也不能总像现在这样混日子，连口正经饭都没有。至于窦老爷临死前嘱咐他绝不能报仇，永不参政参军的遗训，他心里明白，爹是不想他再过头拴在裤腰带上的日子了。

也许有人会说他不孝，杀父之仇是天大的仇，岂有不报之理？但他想问一句，父为谁死？如果窦老爷不是为了这一大家子的安危，不至于早早离世，活生生死在枪口下，如果窦老爷不是为了窦天宝能活着，他不会在临死前乞求仇家放过儿子的性命。所以窦天宝要活着，要好好活着，活下来才是尽了最大的孝。至于仇家，不过是个此时军阀，乱世当头，这些被政治被枪杆子被权力所操控的人，何须他强出头要了他们的命，彼时定会还回去，他们的命，可不在自己手上。

但七太太是窦天宝的心病，当年因为仇家逼得紧，七太太没法在京城等他，只能草草赶往郊外。其实窦天宝和窝囊去找过七太太，到的时候七太太因为欠了房钱已经被人赶走了。没人知道她去了哪里，过惯锦衣玉食日子的七太太哪有能力应付如今的潦倒。窦天宝和窝囊走遍附近，逢人打听，有的人说见过，但也只是打过照面，根本就没有头绪。窦天宝心里难过，此刻的他连自己吃饭都成问题，更别说去寻妈了。他只能每天乞求上天垂怜他母亲，他只要赚点钱，定会再去找，他也相信，母亲不会走太远。

　　其实这会儿窝囊正四处打听找寻着七太太。自从窦天宝做了落跑新郎，大俊一家就死活不干了，见天到窝囊这儿闹，窝囊也没法在大兴待了，只好跑出来。他知道窦天宝肯定是跑回了北平城里，但他不想来找天宝，他知道天宝不会饿死自己，尽管让他在城里折腾吧。他挂念着太太，平日里七太太对他最好，待他像亲人，可不能眼瞅着七太太到处流落无依靠，窝囊也想着等他找到了七太太，一起回来收拾天宝，到时候就有人管他了。

　　窦天宝要唱的梆子，就是河北梆子，也叫直隶梆子。

　　河北梆子是由流入河北的山陕梆子演化而成的，形成于清朝道光年间，最早是由到河北经商的商人带来的，流入河北后，在长期的演出过程中，为了赢得当地观众的喜爱，根据当地的语言习惯、情趣、爱好等在艺术上不断改革、创新，慢慢形成了河北梆子这一新的剧种。到光绪年间，河北梆子就已经流布河北全省，在北京、上海、天津等大城市和京剧形成了争衡的局面。

　　窦天宝一连几日都在梆子园练戏，终于等到上台的机会。一出《牧羊圈》，天宝扮演小门子，一大段贯口，台下掌声如雷。

下了戏，窦天宝在后台卸妆，梆子班管事走来，脸上明显带着高兴劲儿，跟天宝打了个招呼："您辛苦！"

窦天宝回一句："您辛苦！"

管事夸了起来："这小门子不赖，够一卖！"

窦天宝赶紧谦虚起来："不敢！"

管事又说："听说您在评戏班抱四工，老生、花脸、彩旦、小花脸？"

窦天宝一边手里忙着，一边答着："对呀！"

管事凑近了说："明儿《辕门斩子》短一八王，您看？"

窦天宝是一点都不怵，满口答应下来："我来！"

管事满脸高兴："成！"

窦天宝答应完才回过神来，说："可我不会啊！"

管事说："您找角儿给说说！"

"铁达子？"窦天宝问。

铁达子是梆子班的头角儿，整个梆子班就指望着他赚钱。窦天宝知道自己要是想在梆子界混出点模样，这个人是必须要拜的。但铁达子是出了名不好伺候的主，窦天宝告诫自己一定要小心翼翼。

这日，铁达子正在后台倚着墙角抽烟，窦天宝捧着水杯恭恭敬敬站在面前。铁达子看了一眼窦天宝，问："学《斩子》的八王？"

窦天宝赶紧点头，客客气气地说："您给说说！"

铁达子抽了口烟说："去，买包糖去！"

窦天宝愣住了："买包糖？什么糖？"

铁达子头都没抬："冰糖块儿啊。"

窦天宝应声，赶紧出门买糖。

刚走到街口糖摊，遇到了郝小文，郝小文一见窦天宝就吐起了苦水，说自从窦天宝一走，这《狸猫换太子》可要了命了，换他唱包公，他嗓子都快横了。窦天宝笑起来，连忙劝他别那么认真，凑合凑合得了，可以少唱两句嘛。郝小文想问问窦天宝这几日过得怎么样，话到嘴边又没问出来，只说了句，哪天来找我们聊聊，老婆给天宝做了两个网子，让他去家里拿。

卖糖的摊，挂着两个白条幅，一条写着"家庭糖业社"，另一条写着"滋养卫生糖"，案板上有几块汉白玉的石板，掌柜的在石板上刷了些香油，然后把糖浆倒上去，用刀弄平后，又撒上杏干、青梅、桂花、薄荷等配料，然后把糖浆拉成长条，再用刀剁成小块。

窦天宝买了些薄荷和杏干糖，心想这个角儿脾气还真怪，教人东西还要糖，莫非他的绝招和吃糖有关。天宝拿着糖递到铁达子面前，铁达子打开纸袋，取出一块糖给窦天宝，天宝连忙推辞，说自己不吃糖，还是赶紧给说说八王的戏吧。

铁达子慢悠悠往嘴里放了颗糖，看着天宝说："来块儿糖吃得了，学那玩意没用。"窦天宝一听差点又没按住脾气开打。

十二红知道这件事后，说："那铁达子有个外号叫阴死爹，他能给你说戏？"窦天宝说自己差点没大嘴巴抽他，十二红急了，对着天宝一阵拳打脚踢，说："你不能走到哪打到哪啊！"窦天宝赶紧抓住十二红的手说自己都应了，这八王必须要学会，赶紧想想辙。

十二红想了想，说没准郝小文会这出，拉着天宝往郝小文家走。

这一去还真去对了，郝小文的老婆会这出，她以前就是唱梆子老生的，就这活拿手，但多年不唱了，多少有点嘴生，她仔细回忆起来，一点点给天宝念起来。

《辕门斩子》是很多剧种的看家戏，京剧、秦腔、山西梆子、河南梆子、河北梆子都有这出，但各有特点。故事取材于杨家将，说的是北宋年间，辽国萧太后南下入侵，大摆天门阵。为破阵，八贤王、佘太君随大军驻守边关抵抗，元帅杨延昭派其子杨宗保出营巡哨，宗保在穆柯寨与穆桂英交战，不敌被绑，却与穆桂英一见钟情，结为夫妻。杨宗保返营后，杨延昭大怒，要将宗保在辕门斩首示众，穆桂英得知消息，救夫心切，向杨延昭献上破阵急需的降龙木，最后杨宗保穆桂英夫妻二人披挂上阵，大破天门阵的故事。

这出戏里杨六郎和八王二人对哨的快板是比较精彩的一折。窦天宝在郝小文家学了半天，他学戏本来就快，加上他跟铁达子较着劲，非要学会不可，不到半天时间就学得有模有样了，但他想着明天跟他搭戏的正是铁达子，心里就不是滋味。

这时候的窦天宝性子直来直去，谁对他好，他就对谁好，谁对他不好，他就想法让谁不痛快，对评剧公会会长如此，对铁达子，窦天宝心里也是这么想的。

第二天，舞台上的梆子班正在演《辕门斩子》，铁达子扮演的杨六郎正在"见娘"。窦天宝已扮好八王，管事的进来看准备得都差不多了，嘱咐天宝马上上台，天宝见管事的走了，悄悄拿出一支烟摆弄着，台口人喊，八王来了！场面上起尖板，天宝赶紧把烟放在铁达子扮戏的彩匣旁，张嘴一声："忽听焦赞一声请——！"门帘掀起，窦天宝上场。

元帅要斩王的御外甥！

来在辕门下白龙，

见了太君礼相迎！

太君无事后帐请，

宗保之事王应承。

宗保做事太胆大，

他不该招亲犯国法。

　　窦天宝上场一开嗓，清亮高亢，引得台下叫了一声好。这边窦天宝在台上唱着，那边铁达子下场到后台，摘下髯口，端杯喝水，见彩匣子旁有烟，顺手拿起点着，还没等抽，烟卷突然爆炸，铁达子满脸黑灰，头发都烧着了，后台众人连忙拿着茶壶往铁达子头上浇，铁达子怒吼："这他妈谁干的?!"

　　话音未落，台口人招呼铁达子上场，台上孟良、焦赞喊："贤爷到——!"满脸乌黑的铁达子就上来了，台下观众全场大笑，窦天宝也没绷住，笑起场了。

　　铁达子张口："八王来到……"台下观众喊："这哪是杨六郎？这是老包啊!"

　　铁达子一把摘下胡子说："这他妈没法唱了!"说完转身下台。观众起哄，一时间茶壶、苹果飞上台，窦天宝笑得眼泪都出来了。

　　这一出下来，甭管窦天宝以前对梆子班有多大恩都不算数了，这种坏场子砸场子的事在哪儿都容不下。班主实在是没办法，这么多人还等着养活呢，窦天宝是留不住了，只能让走人。窦天宝也不想为难班主，收拾了东西就走，管事的一肚子火啊，恨不得咬死窦天宝。

　　窦天宝走到门口跟管事的说："别送了，别送了!"

　　管事的呸了一声："还送？快走！永远别回来!"

　　铁达子站在园子门口恨恨地说："你这辈子别想再唱梆子!"

　　窦天宝却是满不在乎，回掅一句："你这辈子只能唱梆子!"

160

第十章
搭桌

一场秋雨一场寒，

一夜清露染山川。

人生开门七件事，

柴米油盐酱醋甜。

《辕门斩子》的八王唱了，梆子戏瘾过了，铁达子也被他戏弄了一番，心头的火消了，但窦天宝的梆子生涯算是断送了，说到底他实在不是个能受气的人。

　　正闲逛着想着去哪儿散散心，就碰到了小笔。小笔说家里今天请了唱戏的，窦天宝一听，非要去听戏，就跟着小笔来到了梁宅，一进门看见评剧公会会长和十二红都坐在里面，梁大元看见天宝来了，还挺高兴，连忙招呼天宝坐下。

　　窦天宝过去扒拉十二红身边的演员，自己强行坐在十二红身边，搞得十二红还有点不好意思。会长的脸从窦天宝进来就不好看了，但这是梁大元的局，他也不敢得罪梁大元，只能忍着不吭声，心里却憋着坏，正琢磨着怎么让窦天宝难堪。

　　几杯酒下肚，梁大元要求演员们给唱几段，会长谄媚地说，带几位姑娘来就是为了给梁爷唱戏逗乐的。说完赶紧吩咐十二红几个准备，还点名十二红第一个唱。

　　窦天宝一把按住十二红说："等会儿，你别唱！"

　　十二红怔住，担心窦天宝又惹事。

会长一看窦天宝这是处处跟自己作对，立马要发作："你……"

窦天宝却不给他机会，阴沉着脸说："闭嘴！十二红不能唱！"

梁大元看了一眼天宝，问："怎么了？"

窦天宝对梁大元是不客气惯了："少打听！问到心里也是病！"

会长一看窦天宝对梁大元都这态度，心里凉了一截，本想给窦天宝难堪的，这下却是自己下不来台了，嘟囔着："我是评剧公会会长，我连左右个艺人都不行吗？"

窦天宝强横地说："别人我不管，她不能唱！"

会长涨红了脸，说："她怎么不能唱？"

窦天宝怒瞪双眼，作势一举手，会长吓得赶紧蹲下抱头，天宝趁机拉着十二红跑出了门。小笔刚准备去拦，梁大元却早就不耐烦了，说："得了，谁唱都行！快唱！"

会长没办法，只好作罢，摇着头说："好！唱唱唱！"

梁大元又问："都唱什么？"

会长说："小兰英的《哭灵堂》，赛美凤的《孟姜女哭长城》，白玉萍的《秦雪梅吊孝》……"

梁大元一听就怒了："妈的，全是哭哭咧咧的，你这给我找丧气来了！"起身一拳就打了过去，可怜的会长又一次倒地。

天桥北边是珠市口大街，东西横陈，把天桥的北面隔开来。北边是极热闹的地方，很多老字号都在这里。

窦天宝拉着十二红从梁宅出来，走了一段才想起刚才还没来得及吃口饭，这会儿觉得饿了，刚好看见街边有个爆肚摊儿，便坐下招呼老板来两碗。

十二红不乐意，质问起天宝："我怎么不能唱？"

窦天宝说:"不成,他们大模大样坐那儿,你跟那儿唱,我心里受不得!"

十二红没好气地说:"不唱吃什么?你养活我?"

窦天宝接过老板端来的爆肚,说:"我养活你!来,吃爆肚吧!"

十二红白了一眼窦天宝:"养活我?哼!自己还没饭辙呢!"

窦天宝却不接话了:"吃,凉了!"

十二红是拿窦天宝没辙了,每次天大的气让窦天宝随便说几句后,想气都气不起来了。这个男人简直就是个顽皮的小孩,让人又气又爱又心疼。十二红把自己碗里的爆肚捞着放进天宝的碗里,就听得身后一个声音说:"怎么还吃独食啊?"

窦天宝转头一看是没溜,就招呼没溜坐下一起吃。

没溜看了看十二红,笑着拿窦天宝打趣:"跟小佳人吃爆肚,艳福不浅哪!"

十二红羞红了脸,问:"这谁呀?"

窦天宝说:"我发小,叫没溜,上次你救了他,忘了?"

十二红仔细打量了一下没溜:"没溜?哦,想起来了,头发留起来了,认不出来了!"

没溜问窦天宝怎么今儿这么闲,不用唱戏,天宝说被会长整得唱不了了,没溜说一个破会长还能在前面挡道,天宝跟他讲了会长的权力,要唱戏,就得上公会那儿挂号去,不批就没法唱,还跟没溜讲了和会长的几番大战,没溜听完不在乎地说这都是小事,分分钟办了他。

两人就这么你一言我一语地一边吃着爆肚一边闲聊着,窦天宝觉得没溜吹牛开玩笑没往心里去。没溜却坏笑着说:"办不了会长,会长他媳妇我可有办法啊,这事包我身上了。"

话说这没溜虽然长得不是什么高大英俊的主儿，但模样讨巧，细皮嫩肉，天生一副小白脸相，再加上嘴甜脑子好，最擅长取悦女人，所以这么多年来他其实一直靠着女人来活，而且勾搭的都是有钱人家的太太。当然，欠了一屁股风流债的没溜，也没少吃苦头，像上次那种被打的事也不在少数。但这家伙狗改不了吃屎，见着女人就想勾搭，没承想这个坏毛病，还真有帮到窦天宝的时候。

真是不让人失望，那边刚跟窦天宝拍胸脯，这边没溜和会长太太就躺在小旅馆的床上了。

一番温存后，没溜假装叹了口气："一个评剧公会的会长可也算手眼通天哪！"

会长太太哼了一声："那有什么！一个破会长，也就是管些评戏艺人呗！"

没溜一看鱼儿上钩了，赶紧添油加醋说："没听人说吗，会长虽说官不大，可也能让人活让人死，那各地的女艺人来了，只要跟会长飞个眼，搂搂抱抱，那马上就准你唱戏，男艺人来了，嘿，磨破嘴皮子也不成，办一个许可证能折腾死你！"

会长太太一听就来气了："啊！他还敢这样！"

没溜假装无奈地说："我有一哥们，一直要唱戏，就是批不下来，一块儿的那些个女艺人全都拿下证来了，这不欺负人吗！"

"这个狗东西！我得教训教训他！"会长太太一边说着一边又一把搂住了没溜。

没溜赶紧使出浑身解数把会长太太伺候好了，一顿软磨硬泡的，会长太太答应了没溜保证把证给他哥们办下来。

其实这事儿就是会长太太一句话的事，凭着岳父大人当上官的会长是个十足的妻管严，老婆家里显赫，岳父更是有钱有权，会长在外面倒是威风，在家里还不如一条狗，老婆一瞪眼大气都不敢出。

会长太太跟没溜温存够了回家，看见会长正对着镜子擦药，她就来气了，心想着这狗东西肯定是勾搭了哪个女艺人让人给打了，过去一脚踹翻了凳子，吓得会长赶紧没有缘由地先认错。

会长太太一边骂"让你胡搞乱搞"，一边持掸子抽打会长，会长躲在桌子下一个劲儿求饶，实在是不知道到底发生什么事了。

没过两天，没溜就把一本证交到了窦天宝手上。窦天宝没想到他被刁难了这么久的一本证，到没溜那儿就是几句床上的甜言蜜语的事，一时感叹不已。

评剧班情况越来越糟，新戏《狸猫换太子》郝小文唱包公，嗓子实在不给劲儿，连唱几场后，嗓子更是没法用了。台下观众一百个不乐意，在下面喊着"这哪是包公啊，是包公他妹妹吧"。眼看观众的情绪越来越大，郝小文心生愧疚，但也没办法。十二红也急，郝小文说再让他唱非得砸园子不可。正着急的时候，窦天宝进了后台，脱了衣服说了声："我来！"

十二红可不敢让没证的窦天宝登台唱戏，天宝笑着从衣服里掏出办好的演出证，十二红喜出望外。天宝来不及解释了，招呼后台人赶紧给他扮相，救场如救火，容不得闪失，观众是万万不能得罪的。

窦天宝赶忙换靴子、穿蟒袍、勒头戴相貂，场面起尖板，站在上场门，一边搓脸，一边唱："奉王命下陈州开仓放粜……"

台下顿时掌声四起。舞台上，四将四龙套站门，四击头，撒边上包公。观众热烈鼓掌，窦天宝开唱，大段流水，台下连连叫好。

十二红在边上看着，悬着的心终于落地了，心想这下天宝有了证，可以唱戏，好日子总算是来了。

演出获得了成功，窦天宝被拉着和人喝酒，十二红收拾好了戏班和郝小文一起往家走。刚出园子没两步，迎面就撞见了小笔和几个狐朋狗友，明显是喝多了，一路胡言乱语。

小笔看见十二红，过来一把搂住说："呦，十二红，妞子！"身边人一看认识，都凑过来推推搡搡，郝小文赶紧上前拦住，使眼色让十二红先跑，十二红转身跑走，郝小文一个劲儿给说好话，小笔却被惹恼了，一拳打到郝小文脸上，几个流氓也上来对着郝小文拳打脚踢。

十二红是躲过劫了，郝小文却被打得不轻，躺在床上连起身都不行了。郝妻抹着眼泪给郝小文擦伤，郝小文笑着安慰老婆，说："艺人哪！命苦啊！鹌鹑戏子猴，注定要发愁！"

在那个年代，唱戏是让人瞧不起的下九流的活儿。虽然白天是风风光光的扮相在台上接受掌声，唱得好还能成角儿，有大把银子花，但毕竟成角儿的是少数，更何况即便成了角儿也没有什么好日子，还不是让有钱人呼来喝去，一句话说不好可能连命都没了。角儿如此，像郝小文这种没名气的戏子就更惨了，温饱尚未解决，每日里都是祸不单行。

可郝小文的罪，这才刚开始。

小笔回去添油加醋地给梁大元说郝小文是如何不把他们放眼里的，梁大元是个没脑子的人，而且就听不得谁不服他谁说他坏话，头里一根筋，小笔了解梁大元，故意拣梁大元最气不过的话说。梁大元自然恼羞成怒，觉得这个叫郝小文的太不把他放眼里，一个唱戏的还这么横，必须前后门插上旗，给他上上课。

小笔领命，找来办事的人，耳语一番。

第二天夜里，郝小文听见院子外面有动静，出来察看的时候，忽地一个黑衣人跳出来，一玻璃瓶向郝小文头上砸去，郝小文大叫一声，顿时血水横流，昏倒在地。

"小文！小文啊！"

凄厉的哭号声在郝家小院内响起，满头鲜血的郝小文艰难地爬起身来，又栽倒在迎面赶来的妻子怀里。街坊四邻的灯也点亮了，邻居们慌忙地围上来，脚步声和叫喊声不绝于耳。而其中最无助的，是一个孩子哭喊的声音：

"爸爸！爸爸！"

"镪水？"梁大元抬头盯着小笔，眼睛里全是诧异。

"对！"小笔不慌不忙地咧嘴一笑，"把镪水装在瓶子里，啪一下，呵呵，万事如意了！"

梁大元有些吃惊，他原先想着小笔只是教训一下郝小文，出出气，没想到小笔下这么狠手。事实上，这个从小五花马千金裘飞扬跋扈的梁大元，倒一直是个清白的主，他虽然横行街市但好歹有个分寸。但这位小笔，似乎从这一刻开始就露出他的狠毒。

"你小子够狠的！"虽然带着一丝疑虑，但刚下肚的几瓶烧酒依旧让梁大元的脑子有些发热。

小笔恭敬地说："谁让他不懂事儿的！敢在您面前充大个的，我看不惯！"

梁大元哈哈一笑："好小子，我没白疼你！"

眼看着梁大元起身，小笔赶忙过去搀扶，二人慢慢地走出房门。正走着，梁大元忽然停住，转身盯着小笔的眼睛，看得小笔摸不着头脑。

"不会闹出人命吧！"梁大元的声音里酒意少了几分。

"嗯……看吧！"小笔支支吾吾地答道。

正午时分，头顶的太阳分外耀眼，但郝家上下却笼罩在一片白色的阴郁中。

郝小文的头脸全都缠着白布，静静地躺在床上。郝妻抱着孩子坐在一旁，眼神空洞地盯着地板。窦天宝坐在床头，看看郝妻，又看看郝小文，一时语塞。

"天宝，你说这可怎么好？"郝妻看了看天宝，又把目光移回到了小文身上，一脸愁苦。

"别难过，嫂子，先治病，也不知这是哪个缺德的干的！"

郝妻的声音带着哭腔："全家就指着他一人活着，这可要了命了！"

窦天宝安慰她："没事，嫂子，有大伙帮衬，怎么也能活下去！"

"唉，穷人命贱哪！这昨天买了一百斤煤灰，一百斤黄土，还没摇呢，他这又出了事，唉，没辙啊！天宝，你先替我照应会儿，我去买点东西。"

窦天宝点点头："您去吧，十二红去请先生了，一会儿就行了！"

"哎，您费心！"郝妻放下孩子，擦一把眼泪，起身出去了。

窦天宝摸摸郝家孩子的头，这个童年懵懂的小孩已经遭受了太多苦难，此时只是沉默地坐在床头，眼睛盯着自己的父亲。

这一幕让窦天宝依稀回忆起了自己父亲死去时的场景，那时候，年少轻狂的他仍然麻木地挥霍着钞票，把全部心思放在女人和酒杯上，用荒淫无度的挥霍来掩盖心里的迷茫，直到被残酷的现实当头一棒。可如今，郝家人面临着家破人亡的惨剧时，活下去成了他们唯一的指望，无法逃避，也没有资本去沉沦，这群他以前正眼都不愿瞧一下的穷苦人，互相扶持着努力生存下去，这个从来吃不饱饭的孩子，依然紧紧抓着父亲的手祈求保佑。

此时此刻，窦天宝从未如此清醒地觉察到，自己的过去有多么可笑，可怜，可耻。

然而命运从来不善待善良的穷人，更大的悲剧，还在后面等着他们。

郝家门口的巷子里，十二红与一个穿灰衣大褂的中年人快步走来。

"快到了，前边就是了！"十二红边走边向前指，这个中年人是她请来的先生，医馆里的郎中太贵，她一时凑不出那么多的钱，只好在街上找了这个走方的郎中。

"不忙不忙，我这一到，药到病除！"先生倒是一副信心满满的样子，让十二红紧张的心情舒缓了不少。

眼看到了门口，他又拍拍胸脯，自信地说道："没有我不能治的病，姑娘你找我就算对了！"

十二红感激得连连点头："谢谢您，先生！"二人推门走了进去。

郝小文依然躺在床上，满头满脸都包着白布，身上盖着厚厚的被子，裹得严严实实。

先生在床头坐下，屏气凝神给郝小文把脉，郝妻出门还未回来，一旁的窦天宝和十二红带着孩子立在一旁，大气也不敢出一声。

先生四下望去，又看看孩子，若有所思了一番，便收了架势，招呼两个大人过来。

窦天宝赶忙凑过来问："怎么样？"

先生一捋胡子："没事，就是妇女病！恶露不净，月经不调！"

"啊？"一旁的十二红惊得声调都变了。

窦天宝拍了十二红一下，示意她先不要发作，又问："您再想想！"

"我想什么？我这是家传医术，一脉必准！"

"家传？谁传的？"

先生得意地一伸大拇指："我爸爸我爷爷全是干这行的！"

窦天宝笑了："嗬，这是一家子混蛋哪！"

"哎？你怎么骂人呢！"先生大怒，站起身来。

"骂人？一会儿还抽你呢！这是男的，怎么会得妇女病？"窦天宝掀开白布一角，露出一把胡子，这江湖骗子一看漏了底，二话不说拔腿就要跑。窦天宝抢上一步，一把揪住先生的领子："孙子还想跑？自己说，认打认罚？"

先生连忙求饶："认打怎么说，认罚怎么说？"

"认打我打你一天，认罚，院里有二百斤煤灰，你去摇成煤球！"

先生急了，嘴里喊着两样都不认，挣扎着要跑。

窦天宝大喝了一声："嘿！都不认？那我就报官，看看你到了官老爷手里是折钱还是挨打！"

这骗子一听这个，顿时老实多了，连连摆手："好，我认罚认罚！摇煤球可不外行，我来！"

窦天宝揪着骗子出了门，十二红看看床上的郝小文，眼睛里泛着泪光。

"怎么样了？"

梁大元趴在地上，焦急地盯着一条狗。

这条大狗是梁大元最喜欢的宠物，不知道吃了什么，趴在地上，看来很不舒服。小笔正带着几个下人给狗喂药。可是狗闻出药味，死活就是不吃，一群人急出一身汗。

"不行，它不吃，太费劲了！"小笔泄了气，干脆站到了一旁。

梁大元照着他屁股就是一脚："笨蛋，连个病都不会看，去找个竹筒子，别太粗。"

旁边一个下人应声而去，小笔疑惑地问："爷，干吗呀？"

梁大元摇头晃脑地说："拿竹筒子，一头搁狗嘴里，一头搁人嘴里，一吹，那药不就进去了吗？这都是祖传的绝学啊。"

小笔和众人连连点头称是，说还是少爷知道得多。不一会儿，下人就拿了竹筒子来，小笔自告奋勇接过来："我试试！"

还没等他上嘴，竹筒子就被梁大元抢了过来。

"全给我躲一边去，一群蠢货，我来！"

梁大元接过竹筒，摆弄到狗嘴里，又把药含在口中，憋足了劲猛往里吹。

小笔在旁边正看着，突然看到梁大元脸色一变，一屁股坐倒在地。小笔赶忙上去搀扶："爷，怎么样？"

梁大元脸上青一阵白一阵："他娘的，我没它吹得快！"说罢就剧烈地咳嗽起来。

背后的下人们捂嘴偷笑，得，少爷让狗喂药了，又不敢真笑出来，憋得痛苦，有几个眼尖的赶紧去找了茶水给少爷递上。

郝家院内，窦天宝、十二红、郝妻三人依次走出来，一位青衣先生背着药箱，和三人告别后，摇了摇头，又叮嘱了一番话，匆匆出了大门。

三人都是神色凝重，而院子的一角，那骗子先生脱了上衣，还在哼哧哼哧地用力摇煤球。

窦天宝又好气又好笑，上去照着他脑袋拍了一下："说实话，你个老小子原来就是摇煤球的吧？这活太顺了！"

先生擦了擦汗，回头一乐："您见笑！"

十二红在身后气得直摇头："这世道，真是什么人都有啊！"

这一番玩笑将刚才凝重的气氛冲淡了些，郝妻走上来，拉住十二红的手，低声说道："天宝、小红，谢谢你们了！"

"别客气，嫂子，我刚才和十二红还说呢，小文哥短时期也上不了台，我们回去和大伙说一声，搭个桌吧！"窦天宝心里知道，对这家人来说，维持生计是现如今最大的事。

十二红也点点头："对，大伙唱几场戏，把钱都给您送来。怎么着也得把病看好了！"

所谓"搭桌戏"，是戏班里救济贫困的一种方法。梨园旧俗中，每到逢年过节时，戏班里都要封箱唱一出"搭桌戏"。

"搭桌戏"源自晚清时的庙宇。过去，一些寺庙为了筹集用作修庙的钱款，会约请戏班来演戏，戏台都是临时用土木堆积而成，台下摆放一些桌子和条凳，附近的善男信女在看戏的同时，会或多或少地自愿捐些钱物。等人坐满了，晚到的观众没有座位，这时，管事的就会冲着伙计喊一声"搭桌子！"，意思是赶紧添临时的桌凳。

后来，人们就把这种为了筹款而举办的演出称为"搭桌戏"。

戏班里的"搭桌戏"一般都在农历年底时举行，无论主角还是配角，悉数上阵，毫无怨言，目的是将演出的所有收入捐助给戏班里收入微薄、生活拮据的底包、龙套等人。钱虽不多，但总归可以解些燃眉之急，能让他们在年节时采购点简单的生活必需品，更主要的是给底层人一些温暖和精神安慰，生活总得有点盼头。既在江湖内，俱是苦命人，同行如同命，谁都有遇难的时候，所以戏班里有人遇难处，需要"搭桌戏"，大家都是义不容辞。

戏园子的水牌上写着三个大字：烧骨计。这是一出描写穷苦生活的悲剧，故事讲的是，在宋代盛京，五营统领朱槐离家六年杳无音信，家中留下老母、幼子和妻子张氏。由于年逢荒旱，他们生活困顿。张氏无奈向兄长张茂义求助，但嫂子玄氏对此表示强烈不满。后来，张茂义得知朱槐在盛京做官，便将张氏母子三人接回自己家中，并亲自前往寻找朱槐。然而，玄氏在张茂义离开后再次心生恶意，将张氏三人逐出家门。张氏母子三人在前往盛京的途中，婆母不幸病逝。为了安葬婆母，张氏在长街卖子，背负婆母骨灰寻找丈夫。途中她偶遇了丈夫，一家人终于团聚。

窦天宝扮演店家，大段的数板引来了观众连连叫好，而十二红扮演的娃娃生与旦角跪街乞讨，惹得观众一片怜惜。

手牵连生泪涟涟，

长街卖儿心似刀剜。

婆母尸骨未入土，

无奈母子俩离散。

儿啊你莫怪娘心狠，

乱世苍天不睁眼！

此去生死两茫茫，

只盼来世再续缘。

一段催泪的唱词结束，台下观众已有人用衣袖悄悄抹泪。窦天宝见状，便持着长竿，挑了个竹篮伸向观众席，吆喝起来："谢谢各位，您瞧这娘俩够惨啊——！您各位修修好，不修今世修来世，修好积德吧老爷太太们——！"众观众纷纷向竹篮中扔钱，零碎的票子逐渐堆满了一篮。

整个演出每个演员都无比地卖力，大家都知道小文这次遇到的难不小，都想着出一分力攒到足够的钱给郝小文看病。

演出结束，戏班的众人在后台围在一起，清点募捐来的钱。数来数去，窦天宝长叹一声，站起身来："太少啊，这才哪到哪啊！"

戏班众人纷纷叹气："唉，听戏的也是穷人多，这就不少了！"

"是啊……"

窦天宝颓唐地靠在椅背上，又问十二红一句："我听那位大夫说，郝哥这伤够重的！"

十二红点了点头："是，镪水浇头，谁受得了啊！"

窦天宝挠挠头："这也不是内科，也不是骨科，也不是妇科，你得找一位专门治镪水烧伤的大夫来才行啊。"

众人大眼瞪小眼："这上哪儿找去？"

窦天宝站起身来，拉着十二红说："当初我听我爸爸那副官聊天时提过，说认识一位专治烧伤的大夫，叫王天蟾，外号叫赛华佗，世外高人！那些年打仗时候，没少请他！"

"王天蟾？那请吧！"十二红一听有希望，欣喜地点点头。

窦天宝忧心忡忡地说："挺远的，在房山呢！"

十二红一听这个，心情又低落了下来："房山，是不近，你怎么去呢？"

请这么一个出名的大夫花费不小不说，又是远在房山，也不知道具体在哪里，众人都觉得希望渺茫，一时没了主意。

窦天宝左走两步，右走两步，忽然下定了决心，对十二红说："十二红，你先把钱给郝嫂子送去！"

"行！"十二红收拾起篮子里的钱，又问了一句，"那还请王天蟾吗？"

"请！我想办法！"窦天宝坚定地说。

窦天宝现在能想的办法不多，能想到的人也不多，梁大元便是其中之一。他其实也没想出具体的办法来，只好先去找梁大元，走一步看一步。

这时梁大元正手持着毛笔，在一张精美的宣纸上画画。小笔在一旁研墨，不时地凑过来看一眼。

"大功告成！"梁大元笑嘻嘻地放下笔，端详着作品，一副很满意的神态。

小笔看了一眼，在一旁连伸大拇指，赞不绝口。

梁大元得意地问："有那么好吗？"

小笔赶紧拍马屁："这画都绝了，大爷，您这画能算国宝。"

"还行，还行，我只能说还行。"梁大元听了这恭维话，心里扬扬得意，伸了个懒腰，便向外走，迎面正撞上走进来的窦天宝。

"什么呀还行？"窦天宝问。

梁大元一把拽住他的胳膊："天宝，快来，看看我画的画。"

窦天宝左看看，右看看，点头称道："不赖，这钟馗真有像！"

梁大元美滋滋地正点头，突然一愣："钟馗？我这是貂蝉啊！"

窦天宝纳闷："貂蝉？貂蝉还有胡子？"

梁大元仔细一看，急了眼："什么胡子，那是头发！"

窦天宝呵呵一乐，摆摆手边走边应和道："头发啊？哦，真好，留着吧！留着辟邪用！"

梁大元看看画，又看看天宝，没好气地说："话到你嘴里，就没句好听的，小笔，倒茶！"

小笔这边分别给两人沏了茶水，随口问道："窦老板最近唱什么好戏了？"

窦天宝头也不抬："边玩儿去！"

十二红给窦天宝讲过她被小笔调戏，小文替她出头挨打的事，以窦天宝对小笔的了解，他猜想小文的横祸可能就是小笔干的，苦于没有证据，所以他没给小笔好脸色。

小笔鼻子里哼了一声，转身走了。

梁大元品了口茶，笑嘻嘻地问："今天这么闲在？"

"看看你来！挺好的？"

"还那样！"正说着，梁大元又咳嗽了起来。

窦天宝眼睛滴溜一转，赶紧凑上来："兄弟，怎么咳嗽了？"

"嗨，那天给狗吹药，一不留神把药咽了，这两天净咳嗽了！"

窦天宝扑哧笑出声来："呦，您玩得挺新鲜了，怎么那么不在意啊！"

梁大元眼看被笑话了，嘴上硬了起来："这怕什么的？屁大点事！"

窦天宝端起茶杯来，轻描淡写地来了句："好？当年我亲眼见有俩哥们就死在这上头的！"

梁大元一听吓坏了，一口茶呛出来："啥？这还传染哪？"

"可不！厉害着呢！说死人就死人！"

"那怎么办？"梁大元一时慌了神。

窦天宝心中乐开了花，眼见时机成熟，他便故作神秘地说："我知道办法，有一个名医专门治这个！"

梁大元急了："谁？"

"房山王天蟾。"

第十一章
打击

祸福无门惟人召,

否泰交替天命循。

君且看尽人间事,

运去黄金亦成灰。

房山离北平约几十里地，是一处历史悠久的镇子，从猿人遗址算起，上下有几十万年的历史了。这地方出过燕国名将乐毅，唐代诗人贾岛，地界内文化遗迹不少，也算是个人杰地灵的地方。

　　窦天宝曾经跟着父亲来过两次，还去看望过那王天蟾，所以对这里还依稀有些印象。此刻，他坐着梁家的汽车，正疾驰在房山崎岖的山间小道上。

　　"窦爷，还有多远？"一旁坐着的小笔望着逐渐暗淡下来的天色，焦急地问道。

　　"有一半了，天黑差不多能到。"

　　小笔没好气地说："这不没事干吗！跑那么老远找一大夫。"

　　窦天宝白了他一眼："别那么些废话！这王天蟾可是高人，京城里真没那么一号！"

　　小笔半信半疑地问："他都能治什么？"

　　"什么都行，尤其是烧伤最拿手。火烧、镪水烧伤都能治。"窦天宝故意把"镪水"两个字说得重些，然后目光盯着小笔。

　　"镪水？"小笔眼神躲了一下，装作不知道的样子，"谁会被镪水烧伤呢？"

窦天宝心里已经猜到了几分，用手捅了小笔一下，假装认真请教的样子："你说，这用镪水伤人，该怎么弄好呢？"

小笔脱口而出："那还不简单？用个瓶子装好，趁他不注意，往脑袋上一砸，大罗金仙也活不成了！"

窦天宝的语气变得微妙起来："哦，呵呵！我说，小笔，你知道得这么清楚，试过吧？"

小笔呵呵笑了两声，没有应话。

窦天宝追问道："是不是？"

小笔摆摆手："窦爷，咱这人，弄不好还弄不坏吗？嘿嘿！"

"哦……"窦天宝坐到一旁，眼睛看着窗外，神色凝重。

车子依然向前行驶，车里的气氛却变得安静下来。

"停车，我撒尿！"小笔的声音打破了沉默，他不知道此刻窦天宝心里正盘算着怎么治治他这个恶人。

司机停下汽车，小笔和窦天宝打了个招呼，便下车去解手。

小笔刚走出去，车里的窦天宝忽然拍拍司机的肩膀："开车！"

司机一愣："他还没回来呢啊！"

窦天宝故作神秘地说："你傻呀！他哪是撒尿去，他在这儿约了一个相好的，人家私会去了！"

司机恍然大悟："是这样啊！"

窦天宝点点头："我们说好的，快开吧，别耽误了给梁少爷请大夫！"

司机点点头，发动机一声轰鸣，汽车疾驰而去。

刚刚入夜，房山镇的一户人家中，一个老妇人在病榻上卧床不起，床头一侧，一个一身青黑色的长衫、身材消瘦的中年男人正在服侍。

这正是房山名医王天蟾的家。王天蟾的母亲积劳成疾，已经卧病数载，王天蟾虽然医术高明，但是母亲年岁大了，身体一天不如一天，他也是无能为力。

此刻，王母躺在床上，正艰难地喘着气。

"娘，您觉得好些吗？"王天蟾关切地问道。

"好多了！"王母强打精神，可是声音已经十分微弱了。

王天蟾眼角泛出泪光："唉，可叹我王天蟾还是个大夫，却治不好娘的病！"

王母握住儿子的手，安慰道："天蟾，不用难过，娘没病，岁数大了，老了！"

"您好好休息！我再给您配点药！"王天蟾正欲起身离去，门外传来急促的敲门声。

"王天蟾先生在吗？"

"哪位？请进！"

窦天宝风风火火地推门走进来，王天蟾未及问时，窦天宝先开了口：

"王先生吧？"

"您是……？"

"知道您医术高明，特来求您看病！"

王天蟾叹了口气："对不起，家母病重，恕王天蟾不能出外！"

"啊？"窦天宝吃了个闭门羹，愣在原地。

王天蟾看窦天宝风尘仆仆，像是赶远路而来，便邀请他进来坐坐，窦天宝喝了一口茶，把戏班兄弟郝小文的事前前后后说了一下。

一听到窦天宝是戏班的，王母似乎来了精神："窦先生是唱戏的？哎呀，我可有年头没看戏了，当初和天蟾他爹在北平可没少看戏，搬到这儿来，就一直没见过戏班子。"

窦天宝忙说："没事，老太太，要不，我给您唱一段，开开心！"

王天蟾赶忙上来劝阻："别，我母亲需要静养，您别唱了！"

王母不乐意了，抓着天宝的手说："唱两句，唱两句吧，我听听！"

窦天宝看看王天蟾，王天蟾只好点点头。

"好，我来几句！"窦天宝站起身来，摆开了架势。

> 龙凤阁内把衣换
>
> 薛平贵也有今日天
>
> 马达、江海把旨传
>
> 你就说孤王驾坐在长安
>
> 龙行虎步上金殿
>
> 朝房内文武臣快把驾参
>
> 不由孤王怒心间

这一出，唱的是《大登殿》中薛平贵的唱段，窦天宝并不在意听戏的只是一个病重的老太太，只要唱戏，他就能沉浸其中，认真唱着，脸上的表情、手上的动作都配合着演着。

王母半眯着眼听着，一边听一边打着拍子，脸上泛起了久违的暖意，像是回到了很多年前随丈夫在北平看戏的日子。

王天蟾看着这一幕也很是感动。注视着母亲的表情，满意地点点头。

一曲唱罢，王母闭着眼，脸上挂着满足的微笑。

窦天宝清了清嗓子，轻声问一句："老太太这是睡着了吧？"

王天蟾点点头，引天宝到桌旁，感激地说："窦老板，歇会儿吧！感谢您，这一晚上可累坏您了！我谢谢您！"

窦天宝笑笑："没事，老太太高兴就行！"

王天蟾思考了片刻，正色说道："难为您一片赤诚，天一亮，我跟您走一趟北平。"

窦天宝又惊又喜，赶忙拉着王天蟾连连道谢。

"娘，我和窦先生去趟北平，然后就回来……"王天蟾转身回到床头，拉着王母的手说道。

却见王母一点反应都没有。

"娘……娘——！"

王天蟾扑在已经含笑离世的王母身上，号啕大哭起来。

窦天宝站在身后，尴尬地喃喃自语："我的天，唱死一个……"

窦天宝一时不知如何是好，连夜回北平是做不到了，只好跟司机凑合着在车里将就一晚。

荒山野岭外，一个孤独的身影摇摇晃晃地走着。

"救命——！救命啊——！窦天宝你缺了大德了！"小笔的声音在山谷中回荡着。

"我的天哪！这儿没老虎吧！"

天色蒙蒙亮，王家的院子里，忙里忙外的乡邻们在操办着白事，王家的亲朋好友们也陆续进门。窦天宝呆立在院中一个角落里，不知该怎么办。

梁大元的司机走了进来，拉着窦天宝要他回去："走吧，我听这儿人说了，死了人，孝子要守孝七七四十九天，咱等不了啦！"

窦天宝急得直跺脚："这一宿，可累死我了！谁想到给唱死了呢！"

"咳！您不唱，人该死也得死！"

"唉，七七四十九天，这还真等不了啊！"窦天宝仰天长叹一声，颓然坐在地上。

司机拉着他的胳膊，劝道："走吧！"

窦天宝拍拍屁股站了起来："唉，走吧！"

两人正欲出门，背后披麻戴孝的王天蟾走出屋来，叫住了窦天宝。

"窦先生留步！"

窦天宝看了一眼王天蟾，心中也觉得不好意思："王先生，我对不起您！"

王天蟾苦笑道："您别这么说，老母年迈，卧床数载，天蟾每日服侍，临终能有幸闻先生歌唱，老母含笑辞世，此天蟾之幸也，奈何按我家之规应守孝四十九日……"

"我知道，王先生，您节哀，我不强求，咱们改日再见吧！"

王天蟾大手一挥："慢！"

窦天宝和司机正纳闷，只见王天蟾转过身去，面向屋门跪下，连磕了四个响头。

"娘，医者父母心，今有窦兄不辞辛苦来房山请我，又为您歌唱一夜，天蟾无以为报，您恕儿不孝，我随窦兄去趟北平，去去就回，望母亲不要怪罪！"

窦天宝快步走上去，扑通一声跪在王天蟾的旁边，大喊一声："老太太，我谢谢您！"

说罢，窦天宝也连叩四个响头，又转向王天蟾。

"王先生，我也谢谢您！"

天宝重重地在地上叩了一个响头。

人命关天，窦天宝是一刻也不敢耽搁，待王天蟾简单一收拾，就拉着他坐上了汽车，又催着司机快些。

司机一路飞快开着，路上总觉得好像少了点什么，但又没想起来。

汽车经过一处路边的草丛时，忽然蹿出一个人影，小笔大声地呼喊着："等会儿！等会儿我！"

司机说："窦爷，我听着好像有人叫？"

"甭管那个，赶路要紧！"

汽车跑得没影了，只剩下小笔在身后没命地穷追。

汽车一路没停歇，终于在黄昏时分赶到了郝家的巷子口。窦天宝跳下车来，王天蟾背着药箱也匆忙下车。眼前的一幕让两人惊呆了。郝家门挂着挑钱纸，满地也都是白色的纸片，屋中传来阵阵的哭声。

"来晚了！"窦天宝一拳砸在墙上。

郝小文终于结束了他贫穷的一生，躺在床上，不再操心世间的任何事情了。郝妻和孩子披麻戴孝，相拥在一旁大哭。院子里，十二红眼角挂着泪痕，与戏班众人和街坊邻居正在忙碌白事。

窦天宝与王天蟾走进大门，与十二红对视了一眼，天宝喃喃地说："还是来晚了！"王天蟾也跟着叹息一声，拍了拍天宝的肩膀，示意他已经尽力了，便转身离去。

窦天宝扑通跪倒在地，放声大哭起来，他的膝盖深深陷进青砖缝中，仿佛要把这迟来的愧怍栽进黄土里，他哭号的声浪撞在影壁上，惊得灵幡簌簌发抖，纸钱灰烬打着旋儿扑向廊柱褪色的楹联——那上面"平安"二字早已被雨水咬得斑驳。这是窦天宝第一次近距离感受身边的人死去，之前窦大帅去世时他远在上海，并没有多少感触，而这次的郝小文从一个鲜活的生命变成此刻躺倒的尸体，让他不禁感叹命运的无情。

梁家大院内，小笔哭哭啼啼地站着，满身尘土狼狈不堪。

梁大元上下打量了他一番，大声问道："上了窦天宝的当了？"

"嗯！"

梁大元拍手大笑："哈哈哈哈，有意思！"

小笔急得跳脚："您还乐！我让人欺负了！"

"这算什么？没事啊！"

"您瞧，您还说没事！"小笔撩起裤管子，给梁大元看自己在荒山野岭荆棘丛里划得伤痕累累的腿。

梁大元摆摆手，不耐烦地说："你小子回来得正好，我这儿正有事呢，听说花玉婷跟人跑了！"

小笔擦擦眼泪，疑惑地问："花玉婷？唱评戏那角儿？"

"啊！不知道看上哪个小白脸了，俩人跑了！"

小笔吃了一惊："跑了？那这戏可怎么唱呢？"

"管那干吗！晚上吃完饭，也没事干，咱们带上狗，上开洼野地逮兔子玩儿去！"梁大元心情烦躁，正想找个地方发泄一下。

一听这个，小笔倒急了："啊？还上野地？"

梁大元嘿嘿一乐："跑一跑，对身子骨有好处！你现在对野地多熟啊。"

"爷！"小笔一屁股坐地上，"您别整我了！"

俗话说，"福无双至，祸不单行"。生活就是这样，有时候你觉得已经够倒霉了，但还有更倒霉的在后面等着你。

"花角儿可真行，说跑就跑了！"在十二红家中，李妈坐在床头一边缝水袖，一边跟十二红和窦天宝说着话。

"跟谁走的啊？"十二红好奇地问道。

窦天宝没好气地说："不定是哪位阔大爷！"

"唉，真坑人，她走了，这戏可怎么唱啊！"十二红并不担心花玉婷，她是发愁未来戏班的生计。

"该怎么唱怎么唱！"窦天宝倒是满不在乎，"活人还能让尿憋死！你挑班！"

十二红一愣："我？不行不行，那可卖不出票去！"

"你别怕，花玉婷早先不也是跑丫鬟的吗？说你是一角儿，你就是角儿！"窦天宝说。

李妈听到了，在一旁也犯起嘀咕来："小红能行吗？别一起性子胡来！"

窦天宝仍然是胸有成竹的样子："咱把戏码排排，没问题！"

十二红和李妈面面相觑，两人还是没什么信心。

"呀，这一说我这里咚咚跳！"十二红站起身来，在屋子里来回地踱步。

"踏实住了，有我呢！"

李妈不放心地问："那咱要真唱的话，头天唱什么戏？"

窦天宝想了想，说："《万花船》。"

"《万花船》？"十二红不解地问。

"没错，这戏热闹，你前头旦角，后头小生，够一卖！"

十二红想了想，又问："你来蔡炳？"

"你瞧好吧！我这蔡炳，不走官中，有私房的东西！"

"德行！"

到了戏园子开戏的时候，往来的人就看见门口的大水牌上不再是花玉婷的名字，而是另外七个大字：名震平津十二红。

看戏的观众们围着门口，七嘴八舌地热议起来，有的说花玉婷跟着哪个大款跑了，有的打听这十二红是哪来的丫头。但人终归是好奇的，老观众听说头牌花玉婷不在了，打算看看这个新角儿十二红行不行，新观众则是好奇这个新的名字到底是不是角儿，于是戏园子里的观众倒还比往日多了些。但这也是有风险的，万一新角儿的第一场戏演砸了，那可就砸了戏园子的招牌了，以后再想立起这个角儿可就难了。

窦天宝选这出《万花船》也是有他的考虑。《万花船》讲的是书生甘喜文与官家女张小莲因花船相遇私订终身，历经男扮女装、女扮男装、科考中状元等波折，最终有情人终成眷属的故事。剧中穿插误会、身份错位等喜剧元素，结局以双拜花堂圆满收场。这出戏热闹喜庆，关键是能让十二红又唱花旦，又唱小生，能充分表现十二红的唱功和演戏的水平。

家中奉了母亲命，

去到京城求功名。

正行走来用目观定，

又只见一学生面前来迎。

窦天宝扮演的蔡炳一上场，就来了个四龙套站门，大段的流水让观众鼓掌叫好。而正在观众看得过瘾的时候，十二红扮的小生上场，这身扮相让十二红添了一份清秀俊美，观众们也都看得如痴如醉。

假作真时真亦假，
女儿身中藏男儿志。
虽在闺中守规矩，
心中抱负未曾移。

十二红唱花旦时节奏活泼明快，切换到小生时又注入了一些活力和激情，引得台下观众频频鼓掌叫好。十二红担当角儿的首场演出大获成功，但台下一双眼睛也被十二红的风姿吸引住了，不是别人，正是情场失意的梁大元。此刻的梁大元，眼瞅着水灵的小角儿，心里也是直痒痒，随即招手唤来小笔，二人鬼鬼祟祟谋划了几句，小笔便径直出席而去了。

梁大元守着满满一桌酒席，鸡鸭鱼肉样样俱全，还开了两瓶上好的女儿红，正兴致勃勃地等待着艳遇的到来。结果他等来的不是十二红，却是小笔一个人走进来了。

梁大元失望透顶，张口就问："人哪？"

小笔怯怯地回了句："没来。"

梁大元一拍桌子："我请十二红吃饭，这是给她脸了，她敢不来？"

"要是光十二红她可也不敢，这不是人家靠上个高人嘛！"小笔对窦天宝上回把他扔在荒山野岭里怀恨在心，正愁找不到机会报复。

一听这话，梁大元更来劲了："谁？哪家的高人抢我的道走！"

"那还能有谁，窦天宝呗！"小笔又添油加醋说了窦天宝在后台跟十二红的亲密劲儿。

梁大元一听，心里顿生不悦："啊！天宝！嘿，这茬老点儿！我们俩可是发小啊！这他可不对，怎么就挡我路呢？"

小笔忙跟着点火："这就是成心，他早就看您不顺眼了。"

"是吗？"

"错不了。"

"哼……"

十二红此时可没空想旁的事，她不去梁大元的饭局一是对梁大元心生厌恶，二是她这会儿正忙得不可开交，刚唱完下午一场，就又在后台扮戏了。

戏班接二连三的麻烦，又没了花玉婷，戏班众人心里本来都没谱，但没想到十二红和窦天宝头次挑大梁就博得满堂彩，大伙也都宽了心，对戏班也恢复了些信心。十二红和窦天宝就想着加把劲，添把火，多唱几场把戏班的口碑立住了，可谁承想，天下的坏事，总是源源不断地找上门来。

只见一只手撩开门帘，小笔大摇大摆地走进来，对众女演员嬉皮笑脸地做鬼脸，一转眼，看到窦天宝正反感地盯着他，小笔便迎了上去："窦老板，忙着呢？"

窦天宝斜眼看着他，从嘴巴里蹦出几个字："小笔，又闲得难受了！"

"我这不看看您来！"

"滚一边儿去！"窦天宝对于小笔的厌恶感向来就有，只不过现在更强烈了，一看到小笔就觉得这小子肯定憋着一肚子坏主意。

眼见讨个没趣，小笔又转向了十二红："红角儿。"

十二红头也没抬："干吗？"

"今儿什么戏？"

十二红顿了顿，还是不敢得罪，俗话说宁得罪君子，莫得罪小人，只好压着自己的厌恶回答道："《女侠红蝴蝶》。"

"新戏？我说今天座儿全满了呢！"小笔左转转右转转，后台也没有人搭理他，正准备走时，见李妈持一红马鞭从后面房间走出来。

"闺女，一会儿就用这红马鞭吧！"

十二红应了一声："唉！"

小笔在一旁，一下接过马鞭，又摸又看，直夸好看。

"啊，一个破马鞭，有什么好看的！"李妈急着给十二红打扮，便上前讨要马鞭。

事实上，小笔玩这马鞭是有用意的，他已偷偷用小刀把马鞭套指处割了个口子，这样一会儿十二红上台一甩，马鞭万一挣断飞出去，那可真是个出洋相的尴尬场面。小笔就是不愿意见着这几个人舒服，想方设法地制造点事给他们添堵。

李妈见小笔不还，急着就上前拽："您拿来吧！"

小笔故作生气："还怕我弄坏了？哼！小气！"一把将马鞭扔在了地上。

一旁窦天宝猛地站起来，指着小笔骂道："干吗？信不信我抽你！"

小笔摆摆手："走，我走，呵呵！"便扬长而去。

《女侠红蝴蝶》是一出文武并重的戏。讲的是女侠红蝴蝶从自己的匪首哥哥手中，救出被哥哥绑架的善人之子刘进生，离开绿林，与刘进生一起寻求新生活的侠义故事。

十二红不但扮相靓丽，唱腔新颖，表演娴熟，而且，她饰演的女侠红蝴蝶，有一股刚毅之气，别有一番魅力。今天的观众很是满意，都觉得新人新戏新气象，可就在这个节骨眼上，马鞭出了洋相。

戏台上，红蝴蝶手一甩一挥，这马鞭像断了线的风筝似的飞到了观众席上，正好砸中了前排的一个观众。小笔挑头骂骂咧咧地站起来，端起茶壶就往台上扔，嘴里骂着破戏破戏，旁边的大批观众见状也纷纷起哄，顿时园子里一片混乱，茶壶茶碗满天飞，只有小笔在一旁偷乐。戏园子乱成了一锅粥，不知从哪个角落里又窜出几个人来，都是歪戴着帽子，叼着烟卷，穿着白布衫，外套青布褂子，白袖口、黑裤子、大裤裆，裤脚扎着绑腿，一看就是一帮专业流氓，这帮人上来就开始趁乱砸戏园子。

"爷！几位爷消消气！哎哟，我的茶碗啊，哎呀，我的桌子啊！几位爷，歇会儿吧……哎哟。"戏园子老板不断央求着，但这帮人可没有消停的意思。

戏园子里一片狼藉，这帮人才散去了，而十二红与窦天宝演出了一天，又逢此大乱，早已饥肠辘辘，两人搭伴出来吃碗馄饨。

"什么？梁大元让小笔请你吃饭？"窦天宝放下筷子，诧异地望着十二红。

十二红点点头。

窦天宝气冲冲地说："你怎么不告诉我？"

"你脾气不好啊，我怕你又着急惹事！"

窦天宝前后一想就知道下午这戏园子的砸场是怎么回事了，都是小笔这一肚子坏水的东西干的，肯定是小笔在梁大元面前添油加醋，梁大元让小笔来捣乱了，至于怎么捣乱，梁大元又知道多少，恐怕大都是小笔自己的主意了。

"这叫什么玩意！"窦天宝一摔筷子，不吃了，搁以前他还是窦少爷的时候，小笔这样的小人他根本不放在眼里，也可以随便就打回去了，但现在，反倒是这样的小人最麻烦，一桩桩一件件，直逼得戏班子生存都艰难了，他不禁长长叹了口气。

十二红一看还以为自己不对惹窦天宝不快了，赶忙赔上笑脸："别生气啊！跟小孩似的。"

窦天宝摇摇头："唉，这些日子，我可是活明白了，从小到大，在蜜罐里长大，我从来没想到，蜜罐外的人是怎么活的，这些日子，唉，我算是开了眼了！"

"怎么办？那也得活着啊！"

"这活着可太不容易了！"窦天宝端起酒杯，一饮而尽。

十二红拉住他的胳膊："你慢点儿喝！"

天宝叹口气，嘴里唱起了吹腔："一壶浆不由人身轻气爽……"唱腔里满是无奈和辛酸。

俗话说，"屋漏偏逢连夜雨，船迟又遇打头风"。接连的打击正让窦天宝和十二红倍感疲于应付和无奈时，又一个打击悄然而至，像是非要给接二连三的不幸遭遇画个句号。

正是清晨时分，公鸡还没叫唤呢，寂静的街道上就奔来一辆洋车，吭哧吭哧的声音格外刺耳。车上坐着的，不是别人，正是评剧公会的会长。自从被窦天宝修理了几次，现在会长也是小心翼翼，生怕又吃了别人的亏。洋车径直行到戏园子后门，会长先下了车，付了账，便在门口站住了。不一小会儿，另一辆洋车也到了门口，车上下来一个风骚的女人，穿着皮草大衣，涂着鲜艳的口红，风尘味十足。会长一见这女人，立马眉开眼笑，女人也毫不害羞，一把挽住了会长的胳膊。门口的伙计一看会长来了，赶忙拉开大门，会长与那女人便卿卿我我地向戏园子里走去了。

说起来，作为评剧公会的一把手，他自认为最能控制的地方就是这戏园子，在这里一般没有人敢违抗他的想法，更不会得罪他，虽说有窦天宝这个刺头，但他的活动范围不大，也总是有戏的时候才来，所以会长并不担心。每逢偷腥之时，他都会约上相好的，来戏园子找一间扮戏房，这一次也不例外。

可这一次，会长的如意算盘打错了。会长夫人自从被没溜提醒了之后，一直都关注着会长的动态。这一次她欲擒故纵，表面上会长瞒过了她，可实际上，会长前脚一出门，后脚她就召集了一群娘家的打手壮汉，气冲冲地来捉奸。

会长进了戏园子没几分钟，会长夫人带着人也到了，她一声令下，手下的伙计们便一拥而入。

会长与情妇才刚开始缠绵，正手忙脚乱地对付着彼此的衣服，会长夫人一脚踹开房门，冲进了房间，身后的众人也冲了进来。眼前的会长，衣衫不整，正与那女子抱在一起亲，回头看到自己的老婆，头嗡的一下就大了。

"给我打！"会长夫人大吼一声，扑向了床上的两人。

毫无疑问，会长在这次群架中，又成了挨打的倒霉鬼，但是更倒霉的事还在后面。

混乱中，一个汉子冲过去的时候推倒了炉子，不经意间火苗引燃了堆放在扮戏房的衣服绸缎，等到有人注意到时，火势已经大到无法控制了，众人只能先各自跑路了。等到戏园子的众人开始拼命救火时，这一切都已经无法挽回了，而等到窦天宝和十二红以及评剧班的其他人飞奔过来不顾一切地想要灭火时，火势已经吞没了戏园子的一切了。唱戏的地方到处是布料、木头和纸片，片刻间整个园子就笼罩在火海中，绝望的火苗一点点地吞噬着他们心中最后的希望。

戏园子，就这么没了。

如果把戏园子比作会长的工具，那对这些穷苦艺人来说，它就是命根子和唯一可寄托的梦，但这场烈火，早已将他们的梦烧得干干净净，只留下满地的瓦砾与焦土。他们的心，也在这场灾难中，被灼烧得体无完肤，绝望与无助像潮水一般，将他们紧紧包围。

远处传来鸡鸣，一声又一声，仿佛在宣告着这个世界的苏醒，但对于窦天宝和十二红他们来说，只能在这残垣断壁之中，寻找着那些被火焰吞噬的回忆，以及那不知道在哪里的未来。

十二红忽然蹲下身，从灰烬里抠出一枚烧变形的铜钗。那是去年腊月唱《大祭桩》时，郝小文用三枚铜钱给她打的头面。

第十二章
堂会

玉露金风梦已遥，

青山红叶恨难消。

从今咫尺成千里，

一曲离歌两处凋。

日上三竿，苇塘边，两个年轻人并排坐着，互相都没有说话。

窦天宝和十二红，两人虽然有着不一样的过去，但是如今，却走到了同一条倒霉路上，接二连三的打击，将两个人原本的甜蜜也消磨得无话可说。

良久，十二红轻叹一声："既落江湖内，就是薄命人！"

窦天宝摇摇头："园子也烧了，这可真热闹了！"

"怎么办呢？唱戏的人一天不唱就没饭吃！"十二红迷茫地望着水面。

"别的园子呢？"

十二红苦笑了一声："都有人占着呢！"

又是一段沉默，窦天宝突然站起来，拍拍屁股，对十二红说："实在不行，上天桥撂地！"

十二红吃了一惊："撂地？"

和窦天宝小时候的印象一样，天桥依旧是那个乱糟糟、闹哄哄的大杂烩。各式各样的艺人们耍着把式，唱着调子，尽可能地博取每个路人的眼球；做生意的摊贩、货郎，则变着花样地叫卖手里的货物，期盼着有人能驻足看看。

热闹的天桥，如今又迎回了窦家大少爷，只不过，这是一个与曾经的富家子弟完全不同的窦天宝，一个落魄的卖艺人。

"各位老少爷们，您可能也听说了，我们戏园子着火了！可老少爷们也得吃饭，没别的，在这儿伺候几位一段，您多帮忙！我先来一段！"窦天宝对着周围的路人一抱拳，便打了个手势，乐手拉起弦来，天宝开嗓便唱，声音吸引了周围不少人过来观看。

一曲唱完，观众越聚越多，窦天宝冲着大伙吆喝起来："谢谢老少爷们、兄弟姐妹们捧场，下面，让我们角儿十二红唱一段。"

一旁的十二红轻轻走上前来，向四周鞠了躬，婉转的曲子响起，便唱起了一段新戏。

打这以后，评戏班就成了评戏摊，没处着落的艺人们靠着撂地勉强糊口，窦天宝刚开始还很积极，但过了几日演完了就找不着人影了。

离窦天宝和十二红摆摊的地方不远，有一家说书摊，摆摊的说书人叫左大年，在天桥这里已经摆了好几年了，生意也一直不错。此刻，左大年正在眉飞色舞地说书，讲的是岳飞抗金的故事，十几个人听得津津有味。

这群人里，有一个人听得格外认真，时不时还带头叫个好，这人，正是窦天宝。但每到关键时候，左大年就一拍醒木来一句："欲知后事如何，且听下回分解。"窦天宝可等不了，这一天直接把左大年拉到了豆腐脑摊上。

"先生，您倒是说啊。"

窦天宝眼巴巴地望着面前的左大年，就等着后者开口呢。

两人端坐在天桥西边的一家豆腐脑摊上，桌子上已经摆了一摞碗。

左大年呼哧呼哧又喝完一碗，往桌子上一放，慢条斯理地说："哎呀，这光喝豆腐脑还是饿啊。"

窦天宝伸手一招呼："掌柜的，给来十个烧饼！"

烧饼递到桌上，左大年拿起一个就开始狼吞虎咽。

窦天宝在一旁盯着，半晌，又开口问道："先生，那后来怎么着了？"

左大年一抹嘴："能给我再来一碗吗？"

午后时分，豆腐脑摊上的客人已经散得差不多了。

只剩下窦天宝和左大年这一桌了。

此刻两人看上去分外滑稽，左大年两眼呆滞，坐着一动不动，窦天宝则一手托着下巴，认真地盯着左大年。这要是旁边人仔细看一眼，还以为是两个神经病呢。

"天宝，你干吗呢？"十二红黑着一张脸，快步走到两人旁边。她已经把天桥快找遍了，好不容易才找到天宝，一肚子火正准备发呢，却被这两个人的神态搞得莫名其妙。

"哦，没事，"天宝回过神来，对着十二红呵呵一笑，"我刚听这先生说书，太好了，正听得上瘾，他不说了，我请他喝豆腐脑，求他告诉我后来怎么样了。"

十二红没好气地说："你还真有闲心啊！"

窦天宝跟没听到一样，又盯着左大年问："先生，那结果到底怎么样了？"

左大年刚蹦出来两个字："结果……"哇的一声，吐得满地豆腐脑。

"得，"窦天宝两手一摊，冲着十二红直乐，"结果撑着了。"

回到十二红家，已是傍晚时分，众人忙活着埋锅造饭。李妈在厨房里忙里忙外，而心绪烦闷的十二红并没有进去帮忙，而是扯着迷上说书的窦天宝要谈一谈。显然，这已经捉襟见肘的日子里，她可不希望窦天宝又搞出些离谱的事情来。

沉浸在左大年的说书故事里不能自拔的窦天宝，丝毫也没看出来十二红的情绪变化，直到姑娘劈头盖脸地一顿呵斥，方才反应过来。

"你可真行，让一喝豆腐脑的给管住了！"

窦天宝不服气了："这位可不是简简单单喝豆腐脑的！"

"对，能连喝十三碗还带十五个烧饼。"

"人家不光能喝！"

"还能吐呢！"

看着没好气的十二红，窦天宝赶紧嬉皮笑脸地凑上去哄："嘿嘿，你净捣乱，这位先生叫左大年，说书的先生，这先生不赖，我可学了能耐了！你想啊，但凡没能耐能把我扣住吗？"

十二红一听这个更急了："你这叫聪明到头了！学说书有个什么用啊？"

窦天宝故作神秘地笑笑："不懂了吧，这书可以编成戏，咱们就能唱啊！"

这话倒是一下安抚住了十二红，如果能编排些富有新意的剧目，或许对他们来说是个突破的机会，没准还能重回大舞台。不过看看窦天宝嬉皮笑脸的样子，十二红心里也犯了嘀咕，这事能靠谱吗？其实从撂地的第一天开始，窦天宝就知道这只是权宜之计，要想给大家找活路，还是得找转机，所以一表演完他就满天桥转悠，直到他盯上了左大年的说书摊。

第二天清早，左大年的说书摊旁边，窦天宝又出现了。直到日上三竿，窦天宝依然雷打不动地站在一旁。眼见左大年使驳口收住买卖，人群散去，窦天宝赶忙迎上去收拾东西。

左大年打量了他一眼，未及说话，倒是窦天宝先赔上了笑脸："左先生辛苦了！"

左大年笑笑，应了声不辛苦，心里想着，得，今的午饭又有着落了。

"今儿中午吃点什么？"窦天宝深知这位说书先生的"爱好"。

"爆肚吧。"

"好，爆肚。"两人谈笑着向天桥人流中走去。

左大年的胃口或多或少也超出了天宝的想象，从爆肚到包子再到烧麦，终于在卖炖肉的摊子上，窦天宝发现，再不进入正题，他明天的伙食费都得搭上了。

左大年依然吃得不亦乐乎，趁着伙计端上一碗炖肉，窦天宝故作神秘地问道："先生，我真是特爱听您说书，可这几天听您，怎么总说不完哪？这段说一点儿，那段说一点儿，这真闹不明白！"

左大年瞅了他一眼，不紧不慢地说："这是买卖，小伙子，不能都使全了！再说了，你又不学这个，闹明白也没用。"

窦天宝一听，赶忙说："那您要教，我就学！"

"你要学，我就教！"左大年不假思索地应道。

窦天宝一拍巴掌："好啊，那您就是我的老师！"

左大年愣了一下。他倒是没想过在这儿收个徒弟，不过说出来的话就像泼出去的水，又吃了人家好几顿饭，现在回绝也太丢份了。他顿了顿，把语气放得严肃起来。

"好！这可不是个简单的活啊，你要想学也没问题，但有这么句话，师徒如父子，我是老师，我就得教你能耐，你是学生，你就得孝顺我！"

窦天宝一口答应："这没错。"

左大年又说道："什么三节两寿啊，可不能忽略啊，让人笑话！"

"什么叫三节两寿？"

"三节，五月节、八月节、春节，你必须有一份孝敬，两寿，是我和你师娘的寿日……"

窦天宝点点头，忽然问道："这师娘……"

左大年一挥手："不过，我这么多年也是单身，你师娘这寿日，也都搁在我这儿办了吧！"

十二红家，一辆马车停在门口。十二红和李妈忙里忙外地指挥着几个小伙子往马车上搬东西。远处，窦天宝正喜滋滋地走来，眼见这边景象，吃了一惊，撒腿跑过来。

"要搬家？"窦天宝拉住十二红问。

十二红正忙着，不耐烦地瞥了他一眼，说："大爷，你可是回来了啊。"

"怎么了？"窦天宝丈二和尚摸不着头脑，看看马车又看看她。

十二红抱着几身戏袍，塞到窦天宝手里，问他："到处找你，你干吗去了？"

"没事，遛个弯儿，这是干吗？"

十二红说道："良乡有个堂会，唱三天，这就得去！赶紧干活吧。"

"良乡？"

"嗯，良乡县长过生日！"

窦天宝把戏袍放下，随口问一句："多大岁数啦？"

旁边李妈答道："八十多了！"

窦天宝点点头，打趣说道："嗯，那是过一回少一回了！"

过去的老北京有一句俗话，讲"京涿州，怯良乡，不开眼的房山县"，说的是良乡人方言重，听起来有些土，显得"怯"。良乡离京城约四十里，距房山不远，自秦朝时期就已建立县制，民国时期算是个商贾云集的小镇。这良乡县的县长，已经八十多岁了，却还是个人人皆知的老色鬼，这是后话了。此刻，窦天宝一行人，已经赶着马车，风尘仆仆地到了他的大宅子门前。

吱呀一声，大门打开，一个尖嘴猴腮的年轻人走了出来，正是县长的管家，旁人都叫他小宋。这小宋，见到十二红忙迎上来打招呼："角儿来了！各位辛苦！"

十二红笑着应了一声，转身招呼各位："来，大家卸东西吧！"

小宋笑呵呵地说："不着急，饭都预备好了，各位搬好东西就去吃吧！"

"上菜！快，快！角儿们都饿了！"

门口传来小宋的声音，厨子们端着饭菜走了进来，小宋后面跟着也笑嘻嘻地进来了。

戏班众人正围坐在桌子旁，窦天宝看了一眼端上来的饭菜，小声对十二红说："小葱拌豆腐、辣椒糊拌豆腐、小虾皮熬豆腐、大白菜炒豆腐，这掉豆腐地了？吃完了腿都软了！"

十二红略显尴尬，抬头问道："小宋，没有别的了？"

"有啊！那冻豆腐汤快点儿！"

窦天宝拍手笑道："受不了，县长大人原来是卖豆腐的吧！存这点儿货全拿出来了？"

一听这话，小宋不高兴了，瞥了一眼天宝，说："窦老板，您凑合吧！有吃的就不错了，这个年头饿死的也不在少数。"

窦天宝本就是个嘴贫的主儿，便笑道："你真会说话，小宋，这棚事从头到尾都是你跑的，又不少挣钱吧？"

小宋头昂得高高的，一副不屑的表情："没有，上给县长跑腿，下给哥几个找饭辙，辛苦点儿我也认了！"

"夜壶镶金边儿，嘴真好！"窦天宝夹起一块豆腐，旁若无人地挖苦了一句，戏班众人也都捂嘴偷乐。

十二红在一旁手足无措，生怕窦天宝又惹出什么事端。不过这小宋倒并没生气，只是鼻腔里哼了一声，却转身跟十二红搭话。

"角儿，您快吃吧，一会儿县长要单独见见您！"

"单独？"十二红和窦天宝同时脱口而出。

一间古色古香的大客厅里，十二红拘束地站在中间。面前，一个须发皆白的老头子坐在正座上，身边围着四个丫鬟，一个捶腿，一个端茶，还有两个在左右伺候着。

老者瞄了十二红一眼，又看看她身旁的小宋。小宋见势赶紧拉着十二红上前一步："来，见过县长！"

十二红走上前来，行了个礼，说了句："县长好！"

"呦，妮儿，真好真好！"县长似乎是河南人，操着浓重的方言，此时的他笑得一颤一颤，口水险些流出来，身旁的丫鬟赶紧拿纸给他擦嘴。县长猛然意识到失态，赶忙坐直了身子。

眼见这副模样，十二红心中顿生一股厌恶，便低着头说道："我叫十二红，头次到您这儿来，给您拜寿，哪儿不周到，您老人家多包涵！"

"好好，真好真好！"县长忽然起身，哆哆嗦嗦向十二红走过来，几个丫鬟连忙搀扶着。

十二红心里咯噔一下，赶忙说道："县长，天色不早了，您歇着吧！明个您盯着看戏吧，一定给您唱好！"

县长支支吾吾的尚未答话，十二红便行了个礼，转身而去了。

"妮儿……"县长颤巍巍的声音从身后传出来。

傍晚时分，窦天宝坐在院子里生闷气，十二红也气呼呼地走了过来。两人一照面，窦天宝赶紧迎上去，拉住十二红就问："那老小子怎么样啊，叫你干什么啊？"

十二红又气又羞地说："一看就是个大色狼，哈喇子都下来了！"

窦天宝一下气炸了，跳起脚来："嗬！他奶奶的！老小子没跟你说什么吧？"

十二红摇摇头："没说什么，可一看脸我就知道他想干吗！"

窦天宝眯着眼睛，想了想，对十二红说："别着急，我去打探打探，有我呢，不会让你吃亏的！是龙给我盘着，是虎给我卧着，是蒜给我在醋里泡着！"

十二红赶忙拉住窦天宝，担心地说："你可别打架啊！这可是当官的，惹不起。"

窦天宝笑嘻嘻地说："你放心！要放以前我早揍他个老小子了，现在我玩的是智取！"

"小宋，这个妮儿可中！"十二红前脚刚出门，县长就端着茶杯，兴冲冲地跟小宋说。

小宋伸出大拇指："县长，您可真有眼力，十二红，评戏班的角儿，够嫩！"

"呵呵，真好，"县长阴笑着，给小宋吩咐道，"散了戏就别让她走了，听见没？"

"这还用您吩咐吗？小的心中有数。"

县长抚掌大笑："好好，真好！"转身又对丫鬟吩咐道："妮儿啊！把那人参用红糖泡上，给我炖一下，我要补一补中气！"

正说着，院中忽然传来窦天宝的声音："小宋！"

小宋望了一眼，对县长说："大人，我去安排一下，回头再来伺候您！"

县长点点头，小宋便应声而去。

"宋爷，来吧！"窦天宝站在院子中间，冲小宋招手。

小宋本就对他没好气，此时便耐着性子走过去："怎么着，窦老板？"

窦天宝故作认真地问："明晚上唱什么戏？"

"拜寿嘛，喜庆点儿！"

"《独占花魁》《人面桃花》《双婚配》《凤还巢》《纺棉花》，行吗？"

小宋疑惑地问："《凤还巢》你们也唱？那可是京班戏！"

窦天宝赔笑道："借的人家本子，早就唱了！"

"成，您看着安排，多辛苦！"小宋一看窦天宝好像比先前要上道了，顿时一脸轻松起来。

正转身要走，窦天宝又上前一步，又搭起话来："宋爷，原来就听说过你，一直没见过，没想到咱哥俩在这儿遇见了！"

小宋看了看他，笑了笑说道："哥们的缘分呗，我专门四处应堂会！以后互相照应吧！"

"我听说花玉婷最后一场戏就是你给应的，唱完就没人了？"窦天宝故意小声说。

"哪儿唱完没人的，没唱就走了！"

窦天宝忙问："怎么回事？"

小宋得意地说："她一直跟赵督军的八少爷不错，那天赵家办堂会，她去了，没等唱就和赵八上火车走了！"那样子就像自己完成了一件了不起的大买卖。

窦天宝坏笑着，伸出大拇指："这也多亏你了吧！"

小宋满不在乎地说："呵呵！反正多少我也帮了点儿忙！"

"真有你的！哎，这回来，我们得多挣点儿啊，这县长好什么？"窦天宝聊到这会儿心中早就有数了，怪不得这小宋能到撂地的摊找到评戏班。

小宋环顾左右，捂嘴说道："这县长，吃、喝、赌全不沾！"

"就剩嫖了？"窦天宝故意做出一副恍然大悟的表情。

小宋使劲点点头，两人一副心照不宣的样子，顿时让小宋觉得先前许是错怪了窦天宝，没想到这倒是个识趣的人。

窦天宝眼睛一转，对小宋道："嘿嘿，那我让十二红跟县长老爷近乎近乎？"

小宋惊呼一声，就像遇到了知音一样，抓着窦天宝的袖子说：

"呦，窦爷，您真神！您怎么知道县长有这意思呢？"

窦天宝故作得意地说："这还瞧不出来吗？啊？你甭管了，有我呢！"

小宋高兴得直拍手："好，明天咱细聊聊！"

窦天宝这番话，让小宋如释重负，毕竟不用自己去当这个皮条客了。他辞别了天宝，乐颠颠地跑去向县长报告。而天宝呢，几句话打探出了这几人的真实意图，心里也是拿定了主意。

第二天下午，排练刚结束，窦天宝就给十二红说了一个大胆的想法。

"晚上演出时把《凤还巢》搁前头，唱完了，你跟你妈就先跑回京城去，我弄一《纺棉花》在台上多拖点儿工夫！"窦天宝看起来一副胸有成竹的样子。

十二红吃了一惊："啥？我们先跑？那你怎么办啊？"

"你只要跑了就没事！剩下我们这帮老爷们他能干吗？再说，他家来那么多人拜寿，他还能怎么着？"窦天宝满不在乎地说。

十二红抓着天宝的手，又担心地问道："他不会打你吧？"

窦天宝嘿嘿一乐："我不打他就是好事，别怕，大风大浪见得多了，这不叫事！"

虽然顾虑重重，但看到天宝坚定的样子，十二红拗不过他，只好无奈地答应了。

窦天宝拉着她，直接到了后院厨房边一个偏僻的角落，指着一扇小门说："我已经打探完了，到时候就走这扇小门，我已经把锁拧开了，现在虚挂着，一推就开！"

十二红紧紧挽住天宝的胳膊，略带不舍地说："好吧！我知道了，你千万别出事，早点回来！"

"你先去！我们明后天就回去了！"窦天宝说完，正准备拉着十二红走，却望见面前的人儿眼睛里泪光闪闪。

"天宝，我这心里直跳！我是怕你……"十二红盯着他，两滴眼泪已经溢了出来。

窦天宝一看佳人流泪，心里也是五味杂陈，揽过十二红，慢声说："踏踏实实的，江湖人有什么怕的！记住，江湖子弟，拿得起来放得下！记住了吗？说一遍！"

十二红望着他，点点头，一字一句地说："江湖子弟，拿得起来放得下！"

"对，乖！"窦天宝说完，又恢复了往日嬉皮笑脸的神态，望望左右无人，猛地亲了十二红一下。十二红破涕为笑，两人小声地嬉闹起来，无尽的烦恼也暂时抛到脑后了。

北方的乡下，入夜便是冷清的时候，不过今天，在这良乡地界里，县长家大院可是空前火热。大批拜寿的人络绎不绝地上门，县长与太太站在门口，与来往的众人寒暄，气氛好不热闹。

而戏楼后台，一曲《凤还巢》即将开演。

戏班里的众人已经扮上了，但是大家都知道，今晚的重头戏可不在戏台上。看着忧心忡忡的同伴们，窦天宝知道，得给大家吃一颗定心丸。他大声拍了几下巴掌，众人都抬头望着他。窦天宝挺直腰板，冲着众人重重地点几下头，吆喝一声："开！"

急促的乐声响起，众演员抖擞精神，纷纷走了上去。

窦天宝撩开袍子，大步流星地便要上台。临走前，他回头看了一眼十二红，灯光下，十二红孤独地站在那里，望着他笑。

"没事！"窦天宝努力咧起嘴，挤出了平生最温顺的笑容。

十二红点点头，轻声说道："江湖子弟，拿得起来放得下！"

窦天宝猛地转身，大踏步地冲上场门，一声大喝："小厮带路啊——！"

一时喝彩声四起。

县长与一众衣冠楚楚的乡绅坐在一桌，众人都盯着台上的戏看得如痴如醉。

县长摇头晃脑听着，身旁一乡绅模样的人前来敬酒："县长大人，给您老拜寿啦。"

县长乐悠悠地起身，两人敬酒礼毕，县长点着桌子对众人说道："诸位，今天都是来拜寿的，可知这拜寿可是分着好几个档次咧！"

众人不解："呦，那您说说，我们长长见识！"

"那中，拜寿分这四等，一等的，进来互相作揖，这叫庆寿；二等的作揖我不还礼，这叫贺寿；三等的进来趴那儿磕头，这叫拜寿；四等的不愿来又不能不来，这叫禽兽！"

县长说完，众人哈哈大笑，纷纷赞着县长高见！

谈笑间，台上几声曲响，一楚楚动人的女子婉转出场，正是十二红上台。

县长的魂立马飞上了戏台，他痴痴盯着十二红舞动的身姿，嘴里喃喃道："呦！这个妮儿可中！中！"

众人看出了端倪，立马附和道："中，中！"

后院的角落里，两个人影借着月色凑到一起。

"啥？县长喜欢十二红？要留下她？"

窦天宝的声音突然提高，小宋摆摆手，掏出一卷钱，塞入窦天宝手中。

窦天宝看看手里的钱，故作不满地说："明儿一睁眼，十二红可就是姨太太了，以后还唱戏不？"

小宋不屑地说："那还唱什么戏！"

"那这点儿钱就打发我们了！"窦天宝把手里的钱甩得啪啪作响，声音又抬高了八度。

小宋一怔，冷笑一声，不紧不慢地对窦天宝说："您说个数，我跟县长说去！"

"这个数！"窦天宝伸出手，二人像倒卖古玩一样捏了手，小宋点点头，转身就走了出去。

身后，窦天宝盯着他的背影，鼻子里冷冷地哼了一声。

酒过三巡，前头的戏又唱罢两场，后院里，一间卧房隐隐点起灯火，房内红烛低烧，床上锦绣铺设，一副洞房的模样。此刻，小宋和窦天宝两人正在房内谈话。

原来小宋已禀报了县长，老头子一口答应了窦天宝开出的价钱，小宋便急忙回来和天宝交易。

只见小宋把一个纸包递给窦天宝，得意地说："都办妥了，县长也是个豪爽人，连价都没还。"

窦天宝掂了掂钱，笑了笑，环顾四周，便问："一会儿是把人带这屋来吗？"

小宋点点头："待会儿她换了衣服，你就送她过来！"

窦天宝冷冷地答："干吗一会儿啊？现在就行！"

"现在？"小宋疑惑地问，话音刚落，窦天宝一拳打来，小宋应声倒地。

月色下，三个人影从后院的小门中蹿出，走在前面的是十二红母女，窦天宝在后面紧紧跟着。

刚进巷子，窦天宝一把拉住李妈，将装钱的纸包塞给李妈，使了个眼色，李妈便收进怀里。三人在门外停下脚步，十二红依依不舍地看着天宝，窦天宝微笑了一下，挥手示意她们赶紧走。二人对视几秒，谁也舍不得迈开步子，这时候，巷子里猛然传来一声狗叫，李妈便赶紧拉着十二红的胳膊要走，窦天宝也使劲挥手，十二红只好哀怨地转身，跟着李妈快步消失在黑暗里。

此刻的天宝，望着十二红远去的背影，突然有一种隐隐的失落感，这感觉从无到有，骤然间异常强烈，刺激得心口发闷，他愣了几秒，方才反应过来，转身回到了县长大院。

是的，谁又能想到呢，这一次分别，竟改变了窦天宝和十二红未来的整个人生。

戏台上，锣鼓齐鸣，一声吆喝，窦天宝跨步上台来，一曲《纺棉花》的唱段引得台下众人纷纷叫好。县长坐在席间，却没心思看戏了，脑子里想着晚上与十二红的良宵美事，嘴里大声地嚷道："中！中！中！"

他万万没想到，他的小妮子，此刻正在县城外不远的荒郊野地里挽着包袱赶路呢。

"妈，慢点儿！"刚下台的十二红体力欠佳，被李妈拽着一路小跑，已经是上气不接下气。

李妈仍然没有放松脚步："唉，我怎么老觉着有不好的感觉，这荒郊野地的，赶紧到前边村子雇个马车去！"

十二红宽慰道:"没事,前面村子不远,马上就到了。"

正说着,前面路边一棵大树下,突然蹿出几条黑影,将母女二人围在中间。

"你们是干吗的?"十二红抱紧李妈,战战兢兢地问道。

却没有人回答她的问题。

县长的寿宴总算是结束了,后台里,戏班子里的众人火急火燎地收拾东西。

刚洗完脸、换好衣服的窦天宝拿着一沓钱出来,分别给众人递钱。

"收拾吧,赶紧回去,问什么都不知道!"窦天宝对众人小声嘱咐道,一挥手,大家便收拾起行李,簇拥着向门外的马车走去。

不远处的后院里,几个人影慢悠悠地走来,正是四个丫鬟扶着县长颤巍巍地走着。

先前给十二红准备的洞房依旧微亮着烛火,县长自言自语道:"小宋这小子,人也不知道去哪儿了。"眼看走至洞房前,县长吩咐一声:"好咧,你们也去吧,我自己就中了!"

四个丫鬟退下,县长整整衣冠,开门走进屋内。

房间内的幔帐里,隐隐有个人影卧在床上,还传来轻轻的人声。这下县长的口水已然流了出来,嘴里不住地说着:"中啊,小妮子,中啊。"迫不及待地上去,一把掀开被子。

小宋躺在床上,被五花大绑,嘴里塞着毛巾,正咿咿呜呜地叫嚷着。

房内传来县长的一声哀号:"可不中咧——!"

第十三章
流落

酸甜苦辣尝一遍，

江湖滋味好难言。

浪迹天涯多少载，

上船容易下船难。

县城街道上，一辆马车疾驰而过，正是戏班众人。眼见前面就是出城的路口，窦天宝心里暗喜，出了城就算逃过一劫了。不料，这时一声哨响划破夜空，面前突然出现了大批警察，在县长的命令下，良乡的警察局长亲自出动，十几杆步枪生生拦住了马车的去路。

为首的一个中年男子走上前来，冲着马车夫结结巴巴地说："我……我是警察局局长……你们……你们……停……下来！"

窦天宝心里暗叫一声，坏了，正不知如何应对。旁边一个警察凑上前来，冲着局长说："就是这帮人。"

局长大手一挥："带……带……"半天没憋出下一个字。

旁边的警察接话："带走！"

局长照着他帽子拍了一把，不高兴地嚷道："多……多嘴！都……都带走……"

众警察一拥而上，押着窦天宝一众人回了警局，关进了牢房。

"好大胆……子，竟敢……真是……让县长……我……哼……就……"啪的一声，局长一拍桌子，冲着窦天宝大喊。

趁着局长结巴的时间，窦天宝已经把这牢房看了个遍，这会儿工夫又看了看窗外的夜色，实在不耐烦了，便回头应道："您来句整的行吗？"

局长大怒，又拍一下桌子："大……大……胆！"

窦天宝昂头，盯着局长厉声问道："凭什么抓我们啊？"

"你……"局长指着他说不出话来。

"说啊！"

"就……"

"你倒是说话啊！"窦天宝没好气地嚷嚷着，身后众人纷纷捂嘴偷笑。

局长气得直瞪眼，一挥手说："我……我……押下去！"

一众警察推推搡搡将戏班众人押出。

局长一脚将凳子踹倒，指着窦天宝众人的背影骂道："我就不信……哼！"

监房的铁门打开，窦天宝被一把推进去，铁门从背后锁上。远处传来犯人的哭号声，窦天宝心中郁闷，便一屁股坐下，余光看见几个狱警没走，正隔着铁门看着他。

其中一个脸上有伤疤的狱警发话了："小子，有钱吗？"

窦天宝瞥了一眼，张口答："你们局长全拿去了。"

旁边一个狱警冷笑一声："那你可惨了！"

"怎么意思？"窦天宝纳闷地问。

刀疤狱警拿着手里的鞭子敲敲栏杆："没钱，就扒你层皮！"

窦天宝嘿嘿一笑，不紧不慢地说："别着急啊诸位，有没见过面的朋友，哪有没见过面的冤家？"

"大堂不种高粱，二堂不种黑豆，吃的犯人肉，喝的犯人血，你不懂？"刀疤狱警一脸不高兴。

窦天宝眼珠一转，便问道："进监狱都这样吗？"

旁边的狱警说："那是，没人能破这个例！"

窦天宝摆摆手："当年可有人在监狱里像祖宗似的，天天吃的小笼包，喝的小叶茶，到后来让他出监狱他还不愿走呢！"

两个狱警互相看了一眼，刀疤警察冷笑着说："还有这事？我怎么不知道哇。"

窦天宝一看狱警来了兴趣，摇头晃脑地开始讲故事："那是隋朝，话说隋炀帝杨广欺娘戏妹，鸠兄图嫂，天下大乱，这个事发生在山东地界……"

窦天宝虽然还没正式跟左大年学上说书，但天天蹲守在他的摊子前听，也学得有模有样了，两个狱警听得是津津有味。

第二天，监牢的大门打开，一个穿青灰色长褂、蓄着短须的人夹着公文包走了进来。门口的狱警一笑："彭文书，来录笔录啦？"

此人正是警察局里的文书，彭忠海。他向狱警点点头，便向里走去，刚走了几步，便站住了。伴随着牢房里传来的朗朗说书声，眼前的一幕让彭忠海吃了一惊。

牢房里，窦天宝盘腿坐在草席上侃侃而谈，面前有许多吃的东西，十几个警察围在栏杆外面，还有人给窦天宝递水，天宝喝了一口，拿起一个烧饼，美美地啃了一口。

刀疤狱警心急火燎地扶扶帽子，拍着栏杆问："后来呢？"

窦天宝不紧不慢地说："这程咬金一看哪，这可不行……"

正说着，彭忠海从后方走了上来，咳嗽了一声。

众警察回身一看，赶紧站起身来，刀疤狱警招呼着："呦，彭文书。"一挥手，众人匆忙散开。彭忠海走到牢房前，窦天宝仰头看了他一眼，两人注视着对方。

彭忠海看看左右，蹲下身子，兴致勃勃地问："后来呢？"

几天后，良乡县警局门外，一个军装笔挺的军官背着手站在正门大道上，眼睛盯着门里，身后一众随从挎枪而立，现场气氛好不肃然。

只听大门内一阵脚步声，局长和一帮警察快步走了出来。看到眼前站着的军官，局长点头哈腰地迎了上去。

"卑职不……知……"

局长话音刚出口，对面的军官便厉声呵斥道："口齿都不清，还做什么警察局局长！"

局长低头媚笑着，正欲分辩，军官从身后拿出一卷文书，甩到局长怀里："奉大帅钧谕，良乡警察局局长即日起由我担任，你请自便吧！"

局长吃了一惊，半晌没反应过来，口齿一下伶俐了起来："哎呀，小的这几年，在良乡没有功劳也有苦劳，这县长大人……"

军官笑了一声，冷冷答道："你的县长大人比你还惨呢，别废话了，你能活命就是便宜，收拾东西赶紧走人吧！"语毕，便头也不回地走进了警察局的大门。

身后的局长一屁股瘫坐在地上。

牢房里的窦天宝，已经讲了几天书了，虽说中途又被局长提审了几次，但是凭着和狱警们混熟的关系，也没吃太多皮肉之苦。这警局的文书彭忠海出身贫寒，本身也是个爱听书的人，这几日也跟着众警察一起听说书，听得是不亦乐乎。直到今日，听说警局的变故后，他也第一时间赶到了牢里。

此刻的窦天宝，正跟警察们讲着岳飞的故事，彭忠海走了进来，招呼几个警察过来，张口便是一句："把这几个艺人都放了吧。"

得益于良乡县长的突然倒台，加上彭忠海从中帮助，窦天宝一行人终于是无罪释放了。

好不容易见了天日，窦天宝领着众人走出警局，回身向彭忠海拜谢道："彭文书，我们走了！"

彭忠海笑了笑，答："窦老板，我叫彭忠海，相逢即是有缘，多保重！"

窦天宝正要走，想了想又问道："彭文书，我还想多嘴问一句，为啥又把我们放了啊？"

彭忠海笑答："县长倒台了，局长也被撤了，你们木来就没罪，这找你们问罪的人也没了，自然就要放了啊。"

窦天宝恍然大悟，又拜谢："多谢彭文书相助，回头定来拜访……"

彭忠海摆摆手，说："不用来找我啦，我这文书也做不了了。"

窦天宝一愣，随即拍着胸脯说："彭文书，相逢即是有缘，你将来要是上北平，一定来找我！有哥们吃的就有你吃的！"

彭忠海抱拳道："谢了！"

窦天宝抱拳还礼，二人就此别过。

出了良乡，窦天宝拿着身上仅有的钱雇了辆马车，一路疾行，只盼着早日见到十二红。夜半时分，窦天宝终于赶回了京城，兴冲冲地来到十二红家。

但冷清的小院一点灯光都没有，大门上挂着锁，依然和走时一样。

窦天宝用手摸锁，心里直纳闷，这么多天了，没回来？

接下来的几天，窦天宝跑遍了京城的几个戏园子，四处打听十二红，可是却一无所获。眼看着又到了一家大戏园子，窦天宝强打精神又凑了上去，向伙计打听十二红。

伙计摇摇头，说压根儿没听说十二红娘俩来过这儿。

窦天宝长叹一声："邪了门了，全城的评戏班我都问了！全没见这娘俩！"

伙计拍拍他肩膀，宽慰道："您再上别处问问去！"

窦天宝点点头，又道："对了，我见见你们班主！"

伙计一听，忙摆手："干吗？搭班？您别想了，不会用您！"

"嗬，全一个口气，我说你们都怎么了？怎么全都不用我？"窦天宝气得扯着嗓门叫了起来。

伙计手摆得更快了："窦哥，别怪我们，实话告诉您，这北平城评戏班您是搭不上了！"

"怎么？有人拦着？"

"对！"伙计点点头。

窦天宝大怒，问道："谁？"

"我！"身后传来一个响亮的熟悉的声音，评剧公会的会长挂着单拐走了出来。

窦天宝上下打量了一番，没好气地说："你还活着呢！"

会长冷笑了一声："托你的福，左腿瘸了，这不拐着呢吗？我治不了你，我可治得了他们，北平的评戏班谁用你谁就别干了！"

窦天宝大步上前，举手就要打，会长忙抱头要跑，天宝一把将其手里的拐抢去。会长一个趔趄摔倒在地上，窦天宝扛着拐，头也不回地扬长而去。

会长支起身子，冲着窦天宝的背影大叫："给我拐！"

窦天宝又往别处去寻十二红娘俩了，但寻了半天，还是没有任何结果，只好灰头土脸地回到没溜家，却见没溜正看着面前的一片废墟发呆。

窦天宝赶忙上去问："怎么了？这是让人家丈夫逮住了？"

没溜摇摇头，叹了一口气。

窦天宝急了，大声喝道："那怎么连房都给扒了？"

没溜也急了，冲着窦天宝就喊："你还有脸骂我？都怨你！"

窦天宝一愣，纳闷地问："我？我怎么了！"

没溜一屁股坐到废墟砖头上，没好气地说："刚邻居说的，来了一帮人，为首的是评剧公会会长，点名就要拆你窦天宝的房，知道你住这儿，才找来了！"

窦天宝呆住了，半天没说出话来。

没溜仰天长叹一声："唉，连个睡觉的地儿都没有啦！"

窦天宝默默走到没溜身边，拍着他的肩膀说："兄弟，这事是我对不起你了！你放心，我准给你报仇！"

没溜哭丧着脸，一把将他的手拍掉："我说大爷，饶命吧！您这脾气可真了不得，我算服了！哥哥，咱哪，各混各的吧！"

窦天宝委屈地说："你看，我本来想得挺好，挣了钱让你干点儿什么，过两年再娶个媳妇，生个大胖小子，我也就踏实了！"

"呦，谢谢您跟我爸爸似的那么疼我！"

窦天宝坏笑了一声："应该的嘛！"

"拉倒吧！"没溜站起身来，拍拍屁股，"你上哪儿去？"

"甭管我，你怎么安排？"窦天宝答道。

"我出趟门，上唐山！"

"哦，那你走吧！我还要等人呢。"窦天宝又一屁股坐在了没溜刚坐的砖头上。

没溜挠挠头，不解地问："你等谁啊？"

"十二红。我不信了，活不见人，死不见尸的，我非得找着她。"窦天宝咬牙切齿地说。

没溜叹口气，一抱拳："那你等吧！咱哥俩后会有期！保重。"

望着远去的没溜，又想想十二红，窦天宝心中五味杂陈，酸甜苦辣顿时难以言语。

正在窦天宝满北平城找十二红娘俩时，梁大元却想方设法找新的乐子。自打花玉婷跑了以后，梁大元一直没找到乐子，这几日，又迷上了喝茶。

一大清早，小笔便张罗着给其摆弄茶具。一上午光景，梁大元喝过了红茶普洱铁观音，连酸梅汤都尝了，个个都不满意，小笔也是愁得没办法。梁大元瞅瞅喝过的几大杯子，顿时来了新主意。

"兑一块儿？"小笔吓了一跳，"爷，这除了茶，还有酸梅汤，兑一块儿那得成什么样啊。"

"让你兑就兑，喝个新鲜！"梁大元笑嘻嘻地比画着。

小笔见状，只好把所有的饮料都兑入一个大碗，递给梁大元。

梁大元喝了一大口，扑的一声全吐了出来，大骂道："妈的，洗脚水味！"

小笔赶忙递上一杯白水，梁大元咕咚喝了两口，唉声叹气地倒在椅子上，嘴里嚷着："没劲！没劲！对了，让你找的那大鼓妞来了吗？"

小笔嘿嘿一乐："门口候着呢！"

"那还等什么，赶紧叫上来啊！"

"妞，叫什么名字？"梁大元端坐在堂上，口里嚼着点心，慢条斯理地问道。

面前两人，一个是约莫十八九岁左右的小姑娘，穿一身桃红色的衣裳，生得伶俐可人，旁边是一个中年汉子，穿得破破烂烂，背一把三弦。

听到梁大元问话，小姑娘上前一步，答道："梁爷，我姓刘，小名叫桃儿，这是我爹刘天海。"

一旁的中年人也跟着说道："梁爷，我们爷俩伺候您一段！"

梁大元端起茶杯，应了句："唱吧！"

桃儿点点头，说："我先给您唱个《罗成算卦》。"旁边刘天海已摆好架势，弹起三弦，桃儿击起书鼓，歌声悠扬而起。

听着听着，梁大元招呼小笔过来，耳语道："这妞不赖！"

"您说她唱的？"小笔轻声问道。

"长的！"梁大元不耐烦地说。

唱了一阵子，旁边拉三弦的刘天海已经显得有些萎靡，不住打着哈欠，一副要睡着的样子。

梁大元皱了皱眉头，招小笔过来问："这老头怎么回事，快睡着了吧！"

小笔一看就知道怎么回事，答道："我估计这孙子抽大烟！"

梁大元想了想，说："待会儿走的时候给他两包！"

小笔一惊："白给啊？"

"回头换他闺女！"梁大元嘿嘿乐了。

小笔赶忙伸出大拇指："您这招太损了！"

梁大元身子往背后一靠，得意扬扬地嚷道："我喜欢！"

梁府的演出结束，刘天海和桃儿走在路上，各怀心事。

两人一前一后，正走着，桃儿忽然拉住前面的刘天海："爹，刚才他们给你钱了吗？"

刘天海支支吾吾地说："给了，给了，比钱还好的东西。"

桃儿看了看刘天海鼓起的衣兜，盯着他的眼睛说："是鸦片吧？"

刘天海不以为意地摆摆手，答："这叫福寿膏，抽完了延年益寿、长命百岁！"

"您得了吧！天桥那些个倒卧哪个不是抽鸦片抽死的！"

两人沉默了一会儿，桃儿忽然问："哎，您看见杏儿了吗？"

刘天海想了想说："出去玩儿去了吧！"

窦天宝在没溜家的废墟前发呆了一阵后，又寻到了十二红家碰碰运气，没想到看到的又是一片房倒屋塌的废墟。窦天宝呆望着，半晌无语，心中默念着：十二红哎，人不回来，房也让人拆了，难道你真出什么意外了吗？

"满怀激愤问苍天——！"窦天宝的一声调子，划破了宁静的天空。

天像是要回应窦天宝这一问，忽然雷声滚滚，大雨瓢泼而至。

眼见雷雨交加，窦天宝只好从废墟里抢出一床被子，沿路躲雨，进了一间破庙。

又冷又饿，身无分文，窦天宝此刻想起了过去衣食无忧的生活，想起了身死的父亲和不知所终的母亲，以及再无音讯的十二红，两行清泪不觉落下。

我好比哀哀长空雁，

我好比龙游在浅河滩，

思老母不由儿肝肠痛断，

想老娘不由人泪洒胸前……

在凄凉的唱曲中，窦天宝又冷又饿，不知不觉在破庙中睡去了。

第二天，雨过天晴，破庙外走来一个十七八岁的少女，身穿一身杏黄色衣裳，摘了一朵小花戴在头上，正高兴地笑着。

突然，庙门从里面打开，窦天宝扶着门走出来，未及出声，便头晕眼花地倒在地上。

小姑娘一惊，连忙跑上前去，摇着天宝的身子喊："哥哥，哥哥！"

小姑娘好不容易把窦天宝搀扶进庙里，让他躺在角落，用瓦罐给他喂水。

窦天宝扒着罐子喝了两口，放到一边，笑着说："行了，喝不了了！"

小姑娘捧起罐子，摆到他面前，焦急地说："喝！"

窦天宝笑着说："小姑娘，你拿我当驴那么灌可不行啊！"

小姑娘摇摇头，还是那句话："哥哥，喝！"

窦天宝接过罐子，放在一旁，笑眯眯地说："一会儿再喝，对了，小姑娘叫什么啊？"

"杏儿！"

"叫杏儿？挺酸的！"

"喝！"杏儿又提起了瓦罐。

窦天宝还是摆摆手，又问："你家住哪儿？"

杏儿一只手指向外边，另一只手还举着罐子："那边儿，喝！"

窦天宝有点不耐烦了："说了不喝了！这孩子缺心眼儿！"

杏儿嘟起嘴，放下罐子站起身就走。

窦天宝对着杏儿的背影说："呦，真缺心眼儿，还不乐意了，我喝我喝，好吧！"说着又咕嘟咕嘟扒着瓦罐儿喝起水来。

离破庙不远的地方，有一间破瓦房。

桃儿和杏儿两人围坐在桌前吃饭，刘天海不知又上哪里混去了。桃儿边吃边嘱咐妹妹："杏儿，慢点儿吃，别噎着！下午姐出去买线去，你在家别出去，听话！"

杏儿扒了几口饭，点点头，说了声嗯，拿起两块干粮就往外跑。

桃儿在背后喊："哪儿去啊？杏儿，回来！"

杏儿带着干粮直奔破庙而来，进了破庙，二话不说，把干粮往窦天宝手上一塞，又用瓦罐装了水。窦天宝也是饿极了，顾不上问话说话，躺着就啃起了干粮，杏儿拿着水罐坐在一旁。

一块干粮下肚，窦天宝精神恢复了一些，又拿起另一块，一边吃一边说："真不错，你是个好孩子，谢谢你！"

杏儿开心地嘿嘿笑着，也不答话。

窦天宝又问："你们家还有什么人？"

"姐……"

"有姐姐。"

"姐……"

"俩姐姐？"

"姐姐！"

"到底是几个啊？算了，姐姐叫什么？"

"桃儿！"

窦天宝一听乐了："一家子水果，你爸爸干什么的？"

杏儿歪头想了想，说："刘……"

窦天宝抢过话茬："水果不卖，都留下自己吃？"

杏儿又嘟起嘴，一副生气的样子。

窦天宝赶忙又哄："又不乐意了，好杏儿，好孩子！杏儿最乖了！"

这杏儿正是唱大鼓的刘天海的女儿，桃儿的妹妹，生来就有些呆傻，但却是天真无邪的善良性格，可她的爹刘天海却没那么简单了，此时已经陷进了小笔的陷阱里。

梁宅门外，刘天海正手足无措地走来走去，不停打着哈欠。这时门开了，小笔走了出来，刘天海赶忙上去点头哈腰地赔笑。

小笔左右看看，把一包鸦片递到他手上。

刘天海接过鸦片，激动地说："谢谢笔爷！您这是救我命了！"

小笔高高在上地白了他一眼："哼，你得放明白点儿，我疼你，你也得懂事！"

"是，我知道！"刘天海不住地点头，这会儿只要给他鸦片，让

228

他干啥都行。

夕阳下，窦天宝又来到以前和十二红相会的苇塘边。

身后，杏儿在一侧摘花，蹦蹦跳跳地走来走去，天真的笑容挂在脸上。

"这孩子真好！一点脏心眼都没有！"窦天宝转身看着杏儿，喃喃自语道。

这段日子以来遍寻不到十二红娘俩，又接连看着没溜的家和十二红的家都成了废墟，只能流落破庙，窦天宝心绪已经是跌到了谷底，但有了杏儿的陪伴，他慢慢恢复了一些，想着天无绝人之路，总会有办法。

正胡思乱想着，杏儿抓了一大把花过来，要给天宝戴在头上。可是天宝头发太少，花戴不上去，杏儿急得快要哭出来了。

窦天宝灵机一动，说："不哭，不哭，咱想办法，哎哟，我的傻妹妹！"便拿起几朵花，夹在耳朵处，又拿了两朵插在鼻孔里做鬼脸。

看着窦天宝的滑稽样，杏儿乐得又笑又拍手。

窦天宝拉着杏儿向前跑，边跑边唱着儿歌："茉莉茉莉花，缠枝莲，江西腊，矮糠尖……"

在破庙睡了一夜，第二天清早，窦天宝便赶到了左大年的家中。他想了一夜，这还有师父可以投靠，还有手艺可以学，便不算路都绝了。

看到窦天宝，左大年不满地坐在床头，一言不发，窦天宝呆立在对面，脸上堆满了笑容。

"您还真生气了！"眼看着左大年不理他，天宝赶紧又赔上笑脸。

左大年一拍桌子，骂道："没有你这样的，刚叫了一天老师，你就没影了，这幸亏我有能耐，要指着你吃，我不得饿死！"

窦天宝辩解道："那不是特殊情况嘛！上良乡唱戏去了！"

左大年大手一伸："唱戏的钱呢？拿来孝敬我啊！"

窦天宝苦笑了一声："不是出了点儿事吗？"

左大年一愣："没钱？那以后还学什么能耐！俗话说得好，宁给一锭金，不给一句春，能耐没有白教的！"

"我想法去挣！"

左大年用余光看看他，问道："那你打算学什么？"

"当然是学您说书啊！"窦天宝答道。

"一段一块大洋！"左大年伸出一根手指头。

窦天宝惊得叫出声来："这么多？"

"多？你要学会了，那就是一辈子的饭门，还告诉你，你学一天得管我一天饭，出师后，头二年挣的钱全是我的！这是江湖规矩，不然的话，哼，活活饿死！"左大年连珠炮似的说了一大段，便转头不再看天宝。

窦天宝咬咬牙，点头道："好，我听您的！"

"记住，再来，带钱来！"左大年又补上一句。

从左大年家出来，天宝便径直上街去找活。夹杂在一大群等活的穷人里，从火车站卸车，到米店扛包，煤场背煤，窦天宝到处卖力地干活，白天吃糠咽菜，晚上睡破庙，总算是靠下苦攒了些大洋。

几天后，窦天宝又来到了左大年家，谁承想，左大年家也出了变故。门前一道大锁，还贴着一个大大的封条。窦天宝丈二和尚摸不着头脑，忙拉住旁边一个路人问个究竟。那路人没好气地说："还左先生呢，左大年偷盗成性，谁不知道，前两天偷别人帽子，让警察抓起来了，这会儿还在牢里呢。"

窦天宝呆呆地看着路人，又望了望左大年家门口的封条，许久没说出话来。

午后时分，太阳火辣辣地照着，窦天宝失魂落魄地朝着破庙走着，嘴里唱着太平歌词：

石崇豪富范丹穷，

甘罗运早晚太公，

彭祖爷寿高颜回命短，

六个人俱在五行中……

眼前一片模糊，窦天宝一个趔趄摔倒在庙门前，不省人事。

这时杏儿手里拿着一个梨，正高高兴兴地朝破庙走来，看到天宝趴在地上，赶忙上来拽他。

"哥哥，哥哥！"杏儿用尽力气也拉不动他，焦急异常，看着窦天宝毫无动静，杏儿号啕大哭起来，转身跑向破瓦房。

刘天海在家，正抽着鸦片，杏儿哭着跑进来了。

刘天海一惊，赶忙问："杏儿，怎么啦？"

杏儿不答话，拉着父亲就往外走。

这时，窦天宝已经慢慢苏醒过来了，刚才从左大年那儿出来，他只觉得万念俱灰，又被大中午的日头一阵晒，在庙门口就中暑晕过去了。

醒来的窦天宝发现身处破庙，周边空无一人，顿感凄凉，先前那种万念俱灰的感觉又上来了，他抬头看着天，猛然大喝了一声："我这是要死啊，谁也不用拦着我，我横着呢！我死！"

窦天宝强挣扎着坐起来，解下身上的裤带，将裤带系在庙门上。环顾四方，窦天宝扑通跪在地上，朝东方磕起了响头。

"爹，您这一撒手闭眼，算是躲清净了，您可不管您这儿子了，等我一会儿，我找您去，咱爷俩有笔账得好好算算！妈，您也不知道在哪儿了，儿子给您磕头了！人都说养儿防老，您可倒好，跑了，我倒是想孝敬您，也找不着地儿了！得了，您老人家多多保重吧！十二红！我的媳妇，可缺德了，你上哪儿去了，怎么就没信儿了，我可想死你了，我都要死了，你也不来看看我！没溜，兄弟，我对不起你，连累你连个房都让人扒了，兄弟你以后学好啊！"

说完了话，窦天宝起身走到了庙门口，把脖子套进绳圈，最后又哭喊了一句：

"还有你啊，窝囊，我对不起你啊！你对我那么好，我也不知你在哪儿。我要死啦！窝囊！"

"少爷——！"

门外冲进一个人影，一把抱住窦天宝。

"少爷——！可不能这样啊！"窝囊的声音回荡在破庙里。

俗话说，无巧不成书，这话用在这里正合适，正在窦天宝把脖子套进绳圈的那一刻，窝囊冲进了破庙，把他抱了下来。

"少爷，我找你找得好苦啊！"窦天宝躺在破庙院子里，额头上搭着毛巾，窝囊在一旁照顾着说话，"你不在的这段日子里，我先是去找夫人，到处也没寻见，又来京城找你，也没找见，这刚好走到这里，听见你的声音，赶紧冲进来，你说说，何苦寻这短见啊。"

窦天宝摇摇头，唉声叹气地说："唉！找我干吗？让我死了算了！"

窝囊幽幽地说："您要死了可是三条人命啊！"

窦天宝一愣："啥？"

"您是一条，我也得急死。"

"那还有一条人命呢？"

"您忘了？大兴您还有一位夫人呢。"窝囊提醒他。

窦天宝一拍脑袋，想起来了："大俊？"

"对啊！"

窦天宝哀号一声，爬起身就往外冲："我死去！我上吊去！你再把我挂上吧！"

正闹着，门外又进来两人，正是杏儿带着刘天海闯了进来，这冷清的小破庙里一下子又热闹了起来，小破庙门外，杏儿先前采来的野花招来了几只蝴蝶，忙乱地飞着，让小破庙顿时有了一些生气。

第十四章
玉殒

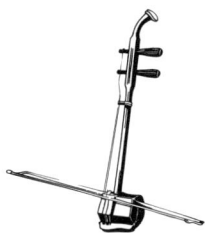

玉碎珠沉恨未休，

红颜薄命泪空流。

前尘往事烟云散，

唯有寒鸦泣故丘。

黄昏时分，夕阳透过破庙那摇摇欲坠的门板，无力地洒在殿内积满灰尘的泥地上。这处曾经的礼佛之地早已被时光遗忘，斑驳的朱漆木门皲裂如干涸的河床，门楣上褪色的匾额，依稀可见"普照寺"三字，却似被荒草吞噬。

　　但此时，这间破庙却显出不同寻常的热闹来，杏儿和窦天宝坐在一起玩，刘天海则和窝囊在一旁聊天。

　　"我那大闺女叫桃儿，自小跟我学唱西河大鼓，这是二闺女，叫杏儿，这孩子不是我亲生的！"

　　"哦？那是……"窝囊问道。

　　刘天海摇摇头："捡来的，也不知是谁扔的，胸前挂着个玉佩，也备不住是哪个大户人家的私生女。"

　　窝囊笑了笑："您这也是做了好事了，这孩子心眼不坏！"

　　窦天宝在一旁插话："那是，杏儿可是不错，别看她没心眼，挺疼人！"

　　刘天海没接话，倒是接着先前窦天宝说的寻短的缘由说："窦先生，不是我说您，您这可是上了当了，天桥一带谁不知道左大年啊，没什么能耐，可坏着呢，吃喝嫖赌抽，坑蒙拐骗偷，他年轻的时候学徒，没等学完呢，师父家东西全让他偷走卖了！你这是万幸啊！"

窦天宝叹了口气，轻声说道："唉，真想不到啊！"

其实窦天宝也是一时觉得心灰意冷，寻不到十二红母女，没溜和十二红的家又都成了废墟，自己流落无依，好不容易干点苦力攒点钱找左大年学艺，没想到最后一扇门也给关上了，当时回到破庙，四下凄凉，只觉得了无生趣，才有了寻短这个念头，此刻这个念头早已像照进破庙的夕阳一样，不知不觉又退出去了。

刘天海见窦天宝已经没事了，打了个哈欠，慵懒地站起身，和两人告别："我得走了，您二位歇着吧！有时间上家去！"说着，便出了大门。

窝囊望着他的背影，朝窦天宝使了个眼色："这位估计好抽两口。"

正说着，旁边的杏儿捧着瓦罐凑了上来："哥哥，喝！"

在窝囊的照顾下，窦天宝的身子好多了，歇了几天，便和窝囊出了破庙遛遛弯。

走着走着，窝囊说道："待会儿没事！咱出去看看吧，赁间房，咱不能总住在庙里啊！"

窦天宝点点头，正准备说话，目光突然被什么吸引住了。

顺着天宝的眼神，窝囊看到一个正在唱歌的姑娘。那姑娘穿一身桃红色衣裳，正在苇塘边练嗓子，唱得婉转动人。

窦天宝呆呆看着，依稀想起以前与十二红在苇塘边喊嗓嬉戏的时光，不由得脱口唱了一句："哭一声妹妹呀，你在何处，愚兄唤你，你怎么不答？"

桃儿听见背后有人唱，回头望见天宝两人，正纳闷间，杏儿从一旁蹦蹦跳跳跑过来。

"姐！"

桃儿一把拉住她："杏儿，你干吗去！跟姐姐回家！"

一旁的窦天宝忙喊了一句："杏儿！"

杏儿挣脱开桃儿，嘴里喊着哥哥，向窦天宝跑了过去。

桃儿好奇地问："你们认识？"

窦天宝点点头："认识，她叫杏儿，你就是桃儿吧！"

桃儿点点头，甜甜地笑了。

此刻，京城的一间酒楼里，正发生着一桩大事。

精美的酒楼包间里，坐着四个人。正中的一个青年人衣着笔挺，端坐在主位上，腰板挺得直直的，眼里一股轻蔑的神情；他身旁的两人一左一右服侍着，正对面的小笔，正点头哈腰地赔着笑脸。

正中的青年人开口了："你的，明白？"

小笔不住地点头："哈依！明白，龟瓢太君放心，小的愿效犬马之劳！"

龟瓢轻轻地点点头："哟西！"

左边那人给小笔嘱咐道："回去转告梁先生，改日龟瓢太君要请梁先生吃饭！"

龟瓢伸手阻止，说道："不！我是外来的客人，还是梁先生做东的好！"

三个人异口同声地答道："哈依！"

能勾结上日本人，小笔满心欢喜，赶忙回去告诉梁大元这个喜讯，没想到梁大元却翻了。

"什么？让我帮日本人买卖华工？"梁大元一把将剪花的大剪刀摔在地上。

小笔凑过来说："龟瓢太君说了，皇军不会亏待您！"

"放屁！"梁大元一脚踹开小笔，劈头盖脸地骂道，"那我成他妈什么了？别看我吃喝嫖赌，抢男霸女，但你让我给外国人当狗，大爷不伺候！"

小笔爬起身来，委屈地说道："您再想想，那可是白花花的大洋啊！"

梁大元指着小笔的鼻子骂道："我他妈劫道去，也算挣辛苦钱，让我当汉奸，我大嘴巴抽你，大爷是中国爷们！"

小笔支支吾吾地说："我那意思……"

还没说完，梁大元又是一脚踹上去："滚一边去！"

小笔还想说什么，但梁大元已经开始骂骂咧咧了，小笔只好把话咽回去，满脸赔笑，但心里已把牙齿咬得咯咯作响了。

苇塘边一见，窦天宝便觉得与桃儿很是投缘，桃儿也觉得窦天宝是个心善的人。桃儿一邀请，几人便跟着回到了刘天海的家里串门。

一进门，听见刘天海拉的三弦，窦天宝伸出大拇指夸道："真不赖，有味儿！"

刘天海乐呵呵地说："我这不算啥，我家桃儿这买卖赶不上头钩，也够一卖！"

窦天宝连连点头称是，突然灵机一动，转身跟桃儿说："要不，我跟您学学西河大鼓吧！"

桃儿一脸诧异："啊？"

傍晚时分，窝囊带着窦天宝走进了一个破旧的小院子，身后桃儿和杏儿也跟了进来。

"这小院闲着，我把北房赁下来了，够住了！"窝囊指着院里的房间说。

桃儿、杏儿初来乍到，左看看右看看，两人高兴地在院子里闲逛。

窦天宝的眼睛却没看房子，而是回头望着大门。这间小院的对门，正是十二红的家，虽然已是一片砖砾废墟。

窝囊看着窦天宝，叹了口气说："少爷，来吧，进来吧！"

窦天宝依然望着十二红家的大门，沉默不语，脑海里回想起十二红轻轻的话语："江湖子弟，拿得起来放得下！"

叹息一声，窦天宝喃喃地说道："十二红呦，我是拿得起来，放不下啊！"

新房虽说不大，但对于窦天宝来说已经是个很不错的地方了，至少不用再睡在破庙里了。

此时，桃儿在铺床，窝囊在收拾东西，杏儿则四下看看摸摸，一副很高兴的样子。

窝囊看了天宝一眼，轻声说道："跟咱家原来比不了，但总算有个睡觉的地儿了！"

窦天宝摆摆手，笑道："你甭劝我！这一路过来，我早明白了！人啊，有享不了的福，没有受不了的罪，挺好！"

一旁的桃儿插话道："天宝！那大鼓到底学不学啊？"

窦天宝斩钉截铁地说："学！明儿一早开始！"

桃儿笑了："一早？你起得来吗？"

窦天宝凄凉地笑笑："起得来！我有一段时间天天早起练功，肯定起得来！"

天刚破晓，窦天宝在床上辗转反侧，嘴里不住地念叨着十二红的名字。

窗外，一个人影走来，恍惚间正是十二红的影子。窦天宝一惊，从床上一下坐起来，喊道："十二红？你回来了！"

窦天宝冲出家门，大喊了一声十二红的名字，四下张望，感觉身后有人，一转身，竟看见桃儿。桃儿梳了一个和十二红一模一样的发型，瞪着眼睛看着窦天宝。

窦天宝抓住桃儿问："你什么时候在这儿的？"

桃儿说："我刚才就在啊，怎么了？"

窦天宝又朝四周看了看，说："没事，没事。"说完失落地准备回屋。

桃儿分明听见窦天宝刚才叫了一个人名，十二红，就拉着窦天宝问十二红是谁，窦天宝摇摇头不想说，桃儿挽起他胳膊拉着他去喊嗓子，窦天宝点点头，走的时候，还是朝四周看了看。

窦天宝多希望冲出来看见的是十二红，这个陪伴了他那么久的丫头如今不知去了哪里，他有心去找，却无力使劲，一个连饭都吃不饱的人拿什么去四下找人，他只希望快点赚钱，能去找母亲和十二红，他的生命里需要寻找的有两个女人了。

桃儿在离院子不远的一片小树林里教窦天宝唱西河大鼓，杏儿站在窦天宝身旁笑眯眯地看着，她听不懂什么西河大鼓，但看着窦天宝大声唱着，杏儿就开心，不住地鼓掌。

桃儿手把手教窦天宝打板，窦天宝的板不住往下掉，惹得桃儿和杏儿哈哈大笑，窦天宝也笑起来。这看似轻松美好的一刻，在窦天宝的混沌人生里已经显得弥足珍贵了，命犯桃花的天宝如今又轻易俘虏了两个女人的心，只是现在的他没有时间考虑那么多儿女情长，他惦记着母亲和十二红，焦虑往后的日子。

这一刻的安宁，在窦天宝日后的时间里，越来越少了。

窦天宝琢磨着不能就这样在家里闲待，还是要想办法赚钱，而唯一不用下本的赚钱方式也只有天桥了。桃儿却对窦天宝只学了几天就想去天桥说书很担心，窦天宝倒是不担心，他主要考虑这些天跟着她学大鼓，也没人给自己弹弦，不如先去说书，再说了，他之前跟着左大年学过，而且这几天也没少下功夫，生平就胆子大的窦天宝，从来不担心有什么是自己做不了的。

窝囊对窦天宝的提议没有异议，他还是习惯听窦天宝的，唤天宝一声少爷，天宝总是笑着说："我都说书撂地了，还少爷呢。"窝囊从来都是一句话："千岁奴一岁主嘛！您多咱都是我的少爷！"

天桥上还是一如既往地热闹，人来人往、熙熙攘攘。大批摊贩已经摆好了架势，艺人们纷纷摩拳擦掌，这一天的生计就靠在这儿卖力了。

窦天宝手持扇子立于空地，窝囊站在一侧随时伺候着。左边是一个数来宝的摊子，右边是一个变戏法的摊子，尴尬的是旁边的这两个摊子围满了人，窦天宝的说书摊却只有他和窝囊两个人。窝囊左右望了望，这么半天了，还是没有人来的迹象，窦天宝安慰窝囊，摆出一副别着急的样子。突然一个女人哇哇大哭起来，窦天宝转身一看是杏儿，杏儿边哭边说："为啥没人来啊。"窦天宝一下笑了，赶紧搂着杏儿劝起来:"不哭不哭,杏儿最乖了。"天宝说着冲窝囊撇撇头。

窝囊会了意,清清嗓子,吆喝了一声:"列位!请留步!"

这声吆喝确实惹了几个人停下,窝囊一看机会来了,赶紧说:"各位,我们家少爷要说书了,麻烦各位捧个场……"

话没说完,几个人抬腿就走了,窝囊上前拽都没拽住,杏儿又开始放声哭了,窦天宝边哄着杏儿边招呼窝囊过来,在窝囊耳边说了几句话,窝囊有点怀疑,天宝一努嘴,让赶紧去。

旁边数来宝的摊子上人已经越来越多了,唱数来宝的艺人半跪在地上,已经接近要钱了,嘴刚张开,窦天宝的摊子传来了啪的一声碎响,随即传来窦天宝的大哭:"爸爸——!"数来宝的观众立马全都散去了,众人议论纷纷,说旁边有出殡的!呼呼啦啦就都围到窦天宝的说书摊上了。

数来宝艺人往旁边看了眼,骂了声:"孙子,真缺德!"

窦天宝那边是窝囊砸了个盆,窦天宝顺势哭喊着叫爸爸,这招确实管用,一下引来了大批人围观,纷纷问:"怎么了?这是怎么了?"

窦天宝一看人都围过来了,开始开腔:"哈哈!各位也纳闷,我这干吗呢!别慌张,有这么几句话说得好,话不说不知,木不钻不透,砂锅不打一辈子不漏,我有件事跟大伙说说……"

观众随即越聚人越多,别的摊子上的人看见这边热闹也都凑了过来,窝囊在一边高兴,暗自佩服少爷的能耐,杏儿开始傻笑起来,脸上还挂着泪珠儿。

窦天宝起劲儿地说起来,声情并茂,观众的反应也都不错,眼瞅着本次演出能有个好收成,可突然那边变戏法的摊子传来一声锣响,好不容易凑起来的人气被打散了,人们又纷纷转向了戏法摊。

戏法艺人敲着锣在圆粘儿,一看观众们都凑过来了,心中窃喜,戏法艺人使落活，马上要出托时，窦天宝的声音再次传过来："出大差的来啦——！看枪毙人的——！"观众一听，又立马都转向窦天宝，戏法艺人出托后一个亮相，抬眼一看，一个人都没了。

窦天宝和旁边几个摊子就这样变着法子招揽观众，观众也真是不嫌累，哪边有大动静就呼呼啦啦往哪边凑，艺人们一个个想足了办法，互相掐着比着，这也成为天桥演出的一大卖点。但观众里也不全是些瞎看热闹的，偶尔还有些达官贵人前来凑热闹，大赏也全靠着这些有钱人。

比如今儿个就来了位杨老爷，身后跟着十余人。杨老爷表情严肃，四下观看，身后簇拥的人各个点头哈腰，杨老爷伸着兰花指不住指着前面，还时不时掏出白手绢捂嘴笑。

杨老爷想喝碗羊汤，小贩却说卖完了，老爷一肚子气，走到窦天宝跟前，刚好赶上窦天宝使了一活儿，杨老爷扑哧一下乐了，从怀里掏出一把钱撒到窦天宝跟前，窝囊赶紧捡起来。

窦天宝拱手道："谢谢这位老爷，您真是仁义君子，慷慨解囊，孟尝君再世，祝您子孙万代！"

谁知这么句普通的吉祥话竟然惹着了杨老爷，老爷子咣当就翻了脸："猴崽子！你丫说什么呢？"

"我说您子孙万代！"

"呦，气死我了！给我抽他！"

说着，身后这十余人就拥上来打窦天宝，窝囊赶忙上前挡住，杏儿也大喊着冲过去。

窦天宝就不明白了，喊起来："哎？你还懂好赖话吗？说你子孙万代怎么了？"

杨老爷气得不行："你还敢说？气死我了！"

244

一个下人挥着拳头喊起来："我们老爷是前清的太监，哪有子孙万代？"

窦天宝吃惊道："太监……"

杨老爷差点背过气去："你还敢说?! 气死我了！"

下人一看老爷气成这样，冲上去更不饶窦天宝了，此时突然一个声音怒吼："奴才！你狗儿好大的胆子！"

窦天宝回头一看，竟然是彭忠海。彭忠海的这声怒吼让杨老爷一下怔住了，下意识回了声："嗻！"彭忠海也没客气，指着杨老爷就开骂："没事出来蹭楞子，还不赶快回咯！"

杨老爷一时慌了神，一挥手，十余人跟在屁股后面灰溜溜地撤了，一路小跑着到了一处拐角停下，才反应过来刚才那个人是哪位啊。其实杨老爷根本不认识彭忠海，他只是当惯了奴才，听见有人召唤马上就条件反射了，照他自己的话说就是："我一听他说话，我激灵一下子，就想起在宫中的时候，他骂得我这舒服哇，不由自主地就跑起来了！"这些前朝在皇宫里待过的人，还没适应如今的新时代，留有几个钱就继续还把自己当贵族，过着前朝的享福日子，习惯了左拥右护，但说到底，他们骨子里就把自己当成了奴才，但凡有个厉害的主儿，他们的本性就又出来了。

窦天宝没想到能在天桥碰到彭忠海，两个人坐在小酒馆里叙旧，几杯酒下肚，窦天宝举杯说道："人生无处不相逢，这话说的就是咱哥俩！"

彭忠海笑答："这就叫青山不倒、绿水长流啊！"

"您现在？"

"孤身一人四海漂泊，上无片瓦遮身，下无立锥之地！"

"文书也不做了？"窦天宝问。

"一朝天子一朝臣，大树倒了砸猢狲，离开良乡，去了趟南京，那儿的事由也不合适，回来就想投奔我舅舅，可搬家了，这下好，连个落脚的地儿也没有。"

天宝一挥手："没事，您要不嫌弃，住我那儿，咱哥俩有缘！"

"那太打扰了！"彭忠海不好意思地说。

"说这就远了！既落江湖内，便是薄命人！"

彭忠海感慨地点头，取出一块石头："去趟南京，忙里偷闲，寻了几块雨花石，回来全丢了，就剩这一块，送你吧，天宝！"

窦天宝接过石头，称赞起来。两个人相谈甚欢，只是在彭忠海说起十二红时，窦天宝心里难过了起来，仰头干了一杯酒，彭忠海知道说中了难过事，赶忙转移话题，看见旁边的杏儿，彭忠海笑着问是不是嫂夫人，窦天宝哈哈大笑起来，杏儿也不知道什么叫嫂夫人，但看见天宝笑，她也咯咯笑起来。

窦天宝看着杏儿的样子，心里生出一些怜爱，说了句没准哪天就娶了她。窝囊连忙岔开话题，和彭忠海聊起了别的，杏儿却听进去了，嘴里对着天宝嚷嚷着："娶了她，娶了她……"

窦天宝被她闹得没辙，就把刚才彭忠海送的雨花石递给了杏儿，随口对她说："你要是找着一模一样的石头，我就娶你，我的傻妹妹！"杏儿用手捧着雨花石，认真地看了一会儿，就跑出去了。

谁也没有想到，窦天宝的这句话和这块石头，竟会害苦了杏儿。

杏儿的悲惨命运，要从梁大元接母亲说起。

梁大元的母亲出身乡下，一直过不惯城里日子，梁大元他爸也不是什么尊妻爱妻的正人君子，刚好嫌弃大太太人老事多，索性就把梁大元他妈送回了乡下，平日里很少回城。

梁大元的生活一直过得富足却无聊，年岁也不小了，家里家外一群人伺候，这家却总没个家样，尤其是看到窦天宝家败落后，梁大元就特别想接母亲回城里，好说歹说，终于劝服了梁母。这天，梁大元风风火火带了四十几个人，列队来接老太太回家。

梁母到家后拉着儿子的手不放，非要给说说这大火车的能耐："这个大火车可了不得，咣当当……我一看出了济南了，咣当当……我一看到了北平了，又上了这个大汽车，这个大汽车可了不得，咣当当……"

梁大元接话："到咱家了！"

"对！到咱家了！你爹说是到云南了？"

梁大元点头："对，和云贵兵团合在一处，现在在昆明了，人称我爹是海外天子！"

"老头子太忙了！身子骨挺好的？"

梁大元答："挺好的，能吃能睡！"

"这挺好的！我放心了！儿啊！北平有人欺负你吗？"梁母问。

"没有啊！只有我欺负别人，哪有别人欺负我的份儿啊。"

"好！要是有人欺负你！给你爹个信儿，他噌地就来了！"

梁大元张罗着赶紧给母亲大人弄吃的，梁母说："别麻烦，给我弄盘子瓜几炒肉。"梁大元一听母亲吩咐了，连忙招呼小笔给准备，这下梁府的人开始忙了，可不敢怠慢。可这瓜几炒肉是个什么东西谁都不知道，也还不敢问。厨房里的人就开始琢磨研究，后来得出结论，估计就是边拍巴掌边吃肉，因为在北方，拍手有说瓜几的。

肉炒好了，大家在旁边伺候着，老太太翻了翻菜盘子，不高兴起来，问：瓜儿呢，下面人围着桌子站了一圈，集体开始拍手掌，啪啪啪的，手都拍红了。

梁母大发脾气，说："瓜儿是酱瓜，一种咸菜，谁让你们在这儿拍巴掌了，吵死了。"梁大元大怒，踹走了几个厨子，让厨子马上重做，做不好就都轰走。

所谓有其母必有其子，这梁大元和梁母还真是一个性子的，天天想一出是一出，一不满意就霸道蛮横，搅得梁府上下是人心惶惶，这母子俩倒是觉得母慈子孝，幸福美满了。

这边窦天宝听取了彭忠海的建议，去了桃儿唱大鼓的春华园，想着能在桃儿唱完的空当说一会儿书，积攒些人气，总比一直在天桥那儿吆喝强，而且园子里的人相对素质较高，窦天宝的水平也能提高得更精准更快一些。

好不容易和春华园的赵掌柜说定了这件事，还没演呢，事就出了。

原来梁大元带着母亲出来转大街，没走几步梁母就嚷嚷着累，梁大元看见前面刚好有个茶馆，就招呼母亲进去听一段歇歇脚，好巧不巧，这茶馆就是春华园。

此刻的春华园里，桃儿正在唱大鼓，刘天海在舞台一侧拉弦，梁大元带着梁母进去，小笔直接把前排的客人拉起来，梁大元扶着梁母端坐在最前面的位置，大家怨声载道，但谁也不敢说什么。

小笔冲着台上的桃儿喊道："桃儿，好好唱一段，老太太来捧你了，唱得好，大爷带你回家睡觉去！"

桃儿一下停住，怒视小笔，梁大元喊着"唱啊"，桃儿闭嘴不唱，刘天海在一边给桃儿使眼色，桃儿就是不唱。

梁母不乐意起来，问梁大元："怎么了？我来了，她不乐意了？"

梁大元喊起来："老太太来了，你怎么不唱了？什么意思啊？"

梁母大怒，起身就要走，梁大元上前拉住母亲，冲着桃儿喊，桃儿根本不理。刘天海一看没办法，赶紧上前给梁大元赔不是，小笔上去就给刘天海一巴掌，刘天海也不敢说什么，还得继续赔不是。梁大元不讲理犯浑的劲头彻底展现出来，非要桃儿开嗓，桃儿说什么都不唱，场面顿时尴尬紧张起来。

小笔手一挥说："行了，不唱是不是？那咱们就先算算账。"

刘天海纳闷了："笔爷，算什么账？"

"这段时间，你一上瘾就找我来，一回给你两包，来，把烟钱给我，我算好了，八十块大洋，拿来！"小笔说着就朝刘天海伸了手。

"哎呀！我的笔爷，你说是送我的，怎么又要钱！"刘天海傻了眼。

"天底下哪有这样的好事，凭什么白给你！拿钱来！"

"唉，我没有啊！"

小笔冷笑道："好，没钱也行！让桃儿跟我们走吧！"

刘天海大惊："可不行啊！"

梁大元嬉笑道："对，这法儿不错，要么给人，要么给钱！"

梁母也应和道："连人带钱都要！"

"好！都要！"梁大元大叫。

赵掌柜听到吵闹赶忙过来，刚要说话，小笔迎头一巴掌，赵掌柜应声倒地，儿子赵老二冲上来，也被小笔一脚踢出去，正准备再补上几脚，这时窦天宝从后台跑过来，一把拽住小笔。

梁大元一看窦天宝出来了，刚准备让窦天宝帮他，没想到窦天宝直接指着他开始骂："你太无法无天了！这不是欺负人吗？"

小笔凑过来："窦爷……"

窦天宝一把甩开小笔："玩儿去！癞蛤蟆插鸡毛，你算飞禽算走兽？"

"您别掺和，您不知道这事！"

窦天宝大骂道："我瞧得真真的，什么不知道！你们欺负人！"

梁大元伸手止住小笔，正色道："天宝，他欠我钱，我来要账，这没错吧！"

窦天宝怒道："你那是强词夺理！"

"你问他是不是得还钱！"梁大元一指刘天海。

刘天海痛哭："老天爷啊——！"

"欠多少？"窦天宝厉声问道。

"八十！"

窦天宝一拍胸脯："我给了！"

窦天宝毫不犹豫地就接下了这笔账，虽然他早已不是当初那个少爷，没有那么多"我来扛"的资本，但骨子里的正义感让他至少是个十足的爷们儿。他自小就这样，十三岁那年家里下人不小心摔碎了花瓶，管家要发落下人，窦天宝冲出来站在下人前面说："算我的！"管家不敢让他承担，窦天宝不在乎，强行要替下人出头，不顾家里人阻拦，帮着这个下人一起干活，直到赚够了钱买了同样的花瓶。这事得到窦老爷的赞许，窦老爷拍着他的头说："行，像个爷们儿。"

所以窦天宝尽管养尊处优，当少爷固然威风，但他一直都知道，做个爷们儿才是骄傲的事。虽然现在落难，他没有本钱威风，可是他嚣张的劲头从没改过，欺负人在他这里绝对过不去，而且还是欺负他身边的人。

这八十块钱虽然不多，但对于穷人来说，也不是个小数目，窦天宝自然拿不出这么多，小笔和梁大元都知道，小笔撇着嘴凑上前，说："窦爷，您圣明，您也是红脸汉子，您知道，今儿没钱，梁爷怎么出这个门啊！"

窦天宝看了一眼梁大元，梁大元已经很尴尬了，他其实就是发发火，吓唬吓唬人，可是事情被赶到这个局面，他完全下不了台，也不知道该怎么办了，尤其是他还带着他妈，面子上不能过不去，所以怎么也不能说这事就这么算了。

窦天宝扬了扬手说："今儿我就让你们见着钱。"说着，他挽起袖子，扶起在地上痛哭的刘天海，喊了一嗓子："爷们儿，有点儿骨气，来，你弹弦，我唱一段！"

全场都很吃惊，桃儿一听窦天宝要唱，心里顿时打起鼓来，不知道他要怎么收这个场。窦天宝拉着刘天海坐好，自己操起架势，对着台下鞠躬作揖。

"各位，今天这事您也瞧见了，没别的，我唱一段，各位有钱的帮个钱场，没钱的帮个人场，学徒我伺候您一段《灞桥挑袍》。"说完，窦天宝给了刘天海一个眼神，刘天海弹弦，窦天宝击鼓而唱：

秋色残凋，
金乌萧条。

头句落腔就来了个满堂彩，窦天宝停顿片刻，等着刘天海又一阵弦过去，收拾心神，唱道：

寿亭侯挂印封金，

辞曹操，出许昌。

吩咐一声众军校：来呀，

皇嫂的车辇要慢慢地摇。

趁着这秋分霜降，天气早，

金风阵阵，透某的征袍。

保皇嫂直奔阳关道，

耳听得身背后，这人声马嘶噪。

关夫子马上尊皇嫂，休流泪来，免心焦。

哪怕他曹营千员将，难比我青龙偃月刀。

这《灞桥挑袍》唱的正是义薄云天的关羽挂印封金，留柬告辞，保二嫂出许都的故事，和刚才窦天宝为刘天海、桃儿仗义出头呼应上了，底下听曲的人虽不敢明着对梁大元表示不满，这下借着听曲却可以大声叫好。这气氛把梁母也感染了，一下高兴了，嚷嚷着要打赏，梁大元很头疼，拉着梁母让她别裹乱。桃儿在一边看着卖力气的窦天宝，感激的泪水流了下来。

一曲唱毕，众人纷纷叫好，窦天宝亲自托小筐箩下去打钱，本就有好些人认识窦天宝，知道他的遭遇，加上窦天宝是为桃儿出头，而且还有梁母带头打赏，大家都很给面子，往小筐子里扔钱，窦天宝挨个感激，把整整一筐箩的钱递到梁大元跟前，让他点钱。

"够不够？"天宝问道。

梁大元脸色难看，一语未发，转身便走。这么会儿工夫，二人上演了一出真人版好汉和强盗，窦天宝扮演了侠肝义胆的绿林好汉，路见不平拔刀相助，得了民心，平了是非，而梁大元显然落下了一个胡搅蛮缠、飞扬跋扈，先是抢座位，然后抢民女，打人讹钱的流氓强盗名声，颜面尽失。

梁大元走到门口，回头意味深长地看了一眼窦天宝。

"咱们的交情没了！"

窦天宝作揖，道一声："梁爷慢走！"

窦天宝就这样失去了和梁大元自小的情分，尽管他也知道他们的发小情分其实也就建立在家境优渥之上。从小一起长大不假，但少爷们的友谊只有享乐的份儿，没有患难的情，两个人从小没少钩心斗角，都是想在对方面前显摆显摆。窦天宝原本以为自己有很多朋友，但落难后才明白了什么是朋友，什么是情分。

那些平日里挥手就来醉酒的人永远都不可能在你需要帮助的时候回头看你一眼，却能在你某日东山再起后笑呵呵地握住你的手，仿佛什么事都没发生过一样。如今的窦天宝不需要这样的朋友，如今的窦天宝才真正有了朋友。落魄后的苦难，让他结交了身边这些人，只有这些人才知人世的善恶、人心的冷暖，只有他们才会在你饿的时候分来半块饼，渴的时候分来半杯水，困的时候让你半张床，走投无路的时候打开他们那个破烂的钱袋子。

是的，这个世界就是这么可悲，富人永远不会有朋友。与其说是梁大元结束了这个情分，不如说是梁大元失去了他唯一的朋友，窦天宝。其实窦天宝知道，梁大元心里没有那么多恶，他只是习惯了嚣张，习惯了跋扈，习惯了事情都按照自己的意思来，他的脸比心重要。最恶的人是小笔，这个坏东西仗着梁家的名号在外面作威作福，大多数的坏事都是他一手酿成的，很多时候，梁大元成了替罪羔羊。

梁大元说出那句话后，心里失落起来。小笔凑上前来张罗着要给梁大元出气，梁大元不许他动窦天宝，他觉得窦天宝至少是要跟自己过招的。

但是，小笔的报复心可不会这样就歇了。

近来，小笔一直背着梁大元在和日本人勾结，帮日本人买卖华工，自己从中捞些好处。这一次，为了陷害天宝，小笔想出了借刀杀人的办法。他跟龟瓢说刘天海一直暗中阻挠华工事项，这下龟瓢大怒，喊着要弄死刘天海。小笔见成功嫁祸刘天海，马上自告奋勇，要亲自带人把"阻挠日本皇军的恶劣分子"绳之以法，龟瓢一口应允了。

岂料，这笔交易刚好让彭忠海撞见了，那日彭忠海约了一位贾老爷谈做管家的事，不小心进错房间，看见了小笔和龟瓢，刚和贾老爷碰上面，就听见旁边传来怒吼的"八嘎"声。贾老爷胆小，一听旁边有日本人，吓得撒腿就跑，彭忠海面试没成功，但出来听见小笔他们的说话，听到了几个熟悉的名字。彭忠海顿觉大事不妙，拔腿就向窦天宝的住处跑去。

刘天海正和窦天宝在家里，窦天宝正在劝说刘天海，让他买些烟药，一定要把大烟戒了，刘天海感激不尽。这时，彭忠海气喘吁吁地跑进来，说了小笔和日本人勾结的事，而且目标就是刘天海和桃儿。窦天宝意识到这次事情不简单，正面对抗他们没机会，马上让刘天海带着桃儿和杏儿躲出去，自己明天去找梁大元，希望事情能摆平。

桃儿刚进屋，还没弄清发生什么事，就被拽着简单收拾了衣物，桃儿着急地喊："杏儿还没回家啊！"窦天宝寻思来不及了，让他俩先跑，自己去找杏儿。刘天海和桃儿只能把杏儿托付给窦天宝，两个人带着包袱逃亡了。临走前，桃儿含着眼泪拽着窦天宝说："你要想着我。"窦天宝心里很复杂，但顾不上这么多了，找到杏儿要紧，他猜想杏儿有可能去了春华园。

此刻的杏儿正在河边捧着窦天宝给她的雨花石，认真寻找一模一样的那一块，耳边始终回想着窦天宝那句："你要是找到一块一模一样的，我就娶你。"天真的杏儿全然不知道，灾难已经来临了。

小笔带着日本人冲到了刘天海的家里，一看人去房空，里里外外搜查个遍也没发现什么，气急败坏下，小笔直接拿起火把就点了房子，放话去春华园。

窦天宝和彭忠海一路跑到春华园，正好杏儿拿着石头高高兴兴地也往春华园跑，小笔带着日本人举着火把也在去春华园的路上。

赵掌柜听说了事情顿时着急起来，杏儿没来，儿子老二也没回来，想带着一起跑是没办法了。就在他们想办法时，小笔已经带着日本人包围了春华园，小笔一声"放火"，整个春华园被火把包围了，茶馆笼罩在一片火光中。

春华园浓烟四起，三个人在后台听见外面一片慌乱，浓烟滚进后台，窦天宝喊了声"坏了"，赶紧起身往外看，赵掌柜被外面的日本人吓着了，窦天宝说现在没时间说话了，必须赶紧离开，彭忠海嘱咐大家别从一个门走，分散跑。

三个人说着朝三个方向跑开，火势迅速蔓延，整个茶馆顷刻间倒塌。

赵掌柜从正门跑出来，刚好和小笔碰个正着，小笔正举着火把张牙舞爪，看见赵掌柜连滚带爬出来，赵掌柜扑到小笔跟前，一把抓着小笔的胳膊恳求道："爷啊，可不能再烧了！"

小笔一脚踹上去，跟身边几个日本人说："给我把这个老东西推进去！还想跑！"

几个日本人抬起赵掌柜扔进园子，赵掌柜大喊："造孽啊！你个王八蛋！天理不容啊！"

小笔冷笑了一声："我就是天，给我烧！"

春华园里一片哭喊声，火光映红了大半边天，此时的夜晚变成了火红的白天。另一个门，彭忠海夺门而出，小笔一扭头看见有人影，马上带了几个日本人追了过去。

窦天宝从春华园后门冲出来时，身上的衣物已经多处被火烧着了，他拼尽全力向前奔逃，但火势凶猛，热浪滚滚，仿佛连空气都被点燃，呼吸间尽是灼热与刺鼻的烟尘味，每一次吸气都像是将火苗吸入肺腑，令他咳嗽不止。没跑几步，窦天宝的体力便耗尽了大半，双腿似灌了铅般沉重，呼吸愈发急促艰难，终于眼前一黑，一头栽倒在地。

恰在此时，杏儿从旁边的一处狂奔而来，她惊恐地大喊着"天宝"，边哭边冲向窦天宝，泪水混着脸上的灰尘，在烟火的熏染下显得格外狼狈。这时一根被火烧得通红的粗大柱子突然从天而降，直直朝着二人坠落。杏儿在危急时刻爆发出惊人的力量，她奋力一推，将窦天宝推向旁边一个狭窄的下水沟，自己却来不及躲闪。

柱子轰然砸下，正中杏儿的头部。一声闷响后，杏儿的身体无力地倒在地上，鲜血瞬间从她额头蔓延开来，在火光映照下显得格外刺目。

与此同时，春华园内的火势愈发猛烈，火光冲天，浓烟滚滚，将一切化为灰烬，也吞噬了杏儿年轻的生命。夜空被映得通红，仿佛在为这场悲剧落下血色的帷幕。

第十五章

好戏

浮生若梦梦亦真，

悲欢离合总关情。

历经劫难心犹在，

且看云卷又云舒。

窦天宝再醒来时，已经在一间破房子里的板床上，旁边站着窝囊和彭忠海。窝囊抹着眼泪，死死抓住窦天宝的手，天宝一醒来挣扎着就要起来，窝囊按住不让动，彭忠海也赶紧拽住他。

"天宝，这回可应了说书的那句话了，两世为人哪！"

窦天宝有气无力地说："怎么两世为人？"

彭忠海道："你都躺了两天了，你忘了，那天晚上，春华园，着火了！"

"哦——！对了，想起来了！我一出门，眼前一花，就躺下了！"

"我跑了几条胡同，才甩了那几个日本人。"彭忠海继续说着。

窝囊在旁插话："彭爷拐了个弯，叫上我才把您抬回来！"

彭忠海拿出那块雨花石递给窦天宝，窦天宝认出这是给杏儿的那块，才想起来杏儿和赵掌柜，眼泪止不住就下来了。窝囊一看窦天宝哭，跟着眼泪也下来了，天宝一下坐起来，抓住窝囊的手，顿时觉得天旋地转。

窦天宝叹息着说："唉，两世为人哪！"

等窦天宝稍稍缓过神来，彭忠海才慢慢说出了那天晚上发生的事情。

赵掌柜没有跑出来，活活被烧死在正门里，死的时候手里抓了一块布，彭忠海认出是小笔衣服上的。杏儿的尸体被发现在一个大柱子下面，砸中了头，兜里装满了石头，这块雨花石是放在胸前的口袋中，专门用布包上的。窦天宝就在离杏儿不远的下水沟里，旁边有拖拉的痕迹，看来是杏儿为了救窦天宝自己被砸死的。彭忠海纳闷的是，这个孩子口袋里怎么全都是石头。

窦天宝听到这里，顿时想起自己之前说过的那句话，"你要是找着一模一样的石头，我就娶你"，他恍然大悟，杏儿是为了找石头才错过了和刘天海逃跑的机会，她是为了自己丧了命。

窦天宝把雨花石放在胸口，眼泪夺眶而出，仰面大叫一声，晕了过去。

几天后，荒郊的坟地前，一座孤坟矗立，窦天宝用手轻轻抚摸着墓碑，泪如雨下，窝囊和彭忠海也难过得不能自已。

窦天宝跪下，拿出那块雨花石："杏儿，我来看你来了，谁也不知道你是从哪来的，谁也不知道你去哪里了，你可能是天上的仙女，犯了错被贬下凡尘，看起来你比别人傻，可你心地善良，可爱之极，世上的人比你又聪明多少呢！杏儿，我害了你，我无意中说的一句话，你当了真，你如果不去找石子，可能已经跟着家人离开了这是非之地，照样可以过你那无忧无虑的幸福生活，是我对不起你！杏儿，你留在这世上的只有这一块玉佩，我要天天戴着它，戴到我死！杏儿，我欠你的！下辈子一定还你！杏儿——！"

窦天宝痛哭失声，窝囊和彭忠海在一边相劝。

"少爷，人死不能复生，杏儿是个好姑娘，她也不想看着你这么难过。"

"是啊，天宝，日子还要过，我们不能倒下啊。"

窦天宝擦了眼泪，缓缓起身，轻唱起京韵大鼓《哭黛玉》：

> 哭一声妹妹你在何处，
>
> 愚兄唤你，你怎么不答，
>
> 想来都是我误了你，
>
> 把一条小命枉糟蹋……

不远处，传来一阵哭丧声，窝囊闻声看去，竟然是赵掌柜的儿子老二。

老二身披孝衣，正跪在赵掌柜的坟头前痛哭。窦天宝快步走过去，老二一看窦天宝过来，一下扑在天宝怀里放声大哭，这才不过是个孩子，失去唯一的至亲让他悲痛欲绝。

老二是赵掌柜的二儿子，他原本还有个大哥，六岁那年就生病夭折了，赵掌柜对这个儿子疼爱有加。老二一直想去武堂上学，觉得上学了就能当大官，当大官就能听戏不要钱，自己和父亲就能过上好日子，赵掌柜生怕儿子跑远路受欺负，说什么也不让，父子二人刚好闹了点别扭，老二一气之下跑出去，想气气父亲，没想到他虽然躲过一劫，但回来时和父亲已经永隔生死了。

窦天宝搂着老二，眼泪不住往下流。老二痛哭着说，自己成了孤儿，这世上再也没人疼爱他了。窦天宝擦了老二的眼泪说："孩子，以后有窦叔吃的就有你吃的。"

彭忠海提议，干脆让天宝收老二做个干儿子，天宝自然应允，老二一个头磕在地上，改名窦小宝，爷四个开始了相依为命的生活。

杏儿的惨死对窦天宝来说是个惨痛的打击，但说起窦天宝身边的女人，确实都没有好福气的。十二红为他颠沛流离，失去了联络，桃儿也因为和他在一起而过上了流亡的生活，目前下落不明。但还有一个女人，正在满世界寻找窦天宝，那就是之前和窦天宝拜过天地的大俊。

自从窦天宝落跑之后，大俊就带着家丁开始四处寻找窦天宝，一有点消息就马不停蹄地赶过来，每次都扑空。大俊这丫头长相不好看，但心思倔强，认准的理儿谁也扳不倒，更何况她自小习武，有着一身好本领，打小就没怕过谁，也没受过什么欺负。如今和一个男人拜了天地入了洞房，男人却跑了。大俊也没什么颜面继续在大兴待，誓要找到窦天宝，活要见人，死要见尸。

这天，大俊带着人来到天桥，气势汹汹地四处察看，一唱戏的男人刚好从大俊身边过，一抬头看见大俊的模样，吓得拔腿就跑。大俊一下不乐意起来，上前抓住。

男人赶紧求饶："爷爷饶命！"

"放屁！看仔细了！我是奶奶！"大俊大喝一声。

"我的天哪！"男人直摇头。

"你看见我跑什么！"

"我也不知道，不由自主！"

"看见大美人你就跑，占了便宜不认账？"

男人一愣，忙说："不敢不敢！"

大俊问："我好看吗？"

"好看好看！"

大俊乐了，又问："你干什么的？"

"摆摊唱戏的。"

"认识一个叫窦天宝的吗？"

"窦天宝？"男人一惊。

大俊忙问："你认识他？"

男人点点头："唱评戏的。"

"他在哪儿？"

"你得上戏园子问去！"

大俊一脚把他踹走，吼一声："滚！"

"谢主隆恩！"男人拔腿就跑。

大俊带着人就冲去了戏园子，在外面高喊："有胳膊有腿的滚出来一个！"

一伙计闻声跑出来。大俊抓住就问窦天宝的事，伙计说之前在他们这儿唱过，后来不让唱了，就走了。大俊问为什么不让唱了，伙计说评剧公会会长不让唱的。大俊一听就火大了，哪冒出来的评剧公会会长，竟然赶跑了窦天宝，让她扑了个空，说完打听着公会的地址，带着人就去了。

大俊到了会长办公室就开始砸，拉着一个伙计就暴打，伙计抱着头说自己不是会长啊，大俊停手，问出会长去了全兴楼吃饭，一群人便又杀向全兴楼。

此刻的会长正在全兴楼跟小笔吃饭，小笔让会长给找几个新角儿，梁老太太要过生日，场面必须要搞大。两个人正掰扯这事呢，大俊就带着人马冲进酒楼。

大俊站在一楼大堂高喊："评剧公会会长是谁？"

会长探头望去，琢磨这人我不认识啊！

小笔说："您的仇人太多，不定是哪位！"

大俊又喊："我非弄死你不可！"

会长一听害怕了，赶紧说："笔爷，咱们回头再聊，我先撤了！"

小笔才不害怕，看热闹不嫌事儿大，一把拉住会长说："怕什么！有我呢！"

会长一听，胆子壮起来，跟着小笔下了楼。

小笔气宇轩昂地下来，喊着："谁啊？谁找会长啊？"

大俊冲过来喊："我！会长在哪儿呢？"

会长一急，立马指着小笔说："他是会长。"

不容小笔分说，大俊一声招呼"给我打"，下面人对着小笔就是一顿拳脚，会长赶紧趁此机会跑出门外，连滚带爬上了洋车，还没坐稳，就从二楼飞出一个花盆，刚好砸到会长头上。

会长被砸得头破血流，慌慌张张地跟车夫说："赶紧跑。"

梁老太太要过生日，这在梁大元这儿可是大事。

梁大元先是花重金买了名贵首饰给老太太当礼物，梁老太太打开大锦盒，看见两枚戒指。

"娘，您瞧瞧这俩戒指！"梁大元高兴地说。

"真绿，这是什么的？"

"祖母绿！正经哥伦比亚的东西，您戴上，这是儿子孝敬您的寿礼！"

梁母戴上戒指，左瞅右瞅，很是喜爱："忒好了！"说着，她高兴地拍起巴掌，结果俩戒指咣当全碎了，碎片掉了一地。

梁母翻脸不悦："不结实！什么玩意！"

梁大元赶紧说："得！老太太别生气！"

"哼！成心给我添堵！"梁母嚷嚷起来。

梁大元慌忙赔不是："娘！您别生气，这不想着给您祝寿吗？连吃带喝的，还有戏班，都预备齐了！"

"有那个说书的吗？"一说起戏班，梁老太太忽然就想起那日听的窦天宝了，这老太太也是个想一出就偏要这一出的性子。

"大戏多好啊，听说书有什么意思！"梁大元想打个岔把这个念头给糊弄过去。

但梁母急了，她想一出就是一出，说："俺不！俺就听说书！"

"行！您想听谁的？"梁大元问。

梁母想了想，说："窦天宝！"

梁大元拿老太太没辙，只好派小笔去给窦天宝下请柬。

窦天宝带着窝囊和小宝去给杏儿和赵掌柜烧纸，回来后看见门上插一封大红请柬，取下来一看竟然是这月十五，梁大元他娘过寿，请天宝去说书。

窝囊说，听说这次梁老太太大寿，请了不少人，连警备司令都请来了。窦天宝正愁找不到机会治治小笔这个坏种，一听警备司令都来了，心下立刻有了计较，决定得去一趟做出好戏。

梁老太太的寿宴这天，梁宅里外大喜，全城有钱有势的人都来祝寿，梁大元亲自站在门口迎宾，警备司令带着贺礼前来，梁大元赶紧上前迎接。

"呦，连警备司令都惊动了，大元荣幸之至！"

司令摆手道："岂敢！当年我也在令尊麾下听调，今天为老太太贺寿，应当的嘛！"

梁大元一伸手："里边请！我替家母致谢！略备薄酒，不成敬意！"

寿堂内寿礼堆成一座山，梁母正打开礼盒逐一查看，脸都笑成一朵花了，梁大元带着警备司令进来，梁母起身就问"胡司令带啥来了？"胡司令明显有点尴尬，梁大元赶紧打圆场说："家母很诙谐啊。"

岂料梁母才不管这么多，一直追问着司令带了什么寿礼来，梁大元是左拦右挡，众人面面相觑，搞得司令一脸的不悦。

小笔在外面检查，看见门卫站得不直，上去就是两脚。

窦天宝远远地走过来，斜看了他一眼，本想径直走进去，走了两步突然停下，微微一笑，转过来。

"畜生！"窦天宝骂道。

小笔一愣，看看左右："嗯？谁呀？你这骂谁呢？"

"甭管骂谁？我能骂谁你不能骂！"

小笔急了："嗬！天下还有我不能骂的？"

窦天宝笑笑："好啊！骂一个听听！"

"骂谁呢？"

窦天宝厉声说："我骂一句，你学一句！你敢吗？"

"来呀！"小笔不服气。

"畜生！"窦天宝骂一句。

"畜生！"小笔学一句。

窦天宝轻蔑地笑笑："比我声音还小，不敢骂吗？"

小笔恼羞成怒，大吼起来："畜生！！"

"禽兽！"

"禽兽！！"

"老妖精！"

"老妖精！！"

"明儿就死——！"

"明儿就死——！！！！"

来往的宾客看见小笔高声骂人，纷纷交头接耳，议论纷纷。

梁大元听见外面有声响，忙问来人怎么回事，正好一个宾客进来，张口说，外面骂架呢。梁大元大怒，起身冲出来，刚好听见小笔在骂街，什么老妖精、明儿就死之类的话，让梁大元火冒三丈，他正欲冲上去，只见旁边的窦天宝扬手给了小笔一耳光，怒斥起来："今天梁老夫人过生日，你敢骂闲街，说老夫人是老妖精、禽兽、畜生，还说明儿就死？我替梁大元教训你！"

小笔捂着脸一愣，正欲骂时，身后梁大元飞起一脚，把小笔踢到地上。

小笔趴在地上捂着脸，回头一看，惊呼道："爷，我真没说！"

窦天宝问旁边被小笔打的那个门卫："你们听见他刚才说这话了没？"门卫点点头。

梁大元上去就踹，大骂："我也听到了！你敢骂我娘，我打死你吃肉！"

小笔抱着头求饶，梁大元根本不听，招呼下面人拉出去往死里打。

窦天宝暗暗看着满脸是血的小笔，咬牙切齿地说："打死都不多！"

这边打着人，那边会长带着几个女演员拎着寿礼前来祝寿，刚打了声招呼，就看见窦天宝冲着自己招手，会长一想不妙，拔腿就跑，转身还撞到了大门口站岗的。

站岗的正纳闷，窦天宝从身后追出来，大喊一声："那是个偷东西的！"

两个站岗的一听，赶紧追了上去，会长跑得慢，被两人赶上，他回头正想分辩，却被一顿拳打脚踢，打得抱头鼠窜。

短短几分钟，天宝就整了两个冤家，不过这好戏才不过开了个头。

窦天宝这次来，不是为了教训小笔和会长的，他有更大的目的在后面。

一进屋，窦天宝就给梁母磕头祝寿，梁母乐起来，让窦天宝一会儿好好给他说一段。行过礼，梁大元拉着他到警备司令跟前，跟窦天宝显摆起来。

"天宝！呵呵！今天各位真捧场，三老四少，我谢谢各位，另外今天警备司令也赏光，大元不胜荣幸！"

窦天宝一惊："哦？这位是警备司令？"

"对！胡司令！久仰大名吧！"

胡司令头昂得高高的，刚准备说话，窦天宝突然大喝一声："好大的胆子！"

众人一怔，呆住了，全场看着窦天宝，梁大元也蒙了，拉住窦天宝，天宝甩开梁大元的手，厉声问道："诸位知道今天什么日子吗？"

梁大元蒙了："我娘的生日啊！"

"不错，是你娘的生日，可今天还有别的事！"

"什么事？"

窦天宝抱拳说道："张大帅前线大败，死伤无数，今天北平城里全军都整肃军纪，祭奠死难将士，你等在此歌舞升平，大兴娱乐，分明是和大帅作对！倘若消息泄露，恐怕警备司令也吃不了兜着走吧！"

众人惊讶，气氛瞬间凝固，胡司令明显焦虑起来，起身准备离开。

梁大元满不在乎地挥手说道："哎呀，我当什么大事呢，打仗死人这不是常理嘛，再说了，人又不是为咱们死的，咱们不能因为前线死几个人就不吃饭不睡觉了吧。"

窦天宝笑起来："咱们平头百姓好说，但胡司令身负重任，前线战败，你还拉着他在这吃吃喝喝，这要传出去怕是对胡司令不利，大元，咱可不能这样害司令啊。"

胡司令坐立不安，梁大元不乐意了，喊起来："今儿我娘大寿，我说了算，我想请谁谁就得来！不能不给我面子吧。"

一听这话，胡司令更是觉得没面子了，站起来就要走。梁大元一看胡司令要走，发起火来，不让司令离开。

胡司令一愣，骂道："孙子，你这是要毁我啊?！"

梁大元一听这都骂孙子了，老娘的寿宴也搅和了，一肚子气没地儿撒，直接和胡司令扭打在一起，司令手下的兵和梁府的家丁也都全部扑上来，桌椅板凳全部掀翻，寿堂顿时被打得鸡飞狗跳，来宾纷纷抱头逃窜，梁母抱着她的大礼盒是又哭又喊。

窦天宝扭头接住空中一只鸡腿，边啃着边往外走。出了大门，看见小笔还在挨打，梁宅外的街道上，会长也趴在地上起不来。

窦天宝哈哈大笑，大声唱："老天爷睁开了三分龙眼——！"

窦天宝大摇大摆朝家里走去，他是得意，把梁家寿宴一顿搅和，挨个欺负了作孽的人。他不知道，自己后面还被人追呢。

这不大俊带着家丁正满城找他，一抬眼，看见了刚买完菜的窝囊。窝囊听见有人叫他，一抬头竟然看见大俊，吓得掉头就跑，菜篮子都不要了。大俊在后面带人就追。

窝囊窜入旁边的小胡同，翻着墙头总算躲过去，恰好碰见大摇大摆的窦天宝，赶紧拉着窦天宝就跑，窦天宝不知道发生了什么事，窝囊嚷嚷着说大奶奶来了，天宝不明白大奶奶是谁，当窝囊说大俊来了后，窦天宝一溜烟就不见了，这劲头绝对是逃命的速度。

窦天宝和窝囊跑回家，把小宝冲了一个跟头，彭忠海说这是怎么了，跑成这样，窦天宝上气不接下气地说："咱们得离开北平了。"

"为什么？"彭忠海丈二和尚摸不着头脑。

"一个是我今天用计打了梁大元和小笔，他们绝不会甘休，这仇算结下了！"

"再一个呢？"

"有家眷追我！"

彭忠海一愣："家眷？"

"一两句话说不清楚，我们仨走，您呢？"窦天宝边说边开始收拾东西。

彭忠海叹息着说："我也没地方去，那就一块儿吧！"

"少爷，咱去哪儿？"窝囊无奈地问。

"天津！"

几个人迅速收拾了东西往火车站跑去，出门没几步就看见大俊带着人过来了。窦天宝赶紧让大家先走，自己抄小路跑。

分别了几人，窦天宝偷摸出来，迎面碰见一个邻居，邻居热情地问他去哪儿，窦天宝想了想，说去保定，让邻居帮忙照看着点房子，说完慌慌张张地走了。

大俊一行人来到上锁的窦天宝家，恰巧这邻居也走过来，大俊问道："这家人呢？"邻居伸手一指："去保定了，刚走。"

大俊杀气腾腾地一挥手："走！杀到保定。"

窦天宝与彭忠海他们在茶馆相遇，几人准备到火车站，但天宝转念一想，大俊也有可能追到那儿去，就决定先不去了，便打发窝囊去买票，他们几个就在茶馆等着。

"唉，今日离了家乡去，不知何日再归来。"天宝惆怅地说。

彭忠海劝道："出去转转也好，散散心。"

"散心倒在其次，关键是北平现在待不得，光是梁大元、小笔不算，这里头没准还有日本人掺和，先避避风头吧。"

正说着，茶馆外面一阵争吵声传来，小宝站起来朝外看，说是外面打起来了，窦天宝起身出去，彭忠海和小宝跟着也出来了。

一车夫和一日本人在争吵。

车夫哭丧着脸说："您不能白坐车呀，我上有老下有小......"

日本人露出凶狠嘴脸："八嘎！"

日本人抬手给了车夫一嘴巴，嘴里还一直在叫骂，车夫哭着说："日本人坐车不给钱，还打人，什么世道！"

窦天宝冲上去一脚踹在日本人屁股上，彭忠海还没来得及拦，天宝已经和日本人扭打在一起了，彭忠海只能也冲上去，小宝也一下子蹿到里面，三个人就这样开始和日本人扭打在一起。旁边的百姓看见了都上前来打日本人，窦天宝边打边骂着："这是中国，让你这个孙子在这儿撒野。"

窝囊举着车票跑过来，一下看见窦天宝他们正在和日本人打架，吓了一跳，赶紧上前拉开："少爷别惹事了，票买完了，咱得赶紧走了。"

窦天宝听见这个才住手，拉着彭忠海和小宝从人群中出来，窝囊递上车票，窦天宝一看乐了。

“保定的？”

窦囊惊讶，接过车票一看：“是吗？唉，上岁数了，糊涂了。这直说别买保定的，别买保定的，怎么偏买了保定的？”

彭忠海笑了：“错就错吧，哪儿不一样。”

窦小宝也乐：“反正我也没去过保定。”

窦天宝点点头，喊了一声：“好吧，那就去保定，众将官！”

众人：“有！”

“兵发保定去者！”

窦天宝就这样踏上了去保定的火车，自此开始了真正的颠沛流离。

第二天，小笔果真带着日本人来算账，发现又扑了个空，抓来邻居问，得知窦天宝他们去了保定。

小笔狠狠地说道：“无论天涯海角，这个仇非报不可。”

车轮碾过铁轨的哐当声终于停歇，保定站到了。混杂着煤烟、汗味和陌生口音的空气涌进车厢，宣告着又一段流亡的开始。窦天宝深吸一口气，压下心头那份离乡背井的沉重，也试图甩掉身后北平的血与火、仇与债。他整了整衣襟，脸上勉强挤出一点对新地方的憧憬，像是要给自己和身边疲惫的伙伴们打气。

“都精神点，保定府到了！天大地大，总有咱爷们儿一口饭吃。”他招呼着彭忠海、窦囊和小宝，率先拎起包袱，踏出了摇晃的车厢。

站台上人声鼎沸，南来北往的旅客行色匆匆。冬日苍白的阳光洒下来，带着北地特有的清冷。窦天宝领着众人汇入人流，就在他稍稍放松紧绷的神经，准备寻个落脚处时，目光无意间扫过站台出口那一片略显空旷的地界。

一个身影，突兀地、沉甸甸地杵在那里。

她穿着厚实的棉袍，风尘仆仆，脸上带着长途跋涉的倦意，却掩不住那股子执拗的悍气。手里，竟赫然举着一包油亮焦黄、热气腾腾的——驴肉火烧。

"大俊！"

第十六章
说书

太阳一出口似火，

二八佳人把胭脂抹。

越抹越红，越红越抹。

"我的天哪，这奶奶怎么追这儿来了！"

窦天宝一边喊一边拼了命地朝前跑，背后彭忠海不明就里，也跟着猛跑，拖在后面的窝囊拉着小宝，四个人一溜烟地窜进了保定的街巷里，躲了起来。

听着后头追喊的大俊的声音渐渐远去，窦天宝四人这才松了口气。

"谁呀那是？"彭忠海坐在地上喘着粗气问。

窦天宝摆摆手："别问了，唉。"

小宝凑过来，好奇地问："爹，刚才追咱那叔叔是谁呀？"

"叔叔？"窦天宝一愣，好气又好笑地说，"那是你妈！"

"我妈？我妈死了！"小宝嚷嚷着，窝囊赶紧把小宝拉到一边。

"别添乱了，一句两句也说不清楚。少爷，咱们找地儿吃点儿东西吧。"窝囊摸摸小宝的头，冲窦天宝说道。

一个小摊前，窦天宝看看招牌上"保定名小吃，驴肉火烧"九个大字，便探头问道："伙计，这是卖驴肉火烧吗？"

里面的小贩正忙着剁肉，点点头，应一句："客官坐着吧。"

窦天宝回头问几人："咱来几个呀？"

彭忠海挑了个座位坐下，伸出三根指头："我来仨。"

"四个。"小宝盯着驴肉直流口水。

窝囊只要了两个。

窦天宝想了想，冲伙计喊："十二个，快点上啊。"

"好嘞，"小贩拿一小筐，夹上火烧，递了上来，"吃吧几位，可记着千万别喝凉水。"

窦天宝好奇地问："干吗不能喝凉水啊？"

小贩笑嘻嘻地答："喝点凉水，多硬的汉子也不成，一准闹肚子！"

窦天宝撇撇嘴："真的？"

小贩也不服软："骗您我是狗子。"

窦天宝一拍桌子，嚷嚷着："好，我喝给你看看，非让你当回狗子不可！"

彭忠海和窝囊面面相觑，赶紧劝他。可窦天宝来了兴致，非要喝凉水，招呼小宝给他找水去。

这边的小贩乐了，看着窦天宝直笑，窦天宝冲他做一鬼脸："嘿嘿，非让你当小狗子不可。"小贩一听，也较上劲了，招呼小宝说："那边有口井，带这兄弟喝去吧，看看谁出洋相。"

水井旁，窦天宝大嚼火烧，边吃边嚷嚷："香！"

小宝端着凉水桶立于一侧，彭忠海和窝囊则坐在一边。

窦天宝一抹嘴，冲小宝喊："来，桶给我。"

接过水桶，窦天宝一仰脖咕咚咕咚地喝起来。窝囊和彭忠海大眼瞪小眼，无言以对。

小宝在旁边直拍巴掌："爹，您真了不起。"

窦天宝喝了个底朝天，扔下水桶，得意扬扬地说："走，咱看看那狗子去！"

"狗子！狗子！哎？狗子哪去了？"

窦天宝一路走在前面直喊叫，路过的人们都斜眼看他。

那卖驴肉火烧的小贩已经收摊回家了，窦天宝转了几圈也没找到，冲窝囊他们说："你们瞧，他可太没溜儿了！"

彭忠海捂嘴笑了两声，答："比你可差远了。"

嬉笑了一阵，四人便一行远去了。

"南来的北往的，各位住店上这儿来，蚊子不叮，臭虫不咬，虱子往别人屋里跑！"一家客栈门口，伙计大声地吆喝着，窦天宝四人走到附近，正想寻间客栈歇息，便径直走上前去。

"几位住店吗？"一看来了客人，伙计赶忙迎上来。

窦天宝点点头，问："干净吗？"

伙计伸手就往里面让："您放心，里边瞧瞧！"

几人刚进门来，店内大堂里一个妇人便迎上来。这妇人约莫三十左右，生得面目俊俏，风韵十足，见天宝一行人，微笑着招呼："几位是住店吗？"

窦天宝打量了一下，客气地答："是呀。"

妇人赶忙招呼伙计："白小，快带路领几位看房。"

伙计白小前头引路，天宝四人便跟着前往。自打出保定站以来，除了被大俊追赶这一个小插曲，一路顺利，窦天宝一时心情大好，忍不住唱了几句：

猛抬头用目洒，

墙上出现一位女菩萨。

一轮明月当空照，

雪地里现出一盆花。

　　身后，那妇人听到窦天宝唱曲，回头看了一眼窦天宝的背影，若有所思。

　　白小引到一间大房，是个四人通铺。窦天宝心想，都是爷们也正合适，便决定住下来，回头又问伙计："刚才那女的是谁？"

　　白小答："老板娘啊！"

　　窦天宝又问："老板是干吗的？"

　　"不知道，早年死了，整个店儿就老板娘一人撑着呢。"

　　窦天宝一愣："寡妇店啊？"

　　白小尴尬地笑笑，便转身离去了。正走了两步，身后又传来窦天宝的声音："伙计！"

　　白小回头问："又怎么了？"

　　窦天宝匆匆忙忙地冲过来，咬牙切齿地问："茅房在哪儿？"

　　这店里的老板本姓白，早年生病死了，也没留下孩子。如今整个客店都是老板娘操持着，大家都叫她白嫂。这白嫂刚三十岁，风韵犹存，心里也盼望着能找个好男人过下半辈子，可一直也没有合适的。此番她在店里一眼瞧见了窦天宝，举手投足、眉眼之间与她那英年早逝的丈夫颇有些类似，心中顿生好感，再加上窦天宝唱起的那首颇可玩味的歌谣，将白嫂寡居的心绪完全地撩拨了起来。

此时，白嫂注视着镜中的自己，面容已初显憔悴，便下定了心思，起身冲着门外喊道："白小！"

白小匆忙走过来，白嫂招招手，在白小耳边嘱咐了几句，白小便转身去了。

窦天宝房内，彭忠海、小宝已睡下，两人鼾声如雷，天宝却披着衣服坐于床边，一言不发，窝囊捧着热水立于一侧。

窝囊小心地问："几次了？"

窦天宝有气无力地竖起三根手指头。

窝囊叹了口气说："好汉子架不住三泡稀，你说你之前较那个劲干吗！"

窦天宝依然不服气："我觉得我这体格没问题！我……不行不行……"话还没说完，他就披起衣服拔腿就跑。

窝囊无奈地叹气，刚放下热水壶，门又吱呀一声打开了，白小探头探脑地走进来。

窝囊正欲问，白小先问了："老哥，你们那位大爷呢？"

"上茅房了，有事？"

白小说："老板娘说了，反正店里最近客人少，房子空着也是空着，你们要是挤得慌，让那位爷单独住一间小的吧。"

窝囊一听，高兴坏了："那可好啊，我这正想着四人挤一起睡，少爷也休息不好啊。"

白小连忙点头，说："我去归置一下，一会让他过来吧。"转身便走。

窦天宝回来后一头栽在床上，窝囊在一旁拿毛巾给他擦汗，边擦边说:"得亏人家心好,让少爷你单独睡一间,还要紧吗?"

窦天宝摇头,招呼他:"没事,你回去睡吧,明儿就好了。"

"唉,真没溜儿啊!早睡吧。"窝囊唉声叹气地走出去。

半晌,客房门又打开了,窦天宝一个猛子蹿起来又向厕所跑去。

刚跑出去不远,走廊那头过来一个人影,左右看看,转身进了窦天宝的客房。

一晚上拉了七八回,窦天宝走路已经和飘着差不多了。刚从厕所回来,推开门,窦天宝恍惚间看见自己床头坐着一个人。

白嫂浓妆艳抹坐在床头,看着窦天宝微笑。

窦天宝眨眨眼,环顾了四周,忙低头摆手说:"哎哟老板娘,我走错啦。"

白嫂捂嘴而笑,说:"你没走错。"

窦天宝又上下打量了一下她,问:"那是你走错了?"

"我也没走错。"

窦天宝纳闷了:"那这深更半夜,大嫂你来此何故啊?"

白嫂站起身来,走到窦天宝旁边,盯着他的眼睛幽幽地说:"深夜无聊,怕您寂寞,特来看望。"

窦天宝尴尬地笑笑,忙摆手说:"太客气了您。"

"您贵姓?"

"免贵姓窦。"

"台甫?"

"草字天宝。"

听白嫂言语间有些文化,天宝便问:"大嫂念过书吧?"

"在家也读过《千字文》《百家姓》。"

窦天宝点点头:"怪不得呢,这店儿就您一人支撑?"

白嫂叹气说："唉，我丈夫姓白，可惜死得太早，抛下我一个人没办法，里里外外忙碌着，混饭吃。"

"哦，了不起了不起。"窦天宝边说着，边坐在桌旁，两人一时无语。

沉默片刻，白嫂又说："您是从大城市来的，见过大世面，可别瞧不起我们这开店的。"

"哪里话，您太客气了。"窦天宝笑道，正寻思接下来如何应付，肚子里忽又一阵翻江倒海，心里暗叫一声倒霉。

白嫂依然自顾自地说道："唉，忙的时候还好，就怕闲下来，您知道，我一个妇道人家，里里外外可有多辛苦哇，尤其是忙了一天，到晚上，炕上冰凉，连个说话的人都没有。窦先生，您的太太没跟来？"

窦天宝皱着眉头，勉强应道："哦……没有。"

白嫂故作惊讶："啊？没有太太，呦，可真巧，我是一个人，您也是一个人，您看……"

窦天宝腹痛加重，满脑子已顾不上这许多，只顾点头。

白嫂看天宝似乎兴致不高，想了想又说："对了，您来的时候唱了几句评戏，可真不赖。我也好听戏，还会唱几句呢。"

窦天宝又捣蒜似的点头。

白嫂清清嗓子，轻唱起了《马寡妇开店》。

答应了一声不耽误

扎好围裙去下厨

一时一刻不耽误

急忙通开煤火炉

刚起个头，白嫂这儿马寡妇还没开始做上饭，窦天宝却猛地起身，推门狂奔而去，白嫂呆住，片刻后缓缓坐下，嘴里喃喃地说道："正人君子啊……"

墙头上，两只猫立着叫春。窦天宝一溜小跑从厕所回来，满身轻松。走到门前，天宝赶紧正正衣冠，心里默念一句："白嫂，我来了！"便推门进去。

房内已是空无一人。

清晨，客店里大门紧闭，白嫂立于桌前，十几个伙计站成一排，窦天宝一行四人从楼上有说有笑地走下来，看见大堂里的场面，面面相觑。

窦天宝走上前去，正准备问一句，白嫂先开腔了。

"我很感慨啊，我发现窦天宝先生是一个正人君子。我做生意多年，也见人无数，但像窦先生这样的我闻所未闻见所未见。我是有意认您为我的义兄，我做您的妹妹，望您不嫌弃。"

"啊？"窦天宝大吃一惊。

虽说是百般推让，又是搬年纪又是讲人生，窦天宝终究还是当了白嫂的义兄。

"也罢，我就认你这个妹子吧。"窦天宝端起酒碗。

"大哥，"白嫂也端起酒碗，两人一饮而尽，"大哥您要是不嫌弃，就在我这儿住吧，有我一口吃的就有您一口。"

窦天宝放下酒碗，摇摇头说："一口可不够啊，我们四个人呢，不能都在这儿吃你的，我们总得干点什么呀。"

窝囊也附和道："对，大嫂子。我们干点什么也踏实啊。"

白嫂问："那兄弟几个会什么呀？"

"会的挺多的，在京城也是天桥混饭吃的。"

白嫂又问："那有什么手艺最拿手啊？"

窦天宝沉思了片刻，认真地说："那得说是花钱了。"

白嫂捂嘴直笑，窝囊急得直跳脚："咳！那算什么手艺。"

正说着，窦小宝在一旁说话："我爹会说书！"

窦天宝摸摸小宝的头，拍拍胸脯说："说书唱戏都行。"

白嫂想了想，说："唱戏不太好办，说书倒还行。"

窦天宝忙问："怎么？有路子？"

"我这儿有几间门脸房，今天起就改成书场。"白嫂斩钉截铁地说。

白嫂不愧是个利落人，风风火火就操办起了书场。窝囊和彭忠海都去帮忙了，窦天宝则留在客店念叨书词，为开场子做准备。正念着，小宝从一边跑过来。

"爹，这太好听了，您赶明儿也教教我吧。"小宝拉着窦天宝的衣角直叫唤。

窦天宝放下书，摸摸他的脸，问："你愿意学？"

小宝点点头："您愿意教，我就愿意学。"

"那好哇，"窦天宝站起身来，"我先教你个小段，先试试。"

小宝乐得蹦了三尺高。

紧挨着客店隔壁，白嫂正在指挥伙计打扫场地，摆放桌椅。

彭忠海手拿着毛笔，正在写水牌子，窝囊在一旁帮忙抻纸，边看边夸："好字，彭先生真有才。"

一旁的白嫂也搭腔："就是，一看就是个有才的人。"

彭忠海哈哈大笑,调侃道:"嗯,我太有才了,我上辈子是个裁缝。"

三人哈哈大笑,白嫂冲伙计们吆喝道:"都麻利点,今晚就开工了!"

当天晚上,窦天宝的书场果然开张了。

大门口灯火通明,水牌上书"特邀窦天宝先生演说隋唐"。门口街道上,三三两两的观众走来,围在水牌前议论,几个伙计殷勤地招呼客人。

后台的窦天宝撩开帘子,向外打量着,见台下已经坐了不少客人。身后,小宝很紧张地立于墙角,不住念叨着台词,身上穿着说书的大褂,显得无比滑稽。

"行,座儿还不错,小宝怎么样了?"天宝放下帘子,回身问道。

小宝战战兢兢地说:"爹,我害怕。"

窦天宝摸摸小宝的头,安慰道:"头一回都这样,别担心,没事。"

"底下那么多人了,说错了怎么办,爹,我还是别说了。"

窦天宝一听急了:"你杵窝子了不是?那有什么怕的,你就大大方方地说,谁还能吃了你。"

小宝向外望了一眼,胆怯地说:"台下那么些人……"

窦天宝也望了一眼,满不在乎地说:"那怕什么?什么人来,也得听你一人说,你就当那些人全没长脑子,全是傻子。放心了吧?"

小宝还是半信半疑:"全是傻子吗?"

"对,全是傻子,去吧!"

小宝又望了一眼,认真地点点头。

台下熙熙攘攘,观众们又吃又聊,等着说书的上台。

后台帘子一开，小宝哆嗦着走出来，坐在桌子后面，不住地回头向后望，帘子后的窦天宝点头，伸出大拇指。

小宝定定神，一拍醒木，叫一声："开书。"台下的观众们逐渐安静下来，都好奇地盯着台上的小孩。

小宝开腔道："今天开书了，我叫窦小宝，我爹窦天宝，我先说一段，一会儿我爹再说，我没说过，看见那么多人，我害怕，不过现在不怕了。"

小宝嘿嘿一乐："因为我爹说你们都是傻子。"

全场一片安静，窦天宝一拍脑门，默念一声，我的娘唉。

台下一片叫骂声潮水般地涌来，几个壮汉掀翻桌子，往台上砸东西。小宝抱着头转身就跑。一边的伙计们赶紧上来劝阻，书场里乱作一团。

窦天宝和白嫂坐在客店里，半晌没说话。

白嫂笑笑，问："怎么这么半天都不说话？"

窦天宝摇摇头："不知道说什么。"

"你那么伶牙俐齿，还不知道说什么？"

窦天宝苦笑一声说："头一天开张，让人砸得乱七八糟，我可真对不起你。"

白嫂大方地说："嘁，做买卖就这样啊，有赔有赚哪。"

窦天宝依然觉得过意不去："刚开张就赔成这样，也太丢人了。"

白嫂宽慰道："得了，我都没不高兴，你又何必呢？"

"桌椅板凳都乱了套了，你看……"

"再做新的，那算什么。"

窦天宝长叹一声："唉，我怎么这么连累人哪。"

"窦哥,你太真诚了,我也算阅人无数,像你这么仁义的君子我可头一次见,真让人佩服!"

窦天宝摇摇头:"你这眼力……真够可以的。"

白嫂站起来,拍拍天宝的肩膀说:"我已经安排伙计了,重打锣鼓另开张,天不早了,早点歇着吧,明天早上还得去买东西呢。"便转身走了。

大堂里只留下窦天宝一人,对着大门发呆。

几天后,彭忠海写的广告又贴在了门口的水牌上,上书"特约窦天宝先生演说评书《今古奇闻》"。

旁边围过来几个路人,相互议论着,一老者说:"这又贴出来了?"

旁边一青年答道:"那天刚砸了园子,这才几天又重开张了。"

众人正议论着,旁边走过来两人,盯着水牌看了半天,脸上一副不屑的神情。

这二人,正是保定本地的说书艺人。年龄稍大点、顶着秃头的姓齐,叫齐连光,而年纪稍轻、长得尖嘴猴腮的叫杨全志。这二人在保定学艺,虽然本事一般,但是师出有名,几年来也算小有名气了。

杨全志走在前面,瞅见这招牌,心里纳闷,便问齐连光:"窦天宝?谁呀?你认识吗?"

齐连光也摇摇头:"没听说过。"

杨全志皱起眉头:"不是咱们这儿的,外来的也得知会一声啊。这不是欺负咱保定没有说书的吗?"

齐连光点头称是,向书场里望望,与杨全志商量道:"哪天有工夫,咱们去横他买卖,答上了便还则罢了,答不上来收了他的家伙,叫他滚蛋!"

杨全志伸出大拇指，称赞道："好，师哥真有你的。"

齐连光哈哈大笑，一伸手："走，喝两盅去。"

　　傍晚，大批听书的客人纷纷走进来。说起来，上一次砸场子虽说影响不好，但名头倒是传开了，让当地听书的人颇有几分好奇。一听这家"有点意思"的书场竟然又开门了，许多客人甚至闻风上门来看热闹，一时间人头攒动，甚至有几分因祸得福的架势。

　　小宝这一次可不敢上场了，和窝囊站在门外迎客。有的客人还记得上一次小宝演砸的事，对他指指点点哈哈大笑，小宝也是羞得不好意思，便埋着头只顾收拾东西。

　　　醒木惊雷裂九霄，

　　　折扇风云卷狂潮。

　　　千秋龙虎争雄魄，

　　　一曲凤凰泣艳娇。

　　　兴亡过眼烟尘散，

　　　爱恨穿肠酒未消。

　　　欲问传奇真面目——

　　　列位看官，且听分晓！

　　一声醒木，紧接着就是窦天宝掷地有声的一首定场诗，屋中满满的客人逐渐安静下来。

　　窦天宝定定神，评书开讲。

　　《今古传奇》是一个系列评书，窦天宝今天讲的是《剑侠展雄飞》。故事讲的是大宋三帝真宗，宫廷发生惊天大案，李娘娘冤沉海底，二十年后讯破惊天，包公放粮途中险些丧命，展雄飞一剑斩群魔。

这个故事既有清官断案，又有侠客仗剑，很是热闹，而且这一次天宝深知不容有失，便拿出了看家的本事，讲得绘声绘色，精彩处，满室彩声四起，叫好连连。

角落里，白嫂与伙计们坐在一起，望着台上的天宝，眼中透出几分爱慕。

演出大获成功，白嫂摆了一桌酒席，给窦天宝庆祝。

桌上红烛高挑，白嫂端壶倒酒，拿起酒杯一饮而尽："我先干为敬。"

窦天宝见状，也端起酒杯："我也来一杯。"

白嫂伸手阻住他，认真地说："今天听你说书，我没想到，太棒了，以前只是觉得你挺有才，没想到，三尺书台你能当成战场，一张口就把人的魂抓走了。哥，你说得太好了！"

窦天宝笑笑，不好意思地说："你过奖了，我说得可没那么好。"

白嫂举起酒杯："来，再干一个。"

窦天宝应道："喝。"

二人举杯又一饮而尽，两人就这么较劲似的一杯接一杯，不一会儿白嫂就伏在桌上，喝得烂醉如泥，嘴里说着胡话。

窦天宝还端着杯子，醉得脸红脖子粗，仍在强撑着。他拍拍白嫂，劝道："别喝了，你早歇着吧……"

看白嫂没反应，他挣扎着起身，将白嫂抱起来，摇摇晃晃地走到床边。

"睡吧！"窦天宝把白嫂放下，自己也倒在床上，鼾声如雷。

另一边，在酒楼里，杨全志、齐连光也摆了一桌，不过两人表情略显苦涩。

"今儿怎么样？上多少座？"杨全志嘬了一口酒，问齐连光。

齐连光这边是唉声叹气："三十人。您呢？"

杨全志摇摇头，一饮而尽："四十一。"

齐连光往座位上一靠，无精打采地说："座掉得太厉害了，日子没法过了。"

"咱俩好歹也说了十几年的书了，从来没这么惨过，这是怎么了？"杨全志正纳闷，齐连光一拍桌子，大骂道："我可听说了，窦天宝那孙子全卖满了，都卖了站票了。这可是有点欺人太甚了。"

杨全志咬牙说道："咱家门口让他吃饱了——不成。"

齐连光点点头，两人凑近商量了两句，举起酒杯。

"干！"

两人又喝了几杯，不知商量了些什么，才笑嘻嘻地搀扶着往出走。没发现背后一桌也坐着一人，桌上摆着酒坛酒碗，这人正是窦天宝的媳妇——大俊。

此时的大俊已经喝了两坛子酒，正趴在桌子上睡着，睡着睡着突然又号啕大哭起来："窦天宝为什么不要我？窦天宝，你个没良心的，你在哪儿？"

黎明时分，天色已渐亮，白嫂房中，两人正睡得香。

窦天宝打着鼾，一翻身掉下床，滚了两圈，依然呼呼睡着。

约莫过了半个时辰，白嫂从酒醉中醒来，缓缓坐起来，忽然听到近在咫尺的打呼噜声，左右环顾，猛然发现天宝躺在地上睡得正香。

白嫂吃了一惊，起身下床，伏在天宝身边，眼中充满感动。

"真是君子！洁身自好，柳下惠再世啊！君子，君子！"白嫂喃喃地念道，转身抱下一床被子，盖在天宝身上，然后掩上门，思考了片刻，下定决心似的去找彭忠海了。

彭忠海留在房内，正在练毛笔字，见白嫂走了进来。

"彭先生，写字呢？"白嫂笑呵呵地问。

彭忠海看是白嫂，便放下笔："白嫂啊，有事吗？"

白嫂面露难色地说："我求您点事。"

"您别客气，有事请讲。"彭忠海心里犯了嘀咕，这是啥事呢？

白嫂沉思片刻，说："我也不瞒您，我一个人过了那么多年，风里雨里也不容易，我一个女人，受的苦都要超过男人了，我也很渴望有人疼我，一块过日子，我知道您是个好人，所以我想求您……"

彭忠海心里一惊，以为说的是自己，脸也红了，支支吾吾地说："我……我不太合适吧……"

"求您给保个媒。"白嫂的话这才说完。

"白嫂看上我了?!"窦天宝诧异地问。

彭忠海点点头，两人在街口的柳树下蹲着。

"还求我给您保媒。"彭忠海继续说道。

"啊？"窦天宝惊得张大了嘴巴。

彭忠海笑道："啊什么啊？天上掉馅饼啦。"

窦天宝问："什么馅的？"

彭忠海一摊手："白菜馅的。"

窦天宝站起身，正色道："她说过要认我当哥哥的。"

彭忠海也站起来："记错了呗。"

"可我是正人君子呀！"

"君子就得当光棍呀？"

窦天宝原地转了几圈，忽然停下来，对他说："她怎么就没看上你呢？"

彭忠海一听这话乐了："开始我也差点误会了。说正事，你要不乐意，我就跟人家说明算了。"

窦天宝挠挠头，脸上泛起红晕："嗯……也怪不好意思的。"

"那你怎么着，到底？"

"再说吧，我现在这心思也不落整的。"窦天宝说。

傍晚，大批观众走入书场，窦天宝从后台偷瞄着，心里美滋滋的。

杨全志、齐连光也进了书场，两人对视了一眼，找了个座位坐下。

一声醒木，窦天宝已开书，台下掌声不断。

刚说两句，台下蹿上两个人影，正是杨、齐二人。杨全志将桌上手绢拿起，盖在醒木扇子上，两人盯着窦天宝。全场寂静下来，客人们知道，砸场子的来了。

窦天宝一愣，随即笑了笑，问："两位是……"

"保定说书艺人杨全志。"

"齐连光。"

未等天宝开腔，杨全志又发话了："阁下既然是说书的，咱们盘盘吧。"

齐连光也向窦天宝一伸手："您请吧。"

窦天宝怔了片刻，把桌子一拍，说："甭盘了，我是上不连天下不连地，单一支隔一路的老祖宗。"

"你？"杨全志气得吹胡子瞪眼，齐连光冷笑着说："有出息啊，胆子太大了！欺师灭祖。"

290

杨全志往地上啐口唾沫，骂道："他算什么欺师灭祖，他根本就是海青，没师父！"

齐连光指着天宝的鼻子，厉声说道："保定府没你的饭！滚！"

窦天宝看着两人一唱一和，半晌没说话，轻笑一声，回了句："对！滚吧！"

杨、齐二人齐声问道："谁滚？"

窦天宝大喝一声："你们滚！"话音未落，一脚踢翻桌子，扑上去就打。

三人打作一团，台下观众一波波起哄，场面又乱作一团。

白嫂从后台冲出来，看着眼前的乱象，急得直嚷嚷。

"怎么又打起来了！"

巷子里，借着月色，杨、齐二人狼狈地一路小跑过来，靠着墙角直喘粗气。

杨全志边喘边骂："什么事呀，真是外行，哪有盘道动手打架的？"

齐连光也骂道："妈的，欺人太甚。"

"这事不算完，无论如何得出口气。"

齐连光眼珠一转，说："有个办法你听行吗？"

杨全志点头："你说。"

"咱俩的能耐是一般，咱得找个高人，请出来说书，把他的书座全拽出来，他那儿没人听，这个仇可就报了，管叫他窦天宝乖乖地滚出保定府。"

杨全志想了想，说："主意倒是不错，问题是请谁呢？"

齐连光摇头晃脑地说："江西太。"

在保定说书的、听书的，没人不知道江西太。

这江西太在保定算是资格最老的说书人，说了几十年书，甚至有专程从京津之地赶来听他说书的达官贵人。老人家年纪已过七十，须发皆白，门下弟子众多，早已收山不出，在家享清福了。这一次杨全志、齐连光找上门来，就是要请这位老人家出山，来对付窦天宝。

听两人絮絮叨叨说了半天，江西太正襟危坐，闭目不语，这可愁坏了杨、齐二人。

"我知道您收山了，可这次无论如何您得给我们报这个仇哇！"杨全志急得声音都变了调。

齐连光也紧跟着附和："师爷，咱不能让人家说保定府没说书的呀。"

江西太仍然一语不发，眼皮都不抬一下。

杨全志琢磨了片刻，又说："我们可不是存心挑衅，只是窦天宝这小子太狂了，他说他才是说书的圣人，天下的书他全会！"

齐连光看看杨全志，恍然大悟，马上跟风道："他说他能说六百多段书！师爷，您干了一辈子了，才会四部书，他竟然超过您了！"

"另外，他还说您倚老卖老，只是长了个白眉毛白胡子，充其量是个假的白眉大侠！"两人你一句我一句地开始诋毁窦天宝。

听到这些，江西太的眉头略微皱了皱，却依然闭目不语。

二人见状，扑通跪下，齐声说："师爷，您出山吧，要不然咱们保定府说书的可全让他欺负了。我们被欺负不算事，可师爷您的脸不能丢哇！"

说罢，二人一起重重磕了几个响头，见江西太无动于衷，便又说道起来。

"师爷，我在如意轩茶馆已经定下时间，求师爷出山灭一灭那小子的风头，要不然咱爷们可丢人了啊！"

"他骂您的话我都不敢学，听到我心里跟刀子扎似的，师爷！"

忽然，江西太缓缓挥手，嘴里蹦出两个字："去吧！"

杨全志、齐连光二人怔住，互相望了一眼，便又叩了个头，缓缓退去。

屋中恢复了寂静，江西太依然如雕像般坐着不动，片刻，嘴里轻轻说道："窦天宝，你个不知天高地厚的小子。"

两天后，窦天宝收拾妥当，继续开张，但等了半天，台下却空无一人。

彭忠海等人呆站在一边，互相看看，谁也不说话。

"邪了门了，怎么一个人都没有呢？"白嫂急匆匆地走来，左看右看，"往常这会儿都坐满了啊！"

"是出了什么事吗？"彭忠海急得原地打转。

窦天宝摇摇头："不可能听书的家里都出事了，肯定有变故。"

说话间，窝囊急匆匆跑进来，嘴里喊着："少爷、少爷。"

"怎么了？"窦天宝跳下台迎上去。

窝囊上气不接下气地说："您知道为什么没人听书吗？"

"快说！"窦天宝这边也是心急火燎的。

窝囊伸手指外边："上回打架那俩小子，搬出一个老说书的，叫江西太，听说十几年不说了，为了和您斗气，又二次出山，书座全跑他那儿去了！"

窦天宝一惊："江西太？"

彭忠海问道："谁呀？"

"不认识。"窦天宝两手一摊。

这边，如意轩里，几乎每个角落都坐满了人，大家都是冲着江西太的名字来的。

台上，一个白须白眉的老者，正是江西太，正在讲书。满堂的彩声不断，连屋外都围着数十人，场面好不热闹。

杨全志、齐连光二人立于门外，看看屋里的盛况，各自得意。

"妥了！屋里坐满，连外边都好几十人，"杨全志笑道，"师爷的能耐可是太大了！"

齐连光点点头，向街角瞥了一眼："我问过了，窦天宝那儿没人！"

二人放声大笑，身旁的人群里，窦小宝也侧着耳朵，听着屋里的动静。连续几场下来，小宝听得如痴如醉。

"你也去听了？"小宝刚进门，窦天宝便扒拉着他问。

窦小宝点点头："听了。"

窦天宝焦急地问："怎么样？"

窦小宝直伸大拇指："真好。"

窦天宝皱起眉头，咳嗽一声："比我呢？"

窦小宝想了想，认真地说："比您好。"

连日来打击不断，窦天宝也是心思全无，躺在床上正发呆，就见彭忠海笑嘻嘻地走进来。

"有心事？"彭忠海一屁股坐在他旁边。

窦天宝摇摇头："躺着玩呢。"

彭忠海故作神秘地说："人家白嫂可又问了，怎么着哇？"

窦天宝一骨碌爬起来，问："你咋说的？"

彭忠海模仿着窦天宝咯咯笑了两声，然后说："我把你的坏笑都学给她看了。"

窦天宝推了他一把："你再别添乱了，我现在也不知道怎么好！"

"白嫂不错啊。"彭忠海认真地说。

"我没说她不好，我是怕连累她，人家开得好好的店，我别给搅和了。"

"跟她结婚，你就住下呗。"

窦天宝闭上眼，靠在墙上："我可没想过当一辈子店老板哪。"

彭忠海看着他，摇摇头，站起身来说："心大拴不住啊，算了，那我就不管了，这事你自己看着办吧，外人也插不上手，敲锣的上不了台。"

窦天宝瞄了他一眼："你都快成碎嘴子啦！"

彭忠海一拱手："这些日子跟你学的，有点话痨。"

"好哇，哪天你也下海得了。"窦天宝调侃道。

彭忠海愣了一下，摆手说："我再看看。"

"看什么看，既在江边站，就有跳河心。"窦天宝来了兴致，凑到他跟前。

"行，你扶着我跳。"

"呵呵，我现在才有这跳河的心呢。"

彭忠海纳闷地问："怎么了？"

窦天宝手摸着下巴，叹了一声："江西太。"

彭忠海见他如此惆怅，一把拉起他说："走，我们看看去。"

窦天宝心一横，跳下床来，两人一道出门而去。

如意轩里，江西太在说书，观众如痴如醉，掌声如雷。

窗外，彭忠海、窦天宝两人戴着帽子，侧身听着。窦天宝不住点头，脸上露出赞赏的神情。这一听就听到了散场，两人意犹未尽地往回走。

窦天宝一路不住比画着动作，嘟囔着台词，忽然站定，仰天长叹一声："唉！灭高人有罪啊——"

彭忠海在背后，拍拍他的肩膀："走吧。"

回到客栈，白嫂备好了面汤给窦天宝，自己在一旁坐着看天宝大口喝面汤，脸上都是暖意。

"慢点，别烫着。"

窦天宝放下碗："没事，唉？你不吃？"

白嫂微笑着说："我不饿，今儿听书怎么样？"

窦天宝点头赞叹："真好。倒是老先生真有绝的！"

白嫂撇撇嘴，不高兴地说："我可听人说，江西太在台上台下话里话外净骂你。"

"唉，别看他骂，他也不认识我，骂吧。"窦天宝又端起碗大口喝汤。

白嫂看着他，欲言又止，片刻，又鼓足勇气问："我问你，彭先生跟你说的事怎么样了？"

窦天宝一怔，放下碗说："我……我没想好。"

"你……"

窦天宝赶忙解释："我是有点没溜儿，我真怕因为我的没溜儿以后对不起你，可就缺了德了。"

白嫂望着他，似乎没有听见他的话，幽幽地问："我问你，我好看不？"

两人目光交汇，天宝点点头："好看！"

白嫂忽然起身，坐在床边把领口解开，用余光望着天宝轻声说："几十岁的人了，装得跟小孩似的，喜欢我就过来！"

窦天宝愣住，片刻，猛地站起，冲到白嫂面前，脸上还沾着一根面条。

白嫂轻轻摘下窦天宝脸上的面条，问他："你在想什么？"

"江西太！"窦天宝脱口而出。

"滚！"白嫂气得一把把窦天宝推开了。

窦天宝确实想着江西太，但不是想着怎么打败他，而是想着怎么把他的手艺学到手，他就是这样，看到更好的手艺，就像蜜蜂沾上了花粉，非得采到手不可。

反正自己的书场没生意，窦天宝干脆就每天在如意轩外听书，边听边记，想把江西太会的书段都学到手。记了几日，窦天宝的小本上写得密密麻麻。

这天中午，他又换了个新本子，跑到窗户外准备听书，谁承想刚坐下，窗内当头泼出一盆凉水，把窦天宝浇了个透心凉。原来他连续来了几日，江西太的弟子们也发觉了，这一次就想治治他。

只听窗内传来一女人的声音："听书进屋，听书进屋，窗外偷人家买卖，还要脸吗！"

窦天宝呆立无语，收拾东西正欲跑时，门口走出一女子，手里拿着盆，嘴里嚷嚷着："我倒要看看谁这么不要脸！说书的哪有这么不守规矩的……"

窦天宝抬头一看，愣住了。女人看到窦天宝，手里的盆也哐当掉在了地上。

这女人不是别人，正是桃儿。

窦天宝猛地转身，拔腿就跑，霎时不见踪影。

桃儿追出去，边跑边放声痛哭："天宝——"

窦天宝不知道自己为什么要逃，看到桃儿的一瞬间他想起了所有出现在他生命里的不幸的女子，下落不明的十二红、香消玉殒的杏儿、流离失所的桃儿……他只觉得自己应该逃离这一切，好像自己逃了，她们就没事了。

客店的门被推开，浑身湿透的窦天宝缓缓走了进来。

白嫂一见他这副模样，慌忙迎上来问："怎么了？怎么湿了？"

窦天宝一言不发，失魂落魄地坐在一旁，两眼出神地望着她。

白嫂将窦天宝上身湿衣脱去，用毛巾给窦天宝擦身，边擦边问，窦天宝也不答话，忽然一把抱住白嫂，放声大哭。

客店里其他人都望过来，白嫂一时尴尬，但也顾不得旁人目光，抚着天宝的头，连连安慰："没事没事，不哭了，你告诉我怎么了！天塌下来我顶着，天宝，你别哭了……"

窦天宝松开了白嫂，抹抹眼泪，语气带着坚定："我有些话要告诉你。"

"你说。"

"明天，我就要离开保定了。"

这句话如同晴天霹雳般打到了白嫂身上，她瘫坐在一旁，不解地问："为什么？你要走？为什么？"

窦天宝长叹一声，缓缓说道："既落江湖内，便是薄命人。我不知道我将来要到何处去，我也不知道我以后会怎么样，路死路埋，河死河葬。我知道你对我好，可我更了解我自己，我不能连累你，你需要的是一个能踏踏实实过日子的人，我的秉性估计做不到，我不能让

298

你幸福，我更不能让你受罪！"

窦天宝忽然站起身来，面对着白嫂扑通跪下。

"你……"白嫂一惊，伸手要扶。

窦天宝正色道："你别动！我知道我有点二百五，但我从没害过人，你是好人，一定也会得到好报。苍天弄人，保定我待不下去了，其中的原因你也别问了，天下的事原本如此，留一个谜让我们彼此都留个念想。告诉我你叫什么名字？"

白嫂定定地看着他，两行热泪流下，良久，道一句："我叫海棠。"

窦天宝缓缓地叩下头去："海棠，对不起了。"

白嫂已泪雨倾盆。

"师爷！您甭说了！窦天宝是什么人，我最清楚，他不像你们说的那么坏！"

江西太宅中，传来桃儿义愤填膺的声音。

一旁的杨全志阴阳怪气地说："师妹，他欺师灭祖……"

桃儿狠狠地瞪他一眼："你少说两句！都是你告诉我有人偷买卖，骂师爷，我才气不忿泼的水！你们要是告诉我那人是窦天宝，打死我也不会那样做！"

江西太端坐在上，轻声唤道："桃儿。"

"师爷，您别说了，您都不认识天宝，您怎么知道他说您坏话呢？"桃儿质问道。

江西太一指杨、齐二人："他们告诉我的！"

杨、齐二人在一旁面面相觑，齐连光嘴上仍旧不服软："我亲耳听见的！"

桃儿大怒，指着齐连光说："你得了吧！挑拨离间非君子所为，我不管你们怎么说，我反正是走遍天下也要找到窦天宝。"

刘天海本来在门口站着，听到桃儿这么说，赶紧上来圆场："桃儿，同着师爷别瞎说！"

杨全志鼻子里哼了一声，白了桃儿一眼："找着他，有你什么好？"

"我嫁给他！你管得着吗？"桃儿大喊一句，甩开刘天海推门而出。

刘天海喊着桃儿，追了出去。江西太摇摇头，叹了口气。

天蒙蒙亮，窦天宝一行人便离了客店，刚出到大街上，白嫂等人紧跟着出来。

窦天宝回身望着白嫂，轻唱了一首《人面桃花》：

三春杨柳黄莺唱，

碧蝶黄蜂采花香。

日暖风和观麦浪，

碧森森和风吹过似海波扬。

辞家望登龙虎榜，

名落孙山空走一场。

这才是旅途忧闷凄凉万状，

酒似孤饮、醉眼渺茫。

众人静静地听着，相视无语，白嫂知道这是窦天宝专门给她唱的，却也是告别曲了，听着听着不由得已是泪水涟涟。

唱毕，天宝闭眼道："回去吧，千里送客终须一别。"

白嫂点点头，拿手绢擦着眼泪，抽泣着说："记着，保定有你一个家，累了就回来！"

窦天宝问："你……恨我吗？"

白嫂捂嘴，点点头，又摇摇头，泪水瞬间涌了出来。

"好好活着，希望下次见到你时，你很幸福。"说完这句，窦天宝抱拳行礼，重重道一声"保重"，转身就走。

彭忠海、窝囊和小宝各自抱拳行礼，转身追上天宝。

白嫂呆呆地站在街头，望着窦天宝远去的背影消失在街角，淡淡一笑："没良心的。"转身回客店，刚把门掩上，就哐一声被推开了，只见大俊推门而入，望着眼前众人，大吼一声："窦天宝是不是在这儿住！"

白嫂上下打量了一下大俊："找谁？"

大俊嚷道："窦天宝呢？"

白嫂斜了大俊一眼："走了！"转身便回到柜台上。

大俊紧跟着追了过去，心急火燎地问："去哪了？"

"不知道！"白嫂没好气地答。

大俊失望地摇摇头，正准备走时，背后白嫂幽幽地说："反正是被人欺负走的，估计是逃跑去了。"

一听这话，大俊一股无名火起，怒吼道："谁欺负他？"

白嫂盯着她，笑了笑，嘴里蹦出仨字："江西太。"

如意轩门口，杨全志、齐连光扶着江西太缓缓走来，三人有说有笑，甚是得意。

正走着，面前一众人拦住了去路。杨全志见来人面生，正欲问时，对面的人先开口了："谁是江西太？"

江西太应一声："老朽便是，几位……"

大俊一挥手，喝一声："打！"

"什么人如此大胆！哎哟。"三人尚未分说，便被大俊众人踢倒在地。

"你敢欺负我丈夫，我弄死你！"大俊摁倒江西太，拳打脚踢。

杨全志急忙问："你丈夫谁啊？"

"窦天宝！"

大俊领着家丁打了半天，眼见街头那边保安团几人路过，便撇下江西太三人，扬长而去。

江西太卧在地上，满脸鲜血地朝天大喊："我要告诉天下同行，窦天宝命其妻殴打前辈，大逆不道！"

一辆马车疾驰而过，窦天宝四人坐在马车上晃晃悠悠，天宝忽然鼻子痒痒，打了个喷嚏，旁边的窝囊凑过来，对天宝说："少爷，着凉了吗？"

天宝摇摇头，忽然抓着窝囊的手，轻声问道："我娘确实不在保定？"

窝囊点点头："这些天我都打听遍了，太太确实没回来，也不知道她去哪儿了啊。"

窦天宝哀叹一声，也不再说话。小宝在一旁问道："爹，咱去哪儿啊？"

天宝想了想，说："天津卫。"

第十七章
相声

九河汇海津门开，

三不管地艺舟来。

浮萍聚散皆天意，

醒木惊堂又一台。

天津卫，海河入海处冲刷出的繁华之地。

对窦天宝来说，这方水土透着股熟悉的亲切劲儿。小时候他跟着父亲来过几次，对这个遍地是说唱艺人的地方颇有好感。记忆中，运河中帆樯林立，老城里青砖灰瓦的院落间，总飘荡着鼓板丝弦和抑扬顿挫的唱腔。

此番重返，窦天宝几人却是历经风霜。甫一入城，那扑面而来的喧嚣便裹挟着复杂的气息：咸腥的海风混杂着煎饼馃子的油香，人力车夫的吆喝声与远处轮船低沉的汽笛交织。作为北地最早开埠的通商口岸，天津卫早已脱胎换骨，租界区洋楼林立，霓虹初上，映照着歌舞升平的"小洋楼"夜生活；而老城厢和南市一带，则保留着更浓烈的市井烟火气，特别是那赫赫有名的"三不管"地界——法租界不管、日租界不管、中国政府也管不周全的灰色地带。狭窄的街巷里，撂地的艺人扯开嗓子唱着鼓曲、快板，戏园子门口挂着红底金字的戏码水牌，拉洋片的、耍把式的、卖大力丸的，吆喝声此起彼伏。

望着眼前这既熟悉又更显光怪陆离的景象，窦天宝疲惫的眼中却透出光亮。窦小宝更是好奇地左顾右盼："爹，这就是天津卫？"

"对，九河下梢天津卫，三道浮桥两道关。"

彭忠海点点头："这可是藏龙卧虎之地啊。"

窦小宝眨着眼睛问："那都藏的什么龙、卧的什么虎呢？"

窝囊拽拽小宝的手："去找地儿住下吧，等你爹有了工夫，再给你说。"

窦天宝抹了把脸上的灰，回头哑声道："就这儿了！龙蛇混杂，百艺扎根，正是咱们落脚生根、寻碗饭吃的绝好地界！"

无巧不成书，此时的梁大元，正好也到了天津卫。

这梁大元可不像窦天宝这样跟逃荒似的，他来天津卫，是实在闲得无聊。前几日，小笔不知从哪里给他弄了只蛐蛐，说是品相极好，梁大元虽说不懂，但待着又没事干，便吃喝着来天津卫斗蛐蛐，顺便会会老友。这老友，正是梁大元住在天津的一个朋友，清朝遗少——爱新觉罗·启洪。

"梁爷！"启洪敬上一杯酒。

对面的梁大元也举杯相敬："爱新觉罗爷！"

一杯下肚，启洪夹上一筷子肉放到他的碗里："您还是叫启洪吧。"

梁大元说："我老听着像起哄似的。"

启洪一乐："行呀，叫什么都行！"

两人寒暄起来，梁大元问："挺好的？"

启洪回："挺好的，您也挺好的？"

"托福。"

"怎么这么闲在，跑到天津卫来了？"

"北平城待着没事干，上天津卫来斗蛐蛐。"

启洪笑道："嚄！好上这个了！"

"玩儿呗！我可得了一条好虫儿。"

"多大？"启洪来了兴致。

梁大元得意地说："俗话说七厘为王，八厘为玉，我这条九厘九！"

启洪一惊，赞叹道："嚯，天爷，那不成王中王了吗！"

梁大元摆摆手："错不了，在北平没舍得咬，上天津卫试试。"

"行，我陪您！"启洪举杯。

梁大元也举杯："得了，咱们乐和乐和！"

两人一饮而尽。

小梨园茶楼是天津卫听曲的地方里十分出名的，很多好这口的有钱人都流连于此。

这天，小梨园门前水牌上贴了红彤彤的一张大纸，写着"特约北平名角小白蛇唱太平歌词"。几个路人围观着，议论纷纷。这时一辆洋车径直停在小梨园门口，一个妆容精致、面貌姣好的年轻女子走下车来，披着华贵的皮草，旁若无人地走进茶楼。

这女子正是小白蛇，当年被窦天宝熟视无睹的北平名角。

此时后台里，七八名女演员正在化装吊嗓子，互相嬉闹着。小白蛇撩开帘子走入，站住审视四周，众人也回头看她。

一旁迎上来一个姑娘，这姑娘看着约莫十七八岁，穿着朴素的衣裳，但一双眼睛水灵灵的，长得甚是好看。她见着小白蛇，惊喜地叫一声："小白蛇？"

小白蛇望见她，高兴地迎上去："九岁红？哎呀，你越来越漂亮了！一年多没见你都变了样了！"

那个叫九岁红的姑娘拉住她的手，欢喜地说："你也变样了，我都不敢认了。"又回身招呼几个姑娘："来，姐儿几个，这就是老板特意从北平请来的小白蛇，唱太平歌词的。"

众女子七嘴八舌地围上来。

小梨园门外，一辆汽车驶来，停在门前空地上，小笔先下了车，打开后车门，梁大元和启洪下了车，准备一同进去听戏。正走着，梁大元瞅了一眼水牌，嘴里念叨着"小白蛇"，脸上露出了笑容。

不一会儿，台上的小白蛇开始唱起太平歌词《白蛇传》，众人在台下一个劲地叫好。梁大元和启洪坐在雅座里，也听得津津有味。

"这我可认识，北平来的小白蛇！好哎……"梁大元美滋滋地拍巴掌。

"好！"启洪也跟着拍巴掌，然后问，"这唱的什么？"

"太平歌词！"梁大元高兴得直拍巴掌，"好！"

"好！"启洪也跟着叫好，二人声嘶力竭地喝彩。

片刻，小笔走到二人身后，附在梁大元耳边说："爷，咱那蛐蛐罐儿都运来了，放饭店了。"

梁大元忙问："我那九厘九呢？"

"专门有人看着。"

梁大元高兴得直乐，转向启洪："太好了！启洪啊，咱哪天咬哇？"

"明天，天津卫最有名的咬蛐蛐的行家，我都约了。"启洪答。

"哪位？"

启洪神秘地一笑："五爷。"

一曲《白蛇传》唱完，小白蛇在后台卸装，小梨园的老板笑着走了进来。

"白老板辛苦，玩意地道。"老板边走边夸道。

小白蛇微微一笑："您过奖。"

老板走近，凑到小白蛇跟前，轻声说："白老板，有一位福建尹老板要请您吃个饭。"

"尹老板？哪位啊？"小白蛇抬起头。

老板点头："就是左侧包厢那位，穿洋服的。"

小白蛇眉头一皱："那老头？直流哈喇子那位？"

老板尴尬地笑笑："对。"

小白蛇低头只顾卸装："让他玩去！"

老板一怔，赔着笑脸说："您别这样啊，人家可花了钱了！"

小白蛇把首饰往桌上一摔，头也不抬地说："那让你妈去啊！"

"哎？这叫什么话呀？"老板被骂得一愣。

小白蛇站起身来，瞪着老板，一字一句地说："姑奶奶不伺候！"

第二天一大早，启洪便带着梁大元去找那位五爷，小笔带着四个家丁紧随，每人手捧一蛐蛐罐儿。

话说这五爷也是个清朝遗老，生平就好斗蛐蛐，是天津卫数一数二的斗蛐蛐名家。一处大院里，数十人围着罐儿在咬蛐蛐，一衣着华贵的中年人挤在人群中大喊大叫，此人正是五爷。

启洪带梁大元走近，招呼一声："五爷。"

五爷闻声，赶忙过来打招呼。

梁大元表情严肃，回身嘱咐小笔："看好九厘九！"

小笔立正，应声道："是！"

不一会儿，下人们就准备妥当了，一个巨型蛐蛐罐儿摆在大院正中，所有人围成一圈。

梁大元、启洪、小笔、五爷四个人站在中间，看着地上的蛐蛐罐儿。

　　五爷摇摇头，冲梁大元说："我咬蛐蛐那么多年，可没见过九厘九的虫子。"

　　启洪说："您就开开眼吧！"

　　梁大元得意地笑了，吩咐小笔："来！开罐儿！"

　　小笔郑重地打开罐子，众人探头往里看。

　　五爷愣住，抬头哭笑不得地说："您这是油葫芦哇！"

　　"哈哈哈哈！"

　　众人大笑起来，启洪尴尬地看看梁大元。

　　梁大元咧着嘴，干笑了两声，回身盯着小笔。

　　小笔已经吓得不敢抬头了。

　　"爷，饶命啊……"

　　小笔从院子里玩命地跑出来，背后，梁大元拿着一根扁担紧追不舍。

　　"王八蛋！让我出丑！让我丢人！我打死你！"

　　窦天宝的日子可没有梁大元这般闲适，到天津的这些日子，窦天宝一行寄住在一家便宜的旅馆里，每日流连在"三不管"各种摊贩和艺人间东听西学。已经学会了多门手艺的窦天宝，正盘算着下一段路该怎么走。

　　这天一大早，窦天宝便拉上彭忠海，来到一间相声场子外，两人挤在人群中，听了整整一上午。散场后，窦天宝问彭忠海："记住了吗？"

　　彭忠海点点头："八九不离十。"

"好，回去赶紧记上。"天宝嘱咐了一句，两人便匆匆离去。

没错，窦天宝找的这条路，正是相声。

一回到住处，彭忠海便取出纸笔，把上午听到的段子记下来，而窦天宝则一直嘴中默念，回忆着相声艺人的一腔一调。

窝囊瞅瞅他二人，称赞道："您二位真好脑子，听就听会了？"

彭忠海笑笑："先记上，省得忘了。"

窝囊又问："这些天，天天去听相声，可听了不少啦！"

彭忠海数数一摞纸，说："有十几段了。"

窝囊哦了一声，看见天宝还在摇头晃脑，便走过去问道："少爷，您不说书了？"

窦天宝摇摇头："连个师门都没有，再遇见盘道的还得动手。"

"这是一定要说相声了？"

窦天宝一摊手："咱得吃饭哪！"

"我估计行，凭天宝这聪明劲，没问题。"彭忠海在一旁说。

窦天宝一笑："那也得劳烦您给我捧哏啊。"

彭忠海皱皱眉，苦笑着说："我这可是强打鸭子上架，勉为其难。"

"试试呗，三尺龙泉万卷书，上天生我意何如？"窦天宝模仿起了相声的腔调。

彭忠海也拉开了架势："不能报国平天下。"

"枉为男儿大丈夫！"

彭忠海上前一步，问："您的天下是……"

窦天宝响亮地一声："我要说相声了！"

此后的日子里，窦天宝埋头苦练太平歌词，彭忠海则学起了快板，二人一有空就去集市上学相声段子，回来后再一一排练。

七八天后，窦天宝隐隐觉得差不多了。他打定主意，第二天就先出摊试试。

第二天，窦天宝、彭忠海便在集市上收拾起摊子。混惯了天桥，窦天宝也不怯场，吆喝一声，便打起玉子，几句太平歌词朗朗而出。

> 汉高祖有道坐江山，有君正臣良万民安。
>
> 有一位三齐贤王名叫韩信，他灭罢了楚国把社稷来安。
>
> 这一日闲暇无事跨雕鞍在街前散逛，见一座卦棚摆在路南。
>
> 卦棚里坐定了一位道长，他仙容道骨骨道非凡。
>
> ……

太平歌词是用两片竹板伴唱的一种北京民间小曲，是从莲花落的曲调演变成的。金受申在《北平风俗曲》中指出："莲花落和什不闲腔调相同，实有分别，一个人手敲竹板唱的为莲花落。几个人分唱、加插科打诨的为什不闲，又名拆唱莲花落，有时，还可以加锣鼓。"

清末，慈禧太后经常宣召民间艺人进宫去演唱，有一次莲花落艺人赵星垣进宫去演莲花落，慈禧听后大为夸赞，说："他唱的是文武忠勇孝贤良，颂扬的是国泰民安。"遂赐名叫"太平歌词"。1980年，陈柳德等在《御赐和玉子》一文中指出：因为慈禧赏给过进宫演唱的相声演员恩绪一副竹板，人们就称竹板为御赐，"玉子"是"御赐"的讹音。

20世纪20年代就有艺人在露天演唱太平歌词，它一直被作为相声的基本功，也是相声艺人招揽观众的主要手段之一。它的演唱形式为"干板数唱"，即演员一边数唱，一边用左手持两块竹板击节。击节处为每小节的板，右手间或以手势辅助演唱。体裁有大段、小段两种。大段百句左右；小段一般二三十句。唱词为上下句对应形式，以七字句、十字句为主，通篇为一辙。除竹板外，无伴奏乐器。

窦天宝本就有唱戏的底子，加上近日里勤学苦练，这几句太平歌词唱得清澈洪亮，身边的观众也越聚越多。唱罢一段，观众纷纷鼓掌喝彩。两人正暗喜中，只听人群里传来一声清脆的叫好声。众人回头看，一个艳丽的少女站在人群中拍手。

窦天宝循声看去，正是旧相识，唱太平歌词的行家——小白蛇。

小白蛇的一声叫好捧了窦天宝的场，扔出钱来打赏，这个场面真是应了风水轮流转这句话。想当年是小白蛇站在台上唱，窦天宝在下面叫好打赏，人生的事就是这样，谁也不知道你明天是站在台上，还是坐在台下。

窦天宝也不介意，一个眼神表示感谢，小白蛇也回一个眼神向他致意。

练摊的演出忙完，也就到了中午了，小白蛇做东请窦天宝和彭忠海去酒楼吃饭。

三人对坐饮酒，小白蛇端起一杯酒先干为敬："我可真没想到，窦少爷也能下海干了这行。"

窦天宝笑笑："没什么想不到的，三十年河东，三十年河西。"

小白蛇惊讶地问："您真的还能想起我？"

"当年在梁大元家唱堂会，梁大元让你坐在我腿上，我把你轰开了。"

"嗯，您多大脾气啊，那回啊，臊得我呀，脸红得跟布似的，您可真行。"

"就这玩意儿，改不了。"

小白蛇捂嘴直笑："您还别说，我佩服的就是您这横劲儿，真爷们儿。"

彭忠海插话道："您真随和。"

"好脾气呗。彭先生买卖不错，挺稳当，瞧不出来没学过。"小白蛇夸道。

"行，我连内行都蒙了，能耐是见长。"

小白蛇问："你们住哪儿了？"

窦天宝伸手一指："北门里福元客栈。"

"老住店可不是事儿，多不方便啊。"

窦天宝一摊手："那怎么办？住街上去？"

小白蛇不高兴了："嗨，岔着碴说话。我招你了！"

"那你说不住店住哪儿去？"窦天宝没好气地说。

小白蛇想了想，说："小梨园约我来唱仨月，租了一间房，那院里还闲着两间，要不就搬过来？"

彭忠海赶忙点头道："那敢情好。"

小白蛇盯着天宝："那就别客气了。"

"这男男女女在一块……"窦天宝依然不太情愿。

小白蛇摇头说："我不怕。"

窦天宝指着自己说："我怕。"

小白蛇又捂嘴笑起来。窦天宝的这张毒嘴和这副臭脾气，确实是少见的。别人落难四处装孙子，他落难作风不改，该什么样就什么样，可就是这个模样，倒是招人喜欢，尤其是女人。

小白蛇和大多数学艺的孩子一样，出生在穷苦人家，不仅这样，她还是个私生女。母亲当年在一户有钱人家做丫鬟，大户人家姓张。小白蛇的母亲天生丽质，长得白净喜人，被张家二少爷看上。两个人也是情投意合，张少爷为了能和小白蛇的母亲在一起，拒绝了父母张罗的婚事。

小白蛇的母亲虽然知道自己地位卑微，但还是盼望着能和张少爷在一起，哪怕只是做个妾也行。可是张家怎么可能同意他们的儿子和一个丫鬟在一起，知道了这件事后就把张少爷关了起来，把小白蛇的母亲也关在了柴房里，准备卖去外地。

张家有个老管家心善，打小看着张少爷长大，小白蛇母亲也是他买进张家的，实在不忍心看着两个孩子这么痛苦，就偷偷放了他们，还给了些钱让他们逃跑。

张少爷带着小白蛇母亲私奔，身后被张家的家丁追赶，两个人不敢坐船，一路徒步，少爷没受过这个苦，很快就病倒了，小白蛇母亲一路求人，却也还是没能挽回少爷的命。张少爷就这样死在了私奔的路上，小白蛇母亲送少爷的尸体回到张家后，被痛打一顿赶出了家门。此时她已经怀有身孕，不敢轻生随了少爷去，一个人坚持把孩子生了下来，受尽旁人的嫌弃。

小白蛇随了母亲的漂亮，从小吃尽了苦头，她十二岁那年，母亲终于在以泪洗面的日子里结束了自己的生命，小白蛇从此成了孤儿，随着一个唱戏的师父开始学艺，学了两年太平歌词，十四岁正式登台演唱。

她深知父母的苦，深知没有钱的难，凭着姿色不错、小有名气，她开始流连于各个勋贵公子之间，左右逢源很是受欢迎。她才不在乎别人怎么看她，自己的日子过得好比什么都重要，她也不相信什么爱情，多少有钱人想娶她她都拒绝了，她要像母亲一样，找到那个能让自己喜欢一辈子的人。

不知是老天垂怜还是捉弄，窦天宝竟成了小白蛇一见倾心的男人，可她不知道，其实她的命运不比母亲强。

小白蛇的民宅小院很是雅致，栽着树，养着花，院子里还有假山流水，虽然不大但错落有致。院子里有三间房，小白蛇住中间屋子，旁边两间收拾出来让给了窦天宝。窦天宝住右间。

屋子里有床有桌椅柜台，虽不是什么上等的木材，但也是崭新没落灰的。窝囊他们忙着搬东西，小白蛇也大方，买了些日用品让下人帮忙摆好，看着窦天宝倚在门框边，小白蛇拉着天宝进了自己屋。

窦天宝进去倒也大方，自己倒茶来喝，直夸这个茶讲究，小白蛇笑着说那就搬到这个屋来天天喝，天宝笑着说："行，我们四个都爱喝茶。"

小白蛇也笑起来，用手指了指他，问："你怎么感谢我啊？"

窦天宝故意装糊涂，说："我这就出去赚钱去。"

小白蛇拉住他的胳膊，然后指了指自己的脸，窦天宝凑了过去，却突然打了个喷嚏，两个人都大笑起来。

窦天宝当然知道小白蛇的意思，但他现在不想考虑这些事，眼下有了落脚的地方，接下来就是如何在天津立足了。

这时，窦小宝跑过来说要出去玩会儿，正好解了窦天宝的尴尬局面，于是窦天宝一边扬手让小宝出去玩，一边自己也跟着走出了小白蛇的屋子。

窦小宝高兴得一溜烟不见了，穿过胡同，看见有好多人围着，小宝凑过去一看是个摔跤场，有好几十个人围着看。

场子中间有个又高又壮的人，名叫郝大个，一看就是个练家子，赤裸着上身，头上还绑了一个布条，赤脚站在几个男人的中间，郝大个往地上吐了口口水，高喊着冲上去，被班主赵三又一个背摔摔在地上，观众开始起哄。

赵三把郝大个从地上揪起来，叫骂起来："你没吃饭？"

郝大个摇头："没有。"

赵三指着他骂道："装傻充愣，一个子儿不少挣！"

"师父……"

赵三一摆手："别管我叫师父，我没你这个徒弟！活活笨死我！"

郝大个哭丧着脸说："我好好练，我保证……"

"您请吧，我这庙小，容不了您这大佛，别处高就吧！"赵三转头不再理他。

"师父，我没地儿去……"

"活该！我这儿没你的事了，请吧！"

赵三说完转身而去，郝大个委屈地哭起来，但没人在乎他委屈的泪水，观众又开始起哄，赵三继续摔起来。郝大个默默退出人群，搬了条板凳坐在上面抹眼泪。

小宝瞅了一眼郝大个，就又挤进去看赵三摔跤了。

赵三他们摔完跤收钱准备散摊，小宝准备回家时看见郝大个在板凳上已经睡着了，小宝看见不远处的墙角有堆破布，就跑过去拾起一块白布给郝大个盖上。

郝大个熟睡不醒，小宝悄悄跪在郝大个头前，旁边人逐渐注意到他们，纷纷议论是不是有人死了。赵三正准备走，看见郝大个盖着白布躺下一动不动，吓了一跳，以为郝大个死了，走近刚准备看个究竟，郝大个一下坐起来，赵三吓得差点栽一跟头，彻底被激怒，头也不回地走了。

这下郝大个彻底没地儿去了，只好黏住小宝，他去哪儿，郝大个跟着去哪儿。

小宝没辙，找了个摊子坐下喝羊汤，郝大个瞅着他咽口水，小宝示意老板给他盛一碗，郝大个也不客气，狼吞虎咽地吃起来。两个人呼噜呼噜一人喝了好几碗，喝完抹嘴，老板上来收钱，两个人面面相觑，才知道谁都没钱。老板拽着他们不让走，郝大个说"不是你请客啊"，小宝说"我知道你谁啊就请你客"。眼看着天都要黑了，老板也要收摊，小宝没办法，只能带着老板和郝大个回家拿钱。

没想到回家后刚给老板结完账，郝大个又饿了，赶上家里的饭点，窦天宝就留下他又吃了顿晚饭。这一留不要紧，郝大个把全家人的饭都吃了，吃完也没有要走的意思，说自己和父母逃难来天津，失散了，跟着赵三学拳，自己太笨，学不会，师父也不要他了，如今没地儿去。窦天宝头疼，只能留在身边，原本四个爷们，转眼就成了五个。

窦天宝是个正经的嘴毒心软的家伙，看起来大咧咧无所谓的样子，其实比谁都心细心软，他见不得谁可怜，其实自己比谁都可怜。这现在一下子五口人了，五张嘴要喂，他必须要再想点办法，至少大家要先把饭吃上。

第二天，小白蛇梳洗精致出了房门，临出门让窦天宝跟她一起去小梨园。天宝也觉得应该四处去找找机会，就跟着小白蛇进了园子，进去后他没去后台，径直站到前台，看起来在那儿喊好、插科打诨，其实是暗自观察形势。'

不过小梨园的演出实在乏善可陈，窦天宝在台下听得昏昏欲睡，这时九岁红登台作了个揖。

"学徒九岁红上台鞠躬了，不嫌学徒拙嘴笨腮，荒腔走板，各位爷赏下耳音，我伺候您一段二黄，让我的弦师款动丝弦，我挚挚诚诚伺候您这段《文昭关》。"

京胡起处，九岁红唱起了《文昭关》。

一轮明月照窗前，愁人心中似箭穿。

实指望到吴国借兵回转，谁知昭关有阻拦。

幸遇那东皋公行方便，他将我隐藏在后花园。

……

这《文昭关》讲的是伍子胥逃出樊城，投奔吴国，楚平王在各处悬挂图像，缉拿伍子胥。伍子胥被阻于昭关，幸遇隐士东皋公，将其藏在家中，一连数日，计无所出，辗转反侧，不能成眠，一夜之间，须发皆白的故事。这段唱词考验演员的唱功，但九岁红一开腔就征服了窦天宝，唱腔苍劲深沉，情感层次丰富，窦天宝心里暗自想："还是个女老生"。

窦天宝越听越喜欢，等九岁红唱毕下台，他赶紧跟到了后台。这时小白蛇正手持玉子等在入场口，窦天宝拉过小白蛇打听起九岁红来。

"这角儿是谁？"

小白蛇看看说："九岁红，清唱二黄女老生，玩意儿地道，正经余派。"

窦天宝赞叹道："难得的是没有雌音，这高了！"

小白蛇一听，招呼九岁红过来，九岁红望了窦天宝一眼，笑得迷人。

窦天宝双手作揖："九老板。"

九岁红微微一笑："您好。"

窦天宝毫不掩饰自己眼中的欣赏："好角儿！"

这个唱京剧的九岁红年纪不大，却真有唱戏的天赋。她出生在安徽阜阳，十五岁同戏班来到天津落脚，自小学戏，模样也出众俊俏。九岁红有着典型皖南女子的气质，眉眼细小，笑起来很是疼人。她早早父母双亡，奶奶就是当地的戏曲艺人，也是唱二黄的，带着她在戏班长大。戏班里有位京胡先生，上过学，九岁红跟着他学会了认字，是难得的唱戏人中有些许文化的，还写得一手好字，而且因为在戏班的缘故，九岁红的饭做得很好，她常常一个人要做几十个人的饭，戏班的家务基本都由她包了。

她常年走南闯北，从来就没有一个真正属于自己的家。她最大的愿望就是能找个如意的男人，成个家，生一群孩子，能挽着男人的手逛逛街买买菜，她不求大富大贵，只求在一起的安好。她心思简单，没有那些戏子的鬼心眼和欲望心，在这个鱼龙混杂的戏曲圈，她更像个另类，乐乐呵呵地生活着。

话说回这个郝大个。郝大个和窦小宝年岁差不多，当然是看起来差不多。这孩子根本不知道自己哪年生的，从小跟着父母在外流浪，没享过一天福，说起来也奇怪，成天饿着肚子竟然长得又高又壮，力大如牛，饭量十分惊人。自从跟了窦天宝，这家里的粮食是明显不够了，郝大个也是个懂事的孩子，不想白吃白喝，和小宝商量了一下，决定拜窦天宝为师，学说相声，刚好和小宝凑个搭子。小宝很乐意，他和大个相聊投机，年龄相仿，也想做个伴。

这天晚上，窦天宝刚进门，就看见桌上沏好了茶，倒出一杯喝了一口，郝大个进来就扑通跪在他面前了。

窦天宝看看他，直笑："跪下也比我高。"

"我……我有事跟您说。"

窦天宝抬手："起来。"

郝大个不起来："您得答应我。"

"什么事我就答应你？"

"您答应我，我就起来。"

窦天宝无奈地说："废话，你让我死去，我也答应？"

"我想了一晚上，我想拜您为师。"

"我又不会摔跤。"

"我会。"

窦天宝干脆一摊手："那我拜你吧。"

"不是，我是说，我……"

"想好了再说。"

郝大个支支吾吾地说："晚上我和小宝聊了一晚上，我们哥俩挺投脾气，我知道您会说相声，我也想学相声。"

"你那嘴跟棉裤似的，学得了吗？"窦天宝直摇头。

"我能下功夫，我也不要钱，只要管饭就行。"

窦天宝一拍脑袋："那还不如给钱呢。"

郝大个哭着说："您答应我吧。"

"我连师父都没有呢，就收你？"窦天宝哭笑不得地说。

"我不管，我就拜您了。师父！"郝大个开始磕头。

彭忠海笑着进来，说："我在外面就听见你们爷俩斗嘴了，行，

320

有点捧逗的意思，挺好。"

窦天宝也笑起来，对着郝大个说："我该你的。"

郝大个就这样成了窦天宝的徒弟，跟着天宝学说相声，孩子倒也努力，起早贪黑练基本功。小宝也因为有了伴激发了自己练相声的兴趣，原先总想着出去玩的心思也没了，和大个比着练功，窦天宝倒也觉得欣慰。

就这样，窦天宝每天都和彭忠海在街上支摊，小宝会在天宝休息的时候上来唱太平歌词，大个就在一边维持秩序，窝囊在家做饭，几个人分工明确，日子眼瞅着就过出了样子。

一天忙完，小院在暮色中亮起灯火，天宝和老彭的对词声、小宝和大个的念词声、窝囊的锅铲声交织成一支充满生机的序曲，为这"三不管"地界里，属于窦天宝他们的明天，悄然拉开了帷幕。

第十八章
立足

平地抠饼江湖深，

竹板敲开醒木沉。

莫道艺门无立处，

笑声撑起一方春。

落日熔金，将天津卫的街巷浸染成一片温暾的琥珀色。窦天宝倚着斑驳的青砖墙根，粗瓷茶碗里蒸腾起袅袅热气，模糊了他半张脸。茶是粗茶，却被他啜得一丝不苟，仿佛那碗沿的茶垢也沉淀着江湖的滋味。几步开外，人圈的中心，窦小宝的嗓音清亮，正唱着太平歌词，字字铿锵，敲打着黄昏的慵懒。围观的人头越攒越紧，叫好声如同投入水面的石子，漾开一圈圈更热烈的涟漪。钱——大子儿，间或夹杂着几张毛票——开始哗啦啦地砸向场心，脆响伴着喝彩，在这市井的暮色里奏起一曲活命的喧哗。

　　然而这些声音却让人群中站在一边角落的四个人阴沉着脸，他们听着叫好声和铜板落地的声音却是格外刺耳，看着如此热闹的场面，这四个人脸黑成了包公，一语不发，也不叫好，也不打赏，互相看了一眼，转身离去。

　　这四个人正是当地的相声艺人杨小仁、庞小狗、刘小站、王小汪，他们有个自己的相声场子叫"笑文社"，原本人气不错，但自从窦天宝这边支起摊子后，笑文社明显流失了观众，以至于很多天了，上座率连三分之一都不到。

四个人来看情况，气冲冲地回去报告给了自己的师父苏大土、尹大茂。

"怎么回事啊？"苏大土气恼地问。

杨小仁说："师父，那边来了个生人，把听相声的全叫过去了。"

尹大茂望了望，问："谁呀？"

庞小狗答："叫窦天宝。"

苏大土一愣，问："打听了没，谁徒弟？"

刘小站直摆手："没师父，海青！"

尹大茂急了："海青也敢出来卖钱？还要脸吗？"

王小汪一挥手说："师父，您发话，我们去砸了他！"

苏大土忙摆手："慢！别动粗。"

苏大土和尹大茂在天津算有头有脸的相声艺人了，说了多年相声，原本也积累了一些观众，一直高高在上，沾沾自喜，眼里根本就没别人。没想到竟然短短日子被一个无名小卒砸了场子，这口气怎么咽得下去。明里不好动，暗里他们可有损招。

苏大土出面请来了巡警夏老六，尹大茂在酒楼早就备好了酒席，夏老六明白这哥俩叫他来干吗，上来喝了杯酒就问道："关外那说相声的赵月明不是已经打跑了吗？"

"是，是打跑了，这不，又给您添麻烦吗？"苏大土赔着笑。

夏老六吃一口菜，问："这回又弄谁呀？"

尹大茂直伸大拇指："嘿，夏爷，您太圣明了，我敬您一杯。"

"说吧。"

苏大土忙说："新来个窦天宝……"

"窦天宝？"

尹大茂点点头："他连个师父都没有，坏了行规，大逆不道……"

夏老六摆手说："行了。不用遮着说。赵月明还是你们师叔呢，你们不也是想主意把人家打跑了吗？明着干不过人家，就用下三烂的手法？"

苏大土嘿嘿直乐："夏爷说得对！我们就是不要脸了！求您成全小子。"

"别客气，您比我爸爸还大一轮呢，别这么说。"

尹大茂举起酒杯："应该的！肩膀齐为弟兄，夏爷受累吧。"

窦天宝全然不知身后又有人想给他使绊子，吃过晚饭后就端着茶壶在院中溜达。小白蛇打扮得花枝招展地走出来，要拉着天宝去园子，天宝说头几场那几位角儿没板凉调的，没听头，小白蛇乐起来，说"唱得不错也就是我跟九岁红了"，天宝点头说九岁红真不赖，腔韵、吐字全讲究，长得也好看，挺甜的，像个小瓷娃娃。小白蛇一下不高兴起来，觉得窦天宝被九岁红勾引了，脸色顿时不好看起来。窦天宝看出小白蛇不高兴了，还故意说若眼前就有九岁红……话还没说完，九岁红推门而入，窦天宝一下没接住，赶紧假装唱起来。

小白蛇哼了一声没理九岁红，转身进屋了，窦天宝拉起九岁红就朝自己屋里去。小白蛇被气疯了。

窦天宝与九岁红对坐，窦天宝拿出了好茶招待九岁红。

"我还听过麒麟童先生的这么一段。"说完，窦天宝起身唱了起来。

九岁红不住点头："哎呀，真像，这段可不错，太有味道了。"

窦天宝又摇摇头："不过，女老生唱这个不太合适，来段汪的你试试。"

"汪派？哪段？"

"《朱买臣休妻》二六。"窦天宝说道。

"太好了,我听过师父唱这个,可没等学会,他老人家就去世了,窦先生您快教我吧!"九岁红激动地说。

"好,听着。"

窦天宝再次起身甩腔,小白蛇在外面实在听不下去了,咣当一脚踹开门,径直走进来,一看见窦天宝和九岁红俩人高兴的样子,转身哇哇大哭着又跑走了,九岁红一脸疑惑,赶紧跟在后面,窦天宝却笑了。

小白蛇这次是被窦天宝气着了,任凭九岁红怎么给她道歉都不行,她暗自想着必须要收拾窦天宝。一时也找不到机会,就只能先拿小宝撒气,一会儿嫌小宝练功吵着她了,一会儿嫌小宝关门声大了,连晚上小宝出来撒尿她都嫌时间长了。窦天宝知道她这火冲谁发的,故意往铜盆里注水,让水顺势流下来,一流一晚上,气得小白蛇以为小宝撒了一晚上尿。

巡警夏老六开始找窦天宝的碴了,他带着人晃晃荡荡来到街上窦天宝的摊子前,故意左顾右盼,不住推搡身边的人,嘴里喊着:"强化社会治安,新生活运动,要讲卫生,都注意点!"

说完,夏老六死死盯着窦天宝,嘴里念念有词:"是龙给我盘着,是虎给我卧着。我认识你,窦天宝,在'三不管',我管着你,我看你往哪儿吐痰!"

窦天宝本来没打算吐痰,被这么一说反倒来劲了,他脱下鞋,吐在鞋底上,又穿上鞋。彭忠海冲着夏老六露出客气的笑脸,夏老六一下被噎住,心想,行,有你的。

夏老六没占到便宜,悻悻离开。窦天宝招呼着窦小宝和郝大个正式开场演出，俩人往那一站，瞅上去还真顺眼，开场效果不错，天宝和彭忠海很欣慰，觉得这就算添人进口了。

窦天宝起身去撒尿，旁边的夏老六刚准备离开，看见窦天宝过去了，连忙跟上，直到窦天宝见四处无人，解开裤子撒尿，夏老六一下蹿出来，大喊："现在正提倡讲卫生，不许随地吐痰，不许随地大小便，你逮哪哪尿，去吧，咱上所里吧。"窦天宝没说话，转挪地方继续尿，尿完系上裤子说："行了，走吧。"

地上留有两泡尿迹。

刁科长在警察局正中而坐，相貌刁蛮，真没辜负他这姓氏。夏老六推搡着窦天宝进来，嚷嚷着窦天宝随地撒尿，要罚款一百。窦天宝不慌不忙地走到刁科长跟前说："科长，我能不知道吗？我是看见这位老兄也在那儿尿，我以为那儿可以尿呢，我才尿的，不信您瞧瞧去，看那儿到底几泡尿。"

刁科长看了一眼夏老六，夏老六想起刚才地上的两泡尿迹，气得说不出话，只能放了窦天宝。

窦天宝摇摇摆摆地出了警察局，回头冲夏老六作了个揖。一路走回摊子前，看见小白蛇跑过来。

小白蛇拿着窝囊做好的饭菜给他们送过来，听说窦天宝撒尿撒了一小时还没回来，急得正准备去找人，就远远看见窦天宝过来，一下冲上去抱住天宝，天宝大喊："哎呀！这光天化日的！"大家都笑起来。

夏老六连续两次都让窦天宝戏弄了，这事彻底惹火了苏大土和尹大茂，往常他们搬出夏老六就轻松把人赶跑了，这次竟然拿窦天宝没办法。这些年来他们的相声生涯靠的不是什么好手艺，都是靠些下三烂的手段把同行赶走，剩下他们独大，窦天宝大大打击了他们的气焰，二人合计着必须要找硬角色收拾窦天宝，他们同时想到了庞三虎。

庞三虎是天津出了名的流氓，仗着身手不错，手下有几个小崽子，就四处收钱欺负人，完全没有道上的仗义，没脑子没气魄，给俩钱说两句好话就血冲脑子，什么都敢干。

苏大土和尹大茂请来庞三虎喝酒，庞三虎听说天津来了嚣张的人，立马挥着手说要出面解决，几杯酒下肚就开始吹牛，说天津这儿就没有他收拾不了的人，随便跺一脚鼓楼都得颤三下。二人使劲儿给庞三虎下好话，庞三虎让他们放心，有自己在，十个窦天宝都不是对手。

庞三虎喝完酒晃晃悠悠回家，刚准备进院子门，就看见一个男的出来，男人看见醉酒的庞三虎吓得赶紧退回去锁上院门，庞三虎使劲儿敲门，连踢带踹，让屋里的狗男女出来，正骂着，庞三虎的老婆从旁边院子出来，过来就给了他一脚，说你大半夜不回家，在人家门口喊什么啊？庞三虎这才看到原来自己进错了门。

小白蛇天天琢磨着怎么和窦天宝在一起，这事让窦天宝头疼不已。她除了动不动晚上穿得轻薄溜到窦天宝房间里，一会儿装醉酒一会儿装生病之外，还想办法收买小宝和大个，拿着钱让俩孩子叫她师娘，小宝不改嘴，大个倒是亲娘都愿意喊，小白蛇每次都乐得合不拢嘴，出门前都要给孩子们下任务，说："晚上我回来再听你们叫啊，谁叫得好我就给谁钱。"

大个傻乎乎地一口一个师娘，窦天宝拿孩子没办法，小白蛇真是没少给孩子们钱，也没少在窦天宝身上下功夫。

但小白蛇毕竟是个戏子，身家没那么清白，那些达官贵人是她台下的座上客，也是她床上的客，她的衣食住行都靠这些男人给予。但是她对天宝是真心的，这些年来她辛苦唱戏、强颜欢笑，早就过够了那些人前卖笑的日子，遇见天宝后头一次动了想和一个男人踏实过日子的念头。虽说也有很多有权势有财力的男人在屁股后面死缠烂打，想要在一起，小白蛇却从来都没点过头，她原本就想这样唱下去，即便自己过一生也认了，但窦天宝的乐观、豁达、仗义都让小白蛇觉得这世间还有好男人，还有可以托付的男人，她没有那些女子的矜持，对窦天宝也从来都不掩饰自己的喜爱。

这几日小白蛇陪一个有钱的富商，下了床后从富商手上撸下一枚祖母绿的戒指，转而就戴到了窦天宝手上，她敢爱敢恨，愿意把最好的东西都给天宝，也从来没装过自己是什么大家闺秀、良家女子。

窦天宝对小白蛇也不能说没有感情，小白蛇不同于那个年代的贤良女子，她抽烟喝酒，性格上像个男人，骨子里也有爷们的仗义和侠胆。可窦天宝不敢再招惹女人了，他深知但凡和他牵染的女人都会落个家破人亡，他不想害小白蛇，一直坚持着不松口，但小白蛇确实给了他生活的温暖和十足的乐趣，这个小院子越来越像个家。

小白蛇还没消停下来，又一个女人来到了窦天宝的世界。

爱新觉罗·启芸，清朝皇室后裔，按头衔论她是个格格。清朝灭亡后，这些皇室贵族虽没有了名分，但家大业大，依旧享受着上好的生活，身边有大量服侍的人。包华就自小和启芸一起长大，虽说是贴身丫头，但两个人情同姐妹。

包华从小和启芸在宫里看戏，特别喜欢戏曲，经常跑到各个园子听戏听书，最近又迷上了相声，无意间路过窦天宝的摊子，津津有味地听了一下午，回来就跟启芸说街上有两个说相声的，特别逗。

第二天包华拉着启芸去看，却找了半天没找到，就进了苏大土的相声园子，没想到被调戏了一番，启芸特别生气，扬言不再听相声了。

那个年代的相声是不让女人听的，说相声的人开唱都会说一句：请堂客回避。堂客就是女眷，他们的解释是相声就是老爷们逗乐的事，他们嘴脏，没那么多讲究，女眷在场就不好意思了，难免一些小荤段子惹了姑娘媳妇的耳朵。

包华一个劲儿跟启芸解释，说街上那两个真不是这样，硬是又拉着启芸找到了窦天宝和彭忠海。两个姑娘对这两个男人一见倾心，启芸觉得窦天宝好，包华觉得彭忠海好，竟然当街争论起来。

窦天宝可没心思瞧谁来听他的相声了，刚说完一段退到后面，就见到庞三虎气势汹汹地往这儿过来，嘴里大喊："窦天宝，我来了！闪开！虎爷来了！"

窦天宝还没弄清怎么回事，旁边有两个抬木头的伙计从胡同里突然出来，庞三虎没看到咣当一头撞到木头上，顿时晕了过去。

身后跟着的小弟连忙抬着庞三虎走了，边走还边喊："虎爷啊，您可不能死啊。"

这时郝大个收完钱，过来找窦天宝，说又来了两位慕名前来的找天宝。

只见两个着大褂的艺人走过来，老远就抱拳道："辛苦辛苦。"

窦天宝回礼："二位辛苦，您二位是？"

"咱们同行。我叫二娘们，这是我的伙伴。"二娘们指着旁边一位说。

那人也自我介绍道："我叫万小泉。"

二娘们作揖道："借您地儿赏口饭吃。"

"您客气了，见面道辛苦必定是江湖，使一个吧？"窦天宝说。

"好，多指教。"

窦天宝重新站回中间："各位！来了两位朋友，说相声的同行，二娘们、万小泉，伺候各位一段。"

二娘们和万小泉谢过窦天宝，走到中间向观众作揖，大大方方开了场，不怯场、有包袱，窦天宝立于一侧观看，不住点头赞赏。二人说完后效果很好，钱没少收。窦天宝请这二位回家小聚，吩咐窝囊多弄两个菜，小宝去打了酒，彭忠海、二娘们、万小泉和天宝四人围桌饮酒。

"好买卖，使得真好。"窦天宝夸道。

二娘们笑着说："您过奖，能耐不济，难入高人之目。"

万小泉也道："我们这是从唐山过来，没想到当天就能跟您这儿上地，窦爷，谢谢您！"

"别客气，都是同行，应该的。"

彭忠海问："二位还走吗？"

"您那意思？"万小泉看看二娘们。

窦天宝笑笑说："反正我们哥俩能耐一般，您二位要是不嫌弃，咱们就一块凑合凑合。"

彭忠海点点头："加上俩孩子，咱们也有三场活了，来回打铁，买卖也好干了。"

"哟，那敢情好。"二娘们细声说道。

窦天宝摇摇头："嘿，您真秀气。"

彭忠海附和道："还挺肉头呢。"

二娘们也不生气，捂嘴笑笑："您二位见笑了，我从小家里宠着，当闺女养着，举手投足有点女里女气，他们笑话我，我一赌气，干脆这艺名就叫二娘们。"

万小泉指着他说："他也就台底下有点这范儿，上台瞧不出来。"

窦天宝笑着伸出兰花指："是吗？"

二娘们也伸出兰花指："还学我呢。"

"对了，二位住哪儿了？"彭忠海问。

"地儿都找好了，您放心。"万小泉答。

"得，咱哥几个有缘相识，来，干一杯。"窦天宝举杯道。

四人一副相见恨晚的样子，碰杯饮酒，小白蛇推门而进，看见家里多了两个人，问是谁，窦天宝介绍说是自己的把兄弟，大家都乐了。小白蛇瞪了窦天宝一眼，乐呵呵端起酒杯敬二位，完事非拉着窦天宝去自己屋，说有事。

窦天宝没办法，只能跟着她过来，小白蛇拿出一套西装扔给窦天宝，窦天宝说真好，说着就要出门，被小白蛇拉回来，让他套上看看。窦天宝穿上西装，小白蛇不住点头，说自己眼光太好了，一表人才，刚准备挽起窦天宝胳膊，窦天宝就急着要去那屋，小白蛇不乐意，窦天宝回来搂了她一下，说是"赈灾"了，小白蛇气得在房子里大骂。

那屋的人听得真切，都笑了起来。彭忠海说："这两个人啊，欢喜冤家，我看就要走到一起了。"

这一日，窦天宝在街上闲逛，路过一个新开的戏院，戏院伙计正大声喊着招揽顾客："看评戏看评戏！大美人小明珠上场啦！看评戏……"

窦天宝一路走来，戏园子内传出唱评戏的声音，他瞄了一眼戏园子，看见了小明珠的剧照，突然停下来，默默地看着，脑子里闪现出十二红的模样，她在台上唱评戏的一颦一笑，两个人过往生活的点滴，窦天宝咬咬牙，低头而去。

这不是他第一次想起十二红，自从分别后，他一直盼望着能再见到十二红，哪怕就是看一眼也行，他四处扫听十二红的下落，根本没有回应。他也知道这么大个中国，找个人简直是大海捞针。一个妈一个十二红，成了窦天宝心里的痛，每到一个地方，他都会先打听这两个女人的下落，但从来都没有过结果。

窦天宝闲逛的心情完全没有了，默默走回家去，一推门看见九岁红竟然在院子里。九岁红来找小白蛇，人不在就独自在院中等，看见窦天宝回来了，便拉着天宝唱起了《朱买臣休妻》，让天宝给说说，谁知这一唱又勾起了天宝的伤心，十二红的脸再次浮现在天宝眼前。

窦天宝和九岁红在家中闲聊，二人说起了自己的往事。

九岁红叹气说："我可能是苏州人，从小卖到这边，有时想想也挺可怜，这么大人了，连亲生父母都不知道。"

"同是天涯沦落人，我虽说不是孤儿，可也差不多，爹死娘失散说的就是我。这几年我最怕的就是过年，一到过年就盼着赶紧对付过去，心里不是滋味。"窦天宝也感慨地说。

"哪天没事，您上我那儿串个门吧，我给您做饺子吃。"

窦天宝故作惊讶地问："你还会做饭哪？"

"嘿，我手艺还不错呢。"

"那敢情好。"

这时，小白蛇推门而入，开门一句："我也去，什么馅的啊？"

小白蛇心里憋着一肚子气，她半天没回来，是因为跑到了代写书信的地方，找先生写东西。之前天宝问她要一段太平歌词的稿子，她知道这个对天宝很重要，专门来请先生重新抄写了一遍，准备当礼物送给天宝。

没想到她拿着稿子回来，却撞见窦天宝跟九岁红聊得火热。

九岁红一看小白蛇脸上不好看，赶紧站起来，窦天宝说"你管什么馅的啊"，小白蛇气得掏出唱词就撕得粉碎，放声大哭地进屋了。九岁红正打算进去安抚一下，窦天宝却拦住九岁红，说她就那样，甭理，越劝越糟糕。九岁红很不好意思，赶紧告辞了。

窦天宝进了小白蛇的房间，小白蛇一看他进来了，立马哭得更凶了，质问九岁红来干吗，天宝说："人家就是来找你的，你不在我陪着说两句话，你看看你这一进门又动手又动嘴的，多丢人。"小白蛇不相信，大骂窦天宝和九岁红是狗男女，天宝对不起她，窦天宝头疼，只能哄着，说："我数到三你要再哭我就不管你了。"说完喊了声三，小白蛇一下破涕为笑。

只有窦天宝能让小白蛇没脾气，哭得再凶，天宝几句话就能平复了，小白蛇也不是真要怎么样，她就是气性大，不能见天宝和别的女人在一起。

唱词是撕碎了，小白蛇只能第二天再去找先生重写了。

再说庞三虎这边，他还没把窦天宝怎么样，自己就被木头撞得晕了好几天。苏大土和尹大茂决定继续使计，在外面找人实在是不靠谱，这次他们决定自己人使坏。

手下四个小将杨小仁、庞小狗、刘小站、王小汪来到窦天宝的摊子，里里外外围了有三层观众，窦天宝和彭忠海正在说着，观众鼓掌叫好。杨小仁和庞小狗先站在观众外，二人对视点了下头，杨小仁掏出一瓶子，往头上倒红颜料，庞小狗也掏出瓶子，大口喝着。二人喝完大声喊着，向外吐着鲜血样的东西，旁边的观众吓坏了，纷纷往后退，这时刘小站和王小汪也吐着血走过来。窦天宝注视着四个人，跟彭忠海说："苏大土和尹大茂的徒弟，成心找碴来的。"

果然，那四人又开始倒在地上抽风，观众都吓跑了。窦天宝回头望去，不远处有人挑着大粪走过来，他笑了一下，招呼窦小宝和郝大个，递给二人钱，低声嘱咐了几句，两人便走了过去。

"四位，这病够重的啊。"天宝迎上四人，高声说道。

"活不了啦！"

"救命啊。"

"啊！"

"哇！"

四人闹哄哄地嚷着。窦天宝对着旁边的观众说："众位别怕，这四位得的这是亏心病，我自小学过治疑难杂症，药到病除！"

那边刁科长和夏老六带着四个警察正在巡逻，夏老六喊着："刁科长亲自巡查来了，强化社会治安，注意卫生。不许吐痰，不许随地大小便！违规者马上抓走！"

这四人也不知道那边来了巡逻的，继续躺在地上大闹，窦天宝突然仰天长笑，嘴里念叨："难难难，道德玄，不对知音不可弹，对了知音弹几句，不对知音枉费舌尖！来，看药伺候！"

郝大个和窦小宝提着两粪桶走过来，窦天宝一抬手，郝大个和窦小宝将两桶粪泼在四人身上，四人怪叫一声，一骨碌就爬起来，慌慌张张吓得来回撞，旁边的人大笑。

四人一看捣乱的事败露了，赶紧撒腿就跑，刚好撞到了巡逻的刁科长，刁科长大怒，正准备骂时，一看臭气熏天，几人身上的大便沾了自己一身，顿时火冒三丈，大吼着："抓走，抓走，都给我带走！"

窦天宝在后面笑得差点背过气去。

随着窦天宝的名气越来越大，来找他合作的人也逐渐多了起来。这一天，小梨园的老板魏十二也找到了窦天宝。

"魏老板，久仰！"窦天宝拱手行礼。

魏十二回礼道："岂敢。"

"找我有什么事？"

魏十二一伸手："请您上小梨园。"

"我？"

"知道您玩意儿地道，特来相请，公事好说。"

窦天宝没有马上答应，虽然他一直都想去园子里说，但他心里惦记着家里那四位。小白蛇知道后骂他缺心眼，说上园子比摞地可强多了。窦天宝觉得魏老板只邀他这场，孩子们还有二娘们、万小泉怎么办呢，没有他，他们几个怕是不成。小白蛇一副师娘的样子，说让他们锻炼去，总得磨磨能耐。窦天宝听完说，也有道理，去园子也挺好。小白蛇一听当然高兴了，这样她就能和天宝一起演出了，这在一起的时间也就更多了，连忙从怀里掏出又一次新写好的唱词，刚准备递过去，却听见窦天宝说，去小梨园好，能见到九岁红。

小白蛇一气之下，又把唱词撕得粉碎。

第二天，窦天宝再次受魏老板之邀来到酒楼商量演出的事，一进包房看见九岁红也在，自然开心。

"哟，九老板也在。"

魏十二笑呵呵地说："九岁红一听说今天和您说谈公事，高兴着呢，怕我搬不动您，非也要来。"

九岁红摆着椅子，兴高采烈地说："快坐。"

"好。"天宝坐下。

魏十二也坐下，问道："您想得怎么样了？"

"事是好事，可我有个顾虑，除了我之外，还有几个人在地上干活呢，我上了园子，会影响他们的收入。"

魏十二不以为意地说："蛟龙岂是池中物，您这样的人才不应该埋没呀。"

九岁红也劝道："您好好想想。"

九岁红说着含情脉脉地望着天宝，天宝笑了笑，起身立于窗边，向外望去，说了句："我是这么想的……"他把自己的想法娓娓道来，说了一半，意思说明白了，话却还没说完，却忽然停了下来，眼睛直勾勾地望着窗外。

九岁红一看天宝立在那不动，连忙也起身朝窗外望去。

只见小白蛇正拿着刚写好的唱词从街上走过来，无意间一抬头看见窦天宝与九岁红并肩立于窗边，小白蛇一怔，将手中的唱词第三次撕得粉碎。撕碎的唱词飞得满天都是，小白蛇定定地站在街头，路边的行人纷纷好奇地驻足观看。

窦天宝从楼上飞奔而下，冲出大门，一把拽住小白蛇："走，别在这儿胡闹丢人！"

窦天宝拉着小白蛇要走，却被一把甩开，小白蛇哇的一声放声大哭起来。

窦天宝急了："你有病？大街上抽哪门子风？"

"你管呢？我愿意。"小白蛇又哭又闹。

"我这就找房去，我搬家。"天宝见围观的人越来越多，脸上挂不住，转身就要走。

小白蛇扑上去连打了几下，哭得更厉害，大喊道："我杀了你……"

窦天宝左躲右闪，哭笑不得地说："没见过那么不讲理的，凭什么呀？我跟你又不是两口子，你管得着我吗？"

"就管！就管！"小白蛇伸手拦在窦天宝面前。

"舅管？舅妈不管？"窦天宝又开始耍贫。

小白蛇被逗笑了，这一疏忽，天宝拔腿就跑，边跑边喊："你闹吧，我遛弯去，我回来你要敢停了，我给你推河里去……"

小白蛇愣在原地，跺脚大哭。

"窦天宝，你个浑蛋！"

这边写唱词的摊主正摇头晃脑地看书，一抬头，看见小白蛇款款走来，赶紧从桌子下取出早写好的唱词，大声吆喝道："姑娘，给您预备好了。"

小白蛇一愣："你怎么知道……"

"您都来三回了。"摊主无奈地摇摇头。

第十九章
情网

火烤胸前暖，

风吹背后凉。

东边追命鬼，

西边救命王。

回头望，青山无语笑人忙。

魏十二邀请窦天宝上园子的事没谈拢，窦天宝放不下这一大帮人，最后跟魏十二折了个中，答应偶尔上园子演出一两场，这样既没折了魏老板的邀请，又能继续带着这一大家子人演出养家糊口。

第二天一早，窦天宝就又带着彭忠海、万小泉、二娘们等一群人，在场子里撂地卖艺。台下的观众依旧是围得水泄不通，而这一次，还多了两张"新"面孔。

启芸和包华两人又来了。不过这一次，启芸为了隐藏身份，弄来两身学生服，假扮成洋学堂的女学生，在人群中格外显眼。二人边听边不住地笑着。

"启芸，哪天咱们咱请窦先生彭先生吃顿饭吧？"包华悄悄地说。

启芸想了想，说："好是好，可怎么说呀？"

"我去请，你甭出头。"

启芸笑得合不拢嘴："那可太好了。"又一转念，赶忙说："哎，你可别说咱俩是谁。"

包华点点头："你放心。"

一段说罢，留下万小泉他们继续表演，窦天宝先退了下来，刚坐下喝口水，迎面看见小白蛇笑眯眯地走来。

窦天宝头也没抬："有哭有乐，瓜子好嗑。"

"给你。"小白蛇也不生气，掏出唱词递给他。

窦天宝瞅了一眼唱词，故作满意地点点头："你救活了好几个代写书信的。"

"什么好几个，就一家。"

窦天宝盯着小白蛇左看右看，冷不防问一句："这劲儿过去了？"

小白蛇捋一捋头发："我早忘了，没事了。"

窦天宝大拇指一跷："你真心宽。"

收工后，窦天宝一行人在小馆子喝酒。

"打小我爸爸就财迷，我们在家吃点什么都背着他。"二娘们边吃边说，"那回我们涮羊肉吃，刚吃完，他就回来了，问吃的什么，哪敢说涮羊肉哇。"

窦天宝问："那怎么说？"

"说吃的面，芝麻酱花椒油。"二娘们答，旁边万小泉插嘴道："你猜他爸爸说什么？"

"不知道。"

"有芝麻酱就别弄花椒油了！"

窦天宝笑笑："呵呵，老头真会过。"

二娘们摇摇头，说："没法子，那也是苦日子逼的。"

"得了，咱说点高兴的事吧。"窦天宝拍拍二娘们的肩膀。

"对，"万小泉也拍拍二娘们，认真地说，"说说你爸爸是怎么死的吧。"

"那算高兴事啊？"

几人聊着聊着那就是一场相声了。

傍晚时分，窦天宝和彭忠海循着地址到了城里一间高级酒楼门口。

"是这家吗？"窦天宝问。

彭忠海拿着手上的请柬看看，点点头："是这家。"

包间内，启芸和包华两人面前摆了一桌子好菜，一看窦天宝二人进来，赶忙笑着起身迎接。

"窦先生好。"

"彭先生好。"

窦天宝与彭忠海对视，嘴里脱口而出："俩学生？"

启芸和包华两人尴尬地笑笑。窦天宝二人也没多问，行了个礼，四人便坐下了。

看气氛有点冷淡，启芸举起杯子，先说道："我以前从不听相声，可窦先生让我大开眼界。"

窦天宝举杯回应："岂敢岂敢。"

包华也使劲地点头："太好玩了。"边说边捂嘴猛笑。

"这姑娘，乐得真痛快。"彭忠海笑道。

"尤其是那段，哈哈哈哈哈……"

窦天宝问："哪段？"

"哈哈哈哈……"包华还没说就笑得直不起腰来。

"哦。"窦天宝若有所思地点点头，冲着彭忠海说，"是哈哈哈哈那一段。"

启芸尴尬地笑笑，对天宝说："窦先生真幽默，我们很愿意和您交个朋友。"说完，用胳膊肘撞了一下笑个不停的包华，"行了啊，笑得太夸张了。"

包华擦擦眼泪："哎呀，眼泪都笑出来了，我一想起来那段，我就笑得不行。"

"到底哪段啊？"启芸也好奇地问。

包华忍住笑，愣神想了半天，看着启芸说："忘了。"

四人有说有笑，边吃边聊，窦天宝和彭忠海随便说点啥就能把启芸和包华逗得笑得直不起腰。吃完饭，启芸一路哼着小曲回家。刚进门，便看到怒容满面的启洪，端坐在客厅里。

"你听相声去了？"未及启芸开口，启洪先问道。

启芸满不在乎地说："啊，怎么了？"

"怎么了？"启洪急得一拍桌子，"那是下九流的东西！你的身份怎么能去那种地方！真是疯了！"

"听相声怎么了？开心高兴就够了，凭什么不能去？"启芸不服气地说。

"那都是下贱人听的，你是瑞亲王直系嫡亲！乾隆爷钦封铁帽子王之后！何等尊贵？你怎么能浪迹街头，与艺人为伍？"

"哥，你少来教训我！皇上都没了，哪还有什么铁帽子王？你一天到晚游手好闲，吃喝嫖赌。你又何来的尊贵？"启芸教训得头头是道，把启洪憋得说不出话来。

"好好好！女大不中留！"启洪气冲冲地站起来，往外走去，走到门口，他回头斩钉截铁地说，"家里反正给你定好亲了，到时嫁过去，看你还能满处乱跑！"说罢便扬长而去。

房内传来启芸愤怒的声音："我才不嫁呢！要嫁你自己嫁！"

窦天宝从酒楼出来就去了小梨园外等着九岁红下戏。

"听说今天又有闹事的了？"窦天宝见着九岁红就关切地问。

"没办法，"九岁红答，"园子里什么人都有，今天还不错，那位爷喝多了没闹事，要碰上个浑蛋非砸了园子不成。"

"林子大了，什么鸟都有，你自己当心点吧。记着，有闹事的你先把脸护住，可千万别伤着脸。"

九岁红扑哧笑了："嗯，看不出你还挺会关心人的。"

窦天宝一拱手："您过奖了。"

两人正走着，路边一馄饨摊飘出淡淡香味，九岁红摸摸肚子，问窦天宝："你饿吗？"

窦天宝笑道："是你饿了吧？"

九岁红不好意思地说："有点。"

"来吧。"窦天宝向馄饨摊一招手，"掌柜的，煮两碗！"

两人对坐在摊前，互相对视了一眼，一时间空气突然安静了下来。

九岁红看气氛有点尴尬，便随便抓个话题说起来："我唱戏之前不敢吃太饱，散了戏要不吃点东西睡不着觉。"

"呵呵，艺人都这样。"

九岁红又问："你当年唱戏时也拿馄饨当夜宵吗？"

窦天宝一愣，想起往事："是啊……"

一声"好咧"，掌柜的将两碗馄饨端在桌前。

眼前的一幕，不禁让窦天宝想起曾经的岁月，曾经他和十二红也是这样，在小摊上挤着吃一碗馄饨，他逗乐耍贫，十二红捂嘴只顾笑，两人的那段日子虽然短暂，但却是他人生中难得的满足。往事依稀堪回首，只是人已不在，天宝端着碗，良久未动一下。

九岁红看天宝一直愣神，便问："你怎么不吃？"

天宝回过神来，看看馄饨，便笑笑说："烫……"

"那凉一凉吧，我可真饿了。"九岁红大口地吃起来。

天宝轻叹气，幽幽地唱道：

> 一呀么更儿里，月影儿照花台，
>
> 我看姐定下计她说晚半晌来。
>
> 牡丹亭前多恩爱。
>
> 但愿得鸾凤早早配和谐。
>
> 左等也不来，右等也不来。
>
> 唐解元望苍天止不住地好伤怀。
>
> 美人哪，我看勾了魂的女裙钗。
>
> ……

九岁红默然听着，许久不说话。等到窦天宝唱完，九岁红长叹一口气说："你有心事。"

窦天宝怔了一下，端起碗大口吃起馄饨，边吃边笑："凉了。"

九岁红微微一笑："嗯，等你愿意的时候，再告诉我吧。"

窦天宝嚼着馄饨，点点头，脸上露出满意的笑容。

吃完了馄饨，窦天宝便送着九岁红到了胡同口。

"我到了。"九岁红转身站住。

天宝也站住了，笑笑说："早歇着吧，改天再聊。"

"你也快到小梨园来演出了吧？我看门口水牌都挂出来了。"九岁红始终惦记着这事。

"再等两天吧。"

片刻，九岁红叹息一声，说："你回去慢点啊。"

"回见。"天宝摆摆手，九岁红转身向胡同内走去。

窦天宝呆站在原地，望了一会儿，转身离去了，刚走了两步，只听一声叫喊"我打死你"，远处两个人影蹿到街头上。

窦天宝定睛一看，正是苏大土和庞小狗。苏大土一手提着酒瓶子，一手拿着鸡毛掸子，追着打庞小狗，嘴里嚷嚷着："不打你成吗？说！改不改！"

庞小狗边哭泣边求饶："师父，我不敢了，您饶了我吧！"

苏大土气急败坏地说："今天晚上不许回去！滚！"

"师父！"庞小狗还在求饶，苏大土理也不理，喝一口酒，晃晃悠悠地扬长而去。

庞小狗坐在原地大哭，窦天宝赶紧走上前去。

"嗯？你不是那个……"

庞小狗看了他一眼："窦先生，呜……"

"怎么了？哭什么，这大半夜的。你叫小什么来着？"窦天宝问。

"我叫庞小狗。"

"这是怎么了啊？"

庞小狗擦一把眼泪，哭哭啼啼地说："我师父让我们每天早上从家里走要漱口，晚上回来也要漱口，怕我们偷东西吃，我实在太饿了，就买了个烧饼吃，他……呜……"

窦天宝凑近了仔细瞅瞅，发现庞小狗脸上有一巴掌印，便指着问："你师父打的？"

"嗯。"庞小狗点点头，"今天晚上我师父还不让我回家，我连个住的地方都没有，呜……"

"唉，可怜的孩子。有多大的罪过至于这样啊。"窦天宝摇摇头，一摸兜，掏出几个钱递给庞小狗，"拿着，找个小店先住一晚上。告诉你师父，孩子是人不是牲口，可以管，但是不能太过分，你虽说不是我徒弟，但如果实在没辙了，你就来找我。"

庞小狗一愣，接过钱，扑通一声跪下，口里不住地说："窦先生，谢谢您……"

"起来吧，孩儿啊。"窦天宝扶他起来，拍拍庞小狗的脑袋，便离去了。

庞小狗感动地望着窦天宝的背影，嘴里默念道："唉，这要是我师父多好……"

回到家，彭忠海等人早已睡下，窦天宝正欲回屋，小白蛇穿着睡衣，站在自己房门口，阴阳怪气地问："又上哪儿疯去了？"窦天宝嗯了一声，头也不回地进屋了，剩下小白蛇独自一人，站在屋口生闷气。

第二天一早，窦天宝开门刚走出，面前一个人影闪出，一把将他抱住。

天宝一惊，定睛一看，大呼一声："桃儿？"

两人回屋坐下，天宝听桃儿讲了这一路的经历。原来自从北平逃出来之后，桃儿和刘天海到了保定，论着管江西太叫师爷，跟随在他身边。之后经历了天宝那一档子事后，桃儿便和江西太他们闹翻了，带着刘天海离开保定四处寻访天宝。结果走到徐水，刘天海烟瘾发作，又没钱买白粉，一命呜呼了。桃儿在同行帮衬下葬了爹，一路辗转到了天津卫，刚巧看到小梨园的水牌，便打听了窦天宝的住处找来。

窦天宝长叹一声，对桃儿说："难为你了。"

桃儿摇摇头问："你为什么躲着我们啊？"

窦天宝沉默片刻，缓缓地说："我对不住你们，杏儿没了。"

桃儿愣住，半晌，泪如雨下："我也猜到了，杏儿，我的好妹妹……"

窦天宝揽过桃儿，两人紧紧相拥，桃儿伏在窦天宝怀里放声哭泣。

窗外，小白蛇瞪着屋内的两人，狠狠地把手里的烟扔到了地上。

窦天宝带着桃儿来到一家饭馆，刚坐下，窦天宝招呼道："老板，上饭。"

两人要了一桌饭菜，桃儿拿起筷子说："管饱吗？"

窦天宝笑了："敞开吃。"

桃儿又问："管几顿？"

"你说！"

桃儿盯着窦天宝的眼睛，说："吃一辈子！"

天宝坚定地说："行。"

"那我是你什么人？"桃儿还不罢休。

窦天宝沉默片刻，答："妹妹。"

桃儿使劲摇摇头。

窦天宝尴尬地笑笑："那你打算？"

"做你老婆。"

窦天宝一怔："您太客气了。"

"我不管，反正我无亲无故孤身一人，你要不要我，我就死去。"

窦天宝赶紧摆手："哎哟，莫说那话，咱再商量商量，买卖不成仁义在。"

"谁跟你做买卖了，我说真的……"桃儿话音未落，旁边响起一串银铃般的笑声。

两人抬头一看，小白蛇在一旁站着。

"天宝，我好饿呀。"小白蛇拉过凳子，坐在天宝旁边。

"饿？我看你就不饿。"窦天宝没好气地说。

"天宝，这是谁？"桃儿看着小白蛇，一脸的不高兴。

窦天宝解释道："这是跟咱住一块……"

小白蛇打断了他，瞪着桃儿问："她是谁啊？"

"桃儿，我妹妹。"窦天宝赶紧接过话茬，心里暗暗叫苦。

桃儿一听不乐意了："谁是你妹妹！"

小白蛇站起身来，指着桃儿问："那你是谁？"

桃儿不甘示弱，也站起来："你管我是谁？"

两人你一句我一句地吵起来，天宝在一旁挠头直叫苦，正乱着，旁边的店老板骂咧咧地冲过来："要打上外面打去，留神我的碗。"

窦天宝正在气头上，正好找着个出气筒，冲着老板嚷："瞎搅和什么？还嫌不乱？砸你一个碗赔你一个碗，砸你一个碟子赔你一个碟子，掀你的桌又怎么样？"

店老板也是个暴脾气，指着桌子说："你掀一个我看看！"

"好好看！"窦天宝说着，一把将桌子掀翻，店老板扑上来，与天宝厮打在一起。

场面彻底乱成了一锅粥。

从饭馆回来后，窦天宝一直躺在床上闭目不语，小白蛇、桃儿立于床前，谁也不敢说话。

沉默片刻，两人齐声说道："天宝……"

窦天宝大喊一声："都闭嘴！出去，让我清静会儿。"翻身面朝墙。

小白蛇和桃儿怔了一下，对视了一眼，默默向门外走去。

听见门吱呀一声闭上，窦天宝偷笑一声，嘴里默念道："我太聪明了。"

小白蛇、桃儿走到院子里，两人也无话可说，小白蛇正欲回房，正撞上二娘们走进来。

"怎么了，听说打起来了？"二娘们边叫嚷着边急匆匆地走进来。

小白蛇一看来人了，又被挑起了精神："您给评评理，这事儿可不是我挑的……"

桃儿一听也来了气："我和天宝吃得好好的饭，谁知道她来了……"

小白蛇白了她一眼："这可是闭门家中坐，祸从天上来呀……"

二娘们赶紧劝架："别急，话不说不知，木不钻不透，砂锅不打一辈子不漏……"

三人正说着，院门里又走进来一个人，九岁红也来了。

"天宝在吗？"眼见三人在这儿吵嚷，九岁红怯怯地问了一声。

小白蛇望见又一情敌，气不打一处来，大叫道："你还不嫌乱？"

九岁红一愣，左右看看，委屈地说："我怎么了？"

窦天宝听见外面声音四起，爬起来一看，好家伙，四人凑一堆了。

"行啊，这四位凑一块算是开杠了。"窦天宝坐在床上，自言自语道，"这会儿大俊要是再来，我就死去。"说罢，一把将被子蒙在头上。

外面的吵闹声渐渐止了，不一会儿，二娘们推门进了屋来。

二娘们坐在窦天宝床头，抓着个水壶咕嘟咕嘟喝了几口，抹嘴说:"都解决了。"

窦天宝一听,赶紧坐直身子:"怎么解决的?"

"全走了。"二娘们得意地一挥手。

"怎么走的?"窦天宝好奇地问。

"您说哪个?"

窦天宝想了想,问:"小白蛇?"

"我说您讨厌她,她哭着就走了。"

窦天宝摇摇头:"话太硬了,让人心里受不了。"

"还有那个桃儿,我跟她说,这里没她事,让她该干吗干吗去。"

窦天宝一愣:"你这话太得罪人了。"

"没错,她也哭着走的。"二娘们认真地说。

窦天宝长叹一声,又问:"那九岁红呢?"

二娘们嘿嘿乐了,说:"这个更简单,我直接说够乱的了,你滚吧!"

窦天宝瘫坐在床上,眼睛直勾勾地盯着二娘们。

二娘们觉着有点不对,忙说:"她可没哭。"

"是,"窦天宝一拍大腿,"我哭吧……"

只听得院子大门呼啦一声推开,桃儿哭哭啼啼地跑出来,向左边跑去;紧跟着是九岁红,气冲冲地从右边走出。片刻后,窦天宝满头大汗地走出来,左右望望,朝着九岁红那个方向急急地赶了过去。

只留下二娘们呆坐着,嘴里自言自语道:"唉,怎么又赖上我了!"

片刻,小白蛇推门而入,环顾四周。

二娘们抬头看看,笑了一声:"你没跑啊?"

小白蛇指着他说:"我反应过来了,你凭什么代表窦天宝数落我啊。"

二娘们一摊手："我代表不了他。"

"那你轰我走？"

"谁让你愿意走的？"二娘们没好气地说。

"我抽你！"小白蛇抄起笤帚就冲上去。

桃儿从小院出来一顿瞎跑，也不知跑了多久，终于跑累了，哭哭啼啼地走到一个巷子口。旁边一个人影闪出来，拦在她前面。桃儿定睛一看，惊呼一声："是你。"

小笔点点头："桃儿，还记得我吗？"

桃儿转身欲走，被小笔一把拉住。桃儿要挣脱他，小笔赶忙说："我有些事要告诉你。"

"你说的没好话。"桃儿一把甩开他，转身跑开。

小笔在背后喊道："你不知道吧？窦天宝害死了杏儿。"

桃儿站住，转身，用疑惑的眼神望着小笔。

小笔一看有戏，赶紧编了个故事，绘声绘色地给桃儿一顿说。

"就这样，窦天宝害死了杏儿。"小笔故作哀伤地说着，抬手给桃儿沏茶。

伴着屋外的雨声，桃儿沉默良久，忽然问："谁能证明？"

"春华园的赵掌柜。可窦天宝怕他走漏风声，就放了一把火，把春华园给烧了，赵掌柜也死在火中。窦天宝为掩人耳目，把赵掌柜的独生子认为干儿子，留在身边，好时时监视他。"

桃儿惊讶地问："真的……"

小笔点点头："骗你我就是狗。"

桃儿泪如雨下，伏在桌子上放声痛哭。

小笔关切地拍拍桃儿的肩膀，缓缓说道："其实，梁大元梁大爷一直挺关心你的，只是因为你太小，不懂大人心思，来喝点水。"

小笔把茶杯放在桃儿面前，转身向门口走去，向守门的两个家丁使了个眼色，二人点头，小笔便推门出去了。

这时梁大元正闲着无聊看棋谱，见小笔推门进来。

"爷。"小笔坏笑着招呼。

梁大元似乎没听见，只顾着看棋谱，嘴里念叨："哎，好，太好了。"

"看棋谱呢？"小笔问。

梁大元点点头，高兴地说："咱爷们下棋也有十来年了，这回又看了看这历代棋谱才知道，马走日象走田，炮打隔一位，车跑一溜烟。"

"爷，您这是更上一层楼了。"

梁大元抬头，问："你……有事？"

小笔环顾左右，凑近得意地说："我把桃儿领来了。"

梁大元眼睛一亮："洗俩尝尝。"

"什么呀！是桃儿！"小笔一愣，忙摆手。

梁大元眨眨眼："甜吗？"

"不是，"小笔急得一直摆手，"是唱大鼓的那个小妞。"

"啊？"梁大元茫然地看着他，忽然想起点什么，"真的？"

小笔使劲点点头："爷，我孝敬您的。"

梁大元一拍大腿，站起来说："哈！这天也不早了，睡觉吧！"说罢就要冲出去。

小笔赶忙拦住他："爷，别轻举妄动，连哭带喊有什么意思？怎么着您也是有身份的人。"

梁大元回头，想了想，点点头："嗯，也对。"

"您放着点份，晚两天也无所谓。"

"对，请她过来吧。"梁大元转身坐下。

小笔应声出去了，不一会儿，便领着桃儿回到梁大元房中。

看到桃儿依然在哭，梁大元赶紧让到座前，假惺惺地说："我就是见不得别人哭，孩子，有什么难处跟我说，有我一口吃的，就有你一口吃的。"

桃儿擦擦眼泪，轻声说："梁先生，谢谢您。"

"我说什么来着，梁大爷是菩萨心肠。"小笔在一旁应和道。

"呜……我心最软了，"梁大元开玩笑说，"我要是有你这么个闺女多好哇！"

话音刚落，桃儿扑通跪倒在梁大元面前，哭着说："梁大爷，您要是不嫌弃，我愿拜您为干爹，干爹在上，我给您磕头了。"

"啊？"梁大元和小笔异口同声地喊了出来。

话说窦天宝从院子追出，一路追到了戏园子，没找着九岁红，又赶到了她家。

九岁红家的大门紧闭，窦天宝用力砸门，里面没人应答。

"开门哪，小姑奶奶，你开门成吗？我有话说，你别着急，一说就明白。开门成吗？这都是什么脾气。"窦天宝转身坐在台阶上，摇头叹气。

不多时，天阴下来，雷声隐隐，天宝抬头望望天，坐着不动。转瞬间雷鸣电闪，大雨倾盆而下，窦天宝全身湿透，依然自顾自地哼唱着小曲儿。

不知过了多长时间，背后的门突然打开了，九岁红撑着一把伞站在门口，气鼓鼓地瞪着天宝。

窦天宝回头，与九岁红对视许久，嘿嘿笑了："下了这半天，才想着收衣服啦……"

　　九岁红捂嘴咯咯地笑了，一把将伞扔到了天宝身上。

　　夜半时分，窦天宝房中，二娘们脸上青一块紫一块，坐在床头。小白蛇脸色铁青，抽着烟，望着窗外。

　　半晌，小白蛇恶狠狠地问："窦天宝呢？"

　　二娘们委屈地说："我哪知道？你说咱俩人待这一宿……"

　　小白蛇猛地站起来，扬手要打："你再胡说，我弄死你！"

　　二娘们慌忙躲闪，嘴里嘟嘟囔囔地说："这都什么事啊……"

　　而此刻，窦天宝趴在九岁红家的桌上睡得正香，九岁红趴在一旁深情地望着他。

　　半晌，天宝睡眼惺忪地坐起来，看着九岁红，两人都笑了。天宝正欲趴过去，九岁红一努嘴，让他看桌子。天宝揉揉眼，看见桌子上画了条线，便问："这是啥？"

　　九岁红眯着眼说："你要是过了线就是禽兽。"

　　窦天宝看看自己，忙说："我可没过线。"

　　"那就是禽兽不如！"九岁红捂着嘴哈哈大笑起来。

　　窦天宝也跟着一起乐，两人的笑声此起彼伏。

　　笑了半天，窦天宝伸个懒腰："饿了，去吃点东西吧。"

　　"好啊。"九岁红站起身来。

　　窦天宝伸出手，九岁红羞涩地拉住，两人牵着手走了出去。

　　天空下，清晨的第一缕阳光照在二人身上，显得分外温柔。

第二十章
冤家

狭路相逢是旧知，

恩仇缠斗两由之。

命如日月轮番转，

你落西山我起时。

秋阳泼金，洒在"三不管"熙攘的街面上。梁大元领着一众跟班，摇着新得的湘妃竹扇，神气活现地遛着弯儿。小笔落后半步，眼珠子却滴溜乱转，扫视着两旁撂地的艺人和看客，像在搜寻什么。

"爷，今天天气可真不错。"小笔在一旁说道。

梁大元点头，摇头晃脑地说："秋高气爽艳阳天，'三不管'里逛一逛。"

"好诗！"小笔带头喝彩，身后一众下人热烈鼓掌。这群人里，有梁大元新收的两个打手，一个叫顾明，一个叫高飞，原本是市井泼皮，这拍马屁的功夫也是相当不赖。

一看梁大元心情不错，顾明赶紧加劲吹捧："爷，您那天作的那喝酒的诗也不错。"

"哪天？"梁大元想不起来了。

高飞附和道："喝多那回。"

"哪回喝多？"梁大元又问。

"就是大哭大闹那回。"高飞答。

"哪回大哭大闹？"

正说着，小笔推了高飞一把："爷哪有大哭大闹的时候？"

梁大元认真地说："有！好几回了。"

顾明一听，赶紧圆道："您那是对人生的感慨。"

"对对对。"小笔、高飞一众人赶紧附和道。

前面，一摊艺人正在放洋片，梁大元招呼着要去看看，众人前呼后拥地便走了过去。

表演的是河北艺人大铁牙，此刻他正在演唱，一旁一个十七八岁的姑娘，是他的女儿二平，正在打钱。十余人坐在条凳上认真地看着洋片。

梁大元上下打量了一番，对身后的众人说："洋片本是一大箱，坐下就能看个够，有人一边敲又唱，还有一人在要钱。"

小笔伸出大拇指："爷高才！"

顾明、高飞在后面猛鼓掌："好！好！听出好来了！"

梁大元故作清高地挥挥手，示意大家安静，说："好倒未必好，主要是合辙押韵。"

眼见这边吵闹，大铁牙看出梁大元是个人物，便冲二平使眼色，二平赶忙上前招呼："几位爷，看看洋片吧。"

梁大元端详了一会儿二平，眼中透出喜悦之色："好，好看，你们几个坐下看。"

小笔不解地问："爷，您呢？"

"我站着看。"梁大元不理他，冲二平直笑，二平尴尬地笑笑跑开了。

"美丽漂亮小美人，好看像大天仙，谁说不好看，我就骂娘！"梁大元望着二平的背影，美滋滋地吟了几句。

刚坐下的众人赶忙站起来鼓掌："好诗！好诗！"

小笔立刻心领神会，拉着大铁牙走到一处角落，大铁牙感激地说："爷，今天可没少赏，太谢谢您了，您有什么吩咐啊？"

小笔瞟了他一眼："过两天上家里来唱，卖点力气。"

大铁牙一愣："堂会？"

"不愿意？"

大铁牙高兴得直跺脚："美死我了，求之不得的事啊。"

"别忘了，带上你闺女。"小笔嘱咐道。

两天后，大铁牙就带着二平上堂会了。大铁牙卖力地唱着，正中的洋片箱子放着片，二平立在一旁，梁大元正中而坐，小笔立于身边，桃儿也在不远处坐着。

梁大元正摇头晃脑地听着，不时叫声好。听到高兴处，梁大元一拍巴掌，挥手止住大铁牙，嚷嚷道："太好了，我也来一段。来，你们都坐好了！"

众人忙停下，梁大元乐滋滋走上去，击动锣鼓，大声唱起来："王八里边再望吧……"

大铁牙一听不对，赶忙提醒道："爷，不是王八里边，那是望，观望的望。"

"闭嘴！"梁大元骂道，又兴冲冲地唱起来，"王八里边再望吧，又一片，左一片右一片，前一片后一片，一片一片又一片……"小笔带着一众人猛鼓掌。

一旁的桃儿偷偷走过去，拽拽二平的袖子："你叫什么呀？"

"我叫二平，你呢？你是这府里的小姐吗？"

桃儿摇头："不是，我叫桃儿，我也是艺人。"

"是吗？你唱什么？"

"西河大鼓。"

窦天宝的小院里，此刻窦天宝正望天无语，窝囊从一旁走来，看看窦天宝的样子，便凑过来问："少爷，您有心事？"

"唉，桃儿……也不知道上哪去了。我这心里挺不踏实。"窦天宝烦闷地说。

"是啊，也没有这么乱的。"窝囊点头道，又说，"不过少爷，今天清静，我劝您几句，这些年咱们风里雨里可不容易，您该成个家了。"

窦天宝笑着说："我这不是有家吗？上有老，就是你。下有小，小宝。挺齐全。"

"您甭逗我，您得要房媳妇了。"

"我……唉。"窦天宝摇摇头。

窝囊看出了他的心思："我知道，您那心里老装着十二红。少爷，谁也不敢提这个事，但我得说几句，要说十二红有下落，您等她个十年八年的我也赞成，可她现在活不见人死不见尸，您也别指望了。就当世上没有这个人。"

窦天宝叹气："我要是有那么宽的心就好了……"

"桃儿姑娘不错，小白蛇姑娘也不错，您别再犹豫了。"

窦天宝苦笑一声，问窝囊："你怎么不提大俊了？"

窝囊也笑了："我翻来覆去地想，其实咱们挺对不起人家的，找个机会跟人家好好说说，把事了了吧。"

两人正有一搭没一搭说着，小白蛇走进院门，瞪着窦天宝，窝囊见状便说要出门买菜去了。

"我两天没回来了，你想我了吗？"小白蛇幽幽地问。

窦天宝一摊手："想不起来了。"

"我就知道你没好话。"

窦天宝故作吃惊地问："你都两天没回来了？"

小白蛇急急地走过来，扬手就要打："你以为我死外头了？想得美，我死也捎上你。"

"我招你了？这两天又上哪儿疯去了？"窦天宝赶紧躲闪，两人在院子里追逐起来。

小白蛇边追边嚷嚷："管不着，你不爱我，有的是爱我的人。"

"对，对，物美价廉呗。"

小白蛇气得直叫唤："姓窦的！"

窦天宝冲进自己屋子，做个鬼脸："在这儿呢。"

小白蛇跑不动了，边喘气边喊："我早晚弄死你！"

"有机会吧。"窦天宝嘿嘿一乐，啪嗒一声关上房门，自己哼着京韵《单刀会》，倒一杯茶，晃晃悠悠地斜倚在床上，忽然听见屋外的磨刀声。

窦天宝起身从窗户向外看，脱口而出："我的娘唉……要疯！"

只见小白蛇在磨刀石上磨菜刀，斜眼瞟了窦天宝一下，大怒道："你不信？让你看看姑奶奶敢不敢！"说罢，提着刀就冲到天宝房前，一脚踹开门闯了进去。

"窦天宝！"小白蛇提着刀一下冲到窦天宝床前。

"小白蛇！"窦天宝坐在床上抱着被子。

"你怎么这样啊？你还懂点人事儿吗？你要疯啊？"小白蛇边哭边叫唤。

"我的天！"窦天宝哭笑不得地说，"你提着刀进来要杀人，还问我懂人事儿吗？你才要疯呢！"

"呜……你为什么不要我？呜……"小白蛇急哭了。

"我为什么要要你？"

小白蛇大喊一声："我剁了你啊……"

窦天宝一伸手："来吧，剁哪儿？"

"哪儿都行。"

窦天宝挽起袖子，露出胳膊，指了指："就这儿吧。你敢吗？"

小白蛇放声大哭，挥刀砍过来，只见窦天宝的胳膊上砍出一道伤口，血从口子里往外涌，二人呆住，半晌无语，小白蛇的刀掉在地上，搂住窦天宝大哭起来。

窦天宝喃喃地说："这下满意啦。"

"没事，划破了一点肉皮，三五天准好。"先生给窦天宝包扎完毕，嘱咐道。

小白蛇坐在一旁抽泣，见状，忙擦干眼泪过来问："先生，真没事吧？"

"不算事。大老爷们，没啥问题。"先生笑呵呵地说。

窦天宝点点头："谢谢您。"

先生起身收拾东西，回头问一句："对了，谁弄破的啊？仇人？"

小白蛇插嘴道："他老婆。"说完便美滋滋地盯着天宝。

"不是，"窦天宝摆摆手，"狗咬的。"

"我以为你不敢剁呢。"从诊所走出来，窦天宝边走边说。

"我以为你得躲呢。"小白蛇答。

二人对视无语，只好默默向前走，正走着，前面有一家卖肉摊，摊主将刀插在案板上，忙活着给人取肉。两人路过摊位，小白蛇看了一眼案板上的刀："你再气我，我还剁你。"

"你敢吗？"窦天宝不服气地说。

"你信吗？"小白蛇瞪着他说。

窦天宝又将袖子捋起，重复了一遍："你敢吗？"

小白蛇一把将肉摊上的刀拔起，气冲冲地说："你信吗？"

刀起处，鲜血又涌出来了。

"我以为你得躲呢。"小白蛇扔下刀，气急败坏地说。

窦天宝一撇嘴："我以为你不敢剁呢。"

还好没走远，两人又折回诊所。

"先生，您看我这厉害吗？"窦天宝问。

先生抬头看一眼两人，笑笑："你们要老这么二百五就好不了。"

窦天宝与小白蛇对视一下，互相哼了一声别过头去。

"天宝，对不起。"回到家里，小白蛇低着头给天宝认错。

窦天宝摆摆手："别客气。"

"我……不是有意的。"

"说谎。"

小白蛇一跺脚："你这人太烦了。"转身跑出去。

"嗬，这砍人的还生气了。"天宝笑笑，坐在桌旁喝口茶。

屋门打开，彭忠海风尘仆仆地走进来，一把拍在窦天宝胳膊的伤口上。

"干吗？又发愣了？"彭忠海笑嘻嘻地说。

"哎哟！"窦天宝疼得一捂肩膀，还没说话，小宝也从后面走进来，拉住天宝的胳膊直摇："爹，我饿了。"

天宝疼得直咧嘴，赶紧甩开他手。一旁的窝囊迎上来："呵呵，饭好了，少爷，进屋吃饭吧！"一把拉起天宝的伤胳膊就往外走。

"疼！"窦天宝的喊声响彻整个院子。

傍晚，九岁红演出完回到家中，刚闭上门，便撞进一个人来。

九岁红吓了一跳，往后退了两步，问："你谁？干吗的？"

来人从地上爬起来，一身酒气，正是苏大土的徒弟刘小站。他晚上和王小汪多喝了两杯，在路上认出了九岁红，便起了歪心，一路尾随而来。

"小妞，陪爷乐呵乐呵！"刘小站淫笑着向九岁红扑过去。

九岁红一声尖叫，转身就跑。刘小站正欲追，背后门外冲进一人，一脚把他踹倒在地。

刘小站定睛一看，正是窦天宝，天宝扑过来又是一脚，刘小站爬起来向门外跑去，窦天宝欲追出去，九岁红喊道："天宝！别追了！"

"别怕，有我呢。"窦天宝在门口张望了一下，关上大门。

九岁红拍拍心口："吓死我了，哪儿来的流氓。"

"你不认识他？"窦天宝气恼地说，"那是苏大土的徒弟，刘小站。"

"说相声的？"

"败类！你甭管了，我明儿去掏他去。"

正说着，九岁红突然发现窦天宝左臂流血，惊呼一声：

"怎么流血了？你受伤了？"

窦天宝一怔，随即恢复平静，故作镇定地扬手："不算什么。"

九岁红感激地走过来，紧紧地抱住天宝，又赶紧找出药布来要给窦天宝缠上。

"真对不起，为了我让你受连累了。"九岁红边缠边说，"真缺德，我怎么没看见他拿着刀呢，这要是万一扎坏了你，我可是千古罪人哪。再忍着点，要疼得厉害你就喊出来。"

窦天宝笑笑："其实倒不疼，但是你包扎的伤口有点太离谱了。"窦天宝的左臂，已经被裹得粗了好几圈。

"比腿还粗呢。这要是动起手来，算是打呢还是算踢呢？"

九岁红大笑，扑进窦天宝怀中。

清早，刘小站开门出来，揉揉昨天被踹的屁股，打个哈欠，正欲走时，面前的院门嘭的一声被撞开了。窦天宝在前，身后郝大个提着个大棍子，窦小宝拎着块砖头，三人凶神恶煞地站在门口。

刘小站眨眨眼，突然惊醒，结结巴巴说道："窦……爷。"

窦天宝一动也不动，头看着天缓缓说道："认打，还是认罚？"

"认打怎么说？认罚怎么讲？"刘小站战战兢兢地说。

"认打，臭打一顿，游街示众，然后送警察局。"

刘小站咽了下口水，又问："认罚呢？"

窦天宝一挥手："跟我走吧。"

"上哪儿？"

"'三不管'。"窦天宝冷冷地说。

苏大土和尹大茂刚说了一段相声，下台来，正遇着刘小站。

"师父，我来一个？"刘小站支支吾吾地说。

苏大土没注意到什么异常："嗯，去吧。"

刘小站向场子中间走去，上台站定，向下看了一眼，窦小宝和郝大个在人群中瞪着他。

刘小站咽了口唾沫，看看身边的搭档王小汪。

"这回，我来个特别的吧。"

王小汪问："来一什么特别的？"

刘小站说："我是个练家子。"

"您都会什么？"

"我会油锤贯顶。"

王小汪一惊："真的？"

"油锤不好找，板砖也行，砸脑袋没事。"

王小汪哈哈一乐，对着观众说："他这是吹牛。"

一回头，看见刘小站从地上捡起一块砖。

王小汪吃惊地说："你疯了？"

台下的苏大土和尹大茂两人对看了一眼，一脸狐疑。刘小站看着人群中的窦小宝，窦小宝冲他一握拳，郝大个举起手中的板砖。刘小站闭眼一咬牙："来吧！我这是恨病吃药！开！"说罢，将砖砸向头部，顿时鲜血直流。

围观人群惊呼一片，苏大土和尹大茂大吃一惊，慌忙跑上台来。

刘小站满脸是血，朝台下伸手："给钱吧各位！"

围观人群哄的一下全吓跑了，窦小宝和郝大个也捂嘴笑着跑了。

王小汪手足无措地站在台上，看着刘小站笑嘻嘻地走来走去。苏大土气急败坏地一把拉住他，大喝一声："你要疯？"

刘小站笑嘻嘻地说："我是练家子！"尹大茂和王小汪无奈地摇摇头。

"还他妈练家子！"苏大土一脚踹到他屁股上。

窦天宝回去把收拾刘小站的事给九岁红讲了，九岁红听完笑得直不起腰来："你可真有绝的。"

窦天宝坐在床头，高兴地说："我让他后半辈见你都躲着走。"

九岁红又心有不忍，忙问："他那伤重不重？"

"不重，小宝说了是皮肉伤，有两天就好。"

九岁红点点头："也别太过分，他也是喝酒了，你以后可不许再找寻人家了。"

"行，看你分上饶他了。"窦天宝正说着，门外进来一人，正是二平。

"九姐。"二平向九岁红打招呼。

"哎，二平，今儿没上地？"九岁红上前拉着她的手。

"我爹这些日子有钱了，也不爱出来了。"二平答。

"呦，哪儿发财了？"九岁红问。

"发什么财呀，北平来了一位阔少爷，非要在家里看洋片，给的还真不少。"

"真是什么人都有，还有要在家里看洋片的。"两人靠桌子坐下，平儿又说："对了，他家里还有个唱西河的小姐姐呢。我们也刚认识，叫桃儿，人可好了。"

窦天宝在旁坐着，一听这整个人蹦起来了："唱西河的？桃儿？"

二平好奇地看着他，点点头。

"那阔少爷叫什么名字？"窦天宝忙问。

"好像是，叫梁大元吧。"二平答道。

回到家，窦天宝跟大伙说起桃儿的事。

窝囊一听就急了："啊？桃儿姑娘在梁大元那儿？"

彭忠海也跟着着急上火了："这可不是事儿，得想办法把她救出来。"

窦天宝心里也急，但他知道这不是着急就能解决的事，他沉默了片刻，才缓缓说："从北平一别，我跟梁大元再没见过面，当中那疙瘩可不好解。"

窝囊着急地说："那还眼睁睁瞧着不成？"

窦天宝打断了他的话："当然不成。"

彭忠海这时也冷静了下来，想到一个问题："梁大元上天津干吗来了？"

窦天宝不用想就知道，他哼了一声，说："他玩心特大，提笼架鸟、斗鸡弄狗，能花钱的主意他全有。"

彭忠海嘿嘿一乐："你太了解他了。"

"我原来也那样。"窦天宝叹了口气，回头看了一眼在一旁又准备着急问的窝囊，说，"别着急，不入虎穴焉得虎子。"

"你打算？"彭忠海问。

窦天宝下了个大决心："接近梁大元，找机会办这事。"

窦天宝本以为在北京跟梁大元这一断交，再不会有交集，怎奈世事无常，真是不是冤家不碰头，为了桃儿，他还得主动去接近梁大元。他打听到明晚在启洪府上有一场义卖会，以他对梁大元的了解，这种场合少不了这个少爷的热闹。

翌日，启洪府上张灯结彩，门口站着大批用人，一群衣着考究的上流人士陆续走进去。

"王局长到！""孙会长到！""陈将军到！"用人们不断喊着。只见，梁大元在小笔等人簇拥下，大步走来。

"梁大爷到！"

梁大元眼见满堂达官显贵，马上整整衣冠，昂头走进去。

启洪忙过来迎接："梁爷来了。"

梁大元一拱手："当然得来，今天为华南水灾书画义卖，这是大善事啊。我当然得来，何况今天我也把作品带来了，所卖的钱全部捐给华南灾区。"

启洪连连赞叹："好，梁爷真够义气。"

梁大元左右观望一番，忽然看到站在一旁的启芸，忙问："这是……"

"胞妹启芸。"启洪介绍道，挥手招呼启芸过来，"来，妹妹，见过梁先生。"

"梁先生好。"启芸过来打了声招呼。

"好，好，真好看，真水灵。"梁大元眼睛直勾勾地盯着她。

启芸一笑，心里顿生厌烦，转身走回去，与包华立在一侧。

见人已到齐，启洪走到中间，拍拍手，正色道："各位静一静。各位先生，各位女士，大家好。众所周知，今年华南地区水灾挺大，我们约请了天津大批的有识之士聚在鄙府搞一个慈善酒会。同时也为灾区义卖书画，所得善款全部捐给灾区！"

众人响起热烈的掌声。一旁的俩用人抬上一张大桌，在桌上打开一卷画。众人围上来看，启洪介绍道："各位上眼，这是津门名士欧阳子春的《雨夜踏蛙图》，一千元起价，哪位想要？"

人群中响起喊价声，此起彼伏，最后一位来自市政府的官员以七千元成交。

"这一张是大画家马小迪的新作《水泄山村》，起价四千。"启洪又打开一幅画。

作为专业人士的画作，这一幅以一万元成交。一连几幅画后，现场的气氛也达到了高潮。

"好，各位善心当感动天地，另外，今天还有北平名士梁大元先生也带来了自己的大作，请各位瞻仰。"启洪从梁大元手中接过画作，放在桌上。

梁大元也向四周宾客抱拳行礼："各位多指教哈。"

小笔上前，和一个用人展开梁的画卷，铺在桌上。众人一看，画上只有一个圆圈。

大家一时间面面相觑，议论纷纷。启洪尴尬地笑笑，伸手邀请梁大元："这幅大作……这个寓意看来比较隐晦，还是请梁先生自己来介绍。"

梁大元得意地走上前，指着画说："华南水灾，梁某人很遗憾，我希望水能下去，我希望太阳能升起来，所以画了一个太阳。"

现场陷入一片安静，良久无人说话，梁大元左看看右看看，一脸纳闷。

"哈哈哈哈！"一阵笑声从包华的口中传来，启芸赶忙捂着包华的嘴，拉到一边去。

启洪眼看气氛尴尬，忙接话道："先生的画叫……"

梁大元拍拍胸脯："我的太阳。"

启洪擦擦汗，又问："起价是？"

"十万！"梁大元伸出十个手指头。

全场一片惊叫，众人纷纷摇头，启洪一拍脑门，心中暗叫："天哪。"梁大元急得脸红脖子粗，想说什么又说不出来。

"好画！价值连城！"

这时门外传来一声响亮的叫喊，众人回头望去，窦天宝衣着整齐，在窝囊、彭忠海、窦小宝、郝大个、二娘们、万小泉的簇拥下款款走来。

梁大元惊呼道："窦天宝！"

窦天宝率众人走进大堂，与梁大元等人对立。他迈步走到桌前，指着画说："梁爷好笔力！"

"天宝……"梁大元目瞪口呆，一时不知道说什么。

窦天宝转向众人，一抱拳道："各位，今天是个善人云集的日子，自古道乐善休提因果事，存心当报有恩人。各位为灾区捐款功德无量，善莫大焉！尤其京城名士梁大元先生的大作，更是价值连城，无与伦比！"

众人交头接耳，表示不解。

窦天宝又说："各位请看，这画上是什么？"

众人答道："太阳。"

"错！"窦天宝大声反驳道，"这是佛光！有道是佛光普照！天下万民安居乐业！光环之下乃是我佛如来。凡是真心向善的人自有慧眼得瞻，凡内心险恶者……很遗憾只能看见一个圆圈。列位，这样的大作闻所未闻见所未见，我请问诸位，可有人看见我佛慈悲！"

人群中一老太太颤声道："我看见了！我佛慈悲！"遂数着佛珠跪下磕头。

众人也跟着点头称是，纷纷向佛祖作揖鞠躬。

梁大元激动不已，不住地擦拭眼泪，小笔等人站在一旁目瞪口呆。

"如此名作，价值连城，起价十万！"窦天宝向天一指，大声说道。

众人疯了一样地向上加价，已喊过一百七十万。启洪摇摇头，像看怪物一样看着窦天宝。一边的角落里，包华吃惊地看着他们，启芸则用倾慕的眼神望着窦天宝。

梁大元一把抱住窦天宝，号啕大哭："我的好兄弟……"

窦天宝轻拍梁大元背,安抚道:"但行好事,莫问前程。"

人群中,启芸悄悄地对包华说:"我看上窦天宝了。"

包华一惊:"什么?"

启芸一根手指放在嘴唇上,做了个轻声的手势:"嗯,小声点。你看这王公大臣、上流才俊我们见得也挺多了,但不知为什么,他们谁也不如窦天宝让我心中有感觉。"

"他分明是胡说呀,你不要……"

启芸打断包华:"我何尝不知道他在说谎,但单凭他的勇气,大庭广众之下能口若悬河,把这些自诩为人上人的社会名流唬得倒头下拜,这是多大的智慧。这份聪明才智不是每个人都有的。"

包华叹气道:"你又不是民间女子啊,我的格格。你爱上他也不过是新鲜一下,能有什么结果?"

"我……"启芸一时怔住。

义卖结束,梁大元拉着窦天宝要跟他喝酒,这正合窦天宝心意,没一会儿,梁大元已喝得七荤八素,抓着窦天宝直嚷嚷。

"还得说是自己弟兄,关键时刻谁管哪。今天多亏了你。天宝,来,再干一杯!"

窦天宝笑道:"你这酒量比原来可见长不少。看来,士别三日当刮目相看。"

梁大元忙挥手:"哪是分别三日?咱可有日子没见了……"

"是呀,在外飘荡,我最挂念的就是你。"窦天宝拍拍梁大元的手,假惺惺地说。

梁大元嘤嘤嘤地抽泣起来:"天宝……我很感动……打小我们就在一块玩儿,大了大了谁也见不着谁,我……呜呜呜。"

窦天宝知道梁大元这几句说的是真话，梁少爷虽然纨绔，但本性并不坏，他拍着梁大元的肩膀安慰了一句："没事，咱这不又见着了吗。"

"不分开！不分开！"梁大元嘿嘿笑着，忽然酒意上涌，趴到一边大口呕吐起来。

窦天宝一伸手，朝门外招呼："把你们爷伺候着。"

小笔率众人走近，两个人架起梁大元出去。

"窦爷。"小笔望着窦天宝，冷笑着。

窦天宝头也不抬，嘴里挤出两字："浑蛋。"对于小笔，窦天宝只有满腔的仇恨，这个小人，他虽然也捉弄报复过了，但只是消了一时的气。

"咱那事不算完。"小笔也恶狠狠地说。

窦天宝冷眼看着小笔，指着他说："我饶了蝎子他妈也不饶你。"

"好，好……"小笔一甩手转身而去。

"火在心头难消恨哇！"窦天宝大声唱了一句，端起酒杯一饮而尽。

窝囊匆匆走进来，拍了下天宝的肩膀："少爷，喝多了吗？回吧。"

"我没事，"窦天宝摆摆手，站起身来，"你还没回去睡觉？"

"小梨园的魏老板又来了一趟，让您定一下日子，人家那水牌子可戳了些日子啦。"窝囊说。

窦天宝想了想，说："我明天去一趟。"

第二天，小梨园后台，一干演员及乐队正在做着演出前的准备，老板魏十二陪窦天宝走了进来。

"各位角儿，窦老板来了。"

众演员纷纷上前打招呼，只有两人没有上前，九岁红和小白蛇。

窦天宝看看两人，小白蛇冷笑了一声，坐在一旁，九岁红看看小白蛇，也尴尬地笑笑。

"各位辛苦，咱们马上一块干活，多关照。"窦天宝抱拳行礼。

正说着，一旁的伙计跑上来，冲魏十二说："老板，小兰花肚子疼得上不了场，在后面躺着呢，下一场戏怎么办啊？"

魏十二本来高兴着，脸色大变："啊？严重吗？"

伙计答道："挺严重的。"

"那场上怎么办？马上开场啦！"魏十二傻了眼。

小白蛇走过来，冲魏十二说："她都这样了，哪还唱得了！我带她看病去。"说完便着急走了。

魏十二急得团团转："这不要命吗！一个萝卜一个坑啊！"

众人正急得没办法，窦天宝不慌不忙地问："她唱什么的？"

"铁片大鼓，今天有几位大客商点名要听铁片大鼓，这不要命吗？"

"别慌，"窦天宝笑嘻嘻地说，"我来。"

魏十二惊得睁大了眼睛："你？窦先生别玩笑。"

九岁红也吃了一惊，问："天宝，你行吗？"

"砸了，我赔损失。"窦天宝镇定自若地说。

魏十二一拍巴掌："我谢谢您！来人，伺候窦老板……"

不一会儿，窦天宝就准备妥当，从后台挑帘子上场了。只见他望望下面，不慌不忙地说："今天来的人不少，除了空座算是坐满了。您来这儿是听玩意儿的，您吃饱了喝足了，上这来是消遣解闷。可做艺人苦着呢，这不嘛，今儿有个唱铁片大鼓的杨兰花，急病暴发，瞧病去了。可您各位花钱听玩意儿没错。她看病去了，我替她唱。您各位是愿意听是愿意听还是愿意听啊？"

台下一片哄笑声，响起掌声一片。

窦天宝又说："得，我先谢老少爷们，让弦师款动丝弦。学徒我挚挚诚诚地给您唱一段铁片大鼓《高亮赶水》。"

　　　大明朝一统锦绣的疆阎，
　　　洪武爷驾坐呀——在——南京。
　　　有大爷武殿章——人称好汉，
　　　常遇春胡大海还有李文忠。
　　　康茂才火烧放走陈友谅，
　　　刘伯温神机妙算亚赛过卧龙。
　　　有一位燕王爷本是四殿下，
　　　他本是北海中五爪的金龙。
　　　只皆因闹花灯——闯下了大祸，
　　　日封十王就往外边轰。
　　　……

窦天宝左手打着铁片，右手敲着大鼓，唱腔浑厚，吐字清晰，第一句唱词出来就是一个大家风范，引得台下一片彩声："好！"九岁红在后边望着天宝，甜甜地笑着。

从小梨园出来，窦天宝就往梁大元住处去了，桃儿还没脱离火坑，窦天宝就得勤着跟梁少爷往来。

一张巨大的画案，上面整齐地放着文房四宝，梁大元与窦天宝各持毛笔，蘸好墨，两人各自一伸手："请！"

二人各自在一张纸上挥笔作画，表情严肃认真。小笔等人在旁伺候着。

半晌，二人画毕，各自擦汗，画上一个是大白菜，一个是一大块肉。

梁大元问："您画的是？"

窦天宝答："白菜，您画的是？"

"牛肉。"

窦天宝一伸大拇指："高才。"

梁大元摆手："岂敢。"

这时一伙计从外面走进，问道："爷，午饭吃什么？厨子等着呢！"

梁大元想想说："吃饺子。"

窦天宝灵机一动，朝伙计吩咐道："白菜牛肉！照着画去做！"

梁大元一听，抚掌大笑，命小笔拿着画带着伙计去厨房了。

"天宝，挨金似金，挨玉似玉，我就爱和你一块待着。"梁大元命左右沏上一杯茶，亲自递给天宝。

"那是，"窦天宝品一口茶，"咱们是发小啊。"

"从小到大，咱们这交情非比寻常。哎，天宝，你有什么要我帮忙的，只管说！"

窦天宝眼珠一转："呵呵，你帮不了我。"

梁大元一听，急了："天宝，只要你说得出，我没有二话。"

窦天宝紧紧盯着梁大元，半晌说出一句："你舍得吗？"

梁大元嘿嘿一乐："你说得出，我就舍得。"

"桃儿。"窦天宝脱口而说。

梁大元吃了一惊，瞪着窦天宝。

"舍不得吗？"窦天宝盯着他的眼睛。

沉默良久，梁大元一拍桌子："来人！"

众家丁围上来："有。"

梁大元大喝一声："给他！"

两个家丁应声退下。窦天宝暗喜，心想着，终于成功了。

不一会，家丁端出一个盆递给窦天宝，里面盛着两个大桃儿。

窦天宝端着盆愣在原地，还未开口，梁大元发话了："你好狠毒。当初，乾隆爷赐给启洪家三棵御桃树，这三棵树乃是西域番王进贡的珍品，数百年来，几经辗转，仅存一棵，又五十年未结果，今年开花结果。仅得七个大桃儿，启洪送了我两个，我自己都舍不得吃，也不知你哪来的消息，罢了！兄弟，咱俩一人一个！来！请！别客气，你要是说话就是骂我！"

梁大元抓起一大桃儿，猛啃起来。

窦天宝苦笑着拿起了桃儿，长叹一声："唉！"

胡同角落里，小笔与大铁牙正密谋着什么。

"啥？梁爷看上我闺女了？"大铁牙惊呼。

"对呀，给你道喜。"小笔一阵坏笑。

大铁牙慌忙摆手："爷，使不得。孩子还小啊！"

"今天初七，初十送过去。给你一百块钱。"

大铁牙还是不同意："爷，我们做艺人，不卖孩子啊！"

小笔指着大铁牙的鼻子，不耐烦地说："别废话，给你脸得会兜着。"

"笔爷，我求您了。"大铁牙正说着，小笔伸手给大铁牙一嘴巴，骂道："老浑蛋！"转身扬长而去，留下大铁牙捂着脸站在原地。

小梨园的后台，九岁红正在上装，只见二平哭着跑进来。

九岁红一惊，拉住二平问："怎么了？"

二平哭哭啼啼地说了梁大元看上她的事，九岁红听罢，也是一筹莫展，安抚她说："别哭，咱想想办法。"

二平摇摇头："没办法啊，初十我就得去了。"

两人正发愁着，窦天宝领着窦小宝走进后台，坏笑着说："呦，谁哭呢？"

九岁红看见他，赶紧招呼道："别打岔了，你来得正好，二平有事求你呢。"

二平看见他，哭着说："天宝哥，梁大元要我去陪他。"

"啊？梁大元？"窦天宝一愣。

二平嘤嘤地哭起来。

"不急，"窦天宝摆摆手，"好办。"

略一思索，回身问窦小宝："那谁的徒弟是不是有臭胳肢窝的？"

窦小宝眨巴眼，点点头："是，'三不管'练武术的李金龙，他徒弟里好像有臭胳肢窝的。"

"行，咱们闻闻去。"窦天宝一转身，对九岁红笑了笑，便带着窦小宝出去了。

九岁红和二平望着他们的背影，一脸纳闷。

二人来到"三不管"李金龙场子，李金龙与窦天宝对面而立，其弟子约二十人在他后面站成一排，颇有阵势。

窦天宝一抱拳说："一向腿懒，少来拜访，李爷休怪。"

李金龙也回一个抱拳，朗声说："岂敢，窦老板大名，轰动天津，幸会幸会。"

窦天宝知道李金龙这人喜欢直来直去，是个豪爽的性子，也不拐弯抹角，直接说："有事相求，想请您帮个忙。"

李金龙觉得窦天宝挺对脾气，便说："您客气，万死不辞。"

窦天宝笑着说："想求一件上衣。"

李金龙疑惑地问："什么人的？"

"有狐臭的。"

李金龙回身指一徒弟："大香出来，见过窦老板！"

只见一个精壮的徒弟站出一步来，抱拳道："窦老板好！"

窦天宝咳嗽着应道："就是他了！"

大铁牙在胡同口焦急地等待，不一会儿，窦天宝和二平从胡同里走出来。

大铁牙上前行个礼："窦爷，谢谢您了！"

窦天宝把一包衣服交给大铁牙："我已经嘱咐二平了，放心吧。"

大铁牙看看二平，二平点点头，大铁牙赶紧又拜谢窦天宝。

窦天宝扶住大铁牙，嘱咐道："闺女脱身后，换个地儿干吧。"

大铁牙不住地点头："哎！"

初十晚上，二平一身红衣端坐床边，不时拉一下衣服，神情紧张。

门吱呀一声打开，梁大元笑嘻嘻地走近，边走边淫笑道："二平，小宝贝。"

二平怯怯地说："爷，能跟了您是我的福分。"

梁大元笑得更开心了："好好好！"

"就怕我伺候不好您。"

梁大元一屁股坐在她旁边，嘴里念叨着："没事，没事。"伸手要抱她。

二平忙闪躲："我……"

梁大元挠挠头，不解地问："你怎么了？"

二平吞吞吐吐："我……我有腋臭。"

梁大元一惊："是吗？我闻闻。"低头凑近闻二平，脸色猛地一变，拔腿就跑。

"救命啊！"

一声凄厉的叫声在夜空中飘荡。

第廿一章
有疾

粉墨登场作笑谈,

情丝百转债难还。

无端病骨凭空造,

苦药穿肠是自煎。

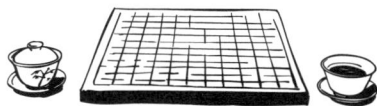

小梨园门外，巨型水牌上书"特邀相声新贵窦天宝先生今晚上演"墨迹未干，仿佛还带着滚烫的人气。后台，窦天宝对镜整着崭新的大褂，镜中人影模糊，竟分不清是台上伶俐的角儿，还是台下那个被情债与荒唐裹挟的窦天宝。彭忠海在一旁，手指无意识地敲着鼓点。九岁红端着参茶进来，眼波里的关切几乎要溢出来，递给窦天宝："补中气的，多喝点。"

　　"哎，谢谢。"当着彭忠海的面，窦天宝也有点不好意思。

　　"地上你也有日子没见了，天津卫都嚷嚷开了，好听你的老少爷们可全来了，你可得铆上。"九岁红嘱咐他。

　　窦天宝点头道："放心。多咱都得对得起听戏的。"

　　"我接场了，你候着吧。"九岁红向窦天宝笑笑，转身向上场门走去。

　　窦天宝端着茶碗，美滋滋地喝一口，旁边彭忠海摇摇头，嘴里念叨着："不赖。"

　　"什么不赖？"窦天宝问。

　　"你心里明白。"

"这大褂？你那也不赖。"窦天宝故意打哈哈。

彭忠海推他一把，说："少来。九岁红挺疼人。我瞧也挺对你心思。"

"呵呵，怪害臊的。"

"你得了吧。"彭忠海整整衣袖，又问，"哎，好几天没看见小白蛇了。"

窦天宝呵呵一笑："找许仙去了吧。"

彭忠海纳闷地说："那主儿也是，疯了心地喜欢你，也不知图什么的。"

"有爱孙猴的有爱八戒的，口味不一样。"

"连你这八戒都有人喜欢，怎么没人喜欢我呢？"

窦天宝仔细瞅了一眼彭忠海，说："你不如八戒呗。"

"怎么还不到窦天宝？"启芸焦急地坐在包间里，不住地张望舞台。

包华劝道："快了快了。"

"今天他们说什么呀？"启芸问她。

包华摊摊手，表示不知道："头天打炮准是拿手的吧。"

启芸又望向舞台，包华想起些什么，赶忙问她："哎，最近你哥没拦着你听相声？"

"他忙着花天酒地，哪有时间管我？"

二人正说着，舞台上一阵骚动，检场人将场面桌搬上，上绣"窦天宝彭忠海"。台下一片掌声雷动，叫好声四起。

启芸和包华站起来望过去，只见窦天宝、彭忠海二人上场，向观众作揖。

"好!"启芸和包华也高兴地大叫起来。

小梨园外,苏大土和尹大茂盯着水牌,眼睛鄙夷地看向里面。

"这窦天宝可上小梨园了。"苏大土一手指着水牌,愤懑地说。

尹大茂不服气地说:"凭什么?他算什么?一个人拜把子,他算老几?他自己吹,外界也替他吹,咱哥俩那么大能耐,咱们吹吗!咱们在这儿干了那么长时间也没上园子,凭什么他就能上!"

"听相声的瞎了眼呗。"苏大土气得转身就走,边走边嚷嚷,"咱们这是多大能耐。您会那五段跟我会这八段,这十三段那可都是精品!凭什么咱们不能上园子?"

尹大茂眼珠滴溜一转,赶上苏大土悄声说:"咱想法败坏败坏他,就说他是跟咱俩学的。"

苏大土想了想:"对,反正听相声的糊涂人多,甭管信不信,咱先痛快痛快!"

两人又商量了几句,奸笑着走了,回到茶馆就开始编派上了。

"结果,窦天宝他爸爸领他找我来了,爷俩跪我面前,求我收窦天宝当徒弟,让我教他说相声。"台下人群一片躁动,苏大土见状,得意扬扬地暗笑几声。

旁边的尹大茂应和道:"这是实事,我亲眼得见。"

苏大土又继续开始编段子:"后来,我跟窦天宝他爸爸说,二哥,这小子我不能收,他贼眉鼠眼,不是玩意。"

"长得不带人样。"尹大茂继续捧。

"窦天宝他爸爸哭得跟泪人似的,跪在我跟前哭,砰砰磕头,求我收他……"

苏大土正说得来劲,人群中传出一声大吼:"放你妈的屁!"一众人冲上台来，为首的正是梁大元。见一群人来势汹汹，苏大土、尹大茂吓得魂飞魄散，苏大土忙问："这位爷……？"

"你是满嘴胡吣！窦天宝他爸爸是直隶督办兼北平警备司令，他能求你一个臭要饭的！你还敢管他爸叫二哥？叫活祖宗你都不配！"梁大元气得直喊。

尹大茂在一旁圆场："大爷，我们……"

"滚！"梁大元冲他一吼，吓得尹大茂一哆嗦，"还你亲眼得见？他爸爸风光的时候，你爷爷还穿开裆裤呢！"

苏大土见状，赶紧上来鞠躬道歉："我的亲爷，您别生气，有这么句话，说相声的嘴，澡堂子的水，浑着呢。我这是放屁，您甭跟我上论。"

梁大元才懒得听他们辩解，一招手："来人！给我打！"

小笔上前一步，一脚踹倒苏大土，旁边家丁一拥而上，打得苏、尹二人鬼哭狼嚎。

杨小仁、庞小狗、刘小站、王小汪四人躲在台下一侧看着，大气不敢喘。

"咱们上去救师父吧。"庞小狗嘴上说着，脚上却往后退着。

"咱们？"杨小仁也跟着往后躲。

"师父说过，顾己不为偏，先管咱四人别挨打。"

"对，师父还说过，人不为己，天诛地灭。"

"那咱低头。"

"嗯，低头。"

四人你一言我一语说着，一边往后退着，忽见梁大元往这边看，吓得慌忙扭头跑了。

第一次上园子大获成功，窦天宝自此成了天津卫的相声红人。第二天，他坐在家中端杯饮茶，好事就找上了门。

彭忠海一身齐整、红光满面地进来，张口就问："天宝，有人请吃饭，去不？"

窦天宝纳闷："谁啊？"

"嘿嘿，就上次那俩姑娘，启芸和包华。"

窦天宝哦了一声，低头若有所思。彭忠海看他出神，又问："你去不去啊？"

"不了，你自个去吧。"窦天宝一副兴致不高的样子。

结果，彭忠海反倒嘿嘿一乐："你不去正好，那我就约包华单聊了。"

窦天宝一愣："行呀，这不就勾搭上了吗？"

"说那么难听，我们这是……"

"去吧，晚了。"窦天宝挥挥手。

"好！"彭忠海哼着小曲向外走去。

包华此刻正坐在公园的长凳上，左望望右看看，忐忑不安地等着彭忠海。彭忠海一路哼着小曲走来，看见包华，赶忙招手打招呼。

"彭先生来啦。"包华看见他，脸上泛起一层红晕。

"叫我忠海吧。"

包华低着头，扯着衣角说："那多不礼貌。"

"没事，显得亲些。"

"忠海！"包华小声叫了一声，顿时羞红了脸。

"哎！"彭忠海这一声答得倒是响亮，答完后，他也跟着老脸一红，气氛一时有点尴尬。

"我……可喜欢听你说相声了。"半晌，还是包华先开的口。

"是吗，我说得一般。"

"对了，你唱的数来宝也挺好的。"包华这一夸就打开了话匣子，"手上打得那么熟练，嘴里还唱着，真了不起。"

"我带着板儿呢，给你来一段吧！"彭忠海被这一顿夸，来了精神了。

"好哇！"

公园不远处，窦小宝和郝大个正在散步。

"真的，我爹夸你了。"窦小宝说。

郝大个一听被师父夸了，顿时高兴起来："太好了，说明我这些日子用功夫了。"

窦小宝看了他一眼，说："功夫是见长，可饭量也见长。"

两人就这么一边走着一边聊着闲篇，突然听到了一阵板子声。

"像彭叔！"

"听听去！"

走到近前，发现果然是彭叔，正在给坐在旁边的包华展示一段《玲珑塔》。这架势让窦小宝和郝大个在暗处偷偷憋着笑，听完了一小段。

包华鼓着掌说："真好！"

"再来一段？"彭忠海被夸了后就像骡子被喂饱了草料，着急再跑上一圈。

包华那可巴不得，赶紧说："来，我可爱听了！"

"听着！"说着彭忠海又打起了板，这时躲在一旁偷听的窦小宝和郝大个实在憋不住了，大笑着跑开了。

"谁?"彭忠海认出两个孩子的背影,手里的板却没停,"这俩缺德孩子!"

窦天宝之所以对彭忠海的邀约心不在焉,是因为他还惦记牵挂着桃儿,只要桃儿还在梁大元那儿,他心里就不安,尤其梁大元身边还有个一肚子坏水的小笔。所以窦天宝每天都想着法子去找梁大元,看看有什么办法把桃儿给解救出来。

这会儿梁大元正端坐在房中闭目养神,香炉中焚着香,正中摆一棋盘,左右两杯茶已沏好。

门外一声招呼:"窦先生来了。"

梁大元慢慢睁眼,伸个懒腰,刚站起身来,窦天宝便大步走进屋内,小笔紧随其后。

两人相视一笑,梁大元正色嘱咐小笔:"传话下去,吾与窦兄对弈,屏退左右,不见闲人。访客一律免参免见。"小笔点头退下。

二人落座棋盘两侧,梁大元吟起一首诗来:"古道荒山苦相争,黎民涂炭血飞红。灯照黄沙天地暗,尘迷星斗鬼神惊。"

窦天宝应道:"楚河两岸摆战场,龙争虎斗各一方。智者千虑终须有,观棋不必说风凉。"

"请!"两人异口同声地说。

半晌过去,棋盘上未落几子,梁大元与窦天宝默然对坐。

"敢问窦兄,为何棋上不标明马车炮哇?"梁大元故作镇定地开口。

"这是围棋。"窦天宝冷冷地答。

梁大元高傲地点点头:"哦。"

窦天宝忍不住了,一拍桌子:"这不是瞎耽误工夫吗?"

梁大元略显尴尬，挠挠头："那聊会儿天吧。"

"闲话少说，书归正传。大元，我有事求你！"窦天宝终于决定单刀直入了。

梁大元一听，大手一挥："兄弟，只要你说得出，没有不行的。"

"把桃儿姑娘给我。"

梁大元怔住，低头无语。窦天宝见梁大元不肯回应，勃然大怒，起身抓起棋盘向外扔去。

嘭的一声，棋盘从窗户飞出，落在花园里。小笔等人惊得张大了嘴巴。

"兄弟，你别急，桃儿姑娘是谁啊？"梁大元赶紧劝天宝。

"你真忘了？"天宝没好气地问。

梁大元一副诚恳的样子："真想不起来了。您提个醒？"

"唱西河大鼓的刘桃儿。"

梁大元一拍脑袋："哦……我干闺女？你要不说我可真忘了，兄弟，你领走！"

窦天宝一惊，没想到梁大元能答应得这么爽快，赶忙站起身来就鞠躬："兄弟，谢了。"

门外的小笔伏在门口上，一听这话，撒腿就向外跑。

"干爹让我跟窦天宝走？"桃儿吃惊地问。

小笔点点头，眉飞色舞地说："对。窦天宝这个大骗子，不知道又动了什么心思，为了来抢你都急眼了，差点把梁爷打了，梁爷无奈，让我送你去窦家。"

桃儿呆住，眼睛里含着泪水，嘴里喃喃说道："不……我再也不想见到他！"

这些日子里小笔没少给桃儿编派窦天宝的坏话，桃儿生性单纯，这些话她听得多了，自己也真假难辨了，虽然她心里愿意相信窦天宝，但杏儿的死是事实，小笔又各种添油加醋编派，桃儿只觉得自己无法面对窦天宝，只想躲得远远的。

窦天宝从梁大元那儿回来后就兴奋地在屋里走来走去，窝囊、彭忠海、小宝等人都坐在桌前，桌上摆着丰盛的酒菜。

"少爷，看出来您真高兴。"窝囊欣喜地说。

窦天宝不住地点头："是啊，我没想到梁大元那么痛快答应放人。"

彭忠海问："这里不会有什么阴谋吧？"

"我了解他，"窦天宝满不在乎地说，"二百五有点，鬼心眼差着。"

"爹，我饿了！"

"师父，我也饿了。"小宝和郝大个望着桌上的菜直流口水。

"再等会儿。梁大元答应派人送桃儿来，她一来，咱就开饭。"窦天宝说完，又走到门口不住地望着，众人只好继续坐着。

片刻后，院子门呼啦一声打开，窦天宝兴奋地喊一声"来了！"，便冲了出去。

走进来的却是小笔。

"小笔？！"窦天宝一见是他，脸立马拉得老长，又向后张望寻找桃儿。

"窦爷，别看了，桃儿让我送一封信给您。"

窦天宝还未反应过来，小笔扔下一封信，转身扬长而去。

窦天宝愣在原地，众人围上来，彭忠海打开信，念道：

我走了，谁也不要找我。人，生有处死有地，说埋在什么地方就埋在什么地方。这些日子我很累，很多事情不知是真是假，我一想起这些事，头都要炸开了。我要找个清静的地方好好想一想。我要想明白了就回来找你们，要是一辈子不明白，你们就当这世上没有我这个人，希望你们都好好的，我走了。——桃儿

彭忠海念完，众人无语，院子里静得能听见叶子掉在地上的声音。

半晌，窦天宝长叹一声，面朝大门缓缓跪下，众人全都吃了一惊。

只听窦天宝大声喊道："皇天后土，过往神灵，有灵有应多保佑桃儿吧，希望她安全，健康，快乐，幸福！"说罢，重重地叩下头去。

桃儿走了，但窦天宝的桃花却还是朵朵开着。自打启芸知道包华自己约着彭忠海上花园私会后，就整日缠着包华要她去约窦天宝和彭忠海去跳舞。包华拗不过这格格，自己也想有个由头约彭忠海，便去缠着彭忠海拉上窦天宝一起。彭忠海没办法，好说歹说把窦天宝叫上了。

天津的租界，称得上是当时中国最洋派的地方之一，堪比上海滩。灯红酒绿的舞厅、身着洋服的青年男女，和旧中国的红砖青瓦、长袍大褂形成了鲜明的对比。

爱玩的梁大元，自然不会错过这个地方。

"真有那么好看？"梁大元走近一瞧，一家舞厅门牌上写着几个歪歪扭扭的洋字母，旁边还贴着块招牌，上书：国色天香。

小笔点点头："爷，保管您满意。"

梁大元满意地笑笑："好小子，咱瞧瞧去。"

一进舞厅，舞池里迷离的灯光和喧闹的音乐就让梁大元眼前一亮，不过，更让他眼前一亮的是，几个熟人也在里面——包华和彭忠海正在舞池中跳舞，包华教他动作，机灵的彭忠海学得也很快，而雅座里，窦天宝和启芸正对坐着聊天。

"没想到，你那么大酒量？"窦天宝好奇地问。

启芸端着酒杯直笑："我没怎么喝过，平时只是应酬时喝一点点，今天可是破纪录了。"

"我估计喝不过你。得了，甘拜下风。"窦天宝拱手认输。

两人正哈哈笑着，梁大元过来重重地拍了一下天宝的肩膀："天宝！"

窦天宝抬头一看："哟，大元，这么巧，来坐。"

梁大元乐呵呵地坐下，侧眼望见启芸，惊呼一声："咦？格格也在。"

启芸尴尬地笑笑，窦天宝吃了一惊，忙问："格格？她？"

梁大元点头，指着启芸说："爱新觉罗·启芸！皇上本家，你们怎么到一起的？"

窦天宝望望启芸，直摇头说："我们……这个……"

"梁大哥。我们早认识，是好朋友。"启芸赶紧接话。

"哦！"梁大元恍然大悟般地点点头，搂住天宝的肩膀竖起大拇指。

窦天宝一把打落他的手，说："你好好着啊，别胡乱想啊。"

梁大元嘿嘿坏笑，正要说话，小笔凑过来耳语几句，使了个眼色。梁大元顺着小笔的眼神望去，好家伙，一个穿着暴露、性感无比的女郎坐在高座之上，吸引了周边一堆人的目光。

梁大元看得眼都直了，小笔在他眼前晃晃："爷，看见没，那几个人也盯上大美女啦，咱可不能落后。"

梁大元反应过来，一拍大腿，站起身来就要冲过去，回头冲窦天宝说："天宝，你们坐着，我去去就来。"便带着小笔风风火火地走过去了。

窦天宝摇摇头，转向启芸："格格的嘴，可真紧哪。"

启芸紧张起来，赶忙解释道："天宝，你别多想，我是清室后裔，可这跟咱俩交朋友没关系。我真的很欣赏你，你别多想……"

窦天宝伸手，示意她不用再说了。启芸还想再解释，这时包华和彭忠海跳完舞，走了回来。

"累死了，累死了，"包华一把拉起启芸，"我们去要点喝的吧。"

启芸愣了一下，已经被拉走了。

窦天宝看看彭忠海，长叹一声说："唉，又来了。"

彭忠海正沉浸在喜悦中，被窦天宝的话说得一愣："什么？"

"这启芸，大户之女，清室后裔，是个格格。"

彭忠海一头雾水："那怎么了？"

"这她要万一看上我怎么办？"

彭忠海乐了，兴奋地说："那是好事呀！"

窦天宝一听，急得跺脚："好什么好！我还不够闹得慌？再掺和上一个格格，还活得了哇。"

彭忠海眨眨眼，看看天宝："那怎么办？你走吧，躲开她。"

窦天宝摇摇头，慢悠悠地说："得想一法子，怎么能让格格讨厌我？"

彭忠海想了想，眼睛一亮："你呀，干脆来点没人样，像个流氓似的，找个碴打一架什么的。她是有身份的人，一看就讨厌你了。"

"好主意。"窦天宝一拍桌子，端起酒杯一饮而尽，左右观望了一下，看到梁大元正和四五个男子围着那美女，心生一计，起身便向那边走去。

"祝你成功！"彭忠海在背后起哄。

"跟我跳！"

"跟我跳吧！"

一群人围在美女面前，争相邀请她跳舞，梁大元正奋力往前挤。

"都滚！"

这时，背后传来一声怒吼，众人回头看，天宝奋力分开人群，一把抓住美女的手，指着梁大元说："你，必须和梁先生跳舞。"

美女一惊，不满地说："为什么？"

"他是我的生死弟兄，他是我的大哥！"窦天宝的声音响彻全场。

"天宝，好兄弟……"梁大元在一旁感动得无以复加。

旁边一男子拉住窦天宝的手，愤然道："凭什么？你他妈是什么人？"

窦天宝二话不说，一拳打去，把男子打翻在地。旁边几个男子见状，大喊着冲过来，七八个人扑倒窦天宝，厮打在一起。

"小笔！叫人来！"梁大元大喊着，小笔带着一众打手冲进来，众人打成一团。

舞厅里一片混乱，酒客们都在一旁起哄喝彩，启芸和包华急匆匆地跑来，大声尖叫着。

一阵激烈的打斗后，梁大元这边人多，将另一拨人打跑了。窦天宝从地上爬起来，满脸是血。

梁大元迎上来紧紧抱住他，嘴里喊道："好兄弟啊，好兄弟。"

身后的启芸也快步跑上来，冲着窦天宝大喊："天宝哥！你太棒了！I love you！"

"啊?!"窦天宝一阵气血翻腾，倒头栽倒了。

醒来时，窦天宝发现自己躺在一张香气袭人的床上，头上缠着药布，启芸坐在床边默默注视着他，眼里满是崇拜之情。

"我怎么在这儿？"窦天宝一下坐起来。

启芸赶忙扶他："别动，你身上有伤。"

窦天宝环顾左右："您这是把我弄哪儿来了？"

"我的家。"启芸羞涩地说。

"天哪，我……"窦天宝急着要起身。

启芸按住他："别急，我让彭先生带话回去了，你就在这儿静养吧。我会好好服侍你的。"

"我的格格，我的圣母皇太后，您让我走吧，我在这儿非乱了不可。"窦天宝急得汗如雨下。

"别动，你的伤还没好呢。"启芸像没听见一样，自顾自地说。

"不像话，我哪能在你这儿养病啊。"

"说不让走，你就不能走！"启芸急了，大声说。

"我的妈呀！"窦天宝躺倒在床上，大喊，"光天化日强抢民男，还有王法没有。"

启芸捂嘴低声笑道："实话告诉你，本姑娘喜欢你，这要是在前清，奏请皇上赐婿，你敢皱眉头，九族尽灭！"

窦天宝点点头："对，连街坊都宰了。"

启芸正要再说话，房门突然从外面被踹开了，只见启洪气势汹汹地冲进来。

"好哇！你在干吗？"启洪张口就问。

"哥。"启芸吓了一跳，站起来支支吾吾地说。

启洪瞪了她一眼，怒向窦天宝："你是谁？"

窦天宝打量他一下，不慌不忙地说："说相声的，咱们见过。"

"你怎么在我妹妹床上？"启洪的声音透着怒火。

"问你妹妹去。"

启洪大怒："大胆！"

"胆小能干这事？"窦天宝这人吃软不吃硬，继续耍贫嘴。

启洪气得直跺脚，转头问："启芸！你怎么解释？！"

启芸此时也镇定下来，横下一条心，冷冷地说："干吗解释？我喜欢他，就这么简单。"

启洪愣在原地，不敢相信地问："你？"

见两人僵持着，窦天宝躺在床上，笑嘻嘻地说："她哥，她在气头上，你甭当真。"

"闭嘴！"启洪大吼一声，摔门出去了。

"嗯，你也在气头上，我也甭当真。"窦天宝继续说。

夜色已深，窦天宝房里，窝囊、彭忠海、窦小宝、郝大个围坐着，谁也不说话。

"我实在拦不住啊，"彭忠海无奈地摆手，"那格格脾气挺大，就把天宝弄上车送回府了。"

郝大个挠挠头说："不会有事吧？"

"应该不会。"彭忠海说。

话音刚落，九岁红急匆匆地走进来："天宝呢？"

还没等彭忠海解释清楚事情始末，九岁红一听说窦天宝在启洪府上没回来就急得嚷嚷："不行，我要把天宝救出来。"

"九姑娘，你先别发火，"彭忠海劝慰道，"没这么严重，也不是扣押，也不是绑架，只不过……"

"只不过什么？"九岁红问。

"只不过……"彭忠海支支吾吾答不上来。

九岁红一拍桌子，说："别麻烦了，我去找他。"转身便出门而去。

屋内众人你看看我，我看看你，大眼瞪小眼，彭忠海一拍脑门："这就该有事了。"

启洪府上，此刻也不平静。

启洪坐在床头，边穿衣服边骂道："什么玩意儿！他也配当我妹夫！癞蛤蟆想吃天鹅肉。他这是痴心妄想！真活活气死我！哼！"

说罢，启洪起身掏出一沓钱扔在桌上，回头冲床上人说："行了，这趟出门你也辛苦了，回去吧！"

启洪打开房门，气冲冲地走出去。片刻，小白蛇从床上下来，穿好衣裳，拿起桌上的钱，心事重重地看着外面。

而另一边，窦天宝和启芸坐在床头，两人相望无语。

"我不对，我有罪，我忏悔，我……"窦天宝轻轻地扇自己巴掌。

启芸拉住他，哀伤地说："别这么说，其实这事怨我。可能我想得过于简单了。您别在意。"

"哪的话。年轻人犯了错误谁都可以原谅嘛。"窦天宝笑嘻嘻地说。

启芸摇摇头说："我这种独特的家庭，可能使我与其他女孩有很大差异，天宝，我希望你能理解。"

"我是这么认为的，天下万事嘛，自古以来，东南西北，成事不足……得了，我还是走吧。"窦天宝站起身来，拍拍启芸的肩膀，转身走向门外。

启芸怔住，一时不知所措，扑在床上哭了起来。

但窦天宝不想多纠缠，定了一下，还是没回头，他知道这一回头可能就出不了这个门了。刚出启洪家大门，窦天宝就撞见了小白蛇。

"天宝。"

"小白蛇？"

小白蛇问："你怎么在这儿？"

"我还想问你呢，你怎么也在这儿？"

小白蛇看看他的脸，焦急地问："你怎么受伤了？"

窦天宝想了片刻，猛然变脸道："你？你还有脸问？哼！"转身拂袖而去，小白蛇赶紧追上去。

"你听我说，别生气。"窦天宝在前面怒气冲冲地走着，小白蛇可怜兮兮地跟在后面。

"我没什么可说的，你上这儿干什么来的？"窦天宝头也不回地问。

"我……我打算……"

"编！你就编！告诉你，我是什么都知道的！"

小白蛇一惊："天宝，你真知道了？"

"哼，要想人不知，除非己莫为！"窦天宝其实啥都不知道，一直在诈她。

"你怎么知道我在这儿的，一直跟着我吗？"小白蛇喃喃地说。

"哼！我很气愤！"

"那你这伤？"

窦天宝站住，回身故作理直气壮地说："你说呢！"

"他们打的？为了我？呜……天宝！"小白蛇放声大哭起来。

"哭也没用！躲开我！"窦天宝一甩手又要走，却被小白蛇一把抱住。

"天宝！我真对不起你，我没想到你那么重视我，我其实也是好爱你的，可你就是不拿我当人，我也没什么大的想法，只想你能对我好一点点就行。可你从来不用正眼看我，我心里多难过，你知道吗？可今天我才知道，你是在考验我，天宝，你放心，我以后一定会一心一意对你好的！天宝……"

窦天宝眨眨眼，愣在原地，嘴里低声念叨："我就随便诈诈，我真没听明白。"

两人就这样在启洪家门口站了半天，窦天宝环顾左右劝道："你先撒手，有事好说。"

小白蛇奋力地摇头："不，我不，我怕你跑了！"

窦天宝正不知道如何是好，小白蛇突然从包中掏出一沓钱，冲着启洪家大门就扔过去："还你！我才不要呢！"

满天钞票飘飘洒洒地落下，窦天宝吃惊地望着，一头雾水。

这时，远处传来一声清脆的女声："窦天宝！"

一路跑着过来的九岁红正冷冷地看着他们。

门砰的一声响，九岁红回到家里，一屁股坐在床上生闷气。窦天宝灰溜溜地跟在背后进来，反身把门带上。

"不解释一下吗？"九岁红的声音比冰块都凉。

"唉，我解释了你也不会信的。"窦天宝坐在一旁，唉声叹气。

九岁红急得转过身来，连珠炮似的说了一堆："你说你不喜欢小白姐，可她干吗一个劲儿地往上凑？再说了，我认识你的时候，你们可是住在一个院子里，我越琢磨越有问题，劳驾您说说吧。"

"小姑奶奶，我是什么人你不知道？"窦天宝苦笑着说。

"不知道！"

"我是玉洁冰清，守身如玉，走到哪儿贞节牌坊都跟到哪儿。"窦天宝正色道。

这番话说得九岁红都笑出声了："你自己信吗？"

窦天宝挠挠头："不信。"

"这不结了。我就纳闷了，光天化日，她站在大街上搂你搂那么紧，为什么？"

"我哪知道为什么！天地良心！我比窦娥杨乃武他们两口子都冤！"

"胡说！他们是两口子吗？"

"不是吗？"窦天宝问。

"杨乃武和小白菜是一对。"

"小白菜啊？"窦天宝嘿嘿一乐，"还好不是小白蛇。"

"别给我耍贫嘴！"九岁红气不打一处来，"你要是说不明白这事，以后就别见我。"

窦天宝心里寻思，这可怎么办，又得使点绝招了。眼看九岁红怒气冲冲地不理他，窦天宝忽然仰天长叹一声，摆摆手道："唉！事到如今，我也不瞒你了。你有什么话就说了吧，你想要骂我打我就随便，反正我也就这样了。"

"嗯？"九岁红纳闷地看他。

"其实好多事，你也不必都知道，我只希望你好好地活着，我可能……不行了。"窦天宝说着说着，开始抹眼泪。

"怎么了？"九岁红听着话里不对，站起身来。

"我……病了，我还是别告诉你了。"

"什么?！"九岁红大吃一惊。

窦天宝咳嗽了两下，轻声说道："是绝症，我的身体，可能支撑不住了……"

"啊？"如同晴天霹雳，九岁红瘫坐在床上，大哭起来，"天宝！"

窦天宝低头不语，一直憋住不笑使得他还真显得脸色有点苍白。

九岁红是真信了，也真着急了，赶忙叫了一辆车把窦天宝送到了中医馆。九岁红先一步跳下来，扶着窦天宝从车上下来，窦天宝穿了四身衣服，还披了两床被子，走路晃晃悠悠的。

"来，不冷了吧？"九岁红关切地问。

"披了两床被子还冷？"天宝愁眉苦脸地说，"我都出一身汗了。"

"这是天津最好的大夫王十七，没有治不了的病。"九岁红拉着他就往店里走。

"老天爷呦，我不去。"窦天宝挣扎着被拖进去。

"什么病啊？"王十七约莫五十多岁，看了两人一眼。

九岁红恭敬地说："先生，他得了一丝太母病，您看看怎么办！"

"一丝太母？"王十七一愣。窦天宝在一旁暗暗叫苦，这是他随口编的一个名字。

"我学医一生，尚未听说有什么一丝太母啊！"王十七摇摇头，问窦天宝，"请问先生哪里不适啊？"

窦天宝擦了一把汗，说："热。"

王十七拉过窦天宝的手，给他把脉，半晌，还是摇摇头："挺好哇，没问题啊。"

九岁红疑惑地看着窦天宝，窦天宝怕露馅，赶紧催促王十七："先生，开点药得了。"

王十七纳闷了："开什么药？"

"您是大夫，干吗问我呀？"窦天宝耍起无赖。

王十七急了："病都查不出来，怎么开啊！"

窦天宝转向九岁红："咱走吧，大夫都不给开药了，可见是没救了。"

九岁红急得哭腔都出来了，忙问王十七："先生，咋回事啊，真没治了吗？"

王十七瞅瞅两人，实在无语，一挥手："二位另请高明吧！"

"先生，您再给看看吧。"九岁红眼泪出来了。

王十七闭目摆手，缓缓说："小姑娘，去吧，去吧！"

生怕大夫说多了露馅，窦天宝赶紧拉着九岁红向外走去。

王十七看着两人的背影，摇摇头说："年轻人不知道又闹什么，没病捣什么乱啊？"

"我没骗你吧，这么有名的大夫都开不出药来，算了。"窦天宝得意扬扬地走在前面。

九岁红忧心忡忡地走着，突然站住，坚定地说："不，我一定找到能治你病的大夫。我就不信了，那么大活人能死了。"

"人活百岁终有一死。"窦天宝劝道。

"可你没有百岁啊！不行，我给你找药去！"说完，九岁红拔腿就跑。

"非得吃药吗？"窦天宝冲着九岁红的背影直喊，眼见九岁红跑远，天宝傻在原地，"看来，我得吃死。"

九岁红跑到一个集市上，正好一个卖野药的在大声喊着："南山采来灵芝草，北海摘来老龙丹，老君八卦炉里炼了七七四十九天，能治食积奶积，消化不良，刀砍斧剁，内伤外伤，中国病西洋病一概全治，药到病除，老少爷们来吧您哪！"

九岁红张嘴就问："这药灵吗？"

卖药者看看九岁红，夸道："我要是骗人，天打五雷轰！必有报应。"

九岁红心急如焚，问："一丝太母病能治吗？"

"一丝……"卖药的愣了一下，马上坚定地说，"能治！一门灵！"

"真的？"

"我要是说谎，不得好死！"

九岁红放心地松了口气："好吧，来十包！"

"一块钱一包！十块钱您哪！"卖药的从筐里数出十小包草药，递给九岁红。

九岁红拿过，又不放心地问："真灵吗？"

"偏方治大病，草头方气死名医，不骗人，说谎有报应！"卖药者信誓旦旦地说。

"好吧。"九岁红掏出十块钱递给他，提着药就往回跑。

卖药的看她跑远，嘿嘿笑着数钱，嘴里念叨着："不骗人？那我吃什么？"

窦天宝呆坐在房中，正在苦思冥想如何逃过这一劫。

九岁红端一碗药走进来，往天宝面前一放。

"喝药。"

窦天宝望着药碗，不解地问："小姑奶奶，哪儿淘换来的？"

九岁红得意地说："偏方，能治一丝太母。"

"我的个天，还有能治这病的药。"窦天宝哭笑不得。

"喝吧，良药苦口利于病。"九岁红急切地望着他。

"我……"天宝看看药，又看看九岁红。

九岁红端起碗，塞到天宝手里，焦急地说："哪怕是为了我，你也得喝下去。"

"唉。"天宝端起碗，嘴里嘟囔着，"这不没病找病嘛。"一仰脖喝了下去。

窦天宝把空碗放下，皱着眉头苦着脸，九岁红满意地摸摸他的脸。

"药喝了就好了。"

天宝正欲说话，门开了，两人回头一看，小白蛇端着个药碗走了进来："天宝，你是不是病了，我给你找的偏方！"

"我的天啊!!!"窦天宝大喊一声。

第廿二章
斗恶

平地风波起津门，

油锅滚沸戏凶神。

巧计破得千钧力，

一身是胆斗浊尘。

天津卫的傍晚带着海河的水汽，湿漉漉地裹着"三不管"的街巷，各路的闲人正在街巷的摊子上喝酒吃肉，这其中倒是有三个窦天宝的对头——苏大土、尹大茂、庞三虎。

　　苏大土给庞三虎夹一块鸡腿，赔着笑说："庞爷，您这伤好得真快。"

　　庞三虎得意地笑笑："这也就是我，体格好，别人能好那么快？"

　　尹大茂举起酒杯："来，敬您一杯。"

　　三人一饮而尽。

　　"庞爷，上回本来求您给出口气，可没想到出那么一个岔头，这回您重返江湖，我们这仇还能报不？"苏大土不动声色地说。

　　庞三虎气得吹胡子瞪眼，恶狠狠地说："这算嘛？天津卫谁不知道我庞三虎，不能白吃你烩饼，放心，窦天宝遇见我就算是行了。"

　　尹大茂和苏大土对视一眼，激动地说："我们可等您的好消息了。"

　　庞三虎点点头，冲老板大嚷："掌柜的，再来只烧鸡！"

窦天宝可不知道这些，他此刻正坐在桌前，一动不动。桌上两个空碗放着，九岁红和小白蛇站在两旁。片刻，小白蛇焦急地问："怎么样啊？"

九岁红也问："有什么感觉？"

窦天宝表情沉重，摆摆手，突然两眼一睁，捂着肚子就站起来往出冲。

"你干吗去？"九岁红赶紧问。

窦天宝边跑边喊："肚子疼，上茅房。"

小白蛇抓起一件大衣就追，喊着："你披上点衣服。"

九岁红也跟在后面，两人一齐追了过去。

酒足饭饱，嘴瘾也过了，苏大土、尹大茂、庞三虎在胡同里晃晃悠悠地走着。

庞三虎喝得高兴，手舞足蹈地比画着："我要是看见他，上头一拳下头一脚，打得他跪地下叫爸爸！"

尹大茂、苏大土两人在一旁连连附和着。三人正走着，只见窦天宝从面前的胡同里飞快地跑出来。

苏大土定睛一看，喊道："哎？窦天宝。"

庞三虎凶神恶煞地喊道："闪开！看庞爷的！"拔腿就向窦天宝冲去。

苏大土冲尹大茂使了个眼色："别让窦天宝瞧见咱。"二人匆忙闪在一旁，偷偷看着。

窦天宝只顾低头跑，冷不防被庞三虎一把抓住衣领。

"别走，咱聊聊。"庞三虎满身酒气地说。

"撒手，我不认识你！"窦天宝捂着肚子什么都顾不上。

庞三虎火冒三丈，伸手指着自己："爷今天就是教训你的！我乃天津卫……"

窦天宝憋不住了，大吼一声："滚一边去！"一把挣脱开庞三虎，捡起地上一块砖头拍到他脸上。

庞三虎哎哟一声，满脸鲜血地瘫坐在地上，窦天宝拔腿就朝茅房冲去。

庞三虎摸摸自己脸，哀号起来："救命啊！"

经过一夜折腾，窦天宝斜躺在床边，满头大汗地哼唧着。九岁红与小白蛇各自坐在一边，两人各有心事，都不说话。

窦天宝哀叹一声："这一宿跑了十三趟茅房，多壮的汉子也扛不住哇。"

九岁红赶忙接话道："没事，我伺候你。"说完，看了小白蛇一眼。

小白蛇也不服输："我跟小梨园请了假了，在家陪你。"

九岁红紧接着说："我也跟魏十二说了，你不好，我就不去了。"

一阵沉默，三人都不说话。

"唉，这一丝太母到底是什么病？"小白蛇突然长叹一声，自言自语道。

九岁红无奈地摇摇头："我问了好多人都不知道。"

窦天宝也使劲摇头："我也不知道。"

这下魏十二可犯愁了，三个角突然一起不上台，他急得团团转，最后只好又请了个新角儿来。这个新角儿是个唱梅花大鼓的姑娘，叫花九宝，人出落得水灵，惹人疼爱，辗转几个园子，如今被魏十二请到小梨园来救场。

花九宝一上场，清唱了几句，台下便阵阵叫好声，尤其是男客们。

梁大元此时也坐在台下，眼直勾勾地望着花九宝，使劲叫好。

小笔在旁看着，觉出了梁大元的心思，便上前问："爷，这角儿挺好的吧？"

"哪都好！鼻子，眼，嘴，眉毛，耳朵……"梁大元乐得直拍巴掌。

"唱的呢？"小笔问。

"谁听得懂啊！"梁大元又使劲叫好，掏出大洋就往台上扔。

小笔心领神会，早就去后台张罗去了。

"好！好！真好！"进了包厢，梁大元的嘴巴里还是不住地叫唤。

花九宝坐在一旁，轻佻地笑了："哪好！梁爷不过是耍着我们玩呢！"

"没有！"梁大元忙摆手，淫笑着说，"是好，尤其你那双眼，把我的魂都勾走了！"

"既然那么抬爱，那可求梁爷多捧啊！"花九宝举杯一笑。

梁大元也赶紧举起酒杯："好！好！捧！多捧！"

花九宝媚眼一勾，梁大元魂都丢了，一杯接着一杯喝，不一会儿就喝多了。

"小美人……"梁大元半夜醒来时，嘴里还不住叫唤着，身边的酒桌上杯盘交错，地上是一片狼藉。

小笔俯身说道："爷，人走啦，我送走的。"

梁大元一愣："你把花九宝送走的？"

小笔无奈地点点头："对，您吐人家一身，我送她洗澡去了。"

"嗯？"梁大元不解地说，"我怎么会吐她一身呢。"

"怎么不会呢。爷，您这样可不成，什么样的美人能受得了您这样折腾！"小笔苦笑着说。

梁大元环视四周，又看看地上，挺纳闷："我一人弄的？"

小笔恭恭敬敬地回答："全是您一人。"

梁大元忙摆手："别捧我。"

"真的，花九宝哭得跟泪人似的，再约人家没准就不来了。"

"啥？"梁大元一听，伏案大哭起来，"那可不成，我可喜欢花九宝了，我要是看不见她，我……呜……"

小笔赶忙劝道："爷，不急，您要再见她，就得摆出个有身份的样子，让她一瞧，嗬，梁大爷读过书，琴棋书画样样精通，这样才行，不能再胡吃海喝了。"

梁大元正哭着，一听这个，马上停住了，指着小笔说："你说得对，你找趄窦天宝去，我得请教一下。"

"啊？求他？"小笔一愣。

一间大堂内，庞三虎头上裹着纱布，正在地上恭恭敬敬地跪着。中间的正座上，坐着一个白发老者，一身长褂，周边四个丫鬟服侍，还有一壮汉立于身边，显得威严十足。

此人正是"三不管"地界里的一霸——扁爷。扁爷微微睁眼，看了看庞三虎，道："孩儿啊？怎么了？"

庞三虎边哭边说："扁爷，您不能不管我，一个臭说相声的把我欺负了，咱爷们这脸哪儿搁啊！"

"还有这个事？"扁爷一皱眉。

"这小子太坏了，咱爷俩可没吃过这个亏啊！"

"不要紧，不要紧。"扁爷伸手招呼道，"这都不算事。大秃子！"

414

身旁的壮汉俯身应道："扁爷。"

"带点人去办一下这事。"扁爷吩咐道。

"是。"壮汉应声而去。

庞三虎跪在地上不住地磕头："谢扁爷。"

窦天宝这会儿正和一中年男子在街头小摊上坐着，两人对饮了一杯，谈笑风生。

窦天宝擦擦嘴，拱手道："李师傅，那天大香的褂子可起了作用了，我得替大铁牙和他女儿谢谢您。"

原来这人便是那天帮助二平脱困的习武艺人李金龙，他笑笑说："甭客气，这不算什么。"

"我们这是文的，真讲动武，还得是您。"窦天宝夸道。

"您过谦了。"李金龙放下酒杯，若有所思地说，"我也是北平人，带着徒弟们四海漂泊，在天津这儿干了好几年了，不过还总是惦着北平，一提到前三门、鼓楼、东单西单，心里就想得不行。"

窦天宝笑道："有工夫吧，咱哥俩一块回去看看。"

"那敢情好！"

两人聊得投机，又喝了几杯。忽然，旁边传来一声大喊："窦天宝！"

来的正是庞三虎，除此之外，还有扁爷手下的大秃子带着五六个人，气势汹汹地走过来。

庞三虎一脚跨到板凳上，骂道："窦天宝！睁眼看看爷爷是谁？"

窦天宝纳闷地看看李金龙，又看看他："不认识啊！"

庞三虎急了："啊，打完人不认识了！秃子，办他！"

身后的大秃子走上来，瞪着窦天宝说："姓窦的，来到'三不管'

得问问这是谁的地方，不烧香过得去庙？"

窦天宝打量他一下，没好气地说："你们都是哪儿来的？冤有头债有主，不能挨个坟头叫爸爸啊。"

"好小子，还找便宜！"庞三虎一脚踹翻桌子，喊一声，"秃子！打！"

大秃子应了一声，正欲揪着窦天宝，旁边李金龙怒吼一声，当胸一脚踹倒了他，身后几个地痞一拥而上，与李金龙厮打成一团。窦天宝见状，抓起酒瓶，朝着庞三虎扑过去。

庞三虎与大秃子这种地痞哪里是李金龙这样的练家子的对手，没几下就被打倒在地上哎哟不停，身边一片狼藉，他们带的那帮兄弟，也让李金龙和徒弟们打跑了。

窦天宝和李金龙几人立于二人面前，用怜悯的眼光看着庞三虎。

庞三虎爬起身来，捂着脑袋骂："窦天宝，这事不算完，哎哟！"

"你完我都不完！"窦天宝佯装又要冲上去打他，吓得庞三虎拉起大秃子，一溜烟地跑了。

"哈哈哈哈……"背后传来窦天宝和李金龙的笑声。

收拾完这帮地痞，窦天宝心情大好，哼着小曲往回走，眼看到了家门口，旁边小笔从阴影中闪出。

"窦爷。"小笔阴阳怪气地打招呼。

窦天宝白了他一眼："你啊？躲这儿害人呢？"

"瞧您那话，"小笔冷笑着说，"梁爷想您了，明儿您来一趟吧。"

窦天宝也不答话，盯着小笔一直坏笑，眼珠滴溜溜转。

小笔一愣神，反应过来，结结巴巴说："您要干吗？"转身就要跑。

窦天宝突然扯着嗓子大喊起来："抓小偷！"

"真缺德！"小笔指着窦天宝骂道，转身就跑。

胡同两侧几个青年人跑出来，见了窦天宝忙问："窦老板，小偷呢？"

窦天宝赶紧一指："往那跑了，就那尖嘴猴腮的人！快追！"

众人吆喝着向小笔方向追去。

窦天宝哈哈大笑，唱起来："说书唱戏劝人方，三条大道走中央，善恶到头终有报，人间正道是沧桑！"转身进了院子。

小白蛇正坐在台阶上等他。

窦天宝看到她，一怔，随即问："大半夜不睡觉，你干吗呢？"

小白蛇冷冷地答："等你。"

"呦，你记性真好，还没忘呢？"

小白蛇气得指着他说："我自己都纳闷，哪辈子该你的，干脆你弄死我吧。"

窦天宝一摆手，叹一声："进屋说吧。"

小白蛇起身，欲进窦天宝屋，被天宝拦住。

"干吗去？我这都睡觉了，上你那屋说去！"窦天宝转身走向小白蛇的房门。

点上油灯，二人对坐在桌前。

窦天宝慢条斯理地说："我不是什么正人君子，圣人这个行业早就被取缔了，这个世上没有道德模范。"

小白蛇本来心情不佳，一听这话，以为窦天宝有意于她，顿时喜上眉梢："你是说……"

话还没完，窦天宝又继续说道："但我一见你却马上肃然起敬，心尖上残存的一点儿儿女私情顷刻间都化作正义和勇敢。”

小白蛇犹如当头被浇了盆冷水，骂道："你真是骂人不吐脏字。"

窦天宝哈哈一乐："玩笑。人和人之间很多事情是无法解释的，谁和谁在一起可能也是该着杠着。"

"那咱俩呢？"小白蛇不甘心地问。

"也许是该不着杠不着。"

小白蛇长叹一声，单手扶额道："邪了门了，瞧你长那模样，你这尺寸，我这是中了哪股子邪病了，疯了心地爱上你，为什么？"

窦天宝两手一摊："吃错药了呗。"

"既然错，就错到底吧。"小白蛇语气里透着坚决。

窦天宝看看她，劝道："牛儿不喝水，何必强按头。"

"窦天宝，你是个铁石心肠！"小白蛇说着说着，又呜呜地哭了起来。

窦天宝无语，终于还是不忍心，上前去轻轻抱住小白蛇，但也仅此而已。

黎明时分，第一缕阳光从窗外照进来，小白蛇与窦天宝在床上睡着，两人都和衣而卧。

窦天宝翻身醒来，见小白蛇睡在身旁，一惊，赶紧起身下床。他看看小白蛇，又回身给她盖上被子，转身悄悄向外走去。

背后，小白蛇的声音幽幽响起："站住。"

窦天宝打个寒战，回身嬉笑道："你吓我一跳。"

"哪儿去啊？"

"回屋。"

小白蛇笑了："我这儿不是你家吗？"

窦天宝赶紧回身解释道："咱可说清楚了，昨天你哭个没完，我怕搅和别人睡觉，才哄你的，只是躺在一起，别的事什么都没有，你可别讹我。"

小白蛇坐起来，边整理衣服边说："这夜半更深，孤男寡女在一起，说出来也不好听。我哪怕在你床前站一晚，我也是你的人，姓窦的，你别不认账！"

窦天宝哭丧着脸，大喊一声："阴天大老爷，我冤啊！"

"少爷，您瞧着办！"小白蛇不慌不忙地说。

窦天宝擦擦汗，摆摆手说："别闹了，我还有正经事要办，您这儿回头再说！"说罢，拔腿便跑。

梁大元正心不在焉地喝着茶，一副愁眉苦脸的样子。

"来了。"窦天宝跨门而进。

梁大元像见了救星似的迎上去："天宝，可等着你了。"

窦天宝也不客气，拉凳子坐下："又什么事求我？"

梁大元嘿嘿笑着，说："我看上一个唱梅花大鼓的妞，我想跟她近乎近乎，求兄弟出个主意。"

"我又不是拉皮条的，管不着。"窦天宝撇撇嘴。

梁大元央求道："兄弟，帮个忙吧。我只是想提高个人档次，有个气质，别让人瞧不起。比如吟诗作对、弹琴什么的。让我能显得儒雅些。"

窦天宝瞅瞅他，歪歪脑袋："好哇！我教你！"

梁大元一拍大腿，兴奋地叫道："太好了，小笔！去把那妞叫来。"

小笔应声，瞪了窦天宝一眼，转身离去。

梁大元坐在古琴后面，左看看右看看，兴奋地摆弄着。

窦天宝立于琴前，正色道："我教你摆弄琴，你一会儿可一定得装出个谦逊有礼的样子。"

梁大元不住点头，装模作样摆弄着，一会儿就又坐立不安了，而窦天宝则透过帘子向外张望着。

"来了，"眼见花九宝和小笔远远走来，窦天宝忙招呼梁大元，"准备好，记住要谦逊。"

梁大元不住地点头，端坐在琴后。

花九宝在小笔带领下走进琴房，远远地便听见窦天宝的吟诵声："上古伏羲时，流落瑶池，因此称为瑶琴。造琴要用梧桐木，上截清下截混，取中截用，清浊两相均，有一位杰出的木匠刘子期造就的此琴。前按八节分八寸，尾窄四寸四季分，蛇纹穗按着周天阴阳造，共合是三尺六寸零一分，文王好德武王好战，上面共有弦七根，韵透九霄鸾凤喜，音传山海龙虎亲。听懂了吗？"

梁大元恭敬地说："听懂啦。"

窦天宝瞪他一眼："看我干什么，弹！"

"是！"

梁大元两手一扒，用力弹着琴，琴声杂乱无章，不堪入耳。

花九宝丝毫未理会梁大元，反倒是被窦天宝的朗朗吟诵所吸引，她走近窦天宝，笑着打招呼："先生贵姓？"

窦天宝答："免贵姓窦。"

花九宝又问："台甫？"

"天宝。"

花九宝一惊："名震天津的相声新贵，窦天宝先生？"

窦天宝谦虚地笑笑："岂敢。岂敢。"

二人有说有笑地向大厅一侧踱去。

小笔看看这边，又看看梁大元，赶忙跑过去，凑近梁大元说：
"爷，别弹了。"

梁大元自顾自地弹着，嚷道："别拦着我。"

小笔伸手一指："您自己看。"

梁大元抬头看去，见花九宝和窦天宝聊得正开心。

"啊？"梁大元傻眼了。

梁大元气哼哼地冲过去就要打断花九宝和窦天宝的聊天。

却听到花九宝说："窦老板一番赐教，让我对梁大爷有了全新的
认识，改日再讨教。"扭头正要告别窦天宝，发现梁大元就在身后，
给梁大元抛去一个意味深长的眼神。

梁大元顿时失了魂，但脸上气哼哼的表情犹在。

窦天宝等花九宝走远了，才回头骂道："你以小人之心度君子
之腹。"

梁大元一脸无辜："我没说别的啊。"

"你脸上带出不高兴来了。"窦天宝边说边也要走。

梁大元赶忙拉住他，赔着笑说："兄弟你别多想，我没别的意思。"

"记住，我们是发小，我怎么能横刀夺爱呢？花九宝永远是你的，
我不会有非分之想的。"窦天宝一脸诚恳地说。

梁大元不住地点头："兄弟，谢谢你。"

窦天宝又说："我帮你，你帮我，方显兄弟情义嘛！"

"好，好兄弟，以后有用我之处，万死不辞。"梁大元激动地说。

窦天宝嘿嘿笑道："好！要的就是你这句话！"

窦天宝乐呵呵地从梁大元府上走出，抬头一看，窝囊和彭忠海站在门口等他。

"干吗呢？"窦天宝疑惑地走上来，"你俩咋找到这儿了？"

窝囊不住地摇头："少爷，您闯大祸了。"

彭忠海递过一封信："你快看看吧。"

窦天宝接过书信，拆开一看，惊呼一声："哎哟，这青帮的扁爷是谁啊？"

原来窦天宝收到了一封来自扁爷的战书，窦天宝一头雾水，丝毫不知道自己哪里得罪了这个扁爷。这个扁爷自是为自己的两个手下庞三虎和秃子出头，在他俩一把鼻涕一把眼泪的哭诉，以及各种添油加醋编派窦天宝的坏话下，就给窦天宝下了一封战书。

彭忠海皱着眉说："我找魏十二打听了，这扁爷是'三不管'的大混混，手下上百号人，那是黑社会啊，你在哪儿惹上这么些人啊！"

窦天宝沉思片刻，沉声道："不怕，天有不测风云，人有旦夕祸福，既然赶上了，我自有办法。"又打开战书仔细看了看时间、地点。

三人回到家中，窦小宝、郝大个也正焦急地等待着，窝囊和彭忠海一路跟着窦天宝回来，却也不知道窦天宝葫芦里卖的什么药，也是一脸疑惑地看着他。

"天宝，怎么样？有办法了吗？"彭忠海心急火燎地问。

窦天宝倒是不慌不忙，自顾自地倒一杯茶，美滋滋地喝一口，放下杯子说："但放宽心。"

"爹，您说怎么办吧！我们全跟他拼了。"窦小宝拿起两块砖头比画着。

郝大个嚷嚷："我去摔死他们！我会摔跤！"

看着两人比画，窦天宝乐了："唉！行了，你要是会摔跤何至于说了相声。"

"少爷，那怎么办啊？"窝囊还是不放心。

"好办！"窦天宝还是一副胸有成竹的样子，又呷了一口茶，然后给几个人分别安排起任务来。

梁大元正坐在家中，脑子里回味着花九宝临别时的眼神直乐，外面小笔径直走了进来。

"爷，跟着窦爷那窝囊找您。"

梁大元一愣："窝囊？让他进来。"

小笔转身而去。

梁大元自言自语道："窝囊可不错，那是我爸爸都夸奖的人啊。"

正说着，窝囊快步走进来，手里拿着那封战书。

"呵呵，梁爷好！"见了梁大元，窝囊赶忙行礼。

"窝囊，你挺好的？"梁大元招呼道。

"托您的福。"

梁大元伸手指茶壶："来，坐下喝一杯。"

窝囊慌忙摆手，一副心急如焚的样子："不行，耽误了事可了不得。"

梁大元纳闷了，问："什么事呀？"

窝囊愁眉苦脸地说："梁爷，我们少爷有难了。"

"什么？"梁大元站起来，"怎么回事啊！"

"这次全仰仗您拉他一把了。"窝囊连连鞠躬。

"不着急，慢慢说！"梁大元招呼窝囊坐下，冲门外的家丁喊，"倒茶！"

窝囊赶紧把窦天宝教给他的话给梁大元说了。

窦天宝自己则去找了李金龙。

李金龙正带着徒弟们在空地上操练，见窦天宝笑嘻嘻地走过来，就停下手上的活计，冲窦天宝打个招呼："窦爷！"

窦天宝抱拳行礼："李爷。"

李金龙问道："您有事？"

窦天宝面露难色："有点小事。"

李金龙见状，恳切地说："别客气，窦爷您只管说。"

窦天宝尴尬地笑了笑："有人约我见面聊聊，恐怕要动武。"

"嚯！"李金龙惊呼一声，厉声道，"天津卫有人动您就是动我，徒弟们！"

众徒弟应声道："有！"

李金龙大手一挥："收拾东西，咱帮窦爷一个忙。"

众人抄起家伙，聚拢过来。

窦天宝连连抱拳，向众人行礼："天宝谢谢诸位了。"又和李金龙商议了一些细节，才拜谢而去。

彭忠海则是去了一家木匠作坊。

"听明白了吗？"嘱咐完毕，彭忠海又问了一句。

"听明白了。"木匠点点头。

"那就做吧。"

木匠抄起家伙，又问："那你们要这么个桌子，干吗使啊？"

彭忠海不耐烦地说："你管我呢！"

"得，别抬杠，我听您的。"木匠转身就走。

彭忠海冲木匠喊道："记得快点啊，明儿一早就用。"

与此同时，窦小宝和郝大个到了一家杂货铺里。

"二位用点什么？"一看来人，掌柜的马上迎了上来。

"十斤油。"窦小宝说。

"四十斤醋。"郝大个补充。

掌柜眨眨眼，看着两人问："干吗用啊？"

窦小宝想了想，说："炸油饼。"

"那四十斤醋呢？"

郝大个脱口而出："蘸着吃呗。"

"嚯！"掌柜的摇摇头，"真能吃酸的，也不怕倒了牙。"

郝大个恼了，冲着掌柜的喊："你管我呢，好这口！"

"好好。"掌柜的一看来人挺横，便不多说，吩咐后台打油打醋去了。

到了与扁爷约定的日子，天蒙蒙亮，窦天宝的第一拨帮手已经赶到了地方。

在窦天宝的指挥下，李金龙带着一帮徒弟们埋伏在一条巷子里，这条巷子是他们约定地点前的一条必经之路。约莫一个钟头后，庞三虎、大秃子浩浩荡荡地带着二十来个地痞走过来。两人有说有笑，看起来一副十拿九稳的模样。

"这就行了，姓窦的你活不了！"庞三虎得意地叫嚣着。

大秃子指挥后面的人："快点！快点！"

两人一回头，前面一帮人已拦住去路。李金龙和一帮徒弟把巷子口堵住，两帮人对峙在巷子里。

大秃子等人正纳闷着，为首的李金龙指着大秃子厉声骂道："小子，你看我干吗？"

大秃子被骂得一头雾水："谁？我？没有哇！我看你干吗？"

庞三虎在旁定定地看着他，忽然想起什么，指着李金龙问："哎？你不是那天那个……"

李金龙呸的一声，冲两人吼道："干吗？还敢指我！小的们，给我打！"

身后众徒弟应了一声，群起而上，朝大秃子和庞三虎他们猛扑过去。

"别价！别动手！秃子，咱还有正事呢！"庞三虎正欲阻拦，被李金龙一拳打倒，旁边的大秃子也被掀翻在地。

"给我狠狠打！"李金龙的声音回荡在巷子里。

"三不管"里有一片空地，历来是各帮派解决纠纷的地方。此刻，窦天宝独坐在当中，面前摆着一张黑木大桌，郝大个和窦小宝分立左右。

不远处，支着一个大火炉，上面放着一口油锅，里面盛着滚烫的热油。

窦天宝远远望去，看一群人影乌压压地过来，嘴里笑道："来了。"

来人正是庞三虎他们，只不过，没有了来时的威风。

大秃子一瘸一拐的，庞三虎脸上也青一块紫一块，两人互相搀扶着走过来，身后的二十来个地痞也都蓬头垢面，好不狼狈。

眼见窦天宝在此，庞三虎强打起精神骂道："姓窦的！奉扁爷的命，今天来会会你。"

大秃子也不住地点头。

窦天宝拍案而起，朗声道："光天化日，朗朗乾坤，尔等聚众滋事，该当何罪？"

庞三虎一愣，与大秃子等人对视一眼，哈哈大笑，说："进庙烧香，过庙拜佛，天经地义，我就不信你能反上天去！"

"就是，你还能反了天！"大秃子跟着附和。

窦天宝甩袖起身，正步走到众人面前，厉声喝道："乌合之众！没点厉害，你也不知道马王爷三只眼。"

庞三虎被天宝的气势唬住了，不过仗着人多，还是嘴硬道："姓窦的，说吧！是单挑还是一起上！"

"哈哈哈哈哈！"窦天宝仰天大笑，未及对面众人反应，当即大喝一声，回头一掌拍在那黑木大大桌上。大桌应声分作两半，呼啦散在地上。

庞三虎、大秃子二人惊出一身冷汗，身后的地痞们本就挨了打，又看到窦天宝的手段，纷纷掉头逃跑。

"你们！"大秃子回头大喊，眼看队伍已跑得剩下不到一半人了。

庞三虎咽了口唾沫，硬着头皮支支吾吾地说："你……你这不算哪！来到天津得守天津的规矩！今天咱俩刀山火海拼个死活！"

"好哇！"天宝一挥手，指着那口油锅，"不用刀山火海，咱俩今天下回油锅！请！"

窦天宝大步流星走到油锅旁，油锅中热油翻滚。庞三虎战战兢兢地走过去，看看油锅，吓得腿肚子都软了。

窦天宝使个眼色，旁边的郝大个掏出一把菜刀，嘭地扔入锅中，溅起四处油星。

"你！捞出来！"天宝指着庞三虎，厉声说道。

庞三虎瞪大了眼睛，回身大喊："秃子，上啊！"

大秃子一下瘫倒在地上，跟疯了一样死命摆手。

窦天宝一把揪住庞三虎，往油锅旁边拽："说的是你！过来！"

庞三虎一下跳开，冲天宝叫道："你甭使唤我。你敢吗？"

"嘿嘿嘿。"窦天宝摇头笑道，伸手一指庞三虎，"小子！你睁眼看着！"

窦天宝反身回去，大喊一声，伸手进油锅中，捞出菜刀，郝大个等人连连鼓掌叫好。

"你给我过来！"窦天宝高举菜刀，怒吼一声。

庞三虎呆立在原地，似乎不敢相信自己的眼睛，身后的地痞无赖一哄而散，全跑得无影无踪了。

窦天宝举着菜刀，向庞三虎和大秃子大步走去，嘴里骂道："今天不是你们死就是我活！"

大秃子猛地从地上爬起来，飞扑过去，一拳将庞三虎打倒在地。

窦天宝一愣，大秃子回身不住地赔礼："得罪了，得罪了，窦爷原谅，小的服了。"说罢，大秃子转身撒腿就跑，一溜烟消失在巷子口。

庞三虎瘫坐在地上，放声大哭起来，爬起身也狂奔而去。

"我不欺负人，欺负我不行！"窦天宝的怒吼声响彻云天。

窝囊、彭忠海、窦小宝、郝大个四人笑容满面地围上来了。

窝囊的大拇指跷得老高："少爷，我也服了，您真有主意啊。"

彭忠海蹲下看看地上的桌子，赞叹道："这木匠手艺不错，该锯开的都锯开了，该连着的都连着，这一拍桌子就开了。"

窦小宝插话道："那也多亏我和大个在两边用绳子拉的。"

窦天宝哈哈大笑，拍拍小宝的脑袋："没错，爹谢谢你！"

彭忠海望着那油锅，好奇地问："那油锅不烫吧？"

"上头是油，下头是醋，哪能烫坏。"窦天宝笑得合不拢嘴。

众人哈哈大笑，冷不防又一阵喧哗声传来，窦天宝回头望去，顿时惊出一身冷汗。

大家伙一道看过去，刚才的喜悦一瞬间烟消云散了。

一百多个地痞排着整齐的队伍跑进来，分列两旁，只见一个轿子缓缓地抬进中央，上面坐一个白发老者，正是扁爷。

窦天宝暗道一声："别慌。"整整衣冠，便迎上去。

"谁姓窦哇！"扁爷慢条斯理地问。

窦天宝走上前去，一拍胸脯："我姓窦。"

"叫什么？"

窦天宝朗声道："窦天宝。"

"呦，"扁爷坐直身子，恶狠狠地瞪着天宝，"小孩挺厉害啊。"

"不敢。"天宝不卑不亢地说。

扁爷正要发作，只听身后几声叫喊，又一大批人风尘仆仆地赶来。

这一次，是梁大元带着的一大群警察。

"谁呀？谁敢动窦天宝，那是我兄弟！"梁大元边跑边喊叫，指挥众警察，"都围上，谁也走不了！"大队警察从巷子口奔跑过来，地痞队伍一阵骚动。

扁爷望了一眼荷枪实弹的警察，果断吩咐道："光棍不斗势力，走！"

上百地痞簇拥着扁爷，从另一条巷子浩浩荡荡地离去了。

窦天宝昂首站在空地中间，冷冷地看着扁爷从身边经过，背后的梁大元惊呼一声："天宝。"

窦天宝笑眯眯地迎上去："大元。"

梁大元上下打量了他一下："没事吧？"

窦天宝拱手笑笑："现在没事了。"

"哦，"梁大元忽然拽过天宝走到一边，神秘兮兮地说，"我可有事告诉你。"

"什么事？"窦天宝好奇地问。

"我要结婚了。"梁大元一脸甜蜜的笑容。

"呦，"窦天宝一乐，"让谁讹上了？"

"什么话呀，是唱梅花的花九宝。这还多亏了你的美言。"

"哦，恭喜恭喜。"窦天宝脸上笑容更盛，心里却很复杂。花九宝那眼神，他见过，绝非安于室的主儿。看着梁大元那副志得意满、全然不知祸水滋味的蠢相，窦天宝也不知道对他到底是福是祸。

但每个人都有每个人的浑水要蹚，避是避不了的。

第廿三章

拜师

艺海浮沉半世空，

师门叩启大道通。

江湖自有规矩在，

扇底风云笑谈中。

傍晚的阳光在天津卫的巷子里躲躲藏藏，不一会儿天色已经渐渐暗下来了。九岁红在院子里焦急地看着外面，走出去，又走回来，终于看到窦天宝与窝囊等人一路有说有笑地走来，九岁红赶紧迎了出去，窦天宝也停下脚步看着她，两人沉默良久，一切尽在不言中。

见窦天宝只是看着自己，九岁红转身就要走。

"没良心的，不用管我了？"天宝一把拉住她的手。

"嘿，我想你了。"九岁红背过脸去，终于鼓起勇气说出了心里的话，脸蛋上泛起红晕。

窦天宝一把搂过九岁红，紧紧抱住了她。良久，九岁红笑着说："你这又躲过一关，跟唐僧取经似的，过九妖十八洞——洞洞闹妖精，等过了八十一难就成佛了。"

"这么些年也习惯了，要全一帆风顺倒也没意思。这样热热闹闹挺有意思。"窦天宝答道。

"对了，魏十二出主意，这些日子座不好，让我们唱点反串戏。"九岁红忽然说。

窦天宝想了想，点点头："好哇！这不是手到擒来吗！"

"那唱什么呢？"

窦天宝略一沉思："反串得新鲜。你净唱老生了，来回旦角吧，我傍你。"

九岁红笑了："我倒是会个《坐宫》。"

"好，我来四郎，你唱公主。"窦天宝拉起九岁红，两人哼着小曲向前跑去。

小梨园的新戏如期上榜，这一次是"窦天宝、九岁红反串《四郎探母》"。观众们图着新鲜，上座率异常火爆。

台上的窦天宝扮演的是杨四郎，九岁红演的则是公主，两人咿咿呀呀地对唱着。

不消说，又是一场反响热烈的好戏。

晚上，九岁红给窦天宝做了一桌子的酒菜，包了饺子。

九岁红端着饺子出来："快，饺子来了，趁热。"

窦天宝接过来说："嗬，饺子就酒嘎嘣脆。"

"人都说饺子就酒，越吃越有，怎么出来嘎嘣脆？"

"藕馅的。"

九岁红笑了，满脸泛着幸福："哪那么多说的，快吃吧。"

两人就这么聊着家常，像一对过着寻常日子的小夫妻。

"今儿这出《坐宫》，可累坏我了，老怕错了。"吃了一会儿，九岁红感叹道。

窦天宝放下手中的饺子，看着九岁红说："挺好的，挑不出毛病。把园子老板乐得脸都开花了，还让咱们唱呢。"

"还唱？"

"也挺好。让看戏的新鲜新鲜。"

"咱们再唱出评戏吧。"九岁红知道窦天宝最早就是唱评戏,提议道。

"评戏?你会哪出?"

"哪出也不会。你不是会唱吗?教我。"

"好,我教你。你挑一出。"

九岁红想了想,说:"唱《杨二舍化缘》吧。"

窦天宝一顿,眼神里闪过一丝落寞,但很快又消失了,没说什么,起身去一旁写起了唱词。

九岁红底子好,学得很快,这一曲《杨二舍化缘》正是当年窦天宝和十二红一起练过的曲子,咿咿呀呀的唱腔声中,窦天宝呆呆地望着九岁红,脑子里全是当年十二红的样子。

> 观道童好比你是一树的桃,
>
> 又中我的这个看来又中我把你瞧啊。
>
> 中看中瞧不中你的那个用啊,单瞧着桃儿好摸也摸不着,
>
> 哎,那也是白着啊。
>
> ……

"干吗呢?"一曲唱罢,九岁红望着出神的窦天宝直纳闷。

"嗯……"窦天宝反应过来,口里喃喃道,"没事,没事。"

"你有心事吧?"九岁红安静地坐在一边,问道。

窦天宝笑而不语。

"想说吗?"

窦天宝还是沉默着,九岁红失望地低下头,正欲起身离开,天宝忽然开口说道:"曾经有一个人,叫十二红……"

整整半个时辰，窦天宝将他和十二红的故事原原本本地告诉了九岁红，十二红的一颦一笑，十二红的婀娜多姿，十二红的婉转歌声，窦天宝的眼前一幕幕地浮现出过去的画面，那些与十二红的过去，一起唱的评戏，一起吃的馄饨……以及，那良乡戏楼里，十二红的最后一面。

　　说完，窦天宝的眼中噙着泪水，九岁红也轻轻地抽泣着，说不出话来。两人对坐良久，九岁红起身，为窦天宝擦去两行清泪。

　　"天宝，我是谁？"

　　"你是九岁红。"窦天宝深情地望着她。

　　"我是十二红。"九岁红泪如雨下。

　　窦天宝一把搂住九岁红，紧紧拥在怀中，再也不松开。

　　一晌贪欢后，窦天宝与九岁红躺在床上，两人面对面，窦天宝直勾勾地盯着九岁红。

　　九岁红娇羞满面，红着脸说："流氓。"

　　"六毛可不卖，最少一块。"

　　"呸！"九岁红捂嘴直乐。

　　窦天宝笑着问："困吗？"

　　"嗯。"

　　窦天宝哄道："那就睡吧。"

　　九岁红一把搂住窦天宝，两人在床上又嬉闹起来。

　　到了戏园子，窦天宝就把和九岁红的事先跟搭档彭忠海说了。

　　"你可以啊！"后台里，彭忠海听窦天宝说完，直伸大拇指。

　　窦天宝得意地撇撇嘴，偷偷看了一眼九岁红。九岁红红着脸，故意不看他。

窦天宝自言自语道："好看。"

"夸我呢？"彭忠海接话。

窦天宝瞪他一眼："瞎掺和什么。"

彭忠海笑嘻嘻地迈着小碎步，走到九岁红跟前，装模作样地行了个礼。

"嫂子。"

九岁红羞红了脸，背身过去不说话。

"叫错了？"彭忠海继续逗她。

九岁红一回头，俏皮地说："叫晚了。"

三人捧腹大笑。

窦天宝和九岁红几场反串和评戏下来，人气更高了，这让苏大土和尹大茂嫉妒得牙痒痒，两人又聚在小酒馆里喝闷酒商量对策。

苏大土长叹一声，说："连扁爷都没办了他。这可太邪门了。"

"姓窦的真难弄。"尹大茂也摇头叹气。

苏大土一肚子的不甘，咬牙说道："我就不信了，我下这么大心思，一点成效不见。他是神仙？"

"那怎么办？"尹大茂一副无可奈何的样子，伸手比画着，"警察也找了，流氓也找了，黑道白道能找的都找了。他是刀枪不入。我算没辙了。"

苏大土摇摇头，将桌上的酒一饮而尽："看来，我得用撒手锏了。"

"什么主意？"尹大茂不懂他的意思。

苏大土一拱手："请天津说相声的老祖宗御龙鸣先生。"

"御师爷？"

"对，他窦天宝，无门无户，海青一个，咱们求御先生办吧。"苏大土斩钉截铁地说。

尹大茂怀疑地摇摇头："能成吗？"

"成！一定成！"苏大土咬牙切齿，"不成我就跳河投井上吊抹脖子，我就不活了！"

两人也是说干就干，苏大土和尹大茂放下酒杯就一同去了，到一所大宅子门前停下，一块大牌匾上书两个大字：御府。

尹大茂胆怯地拉拉苏大土："行吗？"

苏大土怒道："舍不得孩子套不着狼。来！"说罢，苏大土一低头，伸手指自己脑门。

尹大茂咬咬牙，叹了一声气，转身捡起一块砖头。

"真的？"尹大茂几次举起砖头，还是下不去手。

"来！"苏大土大喊一声。

尹大茂一闭眼，一砖头砸到苏大土的脑门上，顿时鲜血直流。

"嗬！"苏大土赶紧捂着脑门，疼得直叫唤。

尹大茂扔下砖头，过来搀他。

"师爷！"苏大土哀声叫道，二人搀扶着向院中走去。

第二天，小梨园的大门刚打开，一大帮人前后簇拥着走了进来。为首的两人，是苏大土、尹大茂，身后还跟着十余名相声艺人，而走在队伍最中间的，是一个器宇轩昂、白发白须的老者，穿着一身大褂，手持一根长杖，目光炯炯有神。

这个老者，正是天津相声界的泰山北斗——御龙鸣御老爷子。

此时还没到上客的时候，小梨园的伙计们好奇地迎上来。走在前面的苏大土一挥手，止住伙计，大声向后台叫道："窦天宝！滚出来！祖师爷来了！"

尹大茂也叫道："姓窦的，别装孙子！"

身后的众人也不住大叫着，御龙鸣坐在大堂正中的座位上闭目不语。一旁的伙计们也不敢上前，后台的演员们三三两两走出来观望，议论纷纷。

窦天宝、彭忠海、九岁红三人快步走出，望见眼前一幕，面面相觑。

彭忠海悄声问："这谁呀？"

九岁红小声说道："这是天津说相声的大辈御龙鸣先生。"

窦天宝冷笑一声，说："这是冲我来的，忠海你别动。"说罢，从台上走下，径直迎了上去。

"姓窦的，过来见见真佛。"苏大土不依不饶地叫嚣着。

此刻的窦天宝，心里并不气恼，他想起了在保定的一幕，江西太虽说把他挤出了评书界，但确是个道行深的艺人，不服不行。如今面前的这位老爷子，瞧着慈眉善目、气度不凡，天宝心里暗自念道，见了真神，不能犯冲。

"学生窦天宝，拜见御先生。"窦天宝恭恭敬敬地行大礼，屈膝跪在御龙鸣面前。

御龙鸣点点头，问："你就是窦天宝？"

"小的正是。"

御龙鸣一抬手："起来说话吧。"

"是。"窦天宝再拜，起身站定。

一旁的苏大土不乐意了，冷笑一声，阴阳怪气地说："祖师爷面前哪有你站着说话的份！"

尹大茂也连声喊着："跪下！"

场面一时混乱起来，御龙鸣微微闭眼，并不吭气。

窦天宝不慌不忙地说："御先生让我站，我自然就站，你们为什么和前辈对着干，倒是你说的对还是御先生说的对？"

"你……"苏大土气得说不出话来。

御龙鸣一摆手，止住众人："别吵了。"随即又问天宝："你说相声多久了？"

窦天宝谦逊地答："回老爷子话，有些年了。"

"师承何人啊？"

窦天宝笑笑："没有正式拜师。"

苏大土又高声叫道："没有拜师就不是干这个的。没师父就是没爸爸。"

身后众人哄笑起来，御龙鸣微皱眉头，看看窦天宝。

窦天宝大笑三声，众人愣住，天宝正色问道："请问苏先生，相声第一代祖师何人？"

苏大土扬眉说道："穷不怕。"

尹大茂跟着补充："朱绍文先生。"

窦天宝点点头，又问："那他老人家师承何人？"

"这……"苏大土怔住，答不上来。

尹大茂忙说："没有啊，他可是开山祖啊！"苏大土连连点头，众人也应声附和。

"那就是说开山祖也没有爸爸了？"窦天宝冷笑一声，缓缓说道。

众人哗然，议论纷纷，苏大土火冒三丈，指着窦天宝大骂："大胆！你胡说八道！"

岂料御龙鸣竟不生气，反倒止住众人，说："窦天宝，你好一张利口啊。"

"前辈指教。"窦天宝面对老爷子依然谦恭有礼。

"按他们讲，你既无师承又无门户，欺压同行，蛮横无理，可是真的？"

窦天宝右手放在胸口，对老爷子说："天地良心，天宝乃仕宦之后，只因家道中落下海从艺，无非为谋生糊口而已，何来无理之说。"

御龙鸣点点头，又问："听人说，你爹当年也是了不起的人物，怎么落得这步田地？"

窦天宝长叹一声，朗声道："时也命也运也！天有不测风云，人有旦夕祸福；蜈蚣百足行不及蛇，灵鸡有翼飞不如鸦；马有千里之程，无人不能自往；人有凌云之志，非运不能腾达。"

说到兴起处，周边已鸦雀无声，只有天宝徘徊堂上，朗朗吟诵：

文章盖世，孔子尚困于陈邦；武略超群，太公垂钓于渭水；盗跖年长，不是善良之辈，颜回命短，实非凶恶之徒；尧舜至圣，却生不肖之子，瞽叟顽呆，反生大圣之子；张良原是布衣，萧何称谓县吏；晏子身无五尺，封为齐国首相；孔明卧居草庐，能做蜀汉军师；韩信无缚鸡之力，封为汉朝大将；冯唐有安邦之志，到老半官无封；李广有射虎之威，终身不侯；楚王虽雄，难免乌江自刎；汉王虽弱，却有江山万里；满腹经纶，白发不第；才疏学浅，少年登科。有先富而后贫，有先贫而后富；蛟龙未遇，潜身于鱼虾之间，君子失时，拱手于小人之下；天不得时日月无光，地不得时草木不长，水不得时风浪不平，人不得时利运不通。盖人生在世，富贵不能移，贫贱不能欺。此乃天地循环，终而复始者也！

窦天宝一气说完，收住架势，回身再拜御龙鸣。

众人面面相觑，尚未作声，只听一声"好！"，正出自御龙鸣之口。

"好小子，说得不错。"御龙鸣赞叹地点点头。

苏大土和尹大茂吃惊地望着御老爷子，说不出话来。

"窦天宝，愿意说相声吗？"御龙鸣缓缓地问。

"既为百姓解忧，又为自身解饿，何乐而不为？"窦天宝答。

御龙鸣摇摇头："那你要知道无师承门户，江湖上寸步难行！"

窦天宝恳切地说："还请前辈指条明路。"

御龙鸣猛地从座上站起，将手杖在地上重重地一顿，大声说道："儿啊，我收你了！"

全场惊呼一声，御龙鸣身后的艺人全傻了眼，你看看我，我看看你，不知如何是好。

窦天宝扑通一声跪倒在地，大叫一声："师父！"俯首不起。

苏大土、尹大茂瘫坐在一旁的座位上，口中喃喃自语。

御龙鸣仰天长笑。

御龙鸣走后，小梨园的一众人终于松了一口气。

"你知道吗？我可喜欢你了！"九岁红蹦蹦跳跳地走着，回头冲窦天宝做个鬼脸。

窦天宝得意地笑笑："不喜欢也晚了，凑合点吧。"

"你刚才那段说得真好，那可是绝处逢生啊，"九岁红兴奋地说，"谁想到御先生会收你。"

窦天宝点头道："老爷子的徒孙都收徒弟了，谁知又收了我。"

"那拜师你想好了吗，怎么办啊？"九岁红问。

"弄大点。把同行都请来，告诉他们我窦天宝也有师父了。"窦天宝愤愤不平地说。

九岁红使劲点头："对，还是个大辈！"

窦天宝众人正在商量着怎么举办拜师仪，而不甘心的苏大土和尹大茂也正谋划着怎么搅黄这个事，而且他俩又找到了两个帮手——杨全志、齐连光。

这杨全志、齐连光自打在保定无法立足后，就琢磨着投奔他处去，就想到了天津卫，所谓臭味相投，他俩跟苏大土、尹大茂是老熟人，一顿酒，一顿聊，就聊到了窦天宝，四人围在一张桌前，没一个人有好脸色。

"御先生真收了窦天宝？"杨全志似乎还是难以相信。

"初八，大摆知。"苏大土有气无力地说，面如土色。

尹大茂哭丧着脸："可活不了喽！"

三人愁眉不展中，齐连光重重一拍桌子，厉声道："没事，我去搅和他！让他好不了！"

杨全志点头："这事好办。"

苏大土仿佛看到救星，望一眼尹大茂，赶忙说道："呦，那我谢谢二位。"

尹大茂急急地举起酒杯："咱干一个吧！"

"干！"四人举杯一饮而尽。

初八的日子转眼到了。拜师堂院前，已是张灯结彩，一派祥和。

窝囊、彭忠海、窦小宝、郝大个四人在门前迎客，大批相声艺人和贺喜人纷纷走入，大家都是冲着御龙鸣的名声前来的。

门内，窦天宝、九岁红快步迎出，不住地向众人道谢，大伙簇拥着向拜师堂走去。

不多时，杨全志、齐连光气冲冲地走来，直冲到拜师堂门前。

"窦天宝，你个王八蛋！欺师灭祖，蛮横无理。你要脸吗？"杨全志叉腰站在门前，大声叫骂。

齐连光也高声骂道："你在保定殴打前辈，无羞无耻！你个败类！"

二人轮番大声叫骂，叫得声嘶力竭。

这时，梁大元、花九宝和小笔在众家丁的簇拥下，也赶到了拜师堂门前。梁大元边走边说："我兄弟拜师，那我得来送份大礼，是不是？"花九宝含笑点头，几人走到门口，正碰上叫骂的杨、齐二人。

"嗯？骂天宝的？"梁大元听着不对，站定了端详二人。

花九宝小声说："是骂街的吧，骂得还挺狠！"

杨、齐二人未注意他们，仍然高声大骂，言语污秽不堪。

梁大元越听越来气，大吼一声："骂天宝就是骂我！来人，给我打！"

杨全志、齐连光二人一愣，还没反应过来，身后一众保镖、家丁围将上来，将二人一顿痛打驱赶出去。

"哼！什么东西！"梁大元一甩手，拉着花九宝向院中走去。

拜师堂内，御龙鸣衣着华贵，正中而坐。

所有宾客分坐左右，梁大元、花九宝也在一旁坐着。

窦天宝立在御龙鸣面前，低头不语。

御龙鸣见人到齐，清清嗓子，朗声说道："诸位，蒙诸君不弃，赏脸参加我师徒摆知仪式，龙鸣不胜感激，按说我这个岁数不能再收徒，徒孙都有了，哪能再给孩子找个大辈呢！可是天宝这是个例外，我问过很多人，有夸他的有骂他的。夸他的说他是圣人，骂他的说他是败类。每个人都有他的理由，我们姑且不去谈论对错。我吃惊的是天宝对相声的一份心，他把玩意儿当成命，他对听玩意儿的人真当成衣食父母，如果仅因为他没拜过师不让他干这行，我觉得没道理，为替祖师爷传道，我决定再启山门，收窦天宝为徒！"

"好！"

拜师堂中掌声一片，梁大元高兴地使劲鼓掌。

窦天宝环顾四周，向众人行礼道："各位前辈，各位友人，天宝得立先生门下，诚惶诚恐。今后更要好好作艺好好做人，不负师父的一片期望。"

"天不早了，行礼吧。"堂前的司仪说道。

御龙鸣点点头，司仪便张开一卷纸，正色朗诵："今有窦天宝，北平人，愿拜御龙鸣先生门下为徒三年，出师后为师效力两年，三节两寿……"

"停！"御龙鸣忽然一抬手，示意司仪停下，众人不解地望着他。

"等等，把效力两年去掉。"御龙鸣缓缓地说。

众人哗然，议论纷纷，司仪忙说："老爷子，三年学徒两年效力这是规矩，也是徒弟理应孝敬的。"

御龙鸣不以为然地说："我说了，收徒弟不是为挣钱，只要他能够将相声发扬光大，让天下人乐乐呵呵，我就知足了。"

窦天宝拜倒在地："师父……"

"去掉吧。"御龙鸣坚定地说。

司仪摇头叹气，又问："那三节两寿？"

御龙鸣哈哈大笑："那就凭他的良心吧。有时间来看看我，没时间我也不挑礼，记得，我死了你可得来。"

"师父！"窦天宝深感敬服，俯首跪拜。

"一叩首！二叩首！三叩首！"天宝连叩三个响头，缓缓起身。

"好了，拜引、保、代吧！"御龙鸣招呼道。

窦天宝转身，再拜引、保、代三师。

御龙鸣又嘱咐道："给来的人磕一个。"

窦天宝低头称是，再转身，面向众人欲磕头，众人赶忙起身。

"别，别，不敢当，别看他拜师晚，他现在是我师大爷，我可不敢。"众艺人七嘴八舌地笑道。

窦天宝也不勉强，说一声："得了，咱们一块吧！"随即伏身下拜，众人也赶忙下拜。

御龙鸣抚掌大笑，满意地点头。

梁大元也听得直乐，起身说道："呵呵，好事，我说两句，我和花九宝打算结婚，这回……"

花九宝一把捂住他的嘴，拉他坐下，劝道："您少说，这不合适。"

梁大元嘟嘟囔囔地坐下，一脸委屈。

御龙鸣抬眼望去，见人群当中苏大土、尹大茂二人满脸不悦，顿时皱起眉头。

"苏、尹二人。"御龙鸣正色道。

二人慌忙起身行礼："师爷。"

"天下说相声的是一家，不要争了，好了大家都好，锅砸了全没饭吃，以后不许再惹事了。"御龙鸣威严地说道。

苏大土与尹大茂互相看一眼，双双低头应道："是。"

一旁的窦天宝走过来，向两人鞠了一躬，说："苏先生，尹先生，我们之前可能有点矛盾，不管因为什么，就当是我的错，您看我年轻，多多担待。"

尹大茂不好意思地笑笑："你，您现在是我师叔，比我还大一辈呢。"

"没您二位，我哪有今天。"窦天宝又深深鞠了一躬。

苏、尹二人尴尬地笑笑，众人也哈哈大笑起来。

杨全志、齐连光就没那么好命了，二人此时正鼻青脸肿地躺在拜师堂门前。

"可打死我了。"杨全志不住地叫唤。

齐连光一咬牙："哎哟，咱们进去拼命吧。"

杨全志慌忙摆手道："别再死院子里，这天津已经不能待了。"

齐连光傻了眼："那咱去哪儿？"

杨全志搀着他晃悠悠地站起来，说一声："去北平吧。"

齐连光回头看一眼，恶狠狠地说："咱走！姓窦的，这事不算完！"

两人搀扶着歪歪扭扭地远去了。

苏大土、尹大茂走出拜师堂，两人默然无语，正欲道别，旁边闪出四个人来，正是他俩的四个小徒弟。四人呼啦一下将苏大土二人围在中间。

杨小仁哀求道："师父，给点钱吃饭吧，饿得不行了。"

庞小狗等人也连声哀求。苏大土看看这个，又看看那个，扬眉怒道："闭嘴！"

刘小站见状，拉着苏大土的袖子说："师父，挣的钱都让你收走了，总得给俩钱吃饭！"

苏大土一把甩开他，高声叫道："我都没钱花了，自己找饭辙去！别跟这儿烦我！"

尹大茂也叫骂道："赶紧滚，小心我抽你们！"

几人还想求情，王小汪拉拉他们三个，四人只好心有不甘地走了。

苏大土气得直哼哼，拂袖而去。尹大茂忙问："你哪儿去？"

"我还能哪儿去，找个小美人，呵呵。"苏大土不怀好意地笑笑。

尹大茂指着他说："你就好这口。"

苏大土坏笑着说："你呢？能好到哪儿去，小心俩钱都扔牌桌上。"

尹大茂一抱拳："得了，谁也别耽误谁。走吧。"

两人拜别，各自扬长而去。

宾客渐散，喧嚣沉淀。御龙鸣端坐堂上，目光如炬，扫过堂下侍立的窦天宝。他缓缓抬手，示意天宝近前。

"天宝，"御龙鸣的声音沉静而有力，带着岁月磨砺后的通透，"今日入我门墙，名分已定。江湖路远，规矩是船，能耐是桨。记住，相声是门手艺，更是人心。逗人笑易，让人笑后有所思难。莫负了祖师爷赏的这碗饭，也莫负了你自个儿这份灵性。"

窦天宝垂首肃立，心头百感交集。从窦府少爷到天桥落魄，从评戏梆子到相声门墙，一路跌撞，满身风尘，今日终得一方立足之地、一条可循之道。他撩袍再次跪倒，额头触地："师父教诲，天宝铭记肺腑。定当潜心学艺，不负师恩，不负'窦天宝'仨字。"

第廿四章
宝局

高高山头冷风凄，

南北行人论高低。

阳关独木依然在，

仍旧当年老司机。

天津卫的夜晚静悄悄，却有一处地方灯光闪烁。妓院门前，茶壶正在招揽过往的行人，十余名妓女也站在门前搔首弄姿，不住地向客人们招手。

这时一旁的巷子里，闪出一个人影来，鬼鬼祟祟地向前走着，不时又回头张望一下。这人不是别人，正是窦天宝的兄弟——没溜。自打跟窦天宝分开后，没溜依旧干着老本行，勾搭这个姨太太，相好那个少奶奶，在一个地方待不下去了，就跑到另一个地方，这就浪迹到天津卫了。

此时没溜正慌慌张张地走着，转眼消失在阴影里。不一会儿，背后胡同内追出来数人，为首的左右张望，瞧见没溜的身影往妓院方向去了，就一招手，一众人匆匆追了过去。

不远处，苏大土哼着小曲晃晃悠悠地走来，门口两个妓女赶忙招呼。苏大土摇头晃脑地走近，两个妓女一左一右陪着他走进去。这时没溜正急匆匆地走来，向后张望一下，眼见有人追过来了，顿时惊慌失措，看妓院门开着，便一头闯了进去，他走得太快，一旁的妓女甚至没来得及招呼。几个妓女正纳闷时，身后几个高大的黑衣人也闯进来，站在门口看向里面，妓女们吓得赶紧躲在一旁。

为首的一人回头问道："是进这里了吗？"背后一人点点头。

为首那人又小声说道："进去掏他，敢跑就一枪打死。"

众人点头，快步走进妓院。

苏大土这会儿正搂着妓女调笑，两人卿卿我我地走进一间房内，转身闭上房门，片刻后，房内的灯也灭了。不一会儿，没溜慌张地跑过来，正走到这间屋门口，眼见后面追兵将近，他灵机一动，一把推开房门，闪身躲在一旁的墙角里。

几个黑衣人匆匆跑来，左右寻不见没溜，为首的一眼看到这打开的房门，使个眼色，几人冲了进去。

房内传来苏大土的一声怒骂："嘿，谁家的孙子！"

紧接着是为首那黑衣人的怒喝："臭小子，勾引我老婆还有理！还敢躲到这儿！"

接着一声枪响，然后响起一个女人的尖叫声："死人啦！"

几个黑衣人跑出房门，夺路而逃。而一旁的没溜早已趁乱偷溜出去又翻墙逃之夭夭了。

天蒙蒙亮时，刘小站仍在睡觉。突然门呼啦一声被推开了，杨小仁、庞小狗、王小汪三人急急忙忙地冲进来。

杨小仁大吼一声："快起来！"

刘小站揉揉眼睛坐起来，嚷道："干吗呀！睡觉呢。"

庞小狗哀声说："睡什么？师父都死了。"

刘小站睁大了眼睛，结结巴巴问："哪个？"

"苏先生。"王小汪有气无力地答道。

"啊？"刘小站目瞪口呆地愣在原地，"真的？"

王小汪抹了一把眼泪说："让枪打死的，扔在乱坟岗子了。"

"那咱们怎么办？"庞小狗也带着哭腔。

"去找尹先生吧。"刘小站这会儿早就被这消息给弄清醒了。

"我去了，家没人。"庞小狗一脸无奈地说。

"准是在赌局了。"杨小仁说。

"那咱快去吧！"

尹大茂此刻确实在宝局，但并没有在赌。

"你输了一宿了，这三千八百块大洋赶紧拿出来！"

尹大茂颓唐地站在一旁，身边一个掌柜模样的人厉声喝道。

几个打手一把将他拎过来，那掌柜一个大嘴巴子打上去："也不看看是什么地方，宝局的钱你也敢赖？"

尹大茂捂着脸央求道："几位爷，我是真没有啊。"

掌柜冷笑一声："没有？那你摸摸！"

尹大茂一头雾水："摸什么啊？"

"摸摸你脑袋还有没有！给我打！"掌柜的大喝一声。

众人围上，对尹大茂又是一顿痛打。

杨小仁、庞小狗、刘小站、王小汪四人急匆匆地跑来，齐齐抬头，望着面前的大门。大门上的招牌书着两个大字——宝局。

庞小狗点点头说："准在这。"

"他倒是爱上这儿来。"杨小仁也附和道。

"等会儿！"王小汪忽然示意几人安静。

"怎么了？"其他三人不解。

"你们仔细听。"王小汪又说。

大门内，一阵阵尹大茂的哀鸣传来。

"尹先生！"王小汪大叫一声，四人急忙向门里冲去。

宝局里，尹大茂被几个恶奴摁在地上，已经被打得奄奄一息了。

"刮风下雨不知道，兜里没钱不知道？欠了三千八百块现大洋，拿不出来今天别走！"掌柜跷着二郎腿坐在一边，瞪着尹大茂恶狠狠地说。

"爷，我真没有。"尹大茂挣扎着爬起来，抓着掌柜的腿苦求道。

掌柜的一脚蹬开他，骂道："既然没有，就好好伺候伺候他！小的们，继续打！"

几人围上来，对着尹大茂又是一顿拳打脚踢。

忽听门外一阵喧哗，杨小仁四人冲进来，望着眼前的一幕惊呆了。

"别打我师父！"四人急忙冲上前去，想护住尹大茂，结果却被一拥而上的众打手团团围住，一阵拳打脚踢。四人架不住打，跪在地上哭号着求饶命。

掌柜的挥手止住打手，上前一步问道："哪来这么四个小兔崽子？你们是他的徒弟？"

杨小仁几人胆怯地点点头。

"有人认就好办，"掌柜嘿嘿笑了一声，"告诉你们，这人欠我们赌局三千八百块大洋，拿钱来赎人。"

四人面面相觑，庞小狗低声道："我们更没钱。"

"没钱？赶紧去想辙，不然就只能给你师父收尸了。"掌柜回身，又朝尹大茂身上重重地踹了一脚。

"师父！"四人号啕大哭起来，都抹着眼泪出了宝局。

日上三竿，窦天宝正在伏案写字，九岁红坐在一侧看着。

"行，这回差不多。"窦天宝长出一口气，搁下笔，满意地说。

九岁红问："写完了？"

窦天宝点头，一手拿起写好的纸稿，对九岁红说："这是《卖五器》的一段贯口，我加了点东西，你听听。"说罢，窦天宝摇头晃脑地念起贯口，九岁红在一旁认真地听着。

不多时，窦天宝念完，转头看九岁红，九岁红夸道："挺顺的，挺上口的。"

"这东西一遍拆洗一遍新，老得改。让听戏的人总有新鲜感。"窦天宝刚说完，九岁红也赞同地点点头，用倾慕的眼神看着天宝："天宝啊，要你的活跟别人不一样呢，有高的。"

窦天宝笑嘻嘻地揽过她，说："真会夸人，咱中午吃点好的去。"

两人正有一搭没一搭聊着，突然传来砰砰的敲门声，窦天宝和九岁红赶紧停了打情骂俏，窦天宝问一声："谁啊？"

门外传来窝囊的声音："少爷，有人找您。"

窦天宝出来一看，杨小仁、庞小狗、刘小站、王小汪四人正跪在院子里哭着。

原来这四人救师父心切，却怎么盘算也找不出一个能为师父出头的人来，最后还是庞小狗咬咬牙说，咱们去求窦先生吧。

窦天宝看见四人的模样，一愣，身后九岁红跟来，一看四人跪着，赶忙迎上去搀扶四人："快起来，有事好好说。"

四人哭哭啼啼地爬起来，杨小仁哭着直喊："窦先生，求您救命了。"

"什么事？"窦天宝虽对四人并无好印象，但眼见如此，心里也隐隐觉得有大事发生。

"尹先生要死！求您救救他！"庞小狗抽泣着说。

窦天宝大惊，与九岁红对视一眼，忙问："人呢？"

"在宝局呢。"王小汪答。

虽然苏、尹二人屡次对付窦天宝，但终归都是艺人，窦天宝心里并没有记仇，此刻人命关天，他果断一扬手道："头前带路！"

四人大喜，刘小站忙答应一声，飞奔出去，转眼便没了踪影。

"他怎么那么快？"窦天宝看看刘小站的背影，好奇地问。

庞小狗尴尬地笑笑："他怕您。"

九岁红用手暗捅了天宝一下，略带羞涩地说："上回，你忘了？"

"哦，想起来了。"窦天宝没好气地说，"没想到事情过后，他这功夫也练成了，天外飞猪啊。"

九岁红用眼神示意窦天宝，三个小子还立在一旁等着救人呢。窦天宝也收敛神色，嘱咐九岁红说："宝局那地方，你别去了，我自去罢了。"

九岁红还想说什么，窦天宝伸手止住，重重地点一下头，九岁红也不再强求，只说了句，一定要平安回来。

"踏实住了。"窦天宝辞了九岁红，带着三人直奔宝局而去。

出了大门，窦天宝边走边吩咐几人："来，先把事情的来龙去脉给我说清楚。"

宝局里，尹大茂只剩一口气了，躺在地上一动不动。众打手围着他，旁边的一众赌客也都探头探脑地看着。

掌柜瞟了他一眼，吩咐道："用凉水喷一下，死不了！我就不信了，还有我们办不了的事。"转身向赌客们拱手道："各位继续，开宝——"

屋中重又热闹起来，二十余名赌徒像没事人一样继续押宝。

掌柜得意地笑笑，正欲走时，门外传来窦天宝的声音："闪宝道——"

屋内众人瞪眼望去，窦天宝在四小陪同下，大步流星地走进来。

"呵呵，这位爷是来押宝的吗？"掌柜迎面走来。

"不错，来押宝。"窦天宝瞅瞅地上的尹大茂，冷冷地说。

掌柜打量了一下他身后的四小，也冷笑了一声，厉声道："押宝是四门，么二三四，么二当中为小拐，二三当中为红拐，三四当中为大拐，四么当中为黑拐，您坐哪儿？"

"哪儿都行。押什么赢得多？"窦天宝问。

"孤丁赢得多，一个赢仨。"

"好，我押四个孤丁。"窦天宝伸出四个手指。

掌柜的一愣，摇头说："没这么押的。"

"规矩是人定的吧。"窦天宝说。

"好！那么您交揳吧。"掌柜沉思片刻，心一横，便拱手一让，示意窦天宝进场。

"是交钱吗？"

"正是。"掌柜点头。

窦天宝两手一摊："没钱。"

"嚯，又一个没钱的。"众人哄堂大笑，掌柜轻蔑地问："没钱那押什么？"

"押我自己！"窦天宝大声说。

"啊！"掌柜和赌场众人大眼瞪小眼，不明白窦天宝的意思。

窦天宝横下一条心，迈腿踏住一条板凳，厉声道："押左腿，押右腿，剁胳膊砍骨头，剩下脑袋押孤丁！我要输了，任凭于你！"

宝局里刚刚热闹的场子，立时又安静了下来。掌柜上前两步，死死盯着窦天宝的眼睛，一字一句地说："您要是赢了呢？"

窦天宝伸手一指地上躺着的尹大茂："把尹大茂放了！"

宝局里鸦雀无声，众人的目光都聚到了窦天宝身上。

"爷，"掌柜冷冷地说，"您这是要跳宝案子？"

"要拿挂钱！我要赢了，不光放人，按宝局规矩，你只要开一天张就有我一份钱！"窦天宝连珠炮似的说了一气，不露半点怯意。

"爷好一张利口！"掌柜点点头，猛地一拍桌子，大吼一声，"来人！"

众恶奴应声道："有！"

掌柜把手一拱："请东家！"

内门呼啦一声打开，一个身着锦缎、美艳动人的妇人走了出来，看年纪约莫三十岁。

掌柜恭恭敬敬地迎上去，行个礼，正欲说话，被妇人伸手止住。

"我都听到了。"妇人说罢，转头盯住窦天宝，窦天宝也冷冷地望着她。

妇人点点头，厉声道："这位爷，请吧！"

妇人与窦天宝对坐在赌桌旁，对视良久。

"天津卫大冒宝局东家二皇娘就是我，阁下道个万吧。"妇人抱拳道。

"窦天宝。"窦天宝语出，掷地有声。

二皇娘点点头："嗬，我知道你。押四个孤丁？"

"对。"

"开宝吧！"二皇娘招手吩咐宝倌。

宝倌哆嗦着走来，看看二皇娘，又看看天宝。

"大爷……"

窦天宝不耐烦地一挥手："叫宝，你叫。"

宝倌支支吾吾地说："我叫狗子。"

窦天宝一抬眼，好气又好笑地说："没问你名字，让你叫宝。"

宝倌哆嗦着开宝盒，说："免三去四不要二，别来么。"

一旁的二皇娘说："那还有吗？全去了。"

宝倌看看二人，哆哆嗦嗦地不敢动。

"废物，我来。"二皇娘一把推开宝倌，伸手揽过宝盒，窦天宝猛地站起，两眼盯着宝盒。

"窦爷，宝盒打开，可就定生死了。"二皇娘瞪着窦天宝。

窦天宝伸手指着宝盒，厉声道："打开宝盒，要是三我就赢了。"

"好，"二皇娘大喝一声，"开宝！"

宝盒一把打开，众人定睛望去，里边正是三。

众人哗然，议论纷纷，掌柜和众恶奴大眼瞪小眼，震惊得说不出话。

二皇娘大笑着坐下，点头说："窦爷，您赢了。"

"好。"窦天宝长出一口气，缓缓坐下。

"送客！"二皇娘吩咐掌柜，掌柜应声，招呼众人，将场子里的其他赌徒都请了出去。宝局里一时空空荡荡，只有窦天宝一人端坐其中。

二皇娘又喊一声："关门！"

大门哐当一声紧紧闭上，杨小仁等人腿已经吓软了，四人瘫坐在地上直哆嗦。

二皇娘起身走到一边，回身抱拳道："恭喜窦爷。"

窦天宝站起回礼："同喜。"

"想必宝局的规矩，您也是懂的。"二皇娘不动声色地说。

"我知道，要打一个八面见线。"窦天宝答。

"不外行，孩子们，伺候窦爷！"二皇娘招呼一声，众恶奴在地上铺下席子，上铺被子，一头又放上一个枕头。窦天宝默默看着这一切，一言不发。

"挨打有规矩，您知道吗？"二皇娘又问。

窦天宝轻声笑笑："知道，不能吭声，出声不算英雄。"

"好，您请吧。"二皇娘话音刚落，众人便围上来。

窦天宝把手一抬，厉声道："慢，我有个要求。"

"您说。"

窦天宝一指地上："先放了尹大茂。"

二皇娘低头看看尹大茂，随即吩咐道："小的们，放人！"

掌柜一挥手，众恶奴将只剩一口气的尹大茂抬起，径直扔到门口。

杨小仁四人哭丧着爬起来，抱住尹大茂放声大哭。

"别哭，"窦天宝催促道，"快弄他走。"

杨小仁擦擦眼泪，问："窦先生，您呢？"

窦天宝摆摆手，回身不再看他："甭管我，快把你师父抬走。"

"窦先生……"四人齐齐跪倒在窦天宝身后。

"快走！"窦天宝头也不回，大声喝道。

四人赶忙爬起来，抬起尹大茂慌慌张张地向外跑去。

窦天宝闭上双眼，冷笑着说："来吧！皱皱眉头不算英雄好汉。"

话音刚落，只见窦天宝侧身躺下，双手护头，准备迎接一顿惨烈的毒打。

二皇娘捂嘴笑道："窦爷真不外行，还懂得虎抱头。"

窦天宝大笑一声："再不打，爷就困了。"

"来，伺候窦爷！"二皇娘一声号令，众恶奴立于一侧，共同举起木棍。

"呀！"众人怒吼一声，木棍如雨点般落下。

"救命啊！"胡同里传来没溜的声音。

只见没溜在前面没命地跑着，身后几个男人紧紧地追着，前后脚消失在胡同深处。

这时窦小宝和郝大个正在院子里结结巴巴地对词，只见没溜惊慌地闯进门来，迎面摔倒在台阶上，又手忙脚乱地爬起来往里跑。郝大个一把拉住了他。

"你谁呀？"窦小宝问道。

没溜抓住郝大个的衣服哭求道："救命啊，有人追我，救命啊。"

郝大个和小宝对视一眼，小宝点点头。

"来，进屋。"窦小宝拉着没溜进屋躲起来。

两人前脚刚进房门，后脚追的人就冲进了院子，迎面撞上郝大个。

"干吗？"郝大个拦在众人面前。

为首的一人问："你看见有人跑进来吗？"

郝大个直摇头："没有哇。"

众人左右打量一下，其中一人说："这还能跑哪儿去啊……"

郝大个打断他，指着里屋说："这屋里住一疯子，我给看着呢，再没有别人了。"

门吱呀一声打开，"杀呀！"窦小宝提着菜刀，嘴里吼着冲出来。

郝大个慌张地大喊："又犯病了？"转身就跑。

众人一看这情形，也拔腿就跑，一群人推搡着就冲出了院子。窦小宝追到门口，站住了，回头望郝大个，两人嘿嘿地直乐。

等追赶的一众人跑远了，没溜才向小宝二人拜谢道："我怎么谢谢二位大恩啊？"

窦小宝和郝大个憨笑着摆手，这时一旁的窝囊提着白面和菜走了进来。

眼见没溜，窝囊一怔，觉得似曾相识，便上前问道："你是？"

没溜一回头，惊叫一声："呀，窝囊！"

"你……"

"我是没溜！你忘了？"没溜指着自己，兴奋地说。

窝囊一拍脑袋，想起没溜来了，高兴地说："嗬，怎么在这儿碰见你了？"

"缘分呗！"没溜四处张望了一下，问道，"天宝呢？"

宝局内，已是空空荡荡，除了当中一张桌子。

二皇娘与窦天宝相对而坐，两人面前摆着一桌酒菜。方才那场生死豪赌的硝烟仿佛还弥漫在空气里，又被这酒菜的香气冲淡了几分。

"艺人我见多了，"二皇娘端起酒杯，目光灼灼地看向窦天宝，那眼神里有审视，也有几分不易察觉的激赏，"但你这样的，我没见过。棍棒面前不眨眼，眉头都不带皱一下，有威有勇。为个不相干的，明知是火坑也敢跳，有仁有义。窦天宝，你是这个。"她放下酒杯，竖起了大拇指。

窦天宝咧嘴一笑，也浑不在意："您真捧我。不过说实在的，刚才那架势，我这心也悬着，就想着'虎抱头'的姿势够不够标准，别真让人把吃饭的家伙什儿给废喽。"他拿起筷子，夹了块肉塞进嘴里，仿佛刚才那场以命相博的赌局不过是场玩笑。

二皇娘被他这混不吝的劲儿逗乐了，咯咯笑起来，笑声在空旷的宝局里回荡："少跟我贫！知道为什么最后没让他们打下去吗？"

"良心发现？"窦天宝挑眉，故意气她。

"错！"二皇娘白他一眼，随即正色，眼神里透出江湖人的狡黠与一丝坦荡，"你押宝赢了三，按规矩，你赢了人，也赢了我宝局的一份挂钱。这是板上钉钉的。至于那顿打……"她顿了顿，给自己斟满酒："那是给外人看的规矩。可你窦天宝，不是外人。"

窦天宝端着酒杯的手停在半空："哦？这话怎么说？"

二皇娘仰头饮尽杯中酒，一抹红唇，带着点江湖儿女的飒爽："我爱听你的相声！"

窦天宝先是一愣，随即爆发出一阵大笑，笑声爽朗，冲散了宝局里最后一丝阴霾："哈哈哈！得嘞！合着是位捧角儿的！早说啊，省得我躺那儿琢磨'休恋逝水，苦海回身'了！"他举起杯："就冲您这句话，这顿打，值了！敬您！"

两只酒杯清脆地碰在一起。

酒过三巡，二皇娘与窦天宝熟络起来，两人互相说起了身世。

"您也是北平人？"窦天宝问。

二皇娘点头答道："我姥爷是个吹鼓手，一次酒后遇贼人偷盗，他抓那个贼，贼跑了，却把包袱留下，本家来了一看，他抱着包袱在睡觉,就说他是贼,拿在监狱中,眼看就活不了啦。那年我妈十七岁,就跪在路边写了一张纸,救我父生还者,以身相许。有一位路过的大官救下了我姥爷,母亲就跟了他做了十七房姨太太。"

"你爸爸比我爸爸厉害多了。"

二皇娘笑笑:"后来,我爹死了,我们娘俩就流落到天津。"

"哦,那令堂还在吗?"

"死了三年多了。剩下我一个人撑着这份家业。一个女人难啊。"

窦天宝叹息一声,又问:"你也没嫁夫找主?"

二皇娘一仰脖喝完一杯,缓缓说道:"高不成低不就,身份低的我瞧不上,身份高的谁要我?就这么一直耽误着。"

"哦……"窦天宝听完,便不答话,片刻,又问,"对了,你在哪儿听过我?"

"'三不管'、小梨园我都去过,你的相声不错,不像他们净骂街了,你挺聪明的。"

……

宝局的灯火在两人之间摇曳,映照着两张被命运刻下不同印记的脸庞。一个是曾经的军阀少爷,跌落尘埃,在江湖泥泞里挣扎出一点人样;一个是赌场女东家,在男人的世界里杀出一片天地,心底却藏着不为人知的孤寂。

这顿酒,喝的不是风月,是乱世漂萍偶然碰撞出的一点惺惺相惜。

第廿五章
重逢

野渡无人荡小舟，

随波终日顺溪流。

人道江湖随意走，

哪知风波几多愁。

清晨的巷子里安安静静的，只有彻夜未归的人在巷子轻轻推开一个个小院的门，传来嘎吱嘎吱的开门声。一扇屋门打开，没溜走了出来，迎面正撞见从宝局归来的窦天宝。

　　"窦爷，还好吗？"没溜激动地叫着。

　　窦天宝一见是他，愣了半晌，然后兴奋得一蹦二尺高："没溜！"

　　两人紧紧抱到一起，互相捶打着肩膀。身后的九岁红笑眯眯地站在一旁。

　　"这位是？"没溜指着九岁红问道。

　　原来九岁红担心窦天宝出事，就赶去宝局等着，又进不去宝局，就一直守在宝局门口，终于等到了窦天宝，见他没事，悬着的一颗心终于放下了，就陪着他一路回来了。

　　窦天宝望一眼九岁红，高兴地说："这是你嫂子。"

　　没溜一惊，赶紧整整衣冠，行个大礼："见过嫂子。"

　　窦天宝在一旁介绍道："这是我发小，没溜。"

　　九岁红莞尔一笑，回礼道："您好。"

　　"走，进屋，进屋聊去。"窦天宝大笑着，迎着两人进屋。

466

三人寒暄几句，窦天宝便开始调侃起没溜来。

"最近没去勾搭人家女眷？"窦天宝坏笑着问。

"瞧您说的，我是那人吗？"没溜不屑一顾地说。

"你还真是。"

"又玩笑了不是。"没溜指着窦天宝笑道。

打趣了几句，窦天宝问道："打北平出来一直在天津？"

"天津、唐山、山西都去了。"

"上山西干吗？"

"在太原，有个朋友一块忙活买卖。"

"那不是挺好吗？干吗又回来？"窦天宝不解地问，这年头在一个地方能有一些固定的买卖能活下来就挺好了，没有人愿意四处奔波。

"这朋友应了山西督办家的堂会，要给请点北平的名角儿，我就应了这个差事，带着订金出来了。"没溜说。

"这活不错，能落点。"

没溜摆摆手，叹一口气道："我想的是先到天津看一个老相好，待两天再走，没想到……"

窦天宝忙问："怎么了？"

没溜两手一摊："钱都让我那老相好扣下了，也回不了山西了。"

窦天宝一愣，伸手指着没溜骂道："该，报应了吧。"

"唉！我是一点辙没有哇。"没溜气得吹胡子瞪眼，呆坐无语。

九岁红一直在一旁安安静静地听着，她看得出没溜跟窦天宝交情挺好，听到这儿，她才关切地问起来："那你不回去，也不是事，山西那边怎么办？"

"他把钱都给人花了，怎么邀角儿？回去不得死？"窦天宝也替他担心起来，想了想又补充说，"山西督办，恐怕你回不去也得死。"

"没辙！"没溜又长叹了一口气。

窦天宝正欲数落他，只听门外一声高呼："窦先生！"

出来一看，是杨小仁、庞小狗、刘小站、王小汪四人正齐齐地跪在院子里。

"咦？干吗呢？"窦天宝望着四人疑惑道。

四人俯首不起，杨小仁闷声道："窦先生，求您件事。"

"又干吗呀？又有人赌钱去了？"窦天宝没好气地说。

"求您收留我们。"四人头也不抬，齐声说道。

"收留？"窦天宝愣了。

庞小狗抽泣着说："两位师父全没了。一死一残，我们四个也没人管。求您收下我们吧，我们以后跟您一起干。"

原来自打这四人求着窦天宝救出师父后，尹大茂虽然命救下来了，但已经是个废人了，跟相声是无缘了。这四个徒弟一时没了着落，商量来商量去，觉得也就只有窦天宝心善能管管他们了，一商量就硬着头皮一起来了，一进院子就齐刷刷跪下求了起来。

窝囊等人从旁边的房子走出，九岁红和没溜也跟出来。众人齐看着四人的窘境，都不住地叹息。九岁红心软了，道一声："天宝，收下他们吧。"

窦天宝微微闭眼，长叹一声："起来起来！"

四人相互望望，爬起身来，恭敬地站在一旁。

窦天宝缓缓走上前去，拍拍四人身上的土，郑重地问："你们是真心愿意跟着我吗？"

四人不住地点头："我们真心愿意的，求您收留我们。"

"好！"窦天宝点点头，笑眯眯地说，"就这么着吧。"

四人眼泪流下，齐齐跪倒叫一声："师父。"

窦天宝应道："好！"又关切地问："今儿个吃饭了吗？"

四人尴尬地对视一下，胆怯地摇摇头。

窦天宝回身吩咐窝囊："窝囊，领着孩子们吃饭去，吃顿饱的！"

杨小仁四人见状，感激地不住拜谢，窝囊领着四人齐齐出门去了。

窦天宝站在院子里，望着几人的背影欣慰地笑笑，九岁红走上前来，拉着窦天宝的手，感叹道："这下也挺好的，咱们的势力又大了。"

"是呀，我算算。我和忠海，小宝大个，二娘们万小泉，再加上他们四个，咱们也不少人了。"

九岁红兴奋地说："真的，以后咱们也成个班，干个园子。"

两人正憧憬着，背后又传来扑通一声。

窦天宝回身一看，没溜正在地上跪着，眼巴巴地看着他。

"我的天！"窦天宝一头雾水，哭笑不得地说，"干吗啊祖宗？我还再收你一个？"

没溜哀声说道："求您救命。"

九岁红急急地上去搀扶："您起来，这是干吗？"

没溜坚持着不起身，对窦天宝说："您现在有这么多人，干脆您和我上山西吧。"

"山西？"窦天宝一惊。

没溜的提议让窦天宝思量了一夜，他知道没溜是走投无路了，这惹了山西的督办，不交差是活不成了，只有窦天宝能帮他了。眼下窦天宝带着一众人，还真就是个戏班的规模了，但这一帮人还没凑在一起正式演出过，这临时接活，窦天宝心里也是没底。思来想去，窦天宝还是觉得救人要紧，一大早就把决定跟九岁红说了说。

"你想好了吗？"九岁红站在门口，望着窦天宝问道。

窦天宝正在翻箱倒柜地收拾行李，抬眼看见她，便停下手里的活，说："我想好了，孩子们是多了，可也需要见见世面，天下都跑遍了，相声也就更好说了。"

九岁红一手扶着门框，默然不语。

窦天宝走上前去，牵起她的手："再一个，没溜终归是我发小，我也不能见死不救啊。"

九岁红抬头望他，应道："那就去趟山西吧。"

"那你是和我一起去，还是在天津等我？"窦天宝问。

九岁红不假思索地说："一起去。"

"干吗跟那么紧啊？"窦天宝坏笑着说。

九岁红推他一把，没好气地说："怕你跑了。"

再说这梁大元，自打跟花九宝在一起后，终日持板学着梅花大鼓，唱的水平虽说是惨不忍睹，但倒也算是认真，而花九宝看他如此上心，心里也是打起了更多的主意。

这一天，趁着午饭之时，花九宝又催促起了梁大元："爷，这觉也睡了，人也是您的了，该兑现的您也该兑现了吧。"

梁大元只顾应允："好，你说吧。"

花九宝委屈地说："我们这行都是斗虫，都想当头路角儿，咱们成个班干个园子吧，您好好捧捧我。"

梁大元一拍巴掌："好哇。"

花九宝一听，兴奋地说："那咱们回北平吧。守家在地的方便。"

梁大元歪头想想，也答应了。

花九宝高兴地拉着他："天不早了，咱们上湾畔楼吧。"

"好，边吃边商量。"梁大元笑嘻嘻地说。

湾畔楼的上好包间里，梁大元、花九宝对坐着，面前是一桌上好的酒菜。

小笔恭敬地在一侧站立，花九宝看看小笔，招呼道："坐下吧，一块吃。"

小笔忙摆手："不敢不敢。"

梁大元在旁说道："没事，大奶奶让坐就坐吧。"

"谢谢大奶奶。"小笔赶忙行礼道谢，拉个凳子坐下。

梁大元对小笔说："大奶奶准备成个班，再弄个园子。"

"好哇，不过这得花钱了。"小笔答。

梁大元一瞪眼："花，钱算什么啊！"

一听这话，小笔眼睛一亮，但立刻又掩盖下去了，花九宝则是捂嘴直乐，美滋滋地说："那咱这班叫什么？"

梁大元低头想了想，眼睛一亮，说："用你一个'花'字，用我一个'大'字，花大社。"

小笔劝道："爷，那好听吗？"

梁大元瞪他一眼，又说："用你一个'宝'字，用我一个'梁'字，宝梁社。"

花九宝摇摇头："保证凉掉哇？"

"那……"梁大元挠挠头，"用你一个'九'字，用我一个'元'字。"

"九元社啊？"花九宝没好气地说，"连十块钱都不值。"

梁大元急了，抓耳挠腮想不出来，一旁的小笔应声道："用爷的一个'元'字，用大奶奶的一个'宝'字，如何？"

梁大元脱口而出："元宝社！"

花九宝点点头："这个名字喜庆。"

梁大元一拍桌子，说："就叫元宝社。"

"天宝！"梁大元刚踏进小院就喊开了。

"这么急，找我有事？"窦天宝赶紧迎了出来。

梁大元一脸得意地说："我要成个班，叫元宝社。"

"好哇！捧花老板！"窦天宝一脸真诚地说，经过之前的那些事，他跟梁大元之间的过节早就冰释前嫌了，梁大元本就没什么坏心眼，使坏的是他手下的小笔。

"兄弟，我成班，你得来帮忙啊！"梁大元说，"我都商量好了，明天就回北平，这个班要在北平做。"

"晚了，明天我上山西。"窦天宝指了指满院的大包小包说。

"啊？上山西？"梁大元一愣，继而感叹道，"你我兄弟，不知道何日再相见了！"

收拾罢行李，窦天宝一行人等大包小包地聚到院子里。

窝囊望着众人，叹息道："说走就走哇？"

窦天宝点点头："过些日子还回来呢。"

彭忠海把行李往肩上一扛，笑嘻嘻地说："来吧诸位，走着。"

众人提着行李，有说有笑地向外走，窦天宝快步走到小白蛇房间前，正欲敲门，看到她门上挂着把大锁。

"这位奶奶也不知道上哪儿去了。"窦天宝摇摇头，自言自语道。

九岁红走过来，从窗户向里张望了一下，说："她可有日子没见了。"

"唉，走吧。"窦天宝转身就要走，九岁红拉住他说："应该告诉小白姐一声啊。"

窦天宝缓缓地说："过些日子就回来了。走吧，大伙等着呢。"

二人望了小白蛇的房门一眼，便向外走去。

窦天宝此行，去的正是山西首府太原，而邀请他们的，正是山西督办申大力。

这申大力四十岁上下，原本是个见识短的武夫，靠行贿攀关系当上了山西督办的要职。他平日里舞刀弄枪没什么文化，大字不识一个，却偏好北平城里唱玩意儿的角儿，天天嚷嚷着要请北平名角儿来唱堂会。而他手下的账房先生邱念，则抓住了他这个爱好，找到了没溜合作，想请一批人来督办府演出，以此谋取些好处。

岂料这没溜一去不回，邱念正心急火燎，不知如何回话时，没溜却带着窦天宝一行人，踏进了督办府的大门。

一番安顿之后，窦天宝一行人便在督办府住下了，只等申大力回来便举办堂会。窦天宝一行人里，大多数人都是头一次来山西，窦天宝闲来无事，便领着九岁红和郝大个、窦小宝以及四小徒弟等人，出门闲逛去了。

没溜推说有事，便没和他们一道出去。见窦天宝众人走远，没溜便找到邱念，两人鬼鬼祟祟躲到角落，商量着事情。

"明天晚饭后就开演，你跟这些位角儿说说，卖点力气。"邱念嘱咐道。

没溜拍拍胸脯："邱念哥，你放心，北平的大角儿错不了。"

邱念不放心地说："我看怎么净是孩子？你不是糊弄我吧？"

"我敢吗！我几个脑袋？"没溜笑道。

邱念恶狠狠地说："反正咱俩是一根绳拴俩蚂蚱。"

没溜点点头："飞不了你，蹦不了我。"

"督办喜怒无常，要是高兴了，大把赏钱，要是恼了，得死几个。"

"把心搁肚子里，"没溜拍拍邱念的肩膀，得意地说，"有我呢。"

第二天一大早，窦天宝领着九岁红、四小徒弟、二娘们、万小泉、窦小宝、郝大个在排活。

"小宝大个先上，小仁小狗二场。"窦天宝安排着晚上的演出。

九岁红插嘴问："我接谁？"

"二娘们三场，下来你唱一个，换换耳音，京胡在当地找了，还行吗？"

九岁红点点头："刚才对了对，可以。"

"好！都别慌，好好演，没问题。"窦天宝镇定自若地说。

到了傍晚，督办府大堂内，督办申大力端坐其中，正在喝茶，身边一个副官急匆匆地走来，俯身说道："大人，夫人说不舒服不来听了。"

申大力若有所思地点点头："好吧，我知道了。"抬手吩咐下人："准备开始吧。"

府内大院里，舞台已张灯结彩地搭好，下人们忙碌地走来走去，大伙都等着来自北京的名角儿们登台表演。事实上，窦天宝一行人，还真叫督办府上下开了一回眼界。

"哈哈哈哈……不赖不赖！"堂会刚一开始，窦小宝和郝大个的相声就逗得申大力连连鼓掌叫好。

九岁红与四小徒弟等人站在后台，张望着前台。看到申大力兴奋的样子，大伙激动地互相点头庆贺。

"给您换换耳音，唱一段二黄清唱。"眼见二娘们完场，九岁红也登台亮相了。

后台里，窦天宝和彭忠海还在对词。

"行，我记住关子了。"几遍之后，彭忠海胸有成竹地说。

窦天宝笑道："好使，力巴撂跤，给嘛吃嘛。"

"倒是真好使。"彭忠海也点头称是。

一旁的没溜兴奋地跑来，口里不住地叫道："哥哥，这回可露脸了，我估计得大赏特赏啊！"

"盼着吧。"窦天宝脸上笑逐颜开。

没溜看看台上，说一声："该您了，您铆上点。"

"没问题。"窦天宝一挥手，与彭忠海径直走上前去。

申督办兴奋地鼓掌，嘴里大声叫着："好玩！"

只见窦天宝、彭忠海两人缓缓走上舞台，向申大力鞠躬致礼，你一句我一句地说起来。

"学徒窦天宝。"

"彭忠海。"

"上台鞠躬了。给您换一段，来到督办府，得卖力气。"

"那是。"

"谁不卖力气谁是个狗子。"

"不错。"

两人的相声渐入佳境，笑料百出，逗得全场人捧腹大笑。

申大力更是笑得上气不接下气，突然一急，倒在椅子上直翻白眼。

身旁的副官大惊，赶忙上来搀扶："您怎么了？"

申大力不住地大喘气，嘴里不停说着："哈哈哈，真是太可乐了。哈哈哈！"

演出完，窦天宝坐在督办府跨院房间里，演员们都还没卸装，情绪高涨，刚才的演出得到督办的大力夸奖，窦天宝的心里总算轻松下来，要知道给这种人演出是个危险活，一句话说不好就可能掉脑袋。彭忠海嘲笑督办没听过相声，稍微一抖包袱就笑得背过气去了，众人嘻嘻哈哈乐起来，九岁红招呼大家收拾东西，回屋早点休息。

大家拿着东西出了屋子，九岁红递给窦天宝一杯茶，问他明天去哪儿，窦天宝说带她去转转，吃点特产，九岁红心里很开心。

可就像窦天宝担心的那样，这种演出命运十有八九都是翻江倒海。

第二天，申大力正在房子里回味昨天窦天宝的相声，副官进来报告，说是账房拿来一张单子，给艺人的，一共八千五百块。申大力伸手接过单子，举在高处看了一眼，眉头一皱，让副官把邱念叫来。

副官带邱念进屋，还没等邱念问好，申大力就拍案而起，大骂了一声："王八蛋，你好大的胆子！"邱念吓得赶紧跪下，说："督办，小的一向尽心尽责，哪敢偷懒啊！"

申大力把账单扔到邱念跟前："老子不会写字，每次批钱都是提笔点一个黑点，你以为冒充就能领钱？"

"这不是您点的点吗？"邱念小声说。

"呸！要是随便点个点就能领钱就太没有王法了！我那笔里有根针，点在纸上有个眼儿，你看你这张没有！"

邱念愣神，赶紧跪下："督办，爷，您饶命。这又不是我的主意，这是那个说相声的窦天宝的主意，小的岂敢哪！"

"闭嘴，那也有你一份。"

说完，申大力拔枪出来，一枪就把邱念毙了，副官赶紧让下面人抬出去，问申大力那些艺人怎么办，申大力正在火头上，摆摆手说其他艺人赶走，窦天宝枪毙。

一队士兵得了命令就冲进窦天宝他们住的院子里，将全部人往外赶，副官下命令，绑了窦天宝，叫骂着让所有人赶紧滚得远远的。

很快，窦天宝就被五花大绑押出来，九岁红往天宝那边冲，被几个士兵拦住，彭忠海想凑到副官前面说句话，却被士兵一把推倒。

副官正色道："督办有令，其他人轰走，窦天宝枪决！"

窦天宝如遭晴天霹雳，呆呆站住，九岁红一把挣脱士兵的手，冲到窦天宝前面，喊着："不要啊！"小宝和大个开始和士兵推搡，窝囊也一下扑到九岁红前面，彭忠海喊着大家不要冲动，窦天宝也高喊："谁都不许动！"

院子里顿时乱成一团，副官拔枪示威。

这边乱成一团，那边申大力听到枪声，一下摔了手上的茶杯，大喊："老子最恨人骗我了。妈的，反了他们了！枪毙！统统枪毙！在我山西省杀个把人就像踩个蚂蚁！枪毙！"

突然一个声音从外面传出来："督办，您这是又杀谁呢？"

申大力一抬头，赶紧露出笑脸："夫人来了。"

窦天宝五花大绑被推倒在地，几支枪对准窦天宝的脑袋，九岁红率领众人跑过来，众士兵站成一排，将所有人挡在旁边。九岁红已泪流满面，大喊窦天宝的名字，窝囊扑通跪在地上，也喊着："老爷们，求求你们了，求求你们了！"大家全部开始央求，顿时"师父、爹"的哭喊声一片。

窦天宝大喊一声："各位！大丈夫生有处，死有地。可谁知道我窦天宝死在太原了，都别哭，快去，离开这儿！"

九岁红哭喊："不，天宝。我也要死在一起。"

窦天宝怒吼："瞎说什么，快走！"

士兵们往外推九岁红和孩子们，大家开始痛哭，窝囊已经趴在地上起不来了。

窦天宝含着眼泪说："孩子们别哭，黄泉路上无老少，早晚也都有一天。记住了，好好作艺，好好做人。快去！"

副官皱了皱眉头，看了下怀表，指挥众士兵把众人推开，持枪的士兵将枪上膛。

"预备！"副官大喊一声。

九岁红一下晕了过去，大家撕心裂肺地喊了起来。副官刚准备喊开枪，一个士兵匆忙跑过来，大喊一声："慢！"

副官看着士兵问："怎么回事？"

士兵报告："奉督办之令，放了窦天宝。"又凑近了副官说了一些话。

副官顿了一下，马上执行，传话士兵转头跟窦天宝说："窦天宝，夫人讲情，督办饶你不死，限你即刻离开太原，来人，把他送到太原城外。"

太原城外，败草衰零，已入深秋，木叶尽脱，一片荒凉，路上偶有几个押车的人路过，一队士兵押送窦天宝而来。突然不远处站了一队人马，数十名士兵荷枪实弹，十名丫鬟簇拥着一个夫人背身而立。

副官对着窦天宝说："再往前就出了太原了，你命真大，督办除了夫人的话，谁的话也不听。祖上积德，夫人给你讲情，还不去道声谢。"

窦天宝的心里猛然紧缩了一下，看着前面夫人的背影，缓慢上前。夫人听到脚步声，也缓缓转过身，窦天宝惊呆，往后退了两步，停住，他看到了一张日夜思念的熟悉的脸。

眼前这位督办夫人竟然是十二红，是他多年来心心念念的十二红。

十二红衣着华贵，整个人的气质完全变了样，脸上略有沧桑，但分明还是那个模样，眼睛里噙满泪水，还是那么温柔地看着窦天宝。

窦天宝双手开始颤抖，他想走上前，却又看见十二红身后簇拥的人群，他轻轻唤了一声："十二红，是你吗？"

"别说话。世上的事可能就是这样，你不用问我这些年的坎坷，总之我现在就是这个样子了。知道你很好我就放心了。是非之地，不可久留，趁我在此，快走！"

窦天宝眼睛红了："十二红……"

十二红眼泪下来："还记得你教我的话吗？江湖子弟，拿得起来放得下。走吧。"

十二红说完朝窦天宝走来，身后的人跟着十二红，窦天宝就这样看着十二红从身边走过，他想拉一下十二红的手，想上前抱一下十二红，可他什么都不能做，只是这样看着十二红头也没回地从身边走过。当十二红与他擦身而过时，窦天宝和十二红的眼泪同时掉了下来，可他们谁也没有回头看一眼。

窦天宝开始轻唱：

> 去年今日此门中，
> 人面桃花相映红。
> 人面不知何处去，
> 桃花依旧笑春风。

十二红凄然泪下，脚步停了一下，马上继续往前走，窦天宝已经泪流满面。九岁红等人赶过来围住窦天宝，窦天宝顿觉头晕目眩，一下栽倒在地。

一间简陋的民房内，油灯亮起，窦天宝围着被呆坐在土炕上，任凭九岁红说什么都不回话，递水也不喝，端来吃的也不吃，九岁红也不知道怎么办，叹了一口气坐在窦天宝旁边。

彭忠海和窝囊走进来，九岁红赶紧起身，窝囊说孩子们都睡了，不放心天宝过来瞧瞧，彭忠海看了一眼天宝，说刚才问了房东，这儿离太原一百二十多里地了，奔东三十里就是县城，那有回去的车。窦天宝也没有应话，还是呆呆地坐在炕上。

九岁红难过起来，摇着头说天宝一直这么不言语，已经好几个时辰了。窝囊走过去给窦天宝围了围被子，回头对着九岁红叹了口气："唉。姑娘，您谅解一二吧。十二红的事想必您也知道，这么些年来，少爷可真是走了不少心思。他又不能跟谁去说，谁也不好意思去问。在太原突然这么遇见，搁谁也受不了哇。"

九岁红呆呆地说："前些日子，他和我念叨过，我理解他。我更知道他心中的那份苦痛。"

"他就是一时蒙住了，等缓过这劲儿来就好了。"彭忠海宽慰道。

九岁红点点头："不早了，您二位也早歇着吧。"

"您费费心吧，姑娘，多劝劝少爷。"

"得了，我们也睡去了。"

窝囊和彭忠海转身出去了。二人刚出门，没溜跑进来，看着窦天宝的样子难过起来，说对不起天宝，不知道事情会是这样，九岁红说事情都过去了，以后谁也别提了。没溜认真表态，以后好好做人，认定了就跟着天宝和九岁红，鞍前马后，哪也不去了，踏踏实实地伺候他们。九岁红点点头，让没溜回屋休息吧，别心里不舒服了。

这来来回回的人都没让窦天宝说一句话，九岁红关上门，也没吭声，重新坐到炕上。窦天宝这时才缓缓抬头，突然开口："给我口水喝。"

九岁红大喜："天宝！等着我给你倒水。"连忙端水递给窦天宝，眼神中满是关切。

"天宝，你没事吧？"九岁红一边让窦天宝喝水，一边问。

"唉！有事又怎么着？日子还得过啊！"

"以后，我会跟你好好的。"

窦天宝点点头："嗯。"

"天亮咱们就能回天津了。"

"不，回北平。"

九岁红一愣："回北平？"

窦天宝喃喃地说："北平是生我养我的地方，也是让我伤心的地方。离开北平时我曾经觉得解脱了一般，不敢提不敢想，很大原因就

481

是她。一直到现在，这出戏终于唱完了，尾声响起的时候，也说明了下一场演出马上要开始了。人哪，这一辈子就跟唱戏是一样的，走南闯北就是跑圆场，悲欢离合就是唱戏文。我这些年唱的戏可是不少，有文的有武的，有哭的有闹的。我可是有些累了，回家吧，重打锣鼓另开张，新戏就快开始了。"

窦天宝终于想明白了在外流亡的日子始终是不安定的，这些年的起伏让他失去了很多，那些爱他的为他付出所有甚至生命的人让天宝难过，并陷入了深深的思念中。他知道自己回不去了，正如十二红已经成了督办夫人，一切都变了，他唯一能做的事情就是回到北平，回到那个生他养他给了他一切也夺了他一切的地方，流亡的苦难必须结束，他要唱新的戏，完成一场残忍的蜕变。

第廿六章

开张

观彻世态惊神胆，

看透炎凉起魂魄。

良心乍起三更夜，

明月清风冷笑人。

北平不会因为谁的离去而有所改变，那个城市从古至今一直都繁华热闹，有来的人有去的人，街道车水马龙，四处人声鼎沸，这里每一分钟都上演着爱恨情仇。

天桥也依旧，艺人卖力演出，观众闲暇打赏，孩子们在一边追逐打闹，大人唠叨着闲话，这所有的一切都像窦天宝离开前一样。

比如那拉洋片的艺人还在演唱。

再往里边再看哪，又一片。

北京城里您老看看，

里九外七皇城四，

金銮宝殿画在中间，

金钟三响，王登殿，

满朝文武都来站班。

天桥依旧，梁府也依旧。

花九宝手持单子坐在府中算账，梁大元笑眯眯地在一边喝茶，小笔还是狗腿地站在一边。花九宝正在算开个戏园子的账，连成班带开园子，起码要十八万。梁大元一听要十八万，整个人一下就坐起来了，但看见花九宝的脸拉下来了，马上表现出不过才十八万的样子，强调只要花九宝高兴就行，钱不是问题。

花九宝得意起来，搂着梁大元狠狠亲了一口，又提出了要求，说班子现在有现成的，但是独独缺说相声的，而且点名就要窦天宝，梁大元有点为难，但还是答应了。小笔说有人见到窦天宝回来了，梁大元让赶紧请过来。

小笔只听说窦天宝回来了，却不知道他落脚在哪儿，只能四处上天桥打听。

窦天宝这会儿刚刚租了房子，三个大间，孩子们住一间，彭忠海、窝囊和没溜住一间，窦天宝和九岁红住一间。九岁红对这个安排很满意，拿着被子就进了自己和窦天宝的屋。

窦天宝则领着小宝出了门，一路来到一处高大建筑前，两个人抬头默默看着这处建筑，很长时间没有说话。

"小宝。"沉默良久，窦天宝开了口。

窦小宝应声道："爹。"

"这就是原来的春华园。"

窦小宝点点头："我知道。这就是我原来的家。"

"物不是人也非。"

"我亲爹就是死在这儿。"

"还有杏儿。"窦天宝叹了口气。

两个人再次陷入了沉默，往事一幕幕重新回到眼前，那晚的火光冲天好像仍在继续，窦天宝分明看见了正在努力拉扯他的杏儿，和被小笔用脚踹倒的赵掌柜。窦天宝低下头，闭上了眼睛。

"孩子，我们又回来了。我们还活着，真不易啊。"

"嗯。"窦小宝低头不语。

"走吧。"

二人转身而去，窦小宝眼睛红肿，边走边唱了一段《休洗红》。

> 往外迎，往外迎。
>
> 满腹凄凉草木凋零。
>
> 斜倚栏杆泪珠倾。
>
> 一阵金风过。
>
> 落叶满中庭……

窦天宝带着小宝四处走，碰见了不少熟人，跟小宝讲了很多当时的事情，一段段辛酸史浮在眼前。但此时的窦天宝已没了当时的辛酸，他轻轻讲着那时的故事，和每一个过往的人，双手抱拳和熟识的人打招呼，难免也有些人在背后议论纷纷，但他也只是微微一笑。

路过一个胡同口，一个老妇人手持油瓶在哭泣，两个人停下来上前询问，老太太说油盐店的老板太黑心，她来打油，刚给完钱，老板就不认账了，她一个穷老太婆挣点钱不容易，说着哭得更厉害了。

窦天宝听完掏出钱给老太太，老太太说什么都不要，窦天宝说"我买你这个油瓶"，让小宝硬把钱给了老太太，接过油瓶。

小宝不解，窦天宝笑着说咱们去趟油盐店。

油盐店的老板热情地接待他们，接过瓶子问打多少油，窦天宝说打满，老板赶紧照做，一勺油打下去发现自己的脚面全是油，仔细一看，才发现瓶子没有底，回头一望，窦天宝已经拉着小宝跑了，老板在后面大声叫骂。

路过一个面铺，面铺掌柜的正在骂卸粮的工人："孙子，要死啊！你！用劲！"

窦天宝望着掌柜的，笑了笑："这么多年了，他还这毛病。"

窦小宝疑惑地问："爹，您认识他？"

窦天宝哈哈一笑："我还抹他一脸面呢。"

窦天宝带着给九岁红买的果脯回来，还没顾上和九岁红说会儿话，就被没溜拉到一边要借一步说话。窦天宝知道没溜又开始瞎琢磨了，告诫他这里都是穷人，没女眷，让他少打女人的主意。没溜说自己现在没那心情，得做点正经事，不过这个正经事需要些钱。窦天宝说："那你直接就说借钱呗，还什么正经事啊。"没溜说不是借，是要，天宝说："那这意思就是不还了啊。"没溜坏笑起来。

九岁红知道没溜从窦天宝这拿了十个大洋，难免有点心疼，但也不好说什么，只是嘱咐天宝他们也不能这样待着，必须找点事做，窦天宝觉得还是得卖艺，不过要好好想想。

没溜拿了十个大洋没多久在街边摆起了摊子，支起了一个大蓝色帐篷，上书"外国进贡大黄金塔"，他站在帐篷外吆喝。

"瞧一瞧，看一看，外国进贡大黄金塔，千载难逢，一个大子看一回，一看就乐。看啊！"

旁边一个路人问道："什么？"

"黄金塔，一看就乐了。"

"多少钱？"

没溜高声说："一个大子看一回，一看就乐了。"

"挺新鲜，我瞧瞧！"

几个路人掏钱进了帐篷，没溜一下更有精神了，继续大声吆喝起来。掏钱的路人进了帐篷后，看见摆在正中桌子上有个盘子，盘子里放了许多个窝头，路人一下恼火起来，大喊了一声"骗子"，没溜赶紧进来。

路人指着问："就他妈这个？"

"外国进贡大黄金塔。"

路人骂道："去你妈的。"

"哎，别骂街。您上当了吗？"

"上当了。"

没溜得意地说："您出去一喊，别人可就不看了，上当的就是您一个。冤不冤？"

路人点头："冤！那怎么办？"

"出去您还得乐，别人也来上当，您就不吃亏了。"

"好，我听你的！哈……"

路人果然笑着走出来，外面的人纷纷问好不好看，这个路人频频点头，笑着说太好看了，大家一听都赶紧掏钱，争先恐后往里面进。

没一会儿没溜就用这种方法收了不少钱，正乐呵呵数钱时，一个小乞丐悄悄扒开帐篷，一看竟然有一大盘窝头，开心地喊起来，其他乞丐一听有窝头，一股脑都冲进帐篷哄抢，没溜拦也拦不住，大喊救命。

这时窦天宝正在家里召开会议，宣布接下来的生活计划，除了没溜，大家全部到场。

窦天宝清清嗓子，说："我想了，咱们明天开始在天桥撂地，北平是说相声的窝子，能人众多，咱们既为糊口，也为长能耐。嘴里都干净点，脏话少说，最好别说。"

窦小宝问："爹，这要遇见同行呢？"

"都客气点，虽说同行是冤家，但咱们不要去招惹别人，记住，人不亲艺亲，要让我知道谁不规矩，可别怪我抽他。"

"爹抽完了，我还得抽他。"

彭忠海笑道："你抽风吧。"

庞小狗又问："对了，师父，我师娘唱吗？"

"唱不了，弦不在。"九岁红笑笑。

"你也是用惯了小郭子，改天让人捎信，让他从天津赶过来。"窦天宝说。

"好。他来了我能给你们垫场了。"

"嗯，咱们先在地上练兵，等时机成熟，咱们再进园子成班。"

二娘们得意地说："那会儿咱们插雉鸡翎造反了！"

万小泉调侃道："造反你也是女将。"

"讨厌。"

正说着，门开了，没溜一脸青泥地走进来，窦天宝一点都不吃惊，问了一句："你没死外头？"没溜带着哭腔说："我的黄金塔啊！"大家伙都笑起来，气氛顿时就轻松了，都觉得有窦天宝这根主心骨在，就有大伙儿一口饭吃，就有大伙儿的乐子。

第二天，窦天宝就重新在天桥上开了张，围了一小块地卖起了艺。窦小宝、窦天宝、二娘们、杨小仁立于场中心，先来了段群口相声。

窦天宝上前一句："要说好得说我窦天宝！"

二娘们婀娜多姿地说一句："不成，得听我二娘们。"

窦小宝上前一步，抬头挺胸说："别看我小，这几位都不如我。"

杨小仁贱兮兮地说："你们的眼里还有人呢？"

……

几人你一句我一句，各有风格，没一会儿就招揽了许多人，现场气氛越来越热烈，几个人也越说越有感觉，场子内外笑声一片。

而那边何人乐的相声场子一下冷冷清清起来，无人围观。何人乐和陈世忠纳闷呢，按照往常这个时候，他们不应该没观众啊，两个人硬着头皮上场，唱了段太平歌词，还没唱完原本这四五个人也走光了。

两个人决定暂时先收摊，四处转转，一定要找出原因。这稍微一溜达就看出了端倪，窦天宝的场子隔着百来米就听见笑声了，里里外外围得水泄不通。此时窦天宝正在和二娘说着一段，何人乐认出了窦天宝，陈世忠说人家拜了御龙鸣御先生，说得确实不错，能耐大，咱就认了吧。何人乐心有不甘，两个人到陈世忠家准备喝点小酒，缓解一下心里的烦闷。

窦天宝的演出首战告捷，一堆钱放在桌正中，众人围坐，兴奋不已。九岁红笑着给大家分钱，窦天宝嘱咐一定不能忘了每月初一想着派人去天津给他师父送钱。

没溜这时候凑了过来，说："嫂子，您看我那份？"

九岁红笑着看着没溜，说："呵呵，你也要？"

窦天宝忙拦着说："别给他，给了又都蒸成窝头了。"

大家哄笑起来，没溜也有点不好意思了。这时窝囊张罗了一大桌好酒好菜，叫大家吃饭，大家伙举杯庆祝。窦天宝表面欢颜，可心里却想着事，这么一大家子，光靠撂地肯定不是长久之计，别看今天收入不错，往后的日子还得尽早琢磨起来，他拿起一杯酒一饮而尽。

再说小笔这边，他本就不想帮梁大元找窦天宝，正好一开始四处找窦天宝寻不到，便回去交差说没找到，没想到花九宝不乐意了，说十样杂耍没相声不成，梁大元被磨得没辙，让小笔再去打听。这没两日，窦天宝一众在天桥撂地，一天下来，大家伙就都知道了，小笔知道这下瞒不住了，就回去推说窦天宝请不来，花九宝不干了，又磨着梁大元，梁大元一拍大腿，说自己去说。

第二天的演出，窦天宝场子刚刚支好，梁大元就带着花九宝赶来了。

一番寒暄后，梁大元说明了来意，非要拉着窦天宝去吃饭，天宝指了指场子说："去不了，上地使买卖呢。"

花九宝马上说自己能等，一边的九岁红不乐意了，说窦天宝去不了，这么多人都等着吃饭呢，没等梁大元说话，花九宝一挥手："那就全都去。"

十几个人走在大街上，一副上山打狼的模样，九岁红觉得花九宝对窦天宝图谋不轨，吊着脸审问窦天宝，天宝边哄边解释。梁大元走在前边，心里也肉疼得请这么多人吃饭，花九宝却说这是刘备摔孩子，得下本。

这顿饭吃得原本各怀鬼胎，却让窦天宝一顿忽悠，成了梁大元的灌酒场，一会儿小宝、大个叫大爷，一人喝六个，一会儿这个敬双杯，一会儿那个表心意，没几轮梁大元就被喝到桌子下面了。窦天宝笑着拉起九岁红就告辞了，花九宝要照顾梁大元，没法拦住窦天宝，孩子们还在那敞开怀吃，梁大元这顿饭请得真是只剩花钱了。

窦天宝回家后看见窝囊在择菜，九岁红赶紧过来帮忙，窝囊凑到窦天宝跟前说，少奶奶人真是不错，要他一定好好过日子，天宝笑着点头。窝囊淘米进了厨房，窦天宝歪头看着九岁红，终于露出了这些日子最舒心的一个笑容。

窦天宝在天桥的相声摊说了几个月，人气暴涨，北平城里几乎都知道了这么一位草根相声王，每天都有人慕名前来听相声，这种火爆的局面自然引起了有钱人的注意，机会就这样来了。

这天一早窝囊打开门，一个男人站在门外，上前介绍道自己叫岳大头，前来拜访窦先生。岳大头的东家原来是勤行，卖炸酱面的，老东家突然去世，买卖就歇下来了。少爷是个学生，什么都不会。可连东带伙也好几个人，总得活着。这家少爷在天桥听过窦天宝的相声，十分欣赏，回来就寻思着开个园子，想请窦天宝上园子里说相声，而且园子专门起名为天宝楼。

这对窦天宝来说是一次天赐的机会，园子都收拾好了，台子也搭起来了，就差窦天宝站台上了。窦天宝带着九岁红去看了园子，见到了这位叫李天真的少东家，九岁红很满意，大力劝服窦天宝一定要应着，窦天宝知道在天桥终归不是个事，想要成大业还是得进园子，眼看这现成的台子已搭起，他自然应允。

窦天宝就这样带着自己的团队入驻了天宝楼，李天真很是尊重天宝，一切都按照他的意思来，大家也都很积极排练节目，开业的日子定在了本月十八，说起来没几天了。

九岁红张罗起大家的演出，和窦天宝商量要有个名号，既然园子都叫了天宝楼，那干脆团队就叫天宝社，领衔主演窦天宝，水牌也拟好了，所有人兴奋地等开张。

眼见窦天宝这边张罗起了成班成园，花九宝原先打的请窦天宝加入的主意就落空了，只好让梁大元和小笔在家练着相声，但是梁大元哪有这个天赋，一个报菜名就只记住了三个菜，后面还自己加了段唐诗，花九宝气得不行，梁大元却觉得自己完全是给《报菜名》这个节目提高了品质。

　　花九宝知道靠梁大元说相声是没用了，干脆还是在行头上想想办法，问梁大元要七万块，说是要给梁大元置办京城最好的行头。

　　"我算了算，还得七万。"花九宝说。

　　"还得七万？"

　　花九宝直嚷嚷："我订的江南丝绸，好做衣服啊。再一个，您要是上台能跟别人一样吗？不得样样讲究吗？"

　　梁大元点点头："倒是有道理。"

　　"连您台上用的手绢、扇子、醒木都和别人不一样。"

　　"有什么区别？"

　　"您那手绢上等大缎，绣平金的五龙，那金线都是真金捶成金箔再裹丝线，又请的最好的绣工给您绣的。"

　　梁大元嘿嘿直乐："罢了，我这是头钩了！"

　　"您那醒木是上好和田玉，镶的四角黄金。"

　　"这是干吗？"

　　"这叫金镶玉。"

　　"哈！太讲究了。我用那扇子呢？"梁大元拍手直笑。

　　花九宝又说："正统象牙骨的。大骨小骨全是牙的，两面还有上海牙雕大家于硕雕的一面字一面画，这多体面啊！"

　　"呵呵，太好了，太好了。我非得火了不可，这样对了。人家马连良、梅兰芳唱戏的行头、手使的东西都是越讲究越不嫌讲究，我这一套东西往上一摆，威震天下，谁还敢小看我！"

花九宝看他在兴头上，忙问："您看这七万？"

"哪够啊，"梁大元一拍大腿，"先拿十万。"

窦天宝忙着开张，梁大元忙着花钱，一时倒相安无事。但是上天还是要继续考验窦天宝，就在窦天宝为天宝楼天宝社忙前忙后时，左大年出狱了。

左大年出狱后琢磨起对策，不知道未来该怎么办，这就不是一个愿意下苦的主，他路过天宝楼看见了窦天宝的水牌，"十八日开张"的字眼让他突然找到了筹钱的办法。

还没等大年找上门，另一拨人已经先盯上天宝楼了。原来天宝楼准备开张，北平警察局特营股办公室对这个天宝楼是格外注意，巧的是这个股长竟然是当初评剧公会的会长，真是不是冤家不聚头，他和窦天宝还真是有缘分。

"咱们特营股管的就是特殊营业，说书、说相声、唱大鼓、耍马戏、抽大烟、配钥匙、妓院、舞厅都是咱们的管辖范围。"股长正在教训自己的科员，一个二十出头的年轻人，叫古多多。

古多多连声应和道："是，股长说的是。"

"那个要开张的天宝楼到现在没来备案，你们很失职啊。"

"是，我马上去办。"古多多挠挠头。

股长骂道："我不说话你们就想不起来？一点事业心都没有。"

"您别生气，小的失职。"

股长一拍桌子："快去！"

古多多来到天宝楼，趾高气扬地嚷嚷着，说他们没有去书词公会登记。

李天真一个劲儿解释，说他们去了好几次，都因为股长不是打麻将就是喝多了，一直没给办下来。

古多多火了，大骂起来，说他们不懂规矩，李天真正要再解释，园子伙计愣三上前一脚踢倒古多多，古多多像箭一样飞了出去，爬起来骂骂咧咧地跑了。

多少年前的剧情再次上演，警察局特营股他们算是得罪了，正如当年得罪了评剧公会一样。

夜里，九岁红在收拾着开张演出的应用之物，窦天宝自己在一旁发呆。

九岁红放下手里的活，问道："想什么呢？"

"明天就开张了，多想一想，考虑周到一些。"

九岁红挨着窦天宝坐下，轻声说："北平城那么多说相声的，可你一回来就上了园子，估计得遭恨。"

"唉，不遭人嫉是庸才，我不亏心，别人恨我，那我管不住，但行好事，莫问前程。"窦天宝说着看向外边，外面是漆黑的夜，但他的内心一片光明。

第二天，天宝楼迎来开张，牌匾高悬，鞭炮齐鸣。窦天宝、九岁红率众人与李天真等人互相贺喜，楼前舞狮舞龙，各位宾客都笑容满面，李天真和窦天宝互相让着走进天宝楼。

岳大头在外招呼："各位街坊四邻，我们天宝楼开张了，大家都来捧场啊！"

很多人都应声走进天宝楼，整个北平城今天就数这里最热闹。

这时人群中一个男人挤进来，带着一脸坏笑，没错，就是左大年。他确定了这个就是当年的窦天宝后，开始往里走。

此时的窦天宝正在后台和众人嘱咐："自当年离开北平，几经辗转，我又回来了，而且这次是带着大家一起回来的。我很感慨，咱们是一家人，不管父子兄弟师徒，现在咱们都在一个锅里盛饭吃，好都好，坏都坏，我希望大家好好说相声，好好做人，上有青天下有黄土，良心放在中间。记住了吗？"

众人说："记住了！"

窦天宝一抱拳："还有一个多钟头就开演了，大家准备一下。"

这时左大年在门外叫嚣，让窦天宝出来见他，岳大头问他是谁，他仰着头说是窦天宝的师父，天宝出来一看竟然是左大年，连忙请他去了后台。

窦天宝与左大年对坐，亲自给他沏了茶，递上。

"你现在是角儿了，你眼里还有师父吗？"左大年问。

"左先生，当初我确实在您跟前用功，但后来，您偷东西被抓起来，这一晃多少年，没想到咱爷俩在这儿遇见了。"

"你甭提那个，我那是被人陷害。我就问你，你还认我这个师父吗？"左大年不依不饶地问。

窦天宝尴尬地笑笑："可能您不知道，我已经拜了御龙鸣先生，但是您放心，我不会不管您的。"

左大年急了："你先管我叫的师父，才拜的御龙鸣，这就是欺师灭祖，违背行规。这属于大逆不道的事！"

"您别这样说，反正我管您就是了。"

左大年一伸手："拿钱来。我现在都活不下去了，你得给我钱。"

窦天宝叹气，从兜中掏出几块现大洋给左大年，客气地说："您花着。"

"哼！算你有良心。记住，花完了我还来呢。小子记住了，我是你师父。"

左大年把钱揣进兜里，扬长而去，窦天宝皱紧了眉头，长长叹了口气，他知道麻烦这才刚开始。

前脚左大年刚送走，后脚股长带着人叉着腰站在了门口。

股长指着天宝楼问古多多："在这儿挨的打？"

古多多点头："对，股长做主。"

股长清了清嗓子，大喊："让他们出来，都别演了。"

古多多盛气凌人地带人冲进天宝楼，股长叉着腰看了看水牌，突然惊住，水牌上赫然写着"窦天宝"三个字，股长头上的汗顿时出来了。

当古多多拉着岳大头走出来时，股长早就没了踪影，古多多大声喊着股长，一回头就让愣三又一脚踹飞，几个人上去就暴打古多多，股长在一边悄悄露出脑袋，心想窦天宝手下的人也这么横，幸亏没过去。

好在这些都没影响到天宝楼的开张，二娘们和万小泉的开场就博得了满堂彩，窦天宝和彭忠海的演出更是连连翻场，天宝楼里笑声一片，掌声雷动。

当然，窦天宝的首场演出，又获得了巨大成功。第二天报童持报纸跑在大街上，高喊："看报看报，天宝社在天宝楼一炮打红！窦天宝深受好评！翻场二十四段！看报了！"

窦天宝一下成了北平的名人、街头巷尾谈论的对象，天宝楼的售票口开始排起了长队。

注意这个消息的除了喜爱相声的百姓外，还有何人乐和陈世忠。两个人看到窦天宝的火爆，不得不着急起来，吃碗面都能听到有人夸窦天宝。何人乐决定做点什么，不能这样坐以待毙。

当然，除了这两个人，左大年也边抽大烟边对着报纸一番脏话，并且心里开始琢磨着下一次要钱，当然得要得更多。

还有窦天宝的老冤家——杨全志和齐连光，此时正在来北平的火车上。

不过这些对于经历了这么多事的窦天宝来说，他已经看淡了，该来的就来吧，"江湖自古风波恶，天地由来云路宽"。

锣鼓未歇，丝竹正酣。台前台后，红火得像一场不真实的梦。然而，窦天宝心里清楚，这梦的底色，是北平城深不见底的暗涌，是过往血泪凝成的霜。天宝楼开张了，他窦天宝的新戏码，也才刚刚拉开帷幕。是龙吟九霄，还是折戟沉沙？

他下意识地哼起一段唱词，声音低哑，淹没在鼎沸的人声里。

人生如戏戏如台，

你方唱罢我登台。

莫道浮华遮望眼，

台下看客最明白……

第廿七章
风波

船中人被名利牵，

岸上人牵名利船。

滔滔江水流不尽，

问君辛苦到何年。

天宝楼的火，是真火了。

开张不过旬日，那水牌上的"窦天宝"仨字，就跟蘸了香油似的，勾得北平城的老少爷们儿心里直痒痒。在大年讹来的几块大洋已经快花完了，他蹲在茶馆旮旯里，喝着最次的茶叶末子，听着满耳朵的"窦天宝"，那滋味，比喝了馊泔水还难受。

出了茶馆，左大年就直奔窦天宝家砸门，小宝和大个出来。

窦小宝挡在门口问："干吗？"

左大年张口就来："孙子。"

"你才是孙子呢。"

左大年歪着嘴说："你不是窦小宝吗？你爸爸是我徒弟，你当然是我孙子了。"

"你别不要脸了，大骗子，还偷人东西，当初骗我爹，现在又上门讹诈，你是人吗？"窦小宝骂道。

郝大个也跟着骂："快走！臭不要脸，那天不是给你钱了吗？"

"爷爷花完了，叫窦天宝出来。"左大年不理他们，朝门里喊。

窦小宝往外搡他："没在家，你快走！"

"再不走我打你。"郝大个举起拳头。

"嗬,要造反!你爹都是跟我学的!一身能耐全是我教的!现在他红了不认我?门儿也没有。"

"我抽你!"郝大个捡起砖头就朝左大年脸上砸。

左大年一看得吃亏,赶紧捂着脸跑开了,边跑边喊:"你们等着,我绝饶不了你们。"

窦天宝确实不在家,他拿着材料专门去拜访了股长。

股长一看窦天宝来了,赶紧吩咐古多多倒水:"多年不见,窦先生风采依旧哇!"

窦天宝抱拳行礼:"岂敢,您也混得不错,高官显宦,可喜可贺。"

股长得意地说:"我姐夫在市府有点身份,蒙他提携,我到特营股谋一份差事。"

窦天宝笑笑,说:"可能您也知道我在天宝楼那儿,按规定要来申报,这不嘛,材料都齐了。"

"士隔三日,当刮目相看,窦先生举止得体,全无当年粗暴之态,令人佩服。"股长殷勤地说。

"当初年轻,到与不到的还请原谅。"

窦天宝一脸诚恳,经过了这些年的事,他现在不像那会儿四处硬刚了,他知道顾全大局而不是全凭个人意气,他知道能用言语解决的事尽量不用武力,但这并不是说窦天宝变得圆滑世故了,而是他把尖锐的一面用柔软包了起来,放在里面,不轻易示人。

股长也知道找台阶下,连忙摆手:"客气客气。来,把材料接过去。"

古多多可不知道这其中的弯弯绕绕,还是照着老一套,老不情

501

愿地接过材料翻看起来："这不全啊，再说……"

股长赶紧踹了一脚古多多，说："闭嘴！呵呵，窦先生请回，这个好办，好办！"

股长早就吃够了窦天宝的亏，如今学聪明了，实在不想再惹窦天宝，他觉得与其这样针锋相对、冤冤相报，不如大事化小，小事化了。

就这样，窦天宝成功过了这一关。

左大年被打了后自然不甘心，赶在天宝楼快要上座的当口，又冲到天宝楼前坐地上撒泼打滚。

"天地良心，各位看看，这个窦天宝丧尽天良，不认师父！还让他儿子打我，我太可怜了！各位你们得给我做主哇！"

岳大头闻声赶紧跑了出来，想拉左大年起来，左大年趁势开始翻滚得更厉害了。

"别闹别闹。这快上座了，你这是干吗？"岳大头急得直流汗。

左大年边滚边喊："我不活啦！窦天宝，你给我出来！"

"你别这样，有话好说！"

左大年伸手："快拿钱来，我去看病，我活不了了！"

窦天宝正好坐着洋车回来，一看天宝楼前围着大批人，还有人哭闹，赶紧跳下车来，挤进人群，来到左大年身边："先生，先生，又怎么了？"

左大年指着窦天宝就骂道："你甭装好人！窦天宝，你不认我这个师父就算了！你还指使你儿子徒弟打我，天良丧尽！我一辈子老实人！我教了你一身能耐，现在你恩将仇报，你记住，你必有报应！老天爷呀！"

窦天宝一愣："先生，打人的事我真不知道，您别生气。"

"我得看病去！我没钱看病！"

窦天宝掏出钱递给左大年，左大年一下站起来，把钱放进口袋，一边走一边嚷嚷："好，这不算完。你等着，不认师父！你必有报应！我老实你欺负我！没门儿！"

左大年叫骂着走了，窦天宝望着左大年的背影叹气，旁边围着的人开始议论纷纷。

打左大年这件事让窦天宝很生气，回家就给了小宝一巴掌，小宝捂着脸呆立，大个在一旁不敢说话。窦天宝还要再打，九岁红一下拦住他，摸摸小宝的脸，说："你干吗发那么大火，打孩子干吗？"

"不懂事的东西！"窦天宝骂道。

九岁红劝道："行了，别生气了，孩子小，看不公，打就打了呗。"

"江湖险恶，人心叵测！尤其这行人，没有还能编得跟真的似的！我何尝不知道左大年是个什么东西！吃喝嫖赌坑蒙拐骗，不是因为偷东西他能被抓起来吗！多少年了这才放出来！但我也要承认，我管他叫过老师。"

"他不是也没教你什么吗？"九岁红问。

"许他不仁，不许我不义！他害过我他骗过我，我都能客客气气的，用你们两个小子去打人？没事找事。"

郝大个在一旁插嘴道："我们觉得他太无耻了……"

窦天宝叹一口气，说："人原来如此，咱们创业之初，需要下功夫好好说相声，哪有那么大闲心惹祸？"

"行了，说了半天，孩子们也知道了。去吧，没事了。"九岁红示意小宝他们离开，小宝和大个胆怯地望着窦天宝，不敢离开。

"吃饭了吗？"窦天宝看也不看他们。

"没敢。"小宝和大个低声说。

窦天宝抬头，看他们一眼："滚到厨房去！"

孩子们出门后，窦天宝觉得心口一阵疼，九岁红连忙递上茶。

"还生气呢。孩子们小，说说就得啦。"九岁红一边给窦天宝倒茶一边劝着。

"干这行也干了些年了，越来越觉得深不可测，人心歹毒，狗都不吃啊。"

"又想起什么来了？"

窦天宝摇头叹息："初入江湖的我，觉得天下多么美好，人人都那么善良，可当我一次次碰得头破血流，才发现我错了，世上的事与你想象的完全不同。"

九岁红想一想，说："那也很正常。各行业都如此嘛。"

"不，我们这行是个例外。名利场是非圈。为了有限的利益，如蝇逐血啊！"

九岁红笑笑："今天你怎么那么多感慨呀！"

"也没外人，无非咱俩，说说真心话呗。"

"好，你说吧，我听着。"

窦天宝沉思片刻，说："人家练武术的谁武艺高超，大家都想我得好好练，争取超过他。说相声的不行。谁好了，我得害他，把他拉下来，哪怕我上不去，我也会很快乐，这种心态真不是大丈夫所为。"

"那你得学会劝自己，你现在越来越火，这种闲气少不了。"

"我知道，我能控制自己，我管不了别人啊。"

"你要是分文无有特别落魄，左大年就不找你了吧。"

窦天宝笑道："当然，要那样他早跑了，他现在来无非是求财，给点钱得了，千万别惹他。可这俩孩子，偏偏打了他，我真担心会出什么乱子。"

"会出什么乱子呢？"

"我也不知道。"窦天宝摇摇头。

九岁红又问："走南闯北那么多年，你还有什么怕的？"

"怕倒不怕，是不愿意让人笑话。真流氓我都不怕，何况这模仿的呢？"

"没事，有什么风雨我替你遮着。"九岁红抓住他的手。

窦天宝看她一眼，笑笑说："你太瘦了。"

"我心宽。"

"那就是缺心眼呗。"

九岁红笑了起来，窦天宝也呵呵乐起来。这些日子，窦天宝和九岁红的感情越来越好，两个人也越来越有默契，窦天宝觉得九岁红给了他一个家的安稳和暖和，这些是他能安心做好天宝楼的基础，所以他是真不愿意再惹是非，只想踏踏实实做好自己的事。

左大年拿了钱果然并没有闲着，他四处开始翻弄起窦天宝的是非，来到茶馆说当时他觉得窦天宝这孩子还行，可谁想窦天宝偷他东西，他伤心，还一句句教窦天宝说相声，可窦天宝却忘恩负义，他这心里不是滋味……

茶馆里的众人听着都很惊讶，虽然很多人并不真的相信，但人红是非多，三人成虎，架不住左大年满嘴胡说八道，传着传着议论的声音就越来越大、越来越多了。

而且这听众里，还有别有用心的人，就在左大年侃侃而谈的时候,一个穿洋装的中年男人拉着他到了一侧,并且掏出了二十块钱给左大年,目的是让他详细说说窦天宝的恶行。

这个中年男人叫刘敬元,是个记者,他一听是当红的窦天宝的八卦,闻着味就过来了。

没过两天,窦天宝正在给下面人排活,李天真拿着几张报纸匆忙跑进来:"窦老板,坏了坏了!"

"怎么了?"

李天真举起手上的报纸:"各大报纸骂您呢,说您忘恩负义殴打师父!"

窦天宝接报纸一看,顿时大惊:"天有不测风云啊!"说着,岳大头也跑进来说左大年来了,窦天宝赶紧说,关大门!

左大年也就只有一招,坐在天宝楼外大哭大闹:"我冤哪!我上哪儿哭去!窦天宝丧尽天良,看见了吧,这报纸上都写着呢!窦天宝可不是人哪!连报纸都这么说,看看报吧!"

旁边围观的人开始议论纷纷,有的说没想到窦天宝这样没良心,有的说这就是有艺无德啊!还有的说什么玩意儿!我以后再也不听他了。甚至有人让窦天宝出来道歉,还有人高喊窦天宝以死谢罪。

眼见外面的吃瓜群众在高声开骂,愈演愈烈,窦天宝觉得一味躲着也不是办法,便决定出来解释。大门推开,众人拥簇着窦天宝走出,天宝没有顾忌周围人的眼光,径直走到左大年身边:"先生息怒,请起。"

"你少来这套假惺惺的,打完人了又来装好人!窦天宝,你说说你是怎么丧尽天良不认师父的。"左大年愤怒地看着他。

"先生,天地良心,你我曾有师生名分,但无师生情谊,有关先生劣迹我不便多说，您一而再再而三，意欲何为？"窦天宝强压着内心的情绪说。

左大年恼羞成怒，骂道："你小子没心。我要求你当街下跪谢罪，二次认师，你以后要养我老，每天给我钱花！"

窦天宝正色道："天宝无罪，何来谢罪之说？"

左大年转向周围人，喊着："各位看见了吧！死不认错！我今天跟你拼啦！我命苦哇……"左大年开始他的拿手好戏，当街开始撒泼打滚。

窦天宝无奈，只能起身向群众鞠躬："列位，天宝自入江湖以来，兢兢业业，从不敢为非作歹，上敬师长，下尊同行，何来许多罪名？"

福无双至，祸不单行。这边左大年还在继续叫骂，那边保定艺人杨全志和齐连光竟然也来了北平，听说这档子事后跑来添乱。窦天宝正打算把前后因果给门前的吃瓜群众好好讲讲，杨全志和齐连光分开人群走进来，窦天宝一时没有认出来。

这二位跟演出一样，上来就表演起来。

"列位，我是来自保定的艺人杨全志。"

"我叫齐连光。"

"正巧这个机会，我们也来说说，窦天宝恶贯满盈，在保定还指使其妻殴打前辈江西太先生！"

"江先生八十多岁的老艺人，就因为看不惯他的恶行，姓窦的让他媳妇把老爷子一顿毒打！好惨哪！"

这两人本就是说相声的，正经相声说得不怎么样，编派起人来那是一套一套的，两人你一句我一句的，都不需要彩排。

左大年一看有帮腔的，哭得更厉害了："各位，我说什么来着！冤枉哪！"

507

围观的人一时炸开了锅，大家都开始骂窦天宝，记者刘敬元则不住在旁边拍照，满脸喜色，这拿回去又有素材了。

左大年高喊："窦天宝，你快死去吧！"

窦天宝眼见就是浑身长满嘴也说不清了，只好闭上双眼，仰天长叹："无耻啊！"

左大年刚准备继续叫骂，愣三冲了出来，一脚踢倒左大年，左大年滚到一边继续哭闹，杨全志和齐连光则演得正起劲，又有一些吃瓜群众说着一些乱七八糟的小道消息，刘敬元则是赶紧拍照攒素材……现场顿时失控，乱成一片。

天宝楼当天的演出只好暂停了，直到傍晚，人群才慢慢散去。夜里窦天宝走在清冷的街头，九岁红陪在一侧。

"估计明天各大报纸又开始胡说了。"九岁红难过地说。

窦天宝苦笑道："他们也是人哪，只不过把他的活路压在我的头上，不老合适的。"

"那你看这事怎么办？"

"没办法。"

九岁红心急地说："那么多百姓都认为你是个坏人，不能解释吗？"

"解释就管用吗？"

"那就委屈死？"

窦天宝长叹一声："明朝末年大将军袁崇焕忠君保国，扶保大明江山，崇祯皇帝误中皇太极反间计，把袁大将军凌迟处死，京城百姓把一个忠心不贰的大忠臣当作奸党，用钱买他身上的肉吃，可怜一代忠臣死在骂声之中，全国的人都在冤枉他。这桩冤枉案件一直到清

508

朝，才被大明的敌人昭雪明冤。我问你，法场上买忠臣肉吃的百姓是坏人吗？当时的他们也认为自己惩治叛徒，替天行道。从古至今，冤枉事多了，你要想一一解释那是不可能的。记住八个字吧：但行好事，莫问前程！"

听完这番话，九岁红无言以对："也只好保住咱们自己不亏心了。"

"唉！我本将心向明月，奈何明月照沟渠。"

正如九岁红说的那样，第二天大街小巷都传遍了窦天宝的恶行，报童拿着报纸满大街叫喊："看报来！看报来！窦天宝殴打左大年丧尽天良！保定同行证实窦天宝无恶不作，天宝社当街殴打师父，鲜血遍地，惨无人道！"

报纸瞬间被抢完，大家边看边骂。突然有人喊了一句：那不是窦天宝吗？大家纷纷望过去，只见窦天宝正坐在洋车上。路上的人开始向窦天宝砸东西，街边的小贩甚至开始向窦天宝扔鸡蛋白菜，车夫也把他赶下车……

天宝楼的情况更是糟糕，小四正急得走来走去："快开戏了，一个人都没有。"

愣三也气愤地说："哼！有脑子没有！左大年说什么信什么。"

几个人正说着，窦天宝一身污物走了进来。

"天宝，怎么了？"九岁红领着众人从后台匆匆跑来，看见窦天宝，惊叫一声。

"唉！不如意事常八九，可与人言无二三。"窦天宝摇着头叹着气。

"到底出什么事了？"九岁红急得满头大汗。

愣三、小四、岳大头三人在旁伺候着，又是递水盆又是擦身上。

岳大头在旁说道："窦老板来的路上，有些老百姓认为窦先生人性不好，扔的白菜叶破鸡蛋什么的，唉。"

"啊？"九岁红心疼地望着天宝，说不出话来。

窦天宝苦笑一声，安慰九岁红："没事。"

九岁红轻轻拿毛巾给天宝擦脸，两人相望无语。一旁的窦小宝他们却耐不住性子了。

"爹！他们怎么这样啊！"小宝愤愤不平地说。

"太不讲理了！那几张破报纸他们就信了？"

"师父，您要是别扭您就骂我们几句吧。"

"师父，他们在哪儿砸的您，我找他们去！"

徒弟们七嘴八舌地说着，郝大个、愣三几人更是叫嚷着要冲出去寻仇，看得窦天宝直摇头。

"别吵了，听你们师父的。"九岁红示意大家安静。

"唉！"天宝勉强笑笑，"好了各位，这事就算了吧。"

他站起身来，环顾众人，语重心长地说："我这几十年，大富大贵有过，大起大落有过。艰辛而困苦，坎坷又崎岖，喜乐太少，苦辣太多，人们都以为我嘴硬，其实我是棉花肠子豆腐心，五脏六腑都是软的。天下的事有的能较真，有的不能较真，关键是这个尺度不好把握。"

窦小宝不解地问："爹，什么事能较真？"

窦天宝正色道："做人的原则不能变，不能害人，不能欺负人，在这方面必须要较真。"

众人点头，庞小狗又问："那这回这事能较真吗？"

窦天宝摆摆手，缓缓说道：".百姓是很善良的，也是很单纯的。他们分析事物是极简单的，很多事情并不是较真就能解决的。老百姓是我们的衣食父母，天下哪有不是的爹娘？况且，清者自清，浊者自浊，善恶自有分辨，由他去吧。"

"天宝，"九岁红上前一步，拉住他的手，深情地说，"外界的误会你能看得这么清，心志如此之平和，怪不得你是窦天宝。"

"呵呵，聪明不过帝王，伶俐不过江湖，一张嘴在台上要说千家万户亿万生灵的故事，还有什么看不透？"窦天宝哈哈大笑，众人也暗自点头，为天宝的气度所折服。

当然，也不是所有人都能这么快释怀，还有一位眉头紧锁的，正是岳大头。

"窦老板，快到开戏的时间了，一个座儿都没来，这怎么办哪？"

岳大头一句话，提醒了众人。眼看着今天演出的时间将至，平时的这时间已开始上客了，可今天这一闹，天宝楼的大门都不敢打开，直到现在座位还是空荡荡的。

徒弟们面面相觑，杨小仁怯怯地问："师父，咱还演不演？"

"演！"天宝一抬手，指着大门，"把门打开，一个人也演，没人也演，哪怕练兵也好！"

愣三、小四应声而去，打开了大门。

没想到的是，门外的景象吓了窦天宝一跳。

大批观众都挤在门口向内张望，一看门开了，便呼啦啦地全涌进来，大伙儿边走边嚷嚷。

"还演不演？我们等着看窦天宝呢！"

"买票！我们要看窦天宝！"

这里边有真爱看天宝楼的演出的，也有看了报纸赶来看热闹的，本以为天宝楼开不了门了，没想到窦天宝居然开了门。天宝社众人也是又惊又喜，大家没想到还有这么多的观众支持着天宝。

窦天宝更是激动得难以自已，大喊一声："开戏！"

天宝楼那边热闹地演出着，而这边左大年、杨全志、齐连光三人则悠闲地躺着抽烟。

杨全志边抽边笑，得意地说："这回行了，够窦天宝这小子喝一壶了。"

"喝一壶？那可不够，得让他吃不了兜着走。"齐连光恶狠狠地说。

"呵呵，二位，放心。他不让我好死，我也不让他好托生！"左大年吐一口烟圈，摇头晃脑地说，"吃着他喝着他花着他的钱，我还得让他活受罪。"

"就得这样。"杨全志一副愤愤不平的模样，"凭什么他火了？我都干了这么些年了，有时上场还让观众给轰下来呢，他这么大红大紫就不行！"

齐连光坐起来，对两人坏笑一声："编点坏事往他身上抹，老百姓懂什么？一煽呼就得。"

杨全志连连点头称是。一旁的左大年不以为然地笑笑，说："关键得找着一杆枪啊！"

杨、齐二人对视一眼，问："请教左兄高见！"

左大年也不遮掩，凑近二人说道："早报的记者刘敬元。这小子为发稿卖报纸什么不要脸的事都干得出来。我说煤球是白的，他就敢说是江米面的。我说他耳朵大，他就敢说刘敬元的爸爸是驴！咱和他一样，为求财可顾不了许多了。"

杨全志、齐连光二人连声道好，左大年又说："两位，我还有个好主意呢。"

二人忙问，左大年坏笑着说："看热闹的不怕殡大。咱们再加把火。我去告他！"

"告他？"杨全志、齐连光互相瞅瞅。

"怎么告啊？"齐连光问。

"打官司，总能编点理由出来的，二位放心吧。"说罢，左大年又美美地躺倒，吐起了烟圈。

窦天宝可不知道又有风波在路上了，他此刻在舞台上，正与彭忠海表演着《卖布头》。台下的观众热烈鼓掌，场面热烈至极，掌声彩声不断。

后台的九岁红、窦小宝他们越看越纳闷。

"奇了怪了，比往常哪天都热闹，包袱山响，掌声也比往常声大。"窦小宝不解地直摇头。

郝大个认真地说："看来师父是想到前边了。"

九岁红拍拍两人的肩膀，笑道："你师父说得对，老百姓是善良的！听听这掌声就知道了。看来想压倒你师父不那么容易。"

"想压倒我爹？那是他们痴心妄想！"

"唐僧取经还有九九八十一难呢。咱们慢慢熬着吧！"九岁红扒在台帘上看着窦天宝，欣慰地笑了。

要说这左大年平日里好吃懒做，但做起坏事来可是积极得很，第二天他就拉着杨全志、齐连光一起去了北平法院。

"滚！有毛病你们！"警察手拿警棍把三人轰了出来，一边轰一边骂骂咧咧地说，"大事还顾不过来呢，一帮臭说相声的捣什么乱！"

杨全志转身站住，还想分辩几句，警察上前一脚踢倒杨全志，指着他骂道："还不滚！"

"警察老爷回见，回见。"左、齐两人扶起杨全志，慌不择路地跑了。

"什么他妈玩意儿！"警察轻蔑地骂道，重重地啐了一口唾沫。

三人灰溜溜地走在路上，不住地唉声叹气。

"官家靠不住，还是得靠咱自己！"左大年哭丧着脸说，旁边二人只顾点头。

一计不成，又生一计，左大年略一沉思，扬头说："走，还是用那杆枪去！"

三人又商量了一阵，匆匆离去。

这一日，窦天宝正伏在桌前，一会儿沉思，一会儿奋笔疾书，认真劲儿十足。

九岁红端茶过来，小声说："喝点水，小宝刚从张一元买的新茶。"

"好。"天宝笑笑，端起茶杯喝了一口，"嗯，不错。这么多年了，喝惯了茉莉花茶，喝别的还真不是味儿。"

九岁红凑近看一眼，问："又写新活呢？"

"整理一下，有几个活在地上使的时候太碎，上台了就不能再那样了，得重新归置。"

九岁红感慨地说："说相声的都像你那么用功就成了。"

窦天宝谦虚地笑笑："人各有志，不可强求。有人拿这当玩意儿，有人拿这当饭。"

"那你呢？"九岁红问。

“我拿相声当命。”窦天宝一字一句地说。

九岁红细细地端详着他,欣慰地笑了,窦天宝抓住她的手,两人正含情脉脉地相互望着,窦小宝从外面慌张跑进来,大喊着:“爹!坏了。”

窦天宝和九岁红一愣,忙问:“怎么了?”

“左大年上园子上吊去了!”窦小宝上气不接下气地说。

“啊!”窦天宝一屁股坐在椅子上。

“左先生下来吧!您不能这样啊!”岳大头和小四站在园门口,不住地哀求着。

左大年根本不理睬,只顾系绳子,旁边已经围观了大批行人,都在指指点点。

眼看系好绳子,左大年一步跨上板凳,把头伸进绳圈,冲围观人群大叫:“我不活了,我死在这儿,老少爷们你们睁眼看看,我这是收徒弟的下场啊!我上吊不活了!”

杨全志和齐连光也站在人群中,趁机煽风点火。

“各位看看吧!这是多可怜的师父啊!”杨全志对围观的大伙愤愤不平地说,“他红了,他不认师父!天打五雷轰啊!”

“我们出于正义,我们哥俩还写了首诗表达一下心中的不满!”齐连光也高声叫道。

说着两人摆开架势,居然还掏出了快板,一边打着快板一边你一句我一句地说起来。

开言奉劝窦天宝,

为人一定要学好。

如果你要不学好，

你一定就好不了。

左先生人特别好，

好得不得了。

从不说瞎话，

资格特别老，

大坏蛋，窦天宝，

不认师父好不了。

这一首蹩脚的打油诗念完，人群中议论纷纷，左大年也趁势大喊道："各位看见了吧，诗人学者都为我鸣不平了！我要上吊了！我活不了啦！"

岳大头和小四大眼瞪小眼，全然没有办法。岳大头忽然发现，人群中有一个戴眼镜的瘦子，正拿着相机偷偷摸摸地拍照，他赶忙拍拍小四，指着那人说："又有人拍照。"

小四也看了看，说："记者吧！"

岳大头一股无名火起，暗骂一声，转身朝里喊道："愣三，这些人是不让咱们活了，咱们也别忍了！"

只听一声怒喝，愣三从大门内冲出，口中叫着："欺人太甚！"

杨全志和齐连光正口若悬河，一看愣三气势汹汹，拔腿就跑，愣三赶上去，两脚将两人踹倒，回身又看左大年。

左大年一哆嗦，还未说话，被愣三一步蹿上来，揪住衣服。这边岳大头抄起一把笤帚，指着拍照的记者刘敬元骂道："你还不嫌乱！还敢拍！"大踏步地冲上去，小四也紧跟着扑上去，刘敬元躲闪不及，被摁住就是一顿痛打。围观的众人一看打架了，也赶紧四散而开。

左大年吓得不敢动弹，站在凳子上不敢动，只听愣三冷冷地说："吊上！快！我数三下你不吊我勒死你！"

"哎哟！"左大年猛地挣脱开愣三，跳下凳子欲跑，被愣三一脚踢倒，连滚带爬地挤开人群逃跑了，杨全志和齐连光两人紧随其后。

刘敬元则倒了八辈子霉，无处可跑，抱着头大哭大叫："我可是大记者！是有势力的……"

岳大头骂道："你甭大不大的，吃人饭不拉人屎，挑事！"

一顿狠揍之后，几人扔下刘敬元昂首回屋。刘敬元坐在地上，号啕大哭起来。

不多时，窦天宝、九岁红匆匆赶来，现场已恢复了往常的样子，只有门框上的绳套还孤零零地挂着。

"人呢？"窦天宝一进屋，就抓着愣三问。

愣三得意地说："打跑了！"

窦天宝苦笑一声，颓唐地坐下。岳大头和小四凑过来，看着窦天宝犯愁的样子，也不知所措。

九岁红指着他们三人，无奈地说："你们又搞了一场乱子啊。"

"唉！"窦天宝长叹一声，念道：

曲木为直终必弯，养狼当犬看家难。

墨染鸬鹚黑不久，粉刷涂鸦白不鲜。

蜜饯黄连终归苦，强摘瓜果不能甜。

好事总得善人报，哪有凡人当神仙。

唱罢，窦天宝默然不语。岳大头小声说："窦先生，我们实在太

517

生气了，实在是忍不住了。"

小四也说："这些事不是您干的，人是我们打的。"

"呵呵，"窦天宝苦笑一声，说，"明天各大报纸就会登出来，全会算在我头上啊。"

愣三和岳大头、小四面面相觑，三人齐齐地鞠躬谢罪："窦先生，对不住……"

窦天宝赶忙起身，扶起三人，摆手说："几位也是为我出头，都辛苦了，没关系了，收拾收拾演出吧。"说罢，脸上又勉强挤出了熟悉的笑容。

街头的饭摊前，左大年、杨全志、齐连光三人垂头丧气地坐着。

"刘敬元可惨了，让一顿打。"杨全志唉声叹气。

齐连光扶着腰说："我也够惨的，腰疼。"

左大年点头："都是那小子踢的。"

杨全志咬牙切齿："这仇不能不报。"

"我饶了蝎子他妈也饶不了他。"左大年大骂一声，用力过猛，又扶着腰喊疼。

"那咱闹到多咱算完哪？"齐连光问。

"完不了，"左大年说，"我快六十了，不得凑个养老的钱？"

"您也没个孩子？"杨全志问。

"有个小子，叫左小年，也说相声。"左大年摇摇头，闷声说，"唉，不怕你们笑话，当初我抽大烟没钱，把媳妇卖了，儿子也就离开我了，一晃十多年没消息了。"

齐连光和杨全志面面相觑，齐声赞道："连媳妇都卖了！您够狠！"

夜风带着点凉意，吹散了天宝楼里残留的喧嚣。窦天宝坐在后台，卸了装的脸在昏黄的灯下显得有些疲惫。九岁红轻轻给他披了件衣裳，指尖触到他微凉的皮肤。

"累了吧？"她的声音像羽毛。

窦天宝摇摇头，没说话，目光落在墙角那根被愣三扯下来还带着绳套的麻绳上。

"这帮人……没完没了了。"九岁红叹口气，眉宇间是化不开的忧色。今天的闹剧是压下去了，可左大年那副不榨干最后一滴油水誓不罢休的嘴脸，杨全志、齐连光那两个唯恐天下不乱的帮闲，还有那个挨了打却绝不会善罢甘休的记者刘敬元……就像粘在鞋底的太妃糖，甩不掉，硌硬人。

第廿八章
仁义

江湖水深舟自横，

恩怨如刀两面锋。

莫道强梁能蔽日，

从来草莽有仁风。

北平的深秋，风已带着瓷实的凉意，卷着几片枯黄的槐叶，打着旋儿扑在行人脸上。窦天宝裹了裹半旧的青布大褂，和彭忠海一前一后，踩着石板路上的落叶，朝天宝楼走去。

　　彭忠海落后半步，觑着窦天宝的侧脸。这位爷今儿个脸色沉静，眉头却微微锁着，像揣着心事。自打左大年那档子破事闹腾起来，天宝楼就没消停过。报纸上的污糟话、门前的撒泼打滚、不明真相看客的指指点点……虽则天宝楼的座儿没见少，反因这风波更添了几分"热闹"，可彭忠海知道，窦天宝心里那根弦，绷得比台上唱《锁五龙》的调门还紧。

　　"老这么闹下去不是个法子啊。"窦天宝心烦意乱地说，"总得想法解决一下。"

　　彭忠海想一想，说："要不然我去找左大年谈谈。"

　　窦天宝注视着他："这倒是个法子，你比那些孩子靠谱多了。"

　　"那我现在就找他去！"彭忠海转身就要走。

　　窦天宝拉住他，嘱咐道："好好说，心平气和地讲，要一个解决的办法。"

"放心吧，"彭忠海笑道，"你什么时候见我犯过冲。"

两人拜别，彭忠海直奔左大年家去了。

一进门，左大年正在饮酒，见来人是彭忠海，嘴里哼了一声便自顾自地继续喝着。

"左先生。"彭忠海也不生气，笑嘻嘻地上来打招呼。

"哦，认识，"左大年冷冷地说，伸手指桌子，"彭爷，坐吧。"

"打扰了。"彭忠海撩起长衫坐下。

左大年上下打量他，没好气地问："就空手来的？"

彭忠海笑答："不知您爱吃什么，没敢买，下回补。"

左大年哼了一声，头别到一边去，轻蔑地说："那是有事找我啊？"

"您和天宝闹得挺不愉快，我想来说和说和，没什么过不去的，爷俩别闹了。"

左大年急了，拍桌子道："我没闹，是他欺负人在先。"

彭忠海摆摆手，盯着左大年："当年的事别争竞了，您说个办法，能了吗？"

"好，彭爷，要您这句话，这事就能了。"左大年心里暗喜，养老的机会终于来了。

"您说说。"

左大年清清嗓子，不慌不忙地说："一、我要一万块现大洋，还别明着给，偷偷给我送家来；二、邀请社会各界开个道歉会，到会人员不得低于一千人；三、我未必参加这个道歉会，派代表，这个会上窦天宝不能说出我的名字，要尊称老前辈或者艺术大师；四、从今往后无论谁问这事，窦天宝都得说这事怨他；五、凡是天宝社演出，每场我提三分之一的票款；六、我死了之后，窦天宝披麻戴孝顶丧驾灵送到坟地；七、我现在独身一人，我得找个媳妇，这个娶媳妇的钱得窦天宝出……"

左大年讲的过程中，彭忠海的脸色越来越难看，终于听到娶媳妇这一句，忍不住了，扬手止住了更多污言秽语脏了自己的耳朵："您别说了！"

"嗯？"左大年纳闷。

"您这几条哪条都够枪毙的！"彭忠海大喊一声。

后台里，万小泉、二娘们在收拾东西，正准备回家，彭忠海怒气冲冲地走进来。

"怎么了？"两人看着彭忠海直纳闷。

"他妈的，左大年这是要疯啊？"听完彭忠海的讲述，万小泉气得直嚷嚷。

彭忠海摇头不语，忽然灵机一动，冲二娘们、万小泉使个眼色，说："跟我出去一趟。"

三人站在后院里正嘀咕着，彭忠海忙摆手："小声点，我骗天宝说他不在家，这才瞒过去。你说说，这无赖条件我咋跟天宝开口？"

二娘们气愤地说："这左大年太不是东西了，他这是气迷心了。"

万小泉心烦意乱地在原地转圈，忽然停住，冲着彭忠海说："天宝不好意思，我可好意思，我实在不能让这老小子痛快了。"

彭忠海微微一笑，环顾左右，对万小泉说："带上愣三一起去！"

"得令！"万小泉抱拳说道。

刚与彭忠海大吵一架，左大年此刻也心情全无，正倒在床上睡觉。忽然门嘭的一声被踹开。

万小泉大步走进来，见左大年还睡在床上看，张口就吼："起来，心真宽，还睡觉呢？"

左大年被吓了一跳，一个猛子坐起来，指着万小泉说："你……哦，我知道……"

"知道还不偷着吃去！"万小泉连珠炮似的大骂起来，"你瞧你那德行，三分不像人七分倒像鬼。糟杂杂不起碗。气死画匠、难死瓦匠、急死木匠，四面吊线连个杂都旋不出来！"

左大年被骂得一愣一愣的："你怎么出言不逊呢？我招你了？"

万小泉摇摇头："没招我。"

左大年指着他说："那你骂人干吗？"

万小泉哈哈大笑起来，厉声说："大爷我骂着高兴！"

转身猛踹一脚门，扬长而去。

左大年从床上跳起来，气得吹胡子瞪眼，大骂道："孙子，这不行！你回来！"

万小泉嘴里骂骂咧咧的，不时回头看一下，故意走得很慢。

"好不了，准死！带相了！"看到左大年追出来，万小泉暗笑一声，又大声骂起来。

"你回来，"左大年气喘吁吁地追上来，拉着万小泉的胳膊嚷嚷，"没这样的！追家里来骂人啊。"

万小泉一把甩开他，指着他家的方向说："我奉劝你回家瞧瞧去，要不准后悔。"

左大年一脸纳闷，回头望望："我家里怎么了？"

此刻，左大年的家里，愣三提着一个水桶冲进来，满屋子开始泼水。左大年家的桌椅板凳全被淋湿，床上也未能幸免。愣三又扯起被褥枕头，几把扯得粉碎，全扔在地上。这一下，左大年的家里又是水灾，又是一地碎毛烂布，当真是一片狼藉，不堪入目。愣三心满意足地笑笑，转身出门去了。

不多时，左大年急匆匆地赶回来，冲进家门，片刻后，就传出他的哀号声："我的老天爷呀！我就这一床被窝啊……"

但万小泉的主意还没完。

"死的是个老太太，对尺亲孝，二人抬穿心杠，家里穷别太讲究，来几人抬死尸就成。"二娘们在杠房台前，跟掌柜的嘱咐道。这杠房，正是旧社会里给丧葬出殡提供人力和道具的地方。

掌柜听完描述，问："孝子叫什么？"

"左大年。"二娘们说，随手拿过一张纸，"我把地址给你们写下来。"

"好。"掌柜点点头。

左大年坐在门槛上正哭号着："这不要命吗！活不了啦！可坑死人喽！"

不远处，几个杠房伙计走来，看见左大年在哭，便迎上去。

"是左先生？"一个伙计问道。

左大年抬头看，说："我是。"

"您节哀。"几人行礼道。

左大年一头雾水："干吗呀？"

"我们伺候您老太太来了！"

"我妈？"左大年一愣，"我妈已经死了啊！"

伙计笑道："是啊，不死还不来呢。"

左大年一骨碌站起来，纳闷地说："早死了啊！"

"早死了？"几个伙计面面相觑，没好气地说，"那你找我们！"

"呸！谁找你们了！"左大年原本就心情不好，撞上这事，更是气不打一处来。

一个性子急的伙计嚷嚷道："这没有白来的，你得给钱！"

左大年急了，指着他骂道："滚蛋吧！没有！"

众伙计恼了，揪起左大年就向胡同外走去。

远处，万小泉、二娘们和愣三伸头看着这一幕，不住地笑着。

"今儿个痛快，喝一杯去！"万小泉提议道，三人有说有笑地走了。

左大年被三人这一顿折腾，气得血气翻腾，就要去警察局报案，水都没顾得上喝一口，就跑到了警察局。

四个警察正在推牌九，警局里稀稀拉拉没几个人。

左大年鼻青脸肿地走进来，左望右望找不着警察，便怯生生地凑到牌桌前："警察老爷，我冤……"

话音未落，一个警察不耐烦地吼道："别闹，边儿等着。"

左大年赶紧退到角落里，连声说道："我等，我等。"

等了快一个时辰，几个警察依然在推牌九，左大年实在等不住了，便问："老爷，我还没吃饭呢，您看……"

"闭嘴！老子输钱了，没看见心烦吗！"一个警察回头吼道。

另一个警察指着左大年，恶狠狠地说："再说话关起来你。"

左大年吓得哆嗦一声，连声称是，又裹紧衣服，哆嗦着蹲回角落里去。

过了一会儿，两个警察输了钱，看着左大年就觉得晦气。

"滚！"两个警察打骂着，将左大年推出来。

一人骂道："全是你妨的我，输一宿钱！滚！"

左大年满脸惨白，是又冷又饿，踉跄地往前走着，嘴里哆哆嗦嗦地说着："窦天宝，我饶不了你，我非得弄死你！"

窦天宝并不知道这些事，此刻他正结束了一天天宝楼的忙碌，倚在床边看书。

九岁红坐在床沿说："听说愣三他们又折腾了左大年一气。"

"是吗，我不知道。"窦天宝放下手上的书说。

"我听小宝说的。"

窦天宝叹了口气，正色道："明儿我得告诉他们别这样，有事说事，再说了，他也是奔六十的人了，折腾不起啊。"

九岁红往里坐了坐，拉着窦天宝的手说："你可真是好人。"

窦天宝无奈一笑说："人都说宰相肚里能撑船，我这肚子过不去船，并排推两辆小推车还行。"

"什么时候左大年才能不闹啊？"九岁红感叹道。

"唉，等他累了吧。"

一大清早，杨全志和齐连光就像两只寻找夜香的苍蝇，在左大年家的胡同口转悠着，但迟迟不见左大年出来，往常这时候左大年就该懒着身子出来，跟他俩凑一块，凑成三只满京城茶馆散播谣言的苍蝇了。

"他这是上哪儿去了？"杨全志疑惑地问道。

齐连光打了个哈欠说："不知道，看样子一宿没回来。"

"不是窦天宝给了钱他一人全花了吧？"杨全志推了一把齐连光说。

齐连光立马来精神了，大声说："那不成，见面分一半！"

两人正说着，左大年浑身哆嗦着走进了胡同，看见他俩，头也没抬起来，满脸疲色。

"怎么了，左爷？"两人忙问道。

"回屋再说。"左大年有气无力地说，推门进屋，一头栽倒在床上，半天没发出声响来。

"左先生，您没事吧？"杨全志和齐连光立在床头，关切地问道。

左大年躺在床上，脸色煞白，摇头不语。

"我们哥俩又想出了一个治窦天宝的好办法。"齐连光忙说。

杨全志连忙点头附和着："这招准灵。"

左大年颤巍巍地说："等我好了吧，我得缓两天。"

"也成。"二人对视一眼，转身就要走。

"二位，"左大年叫住他们，哀声说，"我身上伤口疼，烟瘾也犯了，太难受了，给我买点吃的吧。"

齐连光回头，说："行啊。"

左大年苦笑着说："再买俩烟泡，我得抽两口。"

杨全志也点头道："哦，您放心。"

两人转身走出去。"再来点酒！"左大年又在背后喊道。

"好，你等着吧。"齐连光头也不回地说。

二人走到巷口，杨全志看看齐连光，说："我照顾他，你去买东西吧。"

齐连光一听这话，急了："烟酒饭得多少钱？凭什么我花啊？"

杨全志一甩手："那我也花不着啊。"

齐连光冷冷地说："谁愿意管谁管，我还有事，得先走了。"

"你有事，我也有事。"二人说着，齐向巷口走去，留下左大年像一条被遗弃的老狗，在他破败的小屋里自生自灭。

日复一日，天宝楼的生意越来越好了。观众场场爆满，现场气氛热烈至极。

二娘们、万小泉正在台上表演，台下掌声如雷。

后台的窦天宝正美滋滋地看着，九岁红从一旁走来，天宝得意地说："你听听，二老板这包袱多响，他这活独一路，跟别人不一样。"

九岁红笑道："我可爱听他说了，小泉翻得也好。"

窦天宝放下帘子，与九岁红一起走着，边说："多听多看，好的艺人就是练出来的。"

两人坐下，九岁红递茶给窦天宝，难掩兴奋地说："天宝，咱们最近业务越来越好，座天天满着，别提多美了。"

"是呀，冷局难成，热局难散。"

九岁红突然想起什么，说道："这左大年可有日子没闹了。"

窦天宝一愣，也点头："确实，也不知道他老人家干吗去了。"

"你还想他？"九岁红惊讶地问。

"呵呵，有点。"

那天夜里，月下的小道上，一前一后两个青年神色匆匆地走来。

走在前面的，正是左大年的儿子——左小年，因为当初左大年卖了他娘的事，他一怒之下便离开左大年，在外闯荡了十几年，一直以撂地说相声为生。后面这个青年，便是他的搭档，宋俊杰，一个南方小伙子。

两人辗转回到北平，左小年在报纸上读到了他爹和窦天宝的丑闻，才知道左大年的下落，一路打听着便找了过来。

"一晃十多年了，我们爷俩一直没见面，这马上见着了，心里还挺紧张。"左小年喃喃地说。

宋俊杰直乐："爷俩紧张什么。"

左小年摇摇头，说："这么些年没音信，要不看报纸，还真不知道他在这儿。"

"这回你爹跟窦天宝这事天下都知道了。"宋俊杰说。

"我估计我爹不占理。"左小年脱口而出。

"啊？你怎么知道？"宋俊杰纳闷地问。

"当年他连我妈都卖了，我太了解他了。"左小年无奈地说着，两人已到了左大年家门口。

"爹，我是小年！"左小年敲了几下门，没人答应，两人便推门进去。

屋内冷冷清清，家徒四壁，床上躺着一个人。

"爹！"左小年叫了一声，没人答应，他走上前去一看，顿时呆在原地。

左大年直直地躺在床上，早已没了气息。

"爹啊！"左小年扑上去号啕大哭起来。

清晨时分，窦天宝正在院子里练嗓，岳大头急匆匆地闯进门来。

"出大事了！"刚一进门，岳大头就嚷嚷着。

"怎么了？"窦天宝好奇地问。

"左大年死了！"岳大头满头大汗地说。

"啊！"窦天宝一怔，呆立在原地。

"真的？你怎么知道的？"九岁红也听见了，急急地走过来问。

"小四认识他们胡同一个街坊，听说他儿子也回来了。"

九岁红摇摇头："真没想到，一个大活人这就完了。"

岳大头擦擦汗，反倒笑了起来，边笑边说："窦爷，这对咱来说可是件好事，咱们以后可清静了。"

窦天宝站在原地，抬头长叹一声，朝向两人，郑重地说："来吧，你们跟我去趟左家。"

"干吗去？"九岁红和岳大头面面相觑。

窦天宝迈步走到门口，回头吐出两个字："吊孝。"

左小年与宋俊杰呆呆地坐在左大年家的门槛上，左小年抱着头，痛苦万分。

宋俊杰把包袱解开，翻来找去，叹一声说："我这儿也没钱，一分也没有了。"

"那怎么办？"左小年带着哭腔说，"人躺在屋里就搭不出去。"

宋俊杰头靠在门上，苦笑着说："你爸爸这人缘真次，连一个上门吊孝的都没有。"

"人都死了，说这也都没有用，关键是得凑点钱把人发送了。"说着，左小年拍拍屁股站起来。

"你干吗？"宋俊杰忙问。

"还能干吗，挣钱去呗。"左小年闷声说道。

正说着，窦天宝带着九岁红、岳大头已走到左家门前，两拨人对视着，左小年问道："您是？"

"窦天宝。"窦天宝答。

宋俊杰两眼一亮，赶忙站起来行礼："窦老板，您好。咱们同行。"

"哦，恕我眼拙。"窦天宝抱拳回礼。

"我叫宋俊杰，刚打外地回来。"又伸手指左小年，"这是左先生的儿子，左小年。我们是搭档。"

窦天宝上前一步，欠身道："师弟。节哀！"

左小年点点头："师哥，我爹就这么没了……"

窦天宝拍拍他的肩膀，说："别难过，人呢？"

"屋里呢！"宋俊杰一指房门。

窦天宝整整衣冠，面色凝重地说："我去行个礼。"

"来，您请。"宋俊杰、左小年两人在前，领着众人进屋。

天宝走在前面，身后的岳大头悄声对九岁红说："窦爷真大度。"

九岁红叹息一声："天宝心善啊。"

左大年躺在床上，盖一块白布。

窦天宝俯首跪倒，左小年也跟着跪下。

"先生，一路走好。"窦天宝重重磕四个响头，左小年也跟着磕了四下。

宋俊杰扶窦天宝起身，看看小年，又转向天宝，面露难色说："窦先生，我跟小年一直搭伙说相声，长年在外地，也没挣钱，刚回来就摊上这事，现在我们俩也实在凑不出钱来，人躺在屋里搭不出去，想求您……"

窦天宝听到这儿，忙摆手，起身掏出一沓钱递给左小年。

左小年赶忙推辞："师哥，不，这不合适。"

"拿着吧，孟子曰，唯送死以当大事。"窦天宝硬是塞到他手里。

左小年看看手里的钱，又看看左大年的尸首，羞愧地说："师哥，我愧得慌，我爹和您闹的这场，给您添了麻烦了，我知道不怨您……"

"不说过去的事了。"窦天宝大度地回应。

"他死了，头一个登门吊孝的是您，还给那么多钱，我这心里受不得。"

窦天宝宽慰他说："师弟，老爷子在世是没少给我找事。算了，一切都过去了，不念你父之恶，唯念些许师生之谊，功名利禄无非是过眼云烟，死者为大，先给发送了吧。"

左小年扑通一声跪下，哭着说："师哥，我谢谢您。"

窦天宝连忙搀他起来，语重心长地说："师弟，以后在北平有事尽管找我。"

左小年嘴唇哆嗦着，眼泪更是止不住地往下掉，只会一个劲儿地点头，千言万语都堵在喉咙里，化作更深的哽咽。宋俊杰也深深作揖，连声道谢。

窦天宝不再多言，对着屋内又抱了抱拳，算是最后的告别。他转身，对九岁红和岳大头示意："走吧。"三人走出这间弥漫着死亡气息和破败寒酸的屋子。

屋外，秋阳正好，金灿灿地洒在胡同里，与屋内的阴冷恍若两个世界。岳大头忍不住低声感慨："窦爷，您这份仁义……真瓷实！"

九岁红挽住窦天宝的胳膊，看着他平静中带着一丝疲惫的侧脸，轻声问："心里……真就一点疙瘩都没了？"

窦天宝抬眼，望向胡同口熙攘的大街，天宝楼的方向隐约传来开场锣鼓的动静，咚锵咚锵，敲得人心头也跟着一震。他长长呼出一口气，那气息在清冷的空气中凝成一小团白雾，又迅速消散。

"疙瘩？"他扯了扯嘴角，露出一个难以言喻的笑，像是自嘲，又像是洞悉世事后的淡然，"人哪，活这一辈子，谁心里没几个解不开的疙瘩？台上演的是快意恩仇，台下过的，不就是个'忍'字当头，'仁义'二字撑着？走吧，楼里还一园子衣食父母等着开锣呢。左大年……他这出《吊孝》，算是唱完了。咱的《卖布头》，还得接着往下唱。"

他迈开步子，朝着那锣鼓声传来的方向，步伐沉稳，仿佛方才那一场生死恩怨的吊唁，不过是赶场途中一段不得不听的、荒腔走板的垫场小戏。

左大年一死，杨全志、齐连光两人就像失去了粪蛋的苍蝇，不知道该往哪儿哼哼了，两人溜达到天宝楼的门口，冷冷地望着。

"左大年死了，咱哥俩短了根枪啊！"杨全志烦躁地说。

"是呀，谁去窦天宝啊。"齐连光应道。

杨全志气得两眼冒火，指着天宝楼说："看着姓窦的一天比一天好，我这心里真不是滋味。"

"他怎么就不死呢。"齐连光恶狠狠地说。

两人无奈地转身离开，刚走了两步，杨全志站住了，咬着牙不甘心地说："不行，我非得去恶心恶心他。"

齐连光来了精神，忙问："有新招？"

杨全志哼哼冷笑两声，挤出一句话来："写匿名信。"

第二天，天宝楼里，窦小宝、郝大个正在台上眉飞色舞地说着，台下却走来一个不速之客。

古多多神气活现地走进来，四下观望着，大喊一声："停！别演了！"

四面八方的观众都看过来，大家都一头雾水，指指点点。台上的小宝和郝大个也停下来，望着古多多直纳闷。一旁的岳大头暗自叫苦，赶忙迎上来："古警官，您又来了。"

古多多头昂得高高的："不许演了。"

"为什么啊？我们什么证都不缺！"岳大头不服气地说。

古多多冷笑着取出一封信，扬得高高的，向四周人说："有人举报你们说相声低级下流，乱社会败风气，人家很气愤，认为你们说的是痞子相声，停演吧！"

现场一片哗然，观众们议论纷纷，岳大头愣在原地，不知如何是好。

"有人举报？"窦天宝从后台走出，径直来到古多多面前。

"对。"古多多依旧是一副趾高气扬的模样。

"谁？"窦天宝问。

"热心观众。"

窦天宝指着那封信说："我能看看信吗？"

古多多阴阳怪气地说："不能。"

"我看看我们错在哪里，好改进。"窦天宝耐着性子解释道。

"先停演，回头上股里说去。"古多多收起信，不耐烦地说。

窦天宝正欲再问，身后愣三火急火燎地冲过来，指着古多多问："好小子，你来砸场的？"

古多多一见他，胆都吓破了，转身撒腿就跑，边跑边喊："反正我通知到了，你们即日停演。"

愣三骂骂咧咧地追到大门口，场内众人也是大眼瞪小眼，摇头叹气。

"唉！一波未平一波又起。"窦天宝苦笑一声。

"肯定是同行。"彭忠海愤愤不平地说。

窦天宝点点头："对，咱们说相声的，只有同行才恨同行。"

众人围坐在后台，大家一时也没了主意。

"算了，我去一趟吧，我和他们股长有交情。"窦天宝向众人说道。

岳大头两眼一亮，站起来问："真的吗，那可太好了。"

窦天宝点点头："嗯，我打过他。"

"啊？"岳大头又一屁股坐回椅子上。

特营股股长的办公室里，古多多抽着烟、跷着二郎腿坐在沙发上，窦天宝立在一旁。

"这事不好办，你先回去吧，有什么事我们再通知你。"古多多眼都不抬，兀自吐着烟圈。

窦天宝恳切地说："买卖可不能停，前后台好几十口子，全指着说相声活着呢。"

古多多一摊手："那我管不着。"

窦天宝压住性子，轻声问："你管什么？"

"我就管停。"

窦天宝继续赔着笑脸："你们股长呢？"

"说了没回来呢。你甭等了！快走吧。"古多多一挥手，不耐烦地说。

"您呢，真的不能通融一下？"窦天宝不动声色地说。

古多多哼哼冷笑着，指着窦天宝的鼻子说："我告诉你窦天宝，别人怕你，我不怕你，这个事没法通融！"说罢，得意地笑笑。

窦天宝点点头，哦了一声，忽然猛地一拍桌子，厉声道："你是拙妻拗子不通气的烟袋杆子，宁死爹不戴孝帽子啊！"

古多多一愣，一时没反应过来："你，你说谁？"

"呵呵，说的是你啊，今天就让你认识认识我！"窦天宝撸起袖子，上前一把揪起古多多。

房内顿时传来连声惨叫。

没过多久，特营股股长哼着小曲，转上楼梯来，迎面看见窦天宝直直地立于股长办公室门外，吃了一惊。

"您有事？"股长心里惧怕天宝，远远地问。

窦天宝冷冷地说："有人写匿名信说我们说相声低级下流，是痞子相声，已然停演了。"

"哦？有这事儿……"股长缓缓走过去，嘴里不知嘟囔着什么。

窦天宝上前一步，堵在股长面前，一字一句重重地说："股长，能行个方便，给条活路吗？"

股长一怔，咽了口唾沫，笑着说："没，没事，演您的，我兜着。"

"那我可多谢了。"窦天宝抱拳，深深鞠了一躬。

"没的说，没的说。"股长尴尬地笑着。

"好，回见。"窦天宝道别，甩袖大步而去。

股长望着他的背影离去，叹一口气，推门进屋。屋里，古多多被压在沙发底下，鼻青脸肿地看着股长。

"股长，救命啊。"古多多一把鼻涕一把泪。

股长气恼地指着他："早给你说了，别惹他，非不听，唉！"

窦天宝满面春风地归来，一进天宝楼，两个熟悉的人影便迎了上来。

不是别人，正是左小年、宋俊杰二人。

窦天宝一见他们，笑了一声，张口就说："不用说了，两位兄弟，是来搭班的吧？"

宋俊杰和左小年一愣，两人互相看看，不好意思地低下了头。

"没事，两位，来我这里是看得起我，我非常欢迎。"窦天宝拍拍二人肩膀，诚恳地说。

两人一听这话，羞得满面通红，只好连声道谢。左小年惭愧地说："师哥，我真不知道怎么谢谢您了。"

窦天宝握住他的手，和气地说："别客气了，今后好好干，大家伙一起挣钱！"

左小年和宋俊杰本是一对互相捧逗的搭档，自进天宝楼后，在窦天宝的调教下，水平也是日益精进。随着阵容的扩大，天宝楼的名号也是越来越响，全北平听相声的圈子里已经无人不知、无人不晓了。

第廿九章
冷暖

名花倾盖掷珠玑，

浪子回头避绮帷。

梁苑笙歌藏暗涌，

人心向背各寒晖。

窦天宝和天宝楼的蒸蒸日上，让很多同行都坐不住了，不同于左大年和杨全志、齐连光的苍蝇三人组，何人乐选择赶紧给自己找个爹。他听说梁大元也要开园子后，就想着找机会投奔去，而小笔为了让梁大元追求他的开园子梦想，也正四处找说相声的，两人一拍即合，很快小笔就带着何人乐走进了梁家的院子。

　　"嗬，皇宫也就这样了吧！梁爷这宅子可真大！"何人乐一边走着一边感叹着。

　　"老何！"梁大元迎了出来。

　　"哟，我的梁爷，您倒好哇！"何人乐赶紧鞠躬哈腰，就差跪下了。

　　"坐，坐。"

　　"不敢，您面前哪有我的座呀！"

　　"我可有日子没瞧见你了，忙吗？"梁大元笑眯眯地看着何人乐。

　　何人乐满脸殷勤，说："还成，混口饭吃。您出门了？"

　　"去了趟天津，刚回来。"

　　何人乐心下着急，这么寒暄可切入不了正题，赶紧开始捧起梁大元来："您又发福了，挺奇怪，我刚才乍一瞧，您猜怎么着，您那侧脸跟我爸爸似的，吓我一跳，我以为我亲爹活了呢。"

"嗬，是吗？有那么像？"

何人乐点点头，一脸诚恳地说："像！您比我爸爸还像我爸爸！"

小笔在一旁都看不去了，感叹一句："老何为捧人真下本。"

"最近买卖还好吗？"梁大元被一番吹捧后，终于问出了何人乐想听的问题。

"不成，这不出了个窦天宝吗！挤对得我们都没饭了！"何人乐赶紧回答，一副就要哭出来的可怜样子。

"我给饭，你吃吗？"

"我说什么来着，您就是我爸爸，哈……"

何人乐这一加入，跟小笔、花九宝组成了他们的苍蝇三人组。这三人，花九宝甜言蜜语哄着，何人乐胡言乱语捧着，小笔鞍前马后跑着，把梁大元哄得团团转，一门心思扑在了琢磨相声和开园子上了，而这三只苍蝇则是在其中捞自己的好处。

梁大元、小笔在花园里排演相声，何人乐在一旁指点。哪怕梁大元满嘴胡说，何人乐也照样捧着，开怀大笑。

"绝了，绝了！梁爷，您这太阔了！乐死我了。"

"这包袱怎么样？"梁大元得意地问道。

何人乐点头哈腰，还捂着肚子说："乐坏了我了。从小听相声说相声没听过这么可乐的！哎哟，肚子都疼。"

梁大元被捧得忘乎所以，大手一挥："老何懂相声，内行！小笔，赏！"

何人乐不住地行礼，小笔带着他领赏钱去了。

这一日，梁大元和小笔在梁府的小舞台上排演梁大元新琢磨的段子，花九宝、何人乐坐于台下，两人熟练地表演着笑脸，逗着梁大元高兴。

　　"曹孟德在山头观瞧……"梁大元说得兴起，扬手一指。

　　小笔忙问："瞧见什么了？"

　　梁大元一拍桌子，嘻嘻笑道："欲知后事如何，下回分解！"

　　小笔愣了一下，尴尬地向台下行礼："谢谢！"

　　花九宝、何人乐使劲地鼓掌。何人乐边鼓掌边夸："梁爷，这高了！留一扣子。"

　　梁大元扬扬得意地说："悬念，让观众有个盼头。"

　　何人乐一拍脑袋，故作惊讶地说："我怎么就没想到呢？这绝了！"

　　梁大元一挥手，吩咐小笔道："赏！"

　　小笔赶忙下台带着何人乐领赏去了。

　　梁大元嘻嘻哈哈地走下台来，花九宝迎上去，娇声道："大爷，您可真是天才。我都佩服死您了。"

　　"呵呵，还行还行。"

　　花九宝依偎在梁大元的怀里说："这些日子您可真下功夫了。哪天请点人来，您见见明场。"

　　"好哇！"梁大元激动得直嚷嚷，"我就爱干这花钱的事！"

　　花九宝一看梁大元正在兴头上好办事，冲刚带着何人乐领完赏钱的小笔使一个眼色，小笔从小道走过来，凑到梁大元跟前："爷，大奶奶订的料子到了，人家等着结账呢。"

　　梁大元心不在焉地一摆手："领到账房！"

"是！"小笔点点头，临走前，冲着花九宝偷偷使个眼色。

花九宝悄悄地晃一下账本，冲小笔妩媚一笑。梁大元浑然不觉，依然念着他的段子，一个人傻乐。

第二天吃过午饭，梁大元倒一杯茶，美滋滋地品着，问一旁的花九宝："都预备齐了吧？"

"差不多，小笔又发请帖去了，明天下午，大伙都来捧场，看看您的风采。"花九宝坐在一旁，眼睛出神地望着远方。

"好极了，我可没少下功夫，这回我得卖派卖派！"梁大元摩拳擦掌，异常兴奋。

花九宝凑到他耳边，说："我们这一炮要打响了，那马上就能成班开园子了。"

梁大元拍手大笑："好好。"

花九宝也捂嘴媚笑，随即轻描淡写地说："对了，定做的乐器也都得了，该给人家结账了。"

梁大元正在兴头上，大大咧咧地说："花钱算什么！给结账！"

"嗯，我没错看您。我的爷。"花九宝一头扑在梁大元胸前，亲了他一下。

晚饭时分，各路宾客纷纷会聚到梁府家门口，小笔带着家丁们欢天喜地地迎接着。梁府的大院里，摆着几十张桌子，北平城上流社会的各路人马几乎来齐。梁大元立于台上，见大家坐定，便清清嗓子，念起开场白来。

"各位，各位，承蒙各位光临，大元不胜感激。今天请各位来是有事，我太太花九宝要挑班，成立元宝社，请各位捧场，"说罢，梁大元一伸手，请上花九宝，"来，夫人，见见大家。"

花九宝浓妆艳抹，款款上台，向众人示意。

梁大元得意地说："我夫人，花九宝，专攻梅花大鼓。当初在天津学艺成名，堪称色艺双绝，多少人专门捧我太太，那些观众花钱无数，可我太太从没跟他们睡过觉，想睡我太太门也没有，我告诉你们……"

花九宝起初还笑着，越听越不对，台下众人也是面面相觑。眼见梁大元越说越离谱，花九宝涨红了脸，暗暗推了梁大元一把，狠狠瞪他一眼，又微笑着面向台下。

梁大元也反应过来，赶忙捂嘴，尴尬地笑笑说："当然，现在我太太已经不跟那些人来往了，今天各位赏光，让我太太给您唱一段梅花大鼓《鸿雁捎书》。"

"好！"台下宾客热烈鼓起掌来。

花九宝几个月来忙着张罗开园子和捞好处，早就荒废了手艺，不过有原来的底子在，这一段梅花大鼓虽然说不上出彩，但也勉强说得过去，算是开了个好头。

"各位看看，大爷要说相声了。"小笔走上舞台吆喝道。

台下响起雷鸣般的掌声，宾客们很期待梁大元的演出。

梁大元和小笔笑嘻嘻地上台，向台下众人打招呼。

"学徒梁大元。"

"徒孙小笔。"

"上台鞠躬了。"二人齐声说道，向宾客行礼。

礼毕，梁大元问小笔："辛苦，您爱吃鱼香肉丝吗？"

小笔答："爱吃。"

"好，那我们就说说鱼香肉丝！"

"这段就叫鱼香肉丝赞！"

二人你一句我一句地说起来，这梁大元是真热爱相声了，全身心投入说着，都没看见台下的观众已悄悄走一大半了。

"这时盛在碟子里端上来，再来碗米饭一吃，嗬！好！"梁大元说得眉飞色舞。

"太香了！"小笔捧道。

"这正是锄禾日当午，汗滴禾下土，谁知盘中鱼香肉丝，粒粒皆辛苦！"

"好！"

两人向台下一看，好家伙，台下就剩下花九宝一个人坐着，还已经睡着了。

梁大元呆呆地站着，脸上红一阵白一阵。

第二天午饭，花九宝给梁大元说着成园准备。

"还得七万？"梁大元听了花九宝的账，大声问道。

"怎么？心疼了？"花九宝语气里透着一股不满意。

梁大元见美人不悦，连忙摆手说："当然不是。问题是我还没成班呢，这银子跟流水似的……"

花九宝白他一眼，故作烦闷地说："等你开张后，流水似的回来，你怎么不说呀。"

"那倒也是。"梁大元点头。

"看着办吧。"花九宝一甩手，转身就要走。

"别别，小姑奶奶您别生气，"梁大元急了，上前一把抱住她，傻笑着说，"我花，多少钱我都花！"

花九宝轻叹一声，挣脱出来，撂下一句："您再想想吧！"便转身走去。

梁大元呆在原地，挠挠头，自言自语道："我怎么觉得我有点像当年的窦天宝哇。"

窦天宝此时正在天宝楼的后台歇息着。九岁红端来一碗汤，嘱咐他趁热喝。

"什么汤？这么鲜。"窦天宝凑近闻闻，一脸享受的表情。

"乌鸡大枣枸杞。"九岁红答。

窦天宝一愣，笑道："你拿我当月子人伺候了。"

"喝吧，把身体弄好点，我们可都指着你呢。"九岁红舀起一勺汤，喂到他嘴里。

窦天宝美美品了一口，坏笑着说："我娘子真贤惠！"

"好好喝汤，就知道耍贫嘴。"

这时天宝楼门前一辆洋车缓缓驶来，车上下来一衣着华贵的年轻妇人，由丫鬟搀着走到门前。

妇人轻声问道："就是这儿？"

丫鬟点头："对，我订完包厢了。"

"好。"两人款款走进天宝楼大门。

天宝楼的舞台上，二娘们、万小泉说完一段，左小年、宋俊杰又上来说一段。台下的包厢里，刚才的妇人目不转睛地盯着台上。

"这还不是窦天宝？"妇人回头，焦急地问丫鬟。

"马上，下一段该来了。"丫鬟答。

妇人点点头："光从报纸上看他了，没见过真人。"

丫鬟捂嘴笑道："逗着呢，您就等着瞧吧。"

"好哇。"妇人答道，目光又转回台上。

一阵掌声响起，窦天宝、彭忠海二人上场。台下激起阵阵的叫好声。妇人站起身来，眼睛直勾勾地看着窦天宝。

窦天宝和彭忠海的相声异常精彩，台下观众不住叫好。妇人和丫鬟也是看得合不拢嘴，使劲鼓掌。

妇人忽然摘下钻戒，拿出一条手绢仔细地包好。旁边的丫鬟看到，惊呼一声："您真下本啊。"

"捧角儿呗。"妇人不以为意地说，欠身将手绢扔上台。

台下观众望去，见是一美貌妇人，纷纷议论起来。

窦天宝斜眼看看手绢包，又偷偷看了妇人一眼，那妇人正含情脉脉地注视着他。

回到家中，窦天宝、九岁红、彭忠海、窝囊聚在一处，众人面前的桌上，手绢已被打开，一颗硕大的钻戒闪闪发光地躺在中央。

九岁红啧啧称赞："好大的钻戒啊！"

窝囊问："这是哪个阔太太扔来的？"

彭忠海直言道："包厢里有一姑娘，我眼瞧着扔下来的。"说完，看看九岁红。

九岁红的脸微微涨红，她转向天宝，冷冷地说："真不错啊。有人看上你了。"

窦天宝眨眨眼，摆摆手说："干吗那么酸哪，明儿让岳大头把这戒指卖了，把钱给大伙分了。"

彭忠海纳闷地问："为什么啊？"

"我当年捧角儿，这事干多了，这都是另有想法，别找事。"窦天宝喃喃地说。

窝囊附和道："对，少爷说得对。明儿就这么办。"

彭忠海苦笑一声："罢了，窦爷您高。"

"天不早了，睡吧。"窝囊说一声，与彭忠海两人起身告辞。

房间里只剩下窦天宝和九岁红对坐着。

"得，咱也睡吧。"窦天宝见势不妙，赶紧起身欲上床。

九岁红一拍桌子："你老实招来。"

窦天宝哭笑不得地回头："我的小姑奶奶，招什么呀？"

"你当年净捧角儿，都捧谁了，你给我说清楚。"九岁红不依不饶地问。

"大半夜，你又想起什么来了？"窦天宝无奈地说。

"你不招就别睡觉！"

"我说，有马连良、周信芳、余叔岩。"窦天宝掰着指头故作认真地数着。

"没问你男的，"九岁红打断他，"女角儿。"

窦天宝一摊手："我全都不认识。"

"再说谎，我打死你。"九岁红站起来，指着他骂道。

窦天宝恍然大悟一般，郑重地说："好像捧过一个叫九岁红的。"

"呸。"

两人嬉闹着，房间里的灯也熄灭了。

桌上的钻戒静静地躺着，而它的主人，此刻正痴痴地想着天宝。

然而，窦天宝不知道的是，这位妇人，正是京城第一名妓，伴月楼头牌——罗月。

连续几日，罗月都在天宝楼里一掷千金，不是扔大洋，就是扔首饰，一时间天宝楼的观众都传开了，大伙都说，来了个有钱的妇人捧窦天宝。

可是窦天宝却丝毫不为所动，连正眼都不看一下，演完即下台，东西也都给大伙分了。

这样的态度，既让罗月好奇，又让她兴奋，越是得不到的人，她就越发地感兴趣。

某日一早，天宝楼门口，窦天宝刚走下洋车，正赶着去后台。一侧闪出一人，正是罗月的那个丫鬟小梅。

"窦先生。"小梅叫住天宝。

窦天宝站住，回身看她："您好，有事？"

小梅走上前来，轻声说："我家小姐很喜欢您的相声，想请您吃饭。"

窦天宝认出了她，正是那个妇人的丫鬟，便微微一笑推辞道："对不起，我最近太忙，有机会吧。"

"啊？"小梅失望地点点头，又递上一封信，"那我们小姐还有封信，请您看看。"

"好。"窦天宝接过信放进兜里，辞别了小梅，快步走进天宝楼。

一进大门，窦天宝从兜里取出信来，思量了片刻，还是没打开，扬手便扔进了垃圾桶里。

回到伴月楼里，小梅把请吃饭被拒的事给罗月说了，罗月坐在桌前生着闷气，小梅在一旁劝慰着。

"我就不明白了，他窦天宝怎么那么大的架子，三番两次地就不动心？"罗月愤愤不平地说。

小梅劝道："姑娘，您消消火，别生气了，可能这头牌的角儿都这样吧？"

"谁说的？"罗月气得直撇嘴，作为京城名妓，她早已习惯了被人追捧，"京班大戏的好角儿咱们也不是没见过，姑奶奶飞个眼他乖乖地就得过来，一个说相声的脾气也太大了！"

"我问过别人，这位窦天宝是个少爷出身，和其他艺人不一样，有点另类。"

罗月一听小梅这话，倒是来了精神："好哇，那我更得见识见识另类是什么脾气。你去找他一趟，明着跟他说，姑奶奶喜欢他，只要他认头，怎么都成！"

小梅只好无奈地点头。

"哼，我就不信了。"罗月咬牙切齿地说，"那么多王公大臣我都没放眼里，一个说相声的，哼！"

还有一个人此时也对天宝楼里的人上了心，那便是何人乐。原来自从上次梁大元在府里搞了一次演出，宾客观众都跑光后，梁大元开园子的心凉了几分，这小笔见没好处可捞，又开始琢磨起重操旧业，他跟何人乐说起了跟日本人的生意。

"往日本卖人？"何人乐惊得张大了嘴巴。

小笔赶紧做手势让他收声："这叫劳工出口，日本国必土株式会社的老板江一太郎先生瞧得起咱，把这肥差交给我，我疼你，让你挣点钱。"

何人乐忙不迭地点头，小声问："我能干什么？"

"找人去！"小笔急促地说，"找来一个人，只要上了车，就给你五块大洋，你想想，那是真金白银哪！"

何人乐犯了难："我上哪儿找人去？"

"随便找！摸摸脑袋算一个，只要你能把他们骗上车，钱就到手了。"

何人乐支支吾吾地说："我没干过这个，我怕弄不好。"

"还用费那么大劲，在你们同行里先找几个，都快穷死了，哪儿不是吃饭？"小笔冷笑着说。

何人乐一拍脑袋，说："对啊，我想想去哪儿找……"

小笔灵机一动，给他出了个馊主意："干脆你上天宝楼去试试，窦天宝那儿不是生人多吗？"

何人乐点点头，眼珠滴溜溜地转了起来。

何人乐摸进天宝楼，左看看右看看，一眼就瞅见了两个生面孔——左小年和宋俊杰。

没过几天，何人乐就和宋俊杰交上了朋友，两人时常出去喝酒。这一日，何人乐边喝酒，边和宋俊杰说："说相声太难赚钱了，我现在都干别的了。"

宋俊杰好奇地问："您现在在哪儿上地？"

"哪儿都去。天桥隆福寺都去。"何人乐说。

"我是刚来北平，您得多关照啊。"宋俊杰抱拳说道。

"没的说。其实您在外头挺好，北平也不好混，您这是多余了。"

"是吗？"

何人乐点点头："还不如干点别的。"

宋俊杰忙问："您指条明路。"

何人乐心中暗喜道："好小子，上钩了。"

窦家院子里，窦天宝和梁大元对坐饮酒，这几日九岁红因为罗月的事总是吃醋，窦天宝也心中烦闷，正好梁大元找上门来，两人便多喝了几杯。

酒过三巡，梁大元开始说起他的相声，一说便停不下来。

"后来我又写了一段叫白面皮包住韭菜鸡蛋。"梁大元端着酒杯摇头晃脑。

窦天宝问："那不就是包饺子吗？"

梁大元得意地说："这个活赞扬了韭菜的那种坚韧不拔的态度。"

"都和了馅了，还有什么坚韧不拔？"窦天宝笑道。

梁大元不乐意了："你又打击我。我可是听了不少年相声了。"

窦天宝直言："你听一百年你也是听！说相声的还有好些人闹不明白呢，你一个外行懂个什么？"

"我在做学问哪。"梁大元不服气。

窦天宝伸手指指天空："你研究相声跟我研究飞机是一个道理。你不说相声就是对我们最大的支持。"

"你又骂我。"

窦天宝诚恳地说："我说实话。"

"拉倒，那没法探讨了。喝一个吧。"梁大元无奈地举起杯子，两人一饮而尽。

"对了，你怎么自己出来了？小笔呢？"一杯下肚，天宝问。

梁大元摆摆手，恼怒地说："谁知道忙啥呢！"

此时，小笔忙的事情是梁大元万万没想到的。他正和花九宝算账呢，算的都是从梁大元那来的钱。

"差不多了吧？"小笔看花九宝算了半天，关心地问。

"也就这意思。"花九宝抬头说。

小笔点点头，凑近花九宝说："这几天我就安排，找个节骨眼送你先走，我看看事态发展，再去找你。"

花九宝喜滋滋地说："这些钱够咱俩花半辈子啦。"

"呵呵，连下辈子都够了。"

"好哇，好极了。"花九宝乐得直拍巴掌。

小笔恶狠狠地说："哼，人不为己，天诛地灭！"

"你小子好狠的心。"花九宝侧目看着他。

小笔一把抓住她的手，放在嘴上亲吻了一下，淫笑着说："大奶奶夸奖。"

"哈哈哈哈哈。"二人压制着不大笑出声来。

小笔走出梁府后门，远处，何人乐向他招手。

两人没嘀咕几句，小笔便一脸不满的神色，厉声问："才找了一个？"

何人乐点头："叫宋俊杰，我骗他出门有个堂会，他挺高兴。"

"太少了。"小笔不高兴地说，"人家别人都找了十个八个。"

"慢慢来，我蹚蹚道。"

小笔叹口气说："也罢，下午一点，让他到永定门外，有车等，他上了车，你回来拿钱。"

何人乐忙拱手行礼："我谢谢您。"正说着，一旁宋俊杰走了过来，何人乐瞅见他，赶紧一伸手指给小笔："笔爷，他来了！"

宋俊杰笑嘻嘻地走到小笔面前，小笔冷冷地打量着他。

何人乐介绍道："这是笔爷。"

宋俊杰恭恭敬敬鞠了一躬："笔爷。"

小笔点头回应："哦，好，好，二位去忙吧。"

何人乐和宋俊杰便辞了小笔要走，小笔叫住二人，冲何人乐说："两点钟，我在胡同口的茶馆等你。"

何人乐点头，回身领着宋俊杰扬长而去。

下午两点，小笔先到了茶馆，环顾四周，没见到何人乐，便自个坐下。屁股刚沾座，身边一人便俯身迎了过来。

"笔爷好。"

小笔抬头一看，愣在原地。来人正是宋俊杰。

"你？"小笔一脸狐疑地望着他，"老何呢？"

宋俊杰嘿嘿一笑："跟日本人走了。"

半晌，小笔反应过来，默默点头，竖起大拇指："没看出来，你真有高的。"

宋俊杰一屁股坐下，得意地说："干这活，我比他强多了。"

话说这何人乐被卖去日本后，倒是找到了自己的新天地，日本相声叫漫才，何人乐很快就混出来了，据说还开宗立派，成了大师了，不过这都是后话了。

某一日，梁大元正在品茶，花九宝忧心忡忡地从门外走进来。

梁大元纳闷地问："怎么了，我的小姑奶奶？"

花九宝闷声坐下，说："我仔细寻思了，要成班得有人，现在咱们看的这些位可都不成啊。"

"我觉得挺好玩啊。"梁大元一愣神，不解地说。

"什么呀，不够一卖。"花九宝一脸不悦。

"那你的意思是？"梁大元问。

花九宝眼睛一亮，凑到梁大元跟前："当初我学艺时，一共是十个姐妹，要是把我们这十朵花凑在一块，甭说北平了，全国也得说头钩！"

梁大元听完，点点头，说："好哇，那请她们来吧。"

"说得容易，有在天津的，有在东北的，有在上海的。"花九宝一副为难的样子。

梁大元大手一挥："那怕什么，只要她们同意，出大价钱呗。"

花九宝试探地问："您愿意？"

梁大元哈哈大笑，抓着花九宝的手说："我这些日子花钱都花顺手了，有一天不花钱，老觉得短点什么！"

"那好极了，"花九宝脸色忽然一变，小声说，"可是有一样，这事得我亲自去。"

"那当然了，您辛苦了。"梁大元没有阻拦的意思。

花九宝兴奋极了，忙说："那让小笔安排一下，明后天我就去。"

"没问题，等这十朵花凑齐了，这是多大的乐趣……"

看着梁大元美滋滋的样子，花九宝拿手绢捂住嘴，暗自冷笑了一声。

夜半时分，梁府门口灯火通明，家丁们抱着一个个大箱子走出来，装到门外的几辆汽车上。

小笔站在门口催促道："赶紧的，天一亮，大奶奶得出门，没见你们干活这么磨磨蹭蹭的，快着！"

第二天清晨，梁大元送花九宝走出大门，小笔带众人侍立两旁。

梁大元抓着花九宝的手，依依不舍地看着，转头问小笔："东西都弄完了？"

"大奶奶带的东西全送车站了。"

"好。"梁大元又盯着花九宝看，花九宝也笑笑，两人拉着手站在门口深情对望着。

良久，梁大元叹息着说："大奶奶你早去早回，我等你这十朵花。"

花九宝捂嘴笑道："哎呀，放心，我舍不得你！"

"我也舍不得你呀！"梁大元哭丧着脸，两人紧紧地拥抱在一起。

花九宝伏在梁大元肩上，冲小笔眨眨眼，小笔微笑着点头，两人心中早有了商量和默契。花九宝装作依依不舍的样子，转身离去，只留下一缕刺鼻的脂粉香，很快被清冷的晨风吹散。

小笔站在原地，望着梁府高耸的院墙，脸上那点虚假的笑意也退尽了，只剩下冰冷的算计。人心冷暖？这世道，攥在手里的真金白银，才是最实在的暖炉。他啐了一口，身影也如鬼魅般消失在巷口。

天色已大亮，北平城像个巨大的戏台，拉开了帷幕，有人刚刚下台，有人却正要粉墨登场。天宝楼正在紧张地准备着温暖新一天到来的满堂宾客；而梁府的后巷，一场卷走所有"暖意"的冰冷背叛，已然拉开大幕开锣了。这世间的寒暖，从来只在人心翻转的一念间。

第三十章
曲终

衣冠自古笑啼场，

冷暖人心戏里藏。

唱尽悲欢离合事，

曲终人散夜未央。

天宝楼和窦天宝的声誉正隆，就像舞台上的大戏进入高潮，一时人情冷暖、是非恩怨都一股脑儿涌了上来。

这一日，舞台前窦小宝和大个正在热场演出，窦天宝正和万小泉、宋俊杰他们在后台聊着闲天，岳大头撩起帘子，伸进头来，叫一声："窦老板，门口有人找你。"

窦天宝哦了一声，便与岳大头往出走，嘴里问道："谁啊？"

岳大头随口说道："哦，一个女的，说叫大俊！"

"啊？"窦天宝一惊，愣在原地一动不动。

"怎么了？那不在那儿呢嘛……"岳大头不知怎么回事，伸手指门口。

窦天宝一看，门口大俊带着四个家丁正站着，还正朝里面张望，隔了这么些日子，窦天宝已经快把大俊这事给忘了，但一看到大俊的虎威，窦天宝一下子就回忆起了关于大俊的一切。

"我的天哪！"窦天宝暗叫一声，一把拉住岳大头闪到一边嘱咐道："嘘……别出声！赶快把二娘们叫出来！"

岳大头愣了，直眨巴眼，小声问："这谁啊？"

窦天宝火急火燎地摆手："那是祖宗，你快去叫二娘们吧。"

大门口，大俊和四个家丁正焦急地等着。这时二娘们走了出来，望见大俊，嘴上笑笑，径直走上前去打招呼："呵呵，美女。"

大俊一愣，左右望望，伸手指自己："叫我？"

"对，别人不配。"

大俊乐得一拍巴掌，对左右家丁说："嘿嘿，看见没，有识货的。"

二娘们殷勤地问："美女，您找谁呀？"

"窦天宝。"大俊指着水牌上的名字说。

"他不在，出去了。"二娘们摆摆手。

大俊一怔，抬头看里面找岳大头："刚才那人说在。"

"他脑子有毛病，别理他。"大俊还往里张望，二娘们笑嘻嘻地拦住她，又问，"您是哪位？"

大俊理直气壮地说："我是他媳妇。"

"哦，失敬失敬。"二娘们赶忙行礼。

"他上哪儿去了？"大俊不甘心地问。

二娘们随手一指："警察局有事，他去应酬了。"

"什么时候回来？"

二娘们摇头说："那谁知道。这样吧，园子里正扫地，挺脏的。我请您上旁边的茶馆，我陪您聊会儿，顺便等着他。"

大俊纳闷地瞪着他，高声问："你是谁啊？"

"我是他师弟，我叫二娘们。"

大俊看看里面，又看看二娘们，点头说："那成，二兄弟咱走吧！"

二娘们在前带路，几人簇拥着大俊一路走去。二娘们带着众人

561

来到路边的茶馆，一坐下就给大俊一顿夸，又不断讲笑话段子，大俊笑得合不拢嘴，拍着二娘们的胳膊说："太逗了，你可真好玩儿，再给我说一个，我可爱听了。"

二娘们点点头，得意地说："爱听就行，笑话有的是！我给您讲一个更好玩的。"

"好好！我有日子没这么开心了！"

窦天宝暂时摆脱了大俊，心情不错，心下想着没想到二娘们还能跟大俊聊一块儿，真是一物降一物。进门时，窦天宝一脸得意的神情，不住地捂嘴笑。万小泉、宋俊杰两人大眼瞪小眼，忙问何事。

"来个女的找我，让二娘们带去聊天了。"窦天宝忍住笑，故作神秘地说。

"嗬！好事落他手里了。"万小泉惊呼一声，气得直拍大腿。

"赶明儿再有这事，您照顾照顾我。"宋俊杰赶紧凑到天宝跟前，笑嘻嘻地说。

"下次有机会就让你吧。"窦天宝捂嘴偷乐。

正说着，岳大头又走进来了："窦老板，又来个女的找您。"

"啊？谁啊？"窦天宝不解地问，万小泉和宋俊杰也来了精神，盯着岳大头看。

"说上回给您送过信。"岳大头答。

窦天宝恍然大悟，想起扔信那档事，眼珠一转，回头说："俊杰啊，机会来了，该你了！"

"得了，我去！"宋俊杰一蹦三尺高，兴高采烈地冲出房门去。

岳大头一头雾水，不知道他们在说什么，只好摇头跟出去。

"窦爷，再来一个就该我了吧。"万小泉委屈地说。

窦天宝点点头："你盼着吧。"

来找窦天宝的正是丫鬟小梅，她正等在门口，焦急地往里看着，没见到窦天宝，却见宋俊杰哼着小曲走出来。

宋俊杰一见小梅，赶紧整整衣冠迎上去："您找哪位？"

小梅看看他，随口应道："我找窦先生。"

宋俊杰笑嘻嘻地说："我姓宋，我叫俊杰。"

小梅像看神经病一样看了他一眼："没问你。窦先生呢？"

宋俊杰答："窦先生让我出来接待您一下，有什么事吗？"

"我只和窦先生说。"小梅头歪向一边，看也不看他。

"他这会儿没空。"

宋俊杰正打算再说点什么，小梅撂下一句"那我回头再来吧"，便转身扬长而去。

宋俊杰呆呆地站在门口，一脸失望的表情，看着小梅的背影，小声骂一句："哼！哪天把你卖日本去。"

散场后，窦天宝一个人坐在后台，正在改写新段子。

"窦老板！"岳大头快步走进来，手里举着一块亮闪闪的东西。

窦天宝头也没抬："有事？"

"来个小伙计，说是奉命给您送块金表。"岳大头伸手递过来，正是一块欧洲传来的上品金表，灯光下熠熠生辉。

窦天宝接过表左右看看，问："这可不便宜。没问他奉谁的命吗？"

"说是伴月楼的罗月姑娘。"

"罗月？"窦天宝一愣。

"号称东城一枝花，京中名妓啊。"岳大头看看左右，小声说。

窦天宝忽然想起什么，喃喃道："我知道了，是不是那个……"

"没错。"岳大头直点头，"扔戒指、扔钱都是她。"

"我不要。"窦天宝一把将表丢在一旁，又提起笔来。

岳大头犯了难："那怎么办？人也走了啊。"

"改天送回去吧。"窦天宝无奈地笑笑。

"那好吧。"岳大头摇摇头，转身走出，刚到门口，又回头说，"对了，二楼包间那位置我们想调一下，您也来看看吧？"

窦天宝沉思一下，放下笔，随着岳大头一道出去了。

两人刚走不久，宋俊杰就撩开帘子进门来了，一眼就望见了桌上的金表。

这宋俊杰虽说是穷出身，但是心思却不正，无论是说相声，还是跟着小笔厮混，都是一个掉进钱眼里的人。眼见这贵重的东西孤零零地摆在桌上，宋俊杰的小心脏怦怦跳了起来，他鬼鬼祟祟走上前去，仔细敲敲金表，环顾四周无人，便一把拿起来揣进兜里。

突然，背后传来窦天宝的一声咳嗽。

"哎哟！"宋俊杰紧张地一哆嗦，手没拿稳，金表"啪"的一声落在地上。他战战兢兢地回头，看见窦天宝站在门口。

"宋爷，这可不成啊。"窦天宝缓缓走了进来。

"我……窦爷，我一时糊涂，您……"宋俊杰支支吾吾地说不出话来。

窦天宝严肃地盯着他，正色道："钱不够花说话，这可不成啊。"

"我知道，我错了。"宋俊杰扶着桌子扑通跪下，哭丧着脸哀求道。

窦天宝赶紧上去搀扶，正在这时，万小泉进门了，一眼看到两人，目瞪口呆："你俩这是干吗呀？"

宋俊杰不知所措地愣在原地，窦天宝灵机一动，大叫道："哦，摔着了，快起来，兄弟。"

说着，窦天宝一把将宋俊杰搀扶起来，拍着他的肩膀笑笑："慢点。"

万小泉眨眨眼，还没反应过来，窦天宝快步走过来："对了，小泉，我找你有事。"一把拉着他走出门去。

身后，宋俊杰望着窦天宝的背影，脸上浮现出一股难以捉摸的表情。

忙碌了一整天，回到小院，窦天宝、九岁红、二娘们对坐在房内，二娘们把跟大俊聊的情况一五一十地交代完了，三人皆沉默不语。

"反正这情况就这样，她说她还得来。我没法子，"二娘们脸色有些尴尬，"我……我先回去吧。"说罢，二娘们便起身匆匆出去了。

房间里只剩下窦天宝、九岁红两人。

"我以为除了十二红就没有别人了，怎么又冒出一位来？"九岁红叹息一声。

"不都跟你说了吗！事出无奈。"窦天宝想起大俊的事，也是心烦意乱。

九岁红没好气地说："人家找来了，你说怎么办？"

窦天宝摇摇头："我哪知道怎么办？"

一看天宝这情绪，九岁红也急了，声调提高了八度："不管怎么说，人家跟你拜了天地、入了洞房，这算是明媒正娶啊！我算什么啊？"

窦天宝也急了，反问道："你就不能心平气和地说话吗？"

"这是心平气和的事吗？"九岁红气得大喊起来。

"想办法啊，你喊管什么？"

两人大声吵起来，旁边房间里，众人都悄悄地听着。

第二天一早，天宝楼还没开门，二娘们就匆匆赶到了，刚到天宝楼门口，抬头就看见大俊笑眯眯地站在他面前。

"二兄弟。"大俊打招呼。

"呦，又来了。"二娘们尴尬地笑笑。

"天宝呢？"

二娘们赶紧说："还没来呢，不过今儿可能他有事来不了。"

未承想，大俊并不着急，反倒是一把拉住二娘们："走，咱们聊会儿去吧。"

"这……"二娘们抬头看看天，说，"好吧。"

"昨天看你渴得够呛，我今天还给你买了胖大海呢。"大俊不好意思地笑笑。

二娘们一愣，也笑了："真会疼人。"

天宝楼大门紧闭，还没到开戏的时候，里头却已演了起来。台上的不是窦天宝，也不是天宝楼众人，而是梁大元和小笔。这梁大元自从花九宝走了以后，整日里百无聊赖，就又缠上窦天宝了。

"三块葱花饼，这叫饼饼饼，三碗牛肉面，这叫面面面。"梁大元眉飞色舞地说。

小笔捧道："好。"

"这正是，窗前明月光，疑是地上霜，举头望明月，我叫梁大元！"

小笔又道："好。"

566

台下坐着的窦天宝哈哈大笑起来，岳大头和愣三、小四他们也是笑得合不拢嘴。

梁大元心中大喜，叫道："嗬，我这包袱响了！"演得更加卖力，演完下来，梁大元着实累着了，一屁股坐在天宝身边，嘴里嚷嚷着："太痛快了，我今天正经地在台上……"

"不正经了一回。"窦天宝苦笑着说。

"什么叫不正经啊，痛快。"梁大元急了，一下坐起来。

小笔在一旁应和道："我们大爷活活美死。"

"哈哈哈哈！"梁大元大笑着，拉起天宝的胳膊，"走，天宝，咱喝酒去。"

"我不去，有事。"窦天宝正为大俊的事心烦着，便欲拒绝。

"不成。你必须得去，不光喝酒，我今天请你逛妓院！"梁大元使个眼色，小笔也上来帮忙，"窦爷，赏个脸吧！"两人拽着天宝就往外走。

"我更不去了！我真不去……"窦天宝挣扎着被两人嘻嘻哈哈地拉出门去。

梁大元边走边回头喊："跟后台说一声，窦老板跟我逛妓院去了。"

岳大头、愣三、小四望着窦天宝、梁大元的背影，呆呆地站着。

伴月楼里，窦天宝、梁大元两人对坐饮酒。梁大元抱着四个妓女嘻嘻哈哈地乐着，窦天宝则支着脑袋，满面愁容地坐在一旁，心里还想着九岁红的事。

"兄弟，当年你在妓院里如鱼得水啊，怎么现在成这样了？"梁大元坏笑着问。

"你就要害死我了。"窦天宝只顾喝着闷酒，对姑娘们视而不见。

"这是为何呀？"梁大元直纳闷。

窦天宝叹息一声，喃喃地说："当年是当年，现在是现在，我已经不是当年的窦天宝了，我有家有业，我得过日子！"

梁大元不以为然地笑笑，举起酒杯说："哪儿不能过呀，偶尔玩一玩也无妨，来，兄弟，干一杯！"

窦天宝无奈只好皱着眉头举起酒杯，两人一饮而尽。

"呦，哪阵香风把这两位爷刮来了，伴月楼蓬荜生辉，我这脸上也添了金子呀！"一阵殷勤的笑声传来。

两人抬头望去，来的正是伴月楼的老鸨子。

"梁爷是常客了，我要没认错的话，旁边这位爷是就是北平的红人窦老板吧。"

梁大元直点头："对！对！就是他！我兄弟。"

窦天宝勉强笑笑，又低下头去。

"荣幸之至啊！没想到您贵足踏贱地，光临我们这，您可得乐和乐和！"老鸨子神秘地一笑，一伸手指着楼上，"两位爷，您看谁来了！"

二楼上，罗月一身锦衣，打扮得如天仙下凡般，妩媚地笑着。

"这是本院头牌姑娘罗月！花容月貌，倾国倾城，从不轻易下楼，今天可是破天荒了。"老鸨子兴奋地笑着。

楼下众人齐刷刷地看上楼去，梁大元也直勾勾地看着她，不住地点头。

窦天宝抬眼，看见罗月正盯着自己笑，心中暗叫一声："唉，麻烦来了。"

"窦老板，您好。"罗月径直来到天宝桌前。

窦天宝微微一笑，点头道："您好。"

"没想到今天您屈尊至此啊。"罗月的语气略带嘲弄。

窦天宝指着梁大元，没好气地说："我这是交友不慎。"

梁大元盯着罗月直乐，连连点头："没错，他这是交友不慎，哈哈！"

罗月掩面笑笑，轻声说："从来都是见您台上风采，没想到盼来盼去，窦爷送上门来了。"

窦天宝摇摇头，举起一杯酒正对罗月，严肃地说："我知道姑娘捧过我几次，奈何天宝生性愚鲁，难解美意，咱们还是各讨方便吧。"

罗月定定地看着他："先别说这么绝情的话，有道是酒不醉人人自醉。"

"色不迷人人自迷，呵呵，迷死我喽！"梁大元拍手直乐。

窦天宝却和罗月冷冷地对峙着，两人谁也不说话。

旁边一桌客人不乐意了，一南方老板起身将一把钱拍桌上，大喊一声："罗月姑娘，我愿出大洋一百与姑娘共度良宵，您过来吧。"

另一桌客人大喊道："我出二百！"

远处一官员模样的人叫道："如果罗月姑娘愿意跟我好，今晚上所有人的账我结了！"

众客人的叫价声此起彼伏，一时间伴月楼里吵吵嚷嚷，好不热闹。

罗月漠然一笑，冲窦天宝说："窦先生见笑了！"

"您客气。"窦天宝不动声色。

罗月环顾四周，突然提高了声音，斩钉截铁地说："如果窦老板愿意，我情愿倒赔千元，以身就之。"

本来热闹的屋中刹那间寂静一片，众人都惊得不知所措。梁大元也愣了，老鸨子更是惊讶得张大了嘴巴，说不出话来。

半晌，窦天宝放下酒杯，朗声道："难得姑娘好意，愧不敢当，我还有事，告辞了。"起身扬长而去。

"站住！"罗月在背后叫道，眼中含着泪水，狠狠地说，"我欣赏你的才华，几次相约都被你拒绝，如今在我伴月楼当众羞辱我，你可知道，倒贴千元你不稀罕，日后没有万元这事完不了。"

窦天宝站在门口，头也没回，一抱拳道："天下有没见过面的朋友，没有没见过面的冤家，我与你无冤无仇，我不相信姑娘能怎么样，天宝告辞！"

说罢，窦天宝大步流星地走了出去。伴月楼里众人面面相觑，罗月定定地望着窦天宝的背影，两行眼泪无声地流下来。

出了伴月楼，窦天宝一路急匆匆地往家走，面前忽然一个人影挡住去路。窦天宝吓得一愣，定睛一看，来人是九岁红，原来九岁红在家迟迟等不到窦天宝，逼问小宝，小宝不得已说听小四说窦天宝和梁大元上妓院去了，九岁红是又气又急，这才急匆匆地也往伴月楼来了。

"吓我一跳，大半夜你怎么在这儿？"

九岁红冷冷地说："甭问我，你干吗去了？"

"我……"窦天宝嘿嘿一笑，"梁大元找我喝酒去了。"

"在哪儿？"

"酒楼。"窦天宝故作淡定地随口一说，又要赶路。

九岁红却站得定定的："酒楼还是妓院？"

窦天宝看看她，小声说："当然是酒楼。"

"撒谎。"九岁红厉声道，"你可真成了，又逛妓院去了。是不打

570

算过了？”

窦天宝一看事情败露，赶忙拉着九岁红笑道：“我没有！梁大元非拉我去！”

“你还是去了？”

“我什么都没干，这不是赶紧回来了吗！”天宝委屈地说。

九岁红气得指指天：“还赶紧回来？你看这都什么时候了！”

窦天宝一脸尴尬，拉着九岁红的手笑嘻嘻地说：“咱回家，咱回家说去行不？”

九岁红一把甩开他，走到一旁，冷冷地说：“你好好想想，是不打算好好过了！是不？我不跟你回去，你回家吧，我上天宝楼睡去。”

窦天宝急了：“有话好说，还不行吗？”

“你回家吧，明儿再说。”九岁红转身便向天宝楼走去。

“得，我去天宝楼睡去，你先回家。”窦天宝大喊一声，追赶上来。

九岁红站住，回身看他：“那好，我希望明天，你给我一个解释。”

窦天宝仰天长叹一声。

窦天宝见一时和九岁红没法解释，回家又怕两人争吵，只得往天宝楼去将就一晚。敲门后，小四打开门，一脸疑惑地说：“窦老板，您是知道有人来找您？”

窦天宝一愣：“谁呀？”

“我！”屋里传来一个熟悉的声音。

窦天宝往里一瞧，小白蛇正坐在桌旁，端着一杯茶，笑眯眯地看着他。

“我的天，你来了？”窦天宝愣在原地，不相信地摇摇头。

“不行啊？”小白蛇娇媚地笑笑，伸手招呼他过来。

"好家伙，都凑齐了。"窦天宝心里默念着，坐到小白蛇身旁，问，"你这是从哪儿来？"

"济南。"小白蛇漫不经心地说。

"你干吗去了，一直没露面？"

"还问我呢，"小白蛇愤愤不平地数落他，"你们一帮人说没影就没影了，太不拿人当人了。"

窦天宝解释道："我们上山西了，去时你也不在，想告诉一声上哪儿说去？"

小白蛇叹息着说："从济南回天津就找不着你了。后来看报纸说你在北平了，又让人告，又让人骂的，急得我不行，可有事绊着动不了。"

窦天宝好奇地问："什么事绊着？"

"你管不着。这不嘛，都忙完了才急着来北平找你。"

"哦，"天宝点点头，又问，"那你住哪儿了？"

"没地，搬你那儿吧。"小白蛇盯着他说。

"别，我……"窦天宝赶紧摆手，他现在可是谁也不想招惹了。

"不方便？又勾搭上谁了？"小白蛇冷冷地问。

"从天津出来我就一直跟九岁红在一起了。"

"结婚了？"

"还没有。"

小白蛇一摊手："这不结了，一天没结婚就不算两口子。跟我跟她一样。"

"得了，你别闹了，我这脑袋都大了，你让我歇会儿吧。"窦天宝捂着脸趴倒在桌子上，片刻后，抬头大喊，"小四！"

小四闻声跑来。

"拼桌子，我睡觉。"窦天宝有气无力地说。

小白蛇紧跟着说："多拼两张，我也睡。"

"啊？"小四看看她，又看看天宝，一脸疑惑。

"啊什么啊！各睡各的。"窦天宝瞪了小白蛇一眼，嘱咐小四。

"哦。"小四点点头，转身抬桌子去了。

天蒙蒙亮，九岁红独自出了房门，院子里正碰上窝囊。

窝囊叹气，劝她说："您哪，消消火，凡事都别着急。问清楚再说。"

"其实他走了，我这一宿也没睡，翻来覆去地瞎琢磨。"九岁红闷闷不乐地说。

"少爷现在可是跟原来不一样，您就放心，我担保他是跟您一心一意过日子。"

"那敢情好。"

窝囊又说："这两天我准备请大俊姑娘来，一起聊聊，把事情说开了，以后咱就好好过日子。"

九岁红抬头看他，重重地点头："我听您的。"说完，她就带着早餐往天宝楼去了，她自己一宿没睡好，也担心窦天宝一宿休息不好，早起又没口热的吃的，窝囊也牵挂着少爷，就跟在九岁红身后一起去了。

此时天宝楼里，窦天宝正在呼呼大睡，小白蛇伏在他的身上，两人挤在两张桌子上，旁边歪扭地拼了两张桌子，却是空的。

窦天宝一翻身，发现小白蛇在旁边，大吃一惊："你怎么过来了？你不是在那边睡吗？"

小白蛇心满意足地搂着他的身子，说："我冷。"

"冷也不成，这让人瞧见！"窦天宝挣扎着要起身。

"窦天宝！"一声怒吼传来，窦天宝一哆嗦，回头一看，九岁红气得浑身发抖，窝囊在背后低头不语。

"要了命了！"窦天宝哀号一声，甩开小白蛇就跳下来。

九岁红捂着脸，转身向外跑去。窝囊赶忙在后面追上去。

窦天宝气得捶胸顿足："这不要命吗！"

小白蛇坐起来，捂着嘴直笑："真巧。"

已经顾不上说她了，窦天宝一把披上衣服，飞也似的追了出去，只看到窝囊孤零零地站在街头。

"人呢？"窦天宝发疯似的大喊一声。

窝囊回身看他，摇摇头："没找着。"

窦天宝仰天长叹一声，哭笑不得。

"少爷，您怎么？唉！"窝囊的话里带着股怨气。

"什么呀。"窦天宝急得直跳脚，"我都冤枉死了啊！"

窝囊叹了口气，二人又继续向前追去。

寻了半天，没找到人，窦天宝知道如果九岁红真想躲着他，一时半会儿怕是找不到，只好带着窝囊垂头丧气地走回来。

刚走回天宝楼门口，二娘们慌慌张张地跑来，大叫着："天宝，天宝。"

窦天宝无力地看着他，苦笑一声说："怎么着，又有事啦？"

二娘们上气不接下气地说："那大俊我可不能再管了，您露一面吧。"

窦天宝叹一声气，扬扬手说："前面领路吧，无所谓了，该来的都让来。"

二娘们带着窦天宝和窝囊一起到了这两天二娘们给大俊讲笑话的茶馆。

"一别数年，你依然如此健壮。"窦天宝举起一杯茶，冲大俊说道。

"窦天宝，你好狠心。连洞房都没入就跑了！我可是为你守身如玉啊！这么多年。"大俊哭哭啼啼地说。

"您大可不必。"

大俊瞪他一眼，正要发作，窝囊在一旁插话道："大俊，我说句话吧，我们确实对不起您，您多包涵。少爷走南闯北不容易，也有自己的人啦。再说你二位也确实不合适，您看……"

"我看？我怎么看！我这如花似玉的大姑娘。等到今天您一句不要了，我可怎么回去见人？"大俊不满意地嚷嚷着。

"我承认我对不起你，可事到如今生米已经做成熟饭，您多谅解一二。"窦天宝无奈地说。

大俊一拍桌子，哭闹起来："我谅解一二？那谁谅解我呀！"

"首先说，咱们在一块那是不可能的。你再挑一个，所有的事我来帮你办。"

大俊瞪着他，突然破涕而笑："算了，我也想开了，只要有我的相亲相爱的小郎君，那我扔了你也不是不行。"

窦天宝大喜，忙说："您太开通了，需要我帮忙吗？"

大俊羞涩地一指二娘们："我看上他了！"

"啊！"二娘们正喝着茶，一口喷了出来。

"好极了！"窦天宝使劲拍着巴掌，"这事就这么定了。兄弟，恭喜！"

二娘们目瞪口呆："不是，我没考虑好，再说……"

窦天宝猛拍他的肩膀，正色道："兄弟，您倒是给句准话，愿意不？"

二娘们看看大俊，大俊不好意思地看着他，二娘们挠挠头，说："反正这两天聊天倒是挺说得来……"

窝囊在一旁捂嘴直笑："多好，这不成了！"

"瘸驴配破磨，合适！"窦天宝哈哈大笑。

"讨厌！"大俊瞪了他一眼，转身望向二娘们。

二娘们红着脸说："怪害臊的。"二人相视而笑。

窦天宝和窝囊也乐得高兴，没想到这么一件棘手的事，就这么顺利解决了。

小白蛇在天宝楼里一直等不来窦天宝，也就不耗着了，收拾妥当就出门了。岳大头送小白蛇走出大门，眼看她走远，摇头叹道："哪来这么一位姑奶奶啊。"正欲回头闭门，背后又一姑娘赶上来，却是小梅。

"掌柜的。"小梅叫道。

"您？"岳大头回身，疑惑地瞧着她。

"窦老板在吗？"

"不在！"岳大头烦躁地说，转身便进了屋，关上大门，嘴里默念道，"这一群娘们，真是闹不完的事！"

小梅愣在门外，不知所措，转身要走时，背后宋俊杰拦住她。

"又来了？"宋俊杰坏笑着。

"啊。"小梅点点头，抬脚要走。

宋俊杰又拦住她："找窦老板？"

小梅不耐烦地说："你们掌柜说不在，也不知道真的假的。"

"你找他干吗？"宋俊杰问。

"我们姑娘特别喜欢他，可他好像不喜欢我们姑娘。我想找找窦老板劝劝她。"

"嗬！这好事全他妈落他头上了！"宋俊杰心里愤愤不平地骂道，忽然灵机一动，"你等会儿，他可能睡觉呢，我看看去。"

"真的？"小梅高兴地说，"那谢谢您了。"

"不客气。"宋俊杰大笑着走了。

进了天宝楼，见四下无人，宋俊杰径直到了后台，取出笔墨和信纸，趴在桌上急急地写着，嘴里默念道："哼，让你美，我就不信，啥好事都是你的！"

快速写完一封信，宋俊杰交到小梅手上，说窦老板让转交给她家姑娘的，小梅没多想，拿着信喜滋滋地就回伴月楼了。

此时，罗月斜倚在床上，闷闷不乐地坐着。小梅兴冲冲地走进来，手里拿着一封信。

罗月没精打采地瞧她一眼，问："你干吗去了？"

小梅快步走近她："我看你挺不高兴的，就去找了趟窦天宝，想劝劝他。"

罗月一下坐起来，没好气地说："你找他干吗？我和他的仇算是做下了。"

"我没见着他，他托人给你带了封信哦！"小梅举起手中的信。

"信？"罗月眼前一亮，跳下床来，一把夺过信，急急地撕开了。信中字句不多，罗月轻轻地念着，"贼娼妇，不要脸……"

屋内先是一阵寂静，继而传来一声大叫："窦天宝！我和你没完！"罗月扭头阴沉着脸对小梅说："去，告诉妈妈，上次她说的那件事，我同意了，让于督办立刻、马上过来。"

入夜时分，北平督办公署里，一个穿一身华贵军装的五十来岁的光头汉子嘴里叼着香烟，兴冲冲地就推开了卧室的门。

房间里，罗月正妩媚地坐在床头，深情地望着他。

光头汉子不可置信地看着眼前的这位美人儿，他第一次去伴月楼就看上了罗月，死活磨着老鸨子要娶罗月当他的八姨太，但罗月就是软硬不吃，死活不同意。没想到今天下午老鸨子突然回话说罗月同意了，而且今晚就上门。

"八姨太，我的小美人，哈——！"于大头难掩兴奋之情，冲上前来抱住她。

罗月媚笑着，依偎在于大头怀中。

"哈——！睡觉。"于大头心急火燎地就要上床。

罗月却伸手止住他，道一声："慢。"

"怎么了？"于大头一愣，纳闷地问。

"督办，您是真的喜欢我，还是拿我耍着玩？"罗月别过脸去，哀怨地说。

于大头拍拍脑袋，抱住她笑眯眯地说："天地良心，我是真喜欢你！"

罗月拿手绢拭泪："我可是没有亲人，以后就只有您一个人疼我了。"

"好好好！"于大头不住地点头。

"太好了，以后也就没人敢随意欺负我了。"罗月哭着扑在于大头怀中。

"嗯？以前有人欺负你吗？"于大头一听，火冒三丈。

"有。"

"谁？"于大头气得吹胡子瞪眼。

罗月咬牙切齿地说："说相声的窦天宝。"

此时，天宝楼内，大伙聚在一起，气氛甚是严肃。

窦天宝站在正中，彭忠海、窦小宝、郝大个、二娘们、万小泉、窝囊、杨小仁、庞小狗、刘小站、王小汪、愣三、小四、岳大头，十来个人站成了一排，大家都低头不语。

窦天宝背着手左走走，右走走，突然站住，向众人说："各位，再去找找吧，无论如何得把九岁红找回来。"

"大家多辛苦，无论费多大劲也得找去。"窝囊也着急地说。

大伙纷纷点头，窦天宝吩咐道："小宝、大个你们往东，小仁、小狗、小站、小汪奔西，愣三、小四奔北，小泉咱们几个人往南，分头去找。"

众人齐声应允，便急急地四散出门了。众人寻了一夜，谁也没找到九岁红，只能悻悻地回到天宝楼。窦天宝坐在大门口，看着蒙蒙亮的天空，心里默默地念叨着："九岁红，快回来吧。"

这时，一阵烟尘四起，一辆汽车缓缓驶来，停在天宝楼门口，身后跟着一队士兵和警察。

窦天宝看着这阵势，正纳闷着，车上下来一个军官，大步走上台阶，问窦天宝："这里可是天宝楼？"

窦天宝拍拍屁股站起来，点点头。

军官又问："谁是窦天宝？"

窦天宝答："我就是，找我有事吗？"

军官上下打量他一眼，笑笑说："这倒省事了，奉督办手谕，着军警督察处立即抓捕窦天宝！来人！"

他一挥手，身后冲上来几个警察，一把将窦天宝按在地上。

"带走！"军官厉声喝道。

窦天宝被一队士兵押进大牢，他自己也实在想不明白这是为什么，他努力回忆这段时间有没有得罪什么人、惹了什么事，可确实没有头绪。

他抓住一个副官问情况，说不管怎么样，死也要他死个明白吧，士兵说奉督办手谕，着军警督察处抓他，要想明白问督办去！窦天宝根本就不认识什么军警督察处督办，还没等他再说话，铁牢的门就锁上了。副官临走时告诉他，进了这个地方，基本就不可能活着出去了，让他好自为之吧。

窦天宝看了看阴气森森的监狱，空无一人，叹了口气后慢慢坐下。这些年走南闯北，惹了不少事，得罪了不少人，也不是没有被抓过。想当初在山西也是被枪指着脑袋，差点就送了命，他已经明白了世事无常，所谓生死有命，富贵在天。

窦天宝靠在墙上，把衣服裹了裹，轻声唱起来。

东山墙已倒，

街前鼠儿嚎，

夜风透骨冷，

荒草齐胸高。

窦天宝心态好，一副既来之则安之的样子，但天宝楼的人已经急得像热锅上的蚂蚁了。大家聚在一起商量，但没人知道窦天宝是怎么得罪军警督察处了，为什么被抓走，正想办法找什么人打听时，万小泉扶着左小年走进来，左小年头上带着伤，衣服也被撕烂了。

原来左小年听说了窦天宝的事，急得不行，就追着去了军警督察处问情况，几句话没说好，他们竟然上来就打人。见众人担心自己，左小年忙宽慰说自己这也是解心疼，当初他爹那么害窦天宝，天宝却不计前仇，又给钱又收留他，无以为报，他只恨自己没有能力救不了天宝。

唯有一个好消息，九岁红回来了。原来九岁红并没有走远，她只是心里乱糟糟的，想一个人静一静，便在以前戏班的一个小姐妹处躲了一夜，但又放心不下窦天宝，就想着过来看看，结果就看到了天宝楼里这一顿慌乱。了解情况后，九岁红泣不成声，让大家一定要把天宝救出来。窝囊让九岁红别着急，彭忠海已经一早出去打探了，天宝楼的人也都出去打听各种消息了，现在最重要的是知道被抓的原因。

这时小白蛇拿着一件给窦天宝做好的新长衫进来。一听天宝被抓了，整个人急起来，放下长衫就要去军警督察处问情况，九岁红也放下对小白蛇的怨念，拦住她说，这个事急不来，小白蛇把长衫往九岁红手里一塞，扭头走了。

晌午时分，彭忠海打听消息回来了，说是督办直接批下来的，不知道什么原因，不许来人打听，而且后果八成就是枪毙了。彭忠海还想问什么，没等说话就被推出来了，带他进去的人说："行了，知道这个就不错了，再问咱俩也被抓了。"

还是没能知道什么原因，大家更是奇怪了，到底为什么窦天宝就被关进了大牢，还说要枪毙。九岁红一直大哭，谁也劝不住。

这时窝囊提议，要不去求求梁大元，众人都说这个行，毕竟梁少爷在北平是有头有脸的人物，跟窦天宝的私交也好。

但窝囊连梁府都没进去，小笔把他拦在了外面，说梁大元这几日闭门谢客。

小笔正在密谋大事，这节骨眼是不会让任何人打断他的计划的。原来小笔和花九宝私通骗取了梁大元的钱，花九宝已经在上海安顿好了一切，打电话让小笔赶紧过来，小笔说还有件事没办完，让花九宝好好等着他。两个人在电话里浓情蜜意了半天，依依不舍地挂了电话。

梁大元对此一无所知，小笔跟他汇报说花九宝马上找齐十朵花了，让他赶紧闭门谢客，在家写新段子，筹备开园，梁大元傻乎乎地一门心思投入在创作的热情里。

小笔要办的这件事就是为日本人贩卖华工，他指使宋俊杰找齐最后一批华工，一共五十个人。宋俊杰愁苦起来，自从帮小笔做这个丧尽天良的事，他天天骗人，熟人、半熟人已经全骗完了，连亲戚都没放过，如今再找五十个确实不好找。

小笔掏出十个大洋扔到宋俊杰面前，说这是最后一批，找完后还有十个大洋，这年头钱不好赚，说相声不过就是赚个吃饭钱，让宋俊杰想清楚。

宋俊杰看着白花花的银子，心想自己也只能继续做下去了，不然让身边人知道他的底细，一定会被活活打死的。他咬着牙接过钱，拍着胸脯说一定找齐人。

小笔看着宋俊杰离开的背影，坏笑起来。

宋俊杰费尽心力终于找到了四十九个，这最后一个实在是找不到了，只能硬着头皮前来给小笔交差。小笔拍着他肩膀说："没事没事，四十九个也行，你下午一点带着这些人去永定门外，到时候那边的人还会给你十个大洋，你的任务就算完成了。"

宋俊杰开心得不得了，连连谢过小笔。宋俊杰走后，小笔给日本人打了电话，说连押人的宋俊杰一共五十个人，让他们收货。

小笔挂了电话，哼起小曲来，此间事了了，万事都已准备妥当，可以去和花九宝会合了，一时心情大好。

突然梁大元跑了过来，带着哭腔说接到电报，梁老爷子在前线阵亡了。小笔一听大惊，但转而马上冷笑起来，一边劝着梁大元，一边说自己马上去前线把老爷子的尸体运回来，梁大元感激不尽，丝毫没有觉察。

小笔就这样带着大把钱坐上了开往上海的火车，前线的事情跟他没有半点关系，他不仅带走了梁家所有的钱，还在临走前卖了梁家的房子，这一切，梁大元一直到买家拉着东西来收房子时才知道。

窦天宝躺在监狱的地上睡觉，醒来后发现牢里太湿，衣服竟然都湿了大半，只得起身呆坐在草垫上，从进来到现在，一个人都没有进来过，他开始后怕，是不是自己要这样被遗弃在这个不见天日的监牢里。

突然一阵脚步声传来，窦天宝抬头，罗月竟然出现在铁笼外。

"你？"窦天宝疑惑地问道。

罗月狞笑道："不知道为什么进来吧？告诉你，因为我。"

"罗小姐好厉害。"窦天宝不动声色地说。

"嗬，俩山到不了一块，俩人总有遇到一块的时候。"

窦天宝厉声问道："我与你无冤无仇，为什么害我？"

罗月长叹一声："我自小流落风尘，看惯了公子王孙达官显贵，可突然间被一个江湖艺人迷住了，我欣赏你的才华，钦佩你的机敏，看了一些报纸，我更加尊重你的为人，我没什么痴心妄想，无非想与你亲热亲热罢了，可你一而再再而三地羞辱我，可能你不知道，我现在是督办八姨太，不用解释，你都明白了吧！"

"青竹蛇儿口，黄蜂尾上针，两般皆是可，最毒妇人心。"窦天宝摇头直叹。

"说得好，可惜你现在是笼中鸟釜中鱼了。"

"八姨太，你好事做到家，给大爷来一痛快的，你杀了我。"

罗月大笑几声："我才不呢，我已然吩咐了，也不打你，也不骂你，当初我情愿倒赔千元，以身就之，你不愿意，好，现在我要你出大洋一万，赎你的自由身。"

窦天宝狠狠地说："就你这为人，够枪毙五分钟的。"

"你也就痛快痛快嘴了。"罗月一点也不生气。

窦天宝大喊道："我没钱！"

"那是你的事，呵呵，您歇着吧。"

罗月说完，笑着离开了，窦天宝长出一口气，没想到他闯荡多年，竟然落到这样一个风尘女子的手上，真是自古英雄都难过女人关，人家是因为太爱了没过去，他倒好，因为不爱，也没过去。

小白蛇消失了几天后，带来了惊人的消息，说窦天宝得罪了督办的八姨太，现在就是成心找碴，要一万大洋才能赎身，否则就等着收尸。这个消息让全部人再次陷入了绝望，他们虽说是有点买卖的人，但一万大洋对他们来说还是太多了，而且想要几天凑齐，更是不可能。

九岁红放声痛哭起来，她觉得天宝这次是没命了，要是天宝有个三长两短，她要陪着天宝一起去了。窝囊开始翻找家里全部的钱，叹着气说根本不可能凑够，说着，窝囊的眼泪也下来了。小白蛇起身，说了句"我来想办法"，就头也没回地走了。

九岁红拉着窝囊说，大家都会帮忙，但毕竟都能力有限，不能全指望着别人，一定还要自己想办法。她回屋拿出全部首饰让窝囊当了，窝囊不忍心，九岁红说都这个时候了，做什么都是应该的。

不仅仅是九岁红，天宝楼里所有人都开始想办法，借钱的借钱，卖东西的卖东西。李天真和彭忠海都拿出了自己的积蓄，万小泉甚至拿出了给他娘买棺材的钱，大俊也拿着不少银子来救场，徒弟们也掏光了口袋，没溜又操起老本行去骗有钱太太们，可大家使了全部力气，也只是凑了三千多，离一万还远远不够。

九岁红瘫坐在地上，哭得已经没了声音。窦小宝和郝大个已经准备带着兄弟们去劫狱了，被窝囊和彭忠海拦住，说这样不仅窦天宝救不出来，他们得全部搭在里面。九岁红求各位千万别冲动做出点什么危险事，此时的大家真是一点痛苦都承受不得了。

就在大家绝望的时候，小白蛇拎着一个大箱子进来了，她看了看桌子上的那堆钱，打开大箱子，所有人都惊呆了。硕大的一个箱子里，竟然是满满的钱，小白蛇面无表情，说："这是一万块，拿去救天宝，九岁红你出来，我有话和你说。"

小白蛇和九岁红对坐，九岁红含着眼泪看着小白蛇。

小白蛇喝了口茶，给九岁红递了块手绢："妹妹，姐姐今天跟你说些掏心窝的话。从天宝是少爷的时候我就认识他，鬼使神差地爱上了他。从北平到天津，我觉得好像是老天爷安排的，我是那么喜欢他，他是那么不喜欢我，骂我损我，凡是能伤女孩子心的法儿他都使过。你不要以为我们曾经怎么样，天地良心，我和天宝才是真正的清清白白，我曾经痴心地想有朝一日他能喜欢上我，现在看没有这个机会了。他虽然是大少爷出身，可这些年没少吃苦，好容易混出头，又被人告，好容易没人告了，又被抓起来了。现在可到了命悬一线的时候了，单凭嘴说救不了他，我拿来了一万块，去把他赎出来吧。"

"小白姐，谢谢你，这钱算我们借的，早晚会还你。"九岁红惊讶地说。

小白蛇笑了："那就不必了，我把自己卖了。"

"啊？卖了？"

"有个福建客商，八十多了，一直很喜欢我，我把自己以一万块卖给了他，车就在门外，我马上要跟人家走了，遗憾的是，我连最后见天宝一面的机会都没有了。"小白蛇淡淡地说。

九岁红一把抓住小白蛇的手，哭起来："小白姐，你别走，我们再想办法。"

小白蛇拍了拍九岁红的手："别傻了，我的九妹妹，早一天把人救出来就早一分安全，夜长梦多，不知会变什么卦。"

九岁红泪如泉涌："小白姐！"

"我原来曾经想过和你争一下天宝，现在不用了，你赢了，记住，好好过日子。"

九岁红站起来，说："把钱退回去吧，咱们再想别的方法。"

小白蛇摇摇头："没有办法，一万块不是小数目，快去救他吧。"

九岁红一把抱住小白蛇，泣不成声。

小白蛇的眼泪也夺眶而出："我这两天也想，人在江湖，身不由己，我这些年算是一个不干净的人，没办法，我也得活着呀。我估计天宝一辈子也不会找我这样的人当老婆，也好，这下我们都解脱了。"

"小白姐，大恩大德今生难报。"九岁红抽泣着说。

小白蛇推开九岁红，破涕为笑："好啦，告诉天宝，有一个女孩，人不干净，但心是干净的，远在千里之外，我也祝福他！天不早了，我得走了。"

小白蛇说完转身离开，九岁红在身后大喊："小白姐，我舍不得你！"

小白蛇没有回头，只是轻轻说了句："好妹妹，有缘的话我们还能再见。"

小白蛇卖身的一万块救出了窦天宝，当窦天宝走出督察处时，所有的人站在外面，眼里都含着泪。这个泪是流给小白蛇的，这个傻丫头，竟然用自己的下半生换来了窦天宝的自由。

晚上，窦天宝把自己关在屋子里一句话都没有说，他起身去衣柜拿出当初小白蛇给他做的那套西服，慢慢穿上，站在镜子前时，眼泪突然夺眶而出。他转头似乎看见小白蛇站在旁边笑，说这身衣服他穿上真是帅死了，从来没见过这么帅的男人，还骂他没良心。窦天宝对着空空的屋子说："这身衣服我一直都舍不得穿，以后它就更珍贵了。"

窦天宝从怀里又掏出那块雨花石，用手轻轻抚摸，是这两个女人用自己救了他两命。他开始痛恨自己为什么没有对这两个女人好一些，哪怕只是好一点儿。如今这两个女人再不会给他机会了，一个生死相隔，一个天涯海角，老天爷有什么就惩罚他好了，何苦为难这两个好姑娘。

九岁红推门进来，看见窦天宝泪流满面，她什么话也没有说，轻轻走过去挽住了窦天宝的胳膊，天宝拍了拍她的手，两个人就这样坐了一晚上。

梁大元一夜之间失去了全部东西，上演了多年前窦天宝的家宅之变，他哭着敲开了窦天宝的门。

窦天宝给梁大元倒了杯茶，梁大元抹了把眼泪。

"想不到，小笔害苦了我，现在我是有家难奔、有国难投。"

窦天宝叹道："我当年的故事你又重复了一遍，唯一不同的是，你身边没有一个窝囊，这是我比你幸运的地方。"

梁大元大哭道："我那万贯家财哎！"

"你爹打了一辈子雁，到最后他儿子让雁把眼啄了。"

"我要抓住他，非杀了他不可。"梁大元恶狠狠地说。

"大元，别生这么大的气，不义之财不可取，我相信他也不会有好下场的。"

"你说我以后可怎么办哪。"

窦天宝拍手笑道："咱们兄弟一场，我还能不管吗？以后你就先留在天宝社吧，有我一口吃的就有你一口吃的，怎么都成？"

梁大元泪流满面："天宝，我谢谢你。"

"世上的戏就那么几出，你方唱罢我登场……唉！"窦天宝叹道。

这些天的事让窦天宝想了很多，他感叹世事无常，也明白了珍惜眼前人。他感谢这些一直留在身边没有离弃他的人，也感谢那些为他倾尽所有的人。当然，他还需要感谢这一路上迫害他欺骗他的人，不是他们，他怎能看透这世事中的残忍，看透这人与人的善恶。他怀念离开的人，更怀念当初的自己。

九岁红挽着窦天宝的胳膊走在大街上，她说自己想要的好生活就是这样，和他逛逛街、买买菜、做做饭，不求他们大富大贵，但只要好好在一起，就是最大的福气。窦天宝笑她没有出息，想要的幸福太简单。

　　其实窦天宝的心里何尝不是想要这样的幸福，人世间最美好的就是简单圆满。他看着旁边的九岁红，这个女人也是一路跟着他没有享过福，流亡逃窜，担惊受怕，过着贫穷而不安的日子，眼泪不知道流了多少车，如今却这样满足地挽着他的胳膊，说自己很幸福。

　　窦天宝拉起九岁红的手说："走，买菜去，今天我下厨。"正说着，看见前面两个衣衫褴褛的人坐在路边，觉得脸熟，上前一看，竟然是杨全志和齐连光。

　　这两个人自从被揭露了污蔑窦天宝之后就再也没有场子要他们，两个人穷困潦倒，靠在街上卖艺为生。可他俩根本就没有什么卖艺的本事，想学人家来点江湖武艺，弄得一身伤，如今竟沦落到乞讨为生了。

　　窦天宝让九岁红给他们一些钱，两个人接过钱后泣不成声，不住感谢窦天宝，天宝说："你们虽坏，但也不是死的罪过，以后别害人了，拿着钱回老家好好过日子吧。"

　　这一年就又要过去了，大年三十，天宝楼格外热闹。大家穿红戴绿、喜气洋洋地来到天宝楼，窦天宝率天宝社众人为大家演了今年最后一场演出，全场爆满，掌声不断。

　　从天宝楼出来时天色已晚，街上到处都是鞭炮声，大家不住问好拜年。窦天宝家里的小院早已布置好，窝囊备好了酒席，大家入席而坐，举起酒杯一饮而尽。

外面响起了震耳的鞭炮声，孩子们开心地唱起了童谣。窦天宝独自走出家门，雪花落在他的身上。

很多年了，窦天宝没有这样过过年，他想起了儿时在窦府的除夕。所有人忙忙碌碌地张罗，脸上都带着笑意，窦老爷穿着崭新的军装，七个太太都穿着精致的旗袍，府上请来了照相的师傅，架起相机让所有人落座。七个太太们为谁站在哪儿不住拌嘴，窦老爷皱起眉头说再闹他就不拍了，大太太端坐中间说让下人们都一起来照，几十口子人站了好几排。师傅说再往里凑凑，照不全，大家就使劲儿挤，顿时叽里哇啦乱成一片。八岁的窦天宝从窦老爷怀里挣脱出来，跑着要去看师傅怎么拍照，一下来就摔倒在地上，所有人全部紧张地去扶他，师傅来不及停，相机上面"嘭"的一声，全家福成相。

日子一天天的过去了，故事也一直在继续。

桃儿一直没有消息，每次提到她，窦天宝都唏嘘不已。

有人说在福建看见过小白蛇，说她看着很富贵，就是每天都要喝酒，每天都要喝醉。

窦小宝变了心肠，各种丧尽天良的事情都用在了窦天宝的身上。窦天宝有一次自语道："我真拿他当儿子，他真没拿我当爸爸。"

说书唱戏劝人方，三条大路走中央。

善恶到头终有报，人间正道是沧桑。

尾声

2005年，为促进两岸文化交流，中国曲艺家代表团赴台湾演出。演员中有相声泰斗窦天宝先生的嫡孙——著名相声演员窦一平。代表团所到之处，鲜花掌声不断。尤其窦一平基本功扎实，家学渊源，观众更是极其欢迎。

一日演出后，一位女观众找到后台，与窦一平合影留念。女孩很漂亮，看得出来挺激动的样子，握着窦一平的手说："谢谢窦先生，您辛苦了。终于看到这么精彩的现场演出了。"窦一平满脸含笑致谢。女孩又说："对了，您的评剧学唱真是绝了，我想绕梁三日也不过如此。"窦一平笑笑："岂敢，皮毛而已。"女孩很认真地说："评剧我能听出好坏，我奶奶当年也是唱评戏的，她艺名叫十二红。"

一本窦天宝，半生郭德纲（后记）

忽有故人上心头，回首山河已是秋。

2007 年，德云社投资拍摄了电视剧《相声演义》，播出的时候改名《窦天宝传奇》，戏好与坏，已经不重要了。有趣的是，剧中人的命运走向在日后生活中发生了很多的巧合。熟悉的朋友都爱开玩笑说这是一部预言剧。

十几年过去了，这个故事一直在我心头萦绕。电视剧限于篇幅，很多东西讲不透。于是很想把它写成长篇小说。工作忙、事情多，直到今天才把它完成。

小说中的窦天宝，很像郭德纲。真真假假，假假真真。闹市赚钱，静处安身。来如风雨，去似微尘。现在的刀枪不入是因为曾经的万箭齐发。遇见是福气，不遇见也是。一个人最大的本事是：能忍、肯熬，并且不对自己管不了的人和事有任何的期待。

好了，书摆在这了，谢谢您的支持。

江山如画，百炼钢绕指柔。

文争阁老武争侯，我只要醒木长衫度春秋。

因果何须人动手，英雄不问出处，富贵当思缘由。

因此上闲言碎语一笔勾。